I0639688

ALLEANZA DI SANGUE
Desiderami - Nyx/Vesperus
La Vergine di Sangue
Sangue Reale
Il Morso dell'Alfa
Anime Ribelli
Il re vampiro
Un morso crudele

L'UNIVERSITÀ DEL SANGUE
AMBIENTATO NEL MONDO DELL'ALLEANZA DI SANGUE
Il Giorno del Sangue

«Lily». La voce di Cedric aveva un tono strano. Non era agghiacciante e crudele come al solito. Aveva una strana profondità che mi avvolse in un piacevole tepore. Ma non capii il suo commento. Lily. Sembrava che parlasse sempre di fiori.

E di combattimenti.

E di morte.

E di bocciarmi.

Cercai di scuotere il capo, ma il movimento non fece che peggiorare la situazione. Avevo le vertigini.

«Quando è stata l'ultima volta che hai mangiato qualcosa?» chiese.

«A colazione» risposi con la voce un po' roca.

Lui sospirò. «E l'ora di cena è già passata».

«Anche oggi?» mi domandai ad alta voce, incerta sull'ora. *Probabile*, pensai. La finestra di tempo per andare a prendere il cibo era molto limitata, e sicuramente mi aveva tenuta in classe troppo a lungo.

Il suo profumo serpeggiò attorno a me mentre mi posava un altro bacio sul collo. «Così fragile e delicata» sussurrò. «Proprio come un fiore. La mia dolce Lily».

Le mie labbra si stavano per incurvare all'ingiù, ma riuscii a bloccarle appena in tempo.

Le reazioni non erano permesse.

Gli umani che urlavano morivano.

Gli umani che mostravano il loro disappunto morivano.

Gli umani che mostravano qualcosa di diverso dalla gioia o dalla noia morivano.

Il mio stomaco cominciò a brontolare, suscitandomi un'altra ondata di vertigini. Cedric mi aveva detto di vestirmi e andarmene, ma non potevo muovermi con il suo braccio che mi intrappolava.

Deglutii, incerta su come procedere.

Fu allora che mi condusse verso la sedia dietro alla sua scrivania. Era l'unico mobile presente nella stanza, in cui c'erano soltanto anche i tappetini di gomma. «Siediti» disse con un tono stranamente gentile.

Il giorno del sangue

Un romanzo della serie Università del Sangue

Traduzione italiana:
Claudia Sartori
A cura di:
Biba Sven

Autrice di bestseller per Usa Today

Lexi C. Foss

Titolo originale: *Blood Day*

Copyright © 2022 Lexi C. Foss

Traduzione italiana: Claudia Sartori

A cura di: Biba Sven

Design di copertina: Manuela Serra

Fotografia di copertina: CJC Photography

Modelli di copertina: Eric Guilmette & Skyler Simpson

Pubblicato da: Ninja Newt Publishing, LLC

Edizione Print

eBook ISBN: 978-1-68530-203-0

Paperback ISBN: 978-1-68530-204-7

Il giorno del sangue

Un romanzo della serie Università del Sangue

IL GIORNO DEL SANGUE

*Un romanzo della serie Università del Sangue
Ambientato nel mondo dell'Alleanza di Sangue*

Il Giorno del sangue.
La mortale cerimonia di laurea che stabilisce chi diventerò
in questo mondo dominato da vampiri e licantropi.

Non c'è scampo. Non c'è via di fuga. O obbedisci o muori.

Il mio nome non è importante. La mia identità non
significa nulla. Sono i miei risultati che contano. E Cedric è
deciso a bocciarmi.

Mi inchino. Imploro. Striscio.
Ma non è abbastanza per l'antico vampiro dai crudeli
occhi neri. Vuole che sanguini solo e soltanto per lui. Ma la
nostra società non funziona così.

Non posso fallire.
La mia vita dipende da questo.
Combatterò fino all'ultimo respiro. Anche se dovesse
significare morire in ginocchio davanti al vampiro che
presiede la mia classe.

Benvenuti nel futuro, in cui a dettar legge sono le stirpi superiori.

State per entrare nel mondo dell'Università del sangue, dove gli umani non hanno alcun diritto. Nessuna scelta. E dove non ci sono seconde possibilità.

Procedete a vostro rischio e pericolo.

Nota dell'Autrice: Questo romanzo è uno spin-off della serie *Alleanza di sangue* che introduce la serie *Università del sangue*. La storia include tematiche oscure che potrebbero non essere adatte a tutti i lettori. È importante consultare l'avviso all'interno del libro.

AVVISO

State per entrare nel mondo dell'Università del sangue, dove gli umani vengono preparati ad affrontare il destino che li spetta nel mondo dell'Alleanza di sangue.

È un'oscura depravazione distopica. Un mondo duro e spietato che potrebbe mettere a disagio alcuni lettori.

Gli esseri umani non hanno nessun diritto. A dominare sono vampiri e licantropi, e gli umani sono trattati alla stregua del bestiame. Le relazioni che si formano tra loro sono proibite, brutali e spesso crudeli. Lo scambio di potere è una realtà. La sottomissione è obbligatoria. E mordere è considerato una forma di affetto, anche quando uccide.

Entrate se avete il coraggio.
Altrimenti fuggite.
Il Giorno del sangue si avvicina.
Che la Dea ci aiuti.

Un tempo, il genere umano governava il mondo, mentre vampiri e licantropi vivevano nell'ombra.

Ma ora non è più così.

Benvenuti nel futuro, in cui a dettar legge sono le stirpi superiori.

Procedete a vostro rischio e pericolo.

L'Alleanza di Sangue

La legge internazionale sostituisce ogni governo nazionale e sarà amministrata dall'Alleanza di sangue, un consiglio composto in egual misura da vampiri e licantropi.

Tutte le risorse devono essere distribuite equamente tra vampiri e licantropi, compresi i territori e gli schiavi. La posizione sociale e la ricchezza, tuttavia, saranno a discrezione di ogni casata o branco.

Uccidere, ferire o provocare un essere superiore è punibile con la morte. Tutte le controversie devono essere presentate all'Alleanza di sangue per il giudizio finale.

Le relazioni sessuali tra vampiri e licantropi sono strettamente proibite. Le collaborazioni commerciali, se appropriate e fruttuose, sono invece permesse.

Gli umani sono considerati beni di proprietà e non hanno alcun diritto legale. Ognuno sarà giudicato attraverso un sistema basato su merito, intelligenza, ascendenza, abilità e bellezza. La classificazione sarà effettuata alla nascita e finalizzata nel Giorno del sangue.

Ogni anno, dodici mortali saranno selezionati dall'Alleanza di sangue e dovranno competere per l'immortalità. Di questi dodici, due riceveranno il morso che li sottrarrà allo scorrere del tempo. Gli altri soccomberanno. Creare un vampiro o un licantropo al di fuori di questo processo è illegale e punibile con la morte.

Tutte le altre leggi sono a discrezione dei branchi e dei reali, ma non devono sfidare l'Alleanza di sangue.

L'Università del Sangue

Gli umani devono essere inseriti nel sistema universitario alla nascita. Saranno addestrati, testati e formati per il loro ruolo in società.

I corsi di studio comprendono nozioni di base di cultura generale, difesa personale, obbedienza, storia e politica dell'Alleanza di sangue, arti del sesso e lezioni sulla servitù.

I professori che educano gli umani in queste aree del sapere sono in egual numero vampiri e licantropi. Questi validi maestri sono conosciuti collettivamente come il Consiglio dell'Università del Sangue e rispondono solo al Magistrato.

Tutti i mortali devono essere preparati ad affrontare il loro destino nel Giorno del sangue. Si tratta di un evento annuale in cui, raggiunto il ventiduesimo anno di età, gli umani vengono assegnati alla loro posizione permanente.

La debolezza non ha alcuno scopo in questo mondo. Chi non si dimostra all'altezza degli standard della società verrà rimosso a discrezione del Consiglio dell'Università del Sangue.

La mancata osservanza delle regole comporta la morte.
La disobbedienza comporta la morte.
Il mancato adempimento dei compiti assegnati comporta la morte.

L'iscrizione è obbligatoria.
Non ci sono percorsi alternativi.
Gli esseri umani si adeguano o muoiono.

PROLOGO

CEDRIC

Desidero qualcosa che non è mio. Un'umana di proprietà dell'Alleanza di sangue. Una donna che probabilmente tra un anno sarà morta. Se non prima.

Ma non riesco a evitarlo.

Ogni volta che la guardo, mi si incendia il sangue. La voglio. Sono i suoi occhi, quelle iridi verde acqua in cui arde un'anima che bramo di divorare.

Si sforza così tanto di compiacermi.

E io non faccio che darle voti insufficienti.

È sbagliato, lo so. Ma più alti sono i suoi voti, più è probabile che un altro la noti. E mi rifiuto di lasciare che questo accada. La sto proteggendo da un destino peggiore. O almeno è così che mi giustifico.

In realtà, la sto condannando. Mi sto assicurando che muoia prima ancora di avere la possibilità di conoscerla. Farlo mi uccide. Ma è una tentazione che non posso permettermi. Deve essere allontanata. In modo permanente.

La ammirerò da lontano.

La umilierò da vicino.

E sorriderò in segreto mentre implora il mio perdono.

È un mondo crudele, colmo di scelte difficili. Io scelgo

di lasciarla morire. Anche se una parte di me se ne andrà con lei.

La mia anima. Il mio cuore. Gli ultimi brandelli della mia umanità.

Meglio così. Qui non c'è spazio per frivolezze del genere.

Questa è l'era dell'Alleanza di sangue. Un mondo governato dalle specie superiori: i miei fratelli vampiri e i licantropi.

I mortali sono qui solo per servire.

E lei lo farà morendo.

La mia Lily.

Oh, non è il suo vero nome. Ho scelto di chiamarla così per via della sua carnagione chiara e dei suoi tratti delicati che mi ricordano quelli di un fiore. Di un giglio.

È sbocciata per l'ultima volta.

Le staccherò i petali. La guarderò appassire. E la seppellirò con il resto delle mie speranze.

Il mondo non è più quello di una volta.

Niente amore. Niente vita. Niente luce.

Addio, mio dolce fiorellino. Che tu possa sbocciare di nuovo nell'aldilà.

LILY

UN'ALTRA INSUFFICIENZA. COM'È POSSIBILE?

Avevo eseguito tutto alla perfezione durante l'esame. Ogni movimento. Ogni calcio. Ogni pugno. Eppure, Cedric mi aveva dato un brutto voto. *Di nuovo*.

Digrignai i denti. Le mie dita minacciarono di stringersi a pugno attorno al foglio che tenevo in mano. Di questo passo, non avrei mai superato il suo corso. E di conseguenza il Torneo dell'immortalità sarebbe stato fuori discussione.

Solo gli studenti migliori e con i voti più alti potevano competere.

Con gli ultimi risultati, non ci sarei nemmeno andata vicino.

Avrei solo voluto sapere cosa avevo fatto di sbagliato. Come correggere la mia tecnica in modo da soddisfarlo. Sembrava che tutti capissero tranne me.

Mi ero allenata giorno e notte.

E avrei potuto giurare di aver eseguito correttamente ogni mossa.

Forse seguire un corso di combattimento era stata una

cattiva idea. Ma dopo l'immortalità, la mia seconda scelta era diventare una vigilante. Almeno loro avevano una parvenza di diritti.

A differenza di qualsiasi altra posizione a cui potesse aspirare un mortale.

Eccellevo in tutti gli altri corsi.

Perché in quello no?

Mi morsi il labbro e osservai il vampiro che continuava a darmi un'insufficienza dietro l'altra. Era in piedi davanti a noi, con un paio di pantaloni neri e una camicia bianca. Era quello che indossava sempre, anche quando doveva dimostrare le mosse di combattimento.

L'eleganza personificata.

Ed era bellissimo.

Occhi scuri come la notte. Una mascella squadrata ombreggiata da un velo di barba. Labbra carnose. Folti capelli castani che gli sfioravano le orecchie. E un corpo che mi ricordava quello di un lupo, più che quello di un vampiro, nonostante i gesti aggraziati con cui attirava il mio sguardo ogni volta che si muoveva.

«Hai bisogno di qualcosa, numero quattrocentosette, anno centodiciassette?» chiese Cedric. La sua voce profonda mi fece correre un brivido lungo la schiena.

Perché si era rivolto a me. "Numero quattrocentosette, anno centodiciassette" ero io.

Venivamo chiamati con il numero assegnato alla nascita e l'anno in cui avremmo conosciuto il nostro destino.

Eravamo nell'anno centosedici.

Ciò significava che avevo quasi finito il mio addestramento.

Ammesso che riuscissi a passare quel corso.

Lo sguardo di Cedric intrappolò il mio. La crudeltà che si annidava nelle profondità dei suoi occhi mi fece irrigidire. Colsi il lampo di irritazione che attraversò la sua espressione, così come l'impazienza con cui mi fissava.

Perché mi aveva chiesto qualcosa.

Qualcosa che non riuscivo a ricordare.

Non mentre mi osservava come se fossi stata il suo prossimo pasto.

Una valutazione accurata, data la mia condizione di mortale e la sua superiorità.

Abbassai il capo, riconoscendo la mia posizione e mostrandogli il rispetto dovuto alla sua.

Solo che il mio sguardo cadde sul foglio che tenevo tra le mani, ricordandomi che mi aveva appena dato un brutto voto, *di nuovo*, e che non ne capivo il motivo. Volevo migliorare le mie abilità non solo per lui, ma anche per me. Perché sapevo che con i voti giusti sarei stata un'ottima vigilante.

«Mio signore» cominciai, per poi interrompermi e deglutire, tentando di trovare le parole adatte. «Ci sono… ehm… delle opportunità o dei corsi che mi consigliate per poter migliorare? Ho l'impressione che mi manchi qualcosa, e voglio perfezionare la mia tecnica per soddisfarvi».

Anche se sono abbastanza sicura di aver fatto tutto bene finora.

Ma chiaramente c'è qualcosa che non ho capito.

Aiutami. Ti prego.

Non avrei mai avuto il coraggio di pronunciare le ultime frasi ad alta voce. Era un miracolo che fossi riuscita a chiedergli aiuto. I vampiri e i licantropi non erano noti per la loro gentilezza, né accettavano i fallimenti. Quando un mortale si dimostrava indegno, diventava cibo.

Non volevo diventare cibo.

Solo a pensarci mi venne freddo e fui travolta dall'incertezza. O forse era solo il silenzio di Cedric ad avermi fatto rizzare i peli sulla nuca.

Azzardai un'occhiata verso l'alto, un impulso che avrei dovuto ignorare, e rimasi impietrita sotto il suo sguardo severo. Fiamme di ossidiana danzavano nei suoi occhi. Sprigionava un potere inebriante, che minacciava di soffocare il mio stesso essere.

«Mi dispiace» sussurrai, cadendo in ginocchio. «Non è mia intenzione continuare a deludervi».

Morirò qui. Oggi. In quest'aula. Perché...

Posò la mano sulla mia testa, e nelle mie vene si rincorsero ghiaccio e fuoco. Quel contatto mi incendiò la pelle, rendendomi profondamente consapevole della sua autorità. Non solo perché era un vampiro, o perché era un uomo, ma perché era *lui*.

E mi stava *toccando*.

Non in modo violento, ma con la calma con cui avrebbe trattato un animale domestico disobbediente inginocchiato ai suoi piedi.

Un animale che aveva intenzione di punire.

Uccidere.

Forse addirittura scopare.

Smisi di respirare, l'ultimo pensiero mi fece stringere le cosce. Avevo visto i vampiri prendere le loro vittime centinaia di volte.

Gli esseri umani erano naturalmente attratti da loro, intrinsecamente sottomessi, e molti gemevano in preda all'estasi anche mentre morivano.

Era quello che avrebbe fatto Cedric? Avrebbe affondato le dita tra i miei capelli, mi avrebbe trascinata alla sua scrivania e mi avrebbe presa sul legno scuro, prosciugandomi?

Sarebbe stato così facile per lui. Nessuno avrebbe fatto domande. Nessuno lo avrebbe rimproverato. Ero solo una preda in un istituto gestito da predatori.

Quel posto era stato concepito per liberarsi dei deboli e garantire la sopravvivenza solo ai più forti.

Fino a quel momento, i miei voti erano stati esemplari.

Ma avevo fatto l'errore di seguire il corso di Cedric.

E ora avrei pagato quell'errore con la vita.

Mi girava la testa. Il mio corpo mi implorò di respirare. Di muovermi. Di fare qualsiasi cosa che non fosse restare in ginocchio ai piedi di Cedric.

Deglutii a fatica, chiudendo gli occhi. La rassegnazione mi stava calmando.

Alcuni umani lottavano nei loro ultimi istanti. Altri si lasciavano andare con grazia.

I predatori amavano la lotta, quel momento in cui le loro vittime tentavano di fuggire, urlavano, imploravano pietà. Qualcosa mi diceva che anche Cedric era così.

Volevo solo migliorare i miei voti.

Dimostrare il mio valore.

Diventare potenzialmente qualcosa di più.

Ma quel vampiro mi aveva detestata dal momento in cui aveva posato gli occhi su di me.

E io avevo avuto l'audacia di chiedergli aiuto.

«Sei proprio un fiorellino delicato» disse il vampiro accarezzandomi i capelli e strappandomi al mio tormento interiore. «Così mite e graziosa».

È quello che devo essere, avrei voluto rispondergli. Ma sapevo che non era il caso di parlare. Avevo già messo alla prova la sua pazienza con la mia richiesta.

Una mossa stupida e ingenua.

Perché ero rimasta dopo la lezione? Cosa mi aveva dato il coraggio di parlargli?

Forse lo shock.

Perché non riuscivo a credere di non aver passato l'esame. Dopo i lunghi allenamenti e l'attenzione che avevo riservato a ogni movimento, mi aveva detto che era tutto sbagliato. Mi aveva detto che ero *debole*.

La gamba sinistra è troppo piegata.

Quando calci, il piede è scentrato.

Hai mancato il bersaglio di diversi centimetri.

Avevo riletto la valutazione cinque volte. Continuavo a pensare che si sbagliava. Che era tutto sbagliato. Poi mi ero messa a rimuginare sul Torneo dell'immortalità e sull'impatto che quei voti avrebbero avuto sul mio futuro. E mi ero completamente dimenticata di me stessa.

Ero rimasta dopo che tutti se ne erano andati.

Lasciandomi da sola con un predatore.

Un predatore che mi odiava.

E ora ero in ginocchio, in attesa della sua punizione.

Perché non c'erano dubbi sulla situazione: mi avrebbe punita per aver passato il limite. Gli avevo chiesto consiglio. Non era il mio mentore. Non era così che funzionava il mondo.

Ero sopravvissuta fino a quel momento, tenendo la testa bassa e obbedendo agli ordini.

Chiedere aiuto non era un comportamento obbediente. Suggeriva che ritenevo che mi dovesse una spiegazione. Nessun essere superiore doveva spiegazioni agli umani.

Inginocchiarsi.

Adorare.

Ammirare.

Quelle erano le regole fondamentali per la mia specie.

Insieme a una miriade di altre regole sul servire i nostri padroni e fare tutto ciò che ci ordinavano.

Il suo pollice tracciò una linea lungo la mia mascella, scendendo verso il mento. Lo catturò e guidò il mio sguardo verso l'alto. «Chiedermi aiuto è stato molto azzardato, fiorellino».

«Mi dispiace».

«Davvero?». Inclinò appena la testa di lato. «O sei semplicemente terrorizzata dalla mia reazione?».

«Entrambi» ammisi in un sussurro. Lui inarcò le sopracciglia.

«Una verità» mormorò, studiando i miei lineamenti. «Non dovrebbe sorprendermi. È una delle tue doti migliori». Il suo sguardo intenso cadde sulle mie labbra. «Come la tua bocca».

Il significato delle sue parole non mi sfuggì.

Avevo seguito due corsi su come compiacere i maschi in modo adeguato, sia che si trattasse di licantropi che di vampiri. Ogni umano sceglieva un'area di specializzazione, e io avevo optato per il sesso orale. Dovevo frequentare un terzo corso sull'argomento, ma non avevo ancora deciso quale sarebbe stato.

Erano voti importanti per il nostro punteggio complessivo.

Perché molti di noi sarebbero stati mandati nei campi per la riproduzione.

E altri sarebbero stati inseriti negli harem reali.

Nessuna di quelle due prospettive mi allettava.

Tuttavia, il modo in cui aveva parlato della mia bocca suggeriva che sarebbe stato quello il mio destino. E significava che conosceva i miei voti in quella materia.

Forse era per quello che aveva deciso di bocciarmi: non mi considerava degna di diventare una vigilante.

Serrai la mascella al pensiero, una reazione istintiva.

E assolutamente sbagliata.

Perché lui se ne era accorto.

Il suo sguardo si indurì, indicando che la considerava una sfida.

«Voglio migliorare» farfugliai, desiderosa di dargli una spiegazione. «Sto… sto cercando di…».

«Dovrebbe interessarmi?».

«No» risposi in fretta. «Sono consapevole di essere… Che questo non è…». Non riuscii a finire la frase. L'intensità con cui mi fissava mi aveva ridotta al silenzio. I suoi occhi scuri mi ricordavano una notte di tempesta.

Avrei dovuto scusarmi e basta.

Anzi, non sarei dovuta restare. Avrei dovuto accettare l'insufficienza e andarmene.

Invece ero rimasta, e ora sarei morta.

E dubitavo che l'avrebbe reso piacevole.

«Vuoi imparare a soddisfarmi, fiorellino?» domandò. Nel suo tono c'era qualcosa che suscitò un fremito nel mio ventre. L'accenno di una promessa che catturò tutta la mia attenzione.

«Sì, mio signore» risposi. Era la verità. Erano mesi che cercavo di capire come accontentarlo.

Le sue labbra si incurvarono appena ai bordi, facendomi mancare un battito.

Bellissimo.

Come tutti i predatori.

Ma c'era qualcosa in lui e nei suoi lineamenti che mi attraeva più di chiunque altro. Forse perché non mi era mai capitato di osservare così a lungo un membro della sua specie. Aveva ancora il mio mento stretto tra le dita, costringendomi a sostenere il suo sguardo.

Era un gioco pericoloso.

A cui aveva dato inizio toccandomi.

O forse sentiva che ero stata io a farlo con la mia audacia.

In ogni caso, ora ero completamente in suo potere, rapita dal suo fascino, in attesa che parlasse e annunciasse il mio destino.

Allentò la presa e mi accarezzò il viso, tornando ad affondare le dita tra i miei capelli e ad afferrarne una manciata.

Non reagii, lasciando che mi maltrattasse come meglio credeva, e ciò non fece che divertirlo ancora di più.

«Trovo molto appagante vederti fallire» mormorò. Nei suoi occhi c'era il barlume di un'emozione nascosta che non riuscivo a identificare. «Sei come un bel fiore che si sforza di sbocciare sotto il sole di mezzanotte». Strinse la presa sui miei capelli. «La morte ti si addice, mia cara. Forse dovresti accettarla».

CEDRIC

QUEI MALEDETTI OCCHI MI STAVANO IPNOTIZZANDO, spingendomi a fare qualcosa di proibito. *Tenerla. Domarla. Farla mia.*

Era così invitante, inginocchiata ai miei piedi, con i suoi occhi tristi che mi fissavano in evidente stato di shock.

Avevo appena ammesso di averle dato dei punteggi insufficienti di proposito, solo perché lo trovavo *appagante*.

E non aveva idea di cosa dire. Di come reagire. Eppure riuscivo quasi ad assaporare quella parte di lei che voleva ribellarsi, opporsi alla mia decisione e chiedere spiegazioni.

Ma da brava piccola umana, stava tenendo la bocca chiusa.

Perché non le era permesso mettere in discussione i suoi superiori.

Forse sarebbe fiorita, dopotutto. In ginocchio a implorare. Succhiando qualche cazzo reale finché i suoi occhi non avessero perso ogni barlume di vita.

Proprio quello che non volevo che accadesse.

Era troppo bella, troppo stimolante, troppo piacevole per un destino del genere.

Ma mentre elaborava le mie parole, fissandomi, la sua espressione mutò.

Osservai ogni emozione attraversare i suoi occhi ammalianti. Prima lo shock, poi una tetra rassegnazione, e infine uno spiraglio di risolutezza.

Oh, sì, di più, pensai, inseguendo quell'emozione sui suoi lineamenti, adorando il mondo in cui le incendiava le guance.

Voleva dimostrare che mi sbagliavo.

Lottare.

Trovare un modo per perseguire i suoi sogni nonostante i voti che le avevo affibbiato.

Le era solo sfuggito un piccolo dettaglio. «Quando ti boccerò, non potrai seguire altri corsi di combattimento» dissi. «Però potrai concentrarti sulle arti del sesso». Abbassai lo sguardo sulla sua bocca per quella che mi sembrò la centesima volta. Le sue labbra erano perfette, scopabili, piene. Proprio come i suoi seni. «Se sei fortunata, ti manderanno in un harem» continuai. «Altrimenti, finirai in un campo per la riproduzione. O peggio».

Per quanto brutale, era la verità.

Aveva bisogno di capire quale sarebbe stato il suo destino.

Le stavo facendo un favore abbassando la sua media fino al punto in cui nessuno l'avrebbe notata. Perché la maggior parte degli harem erano peggio dei campi per la riproduzione.

«Si dedicano a giochi pericolosi» la avvertii, riducendo la voce a un sussurro. «Destinati a distruggere lo spirito di chi cerca di compiacerli. Sarai fortunata se riuscirai a sopravvivere all'iniziazione». Allontanai la mano dai suoi capelli, nonostante le mie dita bramassero di affondare tra le sue ciocche setose.

Erano così morbidi.

Così luminosi.

L'opposto dei miei tratti.

Parlare liberamente a un essere inferiore era malvisto dalla mia specie. Ovviamente non sarei stato punito. Ma lei sì. Se qualcuno avesse udito quello che le avevo appena detto, sarebbe morta. Forse per mano mia.

Mi avrebbero dato la possibilità di farlo, una possibilità che qualcuno avrebbe potuto considerare come una sorta di punizione.

Solo che gli esseri superiori non provavano nessun affetto per i loro animaletti.

No, sarebbe stata più un'offerta che un castigo. Mi avrebbero chiesto se prima avessi voluto usarla come spuntino. Cosa che avrei fatto.

Poi l'avrei condotta alla tomba.

Pacificamente.

Meravigliosamente.

Appassionatamente.

Il mio regalo per lei. E un ricordo che mi avrebbe tormentato in eterno.

Un fiore così dolce e delicato.

Mi chinai per inalare la sua fragranza, adorando il modo in cui il suo sangue cantava grazie alle mie attenzioni. Mi desiderava, proprio come avrebbe dovuto. Era naturale desiderare il tocco di una creatura superiore.

Molti se ne approfittavano.

Come avrei potuto fare anch'io, dopo che aveva dichiarato apertamente la sua volontà di *soddisfarmi*.

Forse avrei dovuto accontentarla. Godermi la nostra connessione. Concederle di adorarmi per quel poco che le restava da vivere.

Ci riflettei sopra accarezzandole un'altra volta i capelli.

Era un'opzione pericolosamente allettante. Non potevamo distrarre gli umani dai loro studi, ma molti membri della mia specie offrivano corsi privati ad alcuni mortali selezionati per accrescere il loro potenziale.

Non sarebbe stato come reclamarla o tenerla per me.

Le lezioni individuali aumentavano il valore di un umano, rendendolo più appetibile per il suo futuro padrone.

Avrei potuto offrirle un addestramento personalizzato.

Per poi bocciarla.

E raccomandare che venisse allontanata dall'Università per mancanza di obbedienza.

Avrei potuto addirittura offrirmi di eliminarla.

Trascinai le nocche lungo la sua guancia, riflettendo su quella possibilità e chiedendomi perché non ci avessi pensato prima. Forse perché non mi aveva mai affrontato per parlare dei suoi voti.

Dimostrava coraggio.

Un coraggio che avrei dovuto soffocare.

O forse avrei potuto alimentarlo, permettendole di brillare per qualche breve istante, per poi premiarla con la morte.

Gli studenti morivano ogni giorno.

Non importava a nessuno.

Avevo già pensato di ucciderla, ma c'era qualcosa nel suo lento appassire che mi affascinava.

Forse avrei dovuto lasciarla sbocciare, prima di distruggerla.

Un'idea allettante. Inclinai la testa di lato. «Quanto è importante per te superare il mio corso, fiorellino? A che posizione aspiri?».

Deglutì, e le sue pupille si dilatarono, coprendo le braci che ardevano nelle sue iridi. Negli ultimi minuti si erano fatte ancora più evidenti, mentre la costringevo a restare in ginocchio, osservandola rapito.

«Voglio partecipare al Torneo dell'immortalità» rispose, facendomi alzare gli occhi al cielo.

«È quello che vogliono tutti gli umani. Possono partecipare solo in dodici ogni anno. Pensi di essere abbastanza speciale da qualificarti?».

«Lo ero. Prima di iniziare il vostro corso».

Sbuffai. Non lo era. E i suoi risultati non c'entravano nulla.

I partecipanti venivano quasi sempre scelti sulla base dei loro profili genetici. Purtroppo, il mio fiorellino non aveva quello che cercavano gli esseri superiori per condividere la loro immortalità. Altrimenti, l'avrei aiutata. Ma era stata contrassegnata al massimo come materiale da harem, soprattutto a causa del suo corpo e della sua bocca.

Per non parlare dei suoi risultati con il sesso orale.

Erano talmente eccellenti che avevo quasi ceduto alla tentazione di assistere a uno dei suoi esami.

Ma avevo provato l'impulso irrazionale di uccidere l'umano su cui avrebbe dovuto mettere in pratica le sue abilità, e mi ero imposto di andarmene.

Un lampo di sospetto le attraversò lo sguardo, distraendomi per un attimo dai miei pensieri. «I miei voti erano perfetti finché non ho cominciato a seguire il vostro corso».

«È vero» concordai. «Ma ora non lo sono più».

Il fuoco le lambì di nuovo le guance, scatenando un rossore che le strisciò lungo il collo e sparì sotto la maglietta bianca che le copriva il seno. Fui quasi sul punto di ordinarle di toglierla per vedere fino a dove fosse arrivato.

Ma lei emise un piccolo suono che indusse il mio sguardo a tornare in fretta sul suo viso.

Un ringhio.

Spalancò gli occhi. Lo shock le sbiancò i lineamenti, scacciando il rossore.

Il mio fiorellino mi aveva appena *ringhiato* contro.

Interessante.

Volevo sentirglielo fare con il mio cazzo piantato dentro di lei. Farla ringhiare e urlare al tempo stesso, mentre il suo corpo lottava tra l'impulso di abbandonarsi all'estasi e quello di dimenarsi per la furia.

Un'immagine che mi vidi davanti agli occhi nei minimi dettagli.

Un'immagine che sancì il suo destino.

«Vuoi soddisfarmi, fiorellino?» le chiesi. Era una domanda retorica, visto che conoscevo già la risposta. «Vuoi provare a superare il mio corso?».

Cominciò ad annuire, ma le catturai la gola e la strinsi, costringendola a rimanere immobile e in ginocchio.

«Ti offrirò l'opportunità di farlo con delle lezioni private» dissi. «Ma se non mi obbedirai, ti boccerò all'istante. E non credo di doverti spiegare cosa signifchi per te».

Non si mosse né reagì, se non per tentare di deglutire.

«Prenditi un giorno per pensarci» continuai. Strinsi ulteriormente la presa per sottolineare l'importanza della sua decisione. «Mi aspetto una risposta domani, dopo la lezione. E puoi darmela restando in classe, spogliandoti e aspettandomi in ginocchio su quel tappeto laggiù». Indicai il tappeto di gomma in questione, dove il giorno prima aveva sostenuto l'esame. «Ma se accetti la mia offerta, devi essere pronta a impegnarti per ottenere la mia approvazione. Perché non ci andrò piano con te».

Accentuai la stretta, impedendole di respirare, e sostenni il suo sguardo per alcuni secondi.

I suoi occhi si spalancarono.

Le sue guance impallidirono ancora di più.

E le sue labbra si schiusero nel chiaro desiderio di respirare.

Aspettai.

Contai un altro paio di secondi, assicurandomi che comprendesse le potenziali conseguenze della mia offerta.

Poi la lasciai andare spingendola via. «Ora puoi andare, umana».

E le voltai le spalle. Non per essere crudele, ma perché non mi fidavo di me stesso e temevo che le sarei saltato addosso. Quel piccolo ringhio aveva quasi vanificato secoli di autocontrollo.

Mi aveva *tentato*.

Ancora di più che in passato.

Un'impresa straordinaria, considerando quanto la desiderassi già.

Ma le avrei concesso la possibilità di scegliere.

Poteva passare i nove mesi successivi a giocare con me, prima del Giorno del sangue.

Oppure poteva continuare a seguire il mio corso, essere bocciata, e vedere a cosa l'avrebbe assegnata il famigerato Magistrato.

Volevo solo che la sua morte fosse rapida.

Perché nessun altro meritava di vedere il mio fiore appassire.

Solo io.

Lei era la mia Lily.

Mia.

«Dormi bene, fiorellino» dissi quando sentii i suoi passi allontanarsi. «E cerca di non sognare. Nel tuo mondo le fantasie non esistono più».

LILY

L E PAROLE DI C EDRIC RIECHEGGIARONO NELLA MIA MENTE lungo tutto il tragitto verso la mia stanza e fino alle prime ore del mattino.

Ti offrirò l'opportunità di farlo con delle lezioni private. Ma se non mi obbedirai, ti boccerò all'istante. E non credo di doverti spiegare cosa significhi per te.

Già, non doveva.

Sapevo esattamente cosa intendeva.

Morte.

Ma se mi avesse bocciata, il risultato sarebbe stato lo stesso.

Quindi la domanda era: fino a che punto ero disposta a spingermi per avere la possibilità di sopravvivere?

E la mia risposta non poteva che essere una. *Fino a dove sarà necessario.*

Voleva che mi inginocchiassi nuda sul tappeto? Nessun problema. Avevo affrontato di peggio nei corsi sulle arti del sesso.

E allora perché non riesco a dormire?, mi domandai rigirandomi tra le lenzuola. Eravamo nel bel mezzo della stagione calda, stare sotto il sole era insopportabile. E le nuvole di polvere rendevano molto difficile riuscire a vederci.

Per fortuna, i vampiri erano creature notturne.

E questo significava che l'Università del sangue operava durante la notte.

I licantropi non avevano problemi a lavorare di giorno, ma sembrava che apprezzassero farlo sotto le stelle. Probabilmente perché preferivano evitare le ore più calde.

I raggi del sole stavano filtrando attraverso le tende, scaldando il mio corpo fino a farlo diventare quasi bollente. *Un po' come le mani di Cedric.*

Avere il suo palmo avvolto attorno alla gola era stata un'esperienza terrificante.

Ed eccitante.

Ogni volta che deglutivo, ricordavo la sensazione della sua mano sulla pelle. Il calore del suo palmo era impresso a fuoco nella mia memoria. I vampiri erano tecnicamente morti, ma ciò non li rendeva freddi.

Come aveva dimostrato Cedric.

Mi sfiorai la mascella. L'energia residua del vampiro era come un bacio per i miei sensi. Certo, era solo nella mia testa, ma questo non la rendeva meno reale.

Cerca di non sognare. Nel tuo mondo le fantasie non esistono più.

E allora perché volevo fantasticare su di lui? Sognare le fiamme che guizzavano nel suo sguardo quando osservava le mie labbra? Ricordare l'intensa energia che si sprigionava dalla sua pelle quando mi aveva toccata?

Strinsi le cosce, le mie viscere erano in subbuglio.

Mi aveva fatto qualcosa. Mi aveva imprigionata in una specie di sortilegio. Mi aveva lanciato un incantesimo che mi faceva sentire completamente pazza.

O forse lo ero davvero.

Gli ho ringhiato contro, pensai meravigliata, rotolando sull'altro fianco. *Come mi è saltato in mente?*

Mi aveva fatta sentire così frustrata.

E io avevo reagito.

Ero convinta che in quel momento sarei morta, che mi avrebbe spezzato il collo per aver osato mancargli di rispetto. Il suo sguardo era diventato rovente, facendomi quasi desiderare il suo morso letale.

E poi mi aveva offerto una scelta.

Una via d'uscita.

Beh, non esattamente.

Solo un'alternativa. Un modo di *soddisfarlo*. Un'opportunità che non avrei rifiutato.

Chiudi gli occhi, mi dissi. *Riposati. Ne avrai bisogno.*

Perché non ci sarebbe andato piano con me.

Non lo faceva mai.

<hr />

Sognai Cedric.

Forse era il modo in cui il mio subconscio voleva sfidarlo. O forse erano state le sue parole a ispirare il mio sogno.

Ero nuda e in ginocchio, in attesa del suo giudizio finale.

Che era giunto sotto forma di un morso che mi aveva fatta precipitare in uno stato orgasmico.

Uno stato di cui non ero riuscita a liberarmi completamente. Lo sentivo formicolare tra le cosce anche in quel momento, mentre guardavo Cedric che dimostrava una nuova serie di tecniche. Ci stava assegnando i compiti per casa, come faceva alla fine di ogni lezione, dicendoci di tornare nelle nostre stanze e fare pratica. Poi avremmo dovuto eseguirle alla perfezione il giorno successivo.

Di norma, sarei tornata di corsa nel mio piccolo spazio privato per cominciare ad allenarmi.

Ma avevo una proposta da accettare.

«Ricordate, domani mi aspetto precisione e accuratezza» disse il vampiro. Il suo sguardo indugiò su di me per un istante prima di rivolgersi al resto della classe. «Potete andare».

Nessuno rimase a fare domande.

Nessuno pronunciò una singola parola.

Tutti afferrarono le loro borse, uscirono dall'aula simile a una palestra e se ne andarono per la loro strada.

Quella era l'ultima lezione, che terminava due ore prima dell'alba. La maggior parte dei miei compagni si sarebbe fermata in mensa per prendere il sacchetto con la cena e portarla nelle loro stanze. La sera prima non avevo preso niente ed ero andata direttamente nella mia stanza, scelta di cui mi ero pentita quando avevo visto la mia minuscola colazione.

Ma l'avrei fatto di nuovo.

Per lui.

Per avere la possibilità di sopravvivere al suo corso.

Anche se aveva detto chiaramente che gli piaceva vedermi fallire.

Doveva essere tutto un gioco per lui, un modo di tormentare la sua preda. Ma non avevo altra scelta. O quello, o la morte, e non ero ancora pronta ad accettarla. Nonostante Cedric mi avesse suggerito di farlo.

Ripensare alle parole che mi aveva rivolto mi fece correre un brivido lungo la schiena.

Ho fatto la mia scelta, ricordai a me stessa raddrizzando le spalle. *Farò tutto il necessario. Mi spoglierò. Mi inginocchierò. Implorerò. Qualsiasi cosa mi chieda.*

Spogliarmi non era un problema. Dovevo farlo spesso durante certe lezioni o per altre attività.

Nemmeno inginocchiarmi lo era: ogni mattina, prima di colazione, pregavo la Dea in ginocchio. Ringraziarla quotidianamente per averci permesso di vivere era un'attività obbligatoria per tutti i mortali.

Implorare sarebbe stato più difficile, soprattutto perché non sapevo cosa volesse da me, a parte vedermi fallire.

E il fallimento non era parte del mio repertorio.

Mi tolsi i vestiti come mi aveva detto di fare, e assunsi una posa sottomessa sul tappeto di gomma, con le cosce leggermente divaricate, le mani dietro la schiena e il capo chino. A volte gli insegnanti ci chiedevano di sederci sui talloni, ma non ero sicura di cosa preferisse Cedric. Così mi inginocchiai con le cosce e la parte superiore del corpo perpendicolari al pavimento, tenendo gli occhi bassi in segno di rispetto.

Poi aspettai.

E aspettai.

E aspettai.

Iniziai a contare i secondi, poi i minuti e alla fine mi concentrai solo sul mio respiro.

Cedric era ancora lì, non se n'era andato. La sua presenza era un'ombra oscura nella stanza. Ma sentivo che non mi stava osservando. Non avevo idea di come facessi a saperlo, ma per il momento mi sentivo libera di respirare, perché i suoi gelidi occhi crudeli non erano rivolti nella mia direzione.

Era un test? Un modo per mettere alla prova la mia determinazione?

Potevo rimanere così per ore; l'avevo già fatto in passato.

Ma di certo non mi avrebbe costretta a rimanere in quella posa per tutto il giorno. Le finestre si affacciavano su una delle tante aree desertiche presenti nel campus, e quando il sole fosse sorto l'aula sarebbe diventata una fornace.

Lì dentro mi sarei sciolta.

Mi sarei disidratata e sarei svenuta.

Forse era quello il suo scopo.

Deglutii, colta dall'incertezza. Non sapevo quanto sarei riuscita a durare in quelle circostanze. Non molto, considerando quanto poco avessi mangiato nelle ultime ventiquattr'ore e quanto male avessi dormito.

«Vediamo se oggi sei stata attenta, umana» disse Cedric. Sia il suo tono che ciò che disse mi fecero venire la pelle d'oca. «Mostrami quello che vi ho insegnato stasera. Vedremo quanto è scarsa la tua tecnica e partiremo da lì».

Il cuore mi martellò nel petto. *La lezione di stasera. L'esercizio che ci ha assegnato per domani.* L'aveva eseguito due volte affinché lo memorizzassimo.

Di solito, ripetevo i movimenti decine di volte prima di eseguirli davanti a lui.

E ora voleva che lo facessi senza alcuna pratica.

«Adesso, fiorellino» mi ordinò.

Fiorellino. Non sapevo perché continuasse a chiamarmi in quel modo. Non si era mai rivolto così a nessuno dei miei compagni. Ma non avrei perso tempo a rimuginarci sopra. Non quando mi aveva dato un compito da svolgere.

Mi misi in posizione con estrema cautela, ripensando a quello che ci aveva mostrato, e assunsi la posa da combattimento appropriata. La sequenza non era molto lunga, solo una serie di calci e pugni in rapida successione. Era tutta una questione di equilibrio e di muovere l'anca nel modo giusto, un aspetto che avevo osservato con attenzione nel corso della lezione.

Così mi concentrai su quello, avanzando sul pavimento in una danza simile a quella di Cedric, dosando lo sforzo tra le braccia e le gambe. Una delle posizioni prevedeva che piegassi un ginocchio, e nell'eseguirla persi momentaneamente l'equilibrio, vacillando appena. Ma Cedric non disse niente finché non ebbi terminato l'ultima capriola.

«Ancora» mi ordinò.

Non mi misi a discutere. Non esitai nemmeno. Mi limitai a tornare alla posizione di partenza e a ripetere ancora una volta l'esercizio.

Poi, seguendo il suo comando, lo ripetei una terza volta.

E una quarta.

E una quinta.

Fu solo al sesto tentativo che sentii i suoi occhi su di me. Il suo sguardo era come un marchio deciso a imprimersi sulla mia anima.

E così incespicai, guadagnandomi uno sbuffo da parte sua.

Ma invece di fermarmi, continuai. Avevo le guance in fiamme per lo sforzo e per la consapevolezza di aver inciampato sotto il suo sguardo penetrante.

Iniziai in fretta a eseguire la sequenza per la settima volta, svolgendo l'esercizio in modo impeccabile e sentendo a ogni passo di aver raggiunto la perfezione.

Ma quando alzai gli occhi su di lui, sperando di scorgere sul suo viso un barlume di orgoglio, lo trovai a fissarmi con sdegno. «Sei già morta, umana».

Aggrottai le sopracciglia. Non capivo cosa intendesse.

Lasciò cadere qualcosa sulla scrivania e venne verso di me con un'espressione intensa che mi fece rabbrividire. Fui sul punto di indietreggiare. *Non farlo*, mi dissi, nonostante l'istinto di fuggire stesse minacciando di prendere il sopravvento sulla ragione. *Non scappare.*

Era quello che eccitava i predatori.

Amavano dare la caccia alle loro prede.

Se fossi rimasta immobile, forse non avrebbe provato a uccidermi.

Anche se aveva appena detto che ero morta.

Quindi forse restare ferma non sarebbe servito a nulla.

Mi afferrò i fianchi e mi riportò nella posizione in cui avevo perso l'equilibrio. Poi, con un calcio circolare ad appena qualche centimetro dal pavimento, colpì la gamba piegata su cui mi reggevo e mi fece franare a terra.

L'attimo dopo il suo corpo fu sul mio. Le sue labbra erano sul mio collo e le sue mani mi bloccavano i polsi sopra la testa, imprigionandomi sotto di lui.

Sussultai. Avevo il cuore in gola. *Dea…*

Ma non si era avventato brutalmente su di me. Si era mosso con grazia, bilanciando il peso sulle ginocchia e imprigionando le mie gambe tra le sue. Poi si era sciolto su di me sul pavimento, con le cosce che premevano sulle mie e il busto che mi copriva completamente.

Tutto nel giro di qualche secondo.

Fu però sufficiente ad attenuare l'impatto, dopo avermi mozzato il fiato con il calcio che mi aveva fatta cadere a terra.

Quasi come se stesse cercando di non farmi davvero del male.

Uno strano pensiero, probabilmente sbagliato. Quel vampiro mi odiava. Voleva bocciarmi. Perché avrebbe dovuto trattarmi con gentilezza?

Le sue labbra mi sfiorarono il collo. Il mugolio compiaciuto che emise mi accarezzò la pelle e mi incendiò il sangue. Ebbi l'impulso di piegare la testa all'indietro; l'istinto di abbandonarmi al suo bacio vampirico mi era stato inculcato fin dalla nascita.

Ma non mi morse.

Si limitò a premere la bocca sulla mia gola e tenermi imprigionata sotto di lui.

Chiusi gli occhi e la rassegnazione calò su di me. Mi sottomisi a lui come ero tenuta a fare.

Guadagnandomi un sospiro frustrato. «Un singolo errore nell'esecuzione ti condurrebbe alla morte, mio dolce fiore» sussurrò, spostando le labbra verso il mio orecchio. «Sei troppo delicata per combattere. Troppo *debole*. Sia che tu debba lottare contro di me, che contro i tuoi simili. Non è il percorso giusto per te».

Mi strinse entrambi i polsi con una sola mano, spostando l'altra sulla mia gola.

Rabbrividii quando si allontanò abbastanza da guardarmi con i suoi occhi gelidi. «Non sopravviveresti un giorno nel Torneo dell'immortalità. Anche se facessi tutto alla perfezione, moriresti. Per questo fallirai sempre e comunque». Il suo sguardo scese sulla mia bocca; mi stavo mordendo il labbro inferiore per non ribattere.

Solo che anche quella era una reazione.

Una reazione piuttosto esplicita.

Ma le sue parole avevano trafitto una parte di me che non voleva ascoltare la sua valutazione. La sua crudeltà. La sua promessa che avrei fallito.

Ero più piccola degli altri, essendo alta solo un metro e sessanta. E l'Università mi impediva di aumentare la massa muscolare regolando il mio apporto giornaliero di calorie.

Ma io volevo essere forte.

Volevo combattere.

Volevo che riconoscessero il mio valore, invece di vedermi come un oggetto da scopare o dissanguare.

Come potevo cambiare il mio futuro, se i vampiri come Cedric si rifiutavano di insegnarmi a lottare? Come potevo aumentare la mia forza senza l'energia derivata dal cibo?

Avevo visto tanti altri nella mia posizione arrendersi e soccombere al loro destino.

Io no. Io non mi sarei mai arresa.

Volevo dimostrare il mio valore, essere ciò che sapevo di poter essere con un addestramento adeguato.

Era per questo motivo che mi ero iscritta al suo corso.

«Posso riuscirci» gli dissi. «Posso affinare le mie abilità ed eseguire i vostri esercizi alla perfezione». Non sapevo da dove venisse tutto quel coraggio, o cosa avesse provocato tutta quella sicurezza, ma non mi scusai per aver parlato così schiettamente.

Perché non avevo niente da perdere.

Aveva minacciato di bocciarmi, e aveva dimostrato la sua tesi mandandomi facilmente al tappeto.

Ma questo non significava che non potessi riprovarci, che non potessi migliorare.

Mi scrutò per qualche istante. Un'emozione oscura che non riuscivo a definire si annidava nelle sue iridi di inchiostro. Non si mosse né parlo. Continuò a studiarmi come se stesse mettendo alla prova la mia determinazione. Forse era la stessa cosa che aveva fatto quando ero in ginocchio.

Non ero una che si arrendeva.

Ero una combattente.

E avrei continuato a lottare fino all'ultimo respiro.

«Vedremo» disse infine. «Domani alla stessa ora. E nella stessa posizione. Non deludermi, umana».

Mi liberò con un movimento fluido, rotolando via da me e alzandosi in piedi in un batter d'occhio.

Vampiro, pensai, ammaliata dalla grazia dei suoi gesti. Si era mosso più velocemente di quanto la mia mente fosse in grado di comprendere, la sua forza e la sua agilità erano di gran lunga superiori alle mie.

Eppure era stato delicato sul pavimento.

Che strano.

«Buonanotte, fiorellino» mormorò tornando alla sua scrivania. «Non dimenticare i vestiti».

Schiusi le labbra, stupita dall'accenno poco velato alla mia nudità.

Mi ero completamente dimenticata di essermi spogliata, prima di eseguire gli esercizi. La sequenza di combattimento aveva monopolizzato i miei pensieri, facendomi scordare tutto il resto.

Ma ora ne ero estremamente consapevole.

Più di quanto non lo fossi mai stata.

Perché Cedric mi aveva bloccata sotto di sé mentre ero nuda. Quindi doveva aver sentito i miei capezzoli indurirsi contro il suo petto. Probabilmente aveva anche fiutato la mia eccitazione.

Reagire alla sua vicinanza era assolutamente naturale.

Ma la mia reazione era stata più intensa del normale. Forse perché era tra i primi della sua specie ad avermi toccata. Durante i corsi sul sesso, non mi ero mai offerta volontaria per le dimostrazioni con i superiori; preferivo guardare e svolgere le attività richieste con altri umani.

Proprio come, di solito, combattevo contro altri mortali durante le lezioni di Cedric.

Fino a quella notte.

Fino a quando non mi aveva osservata ripetere un esercizio sette volte, completamente nuda, per poi gettarmi sul pavimento.

«Umana?» mi esortò il vampiro inarcando un sopracciglio. «La tua piccola caduta ti ha danneggiato l'udito?».

«N... no, mio signore» dissi, alzandomi di scatto per cominciare a vestirmi.

Solo che mi ero mossa troppo in fretta. Il mondo cominciò a girare, facendomi perdere l'equilibrio.

L'attimo dopo avevo il suo braccio attorno alla vita. Mi stava reggendo, impedendomi di cadere.

Fui percorsa da un brivido quando il suo profumo alla

menta mi investì. Il suo corpo solido così vicino al mio mi ispirò un fiume di desideri proibiti.

Per un istante mi domandai come avrei reagito, se avesse avuto bisogno di un volontario durante un corso sulle arti sessuali. Probabilmente sarei stata tentata di alzare la mano.

Che idea sciocca.

Mi avrebbe soffocata fino a farmi perdere i sensi, per poi bocciarmi per non essere riuscita a ingoiare.

Ma la possibilità di vederlo in tali circostanze, di assaggiarlo, tutto d'un tratto mi attraeva molto più del dovuto.

Il suo braccio si strinse attorno a me, la sua mano salì verso la mia nuca e mi tirò indietro la testa per far sì che lo guardassi. Gli era comparsa una piccola ruga tra le sopracciglia, e i suoi occhi scuri erano un po' meno freddi. O forse era tutta un'illusione. Un sogno.

Una fantasia da rivisitare più tardi.

Forse.

Mi girava la testa e mi sentivo un po' stordita.

Come se avessi potuto addormentarmi in un istante.

«Lily». La voce di Cedric aveva un tono strano. Non era agghiacciante e crudele come al solito. Aveva una strana profondità che mi avvolse in un piacevole tepore. Ma non capii il suo commento. Lily. Sembrava che parlasse sempre di fiori.

E di combattimenti.

E di morte.

E di bocciarmi.

Cercai di scuotere il capo, ma il movimento non fece che peggiorare la situazione. Avevo le vertigini.

«Quando è stata l'ultima volta che hai mangiato qualcosa?» chiese.

«A colazione» risposi con la voce un po' roca.

Lui sospirò. «E l'ora di cena è già passata».

«Anche oggi?» mi domandai ad alta voce, incerta sull'ora. *Probabile*, pensai. La finestra di tempo per andare a prendere il cibo era molto limitata, e sicuramente mi aveva tenuta in classe troppo a lungo.

Il suo profumo serpeggiò attorno a me mentre mi posava un altro bacio sul collo. «Così fragile e delicata» sussurrò. «Proprio come un fiore. La mia dolce Lily».

Le mie labbra si stavano per incurvare all'ingiù, ma riuscii a bloccarle appena in tempo.

Le reazioni non erano permesse.

Gli umani che urlavano morivano.

Gli umani che mostravano il loro disappunto morivano.

Gli umani che mostravano qualcosa di diverso dalla gioia o dalla noia morivano.

Il mio stomaco cominciò a brontolare, suscitandomi un'altra ondata di vertigini. Cedric mi aveva detto di vestirmi e andarmene, ma non potevo muovermi con il suo braccio che mi intrappolava.

Deglutii, incerta su come procedere.

Fu allora che mi condusse verso la sedia dietro alla sua scrivania. Era l'unico mobile presente nella stanza, in cui c'erano soltanto anche i tappetini di gomma. «Siediti» disse con un tono stranamente gentile.

Iniziai ad abbassarmi per sedermi a terra, ma lui mi strinse i fianchi e mi indirizzò verso la sedia.

Spalancai gli occhi. Non avrei mai dovuto assumere quella posizione. Le mie gambe minacciarono di cedere, il mio corpo tentò automaticamente di rifugiarsi sul pavimento. Ma lui reagì serrando la presa sui miei fianchi.

«Non. Ti. Muovere». Il suo ordine tuonò su di me, immobilizzandomi sul sedile di pelle. «Ricordi cosa ti ho detto sul disobbedirmi, umana?».

Mi si annodò lo stomaco. *Gli ho disobbedito restando nuda e non andando via*. E ciò significava che… «Mi boccerete». Era ciò che mi aveva minacciata di fare.

Se non mi obbedirai, ti boccerò all'istante.

Quelle erano state le sue parole.

Schiusi le labbra e abbassai lo sguardo sulla sua scrivania.

«Sì. È esattamente quello che ti ho detto». Lasciò andare i miei fianchi e posò le mani sui braccioli della sedia. Si chinò verso di me, di fatto ingabbiandomi tra il suo corpo e lo schienale. «Quindi resta qui come un bravo animaletto obbediente e non muoverti».

E con quello si allontanò, chiuse le luci e sparì fuori dalla stanza.

Lasciandomi a tremare sulla sua sedia.

Sola nella sua aula.

Abbandonata dopo il coprifuoco.

Senza vestiti.

Al buio.

CEDRIC

«HO BISOGNO DI UN SACCHETTO CON LA CENA» DISSI, materializzandomi nelle cucine del campus davanti a una serva umana.

La donna fece del suo meglio per camuffare lo strillo suscitato dalla mia comparsa improvvisa, ma riuscii a sentirlo lo stesso grazie al mio udito soprannaturale. Alcuni membri della mia specie si sarebbero divertiti a punirla per la sua reazione. Era un modo per mostrare la nostra superiorità e ricordare agli umani quale fosse il loro posto.

D'altro canto, la società aveva già ridotto il genere umano alla stregua del bestiame, quindi non vedevo l'utilità di insistere.

Tutta quella maledetta operazione mi sembrava semplicemente banale.

Cosa c'era di sbagliato nel dare la caccia al nostro cibo? Nel sedurlo? Perché avevamo dovuto rendere tutto così facile e noioso?

Purtroppo, non spettava a me prendere decisioni di tale portata.

Io mi limitavo a servire il sistema.

Beh, non esattamente. Grazie alle mie abilità, mi era stato chiesto di coprire una posizione rimasta vacante, e io avevo accettato per sfuggire alle pressioni politiche della regione di Silvano. Il mio creatore, il principe Silvano in persona, voleva promuovermi a sovrano. E io non ero interessato.

Così avevo scelto di lavorare nell'Università del sangue.

Una scelta che mi aveva dato l'opportunità di incontrare la mia Lily, una tentazione che non avevo mai saputo di desiderare.

«Che tipo di sacchetto, mio signore?» chiese la donna.

Non era una studentessa, ma una mortale scelta per quel compito in occasione del Giorno del sangue, la proverbiale "cerimonia di laurea" per gli studenti dell'Università del sangue. Era il giorno in cui a ogni mortale veniva assegnato il proprio destino.

Il fatto che l'umana fosse finita lì significava che era stata spedita all'asta dei servi, dove era stata acquistata appositamente per trascorrere il resto dei suoi giorni in una cucina.

E poi era stata addestrata per lavorare in *quella* cucina.

La osservai con curiosità, notando i capelli che si stavano ingrigendo e le rughe sottili.

Ero tentato di chiederle quanti anni avesse. Aveva sicuramente superato la giovinezza già da un po', un'impresa compiuta vivendo in un contesto sicuro, frequentato di rado dagli esseri superiori. I licantropi avevano bisogno di cibo, i vampiri no. E i licantropi erano meno soggetti al desiderio improvviso di prosciugare un mortale della sua essenza vitale.

Interessante, pensai, continuando a guardarla. Un'idea si stava formando nella mia mente.

Solo che la mortale cominciò a tremare, un'altra reazione esteriore che poteva valere una condanna a morte, distogliendomi dalle mie considerazioni.

«Ci sono dei tipi di sacchetti diversi?» chiesi. Non sapevo come operassero le cucine. Sapevo che esistevano per fornire il nutrimento necessario agli studenti umani. Ma non avevo mai avuto ragione di visitarle, e ciò spiegava perché l'umana stesse commettendo un errore dietro l'altro. Probabilmente non vedeva un vampiro da anni, la sua posizione l'aveva tenuta isolata e al sicuro.

Un pensiero che mi riportò all'idea che stava sbocciando nella mia mente.

Forse la mia dolce Lily potrebbe finire qui, invece che in una tomba.

«S… sì» balbettò la mortale. Il suo comportamento mi affascinava.

Come fai a essere ancora viva?, mi meravigliai. *Quand'è stata l'ultima volta che hai visto un vampiro?*

Non ce n'erano molti nel campus. Forse una ventina, e una trentina di licantropi. Tutti gli esseri soprannaturali erano lì per insegnare ai mortali come comportarsi in modo appropriato per la loro futura posizione nella società.

C'erano anche venti o trenta licantropi responsabili della gestione degli umani nelle aree riservate, come i dormitori.

E i vigilanti umani sorvegliavano il perimetro della scuola, dando la caccia ai loro simili e uccidendo chiunque fosse così stupido da tentare la fuga.

Ma ciò non accadeva spesso.

Il vero motivo per cui erano presenti i vigilanti era per offrire ai mortali un falso senso di speranza. I vigilanti rappresentavano una posizione a cui gli umani avrebbero potuto aspirare, dando loro una ragione per cooperare e competere gli uni contro gli altri.

Programmazione e controllo mentale.

Un periodo oscuro per il genere umano.

E noioso per i vampiri come me che sentivano la mancanza del brivido della caccia.

La donna cominciò a elencare le opzioni per la cena in base al tipo di corpo, non in base al contenuto.

Era un buon regime progettato in base al sesso e al peso desiderato. La mia dolce Lily doveva essere nella categoria dei pesi più bassi, data la sua struttura minuta. Ma possedeva delle curve naturali che avrebbero potuto aumentare di poco la quantità di cibo assegnatole. Altrimenti, la sua classificazione avrebbe dovuto essere rivalutata, perché le sue curve erano assolutamente perfette.

In realtà, tutto ciò che la riguardava era perfetto.

La sua determinazione.

La sua sottile ribellione.

La sua affascinante paura.

Probabilmente in quel momento era seduta nella mia classe con il cuore in fibrillazione e la pelle d'oca.

Così bella e minuta.

E mia.

Mi schiarii la voce e allontanai l'ultimo pensiero. Poi scelsi un sacchetto per la categoria di peso superiore. Lily avrebbe avuto bisogno di un po' di cibo in più, dopo aver saltato la cena il giorno prima. E sembrava che non avesse i requisiti per ottenere anche un sacchetto con il pranzo, un'altra tecnica di gestione del peso usata per costringere gli umani a raggiungere l'aspetto desiderato.

«Grazie» dissi alla serva.

Che rispose spalancando gli occhi.

Solo perché i vampiri erano superiori non significava che non potessimo essere educati.

Ovviamente, la *Dea* Lilith non avrebbe approvato. Mi avrebbe rimproverato e mi avrebbe ricordato che era mio dovere essere sprezzante con gli umani.

«È per il loro bene. Non vogliamo che nutrano qualche speranza. Sarebbe crudele» avrebbe detto.

Fui quasi sul punto di alzare gli occhi al cielo. Senza aggiungere altro, mi smaterializzai e tornai nel mio edificio.

Tutti gli umani si inchinavano e pregavano Lilith come se fosse realmente una divinità. Era un altro stratagemma per costringere alla sottomissione i più deboli di mente.

Solo che Lilith non era una dea. Era solo una stronza assetata di potere.

La vera Dea della nostra specie era Nyx, l'unica creatura degna di essere adorata quotidianamente.

Mi chiedevo spesso come la facesse sentire il comportamento di Lilith, che fingeva di essere un'incarnazione del divino.

Ma non era un problema che spettava a me risolvere. Se Nyx non era contenta di quello che stava succedendo, avrebbe trovato il modo di farlo sapere a Lilith.

E mi auguravo che se ne occupasse al più presto, perché ero veramente stanco di svegliarmi ogni sera con gli umani che recitavano preghiere a Lilith.

Tutti i pensieri su Nyx e Lilith scomparvero quando, entrando in classe, trovai Lily sulla sedia dove l'avevo lasciata. Non si era mossa di un millimetro. Aveva lo sguardo abbassato sulla scrivania in segno di sottomissione ed era completamente immobile.

Ma che bravo fiorellino, pensai, avvicinandomi silenziosamente a lei.

Le luci erano spente, in modo che il buio la proteggesse.

Nessuno sarebbe mai entrato in quella stanza senza il mio permesso, e ciò l'aveva tenuta temporaneamente al sicuro anche da altri membri della mia specie. *Se solo riuscissi a trovare una soluzione permanente.*

Volevo essere io a vederla appassire. Nessun altro.

Ma era un problema su cui arrovellarsi un altro giorno.

Al momento, avevo solo bisogno che mangiasse.

Appoggiai il sacchetto con il cibo sulla scrivania e mi accorsi che stava tremando. Non sembrava turbata dalla sua nudità, una condizione a cui si era probabilmente abituata nel corso degli anni.

Per me, invece, era tutta un'altra storia.

La sua carnagione chiara, la sua muscolatura tonica ma non troppo evidente e le sue curve delicate mi facevano venire l'acquolina in bocca.

Mi era costato molto trattenermi dal morderla, quando l'avevo bloccata a terra. Avrei voluto assaggiare la sua essenza, poi baciare e mordicchiare il suo corpo squisito fino al seducente paradiso tra le sue cosce.

Ahimè, prenderla sarebbe stato troppo facile.

Si sarebbe sottomessa a me perché era stata addestrata a farlo.

Mi ero reso conto di volere qualcosa di più dalla mia Lily.

Volevo che mi pregasse di scoparla perché mi desiderava, non perché si sentiva obbligata ad accettarmi.

Un sogno.

Gli esseri umani non erano più in grado di esprimere le loro speranze e i loro desideri.

Lasciandomi a fantasticare su qualcosa che non avrei mai sperimentato.

«Sei stata molto brava, fiorellino» la informai con dolcezza, frugando nel sacchetto.

Includeva un pasto equilibrato a base di carne e verdure grigliate prive di condimento, e una lattina di riso. Come dessert c'era una banana.

E due bottiglie d'acqua.

Non era la cena più appetitosa del mondo.

Ma Lily non poteva saperlo. Lei e tutti gli umani che vivevano nel campus erano abituati a mangiare cibi insipidi.

Sistemai tutto il contenuto del sacchetto sulla scrivania, poi presi la forchetta e infilzai un pezzo di pollo. «Apri» dissi, portandole il cibo alla bocca.

I suoi occhi saettarono verso i miei, lasciandomi vedere la sorpresa nella sua espressione. Forse pensava che il buio nascondesse le sue reazioni. O forse era troppo stupita per mascherare lo shock.

In ogni caso, ero grato della situazione. Perché quegli splendidi occhi verde acqua scintillavano di emozione, facendomi domandare cos'altro avrei potuto evocare in lei.

Piacere?

Dolore?

Eccitazione?

Tutte quelle opzioni avevano un fascino irresistibile.

Ma per il momento mi accontentai della sua sorpresa.

E mi divertii a guardarla obbedire al mio comando.

La forchetta scomparve tra le sue labbra schiuse e la sua bocca accettò immediatamente il cibo offerto dai rebbi.

Per il boccone successivo scelsi dal suo mix di verdure un fagiolino, rallentando di proposito i miei movimenti per darle il tempo di masticare e deglutire.

Quando le portai il cibo alla bocca, aprì automaticamente le labbra, permettendomi di imboccarla senza dovryglielo ordinare.

Non parlammo durante tutto il processo, il suo corpo reagì alle mie cure per puro istinto.

Aprii la bottiglia e le diedi da bere, poi continuai a nutrirla con altra carne e altre verdure, e le offrii anche un po' di riso.

Il suo sguardo rimase su di me, forse cercando di osservarmi nel buio. La luce della luna illuminava le finestre con ombre inquietanti, che probabilmente le permettevano di scorgere almeno i miei lineamenti. O forse riusciva a vedermi chiaramente, ora che i suoi occhi si erano abituati all'oscurità.

Era passato così tanto tempo da quando ero umano, che non ricordavo quanto fossero sviluppati i miei sensi all'epoca. Tuttavia, le sue pupille erano talmente dilatate che le sue iridi erano ridotte a dei sottili anelli colorati.

Se davvero riusciva a vedermi, esaminare il mio viso in quel modo era una mossa a dir poco audace.

Ma non volevo punirla.

Mi appoggiai invece alla scrivania e continuai a darle da mangiare. Ogni volta che le avvicinavo la bottiglia alle labbra, le sue narici si dilatavano. Temeva forse che volessi annegarla? Probabilmente alcuni della mia specie lo avrebbero fatto.

Avvampò quando le offrii la banana.

Era uno spettacolo erotico guardare la punta scomparire tra le sue labbra. Lasciai che rimanesse lì per un po', mentre fantasticavo che in quella dolce bocca ci fosse il mio cazzo.

Poi le diedi altra acqua.

Deglutì, aveva le guance ancora arrossate.

E un profumo soave graziò l'aria. Il profumo dell'eccitazione.

Della *sua* eccitazione.

Inspirai profondamente, accogliendo la fragranza

floreale nei miei polmoni ed emettendo un mugolio di approvazione durante l'espirazione.

Lei si dimenò appena in risposta. Il primo vero movimento, a parte mangiare, da quando ero tornato nell'aula.

Sorrisi porgendole di nuovo la banana.

Mentre apriva la bocca, ebbi l'impressione che il suo sguardo cercasse di sostenere il mio. Il colorito sulle sue guance si era fatto ancora più intenso, e sentivo il calore che emanava. Un calore che non aveva nulla a che vedere con la temperatura rovente all'esterno.

Diede un altro morso, masticò e degluti.

Che bella.

Appoggiai la banana e afferrai la bottiglia d'acqua, ma la portai alle mie labbra invece che alle sue. Avevo la bocca secca e necessitavo di un po' di sollievo, ma il liquido poteva fare ben poco.

Così tenni un sorso d'acqua in bocca e premetti le labbra sulle sue.

Lily fremette in risposta, e la sua fragranza floreale aumentò di intensità. Poi schiuse le labbra e mi permise di condividere l'acqua con lei, in un bacio intimo di rinfrescante calore.

Rimasi abbastanza a lungo da permetterle di deglutire, poi mi allontanai da lei e le diedi il resto dell'acqua usando la bottiglia.

Perché non mi fidavo di me stesso ed ero certo che avrei fatto di più.

Non sarebbe stato necessariamente un problema. Capitava spesso che uno studente sparisse, vittima di lussuria e tentazione.

Ero sorpreso che nessuno avesse ancora provato a prenderla.

Così dolce e fragile. Uno splendido giglio in fiore.

Mmm.

Le diedi l'ultima parte della banana, poi aprii l'altra bottiglia d'acqua. Ne bevve metà, era chiaramente disidratata. Ma si fermò giunta quasi alla fine. Il suo sguardo racchiudeva un segreto che non riuscivo a decifrare.

«Hai ancora sete» dissi, spezzando il silenzio. «Perché hai smesso di bere?».

«Se dopo posso tornare nella mia stanza, preferisco portare la bottiglia con me. Mi sveglio spesso assetata a causa del caldo».

Aggrottai la fronte. Certo che si svegliava assetata. Quel posto era un vero e proprio inferno, situato nella parte nord-orientale del deserto del Sahara.

Nessuno voleva vivere lì, ed era per questo che solo pochi vampiri e licantropi accettavano di insegnare nelle Università. Ce n'erano dieci sparse per il globo, e si trovavano tutte in zone inospitali.

Ma preferivo il caldo ai giochi politici.

Almeno per il momento.

«Finisci pure questa bottiglia» le dissi, assicurandomi che capisse che era un ordine e non una richiesta.

Lei obbedì, ma colsi una nota di paura nel suo profumo. Era un aroma inebriante che attirava il mio predatore interiore. Soffocando l'impulso di saltarle addosso, mi misi a raccogliere i resti del suo pasto e a dare una ripulita alla scrivania. Era tutto biodegradabile, inclusa la forchetta, quindi mi bastò gettare ogni cosa nel cestino.

Lily non si mosse, restando seduta in attesa di ordini, risoluta nella sua obbedienza.

Fui tentato di dirle di stendersi sulla mia scrivania a gambe spalancate e concedermi un dessert.

«Vestiti» dissi invece.

E mi diressi verso l'armadio in fondo all'aula. Lo aprii

usando l'impronta digitale del mio pollice. All'interno c'erano un po' di beni di prima necessità, tra cui una cassa di acqua fredda in un piccolo frigorifero. Presi quattro bottiglie e le portai a Lily, che nel frattempo stava finendo di infilarsi la sua maglietta bianca.

Tutti gli studenti avevano gli stessi vestiti dai colori neutri: pantaloni, shorts, gonne e magliette.

Quando frequentava le lezioni di arti sessuali, di solito non indossava nulla.

Il mio corso prevedeva magliette e pantaloni per gli esercizi.

E lei lo sapeva.

Eppure, non aveva pensato di rivestirsi.

E io non mi ero preoccupato di farglielo notare. Anzi, avrei richiesto che da quel momento in poi fosse sempre nuda. Perché mi piaceva, e il mio piacere era il suo obiettivo.

Spalancò gli occhi accorgendosi di cosa tenevo in mano, confermando che riusciva a vedere al buio. Quindi doveva sapere che anch'io potevo vederla.

Ma non aveva cercato di mascherare le sue reazioni.

E questo mi piaceva.

Mi piaceva quasi quanto vederla esercitarsi senza niente addosso.

«Portale con te» le dissi, dandole le bottiglie. «Mi aspetto che tu ne beva almeno due prima di colazione».

Era quasi svenuta per la fame e la disidratazione. Non volevo che accadesse di nuovo.

«Sì, mio signore».

Ecco, quello era forse l'unico lato positivo del nuovo ordine mondiale: il modo in cui Lily mi chiamava "mio signore". Me lo faceva venire duro ogni singola volta.

Se solo l'avesse inteso come avrebbe dovuto fare una

donna, ossia giocando in camera da letto… Ma purtroppo anche quello apparteneva al passato.

«Torna nella tua stanza, umana». Le parole mi uscirono un po' più dure di quanto volessi, principalmente a causa della frustrazione. «Continueremo con il tuo addestramento dopo la lezione di domani». Indicai il tappeto. «Stesso posto. Stessa posizione. Niente vestiti».

«Sì, mio signore» sussurrò, chinando appena la testa.

Ma non si mosse subito.

Si mise invece a mordicchiarsi il labbro, e il suo sguardo si spostò sull'acqua che le avevo dato.

Inarcai un sopracciglio. «Sto iniziando di nuovo a mettere in dubbio il tuo udito, umana».

Rabbrividì visibilmente, alzando per un attimo gli occhi su di me, per poi abbassarli di nuovo. «Perdonatemi, mio signore. Volevo…». Si interruppe, e mi ritrovai a inarcare entrambe le sopracciglia. Ero stupefatto. La maggior parte degli umani sarebbe già scappata via, ansiosa di obbedire. Ma non Lily.

«Vuoi dire qualcosa?» chiesi, mettendola alla prova.

Lei annuì. «Sì».

I miei simili avrebbero considerato la sua risposta un fallimento, perché agli umani non era permesso parlare, a meno che non avessero ricevuto l'ordine di farlo. Ma lei stava dicendo che voleva dare voce a un pensiero.

E per me quello significava che aveva superato la prova.

«Parla liberamente» dissi, premiando il suo coraggio.

Un invito pericoloso che le avrebbe potuto fruttare una condanna a morte, se avesse deciso di comportarsi così davanti al vampiro o al licantropo sbagliato.

Per questo motivo volevo che la sua vita finisse presto, per assicurarmi che la sua bella anima non fosse troppo compromessa da ciò che il mondo era diventato.

Ma per il momento mi sarei goduto quel lato di lei, e avrei conservato per sempre il ricordo del mio dolce fiorellino.

Almeno finché il tempo non l'avesse cancellata dai miei pensieri.

«Volevo ringraziarvi» mormorò. «Per il cibo e l'acqua».

Serrai la mascella. Mi stava ringraziando per averla tenuta in vita, il contrario di ciò che desideravo veramente. Eppure quelle parole avevano un sapore così dolce sulle sue labbra.

Ero combattuto tra il ringhiare e il sorridere.

Così non dissi nulla.

Perché non mi fidavo di me stesso e probabilmente l'avrei strangolata.

O l'avrei scopata contro il muro.

O entrambe le cose.

Un pericoloso conflitto di interessi.

«Buonanotte, mio signore» sussurrò, allontanandosi da me e andando verso la porta con lo sguardo abbassato. Una mossa intelligente.

Forse aveva percepito il mio conflitto interiore. Forse addirittura il mio bisogno di ucciderla.

Ciò avrebbe spiegato il suo battito accelerato.

Eppure, si lasciò dietro un accenno di quella fragranza eccitante, un profumo inebriante che mi avvolgeva e mi implorava di inseguirla.

Di darle la caccia.

Di reclamarla.

Era la mia preda prescelta.

Forse un giorno avrei ceduto all'impulso di prenderla. Divorarla. Prosciugarla.

Ma non quel giorno.

«Dormi bene, Lily» sussurrai, consapevole che non poteva sentirmi. «Ne avrai bisogno».

Perché il giorno dopo le avrei mostrato il motivo per cui non avrebbe mai potuto diventare una vigilante.

Una lezione di delicatezza e forza.

Un esercizio che avrebbe sicuramente fallito.

Mio povero dolce fiore.

Che tu possa sbocciare di nuovo in un'altra vita.

LILY

Non riuscivo a smettere di pensare a Cedric, alla banana e al modo in cui me l'aveva fatta mangiare la notte prima.

Forse perché ero in ginocchio, a lezione di arti sessuali, con un oggetto simile in bocca.

Un oggetto che continuavo a immaginare che appartenesse a Cedric, e non all'umano in piedi davanti a me.

Mi concentrai a far roteare la lingua, ma ogni tocco era come una leccata tra le cosce.

Perché continuavo a vedere Cedric.

Erano sue le dita tra i miei capelli. Sua l'essenza salata nella mia bocca. Suoi i gemiti che risuonavano nell'aria.

Riuscivo a immaginarlo perfettamente.

Tutto a causa di quella banana.

E del bacio che era seguito.

Forse non si era trattato di un vero e proprio bacio. Ma le sue labbra avevano toccato le mie, quando mi aveva dato l'acqua. Era stato un momento che mi aveva tolto il fiato. Un'esperienza che non avevo mai pensato fosse possibile.

Mi aveva *nutrita*.

Mi aveva dato una quantità di cibo che normalmente avrei ricevuto in almeno quattro o cinque pasti diversi.

E sei bottiglie d'acqua.

Oh, ed era acqua fredda. Non avevo mai assaggiato un liquido così paradisiaco.

Il mio partner emise un altro gemito, stringendo la presa sui miei capelli.

«Non venire» disse Peyton con una voce vellutata, trascinando le unghie lungo il collo del numero quattrocentosei. Per comodità, lo chiamavo Sei. E lui mi chiamava Sette.

Io e Sei venivamo spesso accoppiati durante i corsi per via dei nostri numeri, che venivano uno dopo l'altro. Eravamo dello stesso anno. E questo significava che avremmo partecipato al Giorno del sangue insieme.

I suoi occhi verde chiaro mi implorarono di rallentare, per assicurarsi di rispettare gli ordini di Peyton.

Ma il mio compito era quello di farlo crollare.

Era un esercizio crudele, che implicava che uno dei due perdesse.

E quel qualcuno non sarei stata io.

Non quando continuavo a immaginare gli occhi neri di Cedric che scintillavano con un intento oscuro mentre faceva scivolare la banana tra le mie labbra.

Era così facile fingere che si trattasse di lui, che mi avesse chiesto di inginocchiarmi e compiacerlo.

Facendomi ripetere una performance sessuale, invece di una sequenza di lotta.

E il solo pensiero mi copriva le cosce di umido interesse.

Non mi era mai successo. Non mi ero mai sentita eccitata dall'atto di praticare una fellatio. Ma pensare a

Cedric mi faceva palpitare il cuore con un bisogno proibito.

Non sarebbe mai stato mio.

Non dovevo romanticizzarlo o desiderarlo.

Tutti i vampiri erano intrinsecamente seducenti. Faceva parte del loro fascino predatorio. Anche Peyton aveva un aspetto impeccabile, con i bei capelli neri e la carnagione olivastra. Mi stava sorridendo. Quello spettacolo di sensuale tormento le piaceva.

Sei non aveva scampo.

Era così eccitato che la sua erezione pulsava nella mia bocca in un chiaro avvertimento.

Peyton lo rimproverò, ma non aveva importanza.

Esplose con un ringhio che mi fece rizzare tutti i peli del collo.

Anche Cedric avrebbe ringhiato? Mi avrebbe stretto i capelli e si sarebbe spinto più a fondo? Che sapore avrebbe avuto? Salato come Sei? Sarei annegata nel suo piacere? O sarebbe finito tutto in fretta, come in quel momento?

Quante domande pericolose.

Le ingoiai tutte, insieme all'essenza di Sei, mentre la mia mente tornava a immaginare di avere davanti Cedric.

Mi sentivo stordita e accaldata, con il mio corpo che desiderava qualcuno che non avrebbe mai dovuto desiderare.

Ma quel bacio la notte scorsa…

E il modo in cui mi aveva nutrita.

La cura nel suo tocco.

Il calore del suo sguardo.

Tutto ciò aveva provocato in me una voglia che non riuscivo a ignorare e che avevo sfogato su Sei. Facendomi sentire vuota e stranamente instabile.

Incompleta.

Sbagliata.

«Ben fatto, numero quattrocentosette» mi lodò Peyton, affondando le unghie affilate tra i folti capelli ramati di Sei. «Vieni con me, numero quattrocentosei».

Lui deglutì, e le sue guance arrossate impallidirono all'istante.

Stava per renderlo un esempio per tutti, facendolo venire di nuovo davanti alla classe.

Con le sue zanne.

L'avevo già visto succedere un paio di volte. Peyton lo considerava un processo di apprendimento per aiutare chi perdeva a imparare a controllare l'orgasmo.

Non ero ancora stata sottoposta a quella procedura, perché non avevo fallito nessuno dei miei test. Ma dubitavo che ciò avesse a che fare con le mie abilità.

I maschi perdevano sempre, ed ero abbastanza sicura che fosse dovuto al fatto che Peyton preferiva gli uomini.

Tutte le sue dimostrazioni erano sui maschi, mai sulle femmine. E durante i test toccava sempre gli uomini, mai le donne.

Le ruote della sedia della vampira sfrecciarono sul pavimento quando spinse Sei sul sedile. Fu decisamente più brutale rispetto al modo in cui mi aveva fatta sedere Cedric la notte prima. E i movimenti di Peyton erano molto più predatori di quelli di Cedric.

«Non emettere un suono» disse Peyton mettendosi in ginocchio.

Poi abbassò la testa sull'inguine di Sei.

Trattenni il respiro, pregando la Dea che Sei riuscisse a obbedire. Perché avevo visto cosa era successo la settimana prima, quando il maschio non era rimasto in silenzio.

Non era presente alla lezione.

Aveva fallito.

Ero sicura che fosse morto.

Dato che quel corso prevedeva una lezione a

settimana, non ne avevo avuto la certezza fino a quel giorno. Ma visto che era assente, era probabile che Peyton l'avesse ucciso.

Fortunatamente, Sei non emise alcun suono.

Ma il suo volto esprimeva un'agonia che mi fece stringere il cuore.

Peyton avrebbe continuato finché non avesse ritenuto di averlo *addestrato* a sufficienza.

O finché non fosse suonata la campanella.

Avevamo un'altra lezione prima del nostro giorno libero.

Ce ne concedevano uno a settimana, e seguiva la giornata con il maggior numero di lezioni.

Al momento seguivo quattro corsi. Uno sulla politica dei reali, con due lezioni a settimana.

Poi c'erano il corso di ospitalità e il corso di Cedric, ed entrambi prevedevano sei lezioni a settimana.

Il corso di ospitalità era considerato un corso di orientamento professionale, mentre l'addestramento al combattimento contava come attività fisica quotidiana obbligatoria.

Le arti sessuali e le lezioni di politica erano considerate corsi di educazione generale, entrambi obbligatori ma da poter seguire in un momento a nostra scelta.

O almeno così aveva detto la mia referente.

Era una vampira che non avevo mai incontrato di persona, ma ci sentivamo mensilmente attraverso uno schermo di telecomunicazione. Rivedeva sempre i miei voti e il mio piano di studi, poi spostava i corsi che dovevo seguire a seconda delle esigenze per soddisfare determinati requisiti.

Non avevo mai compreso appieno quei requisiti. Lei mi dava delle opzioni e mi lasciava scegliere quello che volevo studiare.

E ultimamente aveva insistito sulle arti del sesso, come educazione generale.

Dovevo frequentare un certo numero di lezioni al riguardo prima del Giorno del sangue, e non avevo ancora raggiunto il numero richiesto.

Quindi eccomi lì, ancora in ginocchio, a guardare Sei che urlava in silenzio.

Quando finalmente suonò la campanella, mi sentivo ormai insensibile.

Sei si muoveva, ma era pallido come il maschio della settimana scorsa. Aveva le guance infossate. Le sue iridi erano più gialle che verdi. Ed era instabile sulle gambe.

Mi sciacquai la bocca al lavandino in fondo allo spogliatoio, per poi dirigermi verso l'armadietto che mi era stato assegnato per rivestirmi.

Sei era in piedi accanto a me, si muoveva lentamente e teneva lo sguardo abbassato. Ci mise un tempo infinito a infilarsi i jeans neri, e le sue dita tremavano così tanto che non riuscì ad alzare la cerniera né ad abbottonarli. Così lo feci io per lui.

Borbottò qualcosa che somigliava più a un "Vaffanculo" che a un "Grazie". Ma non mi offesi. Capivo la sua rabbia. La accettavo. Lo aiutai a infilarsi la maglietta nonostante il suo sguardo omicida.

Conoscevamo entrambi le regole.

Lo scopo era sopravvivere.

Era esattamente ciò che avevo fatto. Prima o poi mi avrebbe perdonata. O forse no. Nel giro di qualche mese, dopo il Giorno del sangue, non avrebbe avuto importanza.

Sei cercò di piegarsi per mettersi le scarpe e trasalì.

Così mi accucciai sul pavimento e lo aiutai.

Stavolta non brontolò, ma, rialzandomi, scorsi la disperazione nei suoi lineamenti. C'era anche un pizzico di comprensione, insieme a una nota di imbarazzo e forse un po' di invidia.

Gli feci scivolare la borsa sulla spalla e poi recuperai la mia dall'armadietto.

Il suo sguardo si fissò sul mio per un lungo momento, facendo trapelare una miriade di emozioni dalle sue iridi giallo-verdi.

Aspettai, sapendo che ne aveva bisogno; una valvola di sfogo per confidarsi senza bisogno di parlare.

Dopo alcuni cupi secondi, deglutì e cancellò la reazione dal suo volto. Gli tesi il braccio, che lui accettò, e lo aiutai a uscire dalla porta senza che nessuno di noi due dicesse una parola.

Poi ci separammo per l'ultimo corso della giornata.

Non partecipava all'addestramento al combattimento di Cedric. In realtà non sapevo quale fosse il corso successivo di Sei.

Tuttavia, una piccola parte di me sperava che riuscisse ad arrivare sano e salvo alla giornata di riposo.

Non eravamo amici, perché fraternizzare era proibito. Ma eravamo alleati, in un certo senso, e lo conoscevo da sempre.

Perdere un conoscente dopo ventun anni sarebbe stato spiacevole. Soprattutto quando eravamo così vicini a finire gli studi.

Speravo che si sarebbe ripreso.

Con un respiro profondo, allontanai Sei dalla mente. Dovevo concentrarmi sul compito successivo: l'addestramento di Cedric.

Non fallirò un altro test, decisi, pronta ad affrontarlo.

Mi ero esercitata diverse volte tornata nella mia stanza dopo la nostra sessione notturna. E mi ero allenata anche quella mattina.

Sono pronta.

Non avrebbe potuto darmi un'altra insufficienza.

Gli avrei dimostrato il mio valore e gli avrei fatto vedere il mio potenziale.

Poi mi sarei spogliata ancora una volta per lui, aspettando sul tappeto la nostra lezione privata.

E mi sarei sforzata di non pensare alla sua banana.

LILY

Cedric era già nella stanza quando arrivai. Era seduto sul bordo della scrivania, con le lunghe gambe incrociate all'altezza delle caviglie.

La stessa posizione che aveva assunto la sera prima mentre mi stava dando da mangiare, solo che in quel momento non era girato verso la sedia, ma verso l'aula.

Le sue mani forti stringevano il legno sotto di lui, il suo sguardo freddo scrutava gli studenti che entravano in classe.

Quando i suoi occhi trovarono i miei, rabbrividii. Abbassai immediatamente lo sguardo verso il pavimento, assumendo una postura pudica e dimostrando il rispetto richiesto.

Non avrei nemmeno dovuto stabilire un contatto visivo.

Ah, quando si trattava di lui, le regole sembravano sfuggirmi dalla mente.

Deglutendo, posai la borsa, mi tolsi scarpe e calzini e mi diressi verso il mio solito tappetino. Ma uno schiocco di dita di Cedric attirò di nuovo la mia attenzione su di lui.

«Numero quattrocentosette, voglio che oggi lavori con numero seicentoquarantadue».

Cosa? Lanciai un'occhiata all'umano in questione, osservando la sua mole imponente.

«*Adesso*, umana» aggiunse Cedric quando non mi mossi istantaneamente.

Mi affrettati a obbedire con il cuore in gola. Perché quel tizio era almeno trenta centimetri più alto di me, e le sue braccia avevano le stesse dimensioni delle mie cosce.

La maggior parte dei maschi che frequentava quel corso era così.

Ce n'erano addirittura di più grossi.

Ma di solito mi allenavo con l'unica altra femmina del corso, che ora Cedric stava accoppiando con il compagno di lotta abituale del numero seicentoquarantadue.

Io e l'altra donna ci scambiammo un'occhiata. La sua espressione rifletteva il mio pensiero su quello sviluppo inaspettato. Fu un'occhiata veloce, ma eravamo state entrambe colte di sorpresa.

Certo, lei aveva sempre passato tutti i test, al contrario di me.

Quindi forse mi stava dando la colpa dei nuovi abbinamenti.

E probabilmente aveva ragione.

Solo che credevo che le cose sarebbero state un po' diverse, dopo la notte precedente. Cedric era stato quasi gentile con me.

Ero convinta di essere nei guai per non aver obbedito immediatamente alla sua richiesta; mi aveva lasciata nuda su quella sedia per almeno mezz'ora. Mi ero chiesta se sarebbe tornato davvero.

Ma l'aveva fatto. Portando del cibo.

E mi aveva nutrita.

Perché?

«Inizieremo con la dimostrazione di una tecnica specifica» annunciò mentre gli ultimi due studenti entravano in classe. «Eseguirete la sequenza dell'ultima lezione. Poi userete almeno quattro mosse di quella sequenza contro il vostro compagno».

Beh, non sembrava male.

«E questi si difenderà attivamente dal vostro attacco» aggiunse, facendomi correre un brivido gelido lungo la schiena. «Oggi non ci saranno regole o limiti. Difendetevi come meglio credete. Potete usare anche più di quattro mosse in attacco. Quattro è il minimo».

Batté le mani e quel suono fu come un tuono per le mie orecchie.

Niente regole o limiti.

Mosse con difesa aperta.

Contro un maschio grande il doppio di me.

Guardai il mio nuovo compagno e notai la sua espressione impassibile. Non era per nulla intimorito dalla situazione. Anzi, sembrava un po' annoiato.

Beh, giustamente. Gli avevano appena assegnato un topo da prendere a botte. Se fossi stata in lui, mi sarei annoiata anch'io.

«Numero quattrocentosette, voglio che inizi per prima» annunciò Cedric, per poi rivolgersi al resto della classe. «Avete cinque minuti per riscaldarvi, a partire da ora».

Quindi non mi stava dando il tempo di prepararmi mentalmente a quel cambiamento. O forse non voleva che mi facessi prendere dal panico.

Senza rimuginarci sopra ulteriormente, feci tre giri di corsa attorno all'aula e poi cominciai con la mia solita routine di stretching.

La mia mente si calmava sempre di più a ogni movimento, e il mio corpo mi guidava senza pensarci troppo.

Anche tutti gli altri studenti si misero al lavoro, preparandosi alla lezione.

Dopo lo stretching, provai per due volte la sequenza di combattimento e infine presi posizione sul tappeto, pronta a esibirmi.

Cedric rimase alla sua scrivania nella stessa posizione, con le mani infilate nelle tasche. «Tempo scaduto» disse. Il suo sguardo gelido piombò su di me. «Comincia».

Senza esitare, eseguii il primo movimento e a seguire tutta la routine, esattamente come avevo fatto la notte prima. Solo che in quel momento indossavo dei pantaloni neri elasticizzati e una maglietta bianca.

Portai a termine la sequenza in maniera impeccabile.

Cedric non fece nemmeno un commento, limitandosi a esortare con un cenno della mano il numero seicentoquarantadue a cominciare con la sua dimostrazione.

Studiai i suoi calci e i suoi pugni, trasalendo quando capii la potenza che accompagnava ogni movimento.

Mi spezzerà a metà, pensai quando il vampiro finì l'esibizione tagliando l'aria con un fendente micidiale.

Cedric annuì e ci fece spostare di lato. Poi chiamò la mia compagna abituale e il suo nuovo compagno. Eseguirono i movimenti. Il maschio era spaventoso come quello che mi stava accanto.

Il cuore mi batteva sempre più forte mentre ogni coppia dimostrava la sequenza richiesta.

«Numero quattrocentosette sarà all'attacco per prima» dichiarò Cedric a quel punto. «Solo mosse difensive, numero seicentoquarantadue».

Il maschio abbassò il mento per dimostrare di avere capito.

Andrà a finire molto male.

Mi ricordò un po' l'ultima lezione, dove uno dei due

doveva per forza fallire. Solo che Cedric non avrebbe torturato l'avversario sconfitto come aveva fatto Peyton.

Avrebbe semplicemente lasciato che si rompesse qualcosa.

«Cominciate». L'impazienza incupì il tono di Cedric.

Doveva aver percepito la mia esitazione, perché pronunciò quella parola nel momento in cui i miei piedi toccarono il tappeto. Non ero ancora in posizione di combattimento, ma il mio compagno sembrava già pronto, e alzò i pugni per ostacolarmi.

Cominciai con un calcio che doveva spazzargli via le gambe da sotto i piedi e invece mi scontrai con un muro di muscoli. Non cercò nemmeno di schivarmi. Le sue gambe massicce ammaccarono le mie e mi fecero indietreggiare di riflesso, senza che lui si spostasse di un centimetro.

Dea, così non va bene, pensai, tirandogli un pugno destinato a colpire un punto di pressione.

Quello lo prese; la sua grossa mano mi agguantò il polso e lo ruotò con forza, fino a farlo schioccare.

Mi morsi il labbro per trattenere un urlo.

Ma non riuscii a nascondere il mio sussulto.

O il brivido di dolore che mi salì lungo il braccio.

Avevo ancora due mosse da eseguire ed ero quasi certa che mi avesse slogato il polso.

Il sudore mi colava lungo la schiena. Rinunciare non era un'opzione. Non potevo fallire di nuovo.

Così finsi di dargli una ginocchiata all'inguine, poi spinsi improvvisamente il gomito verso l'alto con una mossa simile a quella che Cedric ci aveva mostrato il giorno prima.

Centrai il gigante al mento e proseguii con un ultimo colpo al collo.

Lui non sembrò quasi accorgersene, e i suoi occhi marroni mi guardarono con quella specie di noia perenne.

Come se fossi stata una mosca che gli ronzava attorno alla testa.

«Cambio» disse Cedric. Il suo ordine accese un fuoco nello sguardo del mio compagno. Si avventò su di me con la forza e la velocità di un fulmine, mirando al mio collo. Mi abbassai di istinto, sfruttando le mie dimensioni ridotte a mio vantaggio.

Il suo gomito mi colpì alla nuca, facendomi correre una scarica di dolore lungo il collo. Ma poi mi spostai di lato, solo per vedere il suo tallone che si avvicinava al mio naso.

Feci un balzo all'indietro, evitando il suo calcio per un soffio.

Lui mi seguì con passi agili e scattanti. Il suo volto non lasciava trapelare nulla, la sua mancanza di emozioni mi turbava profondamente.

Non riuscivo a ricordare quante mosse avesse già eseguito, continuavo a sentire le istruzioni di Cedric riecheggiarmi nelle orecchie.

Potete usare anche più di quattro mosse in attacco. Quattro è il minimo.

Non mi aveva lasciato provare più di quattro mosse.

Ci aveva detto di scambiarci di ruolo.

Quante ne avrebbe concesse al mio compagno? Avrebbe fermato anche lui dopo quattro mosse, o avrebbe aspettato che mi distruggesse?

La notte prima mi aveva chiesto se mi ricordavo cosa sarebbe successo se gli avessi disobbedito.

Mi boccerai.

Ero convinta che avesse intenzione di punirmi.

E forse era quella la vera punizione, il mio vero fallimento, la mia *morte*.

Con il cuore in gola, schivai un altro colpo, poi rotolai per sfuggire all'ennesimo calcio. Ma il mio avversario stava tornando alla carica sempre più velocemente, i suoi movimenti erano violenti, forti e *letali*.

Cedric non disse nulla.

La stanza era silenziosa, a parte il mio respiro affannoso.

Non avrebbe fermato il combattimento.

E il mio compagno sembrava deciso a dimostrare le sue abilità usandomi come sacco da boxe.

Non potevo scappare. Non potevo nascondermi. Dovevo lottare.

Ma non potevo competere con la sua stazza e la sua potenza. Anche se avessi trovato un modo per colpirlo, non sarebbe servito a molto. Senza un'arma, ero fottuta.

Il mio polso era in fiamme per qualsiasi cosa gli avesse fatto.

Le lacrime minacciavano di sottrarmi la visuale, la paura mi strangolava la gola.

Ti prego, ferma tutto, pensai, implorando mentalmente Cedric. *Ti prego, non lasciarmi fallire in questo modo. Non dopo tutto quello che ho...*

Numero seicentoquarantadue afferrò il mio polso ferito e mi tirò a sé, poi lo ruotò bruscamente per spezzarmi le ossa del braccio.

Accadde così all'improvviso che riuscii a malapena a rendermene conto, a sentire il dolore, finché il suo ginocchio non mi colpì lo stomaco e il suo gomito la testa.

Il mondo andò sottosopra, e la mia schiena sbatté sul tappeto con una forza tale da rubarmi tutta l'aria dai polmoni.

Lui fece per gettarsi sopra di me, il suo viso nuotava nella mia visuale. Ma un brusco comando di Cedric lo bloccò.

O forse stavo sognando.

Non riuscivo più a vedere bene. Non capivo più niente. Era tutto sfocato. Nero, poi luminoso.

Ooh, questo sì che fa male, pensai, facendo del mio meglio per non emettere un suono. Ma un minuscolo gemito mi sfuggì dalle labbra. Il mio addestramento alla sopportazione venne alla luce mentre cercavo con tutte le mie forze di contenere l'agonia, di perseverare nonostante il peso che mi teneva giù.

Muoviti, ordinai a me stessa. *Alzati e muoviti!*

La vista mi abbandonò mentre cercavo di trovare il modo di alzarmi dal tappeto. Metà del mio corpo sembrava incapace di muoversi. *Mi ha rotto il braccio.* Quel colpo alla testa mi aveva stordita. Il mio stomaco era sottosopra.

Trassi un respiro spezzato e chiusi gli occhi.

Tre. Due. Ora.

Strinsi i denti e rotolai sulla pancia, poi costrinsi le ginocchia a infilarsi sotto di me e sfruttai la mano illesa per darmi una spinta e alzarmi in piedi. Non riuscivo ancora a vedere né a sentire, ma avvertivo che tutti stavano osservando la mia lotta.

Era la mia battaglia da combattere. La mia battaglia da *vincere*.

Proprio come Sei era sopravvissuto alla sua punizione, io avrei sopportato la mia.

Non c'era alternativa.

Volevo vivere.

E lo dimostrai ritrovando l'equilibrio e zoppicando fino alla parete accanto all'uomo che mi aveva appena massacrata.

«Numero centotrentanove, tocca a te» disse Cedric in tono annoiato, chiamando la mia ex compagna di allenamento sul tappeto di gomma.

Tentai di guardarla combattere, ma la mia vista

continuava ad andare fuori fuoco. Non ero sicura di quanti movimenti avesse eseguito, ma quando toccò al maschio attaccare, sentii il caratteristico rumore delle ossa che si spezzavano.

Il suo urlo agonizzante squarciò l'aria, rivelando che il danno doveva essere grave.

Ma poi più niente.

Non sapevo se fosse il risultato del suo addestramento o se avesse perso i sensi.

Seguì un altro colpo.

Un altro rumore di ossa rotte.

«I prossimi» disse Cedric in tono sprezzante. «E deposita il numero centotrentanove in corridoio».

«Sì, mio signore» rispose il maschio con un tono privo di emozioni.

È morta, capii, ancora incapace di vedere. *O sta per morire.*

Non c'era altra ragione per portarla in corridoio.

Mi si rivoltò lo stomaco al pensiero che Cedric aveva lasciato che accadesse, che aveva lasciato che quell'uomo la ammazzasse.

Ma era ovvio.

Era così che funzionava l'intero programma. Solo i più forti sopravvivevano. E lui mi aveva appena dato la lezione definitiva.

Dandomi prova di quello che aveva cercato di dirmi con ogni insufficienza.

Non hai la stoffa per superare questo corso.

Non l'aveva pronunciato a voce alta, ma non ce n'era bisogno.

Ora capivo perché continuava a darmi brutti voti.

Non ero abbastanza forte per affrontare tutto questo.

Il che significava che non avrei mai potuto essere una vigilante.

Cosa ne sarebbe stato di me? Sarei riuscita a sopravvivere abbastanza a lungo da partecipare al Giorno del sangue?

Non continuando a frequentare il corso di Cedric.

Non avrei mai dovuto iscrivermi.

Ma ormai non potevo farci nulla.

Potevo solo resistere.

E cercare di trovare un modo per sopravvivere.

CEDRIC

Il volto cinereo di Lily mi tormentava dai margini della mia visione periferica. Aveva fatto del suo meglio per rimanere dritta contro il muro mentre tutti gli altri eseguivano i loro esercizi. Ma avevo il sapore del suo dolore sulla punta della lingua.

Avevo pensato di mandarla in corridoio insieme alla sua ex compagna di allenamento, ma non mi piaceva l'idea di lasciarla nelle mani dei medici.

L'altra mortale sarebbe sopravvissuta, ammesso che il personale medico decidesse che i suoi punteggi la rendevano degna di essere curata.

Ma considerando i voti che ultimamente avevo dato a Lily, c'era la possibilità che le sue ferite fossero trascurate o lasciate a infettarsi.

Non volevo correre il rischio.

Così la costrinsi a rimanere in aula, nonostante sapessi che soffriva terribilmente. Il fatto che riuscisse a stare in piedi era una testimonianza della sua forza d'animo.

Quando l'ultima coppia salì sul tappeto di gomma, la

mia pazienza aveva toccato i minimi storici. Concessi solo quattro mosse a ciascuno e poi congedai tutta la classe.

Stavo per chiedere a Lily di fermarsi, ma con la coda dell'occhio la vidi muoversi con un atteggiamento determinato, così decisi di aspettare e vedere cosa aveva in mente.

Tutti se ne andarono in fretta, nessuno la guardò o sembrò interessato a lei.

Ormai era così che funzionava il mondo.

Perché i vampiri e i licantropi al comando avevano escogitato un sistema per mettere gli umani l'uno contro l'altro, facendoli competere per la possibilità di diventare immortali.

Non era sempre stato così.

I mortali erano soliti lavorare insieme, o almeno cercare la compagnia l'uno dell'altro.

Ma ora non più.

Nel nuovo mondo, a nessuno importava che probabilmente Lily sarebbe morta a causa delle lesioni interne. E nessuno era andato in cerca dell'altra umana, la sua vita era già stata dimenticata.

La mia crudeltà non sminuiva l'importanza di ciò che avevo fatto.

Lily doveva capire che la sua aspirazione di diventare una vigilante non si sarebbe mai realizzata. Gli umani combattevano gli uni contro gli altri. La pietà non esisteva più. E la sua taglia minuta la rendeva un bersaglio facile, che gli altri mortali avrebbero usato contro di lei senza pensarci due volte.

Il compagno con cui aveva appena combattuto l'aveva massacrata senza battere ciglio.

E quello che avevo assegnato all'altra femmina si era comportato anche peggio.

Lily non desiderava davvero una vita del genere.

Grazie alla mia lezione, finalmente le era chiaro.

Mi aspettavo che prendesse la borsa e se ne andasse con gli altri, tornando nella sua stanza con la speranza di cambiare corso.

Certo, non le avrei permesso di arrivare a tanto.

Ma mi sorprese, rimanendo indietro e dirigendosi verso il suo tappetino.

Dove si tolse i pantaloni con una mano sola, un'operazione che chiaramente le costava molta fatica.

Poi iniziò la procedura minuziosa di sfilarsi la maglietta con un braccio rotto.

Il suo sibilo di dolore fu rapidamente inghiottito, la sua tenacia mi lasciò per un attimo senza parole.

E infine si inginocchiò lentamente in una posa sottomessa.

Rimasi a bocca aperta, stupito dalla sua obbedienza e dalla sua determinazione. Non doveva essere stato facile, come confermò qualche secondo più tardi il brivido che quasi la fece cadere. Ma tese i muscoli per rimanere in posizione, chiuse gli occhi e strinse i denti.

«Se ora ti dicessi di ripetere la sequenza di lotta, lo faresti, vero?». Espressi quel pensiero ad alta voce, perché ero sbalordito.

Invece di rispondere, fece un respiro profondo e cominciò ad alzarsi. Quando i suoi piedi si misero in posizione di combattimento, mi precipitai in avanti per afferrarle i fianchi e impedirle di procedere.

«Non era una richiesta o un ordine» dissi con un tono più freddo di quanto avessi voluto. Ma ero irritato dalla sua testardaggine. Se avesse proseguito con la sequenza, avrebbe sicuramente aggravato la sua condizione, dato che l'esercizio prevedeva dei movimenti bruschi con il braccio fratturato.

La sentii tremare, e il suo labbro inferiore svanì tra i suoi denti.

L'attimo dopo un profumo ramato riempì l'aria, attirando la mia attenzione sulla sua bocca. Stava cercando di mascherare il dolore, perché così le era stato insegnato. E, per riuscirci, si era morsa il labbro con una forza tale da farlo sanguinare.

Le avvolsi un braccio attorno alla vita per sostenerla, tenendola stretta a me, e usai l'altra mano per liberarle il labbro. Lei trasalì, e per un attimo i suoi occhi andarono fuori fuoco. Poi sbatté ripetutamente le palpebre come se stesse cercando di restare sveglia.

Il colpo che aveva ricevuto alla testa aveva fatto più danni di quanto pensassi. Leggevo l'agonia nelle sue pupille dilatate, udivo la gravità delle lesioni interne attraverso i suoi respiri simili a dei rantoli.

«Il mio fiorellino delicato» mormorai, chinandomi per leccarle via il sangue dal labbro. Rabbrividì, e la sua reazione riecheggiò in ogni parte di me. «Riesci a vestirti?».

Lei deglutì a fatica. «S… sì».

Non sembrava molto convinta. Anzi, ebbi l'impressione che si sentisse mortificata dalla mia richiesta. Forse perché aveva fatto tanta fatica a spogliarsi. «Provaci. Fallo per me» dissi, accarezzandole il labbro con la lingua per rubare qualche altra goccia di sangue. «Devo inviare un messaggio, poi possiamo andare».

Non le diedi alcuna spiegazione al riguardo. La lasciai andare delicatamente, pur restandole accanto, nel caso rischiasse ancora di cadere.

Vacillò e chiuse gli occhi per qualche secondo.

Aspettai.

Poi espirò profondamente e si raddrizzò.

Quando aprì gli occhi, rimase sorpresa di vedermi

ancora di fronte a lei. Poi si girò verso i suoi vestiti, mostrandomi il livido rossastro che le si stava formando sulla schiena.

Aveva sbattuto forte sul tappeto.

Perse l'equilibrio tentando di piegarsi a raccogliere i pantaloni, e le gambe le cedettero.

La presi di nuovo, ma non la aiutai a rimettersi in piedi. La sollevai e la portai alla mia scrivania. Non la rimproverai per non essere riuscita a rivestirsi; ci aveva provato, e stava soffrendo.

A causa della mia lezione, pensai.

La sistemai sulla superficie di legno e lei ondeggiò un po', il suo sguardo continuava ad andare fuori fuoco. «Sai perché ti ho assegnato un compagno diverso per la lezione di stasera?» le domandai.

Cominciò ad annuire, poi si fermò per deglutire. Un altro fremito le attraversò il corpo. «Per dimostrarmi che sono troppo debole».

Aggrottai la fronte. Non era la risposta che mi aspettavo. «No. Volevo che capissi che un'esecuzione perfetta non serve a nulla contro qualcuno che è il doppio di te».

Non volevo pensare a lei come a una creatura *debole*, solo delicata. E quella non era colpa sua.

La società aveva fatto in modo che restasse minuta.

Era forte per la sua corporatura e la sua determinazione era ammirevole, ma non poteva vincere contro qualcuno come l'umano seicentoquarantadue. Era una semplice questione di forza e di dimensioni.

Ma questo non la rendeva debole.

«Non sempre essere forti significa esserlo fisicamente» mormorai, per poi andare a recuperare i suoi abiti.

Rimase in silenzio mentre la vestivo. Per prima cosa le infilai i pantaloni, notando i lividi che le si stavano formando sulle gambe per i calci che aveva tentato di dare al compagno. Mi distrassero dall'ammirare la sua nudità; tutta la mia attenzione era rivolta alle chiazze che le tingevano la pelle.

Così come il suo addome infossato e i lividi sulle costole mi impedirono di godermi la vista del suo seno.

Doveva provare un dolore indicibile.

Ed era stata tutta colpa mia e della mia lezione.

Certo, non ne ero pentito.

Aveva bisogno di capire come funzionava il mondo.

Era una distinzione che non avrei dovuto cercare di insegnarle, dato che la sua vita sarebbe finita presto, a prescindere da quella nuova consapevolezza, ma mi sentivo in dovere di aiutarla.

Sospirando, le infilai la maglietta dalla testa e guidai con cura le sue braccia nell'apertura delle maniche. Lei, nel frattempo, continuava a restare in silenzio; la sua unica reazione fu una piccola smorfia quando le toccai il polso e il braccio feriti.

Sì, è indubbiamente una frattura, pensai, osservando il gonfiore che dal polso saliva a spirale fino al gomito.

Le ci sarebbero voluti mesi per guarire.

E questo solo se i medici lo avessero permesso.

Digrignando i denti, mi allontanai da lei per prendere il mio tablet dalla scrivania.

Non pensai nemmeno ai miei piani; selezionai il suo nome nel registro dell'Università e aprii il modulo per i viaggi fuori sede.

Inviarlo mi avrebbe permesso di portarla fuori dal campus per un giorno.

Nessuno avrebbe obiettato, dal momento che i membri dello staff prendevano spesso in prestito gli umani per motivi personali. Alcuni volevano una cameriera per un giorno. Altri un giocattolo da scopare o una sacca di sangue o tutte e due le cose.

Non importava.

Usare gli studenti a proprio piacimento era uno dei pochi vantaggi di lavorare all'Università del sangue.

Non l'avevo mai fatto, ma d'altro canto insegnavo lì solo da qualche anno. Prima ero impegnato nei giochi politici di Silvano.

Quello era una sorta di anno sabbatico. O una fuga, a essere del tutto onesto.

E adesso avevo un animaletto umano con cui giocare per ventiquattro ore.

Alla voce "Motivo della trasferta" scrissi: *allenamento fisico*.

Premetti il pulsante di invio e andai a prendere la mia borsa a tracolla dall'armadio. Vi riposi dentro il tablet e recuperai la borsa e le scarpe di Lily, poi tornai da lei.

Aveva ancora un'aria stordita, tanto da farmi chiedere se si fosse accorta dei miei movimenti, mentre le infilavo i calzini e le scarpe.

«Riesci a camminare?» le domandai una volta finito.

Cercò di annuire e per poco non cadde, facendomi sbuffare.

«Come pensavo». Aveva consumato le sue ultime forze nel tentativo di placarmi spogliandosi e mettendosi sul tappetino.

Spostai le borse su un braccio e sfruttai l'altro per sollevarla dalla scrivania, poi me la strinsi al petto.

«Chiudi gli occhi e cerca di non urlare» le dissi. «Questo potrebbe farti un po' male».

Era raro che mi smaterializzassi portando anche qualcun altro, e non sapevo che effetto avrebbe avuto il movimento sulle sue lesioni.

Si aggrappò alla mia camicia e in un batter d'occhio ci ritrovammo nel parcheggio.

Il teletrasporto era un'abilità rara nella mia specie, spesso acquisita solo da alcune linee di sangue e perfezionata con l'età. Ero l'unico vampiro dell'Università a possederla, e ciò spiegava gli occhi spalancati di Lily mentre osservava con stupore il nuovo scenario.

Senza darle alcuna spiegazione, usai il piede per attivare il sensore sotto la mia auto. La portiera della mia coupé a due posti si aprì verso l'alto con un sibilo.

Sistemai Lily sul sedile di pelle e lasciai cadere le nostre borse nel piccolo spazio ai suoi piedi. Lei rabbrividì, incerta sulle mie intenzioni. Ma non aprì bocca.

Le allacciai la cintura, perché sospettavo non fosse mai salita su un'auto. Nel suo fascicolo non era annotata alcuna escursione, quindi non aveva mai lasciato il campus. E di certo non offrivamo lezioni di guida.

Chiusi la portiera.

Girai intorno all'auto.

E presi posto accanto a lei.

«Sei pronta a fare un giro, tesoro?» le domandai mentre il motore prendeva vita con un ruggito.

I suoi occhi verde acqua sbirciarono verso di me con un miscuglio di paura e curiosità.

La studiai per un attimo. Il mio sguardo cadde sul suo labbro gonfio, per poi incontrare di nuovo i suoi occhi. «Un'umana debole ora non sarebbe nemmeno cosciente, Lily».

Il mio soprannome le disegnò una ruga tra le sopracciglia.

Ma non glielo spiegai.

Le accarezzai invece la guancia con tutta la delicatezza di cui ero capace. «Quello che è successo stanotte è una dimostrazione di come anche una tecnica perfetta possa rivelarsi inutile, non una lezione sulla debolezza». Trascinai il pollice lungo il suo labbro inferiore. «Ora ti mostrerò come ci si sente a essere forti».

Dandole qualcosa che non avrei dovuto darle.

E rivelandole un segreto che poteva costare la vita a entrambi.

Ma non c'era altra scelta.

O lo facevo e lei sopravviveva…

O non facevo niente e la lasciavo morire.

Non ero ancora pronto a vederla appassire.

Così, invece, l'avrei aiutata a sbocciare ancora una volta.

In un nuovo tipo di fiore, intriso di sangue immortale.

LILY

CEDRIC PUÒ TELETRASPORTARSI.

Sono in un'automobile.

Cedric ha detto che non sono debole.

I pensieri vorticavano nella mia mente in ordine sparso, il mio cervello si sforzava di trovare una logica.

Quando mi aveva sollevata tra le sue braccia, non sapevo cosa aspettarmi. Poi mi aveva detto di chiudere gli occhi, cercando di non urlare.

Prima di *teletrasportarci* fuori dall'aula e in un parcheggio.

Non sapevo nemmeno che quella parte del campus esistesse, perché era fuori dalle mura.

Mura che aveva attraversato smaterializzandosi per raggiungere la sua auto.

Un'auto in cui ero seduta in quel momento.

Non avevo mai viaggiato in automobile. Né mi ero mai teletrasportata. Non sapevo nemmeno che fosse possibile. Sentivo ancora il vento sulla faccia e il tumulto nello stomaco per essermi mossa a una velocità impossibile.

O forse era il dolore residuo causato dalle botte di Seicentoquarantadue.

Ero convinta che lo scopo di quella lezione fosse stato darmi prova della mia debolezza.

Ma Cedric aveva detto che voleva solo mostrarmi come una tecnica eseguita alla perfezione non poteva nulla contro un avversario grande il doppio di me.

E ora stavamo viaggiando nella notte su uno stradone nero circondato dal deserto.

Dove mi stai portando?, avrei voluto chiedergli.

Ma rimasi in silenzio. Sapevo che non bisognava fare domande a un superiore.

Solo che sarei morta presto. Se non per le ferite che avevo appena subito, sicuramente nel corso della lezione successiva. Perché non sarei mai riuscita a guarire in tempo per affrontare un altro combattimento. Ciò significava che non mi restava molto da vivere.

Quindi che male c'era a fargli una domanda?

Forse Cedric avrebbe accelerato la mia dipartita.

E considerato quanto stavo soffrendo, non sarebbe stata una tragedia.

«Dove stiamo andando?» gli chiesi prima di poter cambiare idea. Non era la decisione più intelligente che avessi mai preso, ma mi sentivo stranamente audace a condividere i miei pensieri. Al punto che mi venne voglia di farlo di nuovo.

«Alla mia casa temporanea» rispose, sorprendendomi.

«Casa temporanea?» ripetei, aggrottando la fronte.

Mi guardò arricciando le labbra. «Sei in vena di chiacchiere? Forse non stai poi così male». Lanciò un'occhiata al mio braccio, per poi riportare lo sguardo sulla strada. «O forse hai sbattuto la testa più forte di quanto pensassi».

Mi accigliai. Non ricordavo di aver battuto la testa. Ma non avevo dubbi che fosse successo.

Mi faceva male tutto, dalla testa agli stinchi.

«È temporanea perché non ho intenzione di restare a lungo» spiegò, sorprendendomi ancora una volta.

Non avevo alcun diritto di fargli domande, eppure mi aveva risposto come se la cosa non gli dispiacesse.

«Ho accettato il ruolo solo per evitare di essere coinvolto in alcune manovre politiche» continuò. «Tutto il resto del personale ha delle case di proprietà nel deserto; non hanno altra scelta. Altrimenti dovrebbero restare nel campus con gli studenti. Come fanno alcuni licantropi di basso rango per motivi di sicurezza».

Sì, quello lo sapevo, anche se ignoravo che fossero di basso rango. Ma la direttrice del mio dormitorio era una licantropa. Cercavo di evitarla, quando possibile, perché spesso tormentava chi incrociava il suo cammino. Mi dava l'impressione di essere sempre arrabbiata. *Molto* arrabbiata.

«Mi è stata data la possibilità di scegliere se costruire una casa o accettare gli alloggi dei reali» proseguì. «Ho preferito la seconda opzione, perché, come dicevo, non ho nessuna intenzione di rimanere a lungo. E i reali vengono raramente, quindi l'ambiente è piuttosto tranquillo».

Gli alloggi dei reali? Non ne avevo mai sentito parlare. Non sapevo nemmeno che i nostri insegnanti lasciassero il campus. Nessuno ci aveva mai chiarito questo aspetto, perché non eravamo tenuti a saperlo.

Eppure Cedric sembrava propenso a condividere.

Forse perché aveva intenzione di uccidermi e non vedeva nulla di male nel rivelarmi quei dettagli.

Oppure non aveva intenzione di uccidermi, ma sapeva che il mio tempo stava per scadere.

«Comprendo la necessità di avere un palazzo reale nei

pressi di ogni Università del sangue, ma mi sembra comunque uno spreco, dal momento che nessuno visita mai queste zone» aggiunse, distraendomi dai miei pensieri. «Ma almeno questo lo sto sfruttando al meglio».

Lo guardai con un'espressione stupita. «C'è un palazzo reale? Per… per i…?». Non riuscii a finire il mio commento.

Sapevo chi erano i reali. Lo scopo del corso di politica era imparare tutto il possibile sulle stirpi dei vampiri reali e degli alfa. Erano loro a governare il mondo, e ciascuno aveva la sua regione.

«È un palazzo destinato a ospitare i reali o gli alfa che vogliono controllare come procedono le cose nel campus» disse, rispondendomi ancora una volta. «Nei primi tempi si fermavano spesso. Ora la maggior parte delle tenute è in stato di abbandono. C'è solo il personale».

Cedric svoltò in un'altra strada buia come la precedente. I fari dell'auto erano l'unica fonte di luce attorno a noi.

«Mi sembrava uno spreco di risorse costruire una casa che non intendo tenere». Scrollò le spalle. «Così ho approfittato della mia posizione nella gerarchia della regione di Silvano, dal momento che faccio parte della sua linea di sangue, e ho accettato una stanza nel palazzo».

Spalancai gli occhi. «Il principe Silvano…». Conoscevo il suo nome e il suo volto per via delle lezioni di politica. Aveva occhi neri e crudeli, simili a quelli di Cedric. Ma il vampiro reale aveva una massa di capelli bianchi.

«Sì, è il mio creatore» rispose Cedric, il cui tono annoiato minimizzava l'importanza di quello che mi aveva appena rivelato.

Silvano era un vampiro potente.

Un reale. Uno dei membri più antichi della sua specie.

E se Cedric era la sua progenie, significava che era quasi al vertice della gerarchia dei vampiri.

Ho accettato il ruolo solo per evitare di essere coinvolto in alcune manovre politiche.

Quel commento assunse un significato del tutto nuovo.

Il suo legame di sangue con Silvano avrebbe potuto fruttargli una posizione di sovrano.

E lo rendeva estremamente potente.

E io sono sola in auto con lui.

«Mmm…» mormorò con le narici dilatate. «La tua paura sta seducendo il mio predatore interiore, fiorellino».

Il suo tono pacato rendeva quelle parole ancora più minacciose.

«Respira» sussurrò. «Inspira lentamente ed espira».

Deglutii e solo allora mi resi conto del bruciore che sentivo al petto. Perché avevo smesso di respirare non appena mi aveva rivelato la sua appartenenza a una linea di sangue reale.

I miei polmoni si rifiutavano di funzionare, la mia mente era incapace di controllare il mio corpo.

Non riuscivo a ricordare come inspirare.

Cedric posò la mano sulla mia coscia e la strinse. «Adesso, Lily».

Ansimai, sia per il suo tono che per il suo tocco. Il calore si diffuse dal suo palmo alla mia gamba, risalendo verso il mio ventre. Nel frattempo, i miei polmoni si riempirono d'aria.

«Brava» mormorò, accarezzandomi l'interno della coscia. «Continua a respirare, mio dolce fiore. Presto ti guarirò».

Guarirmi?

«Ma se fai parola a qualcuno di tutto questo, morirai». Strinse la presa sulla mia coscia, anche se non ce n'era bisogno: il suo tono era già abbastanza chiaro.

«Non dirò nulla» risposi con un rantolo. I miei polmoni chiedevano più ossigeno. Ma non riuscivo a respirare a sufficienza, e tutto il lato destro del mio corpo doleva per lo sforzo.

Le sue rivelazioni mi avevano lasciata senza parole, le mie emozioni mi stavano soffocando. Tuttavia, quel problema sembrava legato al mio ventre, più che alla mia paura di lui e di ciò che intendeva farmi.

Mi sentivo così stordita.

La mia vista continuava a oscurarsi a tratti, come durante la lezione.

«Chiedimi che ruolo sto evitando» mi disse.

Aprii la bocca per obbedire, ma le parole sembravano troppo lunghe. Non avevo abbastanza aria. Così tentai di indovinare. «Sovrano».

Il suo pollice disegnò un piccolo cerchio sulla mia gamba. «Ti sei guadagnata i tuoi bei voti nel corso di politica, fiorellino». Mi diede un'altra stretta, poi mi lasciò andare e riportò la mano sul volante. L'auto svoltò di nuovo.

Solo che non riuscii a vedere la strada.

Mi si era oscurata completamente la vista.

«Ci siamo quasi» disse Cedric. La sua voce sembrava provenire da molto lontano. «Continua a respirare, Lily».

Lo feci.

A malapena.

Quando l'auto si fermò, mi sentivo fluttuare in una nube di nulla. Percepii vagamente delle luci intorno a noi. Il mio naso colse l'accenno di un profumo legnoso. Sale. Un ronzio. Braccia forti che mi sollevavano.

Tutto si fuse insieme.

E a un certo punto atterrai su una vera nuvola. Soffice. Calda. Che mi avvolse dalla testa ai piedi.

Ooh... Fui sul punto di gemere. La mia pelle si crogiolava in quella consistenza setosa.

Se quello era l'aldilà, lo accettavo.

«Ssh». Il suono fu accompagnato dal calore e dalla solidità di un uomo che si era infilato nella nuvola dietro di me. «Continua a gemere e a rotolarti così e dovrò cambiare i miei piani per te».

Cedric.

Cercai di aprire gli occhi per vedere cosa stesse facendo, per capire dove fossimo, ma tutto rimase nascosto in un mare di oscurità. Il suo profumo di menta vorticava intorno a me, soffocandomi con l'intensità della sua presenza.

«Bevi, fiorellino». Sentii qualcosa di caldo e umido sulla bocca. Schiusi le labbra, sforzandomi di obbedire.

Un liquido dolce e appiccicoso mi lambì la lingua, il suo sapore mi fece dilatare le narici e stringere le cosce. *Oh, Dea...* Non sapevo cosa fosse, ma era delizioso e travolgente.

«Ora succhia» sussurrò.

Feci come mi aveva detto, riempiendomi la bocca di ambrosia e affogandoci dentro.

«Deglutisci» aggiunse. La sua voce era profonda e sensuale.

Obbedii ancora una volta, con il cuore che mi martellava nel petto. Un calore intenso si diffuse nel mio corpo, e quando raggiunse il mio braccio rotto mi strappò una smorfia. Il dolore si era attenuato fino a diventare un fastidio di fondo che ero riuscita a ignorare, complice il mio stomaco agonizzante, ma tornò a farsi sentire con prepotenza.

«Continua a succhiare e a inghiottire» ordinò Cedric con un tono che non ammetteva obiezioni.

Mi faceva male.

Era così buono.

Bruciava.

Ma non volevo bere nient'altro per tutto il resto della mia vita.

Un tale conflitto di sensazioni, roventi e strazianti al tempo stesso. Un miscuglio letale di sensazioni che mi rendevano totalmente sottomessa a lui.

Continuai a succhiare e ingoiare, scatenando un inferno dentro di me. Tremavo, l'agonia mi trafiggeva il cuore e correva lungo la mia spina dorsale. Cercai di allontanarla, cercai in tutti i modi di non dare a vedere quanto stessi soffrendo. Ma alla fine il dolore ebbe la meglio, esplodendo in un'ondata bollente di tormento che lasciò la mia bocca in un urlo gorgogliante.

Cedric mi zittì mettendo di nuovo quel liquido sulle mie labbra. «Ancora un po', poi ti farò dormire».

Non sapevo bene cosa significasse.

Ma tentai comunque di obbedire.

Che scelta avevo?

Il suo corpo era avvolto intorno al mio, il suo braccio mi stringeva e la sua mano…

Aggrottai la fronte.

Il suo polso… ecco cosa continua a premermi sulla bocca.

Spalancai gli occhi, la vista tornò in un attimo e mi sembrò di avere degli aghi conficcati nelle tempie. Eravamo in un letto coperto di lenzuola nere. Davanti a noi c'era una finestra che occupava tutta la parete e si affacciava sull'oscurità esterna.

L'illuminazione della stanza era scarsa, mi fece pensare a delle candele tremolanti.

E accanto a noi c'era un mobile di legno scuro. *Un comodino.*

Fui attraversata da un'altra scarica di dolore che mi strappò un rantolo.

E così facendo sputacchiai e quasi soffocai con il sangue di Cedric, sforzandomi poi di deglutire. Le labbra del vampiro mi sfiorarono la tempia, il suo polso lasciò la mia bocca. Le sue dita mi accarezzarono la gola, per poi spostarsi delicatamente verso la spalla e scendere lungo il mio braccio ferito.

Mi morsi il labbro per non urlare quando cominciò lentamente a stenderlo. «Questo lo aiuterà a guarire» mormorò. La sua bocca era ancora sulla mia tempia. «Ti terrò stretta mentre ti riposi, Lily. E domani ti sentirai invincibile».

Non ne ero così sicura.

Mi sentivo a un passo dalla tomba.

Rotta.

Incapace di parlare.

Sul punto di soffocare con il suo sangue.

Perché l'ha fatto? Perché mi ha spinta a bere il suo sangue? I vampiri bevevano l'essenza degli umani, non il contrario.

Voleva forse tormentarmi con il suo sapore di ambrosia prima di uccidermi?

Perché sentivo ancora la sua essenza scaldarmi le viscere, il suo sangue era un elisir mai provato prima.

«Dormi». La parola si infranse sul mio orecchio con il suo respiro, e mi fece abbassare le palpebre. Fu una reazione istantanea, il mio corpo si piegava al suo volere come se mi possedesse.

E forse era così.

Forse la mia fine era giunta.

Volevo lottare, implorarlo di avere un'altra possibilità, ma la mia bocca si oppose. Il mio corpo si stava già abbandonando alla nuvola di seta nera.

La sua bocca mi sfiorò la gola, la sua lingua mi lambì dove il mio battito pulsava.

Era arrivato il momento.

Quelli erano i miei ultimi istanti.

«Buonanotte, fiorellino». La sua voce mi seguì nell'oscurità. Le sue parole continuarono a inseguirsi nei miei pensieri finché non ci fu più nulla.

Solo il buio.

E la pace.

CEDRIC

Tamponai il mento di Lily con un panno bagnato per pulirlo dal sangue.

Il mio fiorellino era appassito così in fretta durante il viaggio. L'attimo prima mi stava parlando e quello dopo era praticamente incosciente.

Avevo temuto di doverla nutrire a forza, e in parte l'avevo fatto. Ma poi era tornata in sé abbastanza a lungo da ingoiare da sola. E ora il suo corpo si sarebbe occupato del resto.

Aveva assorbito una quantità sufficiente della mia essenza per riprendersi completamente. Ne avrebbe anche sentito gli effetti per qualche giorno.

Quindi dovevo trovare un motivo per farle saltare le lezioni.

Altrimenti chiunque si sarebbe accorto che c'era qualcosa di strano.

Dovevo anche assicurarmi che capisse l'importanza del mio gesto. E il motivo per cui non poteva dirlo a nessuno. Aveva già promesso di tenere il segreto, quando eravamo in auto, ma avevo avuto l'impressione che fosse stata una risposta automatica. Avrei sfruttato i giorni successivi per sincerarmi che comprendesse la gravità della situazione.

«Eccoti qua» mormorai, studiando il suo bel viso. «Come nuova».

Appoggiai il panno sul comodino e mi dedicai di nuovo al suo braccio, allungandolo ancora una volta per essere certo che le ossa si sistemassero nel modo giusto. A volte la guarigione accelerata faceva sì che le ossa si posizionassero in un'angolazione anomala, ed era necessario romperle di nuovo per ripararle correttamente. Le avevo anche steso le gambe e l'avevo messa sulla schiena, per assicurarmi che anche i suoi organi interni guarissero senza intoppi.

Non ci sarebbe voluto molto.

La gravità delle sue ferite l'avrebbe probabilmente uccisa, se non avessi fatto nulla, ma il mio sangue l'avrebbe curata in poche ore.

Rimasi comunque accanto a lei, nel caso in cui qualcosa fosse andato storto. Era splendida stesa a letto, con i capelli biondi in netto contrasto con le lenzuola nere.

Lasciai che il suo battito regolare mi calmasse i nervi mentre lavoravo sul mio tablet. Dovevo rispondere a diversi messaggi, tra cui uno di Silvano.

Terminava come tutti gli altri che mi aveva inviato ultimamente. *Quando torni?*

«Mai, se posso evitarlo» borbottai ad alta voce. Ma non potevo rispondere in quel modo.

Fortunatamente, non c'erano telecamere. Un aspetto che avevo verificato al momento del trasloco e che avevo controllato regolarmente durante la mia permanenza.

Lilith amava la tecnologia e la usava per tenere in riga non solo gli umani, ma anche i licantropi e i membri della sua stessa specie.

Non avevo mai capito perché i reali avevano acconsentito a darle il comando. Non era nemmeno il vampiro più anziano ancora in vita. Quel titolo spettava a Kylan, seguito a ruota da Jace.

Beh, tecnicamente il più anziano era Cam.

Ma si presumeva che fosse morto.

Quindi rimaneva Kylan.

Perfino Silvano era più vecchio di Lilith.

Certo, era meglio che lui non salisse mai al potere. Era un sadico con un complesso di onnipotenza, motivo per cui avevo scelto di nascondermi nel bel mezzo di un fottuto deserto.

Molti pensavano che avessimo tendenze simili, visto che mi aveva creato, ma io preferivo che le mie prede fossero consenzienti. Lanciai un'occhiata alla bionda alle mie spalle. «Uhm… forse mi piacciono anche i fiori appassiti» mormorai.

Fiori appassiti ma dotati di spirito.

Quando Lily mi aveva fatto quella domanda, durante il viaggio, ero stato entusiasta. Ecco perché avevo condiviso così tanto con lei. Aveva richiesto molto coraggio da parte sua chiedermi qualcosa. E non era nemmeno una domanda così personale. Era il tipo di informazione che due secoli prima un umano avrebbe chiesto senza problemi.

Ma ora non più.

Ormai alzavano a malapena gli occhi su una creatura soprannaturale, e rivolgerci la parola era fuori questione.

Ma la mia Lily aveva mostrato un accenno di forza sotto tutti quegli strati di sottomissione, e volevo incitare quella parte di lei a uscire allo scoperto.

Un desiderio pericoloso, considerando il futuro che la aspettava. Beh, avremmo affrontato il problema quando si fosse presentato.

Per il momento, l'avrei aiutata a sbocciare e godersi il poco tempo che le restava.

Trascinai le dita tra i suoi capelli setosi, poi mi concentrai sulla risposta per Silvano. Suggerii di incontrarci al successivo Giorno del sangue, che sarebbe avvenuto in poco meno di nove mesi. In tal modo avrei avuto il tempo di terminare il corso e di pensare a una nuova scusa.

Ultimamente era diventato sempre più assillante, e questo significava che il mio tempo stava per scadere. Presto avrei dovuto rispondere formalmente alla sua richiesta.

E sarei finito a fare il sovrano.

Perché nessuno diceva di no a Silvano continuando a vivere.

Il problema non era la posizione, né la responsabilità che ne derivava. Semplicemente non volevo essere soggetto al controllo del mio Sire più di quanto non lo fossi già. Mi aveva trasformato tremila anni prima e da allora avevamo preso strade diverse.

Entrambi adoravamo il sangue e la violenza.

Ma io preferivo lo scontro fisico, mentre lui amava la tortura. Un tempo, questo ci aveva reso un duo molto potente. Solo che ultimamente la sua sanità mentale aveva cominciato a vacillare.

Amava il nuovo ordine mondiale, gli piaceva esercitare la sua superiorità sugli umani e costringerli a inchinarsi ai suoi piedi.

Io trovavo tutto un po' ridicolo.

C'erano dei benefici.

E c'erano dei lati negativi.

Come la splendida donna stesa accanto a me.

Avrebbe dovuto essere in un prato a raccogliere fiori e a oziare al sole. Non a frequentare un istituto concepito per indottrinare schiavi mortali.

«Non dovresti assolutamente essere nel mio corso»

aggiunsi ad alta voce, ricominciando ad accarezzarle i capelli. «Il mio corso è tutto incentrato sull'omicidio e sull'oscurità, mentre tu sei la vita e la luce personificate». Osservai per qualche istante i suoi lineamenti delicati, poi le controllai di nuovo il braccio.

L'Università del sangue l'aveva praticamente fatta digiunare, uno dei motivi per cui era così fragile.

Non avevo dubbi che potesse essere una combattente, se era quello che desiderava veramente nella vita. Ma non in tali circostanze.

Lasciare che soffrisse durante la lezione era stato più difficile del previsto. Avevo seriamente pensato di uccidere il suo compagno. E quello era stato in parte il motivo per cui avevo permesso all'altra umana di essere ferita così gravemente nel round successivo: ero stato distratto dalla mia rabbia omicida.

Poi mi ero rimproverato per aver architettato tutto.

Ma doveva capire che una mossa ben eseguita era inutile contro qualcuno grande il doppio di lei.

«Forse ti mostrerò come usare altri strumenti a tuo vantaggio» le dissi, risalendo la sua gola con una carezza. «Scommetto che saresti abile con una lama».

Anche se ai vigilanti non venivano date spesso delle armi. Solo i più fidati ricevevano le mitragliatrici.

Che richiedevano muscoli e dimensioni notevoli.

E almeno dieci anni di addestramento.

Non sarebbe mai sopravvissuta. Non con i paletti che la società aveva posto sul suo cammino.

«Stanotte avrei dovuto lasciarti morire» le confidai. «Avrei dovuto accelerare il processo prosciugandoti». Un'idea che mi era passata per la mente. Ma l'avevo scartata quasi subito. «Non sono ancora pronto a vederti appassire. Presumo che questo mi renda un bastardo egoista. Ma è passato molto tempo dall'ultima volta che qualcuno ha suscitato il mio interesse, Lily».

Probabilmente ero solo annoiato.

Il nuovo mondo aveva tolto la sorpresa e il brivido da ogni situazione.

«Non capivo perché ti fossi iscritta al mio corso» continuai, seppur consapevole che non poteva sentirmi. Ma avevo voglia di parlare con lei. «Così ho controllato il tuo fascicolo, scoprendo che i tuoi punteggi sono impeccabili. Ho capito subito che stavi cercando di qualificarti per il Torneo dell'immortalità».

Controllai un'altra volta le email e mi resi conto che avevo fatto abbastanza per la giornata. Così appoggiai il tablet sul comodino per potermi stendere a letto con lei.

Mi ero già tolto la camicia e le scarpe quando ero andato a prendere il panno, e avevo sostituito i pantaloni eleganti con un paio di pantaloni della tuta. Ma avevo lasciato Lily vestita, non sapendo come preferisse dormire.

Era ancora supina, con il suo bel corpo impegnato a guarire.

Mi stesi sul fianco, reggendomi la testa con una mano e posando l'altra sul suo ventre. Poi le sollevai la maglietta per esaminarle la pelle. I lividi erano spariti, a conferma che il mio sangue stava facendo il suo lavoro.

Seguii il contorno del suo ombelico con il dito e sospirai. «È vero che i voti aiutano a qualificarsi per il Torneo. Ma la genetica gioca un ruolo molto più importante. E la tua ti rende la candidata ideale per un harem. Sei bella e minuta, e immagino che il tuo tutor, se si chiama così, ti stia spingendo a fare corsi sulle arti del sesso. Probabilmente è per questo che stai già frequentando il secondo nel giro di pochi mesi».

Aveva anche a che fare con la sua età.

Ma di certo chi si occupava delle assegnazioni degli

umani voleva conoscere le sue abilità in campo sessuale per avere conferma della valutazione su base genetica.

«Gli umani ammessi al Torneo vengono selezionati già in anticipo. A volte un mortale con dei punteggi incredibilmente alti può essere scelto come sostituto, ma le cose non stanno come pensi. Nulla è come pensi. Ne vengono scelti almeno una trentina, poi il numero viene ridotto subito permettendo ad alfa e reali di scegliere un candidato ciascuno per i loro harem. Solo dodici umani vanno in gara».

La competizione veniva poi trasmessa in televisione per essere vista da tutti i mortali.

Dando loro la falsa speranza di un futuro che avrebbero potuto raggiungere, se solo si fossero impegnati di più.

E spingendo persone come la mia Lily a uccidersi nel tentativo di diventare immortali.

«È un sistema sadico, progettato per distruggere lo spirito dei tuoi simili» aggiunsi, accarezzandole l'addome. «Mi dispiace, Lily. Se potessi aiutarti a seguire questa strada, lo farei. Ma eri destinata a fallire prima ancora di cominciare».

Mi chinai e le sfiorai la fronte con un bacio.

Poi sospirai di nuovo, un suono che sembravo fare spesso in sua presenza, e appoggiai la testa sul cuscino. «Continueremo a parlarne quando ti sveglierai» dissi.

Non riuscivo a ricordare l'ultima volta che avevo avuto un'altra persona nel mio letto.

Dovevano essere passati almeno due secoli.

Silvano mi regalava spesso i membri del suo harem che non voleva più, ma io non li scopavo. Li nutrivo e lasciavo che si riprendessero nella stanza degli ospiti.

Non mi attirava molto disporre dei suoi scarti.

Ne avevo ucciso solo due, per porre fine alle loro

sofferenze. Sarebbero morti comunque, e i loro occhi senza vita sembrarono implorarmi di farlo.

A differenza di Lily.

Era così determinata e piena di vita, anche quando aveva cominciato ad addormentarsi tra le mie braccia. Il suo desiderio di vivere era stato come uno strattone alla mia coscienza.

Sentirlo era stato confortante, e aveva reso il mio regalo ancora più importante.

Forse potevo trovare un modo per tenerla.

Certo, questo l'avrebbe messa nel mirino di Silvano.

Quindi era meglio di no.

Beh, per il momento era mia.

Dovevo godermi il poco tempo che avevamo.

La esaminai ancora una volta, controllando le sue ferite. Il suo braccio era quasi completamente guarito, permettendomi di muoverla di nuovo.

La sistemai in una posizione simile a quella di prima, con la schiena sul mio petto. Guidai la sua testa verso il mio braccio, in modo che le facesse da cuscino, e le avvolsi l'altro attorno al ventre.

Mia, pensai, usando il mio corpo per proteggerla dal mondo.

Affondai il naso tra i suoi capelli e inalai il suo profumo floreale.

Il mio dolce fiore.

La mia Lily.

Per stanotte, sei semplicemente mia.

Capitolo Dieci: Lily

Tutto formicolava.

Le dita dei piedi.

Le dita delle mani.

Le ciglia.

Era una sensazione così strana, come se potessi *sentire* ogni centimetro del mio corpo, perfino i peli del collo.

Mi sentivo *viva*.

C'erano suoni intorno a me, profumi che travolgevano i miei sensi e sapori che rivestivano la mia lingua di desideri proibiti.

È questo che si prova quando si è morti?, mi domandai. Quanto sarebbe stato crudele sentirmi così incredibilmente rinvigorita solo per rendermi conto di aver raggiunto l'aldilà?

Oh, ma se la sensazione era quella, allora accoglievo il cambiamento con gioia.

Ogni parte di me ronzava di elettricità, il mio corpo era in fiamme per tutte le sensazioni che lo pervadevano.

Uno strano calore mi avvolgeva la schiena e il torso. *Un calore virile.*

Inspirai, godendo del profumo di menta. Era così intenso e inebriante.

Cedric.

Mi sembrava un sogno svegliarmi tra le sue braccia. Ma lui era davvero lì. Lo percepivo come se fosse parte di me. Sbattei le palpebre, e un arcobaleno di colori mi squarciò la vista man mano che mettevo a fuoco la stanza.

Intense sfumature di nero e marrone, e una finestra che mostrava un cortile di fontane e alberi illuminati dalla luce della luna. Rimasi a bocca aperta. Non avevo mai visto una vegetazione così lussureggiante.

Non sembrava reale.

Era tutto troppo definito. Troppo luminoso. Troppo vivace.

Il pollice di Cedric si mosse sulla mia pelle, attirando la mia attenzione sul palmo premuto sul mio ventre.

Sotto la maglietta.

Non avrebbe dovuto stupirmi. Ma in qualche modo sembrava così incredibilmente intimo. Come un marchio.

Il calore si irradiava dalla sua mano, avvolgendomi la pelle e accarezzando le mie terminazioni nervose.

Era intenso. Straordinario. Il tocco più intimo che avessi mai sperimentato.

Non aveva alcun senso.

Ero stata nuda e accarezzata su tutto il corpo decine di volte.

Ma la sensazione di quella mano era una novità assoluta. Come se fossi stata toccata per la prima volta.

E il calore alle mie spalle ricordava il sole del deserto, ma senza la disidratazione che ne derivava. Al contrario, mi faceva sentire rinvigorita.

Il suo pollice si mosse ancora una volta, e la leggera

carezza mi fece rabbrividire fin nel profondo. Era tutto così rovente e intenso, travolgente e *nuovo*.

«Mmm… sei sveglia».

La sua voce è sempre stata così melodica? O è una novità?

«Come ti senti, fiorellino?».

Così profonda e potente, pensai, dimenandomi un po'.

La cosa più sbagliata da fare. Perché una semplice contrazione delle cosce mi fece sobbalzare verso di lui. Gemetti, e il mio corpo si incendiò.

«Bello, eh?». Cedric ridacchiò, e la vibrazione mi fece indurire dolorosamente i capezzoli sotto la maglietta.

«Cosa mi sta succedendo?» chiesi con una voce più affannosa di quanto mi aspettassi.

«Penso tu sia eccitata» sussurrò. La sua mano risalì lungo il mio ventre e mi accarezzò sotto il seno.

Mi inarcai all'indietro verso di lui, reagendo al suo tocco e cercandone di più. «È tutto così intenso» mi meravigliai. La stanza brillava di colori e la mia pelle formicolava. «Mi… mi sento… *viva*».

«Perché lo sei, fiorellino». Mi baciò la testa e avvolse il palmo attorno al mio seno. «Stai sperimentando gli effetti del mio sangue».

Quella frase avrebbe dovuto spingermi a riflettere sulla mia situazione, ma l'attimo dopo il suo pollice mi sfiorò il capezzolo, facendo sì che la mia mente si frantumasse sotto un'ondata di sensazioni intense.

«Sei così sensibile…» mormorò. Il suo tocco riecheggiò nelle mie membra come una scarica elettrica.

Le mie gambe si tesero in risposta e il fuoco dentro di me aumentò. «Mio signore» ansimai, incerta su cosa volessi da lui o perché lo stessi invocando. Ma mi sentivo come se fossi sul punto di esplodere, e non sapevo se fosse un bene o un male.

«Puoi darmi del tu e chiamarmi Cedric». Le sue labbra

erano sul mio orecchio. «Le formalità sono per l'Università, non per la mia camera da letto».

Non riuscii nemmeno a pensare a una risposta, non con la sua mano sul mio seno e l'intensa carezza che stava riservando al mio capezzolo.

Lo strinse tra pollice e indice, strappandomi un suono gutturale. Ogni parte di me tremò, le mie viscere divennero lava incandescente.

Nessuno mi aveva mai fatta sentire così.

Non che avessi chissà quale esperienza. Avevo frequentato solo un corso e mezzo sul sesso, finora, e il focus era sul piacere maschile.

Probabilmente era per quel motivo che Sei continuava a perdere. La sua bocca non sembrava avere alcun effetto su di me.

Ma la mano di Cedric sì.

«Stai tremando» disse accanto al mio orecchio. Il suo tono era sommesso, le sue labbra calde e morbide. Mi accarezzò ancora una volta il seno, poi scese verso il mio ventre. «In questo momento ti sembra che tutto sia più potente e intenso, vero? Non riesci nemmeno a ricordare il dolore al braccio, o sbaglio?».

Gli risposi con un mugolio incomprensibile. Ero incapace di parlare.

La sua mano continuò a muoversi.

Scese verso l'elastico dei miei pantaloni.

E scivolò sotto il tessuto.

Mi irrigidii, terrorizzata e affascinata da ciò che voleva fare. Da come sarebbe stato. Da come avrebbe reagito il mio corpo.

Il suo respiro mi solleticava l'orecchio, il suo corpo solido era stretto attorno al mio, e le sue dita lambivano il mio sesso.

Avevo un appuntamento per la depilazione fissato alla

fine della settimana, quindi sapevo di essere un po' ispida là sotto.

Ma lui non disse niente.

Mi leccò invece l'esterno dell'orecchio afferrandomi tra le cosce.

Per poco non volai giù dal letto. La sua pelle era così calda e liscia che quasi non riuscivo a sopportare il suo tocco.

Mi zittì, facendomi capire solo allora che avevo iniziato a piangere. Non di tristezza, ma di un piacere travolgente.

Non riuscivo a sopportarlo.

Era troppo.

Eppure sarei morta se avesse smesso.

Non mi riconoscevo più. Mi sembrava tutto irreale. Ma avevo bisogno di lui. Avevo bisogno di... *quello*.

Un grido abbandonò le mie labbra quando le sue dita esplorarono il mio sesso, risalendo verso il mio piccolo fascio di nervi e scendendo di nuovo.

«Sei così bagnata» mormorò con un sorriso, avvicinando la bocca alla mia gola. «Mi fa venire voglia di strapparti i pantaloni e scoparti per ore. Ma prima voglio sentirti venire sulle mie dita. Poi forse lo rifarò con la lingua».

Oh, Dea... Non sarei mai sopravvissuta a tutto questo. Non sarei mai sopravvissuta a *lui*. Non con l'incendio che divampava dentro di me, minacciando di inghiottirmi dalla testa ai piedi.

Era così estraneo e immenso.

Così spaventoso e *rovente*.

Deglutii, il mio corpo fremeva con il folle desiderio di esplodere. Come se stessi crescendo ed espandendomi fino al punto in cui mi sarei inevitabilmente disintegrata e non sarei mai più stata completa.

Era tutto così sconosciuto, così inconcepibile, così *bello*.

Il corpo di Cedric era avvolto attorno al mio, la sua mano mi cingeva intimamente e con il braccio opposto mi cullava la testa.

Mi sentivo al sicuro. Incandescente. Sul punto di esplodere. Sopraffatta dalle sensazioni.

Era tutto troppo.

Troppo luminoso. Troppo rumoroso. Troppa pressione.

Il suo pollice alimentava il mio bisogno a dismisura, conducendomi sull'orlo della pazzia.

«Vieni per me, Lily» mormorò. E le sue parole mi spinsero oltre il limite, in un vortice di stelle luminose.

Precipitai gridando, artigliando l'aria nel tentativo di trovare un'ancora, un modo di tornare nel mondo.

Solo per rendermi conto che ero ancora sul letto, intenta a godermi l'orgasmo.

Urlando.

L'immagine di Peyton mi balenò nella mente, il suo sguardo di disapprovazione mi mise a tacere all'istante.

Mi avrebbe morso il clitoride per un comportamento del genere.

Poi mi avrebbe travolta con un'ondata di orgasmi intrisi di sangue, esigendo che rimanessi in silenzio.

Proprio come aveva fatto a Sei.

E a quel povero ragazzo dopo…

Cedric mi fece rotolare sulla schiena. Aveva un'espressione furiosa.

Oh, Dea, ho fatto proprio un casino. Aprii la bocca per scusarmi, ma non riuscii a dire nulla. Era come se avessi la lingua annodata.

«Quando ti faccio venire, urli e non ti fermi» disse con un tono letale che mi fece venire la pelle d'oca. «Ora ti farò venire di nuovo, ma questa volta non devi trattenerti né tacere. Voglio che urli il mio nome e ti godi ogni fottuto istante».

Schiusi le labbra, incredula. *È arrabbiato perché ho smesso di gridare?*

«Non mi interessa quello che ti hanno insegnato, Lily. Con me, dovrai sempre esternare il piacere». Mi penetrò con un dito, facendomi sussultare. «Sì, così. Voglio vedere le tue reazioni, fiorellino. Voglio sentirti sbocciare. Grida. Non nasconderti. Non torturarti per rispettare delle stupide regole».

Le sue parole si infransero sulle mie labbra, con ogni affermazione la sua bocca si era avvicinata alla mia. Mi guardò negli occhi.

Ma non mi baciò. Rimase sopra di me, con il viso a un respiro dal mio, e aggiunse un secondo dito.

Esalai un gemito strozzato, la pressione era quasi troppa. Ma poi il suo pollice si spostò ad accarezzare quel dolce punto che mi fece vedere le stelle.

«Così, mio dolce fiore. Fammi vedere cosa provi. E fammelo sentire».

A poco a poco mi sembrò di essere di nuovo sul punto di esplodere. Non capivo perché Cedric si stesse comportando in quel modo, né se l'esperienza fosse davvero reale. Ma *sentivo* così tanto. Così tanto calore, desiderio, paura.

Che mi stesse preparando per qualcosa di orribile?

Che stesse giocando con il cibo prima di divorarlo?

I vampiri erano notoriamente crudeli, e Cedric non si era mai dimostrato da meno.

Solo che mi aveva nutrita.

Mi aveva dato da bere.

Mi aveva portata via in auto.

Mi aveva dato il suo sangue.

E ora mi osservava con uno sguardo intenso, nei suoi occhi danzavano fiamme nere.

Mi smarrii in quelle profondità di inchiostro,

vorticando e abbandonandomi al suo potere.

Era così bello.

Sinistro.

Oscuro.

Mosse le dita, raggiungendo dei punti in profondità che mi regalarono un piacere squisito, mentre il suo pollice applicava la giusta quantità di pressione.

Era come se stesse tenendo premuto un pulsante per prolungare la mia estasi fino al momento desiderato.

L'esplosione.

Il cataclisma.

I suoi occhi mi dissero che avevo ragione. Mi stava osservando deliziato per capire quando lasciarmi andare.

«Sei così vicina...» sussurrò. Il suo respiro al profumo di menta mi fece schiudere le labbra. «Sei così vicina».

Lo so, fui quasi sul punto di dirgli.

«Urlerai per me, Lily?».

Quel soprannome raggiunse la mia anima. Non mi era mai stato dato un nome, solo un numero. E il modo in cui aveva scelto di chiamarmi mi piaceva.

«Mi farai sentire quando vieni? Facendomi desiderare che ci fosse il mio cazzo dentro di te, invece delle mie dita?».

I miei muscoli si tesero, le sue parole avevano dipinto un'immagine nitida nella mia mente. «Ti prego...». Non sapevo esattamente cosa volessi. Che mettesse in pratica la sua fantasia? Che liberasse il mio clitoride? Entrambe le cose?

«Di' il mio nome, fiorellino. Chiedimi di lasciarti venire dicendo il mio nome».

Avevo la bocca secca. Le sue parole e il suo potere mi tenevano prigioniera sotto di lui, sospesa sul pericoloso orlo dell'orgasmo. «Ti prego, mio...».

«Il mio nome, Lily».

Chiusi gli occhi, il suo nome mi tormentò la lingua.

Lui reagì affondando i denti nel mio labbro inferiore, costringendomi a spalancare di nuovo gli occhi per lo shock.

«Voglio vedere il tuo piacere, Lily» disse con un accenno di rimprovero. «E voglio sentirti gemere il mio nome».

«Cedric». Mi uscì con un gemito, proprio come voleva lui. «Ti prego, Cedric. Ho bisogno…».

Un brivido violento mi rubò la voce. Premette il pollice ancora più forte, piegando al tempo stesso le dita dentro di me. La magia del suo tocco divampò dentro di me. Ogni mia terminazione nervosa sfrigolava di elettricità, spingendomi a farfugliare una supplica confusa.

Cedric si chinò per baciarmi. La sua lingua donò sollievo alla ferita che mi aveva inflitto sul labbro inferiore, e il suo pollice mi liberò finalmente dal mio tormento.

Urlai nella sua bocca, con un piacere che rasentava il dolore e mi attraversava con vibrazioni selvagge che trafiggevano ogni fibra del mio essere. Strinsi i pugni, il mio cuore minacciò di fermarsi.

L'estasi mi strappò dal petto un gemito che non avrei potuto soffocare neanche se avessi voluto.

E nel frattempo Cedric mi baciava, accogliendo tra le sue labbra i miei gemiti e le mie urla, premiando la mia obbedienza con la lingua.

Mi sentivo rinata.

Come se mi avesse appena mostrato un nuovo livello dell'esistenza.

Un mondo che mi affascinava e mi terrorizzava.

Perché sembrava troppo reale. Sembrava il tipo di mondo in cui mi sarebbe piaciuto vivere.

E questo ispirava sentimenti che non volevo provare.

Come la speranza.

CEDRIC

«È STATO MAGNIFICO» MORMORAI SULLA SUA BOCCA. «Fottutamente bello».

C'era stato bisogno di un po' di convincimento. Il lavaggio del cervello subito all'Università aveva rovinato il suo primo orgasmo, ma il risultato finale era valso tutti i miei sforzi.

I suoi occhi brillavano di piacere, la sua espressione racchiudeva meraviglia, confusione e un accenno di paura.

L'intero episodio aveva dimostrato che la sua esperienza in campo sessuale era carente, probabilmente perché i suoi corsi si concentravano più sul piacere maschile che su quello femminile.

Avrei rimediato al più presto.

Ma in quel momento non era pronta per proseguire, come involontariamente confermò quando le sfiorai il clitoride. Tremò con violenza e si morse il labbro, lottando contro qualsiasi suono stesse minacciando di uscire.

Spostai la mano dal suo sesso e gliela avvicinai al mento, usando il mio pollice umido di lei per liberarle il labbro. «Non nasconderti da me» le dissi, attento a non farlo suonare come un rimprovero.

Perché capivo le sue reazioni.

Stava facendo quello che le avevano insegnato.

Ma io volevo che fosse vera. Qualsiasi cosa significasse. Non ero nemmeno sicuro che fosse possibile. Forse l'idea che si mostrasse per ciò che realmente era in mia presenza era tutta una fantasia.

Di certo era un desiderio pericoloso, che l'avrebbe inevitabilmente portata alla morte.

Ma almeno avrebbe vissuto un po', prima che i suoi petali diventassero polvere.

«Quando siamo soli, puoi dirmi come ti senti» la informai. «Sii sincera, come quando hai detto di volerti allenare di più». Era stato così incoraggiante vederla reagire a modo suo, testando i limiti della mia gentilezza.

Quel coraggio meritava di essere riconosciuto.

Non solo, meritava di essere apprezzato, adorato e lodato.

Non represso.

Trascinai il pollice sul suo labbro inferiore, lasciando che la sua eccitazione le tingesse la pelle, poi glielo infilai in bocca per fargliela assaggiare. Le sue pupille si dilatarono, le sue narici fremettero. «Ti piace, tesoro? Ti piace il sapore del tuo piacere?»

Deglutì e abbassò appena la testa in segno di conferma.

«Mmm...» mormorai, sfilando il pollice e avvicinandomi per premere la bocca sulla sua. Assaporai anch'io la sua dolcezza, poi affondai la lingua tra le sue labbra schiuse in un bacio sensuale colmo di lussuria. Lei ricambiò timidamente, quasi esitando, rivelandomi così che non era mai stata realmente baciata. Probabilmente non aveva neanche mai provato un vero e proprio orgasmo.

Era così inesperta.

Anche se perfetta in ogni senso.

Il mio dolce fiorellino delicato.

Appoggiai la fronte alla sua, inalando per un lungo istante il suo odore, poi le infilai l'indice in bocca. «Succhia».

Lei obbedì, indugiando con la lingua sulla punta prima di prendermi più in profondità.

Era la perfetta dimostrazione di quello che avrebbe fatto al mio cazzo.

E me lo fece diventare duro come una roccia.

Le diedi anche l'altro dito e la ammirai mentre li leccava entrambi. Poi la baciai, desideroso di assaggiare ancora la sua eccitazione, una miscela inebriante che mi incendiava il sangue.

Ma le sue spalle tremanti confermarono che quel giorno non sarebbe riuscita a fare molto di più.

Volevo che fosse eccitata e desiderosa di compiacermi, non che si sentisse in dovere di farlo.

Come aveva fatto fino a quel momento. Aveva obbedito e mi aveva accontentato solo perché pensava di non avere altra scelta. E forse era proprio così. Ma ciò non significava che alla fine non avrebbe potuto scegliere me.

In realtà non avevo pianificato di farle nulla. Era stata solo una risposta naturale al suo stato di acutizzazione dei sensi. I suoi occhi mi dissero che non ne era pentita. E le sue guance arrossate che le era piaciuto.

Volevo mantenere quel piacere, non comprometterlo spingendola troppo oltre.

Così, invece di pretendere che mi restituisse il favore, le accarezzai la guancia e appoggiai la fronte sulla sua. «Credo sia ora di fare un bagno». Un'altra cosa che dubitavo avesse mai sperimentato. Non avevo idea di come fosse mantenuta l'igiene nel campus, ma sospettavo che dovessero lavarsi in docce comuni, sorvegliati da licantropi famelici.

«Un bagno?» ripeté, con i suoi occhi affascinanti che studiavano i miei.

Sorrisi. «Sì». Mi sembrava un modo adeguato per ringraziarla del suo coraggio. Forse non l'avrebbe interpretato in quel modo, ma prima o poi avrebbe capito.

E sarebbe successo molto più in fretta, se avessi potuto tenerla con me per il resto della sua formazione.

Avrebbe comunque trascorso qualche giorno con me, in modo da nascondere la sua guarigione miracolosa e che potessi aiutarla ad affrontare gli effetti residui del mio sangue.

«Resta qui» le dissi.

Non che avesse un altro posto dove andare.

Scesi dal letto e andai in bagno a preparare la vasca. Era un lusso che mi concedevo raramente, dal momento che in genere preferivo farmi una doccia veloce.

Ma mi sembrava un regalo perfetto per Lily.

Ci sarebbe voluto un po' per riempirla, viste le sue dimensioni. Era un bene, perché avevo bisogno di alcune provviste.

Lasciai il mio alloggio e mi avventurai nel corridoio per perlustrare le altre suite. Erano tutte più o meno come la mia: un'ampia camera dotata di balcone, un salotto e due bagni le cui dimensioni rivaleggiavano con quelle della maggior parte delle stanze da letto.

Trovai finalmente quello che cercavo nella quinta suite. Sembrava che fosse stata rifornita di recente. Forse non c'erano abbastanza scorte per tutte le stanze, o forse tenevano gli extra in magazzino per soddisfare le richieste di futuri visitatori.

Tecnicamente avrei potuto chiamare qualcuno del personale, ma preferivo arrangiarmi da solo.

Per questo motivo interagivo raramente con il gruppetto di servitori umani che vivevano lì. Lasciavo la gestione delle loro attività ad Adrienne, la vampira che sorvegliava la proprietà.

Odiava il suo lavoro.

Odiava la sua vita.

Principalmente perché lei stessa era poco più di una serva.

Non era stata contenta del mio trasferimento, ma si era subito resa conto che non avevo bisogno di molto. Mangiavo a malapena; alla mia età, mi bastava solo un po' di sangue ogni tanto per sopravvivere.

Ma avevo comunque ordinato forniture di cibo per entrambi, in modo che smettesse di nutrirsi dello staff, come invece aveva fatto nell'ultimo secolo. Doveva essere piuttosto stressante occuparsi di un palazzo del genere senza sapere se e quando sarebbe arrivato qualcuno. Significava tenerlo sempre meticolosamente pulito e pronto per una visita dell'ultimo minuto, a prescindere da quante risorse venissero sprecate per farlo.

E aveva un budget molto limitato.

Per questo avevo deciso di finanziare personalmente il cibo.

Si trattava di schiavi il cui unico scopo era fungere da sacche di sangue. Le loro anime erano state spezzate da tutto ciò che avevano subito. Non amavo particolarmente il loro sapore. Ma avevo fatto in modo che Adrienne li addestrasse per diventare parte del personale, permettendomi così di nutrirmi regolarmente ma senza prosciugarli. In tal modo restavano in vita, ci fornivano una scorta infinita di cibo e aiutavano a tenere in ordine il palazzo.

Tutti aspetti positivi.

Non avevo mai capito il senso di abbandonarsi agli

eccessi e sprecare vite, come avevo detto chiaramente ad Adrienne quando avevo acquistato le scorte alimentari.

E lei aveva agito di conseguenza.

Per il resto l'avevo lasciata in pace. Probabilmente era proprio quello che sperava, visto che aveva ricambiato il favore.

Anche se forse avrei dovuto chiederle di ordinare al più presto altri prodotti, come i sali da bagno.

Ammesso che decidessi di tenere Lily lì con me.

Ci riflettei sopra tornando in camera, dove trovai Lily stesa a letto, rigida come un pezzo di legno.

«Ti ho detto di restare qui, non di restare immobile» le dissi dirigendomi in bagno. «Perché non mi segui e dai un'occhiata al bagno?».

Questo le avrebbe dato qualcosa su cui concentrarsi, visto che sembrava aver bisogno di un ordine per tutto.

Sarebbe stato così se l'avessi tenuta con me? Avrebbe avuto bisogno che guidassi ogni sua mossa? Perché in quel caso mi sarei annoiato in fretta.

Mi piaceva comandare, soprattutto in camera da letto. Ma c'era un limite.

Forse avrei dovuto tenerla lì e insegnarle a vivere.

Un gesto egoista da parte mia, sapendo cosa la attendeva dopo il Giorno del sangue. D'altro canto, forse avrebbe reso i suoi ultimi mesi degni di essere vissuti.

Potevo donarle qualche ricordo positivo da portare nella tomba.

L'avrebbe aiutata ad affrontare l'inevitabile, o avrebbe solo peggiorato le cose? Non ne ero sicuro.

Entrò in bagno dietro di me, ma colsi il suo riflesso nelle finestre che incorniciavano l'area dove si trovava la vasca. Rimase a bocca aperta, osservando il pavimento in marmo color crema e la cabina doccia piastrellata. Poi ammirò gli inserti gioiello che decoravano i ripiani e le pareti.

Conferivano un'aria di opulenza alla stanza.

Gli inserti erano presenti in ogni bagno e in ogni camera da letto, solo in colori diversi.

Il mio alloggio, ad esempio, era adornato di rubini.

«La maggior parte degli oggetti di valore che vedi qui appartenevano a degli umani molto ricchi» le spiegai. «Credo che volessero ricreare un'atmosfera da palazzo nel deserto, come ai tempi dei sultani che governavano queste terre. L'uso della pietra bianca, invece, è tipico della regione ed è utile per mantenere freschi gli ambienti anche nei mesi più caldi».

Allo scopo era presente anche un sistema di aria condizionata che rinfrescava l'intero palazzo, incluso il cortile interno che si trovava al centro della proprietà.

«Per l'elettricità viene sfruttata l'energia solare, che rende l'intera tenuta completamente autosufficiente» aggiunsi. «In pratica si tratta di un palazzo antico dotato di tecnologie all'avanguardia».

Di conseguenza era poco costoso da mantenere.

Solo un sacco di stanze da tenere sempre in ordine e pronte per accogliere potenziali ospiti.

«A dire la verità, è molto bello» ammisi chiudendo l'acqua. La vasca era quasi piena. «Magari dopo il bagno ti faccio fare un giro».

Forse avrebbe apprezzato le statue antiche e le palme. I dintorni del campus erano aridi e sembravano privi di vita, mentre i cortili del palazzo erano floridi e rigogliosi grazie al sistema di irrigazione sotterraneo.

Quando mi voltai verso di lei i nostri sguardi si incontrarono, ma lei abbassò in fretta il capo.

Le catturai il mento, riportando i suoi occhi su di me.

«Non mi aspetto alcuna formalità qui, Lily. Ora togliti i vestiti».

Ero consapevole di come le mie affermazioni potessero sembrare contraddittorie; prima le avevo detto di non chinare il capo, e l'attimo dopo le avevo ordinato di spogliarsi. Ma sospettavo che avesse bisogno di qualche piccola dimostrazione di autorità per abituarsi alla sua nuova situazione.

Considerata la rapidità con cui obbedì, probabilmente avevo ragione.

Si spogliò senza esitazioni, arrivando perfino a piegare gli indumenti sul ripiano di marmo. Poi li spostò sul pavimento, come se fossero troppo sporchi per quella superficie immacolata.

Fui quasi sul punto di correggerla.

Ma non aveva tutti i torti.

Dovevo trovarle dei vestiti nuovi da indossare lì.

Ammesso che decida di tenerla.

L'idea mi attraeva sempre di più ogni secondo che passava. Sarebbe stato facile da negoziare. E avevo anche lo status per richiederlo.

Anche se avrebbe potuto attirare l'attenzione di Silvano.

E non sarebbe andata a finire bene per Lily.

Decisioni, decisioni.

Tornai alla vasca per aggiungere i sali da bagno e controllare la temperatura dell'acqua. Era calda ma non bollente, o almeno così mi sembrava.

«Puoi sentire se l'acqua è troppo calda per te?» chiesi a Lily, girandomi verso di lei.

Aggrottò la fronte come se non avesse capito la mia domanda, ma si avvicinò e immerse la mano come avevo appena fatto io.

Non la tirò indietro di scatto né strillò, facendomi capire che probabilmente andava bene.

«È calda» confermò.

«Troppo calda o piacevolmente calda?» insistetti.

Sbatté le palpebre, mi guardò, poi abbassò di nuovo lo sguardo sull'acqua. «È… è piacevole».

«Bene. Usa i gradini per entrare». Indicai con un cenno del capo la scaletta di pietra che conduceva all'interno della vasca. In realtà era più una piscina che una vasca, sui sedili all'interno potevano starci comodamente cinque o sei persone.

C'erano anche dei getti per l'idromassaggio. Li avrei accesi non appena si fosse sistemata e avrei attivato anche il depuratore, che faceva circolare l'acqua e ne aggiungeva periodicamente di nuova attraverso i rubinetti presenti su ogni lato.

Presi un flacone di shampoo e uno di bagnoschiuma dalla doccia e li appoggiai sul bordo della vasca. Mi accorsi che Lily si stava avvicinando lentamente ai gradini con dei movimenti rigidi.

E che il suo battito cardiaco stava accelerando.

«Hai paura di un po' d'acqua?» chiesi divertito.

Ma il mio divertimento svanì quando vidi che aveva iniziato a tremare.

L'attimo dopo raddrizzò la schiena, come se la parte coraggiosa di lei fosse entrata in azione. Salì i gradini fino in cima con un'espressione determinata.

Poi fece per entrare nella vasca come se stesse scendendo le scale, e sobbalzò quando il suo piede toccò l'acqua. Mi precipitai ad afferrarle i fianchi per evitare che cadesse.

Era chiaro che non aveva la più pallida idea di cosa fare.

«Non hai mai nuotato né fatto un bagno» mi resi conto

ad alta voce. «Ma certo. Perché dovrebbero far fare qualcosa di piacevole a dei futuri schiavi?».

Alzai gli occhi al cielo, frustrato per come venivano trattati gli umani, e la aiutai a entrare in acqua. La sentii irrigidirsi quando i suoi piedi toccarono il fondo; era palesemente terrorizzata da quello che sarebbe successo.

Vanificando così lo scopo del bagno.

«Cerca di non muoverti» dissi, lasciandola andare. Feci un passo indietro e lei si bloccò.

Sembrava una statua, ebbi l'impressione che non stesse nemmeno respirando. Il suo cuore, in compenso, batteva all'impazzata.

Non andava affatto bene.

Mi tolsi i pantaloni, rimanendo con i boxer, e salii i gradini per raggiungerla.

Tremava ancora quando la afferrai di nuovo, scivolando in acqua accanto a lei. Era per quello che mi ero tenuto addosso i boxer: il suo corpo nudo era troppo allettante, e avevo bisogno di quella sottile barriera tra di noi.

Soprattutto dal momento che era chiaramente spaventata.

La condussi verso uno dei sedili e presi posto, aiutandola poi a sedersi sulle mie gambe. Lei si mosse con me, senza opporsi. Ma aveva ancora il respiro corto e il battito accelerato; la sua paura stimolava il predatore che si annidava dentro di me.

«I bagni sono fatti per rilassarsi, Lily» le mormorai all'orecchio. «Restare ammollo è utile per sciogliere i muscoli indolenziti e liberare la mente, ma avrei dovuto intuire che su di te avrebbe avuto l'effetto opposto».

Non disse nulla, ma almeno il suo battito cominciò a rallentare. Le diedi qualche minuto, lasciando che si ambientasse, mentre la tenevo stretta a me, con la schiena sul mio petto.

Non era una posizione particolarmente comoda, così mi spostai sulla panchina trascinandola con me, facendo sì che entrambi avessimo le gambe distese, e mi appoggiai alla parete alle mie spalle. Ma quando la strinsi di nuovo al petto, si irrigidì.

«Hai paura che ti affoghi?» le domandai spostandole i lunghi capelli biondi oltre una spalla. «Dovresti essere più preoccupata di quanto sia vicina la mia bocca al tuo collo».

Premetti un bacio sul punto in cui il suo battito pulsava furioso. Il sangue che scorreva lì sotto era un richiamo difficile da ignorare.

«Non ti farò del male, Lily» promisi sulla sua gola. «Non oggi, almeno».

O a breve, se potevo evitarlo.

«Perché continui a chiamarmi così?» mi domandò. La sua voce era priva della paura che percepivo nel suo odore.

«Ti ho chiamata in molti modi, tesoro. Sii più specifica». Avevo capito a cosa si riferiva, ma volevo che continuasse a parlarmi.

«Lily» rispose. «Perché mi chiami Lily?».

«Perché ti si addice». Le avvolsi un braccio attorno alla vita e con l'altra mano le afferrai il mento, girandole delicatamente il viso verso di me. «Significa giglio, ed è esattamente questo che mi ricordi. Hai i capelli chiari, la pelle pallida, le gambe lunghe e simili a steli, e sei meravigliosamente delicata. Proprio come un fiore».

Mi guardò, vagamente confusa. «Un fiore».

Annuii.

«Ed è un nome».

«Il *tuo* nome» la corressi. «È più dolce di "numero quattrocentosette, anno centodiciassette", non credi?».

Capivo lo scopo di assegnare dei numeri agli esseri umani, anziché delle identità. Ma erano così fottutamente lunghi.

«Mi piace» sussurrò guardandomi negli occhi. «Grazie».

Le accarezzai la guancia. «Ma non farne parola con nessuno. Sarà il nostro piccolo segreto».

«Come il tuo sangue».

«Come il mio sangue» confermai con un sorriso, e aggiunsi: «Condividiamo già due segreti».

Segreti che avrebbero inevitabilmente portato alla sua morte.

Ma era un problema da affrontare un altro giorno.

Il Giorno del sangue.

LILY

LILY.

Il mio nome è Lily.

Ma i nomi si ottenevano solo con l'immortalità. Il suo sangue aveva avuto uno strano effetto su di me, facendomi sentire più viva che mai. Mi aveva guarita.

Ma non sono immortale.

Aveva detto che il mio nome era un segreto, esattamente come il suo sangue. Quindi forse voleva che lo usassi solo con lui. Proprio come voleva che in privato non lo chiamassi "mio signore", ma solo Cedric.

Cos'altro voleva da me? Cosa si aspettava?

Eravamo in acqua. Mi teneva stretta a sé con un braccio attorno alla mia vita e la mano sul mio mento. Non sapevo bene come reagire. Era tutto così bizzarro, così *incredibile*. Mi sembrava un sogno.

L'acqua non era troppo calda. Si stava benissimo. Era un'esperienza molto diversa da quella che avevo sempre avuto con le docce, dove l'acqua era gelida o bollente.

E quella vasca era enorme.

Almeno altre tre persone avrebbero potuto unirsi a noi. Forse di più.

C'erano gemme rosse ovunque.

E una finestra smerigliata per garantire la privacy.

«Puoi immergerti completamente?» chiese Cedric, attirando la mia attenzione su di lui. Mi stava ancora stringendo il mento, tenendo il mio viso rivolto verso il suo. Ma la mia mente si era messa a vagabondare. «Ti posso tenere mentre lo fai, non preoccuparti. Ma ho bisogno che ti bagni i capelli».

Non mi ero mai trovata in una situazione simile, in una vasca piena d'acqua che, quando ero in piedi, mi arrivava all'ombelico.

E voleva che mi immergessi completamente, sotto la superficie? «Okay».

Non potevo certo rifiutarmi.

Cercai di allontanarmi da lui, ma il suo braccio me lo impedì. Poi mi spostò come se non pesassi nulla. Forse ero realmente priva di peso; mi sentivo così leggera là dentro. Mi strinse al suo petto, facendomi tenere le gambe rannicchiate.

«Tappati il naso. Ora ti immergo».

Aggrottando la fronte, obbedii e schiusi le labbra per continuare a respirare.

«Chiudi gli occhi e trattieni il respiro» disse, e provai una stretta al cuore.

Tutto questo è molto pericoloso.

Potrebbe annegarmi. Uccidermi.

Ma perché dovrebbe farlo, dopo avermi guarita con il suo sangue? Dopo avermi dato un *nome*?

Forse perché voleva giocare con il suo cibo? Per darmi un momento di speranza prima di…

«Smettila di pensare e concentrati su quello che senti»

disse. Le sue parole si insinuarono tra i miei pensieri, costringendomi a riportare l'attenzione su di lui.

Poi mi fece piegare all'indietro, immergendomi gradualmente come aveva detto. Solo che l'acqua arrivò a coprirmi gli occhi, non il naso e la bocca.

A quel punto mi sollevò finché le mie orecchie non furono fuori dall'acqua, mentre i miei capelli erano ancora quasi del tutto sommersi. «Come ti senti, Lily?».

«Leggera» sussurrai. La mia voce aveva un timbro nasale perché stavo ancora stringendo il naso tra le dita come mi aveva ordinato. «Nervosa».

Il suo braccio lasciò le mie spalle, facendomi irrigidire, ma la sua mano mi cullò la nuca, tenendomi a galla. «Ti insegnerei a nuotare, ma questa non è una vera e propria piscina. Però ce n'è una fuori, più tardi te la mostro».

Quanto resterò qui?, mi domandai. Aveva detto che mi avrebbe fatto fare un giro del palazzo e ora mi stava parlando della piscina. *Cosa sta succedendo?*

Mi passò le dita tra i capelli, poi mi guidò di nuovo verso la panchina di marmo e mi aiutò a sedermi tra le sue gambe. Uno dei suoi piedi rimase sul sedile, mentre l'altro scese a toccare il fondo della vasca. Mi strinsi le ginocchia al petto, dandogli le spalle. C'era un po' di spazio a separarci.

Non mi sentivo più così sicura.

Ma poi le sue dita tornarono sui miei capelli, e un profumo di menta si diffuse nell'aria. *Shampoo*, mi resi conto. Lo spalmò con cura. *Mi sta lavando i capelli.*

Nessuno mi aveva mai toccata così. Nemmeno i "parrucchieri" da cui ero tenuta ad andare ogni due settimane. Mi lavavano i capelli con acqua e sapone, e mantenevano la lunghezza tagliandoli grossolanamente con delle forbici affilate.

Ma Cedric mi trattava quasi con riverenza.

Proprio come ha fatto tra le mie gambe, pensai, stringendo le cosce al solo pensiero. Un brivido mi percorse la schiena e mi fece rizzare i peli sulla nuca.

Anche in quel caso era stata la prima volta che qualcuno mi toccava con una tale cura, una tale attenzione. Con una tale maestria. Niente a che vedere con le carezze esitanti di Sei, durante le lezioni.

E di certo Sei non mi aveva mai fatta crollare in quel modo. Non vi si era mai neanche avvicinato. Ero abbastanza sicura che Cedric mi avesse fatta venire per la prima volta.

Forse aveva a che vedere con i miei sensi acuiti dal sangue di vampiro, ma sospettavo che in realtà fosse tutto merito suo.

Affondò le dita tra i miei capelli e mi trascinò di nuovo nell'acqua, costringendomi a lasciare andare le ginocchia. Il movimento brusco e inaspettato mi strappò un grido, poi mi strinsi in fretta il naso prima che mi immergesse completamente. Sentii gli occhi bruciare, e il fastidio mi ricordò di chiuderli. Il cuore ricominciò a martellarmi nel petto.

Che cosa sta facendo? Sta cercando di affogarmi?

Fui quasi sul punto di ribellarmi, ero pronta ad agitare le braccia… ma mi sollevò ancora una volta, facendo sì che la parte inferiore del mio viso fosse fuori dall'acqua, permettendomi di aprire la bocca e inspirare.

Fu allora che mi accorsi che la mia schiena era in equilibrio sulla sua coscia. Non ero in pericolo.

Mi stava tenendo in vita.

Mi stava guarendo.

Si stava prendendo cura di me.

Non capivo perché lo stesse facendo né perché sentisse il bisogno di essere gentile.

Ma non avevo nessuna intenzione di mettere in discussione le sue decisioni.

Lily, mi meravigliai per l'ennesima volta. *Mi chiama Lily.*

Un bel nome, corto e femminile. Mi piaceva anche il modo in cui suonava sulle sue labbra.

Mi pettinò con le dita i capelli immersi nell'acqua, poi mi aiutò a raddrizzarmi e mi baciò la spalla. «Brava» sussurrò. Quell'unica parola mi fece rabbrividire fin nel profondo dell'anima.

Era contento di me.

Non sapevo esattamente cosa avessi fatto di così meritevole, ma ero felice che lo fosse.

Il profumo di menta inondò ancora una volta i miei sensi e vidi che Cedric aveva preso una spugna. La sfregò delicatamente sulla mia pelle, coprendola di schiuma. Lo osservai con la coda dell'occhio, ipnotizzata dai suoi movimenti.

Mi lavò il braccio, scendendo fino alla punta delle dita e risalendo verso il collo. Poi uscì dalla mia visuale; si era insinuato con la spugna sotto i miei capelli per occuparsi anche della nuca.

A quel punto fu la volta della schiena. Il suo tocco leggero mi fece venire la pelle d'oca, nonostante fossi per lo più immersa nell'acqua calda.

Chiusi gli occhi, godendomi le sensazioni.

Finché l'acqua non ricominciò a scorrere accanto a noi, riempiendo ulteriormente la vasca. Sussultai e aprii gli occhi, voltandomi verso il rubinetto.

«È per il ricambio dell'acqua» spiegò sussurrandomi all'orecchio, poi ricominciò a lavarmi risalendo l'altro braccio.

Deglutii e sentii i capezzoli indurirsi sia a causa del suo tocco che della vicinanza della sua bocca al mio collo. Stava risvegliando delle sensazioni dentro di me che non riuscivo a definire. Era tutto così travolgente, eccitante e terrificante al tempo stesso.

Mi sfiorò la gola con le labbra, mentre la spugna abbandonava il mio braccio per spostarsi sul mio addome. «Stendi le gambe» mi ordinò.

Lo feci.

«Aprile» aggiunse a bassa voce.

Il mio cuore fece una capriola, ma obbedii.

«Brava» disse di nuovo, strusciando il viso sulla mia gola. La spugna si avventurò più in basso, sotto il livello dell'acqua.

Per prima cosa si concentrò sulla parte superiore della gamba, massaggiandomi l'anca e scivolando verso la coscia.

Poi si spostò verso l'interno, trascinando la spugna verso il mio inguine.

Sobbalzai quando mi sfiorò il clitoride. Il piacere mi attraversò come una scossa elettrica, strappandomi un mugolio impossibile da trattenere.

«Sei ancora molto sensibile?» mormorò.

«Sì» ammisi.

«Mmm». Ripeté il gesto e poi passò all'altra gamba, senza soddisfare completamente il mio bisogno.

Un bisogno che aumentava man mano che la spugna continuava a salire verso il mio addome e il mio seno.

Mi si chiusero di nuovo gli occhi, ero persa nel suo tocco.

Mi sembrava un sogno.

Una fantasia che non sapevo di desiderare.

Seguì un altro accenno di menta; aveva aggiunto altro bagnoschiuma, che massaggiò ancora una volta sulla mia pelle. I miei capezzoli erano di marmo, le sue cure mi facevano battere forte il cuore.

Indugiò sui miei seni, stringendo un capezzolo tra le

dita e accarezzando l'altro con la spugna. Mi appoggiai all'indietro sul suo petto, incapace di restare dritta. Sentii una stretta al cuore e una sensazione molto simile anche tra le cosce. Come se fossi di nuovo sul punto di esplodere.

Ma Cedric non sembrava avere fretta di provocare quell'esplosione.

Continuò invece a torturarmi con la spugna, usando il bagnoschiuma per distrarmi da ciò che il mio corpo bramava davvero.

Finché la mano che mi aveva tormentato il capezzolo non scese verso il basso.

Fermandosi a seguire il contorno del mio ombelico.

Per poi proseguire e insinuarsi tra le mie gambe.

Sospirai il suo nome, sciogliendomi su di lui.

Le sue labbra erano sul mio collo, la sua lingua inseguiva le mie pulsazioni, la sua voce era un ringhio che non capivo del tutto. Se avesse voluto mordermi, probabilmente non avrei reagito. Non con le sensazioni che mi stava regalando la sua mano tra le cosce.

La sua risatina vibrò sulla mia schiena. Trascinò i denti lungo la mia gola; non sapevo se stava sorridendo o se si trattava di una minaccia. E non mi importava.

Ero troppo assorbita dal piacere suscitato dal suo tocco.

Troppo concentrata sul suo pollice che danzava attorno al punto che volevo accarezzasse.

E invece le sue dita scivolarono dentro di me, con una brusca penetrazione che mi fece trasalire. Ma un attimo dopo le piegò, trasformando il mio sussulto in un brivido estatico.

Alimentò il mio piacere premendo il pollice dove lo desideravo di più.

«Cedric» ansimai, inarcandomi contro il palmo della sua mano.

L'altra mi strinse il seno, la spugna era sparita.

E la sua bocca si chiuse attorno al punto del collo in cui il mio battito palpitava.

Oh, Dea…

La stilettata inflitta dai suoi denti gettò il mio cuore in un ritmo caotico che mi rimbombò nelle orecchie. Un attimo di panico squarciò la mia coscienza, solo per essere inghiottito da un vulcano di calore.

Non fu un orgasmo graduale. Fu un'esplosione immediata, una sensazione che mi dilaniò e mi fece precipitare in un vortice di beatitudine ancora più intensa della precedente.

Persi la capacità di vedere.

La capacità di pensare.

La capacità di respirare.

Diventai un essere liquido che viveva di sola estasi.

Tremando. Pulsando. *Morendo.*

Ma non riuscivo nemmeno ad arrabbiarmi o a esserne turbata. Era troppo bello.

Mi stava uccidendo e non mi importava.

Mi stava prosciugando, appropriandosi al tempo stesso del mio sangue e del mio piacere, fino all'ultima goccia.

La morte perfetta.

La *fine* perfetta.

Niente più dolore. Niente più dubbi sul futuro. Niente più lotte per un futuro impossibile.

L'oscurità mi avrebbe inghiottita per l'ultima volta.

Sorrisi. «Grazie». Riuscii a stento a udire la mia voce, ma volevo che lui la sentisse. Che sapesse quanto apprezzavo il suo gesto.

«No, Lily. Sono io a doverti ringraziare» rispose sussurrandomi all'orecchio, per poi tornare a posare le labbra sul mio collo e mordermi di nuovo.

Più forte di prima.

Con più violenza.

La sua fame sferzò i miei sensi.

Ma il mondo aveva già cominciato a svanire.

In un'oscurità perpetua che accolsi più volentieri di quanto avrei dovuto.

Finché tutto si fermò.

Le sensazioni.

Il calore.

Il piacere.

Seguì il risucchio dell'acqua che fluiva nello scarico.

A quel punto, fui avvolta in una soffice nuvola di cotone e stretta a un solido petto virile, per poi essere portata fino al letto che avevo l'impressione di aver lasciato tante ore prima.

Aprii gli occhi, trovandomi davanti quelli neri di Cedric. «Consideralaa la tua prima lezione di rilassamento» disse, sistemandomi con cura sul letto. «Vado a cercarti qualcosa da mangiare. Tu riposati e riprenditi».

Mi baciò sulla fronte, lasciandomi confusa e stranamente infreddolita.

Non mi ha uccisa.

Mi ha lavata. Mi ha dato piacere. Ha bevuto il mio sangue.

E ora ero di nuovo nel suo letto.

Avvolta in un asciugamano.

Fissando a bocca aperta lo spazio che aveva appena occupato.

Una lezione di rilassamento.

Perché?

A quale scopo?

Quali altre lezioni aveva in serbo per me?

Rabbrividii. Avevo l'impressione che fosse il gioco più pericoloso a cui avessi mai partecipato. E per la prima volta nella mia vita non ero sicura di voler vincere.

Perché superare tutte quelle lezioni avrebbe potuto concludersi nel fallimento più grande di tutti.

Un rischioso ottimismo.

Il desiderio di vivere.

Il desiderio di *avere di più*.

Con Cedric.

Un futuro che, per quanto potessi sognarlo, non sarebbe mai stato mio.

Cerca di non sognare. Nel tuo mondo le fantasie non esistono più.

Le parole con cui mi aveva augurato la buonanotte un paio di giorni prima mi perseguitarono mentre chiudevo gli occhi. Per lui era tutto un gioco, il passatempo di un predatore.

Premetti le dita sul collo, sulle ferite che si stavano già rimarginando. Mi ancorarono al presente, scacciando via ogni speranza.

Le sensazioni che mi aveva fatto provare mi erano piaciute, certo.

Ma era questo che erano: reazioni istintive al morso di un predatore.

Quasi speravo che mi rimanesse la cicatrice. Sarebbe stata un utile promemoria.

Perché c'era qualcosa in Cedric che mi faceva venire voglia di lasciarmi andare.

E se avessi dato ascolto a quel desiderio, sarei annegata.

Non sarebbe stata una morte rapida, ma un tormento lento e straziante.

Il tipo di fine che mi avrebbe inseguita nell'aldilà e avrebbe perseguitato la mia anima.

Forse era quello il suo obiettivo.

Forse voleva che soffrissi.

Non lascerò che accada, pensai rivolta a lui, stringendo i denti. *Mi rifiuto di essere una facile preda, mio signore. Se questo è un gioco, allora hai scelto come avversario la donna sbagliata. Perché lotterò contro i tuoi giochetti mentali fino al mio ultimo respiro. Te lo giuro.*

CEDRIC

Sentii il polso vibrare mentre entravo nella cucina più vicina al mio alloggio. Lanciai un'occhiata all'orologio, dove trovai un messaggio di Silvano.

Ovviamente.

Era come se avesse percepito il mio momento di serenità e avesse deciso di rovinare tutto.

Alzai gli occhi al cielo e feci sparire il messaggio per concentrarmi sulla ricerca di cibo. Gli avrei scritto in un giorno o due. O forse tre.

Non che servisse a qualcosa.

Il tono della sua risposta indicava che stava esaurendo la pazienza.

Il Giorno del sangue non è un termine accettabile. Chiamami.
—S

Le sue parole mi riecheggiarono nella mente mentre prendevo un paio di cose dal frigo. Gli ordini di Silvano erano da prendere molto seriamente, perché erano spesso una questione di vita o di morte. Se e quando mi avesse imposto di accettare la posizione di sovrano, non avrei avuto scelta. E sarei stato costretto ad abbracciare realmente il nuovo mondo.

Lavorare all'Università mi aveva fornito un'introduzione alle riforme di Lilith.

E per quanto non mi piacesse come andavano le cose, almeno potevo ignorare la maggior parte di ciò che accadeva all'esterno del campus.

Ma diventare sovrano significava che non potevo più fingere. Avrei dovuto accettare i cambiamenti e contribuire a imporli. Fare altrimenti sarebbe stato pericoloso. Chi rifiutava di assimilarsi veniva esiliato o ucciso.

Era successo a persone come Cam, il più antico membro della nostra specie, che aveva scelto di opporsi a Lilith. Era morto.

E con lui i suoi seguaci.

Quel momento aveva sancito la nascita del nuovo mondo.

Un mondo in cui Lily appassiva un giorno dopo l'altro, perché agli umani non era più permesso fiorire.

Osservai il cibo disposto sul bancone, valutando le mie opzioni con la fronte aggrottata. Erano i miei spuntini preferiti: formaggio, salumi e marmellata. Molto più saporiti del pasto che aveva consumato nella mia aula.

Ciò significava che le avrebbero dato la nausea. O peggio, che avrebbero affinato i suoi gusti.

Non potevo torturarla così. Non era giusto.

Ma in cucina non c'era nient'altro che potessi offrirle.

Allora decisi di premere un pulsante sul muro che usavo molto raramente. Mezzo secondo più tardi, una voce femminile disse: «Sì, mio signore?». I servi umani che vivevano nella tenuta erano sempre in attesa di una mia richiesta, nonostante non li chiamassi quasi mai.

«Ho bisogno di un pasto adatto a un essere umano» dissi alla ragazza. «Qualcosa con verdure al vapore, carne magra come pollo o tacchino, patate o riso e frutta per dessert. Preferibilmente fragole, se le abbiamo».

«Certo, mio signore» rispose senza esitazioni.

«Fa' recapitare tutto nei miei alloggi» aggiunsi, rimettendo il cibo in frigo. «Ti aspetto lì».

«S… sì, mio signore» balbettò. Probabilmente aveva frainteso la mia richiesta di consegnarmi il cibo.

Non mi preoccupai di correggere le sue supposizioni. Avrebbe capito non appena avesse visto Lily e le ferite che spiccavano sul suo bel collo.

Avevo bevuto più di quanto avrei dovuto, ma il suo dolce profumo mi aveva dato alla testa. Avrei voluto divorarla completamente e scoparla al tempo stesso.

Ma ero riuscito a trattenermi.

Volevo che mi implorasse, che desiderasse davvero il mio tocco.

Certo, avevo appena fatto l'esatto contrario.

Solo che avevo letto i segnali del suo corpo e agito di conseguenza. Lei si era rilassata, il piacere le aveva scaldato l'anima.

Seducendo ancora di più il mio lato da predatore.

Non ero riuscito a resistere al suo battito palpitante e l'avevo morsa. Non mi sarei scusato di averlo fatto, dal momento che non avevo nessuna intenzione di mentire. Per lo stesso motivo, non le avrei mai promesso di non farlo più. Perché non desideravo altro che affondare i denti nella sua carne tenera ogni volta che ne avessi avuto l'occasione.

Di qui la necessità di cibo adatto a lei.

Lily avrebbe avuto bisogno di essere in forze per sopportare i miei assalti. Grazie alla mia età avanzata, non mi serviva molto sangue per sopravvivere. Ma ciò non significava che non volessi godermi il suo dolce sapore.

Era una rarità. Un tesoro. Un raggio di sole in un

mondo di tenebre. E io la volevo. Quindi sarebbe stata mia.

Questo mi rendeva un mostro? Dal suo punto di vista probabilmente sì. Ma forse alla fine avrebbe capito.

Avrei cercato di aiutarla.

Se avesse desiderato più piacere, glielo avrei dato con la lingua e con il corpo. L'avrei nutrita. Le avrei fatto il bagno. Le avrei dato ciò di cui aveva bisogno per prosperare.

Per tutto il tempo concesso dal mondo in cui vivevamo.

Forse avrei chiesto che l'Università me la lasciasse tenere per darle lezioni private. Sarebbe stato un ottimo modo per proteggerla nei mesi che le restavano da vivere. Poi l'avrei bocciata, proprio alla fine, e la sua morte sarebbe stata rapida.

Forse mi avrebbero anche concesso l'onore di prosciugarla personalmente.

Era il regalo più gentile che potessi offrirle, anche se mi avesse odiato. Ma preferivo l'odio alla sofferenza di cui altrimenti sarebbe stata vittima.

Era quella la lezione che avevo imparato la notte prima: non ero in grado di vederla soffrire.

Per questo avevo reagito in modo avventato e l'avevo portata via per curarla. Non ero riuscito a sopportare la sua agonia. Mi ero sentito irrazionalmente spinto a salvarla.

Perché era mia.

Volevo che se ne andasse alle mie condizioni, non a quelle imposte dalla società. Perché il solo pensiero del suo tormento mi faceva morire dentro. Non meritava nulla di ciò che la attendeva. A dirla tutta, nessun umano lo meritava.

Ma c'era qualcosa in Lily che mi turbava più del solito.

Volevo portarla via e restare nascosto con lei per tutta l'eternità.

Una fantasia ridicola, ma a cui mi concessi di pensare anche mentre salivo le scale verso i miei alloggi. Avevo preso due bottiglie d'acqua dal frigo, nel caso in cui la serva si fosse dimenticata di portare anche quella con il cibo. Tra l'altro, avrebbe impiegato almeno una mezz'ora a preparare tutto, ed era probabile che Lily avesse già bisogno di bere.

I miei sospetti furono confermati nel momento in cui entrai nella stanza e la trovai appoggiata alla testiera del letto, ancora avvolta nell'asciugamano. Era molto pallida e sembrava stordita. I suoi occhi avevano assunto una sfumatura tendente al verde chiaro, invece del solito verde acqua.

Le avevo sottratto troppo sangue. E ora stava soffrendo, nonostante la dose che le avevo somministrato del mio. Forse perché aveva usato la maggior parte della mia essenza soprannaturale per guarire le ferite subite a lezione.

Appoggiai le bottiglie sul comodino e mi unii a lei sul letto. Osservò il mio petto nudo e i pantaloni del pigiama grigi, per poi alzare lo sguardo sul mio viso.

Le cinsi la guancia con il palmo e mi chinai per baciarla dolcemente sulle labbra. Rabbrividì in risposta, e sentii che la sua pelle era coperta di sudori freddi.

In effetti, forse è il caso che mi scusi con lei, pensai.

Era troppo fragile per la quantità di sangue che le avevo prelevato, cosa di cui incolpavo la società più che me stesso. Se avesse seguito un regime alimentare adeguato, sarebbe già stata bene. Ahimè, il mio fiorellino era stato etichettato come una piccola prelibatezza destinata a trovare la morte in un harem reale.

Un licantropo l'avrebbe annientata all'istante.

E così pure la maggior parte dei vampiri.

Avrei fatto del mio meglio per non comportarmi in quel modo, come le dissi tacitamente tagliandomi la lingua su uno dei miei canini e infilandogliela in bocca.

Trasalì per la sorpresa. Poi spalancò gli occhi quando la baciai con passione, dandole il mio sangue.

La mia mano scese sul suo collo, e le accarezzai la gola con il pollice in una silenziosa richiesta di ingoiare.

Lei obbedì.

Le diedi altro sangue, donandole l'essenza che l'avrebbe aiutata a riprendersi e l'avrebbe resa ubriaca di immortalità.

Un dono vietato.

Un tabù.

Una decisione a dir poco pericolosa.

Non avrebbero punito solo lei. Anche se avrei potuto dire che volevo tenere in vita il mio giocattolino un po' più a lungo. Silvano avrebbe perdonato il mio sgarro con un sorrisetto, poi avrebbe verificato quanto il suo corpo rinvigorito fosse in grado di sopportare prima di rompersi. Oppure l'avrebbe uccisa direttamente.

Entrambe le possibilità mi irritarono. Una sensazione che trasmisi accidentalmente a Lily, stringendole la gola. Lei sussultò, e subito allentai la presa.

«Sei così delicata» mormorai, premendo la fronte sulla sua. «Non volevo farti male».

Erano le parole più vicine a delle scuse che fossi in grado di pronunciare, anche se in realtà si trattava più che altro di una spiegazione. Era così inferiore a me, una condizione che era al tempo stesso un incoraggiamento e un deterrente.

La volevo più forte. Più feroce. Una mia pari. Ma non era possibile. Renderla immortale avrebbe comportato per lei una condanna a morte immediata. E Silvano sarebbe stato costretto a punire anche me.

I vampiri non potevano più scegliere la loro progenie.

Più del novanta per cento della razza umana era stato sterminato, lasciandoci con una fonte di cibo limitata. L'esistenza di troppi immortali avrebbe avuto un impatto sulle razioni di sangue.

Per questo si era presentata la necessità di creare il Torneo dell'immortalità. Nel corso del Torneo, solo due umani potevano ottenere l'immortalità, e la loro collocazione tra le varie regioni variava annualmente. Quell'anno, la scelta sarebbe toccata al clan Clemente e alla regione di Jace.

Personalmente, avrei optato per Jace senza pensarci un secondo, e non solo perché era un vampiro. Governava il suo territorio con una correttezza che mancava alla maggior parte degli altri nella sua posizione.

Altri come l'alfa Walter del clan Clemente.

O Silvano.

Il concetto stesso di correttezza era completamente estraneo a quei due. Per non parlare dell'uguaglianza o della giustizia. O dei desideri di chi viveva nelle loro regioni. I governanti come Walter e Silvano si preoccupavano solo dei propri bisogni.

Ma i capricci di Silvano erano un problema che avrei affrontato in un altro momento.

Baciai di nuovo Lily, dandole altro sangue. Sospirai sentendo il potere scorrere dentro di lei. Quando abbandonai la sua bocca, i suoi occhi erano più luminosi ed erano spalancati per la meraviglia.

«Il sangue di vampiro guarisce» dissi, sottolineando l'ovvio. «Ecco perché quello che sto facendo è proibito».

«Un segreto» mormorò, riferendosi alla nostra conversazione della notte prima.

«Sì». Le sfiorai le labbra con le mie, poi mi voltai per prendere una delle bottiglie. La aprii e gliela avvicinai alla bocca.

Lei bevve avidamente, confermando le mie previsioni sulla sua sete. Dopo qualche altro sorso, però, fece una smorfia. Allontanai la bottiglia dalle sue labbra e inarcai un sopracciglio.

«Fredda» disse con un'altra smorfia.

Probabilmente era abituata all'acqua a temperatura ambiente, o peggio.

La guardai per qualche istante, poi bevvi qualche sorso, lo tenni in bocca per scaldarlo e premetti le labbra sulle sue. Lei sussultò, sorpresa, ma aprì la bocca e deglutì.

Ripetei il gesto e aggiunsi anche un po' di sangue, dandole il nutrimento necessario per sentirsi realmente viva.

Quando finimmo la bottiglia, la sua espressione traboccava di domande. E i suoi occhi avevano riacquistato il loro solito splendido colore.

«Puoi parlare liberamente» dissi. «Non ti punirò».

Misi da parte la bottiglia vuota e mi stesi accanto a lei, appoggiandomi anch'io alla testiera del letto. Aveva ancora l'asciugamano stretto attorno al corpo, come fosse uno scudo. Avrei potuto ordinarle di toglierlo e parlarmi completamente nuda, ma ciò mi avrebbe distratto. E volevo sentirle esprimere alcuni dei pensieri che danzavano dietro quei bellissimi occhi.

«Perché ti stai prendendo cura di me?» chiese.

Alzai le spalle. «Perché posso. E perché mi va». *Perché sei mia*.

Beh, non proprio.

Ma per il momento, era così che la consideravo.

«Ma perché io? Tu… tu mi odi».

Spalancai gli occhi, sia per la sua affermazione che per

la sua schiettezza. «Non ti odio, Lily. Anzi, tutto il contrario».

«Ma continui a darmi insufficienze».

«Questo non significa che tu non mi piaccia» risposi, sconcertato dal collegamento. «Ti ho già detto perché stai fallendo nel mio corso. Era lo scopo della lezione di ieri». Non era colpa sua. Ma non era fatta per essere una vigilante.

Si mordicchiò il labbro inferiore. «Sono troppo piccola».

«Sì, ma questo non vuol dire che tu sia debole». Nonostante le dicessi che era fragile e delicata, quegli aggettivi si riferivano soltanto al suo fisico. «La forza non è solo una questione di dimensioni».

«Mi stai dicendo che c'è un altro modo di combattere?».

«Non come vigilante» risposi. «E nemmeno come umana». Forse era quello che mi affascinava; Lily aveva uno spirito combattivo, ma era priva di opportunità che le permettessero di brillare.

Volevo offrirle uno sfogo. Solo che non sapevo come, o addirittura cosa significasse desiderarlo.

«Allora che senso ha quello che stai facendo?» chiese. Un lampo di rabbia le incupì i lineamenti. «Perché guarirmi se non ho alcuna speranza? Perché non ignorarmi e lasciarmi fallire?».

La osservai. «È questo che vuoi?».

«Ha importanza quello che voglio?».

«In questo mondo? No, non proprio». In una vita passata, però, sì.

«Allora perché sono qui?».

«Perché ti voglio qui» fu la mia risposta spudorata.

«Ma perché?». Le sue guance non erano più pallide ma

tinte di rosa, le sue narici erano dilatate in un chiaro segno di agitazione.

Mi affascinava vedere tante emozioni rincorrersi sul suo volto, soprattutto perché di solito riusciva a controllarsi in modo impeccabile. Ma ora la facciata si stava sgretolando.

«Devo avere un motivo per volerti qui, Lily?». Allungai la mano per sistemarle una ciocca di capelli umidi dietro l'orecchio. «Ho davvero bisogno di spiegarti questa decisione?». Le avevo già detto che lo avevo fatto perché volevo. Cos'altro si aspettava?

«No, immagino di no» rispose lei, con una punta di amarezza nella voce che mi spiazzò.

«Infatti» concordai. Ma se avesse chiarito i suoi dubbi, l'avrei fatto volentieri.

Lei grugnì. «Giusto. Perché sei un essere superiore. Se vuoi giocare con me, non ho altra scelta che partecipare. E visto che sei tu a dettare le regole, è inevitabile che fallisca. Come sempre».

Spalancai gli occhi per la sua piccola sfuriata.

E non aveva ancora finito.

«Il che mi riporta a chiedermi che scopo abbia tutto questo. Forse vuoi torturarmi un po' prima di uccidermi. Vorrei solo che mi dicessi come arrivare più in fretta al risultato finale, così almeno potrei farla finita». L'ultima parte le uscì con un brontolio.

«Il mio sangue ti ha resa piuttosto audace» commentai.

Serrò la mascella, poi disse: «Mi hai guarita solo per prendermi per il culo. Sicuramente questo è l'ennesimo test concepito per farmi fallire».

«Non ti sto *prendendo per il culo*» ribattei, per nulla contento della sua accusa. Soprattutto perché mi spinse a domandarmi se avesse ragione. Era passato talmente tanto tempo dall'ultima volta che avevo intrattenuto una donna, che non riuscivo più a capire le mie intenzioni. Non in quel mondo.

«E invece sì!» urlò, scioccandomi.

E ovviamente fu proprio in quel momento che accaddero due cose contemporaneamente.

Qualcuno bussò alla porta, probabilmente la serva con il cibo.

E il mio polso cominciò a vibrare con una chiamata in arrivo da Silvano. A quanto sembrava, non aveva intenzione di aspettare che gli rispondessi.

Cazzo.

LILY

«Vai ad aprire la porta» mi ordinò Cedric. «Devo rispondere al telefono. Se tieni alla vita, non dire una parola».

Una parte irrazionale di me voleva mettersi a urlare solo per il gusto di farlo. Mi aveva detto di parlare liberamente, e poi mi aveva dato solo delle mezze risposte.

Perché sono qui?

Perché ti voglio qui.

Cosa significava?!

Poi aveva detto che non era un gioco, quando chiaramente…

«Principe Silvano» disse, interrompendo i miei pensieri con una secchiata d'acqua gelida. Davanti a lui apparve uno schermo che mostrava un uomo con lunghi capelli bianchi, occhi neri e una mascella perfettamente squadrata.

«Cedric. Ti avevo detto di chiamarmi». Il suo leggero accento mi fece rabbrividire. Così come il ragionamento che si stava facendo strada nella mia mente.

Un vampiro reale.

Un vampiro reale che ha appena telefonato a Cedric.

Cedric, a cui ho appena urlato contro.

Io. Ho urlato. Anzi, no, ho fatto molto di più. Gli ho fatto una sfuriata.

Oh, Dea, sono…

«Sì, vi porgo le mie scuse, mio principe. Ho visto il vostro messaggio mentre facevo colazione e mi sono distratto» rispose Cedric, sparendo dalla camera da letto attraverso delle porte scorrevoli che conducevano al balcone. Chiuse le porte di vetro dietro di sé, tagliandomi fuori dalla conversazione.

Una conversazione con un reale.

Perché Cedric è molto importante.

È un vampiro di alto rango.

E io gli ho appena…

Bussarono di nuovo alla porta, e il suono mi ricordò quello di un tamburo che scandiva i secondi che mancavano alla mia morte.

Cedric mi aveva ordinato di andare ad aprire.

Feci un respiro profondo, cercando di calmare il mio cuore. Ma avevo appena fatto l'impensabile. Mi ero messa a litigare con un superiore, che tra l'altro era anche un vampiro di alto rango. Un futuro sovrano.

La progenie del principe Silvano.

Ciò rendeva anche Cedric un reale, o quasi. E questo spiegava la sua permanenza in un…

I miei pensieri furono interrotti dall'ennesimo tamburellare alla porta, che mi fece saltare giù dal letto. Dovevo obbedire a Cedric, dimostrargli che potevo… che potevo… *Oh, non lo so più nemmeno io.*

Quel gioco a cui mi aveva costretta a partecipare aveva delle regole che non capivo.

Cedric era diverso da tutti gli altri insegnanti. Il suo comportamento era qualcosa che avevo sempre temuto dai membri della sua specie, perché avevo visto cosa succedeva agli umani che attiravano l'attenzione di un essere superiore.

Solo che lui era stato molto gentile con me.

Mi aveva nutrita. Guarita. Mi aveva dato da bere.

Ma cosa mi aspetta dietro questa porta?, mi domandai avvicinandomi alla soglia. Ero ancora avvolta nell'asciugamano, che era comunque meglio di niente. Per qualche motivo sentivo il bisogno di indossarlo come un'armatura, il che era ridicolo, considerando quanto spesso ero costretta a girare senza vestiti.

In ogni caso, lo tenni stretto al petto con una mano, mentre con l'altra aprivo la porta.

All'esterno c'era un'umana minuta con in mano un vassoio. Teneva lo sguardo abbassato. «Mi dispiace di aver bussato più di una volta, mio signore. La signora Adrienne mi ha… mi ha detto di… di bussare ancora» balbettò. La sua pelle era di un pallore spettrale, nonostante la carnagione olivastra.

«Il tuo padrone è nell'altra stanza» sussurrai, cercando di tenere la voce più bassa possibile. Mi aveva detto di non parlare. Ma forse intendeva solo mentre rispondeva al telefono. O forse anche in quel momento.

Non lo sapevo.

Non sapevo un bel niente.

L'umana non mi rispose, il suo sguardo era ancora fisso sul pavimento. «Il mio padrone ha chiesto di consegnare questo».

Immaginai che con "questo" si riferisse al vassoio che teneva tra le mani. «Oh». Indietreggiai nella stanza per trovare un punto dove appoggiarlo, ma la donna mi seguì e si diresse verso la camera da letto. «Ha appena risposto al telefono ed è andato sul balcone» la avvertii. «Sta parlando con il principe Silvano».

Si irrigidì, poi si voltò bruscamente. Le tremavano le mani mentre appoggiava il vassoio su un tavolino nell'angolo del soggiorno. Mi sembrò una scelta strana, dal momento che c'era un altro tavolo, molto più grande, vicino ai due divani.

Fui quasi sul punto di chiederle chiarimenti, ma un attimo dopo si inginocchiò sul pavimento di marmo accanto al tavolino, assumendo una posizione sottomessa. Poi slacciò i primi bottoni della camicia per rendere il collo più accessibile.

Alla fine, chinò il capo e rimase perfettamente immobile.

Cedric voleva nutrirsi di lei dopo avermi già morsa? Poi avrebbe dato il suo sangue anche a lei?

Che fosse un'altra specie di lezione?

In effetti, mi aveva ordinato di aprire la porta e non dire una parola.

Okay, e ora? Dovevo mettermi come lei? Inginocchiarmi e attendere il mio destino?

Un destino che non poteva essere molto piacevole, considerando che gli avevo appena urlato contro.

A cosa stavo pensando?! Come avevo potuto esternare in quel modo le mie emozioni?

Forse era colpa del suo sangue. Mi aveva fatta sentire viva. Invincibile. *Forte.* E odiavo quanto gli fossi grata, quanto mi sentissi in debito con lui per avermi fatto provare una sensazione così meravigliosa.

Oh, e il piacere. Aveva risvegliato un calore dentro di me che avrei voluto sperimentare ancora e ancora. Un desiderio che mi terrorizzava, dato che era stato *lui* a evocarlo.

Come se avessi avuto bisogno di un altro motivo per essere attratta da lui.

Era stupendo. Potente. Minaccioso. Forte. E ora dovevo

aggiungere alla lista anche *generoso*. *Premuroso*. Un uomo che aveva la capacità di farmi raggiungere l'estasi con una carezza.

Trattenni a stento un gemito. Le mie cosce formicolarono con una nuova ondata di desiderio.

Lo volevo.

Eppure lo disprezzavo.

No, lo *temevo*. Solo che in realtà non era nemmeno così.

E gli avevo urlato contro. Già, di nuovo quella trasgressione.

Ero così concentrata a lottare contro di lui, a cercare un modo di batterlo al suo stesso gioco, che le sue risposte mi avevano fatta infuriare.

Cosa mi farà adesso?

Forse avrei dovuto inginocchiarmi come l'altra donna. Almeno così avrei avuto un aspetto contrito.

Inspirai profondamente e decisi di farlo.

Lasciai cadere l'asciugamano e mi misi a terra vicino al tavolino. Cedric aveva voluto che fossi nuda e in ginocchio durante la nostra prima lezione privata. Forse, se ora avessi fatto lo stesso, mi avrebbe concesso una punizione invece di uccidermi.

Anche se non ero certa che la prima opzione fosse realmente la cosa migliore.

Dea, sono un disastro. Avevo perso la testa, avevo dimenticato tutto il mio addestramento e avevo assalito verbalmente un superiore. Di certo non era quello che si aspettava, quando mi aveva detto di parlare liberamente.

Le mie ginocchia protestarono per il contatto forzato con il pavimento di marmo. Inginocchiarmi sulla moquette della camera da letto, o persino sul tappeto della zona giorno, sarebbe stato meglio. Ma avevo dato per scontato che l'umana conoscesse le preferenze di Cedric.

Tenni la testa abbassata e iniziai a contare.

Arrivata a mille, ricominciai da capo.

Quando raggiunsi di nuovo quel numero, ripartii da zero.

Contare mi calmò e mi aiutò a controllare il respiro.

La settima volta che arrivai a novecento, Cedric tornò. I suoi passi erano silenziosi, ma la sua presenza era come una frustata per i miei sensi.

Rabbia.

Irritazione.

Fame.

Vissi ogni emozione come se la stessi provando io. Ma non era così. Erano le *sue* sensazioni. Che le stesse proiettando su di me? Forse aver bevuto il suo sangue ci aveva connessi in qualche modo? Stavo percependo le sue emozioni a causa del mio stato potenziato?

«Lasciaci soli» disse in tono autoritario. «*Adesso*».

Con chi sta parl…

L'altra donna saltò in piedi e si precipitò fuori dalla stanza, lasciandomi sola in ginocchio prima ancora che potessi finire di elaborare il mio pensiero.

Dovrei seguirla? Era un test per vedere chi sarebbe andata via prima? Cosa vuole che faccia? È…

«Alzati, Lily». La sua voce aveva ancora quella sfumatura letale, la sua furia mi pizzicava il collo. Tutto d'un tratto avevo la pelle d'oca.

La mia gola si serrò, rendendomi difficile deglutire o anche solo respirare.

Alzati, ordinai a me stessa. *Alzati subito.*

Una scossa elettrica mi percorse le cosce mentre mi costringevo a muovermi, le mie ginocchia dolevano per l'improvviso flusso di sangue che mi attraversava le membra. Ma il bruciore si attenuò quasi istantaneamente.

Non guardai Cedric negli occhi. Rimasi invece con la testa abbassata, in attesa di ulteriori istruzioni.

Lui sbuffò. Un suono brusco e aspro, traboccante di irritazione. «Non mi hai appena accusato di *prenderti per il culo?*».

Mi sentivo incredibilmente a disagio. Non solo gli avevo urlato contro, ma ero anche stata volgare nel farlo. Gli umani non potevano usare quel tipo di linguaggio in presenza dei loro superiori. Era considerato un comportamento offensivo. «Mi dispiace, mio signore. Ho dimenticato qual è il mio posto. Accetterò qualsiasi punizione riteniate opportuna».

«Non ho tempo di punirti, tantomeno di correggerti» rispose stizzito. «Quel vassoio è pieno di cibo per te. Mangia. Ho altre telefonate da fare».

Non aspettò che gli rispondessi. Se ne andò avvolto in una coltre di irritazione e tornò sul balcone.

Mi mordicchiai il labbro inferiore. *Tutto quello che c'è sul vassoio è per me?*

Prima Cedric aveva detto che sarebbe andato in cerca di cibo, ma poi era tornato con l'acqua e io me ne ero completamente dimenticata. Tra l'altro, non sentivo nemmeno la fame che ero solita provare attorno a quell'ora della notte. Non sapevo se a causa del mio nervosismo o del suo sangue.

Ma mi avvicinai comunque al vassoio per esaminarne il contenuto.

Una ciotola di riso. Carne grigliata. Verdure. E strani frutti rossi.

Fragole, pensai, ricordando un'immagine vista su un libro molti anni prima. Non le avevo mai assaggiate.

Ne presi una e le diedi un morso. La sua dolcezza mi accarezzò la lingua, strappandomi un piccolo gemito per il suo sapore delizioso.

Era quasi troppo intenso, lo zucchero mi andò dritto alla testa. Ma la divorai comunque e ne mangiai anche una seconda, per poi passare alle verdure.

Le porzioni mi ricordarono il sacchetto con la cena che mi aveva portato Cedric l'altra notte. Di solito ricevevo un quarto di quella quantità di cibo, ma più mangiavo, più mi veniva fame.

Stavo per afferrare l'ultima fragola, quando Cedric tornò. Si fermò sulla soglia, osservandomi mentre mi portavo il frutto alla bocca.

Una parte di me si chiese se avessi dovuto fermarmi.

L'altra, però, non poteva. Avevo tenuto la fragola per ultima apposta, per gustarla alla fine del pasto.

Cedric non disse nulla mentre davo un morso alla fragola, masticavo e deglutivo. I suoi occhi neri indugiarono sulla mia gola, per poi scendere lungo il mio corpo ancora nudo, lasciandosi dietro una scia rovente.

Avevo mangiato restando in piedi accanto al vassoio, incerta su dove potessi sedermi. Anzi, non avevo neanche pensato a dove sedermi. La carne e le verdure erano già state tagliate a bocconcini, rendendomi molto facile infilzarle con la forchetta. Ed ero troppo presa dalle fragole per concentrarmi su qualcos'altro. Le avevo considerate la mia ricompensa per aver finito tutto il cibo.

Cedric si avvicinò mentre mi stavo mettendo in bocca il resto del frutto, e quando cominciai a masticare mi avvolse la mano attorno al collo.

«Dovresti togliere il picciolo» disse, massaggiandomi la gola. «Non fa male, ma può alterare il sapore».

Visto che fino a quel momento non era stato un problema, mandai giù fragola e picciolo insieme.

Mi guardò per qualche istante, poi mi lasciò andare e si diresse di nuovo verso la sua camera da letto. «Seguimi. Hai bisogno di vestiti».

Continuava a sprigionare fame e irritazione, creando

una nube inebriante che mi vorticava attorno mentre camminavo dietro di lui.

Premette un pulsante sul muro. «Mi servono dei vestiti per un'umana. È esile ed è alta un metro e sessanta».

«Ma certo, mio signore» rispose una voce maschile. «Volete che li porti nei vostri alloggi?».

«Sì. E non ho bisogno di sangue, quindi non venire qui a inginocchiarti. Mi sono già nutrito».

«Ma certo, mio signore» ripeté la voce. «Altro?».

«Anche delle scarpe». Lanciò un'occhiata ai miei piedi e indovinò il mio numero.

L'uomo ripeté la stessa frase ancora una volta, poi nella stanza calò il silenzio.

Cedric si voltò verso di me con un'espressione illeggibile. «Non parlerai a nessuno di questa esperienza. Dimenticherai il nome che ti ho dato. E se qualcuno ti chiederà della tua guarigione miracolosa, dirai che le tue ferite non erano gravi o che hai fatto finta che lo fossero. Capito?».

Avevo di nuovo un groppo alla gola e la bocca secca, quindi fu con voce roca che dissi: «Sì, mio signore».

«Bene. Quando bussano, apri la porta. E vestiti. Tra un'ora ti riporterò nel campus». E con quello tornò di nuovo sul balcone. Le porte scorrevoli si chiusero alle sue spalle, con un tonfo che mi diede l'impressione di aver messo la parola fine a qualsiasi cosa fosse successa tra di noi.

E io rimasi a bocca aperta a guardarlo sparire sul balcone, senza aver capito nulla del gioco in cui mi aveva coinvolta.

Non mi aveva nemmeno dato la possibilità di partecipare sul serio.

Che è quello che volevo, no?

Ma se davvero era così, perché mi sentivo fredda e vuota?

Rabbrividii, sentendomi improvvisamente più nuda di qualche attimo prima.

Mi infilai a letto e mi avvolsi nel lenzuolo, desiderando di poter tornare indietro nel tempo, a quando mi ero svegliata con il suo corpo stretto al mio.

Mi ero sentita al caldo.

Viva.

Felice.

E ora mi sentivo morta dentro. *Sola.*

Mi aveva portato via il mio nome. La mia nuova identità. La mia speranza proibita.

Dimenticherai il nome che ti ho dato.

Lily.

Non mi ero resa conto di cosa significasse per me fino a quando non me lo aveva tolto, riducendomi di nuovo a nient'altro che un numero.

Il numero quattrocentosette.

Cedric mi aveva regalato qualcosa che non avevo compreso appieno, per poi sottrarmelo un attimo dopo. Facendomi domandare cos'altro avrebbe potuto mostrarmi.

E facendomi venire voglia di rimediare.

Di lottare per il mio nuovo nome.

Perché non volevo essere il numero quattrocentosette.

Volevo essere Lily.

La *sua* Lily.

La consapevolezza mi colpì in pieno petto, stritolandomi il cuore e rubandomi l'aria dai polmoni.

Okay, cosa posso fare per sistemare le cose?

LILY

CEDRIC NON TORNÒ FINCHÉ NON FUI VESTITA E PRONTA per andare. Diede un'occhiata al mio abito bianco, alle calze e alle scarpe basse. Il modo in cui arricciò le labbra non mi sembrò una reazione positiva, come confermato dal grugnito che seguì.

Ma non fece commenti.

Si limitò a rivolgermi un cenno del capo come per dirmi di seguirlo, per poi condurmi attraverso il palazzo immacolato. Rimasi momentaneamente sbalordita dall'opulenza che mi circondava. Mi ricordava il suo alloggio. L'unica differenza erano le gemme scintillanti incastonate lungo le pareti color crema, che erano di colori diversi man mano che procedevamo.

Mi guidò attraverso un cortile con una fontana circondata da palme. Mi prudevano le dita dal desiderio di toccare una delle foglie appuntite, ma Cedric camminava troppo velocemente perché potessi fermarmi anche solo per un attimo.

Quel luogo non aveva nulla in comune con il campus.

Motivi dorati erano incisi sugli archi dei vari ingressi, e

l'oro catturava la luce della luna anche sulla cima delle
torri a forma di cono poste agli angoli della tenuta. Così
tanta magnificenza e bellezza.

Questa è la sua vita.

La vita di un vampiro di alto rango.

Un vampiro antico.

Un vampiro che ha sangue reale.

Deglutii, e il mio sguardo scivolò su di lui. Si muoveva
con la grazia di un predatore, silenzioso, elegante e letale.
Ma nei suoi passi c'era qualcosa che prima non era
presente. Aveva la schiena rigida e le mani sciolte lungo i
fianchi. Quasi come se fosse pronto per un
combattimento.

Il mio cuore sussultò quando mi domandai se fossi io il
bersaglio designato.

Ma si limitò a condurmi in un'altra sezione del
palazzo, lungo un grande salone che si innalzava per tre
piani, e infine fuori dalle massicce porte d'ingresso.

Un'auto era ferma in fondo ai gradini di pietra.
Accanto vi era un umano, che teneva il capo chinato.

Cedric prese qualcosa dalle mani dell'uomo. «Puoi
andare».

L'umano non rispose, scegliendo invece di allontanarsi
a passo spedito. Ma non si diresse verso la scalinata
principale. Si avviò lungo un marciapiede che sembrava
condurre a un altro edificio.

«Sali» mi ordinò Cedric, riportando la mia attenzione
sul punto in cui si trovava. Stava tenendo aperta la portiera
dell'auto.

Salii senza dire una parola, facendo del mio meglio per
obbedire a ogni suo comando. Il suo umore suggeriva che
fare il contrario sarebbe stata una pessima idea.

Si chinò su di me e mi allacciò la cintura di sicurezza.

Un attimo dopo la portiera si chiuse con un tonfo

violento. Cedric si muoveva così rapidamente che i miei occhi non erano in grado di cogliere i suoi gesti.

In un batter d'occhio, fu sul sedile accanto al mio.

Il cuore mi martellava nel petto. La sua velocità soprannaturale mi lasciò senza fiato, come se fossi stata io a muovermi così in fretta.

Un istante più tardi mise in moto la macchina e premette il pedale dell'acceleratore, facendoci schizzare in avanti.

Soffocai un grido; il mio addestramento mi costrinse a controllare le emozioni. Ma non riuscii a rallentare il mio battito accelerato o il respiro affannoso.

«Rilassati» borbottò Cedric. «Non ti farò del male, umana».

Umana. Non Lily.

«Ma se farai parola di ciò che abbiamo condiviso, morirai». Il suo tono era come una lama: affilato, minaccioso e letale. «Tieni al sicuro i nostri segreti e sopravviverai un po' più a lungo».

Gli avevo già promesso che lo avrei fatto, ma sussurrai comunque: «Sì, mio signore».

Non disse nient'altro mentre percorrevamo le strade nere come la pece, con la luna e i fari dell'auto come unica fonte luminosa.

Finché non raggiungemmo i cancelli dell'Università del sangue.

Allora la luce inondò le mura, e mi sembrò quasi che fosse giorno.

Due vigilanti lasciarono passare Cedric senza fare alcun commento, permettendogli di entrare e parcheggiare. Un vago ricordo si affacciò alla mia mente, ci aveva teletrasportati nel parcheggio giusto la notte prima, dopo la lezione. *È davvero successo ieri?* Mi sembrava che fosse passata almeno una settimana.

Uscì dall'auto con la stessa velocità con cui vi era entrato, e aprì la portiera dal mio lato prima ancora che riuscissi a capire cosa stava succedendo.

Slacciandomi la cintura, mi sfiorò il fianco, e ritrasse la mano come se si fosse scottato.

Ho fatto veramente un casino, pensai uscendo dall'auto. Avrei dovuto provare a parlargli sulla via del ritorno, ma avevo dedicato tutti i miei sforzi a nascondere le mie reazioni. E lui irradiava talmente tanta furia che mi sentivo soffocare.

Quasi mi aspettavo che sbattesse la portiera, tornasse al posto di guida e se ne andasse, lasciandomi lì. Raggiunse invece il bagagliaio e afferrò una borsa dall'aspetto familiare. Era quella che usavo per i miei libri.

Se la mise in spalla, chiuse il bagagliaio e cominciò a camminare, rivolgendomi un altro di quei cenni del capo.

Fui praticamente costretta a correre per stargli dietro, mentre percorreva il cortile spoglio a passi pesanti. La sabbia era molto meno bella delle palme e delle fontane che avevo ammirato appena mezz'ora prima.

Seguii Cedric verso la zona residenziale del campus, tenendo la testa bassa come mi era stato insegnato.

Fuori non c'era nessuno, quindi probabilmente eravamo tornati durante le ore del giorno libero dedicate allo studio. Di solito avevamo dell'attività fisica obbligatoria al risveglio, poi la colazione, a cui seguiva lo studio. Prima di cena, ci era concessa un'ora per gironzolare all'interno del campus.

Ultimamente avevo iniziato a sfruttare l'ora libera per allenarmi nelle sequenze di combattimento all'esterno, dato che c'era più spazio.

Quasi tutti se ne stavano per conto loro, fraternizzare era sconsigliabile. Alcuni studiavano insieme, ma la maggior parte preferiva lavorare da sola ai propri progetti.

In fin dei conti, eravamo in competizione per le stesse posizioni.

A volte, però, mi sedevo con Sei e lo aiutavo a prepararsi. Dal momento che eravamo spesso appaiati, traevo beneficio dai suoi risultati positivi.

Il silenzio all'interno della struttura confermò che eravamo tornati nelle ore dedicate allo studio. Le porte erano tutte chiuse, inclusa quella della licantropa che viveva lì e sorvegliava quell'ala.

«Sto solo restituendo un'umana» disse improvvisamente Cedric.

Aggrottai la fronte. *Cosa?*

«No. Me ne occupo io» aggiunse mentre la porta della licantropa si apriva.

Telisca apparve, in jeans e canottiera, con un'espressione incuriosita. Ci osservò entrambi per qualche secondo.

«Scelta interessante» commentò, facendomi capire che Cedric le aveva parlato attraverso la porta.

I suoi sensi soprannaturali dovevano avergli permesso di sentirla, così come le orecchie da licantropa di lei l'avevano allertata della nostra presenza. Probabilmente aveva anche percepito il nostro odore.

«Parli come se la tua opinione fosse di qualche importanza per me» rispose Cedric, passando accanto all'alta licantropa dai capelli rossi e dirigendosi verso la mia stanza. «Te l'ho già detto: me ne occupo io».

«Okay, okay» sbuffò lei, e nei suoi occhi nocciola balenò per un attimo la sua lupa. Poi tornò nella sua stanza.

Mi affrettai a seguire Cedric con il cuore in gola. Non volevo rischiare che Telisca uscisse di nuovo e mi afferrasse; l'avevo visto succedere in passato.

Gli umani coinvolti sparivano. Per sempre.

E ne apparivano di nuovi per sostituirli.

Non avevo mai capito come funzionasse, se venivano da qualche parte all'interno del campus o dall'esterno.

Molti di noi venivano spostati spesso tra le varie residenze.

Io, però, mi trovavo lì da almeno quattro o cinque anni. Forse addirittura sei. Avevo perso il conto.

Cedric non mi chiese il numero della camera o il piano in cui vivevo. Salì due rampe di scale senza dire una parola e mi condusse direttamente alla mia stanza singola.

Provò ad abbassare la maniglia.

«Orario di studio» sussurrai. «Le porte...».

Abbassò la copertura di plastica che celava un tastierino accanto allo stipite, mettendomi a tacere, e digitò un codice troppo rapidamente perché potessi vederlo. Seguì un sibilo, poi la serratura si sbloccò, permettendogli di varcare la soglia.

Ovviamente conosceva il processo di autobloccaggio.

Era un insegnante. Lavorava lì.

Perché all'improvviso mi sembrava una sorta di rivelazione o di ricordo? Come avevo potuto dimenticare così facilmente ciò che quel vampiro rappresentava?

Posò la mia borsa sull'unica sedia presente nella stanza, che si trovava di fronte alla scrivania. Lo seguii all'interno e osservai il mio piccolo letto, l'armadio, la cassettiera e l'oblò che lasciava entrare la luce della luna.

Sembrava tutto così scialbo in confronto ai suoi alloggi sontuosi.

Si era tolto il pigiama prima di uscire, e ciò lo faceva risaltare ancora di più ora che si trovava al centro della mia camera con il suo completo nero. Era in netto contrasto con il pavimento di pietra bianca e le pareti color crema.

I suoi occhi scuri trovarono i miei, facendomi correre un brivido lungo la schiena. Abbassai immediatamente lo sguardo. Ma lui fece un passo avanti e mi afferrò il mento, costringendomi a guardarlo.

Le sue iridi ricordavano una notte burrascosa, gli anelli di ossidiana vibravano con un tumulto di emozioni. Sulla mia lingua pesavano delle scuse. E una richiesta di perdono.

Un fiume di parole mi sussurrava nella mente. Parole proibite, che lo imploravano di riportarmi nel suo palazzo. *Solo un'altra notte. Lasciami sfuggire a questa esistenza ancora per un po'. Ti prego.*

Ma mi mancò la voce.

Non riuscivo a parlare.

La sua mano si spostò sulla mia guancia, e il suo sguardo scese sulle mie labbra, come se fosse in attesa di qualsiasi cosa stessi per dirgli.

Ma non uscì nulla. Nemmeno un respiro. Nessuna parola appropriata. Nessuna frase coerente. Nessuna confessione o scusa o qualsiasi cosa avesse bisogno di sentire. Rimasi davanti a lui come una bestiola inutile, persa nelle mie emozioni e nella confusione delle ultime ventiquattr'ore.

«Stai già appassendo» mormorò, seguendo con il pollice le ombre scure sotto i miei occhi. «È un mondo crudele, fiorellino. Vorrei che tu fossi nata in un'epoca diversa».

Premette le labbra sulle mie prima ancora che potessi formulare una risposta. Non era come gli altri baci che ci eravamo scambiati. Sembrava definitivo, quasi freddo.

Almeno fino a quando la sua lingua non scivolò nella mia bocca.

Spostò il palmo sulla mia nuca, con una stretta severa, dominandomi con il suo tocco. Mi sciolsi su di lui.

Era così forte, così autoritario… Non riuscivo a pensare a nient'altro mentre mi teneva tra le sue braccia.

Per questo deglutii automaticamente, soggiogata dalla sua stessa presenza.

Ambrosia, si rese conto una parte di me. *Mi sta dando di nuovo il suo sangue.*

Non in abbondanza come aveva fatto quando mi aveva premuto il polso sulla bocca, ma solo un po' dalla sua lingua. Era comunque abbastanza per rinvigorire il mio spirito e riportare in vita i miei sensi. Ero ancora su di giri da prima, e la nuova dose accentuò le sensazioni e le rese più intense.

Stava cercando di ricordarmi del nostro segreto? O stava testando la mia determinazione a restare in silenzio?

Non ne ero sicura.

E la mia mente si rifiutava di formulare qualsiasi possibile risposta a quegli interrogativi.

Tutto ciò che volevo erano lui, la sua bocca, il suo sapore, la sua *lingua*.

Ma poi si staccò, interrompendo il nostro bacio, e trascinò le labbra lungo la mia mascella, fino a raggiungere il collo.

Un attimo dopo, le sue zanne mi trafissero la gola, facendomi tremare le gambe per l'intrusione inaspettata. Qualcosa di forte e muscoloso, *il suo braccio*, si avvolse attorno alla mia schiena, tenendomi in piedi. L'altra mano, invece, mi stringeva ancora la nuca.

Mi abbandonai a lui, permettendogli di bere, stordita dal sapore del suo sangue e dal piacere del suo morso.

Un incendio divampò nelle mie vene.

Il mio ventre si contrasse.

E le mie cosce sfregarono l'una contro l'altra, alla ricerca del sollievo di cui avevo bisogno.

Mi riconoscevo a stento. Quella versione smaniosa di me era così diversa da quella che voleva diventare una vigilante. Certo, da qualche parte esisteva ancora. In profondità. Forse. L'avrei cercata più tardi.

La gamba di Cedric si insinuò tra le mie, premendo la coscia muscolosa sul mio sesso rovente e dandomi la pressione che tanto bramavo.

Gemetti.

Lui ringhiò.

Poi la mia schiena incontrò il materasso, riportandomi alla realtà con un sussulto.

Cedric aveva ancora la gamba tra le mie, con il ginocchio appoggiato sul letto, ma non avevo più il suo braccio attorno alla vita. Le sue mani erano sulle mie spalle, mi bloccavano sotto di lui.

Premette la bocca sul mio orecchio e sussurrò: «Attenta. Agli umani non è permesso reagire».

Le sue parole mi fecero correre un brivido lungo la schiena.

Prima mi aveva detto di reagire, di gridare per lui, di fargli sentire il mio piacere.

E ora mi diceva di non farlo.

Mi stava ricordando il mio posto, togliendomi il breve assaggio di libertà che mi aveva concesso al di fuori del campus.

Uno scherzo crudele. Una punizione severa.

«Mio signore» ansimai. Volevo scusarmi, volevo tornare a essere la sua Lily.

Ma il suo palmo mi coprì la bocca. «Silenzio, umana». Il gelo di cui era intriso il suo tono trafisse il mio spirito, lasciandomi vuota e immobile sotto di lui.

Mi morse di nuovo, suscitando in me un'ondata di calore che minacciava di strapparmi al ghiaccio che aveva pervaso il mio essere. Affondai i denti nel labbro inferiore per trattenere un grido in cui si mescolavano piacere e agonia.

I miei occhi si riempirono di lacrime.

In un attimo il mio mondo andò fuori controllo.

Volevo sollevare i fianchi verso i suoi.

Volevo spingerlo via da me.

Volevo urlare le mie scuse sulla sua bocca.

Volevo conficcargli le unghie nelle spalle per aggrapparmi a lui e pregarlo di riportarmi nel suo palazzo.

Volevo sparire e dimenticarmi di lui.

Tutto in una volta, ogni singolo desiderio si mescolò dentro di me, minacciando di sopraffare il mio autocontrollo. Gli anni di addestramento si fecero sentire, tentando di respingere ciò che provavo per impedirmi di reagire. Ma non riuscii a evitare che una lacrima mi sfuggisse dall'occhio.

Cedric la cancellò con il pollice, tenendo ancora la mano sulla mia bocca. Poi la sua coscia premette sul mio sesso, facendo vibrare di elettricità ogni parte di me e facendo andare il mio cuore in fibrillazione.

Troppe sensazioni.

Troppe *emozioni*.

Stavo per esplodere. Urlare. *Disintegrarmi*.

Le sue labbra catturarono le mie mentre precipitavo nell'oblio, e il mio corpo era preda dell'assalto di fuoco e ghiaccio che si intrecciavano nelle mie vene.

Dentro di me si scatenò il caos. Bruciavo. Tremavo. Le grida si affollavano nella mia gola.

Oh…

E alla fine urlai sul serio, ma lui catturò il suono con la lingua, riempiendo la mia bocca di sangue e costringendomi a deglutire.

Soffocai, tossii, sputai, ma lui esigeva che lo prendessi, che lo accettassi, che lo *accogliessi*.

Tutto mentre i suoi occhi tenevano imprigionati i miei,

trasmettendo un messaggio nascosto che non riuscivo a comprendere.

Quando finì, ebbi l'impressione che la mia anima fosse stata fatta a pezzi. Non riuscivo a respirare né tantomeno a elaborare ciò che era appena successo.

Mi guardò con disgusto, con un'espressione che non avrei mai dimenticato.

Furia.

Odio.

Tristezza.

Tremavo. Quella svolta non mi piaceva affatto.

Aveva appena rovinato ogni bacio, ogni momento, ogni ricordo che avessimo mai creato.

Morti. Spariti. *Distrutti.*

Proprio come il mio nome. Proprio come la mia speranza.

Premette la fronte sulla mia, e il suo respiro mi accarezzò le labbra. «Consideralo la nostra ultima lezione» sussurrò. Le sue parole suonavano come un addio. Così come era cominciato il nostro bacio. Un senso di chiusura aleggiava su di noi. Una strana chiusura che non riuscivo a definire.

Era perché non voleva più continuare il gioco?

Perché non voleva più torturarmi?

Perché stava per uccidermi?

Tutte ipotesi plausibili.

Le sue labbra sfiorarono le mie un'ultima volta, poi si alzò. Aveva le spalle rigide e il suo sguardo non lasciava trasparire nulla. Lanciò un'occhiata al mio collo, e l'attimo dopo era sparito.

La porta della mia stanza sbatté, facendomi sussultare.

La mia possibilità di scusarmi era svanita.

E ora non avevo idea di cosa mi avrebbe riservato il domani.

Un'altra prova? Un altro fallimento? Un'altra dose del suo sangue?

Sbattei le palpebre, con il cuore che ancora galoppava nel petto.

Un altro brivido mi investì, un senso di terrore serpeggiò nel mio cuore.

In qualche modo, l'intero scambio mi sembrava il mio più grande insuccesso fino a quel momento, come se avessi fatto qualcosa di incredibilmente sbagliato. Come se avessi sprecato la mia opportunità di sperimentare qualcosa *di più*.

Era stata lì per un secondo. Un breve momento nel tempo.

Lasciandomi senza niente.

Solo un'anima vuota.

Un cuore che batteva rapidamente.

E la sensazione che il giorno successivo sarebbe stato uno dei peggiori della mia vita. Forse addirittura l'ultimo.

LILY

Mi svegliai con un profumo di menta che mi baciava i sensi.

Le mie labbra formicolavano come se potessi assaggiarlo.

E così feci.

Nella mia bocca.

Nella mia gola.

Nel mio stesso essere.

Ma non era reale.

Mi svegliai e mi ritrovai a fissare un muro bianco, non arredi sfarzosi e pietre preziose.

Solo la mia prigione di cemento. La mia stanza. La mia vita.

È stato tutto un sogno?, mi domandai. Mi misi a sedere e mi toccai il collo. I miei polpastrelli incontrarono soltanto pelle liscia, facendomi aggrottare la fronte.

Poi mi ricordai del sangue di Cedric e delle proprietà curative che lo caratterizzavano.

La mia borsa era sulla sedia, proprio dove l'aveva lasciata.

O l'avevo messa io?

Un'occhiata all'orologio mi disse che era ora di alzarsi per la sera. A breve sarebbe iniziata una nuova giornata di lezioni. Dovevo lavarmi e fare colazione.

Scesi dal letto, accorgendomi che indossavo ancora i vestiti del giorno prima. Erano la conferma che era tutto vero, che Cedric aveva chiamato quel morso la sua ultima lezione.

Il suo addio non avrebbe potuto essere più chiaro di così.

Ma una parte di me non voleva accettarlo. Una parte di me voleva opporsi alla sua decisione. Dimostrargli che si sbagliava. Farlo ricredere.

Strinsi i denti. Forse era proprio quello che dovevo fare. Che cosa avevo da perdere? Mi aveva già tolto la possibilità di assaporare un'altra vita, lasciandomi ancora una volta senza niente.

Certo, poteva uccidermi.

Ma era un rischio che correvo quotidianamente con tutti i mostri presenti nella scuola.

Quindi cosa avevo realmente da perdere?

Volevo un'altra possibilità di giocare al suo gioco, qualunque cosa significasse, e di provare a vincere. Probabilmente era tutto truccato per farmi fallire, ma almeno mi sarei sentita di nuovo viva. Anche se solo per qualche breve istante, ne sarebbe valsa la pena. Qualsiasi cosa pur di sfuggire a quell'esistenza avvilente.

Mi aveva mostrato un altro lato del mondo, mi aveva regalato piacere ed eccitazione, e io ne volevo ancora. Un altro morso. Altre sensazioni intense. *Estasi.*

Glielo avrei fatto capire dopo la lezione, inginocchiandomi per lui. E se me lo avesse negato, lo avrei fatto di nuovo. E ancora. E ancora.

Sì, è esattamente quello che farò, pensai, avvicinandomi alla cassettiera per prendere dei vestiti puliti. Ma qualcosa luccicò all'interno dell'armadio, attirando la mia attenzione. Mi diressi verso l'anta leggermente socchiusa.

Incuriosita, la aprii completamente e trovai diverse casse d'acqua impilate fino in cima.

Rimasi di sasso. Dovevano esserci centinaia di bottiglie lì dentro. Era un nuovo modo di distribuire le nostre razioni? Per mettere alla prova la nostra capacità di non esagerare?

I pochi abiti che possedevo erano stati spinti di lato e le mie scarpe ora si trovavano sul ripiano più alto. Tutto il resto era acqua. Mi sarebbe bastata per almeno sei mesi, forse di più.

Presi una bottiglia dalla confezione di plastica, aprii il tappo e bevvi un sorso. Anche quello poteva essere un test. Forse era avvelenata, ma ero troppo assetata. La sera prima avevo saltato la cena, essendomi addormentata sommersa da un'ondata di autocommiserazione.

L'acqua aveva un sapore normale. Era tiepida, quindi non così rinfrescante come quella che mi aveva dato Maestro Cedric, ma mi tolse la sete. Ne finii metà, poi la rimisi nell'armadio e aspettai di vedere se fosse successo qualcosa.

Non notai nulla, a parte il fatto di sentirmi leggermente più idratata di prima.

Bene. Chiusi l'anta e andai a cercare i vestiti nella cassettiera, poi li portai con me nelle docce comuni. Aspettai che uno degli altri accennasse alla nuova ripartizione dell'acqua, ma nessuno disse una parola.

Non era un fatto anomalo: la maggior parte di noi non parlava.

Ma a volte sussurravamo qualcosa se c'erano dei cambiamenti, e quello sembrava abbastanza significativo da meritare una conversazione.

O forse ero l'unica a rimuginarci sopra.

Tornata in camera, finii di prepararmi, bevvi un altro sorso d'acqua nel caso in cui quel giorno non avessi ricevuto altre bottiglie, e andai a fare colazione.

Dove mi fu data una razione più abbondante del solito.

Invece di una porzione di uova, me ne diedero tre. Ricevetti anche un'intera fetta di pane tostato, non mezza. E al posto di un gambo di sedano mi diedero un'arancia.

Oltre a un'altra bottiglia d'acqua.

Non dissi nulla, accettando il mio piatto con un'espressione impassibile.

Ma la mia mente era piena di domande.

Perché avevano cambiato il mio regime alimentare?

Mangiai tutto con cautela, con lo sguardo rivolto agli altri per vedere se qualcuno aveva più cibo del solito. Ma era difficile giudicare, perché raramente prestavo attenzione alle porzioni dei miei compagni.

Però nessuno sembrava sorpreso. Probabilmente stavano mascherando le loro emozioni, proprio come me, rendendo impossibile capire se qualcun altro stesse sperimentando quelle anomalie.

Durante la prima lezione rimasi particolarmente vigile, alla ricerca di segnali di qualcosa di insolito. Ma tutti si comportavano come sempre.

Il compito del giorno ruotava attorno ai servizi di pulizia, in particolare in camera da letto. Clarissa, l'insegnante, ci cronometrò mentre rifacevamo il letto nei modi che ci aveva mostrato l'altro giorno.

Mi accorsi che i miei passi erano più veloci del solito, le mie mani più efficienti e la mia sicurezza maggiore.

Forse a causa delle ultime tracce del sangue di Cedric rimaste nel mio corpo. Tutto era ancora molto intenso. O forse era per via della maggiore quantità di cibo.

A prescindere dal motivo, Clarissa mi assegnò un

ottimo punteggio e affermò che gli altri dovevano essere più efficienti, *come me*.

Non reagii alle sue lodi. Mi sforzai invece di mantenere un'espressione distaccata mentre lei iniziava una nuova lezione: come maneggiare la biancheria sporca. Diede una dimostrazione usando delle lenzuola impregnate di sangue, probabilmente il risultato di un recente omicidio.

Mi si rivoltò lo stomaco e la mia mente si distrasse pensando al morso di Cedric.

Non era stato crudele, ma sensuale.

Certo, non ero così ingenua da pensare che si trattasse di un'esperienza normale.

A dire il vero, nulla di ciò che lo riguardava poteva essere descritto come "normale". Era un enigma che non riuscivo a risolvere.

Un enigma che avevo tutte le intenzioni di affrontare.

Quel pensiero mi seguì per tutta la sera, annidato in un angolino della mia mente durante ogni attività.

Man mano che si avvicinava l'orario della sua lezione, il mio cuore praticamente fremeva.

Ma il vampiro che ci aspettava in aula non era lui.

Al suo posto c'era un uomo dai capelli scuri e dagli occhi turchesi, con i jeans neri e la maglietta dello stesso colore tesi sul corpo muscoloso.

Licantropo, indovinai subito, abbassando lo sguardo sul pavimento.

Ci disse che il suo nome era Khalid e per prima cosa modificò gli abbinamenti. Mi mise con un uomo dalla corporatura più simile alla mia e accoppiò di nuovo i due maschi enormi. La mia precedente compagna mancava all'appello.

Il licantropo cominciò la lezione senza fare commenti sull'assenza di Cedric.

Non che mi aspettassi una spiegazione. Ero

un'umana, non una sua pari. Ma mi ci volle fino all'ultima goccia di forza di volontà per non chiedergli chiarimenti.

Forse è una situazione temporanea, pensai. *Forse domani tornerà.*

Solo che non fu così. Mancò anche alla lezione successiva.

E a quella dopo.

E a quella dopo ancora.

Trascorsero quattro settimane senza alcuna traccia di Cedric. Sembrava che Khalid avesse preso ufficialmente il suo posto. Avrei dovuto esserne grata, perché finalmente stavo superando alcuni test.

Ma mi ritrovai a desiderare che Cedric tornasse. Infestava i miei sogni, sogni che sapevo non avrei dovuto fare.

Sogni che peggiorarono quando il suo sangue sparì completamente dal mio sistema, riportando i miei sensi alla normalità. Era come se avessi perso anche l'ultimo pezzo di lui, lasciandomi sola con le mie fantasie.

Continuai a ricevere razioni di cibo più abbondanti, addirittura con l'aggiunta di un piccolo pranzo. Ogni giorno che passava mi sentivo sempre più forte, una sensazione simile a quella che mi aveva fatto provare il sangue di Cedric.

Solo che non era la stessa cosa.

Una parte perversa di me sentiva la sua mancanza.

Per questo mi fu così difficile pronunciare il suo nome, quando la mia referente mi chiese di aggiornarla sui miei corsi.

Ero seduta sul letto e fissavo la sua immagine sulla parete. Ogni tanto si faceva viva per parlare del mio programma, e inizialmente volevo sfruttare quella sessione per discutere del corso di Cedric. Ora, però, l'unica cosa che volevo era chiederle dove fosse e se avessi potuto iscrivermi a un altro dei suoi corsi.

Tuttavia, il mio addestramento prese il sopravvento e le fornii un resoconto delle ultime lezioni e di come mi sembrava che stessero andando. Le dissi perfino che credevo che le mie capacità di combattimento stessero finalmente migliorando.

«Sì, ho visto le note del tuo nuovo insegnante» rispose, distogliendo lo sguardo da me per leggere qualcosa sul suo tablet. «Sembra che Cedric avesse molti dubbi al riguardo, ma il suo consiglio di aumentare le tue razioni di cibo ha aiutato. Ovviamente, anche il tuo peso sta fluttuando. Dovremo decidere se questa è la strada giusta per te».

Cedric vi ha consigliato di aumentare le mie reazioni di cibo?, mi trattenni a stento dal chiedere, sbigottita da quella rivelazione.

Anche se una parte di me si era già chiesta se fosse stato lui il motivo del mio nuovo regime alimentare.

Così come mi ero chiesta se fosse stato lui a riempire il mio armadio di bottiglie d'acqua.

Perché nessuno ne aveva parlato, e chiunque fosse di turno in mensa continuava a darmi ogni giorno la stessa quantità di bottiglie. Stavo per chiederlo alla mia referente, ma decisi di tacere.

Cedric si era raccomandato di non rivelare a nessuno i nostri segreti.

Se avessi accennato all'acqua, avrebbero potuto portarmela via.

O forse anche quello faceva parte del test.

Comunque fosse, scelsi di non dire nulla.

Mi sembrava un po' un atto di ribellione, come se stessi infrangendo la regola non scritta di rivelare sempre tutto alla mia referente.

Ma mi piaceva tenermi quei segreti per me.

«D'altro canto, ha anche sottolineato che le tue abilità in campo sessuale sono decisamente carenti, quindi forse il tuo peso potrebbe non essere un problema» continuò Clarissa, interrompendo le mie considerazioni e schiaffeggiandomi con le sue parole.

Cos'è che ha sottolineato?

«In realtà, ha raccomandato che ti dedicassi ai corsi sulla servitù, invece che sulle arti del sesso, affermando che non ti ritiene adatta a un harem. E, ovviamente, non è rimasto colpito dalle tue abilità nel combattimento». Lo disse con un tono privo di emozione, come se non mi stesse prendendo a pugni con ogni sillaba.

Non riuscivo a smettere di pensare al fatto che Cedric avesse ritenuto le mie abilità in campo sessuale *decisamente carenti*.

In che modo?

Perché avevo emesso un gemito l'ultima volta che mi aveva morsa? Perché inizialmente non l'avevo fatto? *Cosa voleva da me?!*

«È un peccato, perché Peyton ti ha dato dei voti molto alti nel sesso orale. Ma anche Clarissa ha confermato la tua attitudine nel campo dei servizi».

Alla fine la mia referente riportò il suo sguardo su di me.

«Quindi abbiamo delle scelte da compiere per i prossimi corsi. Tenendo conto del parere di Cedric sulla vostra uscita, sono titubante ad aggiungere altri corsi sul sesso nel tuo programma di studi. Certo, finora ne hai seguiti solo due, quindi è possibile che tu possa migliorare in tempo per il Giorno del sangue. Ma anche mantenere la tua verginità è una caratteristica che potrebbe fruttare molte offerte».

Mi limitai a fissarla. Che cosa avrei dovuto rispondere?

«Cosa pensi sia meglio fare? Forse non eri ancora

pronta a soddisfare un vampiro del calibro di Cedric, ma la maggior parte di coloro che entrano nel settore degli harem deve lavorare sodo per arrivare a questo tipo di esperienza. Quindi potrebbe trattarsi solo di un'iniziale battuta d'arresto. Naturalmente, ora fa parte del tuo fascicolo, quindi potrebbe avere un impatto sul tuo posizionamento. A meno che tu non voglia impegnarti a fondo per rimediare, intendo».

Schiusi le labbra, ma mi mancò la voce.

Mi riteneva incapace nel combattimento.

E anche nelle arti del sesso?!

Non aveva fatto altro che mordermi e soddisfarmi. Si aspettava di più? Che mi inginocchiassi e glielo succhiassi?

Quel vampiro era un enigma ambulante impossibile da risolvere!

E ora stava rovinando i miei punteggi nelle aree in cui ero sicura di essere all'altezza.

Tutto ciò che faceva era volto a danneggiarmi, a mettere in dubbio il mio valore. E per quale motivo? Per crudeltà?

«Umana?» mi esortò la referente, inarcando un sopracciglio scuro.

«Voglio riprovarci» risposi, parlando senza riflettere. «So di poter migliorare».

Lei annuì. «Bene, allora ti iscriverò al prossimo corso. Si concentrerà maggiormente sull'addestramento anale, perché vorrei mantenere intatta la tua verginità vaginale per poterla sfruttare in seguito».

Mi sentii sprofondare. Non era ciò che intendevo. Volevo un'altra possibilità con Cedric, non frequentare un altro corso sul sesso.

Ma non c'era più modo di correggerla, le sue unghie affilate stavano già picchiettando sul tablet.

«E per quanto riguarda il combattimento? Preferisci

un'altra forma di esercizio?» chiese senza alzare gli occhi dallo schermo.

«Voglio frequentare il prossimo corso» dissi automaticamente, sperando che fosse Cedric l'istruttore.

Lei mugolò in segno di assenso e annotò qualcosa.

«E ovviamente continuerai con i corsi di servizio, visto che stai andando così bene. Terremo anche sotto controllo l'aumento di peso, per assicurarci che non continui. In caso contrario, la tua alimentazione sarà modificata di conseguenza». Mi guardò, i suoi occhi verdi scintillavano come smeraldi. «Ti suggerisco di esercitarti il più possibile nelle sequenze di combattimento per migliorare la tua preparazione atletica, oltre a cercare di aumentare i tuoi punteggi in quell'area».

«Sì, mia signora».

Tornò ai suoi appunti, poi aggiunse: «Vediamo come procedono i corsi, poi potrei farti sostenere un altro test fuori dal campus».

Il mio cuore ebbe un sussulto. *Con Cedric o con qualcun altro?*, avrei voluto domandarle. Ma sapevo che era meglio non farlo. Potevo solo sperare che fosse lui l'istruttore del prossimo corso, così avrei potuto chiederglielo io stessa.

Se mi fossi sentita abbastanza coraggiosa da farlo.

Aveva espresso un giudizio negativo su di me.

Di nuovo.

Perché?

«Bene. Credo che per questo mese sia tutto. Buona serata, umana». Terminò la chiamata prima che potessi dire un'altra parola, il mio destino era già segnato.

Non potei fare altro che fissare il muro e chiedermi cosa ne sarebbe stato di me.

Ma più lo facevo, più mi sentivo determinata.

Cedric non aveva fatto altro che darmi insufficienze e

aveva definito le mie abilità in campo sessuale *decisamente carenti*.

Senza nemmeno concedermi l'opportunità di mostrargliele.

Aggrottai la fronte, il suo viso comparve nei miei pensieri. *Pensi che non sia in grado di farti godere? Mettimi alla prova.* Se voleva togliermi ogni possibilità di eccellere definendo le mie abilità *carenti*, allora mi sarei impegnata ancora di più per dimostrargli che si sbagliava.

Il primo passo sarebbe stato seguire un corso avanzato di combattimento, *che avrei superato*, e imparare di più su come soddisfare i vampiri.

Forse non lo avrebbe mai saputo. Forse non gli sarebbe nemmeno interessato. Ma a me sì.

Non ero un fiore appassito.

Ero ancora Lily. La *sua* Lily.

Guardami fiorire, pensai rivolta a lui. *Forse qui non c'è la luce del sole, ma mi rifiuto di appassire e morire. Ti sbagli su di me. Vedrai.*

LILY

Sette mesi dopo…

«Manca un mese al Giorno del sangue» mi informò Livia, la mia referente. Ero seduta a gambe incrociate sul letto, di fronte al famigerato schermo sulla parete. «Hai punteggi esemplari in tutti i tuoi corsi».

E cominciò a leggermeli come se non li conoscessi già.

Sapevo di aver raggiunto risultati eccellenti.

Mi ero impegnata come non avevo mai fatto prima, sperando ogni giorno di vedere l'uomo che aveva dubitato delle mie capacità per dimostrargli il mio valore.

Ma non si era più fatto vedere.

Tutti i corsi di combattimento erano stati tenuti da Khalid.

Compreso l'ultimo che avevo seguito, incentrato sull'arte della spada.

E quello precedente, sul tiro con l'arco.

Avevo primeggiato in entrambi i corsi, poiché dipendevano dall'abilità più che dalla forza fisica.

All'esame finale avevo perfino superato il numero seicentoquarantadue.

Cedric mi appariva in sogno, e non sembrava mai soddisfatto. La sua espressione era sempre poco colpita. Così mi svegliavo e tentavo ancora una volta di dimostrargli che si sbagliava.

«Dobbiamo parlare dell'ultimo corso di formazione sulle arti sessuali» disse Livia, insinuandosi tra i miei pensieri. «Ti sconsiglio vivamente di seguire un corso di addestramento vaginale, perché la verginità è un punto a tuo favore. Tuttavia, c'è naturalmente chi preferisce le donne esperte. Quindi, se ti interessa entrare in un harem, possiamo procedere in quel senso».

«Che altre opzioni ho?» chiesi con un tono privo di emozione.

Perché non volevo che mi importasse.

A che scopo? Avevo fatto di tutto al mio corpo, con l'unica eccezione del sesso tradizionale. Perché non completare l'addestramento e assicurarmi di essere pronta a servire il mio futuro padrone?

Perché voglio ancora Cedric, pensai. *E una parte stupida e ingenua di me vuole che sia lui il primo. Non Sei.*

Non importava quanti orgasmi mi avesse procurato Sei durante i corsi; nessuno era paragonabile a quello che mi aveva fatto Cedric con le sue mani.

Quelli che provavo in classe erano sempre forzati, il mio corpo reagiva perché non aveva altra scelta.

Ma Cedric mi aveva fatta sentire viva.

Cedric se n'è andato. Non gli importa nulla di te. Smettila di pensare a lui, mi dissi, mentre Livia cominciava a elencare tutte le mie opzioni.

Avevamo già concordato che avrei seguito il corso finale di combattimento.

Oltre a uno sulla ristorazione.

E una lezione settimanale sui requisiti per occuparsi dei bisogni di un branco, nel caso fossi finita in un clan di licantropi.

Poi tornammo a parlare ancora una volta delle arti del sesso, che sembravano sempre l'argomento preferito di Livia. Mesi prima aveva modificato il mio regime alimentare, limitando l'aumento delle porzioni consigliato da Cedric, ma assegnandomi comunque più cibo di quanto ne ricevessi prima.

Mi aveva permesso di acquistare un po' più di massa muscolare.

Mi sentivo forte e fragile al tempo stesso.

Che, stando a Livia, era la combinazione perfetta. Di recente mi erano state scattate alcune foto per aggiornare il mio fascicolo, e lei era rimasta molto soddisfatta della tonicità del mio corpo e delle mie curve.

Perciò non fui affatto sorpresa quando mi consigliò di seguire un corso su come dare piacere ad altre donne. «Penso che ti renderebbe ancora più versatile» aggiunse, con gli occhi verdi che brillavano di approvazione.

«Okay» acconsentii, soprattutto perché preferivo quello a un corso sul sesso tradizionale.

«Perfetto» rispose digitando qualcosa sul suo tablet. «Ci risentiremo tra due settimane, perché stiamo per concludere il programma e voglio assicurarmi che tu sia pronta. Buonasera, umana».

E si congedò senza dire altro, come faceva alla fine di ogni telefonata.

Fissai il muro per un minuto, poi mi alzai e mi preparai per andare a lezione.

L'acqua nell'armadio mi aveva aiutata ad affrontare gli ultimi mesi, ma mi erano rimaste solo sette bottiglie. Le lasciai lì, conservandole per quando ne avessi avuto bisogno.

Una parte di me credeva ancora che fosse stato Cedric a farmele avere. Era la stessa che lo sognava ogni notte.

La nostra "frequentazione" era durata soltanto qualche settimana, e la maggior parte di quel tempo lo avevo trascorso in classe a cercare di compiacerlo. Mentre lui non faceva altro che criticarmi e darmi pessimi voti.

Poi avevamo trascorso insieme una nottata intensa.

E basta. Tutto lì.

Eppure aveva avuto più impatto sulla mia vita di chiunque altro. E non riuscivo a capire come cancellarlo dalla mente.

L'unico aspetto positivo di quell'esperienza fu la mia ossessione di dimostrargli che si sbagliava. Perché, nel farlo, ero riuscita a ottenere dei punteggi quasi perfetti.

La mia porta emise un segnale acustico e il chiavistello si aprì. Poi il mio nuovo programma delle lezioni comparve sulla parete, inviato da Livia. Come al solito, dopo ogni incontro mensile, aule e orari erano cambiati immediatamente.

A volte un paio di corsi restavano invariati, come quello introduttivo sul combattimento con Cedric, che era durato più di un mese. Almeno finché non l'aveva preso in carico Khalid. A quel punto era diventato il *suo* corso, e ogni mese aveva cambiato nome e finalità.

Stavolta, però, l'intero programma cambiò.

Lo esaminai e imparai a memoria tutte le informazioni necessarie.

Poi proseguii con la mia solita routine serale: doccia e colazione.

Due porzioni di uova. Una fetta di pane tostato. Mezza banana.

Il cibo era quasi sempre lo stesso, l'unica differenza era il tipo di frutto; il giorno prima mi avevano dato mezza mela.

Mangiai in fretta, bevvi un quarto di bottiglia e mi diressi verso il corso sulla ristorazione.

Lo teneva Clarissa, e non ne fui sorpresa. Capitava spesso che fosse lei a insegnare quel genere di discipline.

Anche la maggior parte degli studenti coinvolti era la stessa, compreso Sei. Mi misi al suo fianco, come facevo sempre quando frequentavamo un corso insieme, e ascoltai Clarissa che ci spiegava il nostro primo compito.

La lezione successiva fu quella sull'organizzazione dei clan, a cui Sei non partecipò, tenuta da un licantropo di nome Felix. Non sembrava entusiasta di insegnare; il tono burbero e l'espressione accigliata erano chiari segni del suo fastidio.

E ci congedò prima del previsto.

Ne approfittai per lasciare in camera i miei nuovi libri e per mangiare la barretta proteica che avevo ricevuto per pranzo.

Poi mi diressi verso l'edificio dove si trovava la palestra per il nuovo corso di combattimento. Livia aveva detto che sarebbe stato una combinazione di tutte le tecniche imparate fino a quel momento.

Speravo che significasse che avrei potuto usare di nuovo l'arco.

Era stato divertente mirare ai bersagli.

Anche se si trattava di sagome che raffiguravano esseri umani e l'obiettivo era il cuore.

Quando arrivai in palestra, Khalid era già lì, concentrato sul suo tablet. Aveva i suoi caratteristici jeans neri e una maglietta dello stesso colore, un abbigliamento che aveva scelto di indossare a ogni lezione negli ultimi otto mesi e che gli conferiva un aspetto minaccioso.

Inizialmente avevo pensato che fosse un licantropo a causa della sua altezza e delle sue braccia muscolose.

Ma in realtà era un vampiro.

L'avevo scoperto quando aveva bevuto un bicchiere di sangue mescolato al vino durante uno dei nostri esami. In quel momento, il suo sguardo era diventato quello di un predatore, e mi aveva ricordato Cedric. Per fortuna non ero stata io a ricevere le sue occhiate fameliche.

Era il numero centotrentanove ad aver suscitato il suo interesse. Si era finalmente ripresa dalle ferite sostenute durante quella fatidica lezione, anche se le ci erano volute diverse settimane, e da allora era stata la mia partner nei corsi di combattimento.

Quando entrò, lo sguardo di Khalid si posò su di lei e vi rimase per qualche lungo istante. Poi il vampiro sbatté le palpebre e tornò al suo tablet.

Lei si affrettò a raggiungermi e sistemò le sue cose accanto alle mie. C'erano dei tappetini di gomma al centro della stanza, e ciò suggeriva che ci saremmo dedicati al combattimento corpo a corpo. Ma nessuno di noi si tolse le scarpe, non finché Khalid non avesse illustrato il compito del giorno.

Anche il corso di tiro con l'arco era iniziato proprio in quella stanza, e poi eravamo stati condotti all'esterno. Quindi forse anche quel giorno sarebbe successo qualcosa di simile.

Entrarono altri umani. Molti avevano un aspetto familiare, ma non provenivano dalle stesse lezioni di combattimento.

Anzi, a parte me e il numero centotrentanove, solo altri due avevano partecipato all'ultimo corso.

Strano.

Di solito avanzavamo tutti insieme.

Forse il nostro gruppo si stava unendo a un'altra classe?

Ma se così fosse, dov'erano tutti gli altri nostri ex compagni?

Fece il suo ingresso anche Sei, e il suo sguardo incontrò

subito il mio. Un accenno di confusione balenò nei suoi occhi verde chiaro. Risposi allo stesso modo.

Si unì a me e al numero centotrentanove e appoggiò la borsa accanto alla mia. «Qual è il nome del tuo corso?» chiese a voce bassa.

«Sessione avanzata di combattimento sette» sussurrai. «Il tuo?».

«Sessione avanzata di resistenza sette». Mi guardò negli occhi e aggiunse il luogo e l'orario.

«Tutto come il mio, a parte il nome» risposi.

Anche gli altri avevano iniziato a mormorare tra di loro, facendo sì che Khalid si schiarisse la voce. «Silenzio».

Tutti si zittirono all'istante.

Passarono i minuti ed entrarono altri studenti, finché non ci furono almeno una sessantina di persone.

C'è qualcosa che non va, pensai.

Nella maggior parte delle lezioni erano presenti dieci o quindici umani al massimo.

Molti di noi si scambiarono un'occhiata, il nervosismo era palpabile. Feci del mio meglio per mantenere un'espressione impassibile, ma diventò sempre più difficile mascherare le mie reazioni, man mano che entravano altri studenti. Mi resi conto che erano tutti del mio anno.

Il braccio di Sei sfiorò il mio, le sue nocche passarono sul dorso della mia mano. Non lo guardai, ma ricambiai il gesto. Non eravamo amici. Solo alleati. Ne avevamo passate tante insieme e a volte cercavamo di confortarci l'un l'altra.

Era una di quelle volte.

Cominciai a contare i presenti per distrarmi, ma riuscii ad arrivare solo a settantadue quando Khalid cominciò a parlare.

«Il corso di stasera si terrà in una nuova arena fuori dai cancelli dell'Università» annunciò. «Vi condurrò all'uscita.

Dovete correre e sfruttare ogni abilità per sopravvivere. Quando sarete catturati, cercate di non morire».

E si avviò verso la porta con passo disinvolto, comportandosi come se non avesse appena pronunciato la nostra condanna a morte.

La mano di Sei si contrasse accanto alla mia.

Fui quasi sul punto di stringergliela.

Ma ero troppo sconvolta per muovermi.

Correre. Combattere. Cercare di non morire quando si viene catturati.

Le istruzioni di Khalid mi risuonarono nella mente, gelandomi le viscere.

Ma non ci concesse il tempo di assimilarle.

Perché non era così che operavano i vampiri e i licantropi. Si aspettavano che obbedissimo all'istante.

«Adesso, umani» sbottò Khalid in tono impaziente.

Il numero centotrentanove trasalì, poi fece un passo avanti come se la voce di lui l'avesse spinta ad agire. Khalid la guardò. I suoi occhi turchesi scintillavano dal desiderio. La guardava sempre così, ma non aveva mai fatto nulla per placare la sua fame.

Ma qualcosa mi diceva che forse quella notte sarebbe stato diverso.

E i passi nervosi della mia compagna suggerivano che lo pensava anche lei.

Non c'era niente che potessi fare per aiutarla. Così come non potevo davvero consolare Sei.

Eravamo completamente soli. La maggior parte di noi non sarebbe sopravvissuta a lungo.

E sembrava che la prova di quella notte l'avrebbe ribadito ulteriormente.

Un'atmosfera solenne ci circondava mentre seguivamo Khalid lungo il corridoio, fuori dalla porta dell'edificio e verso le mura.

Non mi sfuggì che la maggior parte dei colossi che faceva parte del mio corso di combattimento era assente. Le femmine presenti avevano una statura e una corporatura simili alle mie.

E i maschi a quella di Sei.

Era alto più di un metro ottanta e aveva un fisico snello e atletico, che probabilmente lo rendeva molto veloce. Forse era su quello che si era concentrato durante i suoi corsi di resistenza.

Avevo commesso un errore frequentando lezioni di combattimento?

Ero in grado di muovermi rapidamente nella maggior parte delle situazioni. Ma non ero sicura di quanto a lungo o quanto velocemente potessi correre.

Quando sarete catturati, cercate di non morire, aveva detto Khalid.

Quelle parole mi tormentavano a ogni passo. *Da chi stiamo scappando? Cosa intendono farci, dopo averci catturato?*

Forse era un esercizio per i vigilanti, un modo per tenerli all'erta e mettere alla prova le nostre abilità. Era ciò per cui mi ero allenata negli ultimi mesi.

D'altro canto, questo non spiegava perché Sei e gli altri si fossero uniti a noi.

Né tantomeno le armi sparpagliate per terra accanto a due grandi porte di legno. Non erano le stesse attraverso le quali mi ero avventurata con Cedric tanto tempo prima. Erano a misura di pedone, ed erano incastonate sul fianco di una vicina torre di guardia.

I vigilanti che si trovavano in cima ci osservavano con aria assente. Il loro linguaggio del corpo trasudava noia più che fermento.

Quindi non è per loro, tradussi.

Certo, lo avevo già intuito.

Un esercizio per i vigilanti avrebbe incluso molti più maschi grossi e forti.

Si trattava di qualcos'altro.

Qualcosa di brutto.

Khalid si fermò prima di raggiungere le armi. Quando si voltò per aspettare che arrivassero tutti, il suo sguardo si posò su di noi.

Avevamo formato naturalmente una fila lungo la passerella di cemento che costeggiava le mura del campus.

Un lungo cortile coperto di sabbia decorava l'altra metà del percorso. Gli edifici universitari si trovavano oltre; erano tutte strutture squadrate color crema, proprio come le mura.

Sei rabbrividì. Mi sfiorò di nuovo le nocche con le sue, in cerca di conforto.

Feci lo stesso.

Ma non appena la prova fosse iniziata, avremmo dovuto cavarcela da soli.

La luna crescente proiettava ombre minacciose sui lineamenti cesellati di Khalid, accentuando l'inquietante promessa sospesa nell'aria.

Questo farà male.

La sua espressione non lasciava trapelare nulla. E nemmeno la sua voce, quando disse: «Scegliete uno strumento».

Uno strumento, non un'arma.

Una distinzione interessante, considerando gli oggetti a terra.

L'umana centotrentanove fu la prima a muoversi. La sua scelta di un set di stelle da lancio non mi sorprese. Durante i nostri corsi di addestramento con le armi, le usava spesso e bene.

Altri seguirono il suo esempio, e così pure io e Sei. Fu

una procedura ordinata, dal momento che ci eravamo praticamente messi in fila.

Per fortuna, io e Sei eravamo tra le prime posizioni.

Lui scelse un martello.

Io presi un paio di pugnali.

Se fosse stato giorno, avrei optato per l'arco e le frecce. Ma volevo uno "strumento" efficace a distanza ravvicinata, qualcosa che potessi usare per proteggermi quando mi avessero "catturata".

Khalid rimase a osservarci mentre anche gli ultimi studenti facevano la loro scelta.

Rimasi in disparte tra la mia compagna di allenamento e Sei. La tensione che irradiavano mi avvolse in un'energia statica che vibrò attraverso il mio stesso essere.

Tremavo, e non aveva nulla a che vedere con la temperatura. Non sentivo nemmeno l'aria intorno a me. Khalid aveva reclamato tutta la mia attenzione. Il suo ordine imminente, qualsiasi esso fosse, era diventato tutto il mio mondo.

Le porte dietro di lui si aprirono e rivelarono le distese sabbiose oltre le mura.

Non c'era nulla per migliaia di chilometri.

Tranne un palazzo reale, ricordai a me stessa.

Ma eravamo rivolti verso un'altra parte del deserto. Non sapevo in che direzione correre per trovare la casa di Cedric. Non ero nemmeno sicura che lui fosse lì.

Tra l'altro, cosa avrei potuto fare? Bussare alla porta e chiedergli di tenermi al sicuro?

Quasi sbuffai.

Non aveva dimostrato alcun interesse per me, dopo il suo bacio di addio.

Non era nemmeno presente quella sera.

Eppure la mia ossessione per lui mi tormentava, facendomi considerare l'idea di correre da lui.

Come avrebbe reagito? Mi avrebbe lasciata nella sabbia a morire? Forse era comunque quello l'obiettivo della prova, quindi tanto valeva andare a cercarlo.

Correre e sopravvivere.

Lottare quando si viene catturati.

Quei pensieri avevano la mia voce, ma non erano nient'altro che le spiegazioni di Khalid.

Il vampiro congiunse le mani, la sua postura era completamente rilassata. «Avete cinque minuti di vantaggio. Poi inizia la caccia». Fece un passo di lato, dandoci libero accesso alle porte. «*Andate*».

LILY

Uno sparo fragoroso squarciò l'aria. Un suono assordante.

E poi tutti cominciarono a correre.

Passi veloci. Sabbia ovunque. Il mondo era un vortice di movimenti sfocati che non riuscivo a decifrare.

Perché anch'io ero tra loro, lanciata attraverso le porte di legno, verso terre inesplorate.

Svoltai d'istinto, la mia mente faticava a ricordare la direzione del palazzo dove viveva Cedric.

Era un piano folle. Un'idea che avrei dovuto abbandonare. Ma la notte che avevamo trascorso insieme mi aveva fornito una sensazione di sicurezza a cui ora anelavo.

Un altro tuono fece vibrare la terra. O forse era il mio violento tremore a darmi l'impressione che il deserto si muovesse sotto i miei piedi.

Non può significare che sono già passati cinque minuti, no?, mi domandai. Sembrava che fossero passati solo pochi secondi, un minuto al massimo.

Ma non persi tempo a rimuginarci sopra.

Continuai a correre a perdifiato nel deserto. Le mura del campus erano ancora in vista. *La strada*, pensai. *Se riesco a trovarla, posso seguirla.*

Il resto del piano non esisteva nel mio cervello. Il mio unico obiettivo era sopravvivere.

Serrai le dita attorno all'impugnatura dei coltelli e mi costrinsi ad accelerare. Dovevo trovare la strada.

Asfalto.

Che conduceva nel buio.

Illuminato solo dalla luce della luna.

Evocai i dettagli che riuscivo a ricordare, ma erano a dir poco confusi.

Boom.

Era il terzo sparo? Significava che erano passati tre minuti?

Il cuore mi martellava nelle orecchie talmente forte che non ero nemmeno sicura di aver udito il numero corretto di spari. Lo stordimento e lo sforzo mi appesantivano, il mio corpo era impreparato a quello scatto nell'oscurità.

Avrei dovuto mantenere un ritmo più adatto e costante.

I miei polmoni bruciavano già per la mancanza di ossigeno.

Non correvo abbastanza spesso. Non ce l'avrei mai fatta.

Cosa mi sta dando la caccia? Cosa succederà quando mi raggiungerà, qualsiasi cosa sia?

E di nuovo uno scoppio risuonò nella notte, facendomi sussultare. Rischiai di perdere l'equilibrio. Non riuscivo a vedere nulla se non le mura e il deserto. Niente strada.

Sono andata nella direzione sbagliata, pensai.

Ma non potevo tornare indietro.

Dovevo insistere. Correre. Trovare un nascondiglio e difendermi. Ma dove? Sotto una duna?!

Sarei scoppiata a ridere, se avessi avuto abbastanza fiato per farlo.

Corri. Corri. Corri.

Mi allontanai dalle mura, cercando qualsiasi cosa che potesse offrirmi riparo.

Non c'erano altri umani in vista. O quantomeno non vedevo né sentivo nessuno.

Che qualcuno di loro avesse unito le forze per lottare insieme?

In che direzione era andato Sei? E la mia compagna di corso?

Non pensare a loro. Preoccupati di trovare un nascondiglio, intimai a me stessa. Avevo i palmi appiccicosi di sudore.

Avevo già affrontato degli esami intensi in passato. Ma non erano niente in confronto a quello che stava accadendo. Nemmeno l'esercizio durante l'ultima lezione con Cedric, quando il mio compagno mi aveva rotto il braccio, era stato così estenuante.

Un ultimo proiettile esplose nell'aria. O almeno pensavo che si trattasse dell'ultimo. Avevo perso il conto da quella che mi pareva un'eternità.

Buffo come il tempo sembrasse così lungo, ora. Ma anche ingiustamente breve.

Un urlo riecheggiò nella notte, facendomi gelare il sangue. *Ci siamo.*

Seguì un grido straziante.

Oh, Dea…

Stavo correndo in mezzo al nulla, alla ricerca di un luogo che non esisteva!

Una strada che non avrei mai trovato.

Un palazzo che avrei potuto raggiungere in auto, non correndo.

Era un piano terribile.

Mi fermai.

Poi mi accovacciai.

Avevo bisogno di un nuovo obiettivo. Di un sistema diverso per vincere.

Temendo che i coltelli mi scivolassero via dai palmi sudati, li strinsi come se non avessi avuto altro scopo nella vita.

Calmati, sussurrai a me stessa. *Calma il respiro. Concentrati e ascolta*.

Altre urla squarciarono la notte. Lo spazio aperto rendeva impossibile capire quanto fossero vicine. Sembrava provenissero da molto lontano, ma probabilmente non era così.

Inspirai profondamente.

Sopravvivere quando si viene catturati.

Potevo riuscirci.

Ci sarei riuscita.

Dovevo solo aspettare.

Non c'era via di fuga. Non c'era un posto dove potersi nascondere. Ero destinata a essere catturata. Ero circondata da nient'altro che una distesa di sabbia.

Non c'erano alternative.

Non avrei dovuto perdere tempo a cercare la strada asfaltata. Avrei dovuto saperlo. Ma il mio corpo aveva reagito come se Cedric mi avesse strattonata verso di sé.

La mia ossessione mi sarebbe costata la vita.

Mi misi in una posizione di combattimento, preparandomi all'inevitabile. E aspettai. Con ogni secondo che passava, il mio respiro diventava sempre più regolare.

Meglio così.

Avevo bisogno di forza e concentrazione, non dell'adrenalina provocata dalla corsa.

Altre grida, e mi parve di riconoscere la voce di Sei.

Ma non reagii.

Continuai invece a respirare. Aspettare. Concentrarmi. *Ascoltare*.

Nel deserto c'era un silenzio inquietante. Il vento era inesistente. Gli unici suoni erano le urla degli umani.

Cercai di cogliere un rumore di passi, un qualsiasi segnale che ci fosse qualcuno in avvicinamento.

Niente.

Il mio cuore palpitava, le mie viscere minacciavano di squagliarsi sotto la pressione del momento.

Ma mi costrinsi a inspirare ed espirare, sfruttando tutto ciò che avevo imparato nel corso degli anni per ritrovare la calma, nonostante il desiderio bruciante di correre e gridare.

Riuscivo quasi ad avvertire l'agonia degli altri, i loro gemiti riecheggiavano nell'immobilità della notte.

Sono la prossima. Presto saranno qui.

Ma la consapevolezza che fosse inevitabile non faceva che peggiorare la situazione.

Cominciai a contare per distrarmi.

Non funzionò. Non riuscivo a smettere di immaginare la violenza che si consumava intorno a me. Sentirla era quasi peggio che vederla. E sapere che sarei stata la prossima…

Deglutii.

Socchiusi le palpebre. *Se non lo vedo accadere, non è reale.*

Ma era tutto *molto* reale.

Come dimostrato dall'ombra che camminava verso di me.

Sembrava che stesse semplicemente passeggiando.

La sua andatura disinvolta attirò la mia attenzione e mi fece stringere la presa sui pugnali.

È il mio turno.

Mi aspettavo che l'essere mi caricasse. Che attaccasse.

Ma si limitò ad avvicinarsi lentamente, quasi *pigramente*, dilatando quel momento all'infinito.

«Hai intenzione di pugnalarmi, fiorellino?».

La voce profonda, con un forte accento, soffocò ogni istinto di sopravvivenza. Fui sul punto di lasciare cadere i coltelli.

Cedric.

O era la mia mente che si prendeva gioco di me? Trasformando quel gioco oscuro in qualcosa che potesse piacermi?

L'ombra era a pochi passi da me. La luna le illuminava la schiena.

È lui? È davvero Cedric?

«Non hai capito lo scopo della prova, dolcezza?». Abbassò la voce in un tenero sussurro, dissimulando il suo accento.

Non è lui.

Me lo sono immaginato.

Devo…

Mi afferrò la gola. «*Sopravvivere*» disse. La rabbia racchiusa nel suo tono mi spinse all'azione.

Quello non era Cedric. Avevo sognato la sua voce e la sua presenza. Perché non riuscivo a dimenticarlo. Il vampiro mi perseguitava anche durante le ore di veglia.

Combatti, mi dissi. E con un guizzo delle mani cercai di pugnalarlo. Lui si allontanò facendo un giro su se stesso e liberandomi il collo.

Ma era troppo veloce.

Troppo forte.

Troppo abile.

Mi afferrò il polso, torcendolo e costringendomi a lasciar cadere un coltello. Era la mia mano più debole, quindi non mi preoccupai di opporre resistenza.

Mi concentrai invece sulla mano buona e sulla mira.

Sollevai il braccio in un arco che mi avrebbe permesso di colpire l'assalitore al petto.

Ma lui schivò il mio attacco, scivolando di lato. Poi tentò di afferrarmi di nuovo. Ma io mi abbassai. I miei occhi si erano abituati abbastanza al buio da riuscire a cogliere la sua ombra.

Ridacchiò. Un suono che non era nient'altro che una presa in giro. Perché sembrava proprio Cedric. Solo che non era lui. Non poteva essere lui.

Feci un balzo all'indietro quando tentò ancora una volta di prendermi.

E nel momento in cui ci provò una terza volta, feci l'unica mossa possibile: lanciai il pugnale nella sua direzione.

Lui sparì e si rimaterializzò alle mie spalle, catturandomi in una morsa brutale.

L'aria abbandonò i miei polmoni con un rantolo, quando il suo palmo mi ghermì la gola. Mi avvolse l'altro braccio attorno alla vita e mi tenne stretta a sé.

«Ah, mia dolce Lily» mormorò sul mio orecchio. L'uso di quel nome mi fece sussultare. «Cos'hai fatto?».

L'attimo dopo la mia schiena colpì la sabbia. Cedric mi aveva gettata a terra con un movimento rapido e violento.

Catturò i miei polsi con una mano e mi bloccò le braccia sopra la testa. Ma con l'altra mi accarezzò la guancia, con una delicatezza che mi lasciò di stucco.

La luna tingeva il suo volto di ombre minacciose, ma a quella distanza era impossibile sbagliarsi.

Cedric è qui.

Sopra di me.

Mi sta tenendo bloccata a terra.

E sembra furioso.

La rabbia gli incendiava gli occhi con fiamme nere che mi fecero rabbrividire.

O forse tremavo a causa della sensazione del suo corpo sul mio.

In pochi secondi, ero passata dalla lotta per la sopravvivenza a un'entusiasta prigionia.

Che reazione stupida.

Ma come avrei potuto resistere? Ero troppo felice di vederlo di nuovo, dopo tutti quei mesi. *Il mio Cedric.*

«Dimmi, tesoro, capisci lo scopo di questo corso?». La sua voce profonda e vellutata mi fece venire la pelle d'oca.

«Allenarsi» sussurrai. Solo che non sapevo per cosa ci stessimo allenando. Perché non aveva nulla a che vedere con il diventare un vigilante.

Cedric mormorò il suo assenso. Avevo risposto correttamente.

«La domanda, però, è per cosa». Il suo naso mi sfiorò lo zigomo. «È un gioco che noi insegnanti attendiamo con ansia ogni anno. Gli studenti scappano e noi li inseguiamo. E quando riusciamo a catturare la preda desiderata, possiamo fare tutto ciò che vogliamo per farla urlare. Lo scopo è vedere quanto ci mette a cedere».

Un brivido mi corse lungo la schiena, scacciando il calore evocato dalla presenza di Cedric.

Un gioco di inseguimento, cattura e tortura.

Un gioco in cui gli insegnanti possono tormentare gli studenti.

Non mi sorprese affatto che Cedric avesse scelto proprio me come vittima. Mi aveva perseguitata fin dall'inizio.

Quella notte non sarebbe stato diverso.

«Dimmi per cosa sei stata addestrata» mormorò con un tono dalla sfumatura letale.

«Per essere inseguita e catturata». La risposta lasciò automaticamente le mie labbra come se lui stesse controllando la mia mente, il mio corpo e la mia lingua.

«Da cosa?».

«Da te» sussurrai.

Sorrise, ma non c'era nulla di allegro nella sua espressione. «No, tesoro. Dai *licantropi*».

Spalancai gli occhi. «La caccia della luna…». Le mie parole erano a malapena udibili, ma il suo cenno di assenso mi disse che le aveva colte senza problemi.

«Sì. L'esercizio di stanotte è un test per vedere chi è più adatto allo scopo. E lo sai cosa amano i licantropi?». Il suo pollice mi accarezzò il polso, un tocco ingannevolmente tenero.

Cercai di parlare, ma non riuscivo nemmeno a deglutire. Ero troppo impegnata a elaborare il senso del test.

Per la prima volta, non volevo passare.

Non sapevo molto sulla caccia della luna, ma conoscevo i requisiti: correre finché non si veniva catturati. E poi morire.

Era un gioco tipico dei licantropi, un modo per divertirsi con le loro vittime.

Ai vampiri venivano dati degli schiavi da dissanguare. Ai licantropi prede da inseguire.

«Amano combattere» continuò Cedric quando non risposi. «Adorano le prede che non si sottomettono. E una preda abile in campo sessuale è ancora meglio. Perché più l'umano si impegna, più eccitato diventa il licantropo».

Premette l'inguine tra le mie cosce, lasciando che sentissi la *sua* eccitazione.

Mi marchiò anche attraverso i vestiti, strappandomi un mugolio.

Lui sospirò. «Sei esattamente il tipo di preda che un licantropo si terrebbe come giocattolo temporaneo. Se sei fortunata, morirai in fretta. Altrimenti, ti userà finché il tuo spirito non sarà spezzato e poi ti spedirà in un campo per la riproduzione».

Le lacrime minacciavano i miei occhi per il terribile futuro che aveva appena descritto.

Era un destino peggiore di un harem. Peggiore della servitù. Peggiore di qualsiasi altra cosa.

«Aver continuato a frequentare corsi di combattimento dopo tutte le insufficienze che ti avevo dato dimostra che hai spirito. E i tuoi voti in campo sessuale sono eccellenti. Ora sei tra gli ultimi umani a gridare. Cosa pensi che significhi, fiorellino?».

Mi si mozzò il respiro. La comprensione mi soffocò.

Non avevo fatto altro che allenarmi per la caccia della luna. Non per essere una vigilante, né per unirmi a un harem. Ma per diventare il passatempo di un licantropo.

Il sangue mi si ghiacciò nelle vene.

E il mondo intorno a me cominciò a vacillare.

«Un'umana vergine e con uno spirito combattivo» disse Cedric. Le sue parole non fecero che accentuare il gelo che mi attanagliava. Schioccò la lingua un paio di volte, un suono che mi ricordò quello di una bomba a orologeria.

Non riuscivo a credere di aver voluto correre da lui, di aver desiderato il suo tocco per tutti quei mesi.

Era un mostro.

Un mostro che stava chiaramente godendo del mio tormento.

Perché la mia reazione lo aveva fatto *ridacchiare*.

Anche se non sembrava un suono divertito. Era troppo secco, troppo aspro.

«Sai, fiorellino, di solito non amo questo evento. In genere mi limito a scovare un umano a caso e rompergli un osso per farlo gridare. Ma con te è tutta un'altra cosa. Mi sta piacendo prolungare il momento».

Certo che gli piaceva. Aveva sempre amato torturarmi.

Era per questo che mi aveva portata nel suo palazzo?

Per darmi un po' di speranza, in modo che rimanessi sospesa per mesi in quell'agonia?

Le sue labbra erano a un respiro dalle mie, il suo desiderio premeva ancora sul mio sesso.

Ma il mio corpo non reagì nello stesso modo in cui avrebbe fatto solo qualche secondo prima.

Ero troppo fredda, troppo… troppo *infuriata*… per assaporare il momento. Perché mi aveva portato via tutto. Aveva strappato ogni convinzione dalla mia anima e usato quel residuo di speranza per trafiggermi il cuore.

Mi sentivo a pezzi.

Morta.

E inviperita.

La sua lingua mi accarezzò le labbra. «Finalmente hai capito» mormorò. «Ora il tuo scopo ti è chiaro».

Un odio incontenibile si scatenò nel mio essere, riempiendomi di calore, mentre la sua lingua scivolava nella mia bocca.

La morsi di istinto, volevo che sentisse tutto il dolore che mi aveva causato.

Il suo sangue mi colò nella gola, ma non deglutii. Glielo sputai in faccia e cominciai a divincolarmi.

Non volevo essere bloccata sotto di lui. Non volevo un altro istante di quel tormento. Volevo *ucciderlo*.

Mi aveva ingannata nel modo peggiore.

E ora si stava godendo la mia inevitabile disperazione.

«Ti odio» sibilai. Avevo la voce roca per quelle che mi sembravano ore trascorse a non riuscire a deglutire. Ma ignorai tutte quelle sensazioni. Non avevo più nulla da perdere. Se il mio destino era trovare la morte durante la caccia della luna, perché preoccuparmi di compiacere qualcuno?

Preferivo morire che diventare il giocattolo di un licantropo.

Preferivo morire che concedere a Cedric un altro istante di divertimento a mie spese.

Preferivo la morte a tutte quelle stronzate.

Così lottai contro di lui con tutte le mie forze, contorcendomi e tentando di liberarmi.

La sua mano si impossessò della mia gola e la strinse.

Lo sfidai alzando la testa dalla sabbia e spingendo il collo verso la sua morsa letale. Poi agitai le braccia e le gambe in tutte le direzioni, incurante del mio addestramento. Incurante di tutto.

La sua bocca reclamò di nuovo la mia.

Allora gli morsi il labbro.

Il suo sangue mi bagnò la lingua, tentandomi.

Ma non lo volevo. Usai quel poco di saliva che avevo per sputarglielo ancora una volta in faccia.

Ringhiò.

E io risposi allo stesso modo.

In fin dei conti, cosa avevo da perdere? Mi aveva appena condannata a una vita di inferno.

Fanculo.

Serrò la presa sulla mia gola. «*Basta*».

«Fottiti» risposi, consapevole che era una parola proibita per un essere umano. Ma l'avevo sentita pronunciare abbastanza spesso da vampiri e licantropi da sapere cosa significasse.

«Lily» sbottò.

«Non è il mio nome» gli ricordai con un rantolo. Mi mancava l'aria.

Ma comunque non mi importava.

Lottai.

Mi tenne giù con facilità, essendo molto più grosso e forte di me.

Era tutto inutile.

Ma non riuscivo a smettere. Volevo ucciderlo. Era stato

lui a farmi questo. Mi aveva incastrata. E per cosa? Per la soddisfazione malata di vedermi appassire?

«Smettila» mi ordinò.

Lo ignorai.

Aveva perso l'opportunità di controllarmi quando aveva deciso di svelare le sue reali intenzioni. Era stato tutto orchestrato per prepararmi per la caccia della luna.

Volevo urlare. Ma la sua stretta me lo impediva.

Giusto. Perché voleva che superassi la prova. *Quella* prova. Gli umani che resistevano più a lungo ricevevano i punteggi più alti.

Fui quasi sul punto di ridere per la follia della situazione. Tutto ciò che avevo desiderato per mesi era un'altra occasione per compiacerlo e dimostrargli il mio valore.

Beh, il mio desiderio era stato esaudito.

Perché stavo andando alla grande in quella sfida.

Una lacrima mi sfuggì dalle palpebre, una goccia traditrice che rivelò la distruzione che si erano lasciate dietro le sue parole.

Mancava un mese al Giorno del sangue.

Un mese al momento in cui il Magistrato avrebbe sancito il mio destino.

Un mese all'inizio della vera caccia.

E non c'era nulla che potessi fare per evitarlo.

Nulla che potessi fare per salvarmi.

Chiusi gli occhi, e la voglia di combattere abbandonò le mie membra insieme alle ultime tracce di ossigeno.

Ma anche quando Cedric mi liberò la gola, mi sforzai di non respirare.

Perché non volevo più sopravvivere.

Non con quello che mi aspettava.

Avevo giocato male le mie carte.

E tutto ciò che mi restava era una mano perdente.

«Lily» sussurrò Cedric.

Continuai a ignorarlo.

Lì non c'era nessuno che rispondesse a quel nome.

Solo l'umana numero quattrocentosette.

Destinata alla caccia della luna.

Forse sarei stata fortunata, come aveva detto lui. Forse i licantropi mi avrebbero uccisa in fretta. Ma quando mai la sorte era stata dalla mia parte?

Il palmo di Cedric tornò sulla mia guancia. «Oh, mio dolce fiore». La sua fronte incontrò la mia. «Non appassire».

Quasi grugnii. Ma quel suono richiedeva aria.

Aveva voluto distruggermi.

E aveva vinto.

Ora non potevo fare altro che accettare l'inevitabile.

Alla fine mi concessi di respirare.

E gridai.

Mettendo fine al gioco una volta per tutte.

CEDRIC

MERDA.

Il tormento di cui era intriso l'urlo di Lily mi avrebbe perseguitato per l'eternità. La situazione era peggiore di quanto temessi. La mia infatuazione per lei aveva squarciato una parte di me che pochi avevano mai raggiunto.

Avevo avuto bisogno di tutta la mia forza di volontà per non controllare come se la stesse cavando negli ultimi otto mesi. Ma era l'unico modo di portare a termine il compito che mi aveva assegnato Silvano, e che avevo concluso la settimana prima.

Quando ero tornato all'Università, mi ero aspettato di trovare il mio fiorellino al sicuro, impegnato a seguire i corsi riservati ai futuri servitori.

E invece no. Quella piccola testarda aveva continuato con le lezioni sul combattimento e sulle arti del sesso, determinando così il suo destino.

Un destino che mi ero sentito in dovere di illustrarle in dettaglio, perché ero livido.

C'era un motivo se le avevo dato dei pessimi voti:

volevo proteggerla. Ma lei aveva mandato all'aria i miei sforzi, finendo dritta nella trappola della caccia della luna.

Anche quella notte aveva reagito come la preda perfetta: non si era lasciata prendere dal panico e aveva provato a lottare.

I lupi l'avrebbero fatta a pezzi, scopandola in una pozza del suo stesso sangue.

Il solo pensiero mi fece infuriare ancora una volta.

Quindi sì, ero stato duro con lei.

Ma non avrei mai immaginato che avrebbe reagito così, combattendo l'attimo prima e urlando quello dopo.

Ora aveva gli occhi chiusi, ma avevo visto il suo sguardo spegnersi appena prima che si chiudesse in se stessa.

Sta appassendo. Si sta seccando. Sta morendo tra le mie braccia.

Era ciò che avevo sempre temuto, la realtà che sapevo di dover affrontare. Solo che non mi aspettavo che sarebbe successo così presto. Non quando ero finalmente riuscito a tornare da lei.

Le liberai i polsi e le accarezzai le guance con entrambe le mani.

Lei non fece nulla, a parte restare sdraiata e continuare a gridare. Il suono era diventato più roco, quasi gracchiante. La sua gola era troppo malridotta.

«Lily» mormorai, seguendo con i pollici i solchi neri sotto i suoi occhi.

Cazzo, mi era mancata come nessuno aveva mai fatto prima.

Stare lontano da lei era stata un'agonia. Avevo terminato il lavoro il più velocemente possibile. Il bisogno di tornare da lei aveva dettato ogni mia decisione.

Avrei dovuto controllare come stava.

Anche se non avrei potuto fare nulla per aiutarla. Non

c'era modo di comunicare con lei e metterla in guardia sul percorso che aveva intrapreso.

Forse avrei potuto spiegarle perché me ne ero andato, e dirle senza mezzi termini di evitare quei corsi. Ma non ne avevamo avuto il tempo. E non volevo rischiare che ne parlasse con la persona sbagliata, come la sua "tutor".

L'urlo di Lily si interruppe bruscamente quando la sua gola cedette del tutto. E lei si afflosciò sotto di me, in attesa del suo destino. Ma non aveva compreso appieno le regole del gioco.

L'avevo catturata.

Ciò la rendeva il mio premio.

Molti stavano già giocando con i loro nuovi animaletti. Era una sorta di introduzione al futuro che attendeva quei poveri umani.

Ma per Lily avevo in mente qualcosa di completamente diverso.

Un piano che non era cominciato come avevo sperato. Ma avrei risolto tutto. Solo non lì.

Mi misi in piedi. «Alzati».

Lei si limitò a restare dov'era. I suoi respiri erano brevi e spezzati, il suo battito rallentato. Era come se avesse deciso di morire proprio lì, in quel momento.

Solo che non era ferita. Lo sapevo perché ero stato io a metterla al tappeto.

Chiunque altro l'avrebbe fatta sanguinare.

Invece era stata lei a fare sanguinare *me*.

E poi mi aveva sputato in faccia il mio sangue, come se fosse ripugnante e indegno di lei.

Ripensandoci, provai un'altra ondata di rabbia. Sentivo ancora la prova del suo gesto seccarsi sul mio mento.

In qualsiasi altra circostanza, l'avrei costretta a leccarlo via.

Ma la situazione richiedeva un approccio diverso. Così usai la manica della mia camicia nera per strofinare via le prove.

Lily rimase immobile sulla sabbia. Il mio comando non aveva sortito alcun effetto.

«Quindi è così che sarà? Io sono sincero con te e tu ti chiudi in te stessa?». La guardai in attesa di una risposta.

Niente.

Era come se non mi sentisse nemmeno.

Mi inginocchiai e premetti la mano sul suo ventre. Negli ultimi mesi aveva messo su un po' di peso, il suo nuovo regime alimentare le aveva addolcito le curve.

Ovviamente, la sua tutor aveva ridotto le quantità che avevo consigliato prima di partire.

Così come aveva ignorato i miei suggerimenti sull'intraprendere un percorso di studi nel campo dei servizi, permettendo invece che Lily continuasse con i corsi sul sesso e sul combattimento.

Non mi sorprendeva il fatto che Livia avesse inserito nel suo piano di studi anche un corso sul piacere femminile.

Ma Lily non lo avrebbe mai seguito.

In effetti, non ne avrebbe seguiti altri.

Le accarezzai il busto, risalendo verso i lividi che si stavano formando sulla sua gola. L'avevo stretta con troppa forza, anche a causa della rabbia. Mi chinai e le baciai il collo, promettendole che avrei rimediato a tutto.

Poi avvicinai le labbra al suo orecchio. «Abbiamo un mese da poter trascorrere insieme, Lily. Un mese in cui sarai mia. Adesso alzati che ti porto a casa».

Beh, non la mia vera casa. Quella temporanea.

Avevo pianificato tutto alla perfezione, assicurandomi di catturare il premio che desideravo. E approfittando, almeno per una volta, del diritto di appropriarmi di uno studente.

Capitava spesso, nelle varie sedi dell'Università. E non importava a nessuno. Era visto come uno dei pochi vantaggi dell'essere costretti a stare in mezzo al nulla e dedicare il nostro tempo all'addestramento degli umani.

Ma era un'opportunità che non avevo mai sfruttato, perché nessuno dei miei allievi aveva mai suscitato il mio interesse. Finché non avevo conosciuto Lily.

Che in quel momento, però, continuava a restare immobile. Ebbi l'impressione che il suo corpo stesse diventando sempre più freddo sotto il mio tocco.

Aggrottai la fronte e la osservai.

«So che se sveglia» le dissi. «So che puoi sentirmi».

Allora aprì gli occhi. Il loro colore era talmente spento che quasi trasalii. Sembrava morta. Il suo spirito era in frantumi. «Non voglio più giocare». Le sue parole erano a malapena percettibili. Tra le sue urla e la mia stretta, ormai non riusciva più a parlare.

«Mh. Beh, peccato, fiorellino. Perché sono tornato qui proprio per giocare con te». Mi morsi il polso e glielo avvicinai alle labbra. «Bevi».

Là fuori non c'erano telecamere di sorveglianza.

E la mia visione notturna mi disse che non c'era nessuno abbastanza vicino da poterci vedere o sentire.

Non eravamo completamente al sicuro, ma non c'era altra scelta.

Lily serrò la mascella e rifiutò il mio sangue.

Così le afferrai il mento con l'altra mano e la costrinsi ad aprire la bocca.

Le sue narici si dilatarono.

«Bevi o ti soffoco» la avvertii. Non lo avrei fatto davvero. Ma avrei trovato un modo di indurla a deglutire.

Nei suoi occhi lampeggiò qualcosa, il primo segno di vita.

Poi mi morse il polso.

Forte.

Sorrisi. «È la tua idea di punizione?». Le lasciai andare il mento e le accarezzai la guancia. «Perché per me i morsi non sono nient'altro che dei preliminari».

Lei ringhiò, e le sue mani volarono verso di me tentando di graffiarmi o schiaffeggiarmi o qualcosa del genere. Non era un attacco studiato; erano solo dei gesti disperati e un po' tristi.

Ma le concessi uno schiaffo.

Poi le catturai i polsi e glieli strinsi al petto, bloccandoli entrambi con una mano.

Provò di nuovo a lottare, aveva un'espressione feroce. Animalesca.

Le accarezzai il viso con la mano libera e la baciai, grato di vederla reagire.

Poi mi allontanai di scatto quando tentò ancora una volta di mordermi, e le premetti il polso sulla bocca.

Affondò i denti nella mia pelle, rendendosi conto solo dopo qualche istante che era esattamente ciò che volevo.

Girò la testa per far sì che staccassi il polso, ma seguii i suoi movimenti con facilità e applicai una certa pressione per tenerla in posizione. «Se deglutisci ti lascio andare».

Fiamme azzurre guizzarono nei suoi occhi, sovrastando il verde.

Vederla tornare in vita era uno spettacolo meraviglioso. E le avrei dato le radici di cui aveva bisogno.

Deglutì senza mai distogliere lo sguardo dal mio. Uno sguardo carico di odio.

Lo accettavo. Anzi, lo preferivo di gran lunga alla sua espressione vuota di poco prima.

«Ancora» dissi, soprattutto per alimentare la sua furia.

Aveva completamente abbandonato ogni pretesa di decoro, permettendomi di ammirare l'anima racchiusa nel suo corpo sconfitto e soggiogato.

E mi piaceva molto quello che vedevo.

Obbedì, poi deglutì una terza e una quarta volta senza che fossi io a ordinarglielo.

Le guance di Lily ripresero colore, i suoi occhi tornarono a brillare.

Bellissima.

Staccai lentamente il polso dalla sua bocca. «Brava».

Sbuffò. «Vaffanculo».

«Il tuo vocabolario è migliorato dall'ultima volta che abbiamo parlato» commentai con un sorriso, sistemandomi in ginocchio accanto a lei. Le lasciai andare i polsi e aggiunsi: «Sono curioso di scoprire cos'altro è migliorato».

Si lanciò verso l'alto, tendendo il pugno. Le catturai la mano e la strattonai verso di me.

«Le tue abilità nel combattimento sicuramente no». Anche se la sua mira con il coltello si era rivelata piuttosto micidiale.

Prese a contorcersi. Le mie parole avevano riacceso la nostra piccola battaglia. Il suo gomito cercò la mia mascella; le rilasciai il polso, perché quella posizione avrebbe potuto metterla a rischio di una frattura.

Ma Lily interpretò il mio gesto come una resa.

E fece un altro tentativo di colpirmi al viso.

«Okay». Le afferrai una manciata di capelli, le tirai indietro la testa e le morsi il collo.

Strillò. Le sue mani si abbatterono sulle mie spalle nel tentativo di spingermi via.

Ma nel giro di pochi secondi fecero esattamente l'opposto, e le sue labbra si schiusero per l'estasi scatenata dal mio morso.

«Ti odio» ansimò. Solo che le sue parole mancavano di convinzione.

Le avvolsi l'altro braccio attorno alla vita, tenendola stretta a me, e bevvi. La sua essenza era come una droga, il mio corpo era rimasto troppo a lungo senza il suo sapore.

Ero dipendente da quella donna. Il mio dolce e splendido fiore.

Cosa c'era in lei di tanto affascinante da spingermi a portare a termine il compito che mi aveva assegnato Silvano il prima possibile? Era stata il mio scopo, la mia *ricompensa*, ciò che mi aveva aiutato ad affrontare la missione.

Non vedevo l'ora di tornare da lei.

Il mio piano era di portarla via dal campus durante la notte e renderla la mia serva personale fino al Giorno del sangue.

Poi avevo visto il suo orario, scoprendo quale prova la attendeva quella sera. E la mia strategia era immediatamente cambiata.

Sarebbe comunque tornata a casa con me.

Avremmo avuto ancora il nostro mese.

Ma dovevo anche trovare un modo di stravolgere il suo percorso. La caccia della luna non poteva essere il suo futuro. Non l'avrei permesso.

«Mio signore» gemette con un tono che mi colpì dritto all'inguine, alimentando il mio desiderio.

Avevamo appena iniziato il nostro viaggio insieme. Poi Silvano ci aveva privati del poco tempo prezioso che ci era rimasto.

Per uno della mia età, otto mesi non erano niente.

Eppure si erano protratti per quella che mi era sembrata un'eternità.

La guidai di nuovo a terra con le zanne conficcate nella sua gola.

Lei si contorse e le sue gambe si spalancarono automaticamente in un chiaro invito. Mi sistemai tra le sue cosce. La mia mano abbandonò i suoi capelli e scese verso il basso, andando a stringerle un seno.

Molto meglio, pensai, compiaciuto della risposta naturale del suo corpo a un'alimentazione adeguata.

Si inarcò verso di me, vittima del mio morso e delle endorfine che le inondavano il sistema.

Un altro piccolo mugolio voglioso le lasciò la gola.

Mi crogiolai nel suo piacere e sorrisi quando percepii la presenza di un altro vampiro. Doveva aver sentito che il suo condizionamento si era incrinato; un aspetto che avrebbe giocato a mio vantaggio, non appena avessi espresso il desiderio di tenerla con me per un mese.

A meno che lui non scegliesse di averla per sé.

Ma ne dubitavo.

Mi ero accorto che era interessato a un'altra.

Alzai lo sguardo e lo vidi tre metri più in là, con l'umana in questione tra le braccia, esanime. Ma l'accenno di un battito mi disse che era ancora viva. *A malapena.*

«Hai intenzione di ucciderla?». La sua voce profonda fece gelare Lily. Sicuramente l'aveva riconosciuta, dal momento che negli ultimi mesi lui era stato il suo istruttore. «Penso che sarebbe uno spreco».

Fui sorpreso dal tono di avvertimento con cui lo disse.

Il principe Khalid non era solito preoccuparsi della legittimità di un omicidio. Dopotutto, era un celebre assassino.

Quando l'avevo chiamato per comunicargli l'ordine che avevo ricevuto da Silvano, mi aveva detto che si sarebbe impegnato a riassegnare i miei corsi. L'Università confinava con la sua regione, e per questo era parte delle sue responsabilità.

Ma mi aveva scioccato scoprire che era venuto a

occuparsene personalmente; mi ero aspettato che avrebbe delegato qualcun altro.

Tra l'altro, sui registri compariva soltanto con il nome, non con il titolo, facendomi domandare a che gioco stesse giocando.

Lui non era come gli altri reali. Tendeva a fare i propri interessi e a rimanere nell'ombra.

Quindi c'era un motivo se era lì.

E non volevo assolutamente intromettermi nei suoi piani.

Sfilai delicatamente le zanne dal collo di Lily e mi misi in ginocchio tra le sue cosce, restando di proposito in una posizione di inferiorità in segno di rispetto.

«Sì, sarebbe proprio uno spreco» concordai, riferendomi al suo commento sull'uccidere Lily.

Mi studiò per qualche istante. «Allora la rilasci?».

«No. Voglio reclamarla per un mese».

Le sue sopracciglia nere si sollevarono. «Ah sì?».

«È un problema?».

«Niente affatto» rispose. «Il palazzo merita un po' di vita».

Un modo sottile per ricordarmi che ora anche lui alloggiava lì. E la sua linea di sangue lo rendeva un mio superiore. Ciò significava che avrei dovuto condividerla con lui, se me l'avesse chiesto.

Abbassai il mento per dire che avevo compreso la sua minaccia inespressa.

Lui ricambiò il gesto. «Vediamoci per una colazione serale. Ritengo che abbiamo alcune cose di cui discutere. Le otto in punto vanno bene».

«Sì, mio...».

«Goditi la serata» mi interruppe, allontanandosi prima che potessi accettare formalmente la sua richiesta.

Lo seguii con lo sguardo, che poi abbassai su Lily,

ancora perfettamente immobile sotto di me. I suoi occhi spalancati traboccavano di domande.

E solo una piccola traccia di odio.

Potevo accettarlo.

«Adesso hai intenzione di alzarti?» le chiesi. «O devo prenderti in braccio?».

Avvicinò una mano tremante al collo e alle ferite che non si erano ancora rimarginate. «Mi arrangio da sola».

Mi alzai e mi tolsi la sabbia dai pantaloni, poi aspettai che si rimettesse in piedi anche lei. Le ci volle qualche secondo per trovare l'equilibrio, ma ce la fece.

Poi cercò di scrollarsi di dosso la sabbia appiccicata ai vestiti e ai capelli e per poco non cadde di nuovo.

Le afferrai il fianco e la aiutai con la mano libera. Lei strinse i denti, ma non fece commenti. E la sua espressione sostenuta non mutò nemmeno quando le pettinai con le dita i lunghi capelli dorati.

«Avrai bisogno di una doccia per toglierti tutto di dosso» mormorai.

Non rispose. Chiuse invece gli occhi e rabbrividì. Il suo pallore indicava che stava risentendo degli effetti della perdita di sangue.

E le ferite aperte che aveva sul collo non aiutavano.

La tirai delicatamente verso di me e premetti la bocca sui segni dei morsi. Trasalì e mi appoggiò le mani sulle spalle per tenersi in equilibrio.

Mi tagliai la lingua e la passai sui fori causati dalle mie zanne, poi la baciai, costringendola a ingoiare un po' della mia essenza.

Per una volta non si ribellò.

Né mi morse.

Si limitò ad accettare il mio bacio senza ricambiare.

Sorrisi. Apprezzavo che avesse ritrovato il suo spirito. «Ci divertiremo, fiorellino».

«Tu ti divertirai, non io» mi corresse, sorprendendomi con il suo tono feroce.

Le afferrai la nuca e la obbligai a guardarmi negli occhi. «No, mio dolce fiore. *Noi*. Vedrai».

«Non voglio giocare» rispose gelida.

«Come ho già detto, è un vero peccato. Perché sono tornato in questo inferno proprio per giocare con te. E non ho intenzione di cambiare i miei piani».

LILY

«SEGUIMI, UMANA. UN PASSO FALSO E DARÒ PER scontato che tu voglia essere portata in braccio». Le parole di Cedric mi cinsero con la forza di un cappio, strattonandomi in avanti come se mi stesse tenendo al guinzaglio.

Anche perché ero troppo impegnata a riflettere su quello che mi aveva detto per oppormi all'istinto di obbedire.

Sono tornato in questo inferno proprio per giocare con te.

L'aveva già menzionato una volta, ma non ne avevo compreso appieno le implicazioni fino a quell'ultimo commento.

Se non era stato lì, dov'era finito?

E perché era tornato per me?

Che nella sua mente perversa di vampiro la tortura fosse solo un gioco?

Voglio reclamarla per un mese.

Era quello che aveva detto a Khalid. *Cosa significa?*

Fui quasi sul punto di chiederglielo, ma eravamo già arrivati a una porta incastonata nelle mura del campus.

Cedric premette l'indice sul pannello. Seguirono una serie di suoni metallici, poi la porta si aprì con un sibilo.

Era diversa da quelle di legno da cui eravamo usciti nel deserto. Era molto più piccola, ed era solo una trentina di centimetri più alta di Cedric.

Inoltre si apriva su una scala che portava verso il basso, non sul cortile.

Cedric entrò e mi fece cenno di seguirlo.

L'aria condizionata mi colpì in pieno, facendomi vacillare per il brusco cambio di temperatura. Non avevo mai provato nulla di simile negli altri edifici del campus.

Cominciai a tremare. I miei abiti da combattimento erano troppo leggeri per quell'ambiente.

Cedric non sembrò accorgersene. Mi fece strada lungo le scale a passo svelto.

Sobbalzai quando la porta si richiuse alle mie spalle, poi mi affrettai a raggiungerlo. Battevo i denti. Cercai con tutte le mie forze di smetterla, consapevole che una reazione così umana lo avrebbe fatto infuriare. Ma non riuscivo a fermare i brividi che mi pervadevano dalla testa ai piedi.

Il suo sangue non aiutava.

I miei sensi erano sempre più acuti ogni secondo che passava, rendendo l'aria fredda quasi insopportabile. Ciascun respiro era come una pugnalata ai polmoni.

Cedric si fermò bruscamente in fondo alla scala e si girò a guardarmi.

Stavo quasi per scusarmi.

Ma la mia lingua era ridotta a un blocco di ghiaccio.

Mi osservò più a fondo. «Hai freddo».

Ricambiai il suo sguardo.

L'attimo dopo mi afferrò, mi prese tra le braccia e mi strinse al petto.

E poi volammo.

Beh, non esattamente. Ci stava teletrasportando. Ricordavo vagamente la prima volta che lo aveva fatto. Ero talmente debole e ferita che non avevo capito esattamente di cosa si trattasse.

Ma ora sentivo tutto. Ogni sensazione.

Il vortice di energia che mi avvolgeva.

L'aria nelle orecchie.

L'impressione di superare lo spazio e il tempo.

Avevo le vertigini. Il mio corpo non era predisposto a quel genere di movimenti. Come non mancò di farmi notare il mio stomaco, ribellandosi con violenza.

Per fortuna, il viaggio finì quasi altrettanto rapidamente di come era iniziato. La mia schiena si appoggiò su qualcosa di morbido. E mentre la portiera si chiudeva accanto a me, la mia mente riuscì a registrare che mi aveva fatta salire sulla sua auto.

Mi allacciò la cintura e si sedette al posto di guida.

Il motore prese vita.

Partimmo in un batter d'occhio, sfrecciando fuori dai cancelli e lungo quella strada che avevo cercato disperatamente all'inizio della prova.

Nella mia mente turbinavano domande e accuse, il mio mondo era andato completamente sottosopra nel giro di un istante.

Lo avevo desiderato per mesi.

Ma adesso non ne ero più così sicura.

Voleva solo farmi del male. Torturarmi. Nuocermi quando gli faceva comodo, solo per sottopormi a una vita di dolore.

La caccia della luna.

Diventare il giocattolo di un licantropo.

E poi i campi per la riproduzione.

Cazzo, mi stava venendo da vomitare.

Tutta la rabbia e la disperazione di prima riaffiorarono, facendomi girare la testa dalla rabbia.

Odiavo quel vampiro. Non capivo perché mi avesse scelta come bersaglio delle sue torture, ma avrei dato qualsiasi cosa per farlo smettere.

Era tornato per perseguitarmi da qualsiasi posto in cui fosse finito. E in tutti quei mesi io non avevo fatto altro che *struggermi* per lui.

Probabilmente era proprio quello che voleva.

Dea, come avevo fatto a essere così stupida? I vampiri adoravano giocare con il cibo.

E io ero caduta dritta nella sua trappola.

«La tua furia è irresistibile» mormorò, appoggiando la mano sul cambio. «Era da molto tempo che non vedevo un'emozione simile in un essere umano. Sono contento che si tratti proprio di te».

Lo guardai a bocca aperta. «Quindi vuoi che mi arrabbi? Che mostri emozioni? Che non rispetti il protocollo, in modo che tu abbia un motivo per punirmi?». A che scopo? I vampiri potevano fare quello che volevano.

«Oh, non ho nessuna intenzione di punirti, Lily. Anzi, voglio premiarti».

«Come? Bocciandomi?». Non riuscii a trattenere una risposta sarcastica. Non era da me. Avevo infranto almeno un migliaio di regole. Ma non mi importava più. Non volevo più giocare. Non volevo più essere l'umana perfetta.

Che senso aveva, quando l'obbedienza non portava nient'altro che dolore?

«Non ti valuterò in base alle prestazioni emotive, fiorellino. Se lo facessi, gli altri ti ucciderebbero».

«Mi uccideranno comunque» borbottai.

«Sì» confermò. Nella sua voce c'era un'emozione che non riuscii a definire. Anche perché non mi presi il disturbo di provarci. Doveva essere tornato solo per assistere alla caccia e godere della mia sofferenza.

Non parlammo più per il resto del viaggio.

Per me andava bene.

Non volevo parlargli né stargli vicino.

In piena contraddizione con gli ultimi otto mesi.

Dea, sono un fallimento da qualsiasi punto di vista. Forse, dopotutto, meritavo ciò che mi aspettava.

Parcheggiò l'auto fuori dal palazzo, che era grandioso come lo ricordavo.

Una luce soffusa illuminava le mura esterne, mettendo in risalto le palme. I gradini di pietra conducevano alle porte sfarzose e agli interni tempestati di gemme.

Seguii Cedric in uno stato di trance, con i piedi che si muovevano senza che il mio cervello elaborasse l'azione.

Mi condusse lungo il cortile interno, accanto a una fontana che zampillava leggera e attraverso un'altra porta. Poi salimmo una rampa di scale, percorremmo un ampio corridoio e arrivammo in un salotto che riconobbi.

Il suo alloggio.

Un'umana ci attendeva all'interno, in una posizione sottomessa che lo fece sospirare. «Non ho chiesto sangue. Solo cibo. Puoi andare».

La donna rabbrividì e si alzò, per poi inciampare nella fretta di allontanarsi. Cedric le afferrò il gomito e la aiutò a restare in piedi.

Lei vacillò e impallidì, borbottando qualcosa di incomprensibile che suonava come delle scuse.

«Non importa» rispose lui in tono seccato. Ma continuò ad aiutarla a dirigersi verso la porta con dei movimenti gentili. «Prenditi un momento per sederti in corridoio e sgranchirti le gambe. Se Adrienne ti chiede cosa stai facendo, dille che te l'ho ordinato io».

«Sì, mio signore» sussurrò lei.

«Lily» disse Cedric dalla soglia. «Prendi l'acqua che c'è sul tavolo». Indicò il soggiorno con un cenno del capo. Sul tavolo in questione era appoggiato un vassoio pieno di cibo.

Obbedii e gli portai la bottiglia. Il mio corpo continuava a muoversi senza il coinvolgimento della mente.

Cedric prese l'acqua e la diede all'umana. «Bevila mentre ti sciogli i muscoli. E non tornare da Adrienne finché non ti sentirai meglio. Hai capito?».

«Sì, mio signore».

«Bene». La condusse in corridoio e sparì dalla mia visuale. Lo sentii mormorare qualcosa che non riuscii a cogliere, poi tornò e si chiuse la porta alle spalle.

Era strano che fosse così premuroso nei confronti di un essere umano. Forse quella donna significava qualcosa per lui. O forse anche lei era parte dei suoi giochetti.

«Vai a sederti, Lily. Devi mangiare. Poi ci occuperemo della sabbia». Indicò il divano e il vassoio di cibo, poi andò in camera da letto.

Aggrottai la fronte, sempre più confusa, ma feci come mi aveva ordinato.

Pollo. Fagiolini. Riso. Fragole. Queste ultime mi fecero venire l'acquolina in bocca, e ne afferrai automaticamente una. Ma Cedric comparve dal nulla, me la tolse dalle dita e la rimise nella ciotola.

«Prima mangia il resto». Appoggiò una bottiglia d'acqua sul tavolo per sostituire quella che aveva dato all'umana. «Mi occuperò io delle fragole».

Strinsi le labbra. Non ero dell'umore per partecipare a qualsiasi gioco crudele avesse in mente. Volevo solo mangiare le fragole. Erano così dolci e diverse da qualsiasi altra cosa mi avessero mai dato all'Università.

Ma non volevo che vedesse la mia delusione.

Così mi infilai in bocca un fagiolino.

E lo mandai giù con un sorso d'acqua.

Cedric si sedette accanto a me. Le nostre cosce si sfiorarono quando si sporse per prendere un coltello. Alla vista della lama, il mio cuore sussultò.

Solo che non lo avvicinò al mio corpo, usandolo invece per togliere i piccioli alle fragole.

Lo osservai mangiando il pollo, con lo sguardo incollato alle sue mani snelle e alle lunghe dita avvolte attorno all'impugnatura del coltello. Ogni suo gesto era molto preciso, e le fragole rimasero praticamente intatte, seppur prive della parte verde.

Quando finì, i fagiolini e il pollo erano spariti. Era rimasto solo il riso. Mi mordicchiai il labbro inferiore, indecisa; mi sentivo già piena per il pasto più abbondante del solito.

«Vuoi il riso?» mi domandò.

«Preferirei… preferirei le fragole» ammisi.

Cedric annuì e mi passò la ciotola. «Stavolta ti piaceranno ancora di più».

Mi erano piaciute molto anche l'ultima volta, ma non glielo dissi. Me ne infilai una in bocca e quasi gemetti per la sua dolcezza.

Dolce ma acidula.

Succosa.

Perfetta.

Aveva ragione: così erano ancora più buone. Cedric rimase in silenzio mentre svuotavo la ciotola e non mi staccò mai gli occhi di dosso. Non fui nemmeno infastidita dal suo interesse; le mie papille gustative erano troppo felici per lasciare che qualcosa rovinasse il momento.

Quando finii, prese il vassoio e lo portò in corridoio. Lo sentii parlare con qualcuno, probabilmente la serva.

Come confermò la risposta sommessa della donna.

Cedric annuì e tornò nella stanza, poi mi tese la mano.

«Alzati e seguimi. Dobbiamo toglierti la sabbia dai capelli».

Il mio stomaco fece una capriola per ciò che significava. *Un altro bagno.*

Solo che, quando entrammo nel suo bagno, passò accanto alla vasca senza fermarsi e si diresse verso l'ampia doccia.

Tre soffioni si accesero contemporaneamente, con un effetto pioggia piuttosto ipnotico. Guardai le gocce scorrere per un attimo, con la mente stranamente a suo agio.

Finché Cedric non occupò la mia visuale.

I suoi occhi, cupi e minacciosi, mi ricordarono un temporale. Eppure il suo tocco era ingannevolmente delicato quando mi accarezzò la guancia. «Spogliati, Lily».

Stavo per ricordargli che quello non era più il mio nome, ma mi sembrò inutile farlo. Si divertiva a tormentarmi, quindi probabilmente mi avrebbe dato un po' di speranza con la sua risposta, solo per poi strapparmela via.

Sospirando, mi chinai per togliermi le scarpe. Poi mi sfilai i pantaloni e mi rialzai per occuparmi anche della maglietta, restando nuda davanti a lui.

Mi osservò con gli occhi che scintillavano.

Quasi mi aspettavo che mi divorasse.

E invece mi sorprese, sbottonandosi la camicia e appoggiandola sul ripiano di marmo. Sistemò le scarpe e i calzini accanto ai miei. Poi si slacciò la cintura e si abbassò i pantaloni, che piegò e ripose sopra la camicia.

Il suo corpo era un'opera d'arte. Snello e atletico, con i muscoli che si flettevano in un modo che trovai più ipnotico dei soffioni.

Poi cominciò ad abbassarsi anche i boxer.

Mi si seccò la bocca.

L'ultima volta li aveva tenuti addosso, come una piccola barriera di tessuto.

In quel momento, invece, li stava facendo scivolare lungo le sue gambe muscolose.

Deglutii a fatica.

Era già difficile resistergli quando era vestito. Nudo, era come un dio che esigeva di essere venerato.

Le mie gambe tremavano con il bisogno di piegarsi, inginocchiarsi, implorare il suo tocco.

Non riuscivo a smettere di fissarlo.

Non riuscivo a smettere di studiarlo.

Non riuscivo a smettere di *volerlo*.

Era il trucco peggiore di tutti. I vampiri erano affascinanti di natura. Era così che soggiogavano le loro prede. Ma pur sapendolo, ero schiava del mio desiderio.

I suoi addominali si contrassero quando aggiunse anche i boxer alla pila di vestiti. Cercai di concentrarmi sulla parte superiore del suo corpo, di non seguire la spolverata di peluria che dal suo ombelico scendeva verso il basso, ma il mio impulso innato di *vederlo* costrinse il mio sguardo ad abbassarsi.

Lungo. Fiero. Duro.

Oh, Dea.

Deglutii di nuovo, ma per ragioni completamente diverse. I miei corsi sul sesso orale mi avevano preparata per maschi con quelle dimensioni. Ma improvvisamente mi chiesi se lo fossi davvero.

Allungò la mano verso il mio viso, stringendomi il mento e obbligandomi ad alzare lo sguardo. «Guardarmi così condurrà ad attività per cui non siamo ancora pronti». Le sue dita danzarono sulla mia mascella, poi scesero lungo il mio collo e mi afferrarono la mano, ma non prima di avermi sfiorato il seno con una leggera carezza.

Forse quel tocco non era stato intenzionale, ma di certo

lo sembrava. E il divertimento che guizzava nei suoi occhi neri confermò i miei sospetti.

Mi tirò verso la doccia, conducendomi all'interno, sotto l'acqua scrosciante.

Chiusi gli occhi.

La sua mano lasciò la mia e le sue dita risalirono lungo il mio braccio, andando ad affondare tra i miei capelli.

«Mi sei mancata, Lily» sussurrò. Il suo respiro era un bacio sulla mia guancia. Abbassò l'altra mano e mi strinse il fianco. «Questa doccia è per te. Sei tu a dettare le regole. Dimmi di cosa hai bisogno, cosa vuoi. E io te lo darò, Lily, qualsiasi cosa sia».

LILY

Le labbra di Cedric sfiorarono le mie, facendomi rabbrividire.

Un altro trucco. Un gioco a cui non sapevo come partecipare. Eppure le sue parole mi avevano cullata e confortata, regalandomi un improvviso rilassamento.

Era come se mi avesse scagliato un sortilegio con qualche frase pronunciata a bassa voce.

Sapevo bene che avrei dovuto ignorarlo.

Ma una parte di me, la parte più esausta, voleva che le sue parole fossero sincere. Voleva credere a Cedric. *Fidarsi di lui.*

Un'idea folle.

Letale.

D'altro canto, non avevo più nulla da perdere. Mi aveva già illustrato il mio futuro. Perché non approfittare di quella piccola offerta e godermi il tempo che mi rimaneva? Forse sarebbe bastata per rasserenare i miei sogni.

O forse sarebbe diventata una tortura insopportabile.

Uno splendido tormento che mi avrebbe perseguitata nell'oscurità che ammantava il mio futuro.

Valeva la pena rischiare?

Che fosse meglio ignorare la sua offerta?

Era serio, quando l'aveva proposta?

Forse era solo un modo per usare i miei desideri contro di me. Avrei dovuto lasciargli quel vantaggio?

«Dimmi cosa vuoi, Lily» sussurrò sulla mia bocca, continuando ad accarezzarmi i capelli. «Dimmi come rimediare a questa situazione».

Aggrottai la fronte. Sembrava quasi si stesse scusando. Ma perché? Si sentiva in colpa per avermi detto della caccia della luna?

Non era stata la notizia che avrei voluto sentire.

Ma preferivo sapere la verità, anche se faceva male.

Proprio come la volevo in quel momento. «Perché mi stai facendo questo?» chiesi con voce roca, che quasi si perse sotto lo scrosciare dell'acqua. «Perché hai scelto me per questo gioco?».

Volevo capire almeno quello. Non che potessi cambiarlo, né che mi sarebbe servito. Ma *dovevo* sapere.

«Perché ti diverti a torturarmi?» mormorai. «È per un errore che ho commesso? Per qualcosa che ho detto? Per le mie scarse capacità nel combattimento?». Ora che avevo iniziato a parlare, non riuscivo più a fermarmi. «È per questo che mi tormenti? O è perché ti ho chiesto aiuto?».

Quando quella domanda lasciò le mie labbra, mi irrigidii.

«È quello, vero? È perché ho infranto le regole e ho chiesto aiuto». Le parole erano più per me che per lui, la mia mente aveva finalmente capito dove avevo sbagliato.

Avrebbe dovuto essermi ovvio.

Sapevo che non bisognava fare domande a un superiore, che fosse per chiedere aiuto o per mettere in discussione i suoi insegnamenti.

Eppure l'avevo fatto lo stesso.

E ora stavo pagando per il mio errore.

«Ecco perché finirò alla caccia della luna» continuai. «Una punizione per aver messo in discussione la tua autorità. Quando tutto quello che volevo era capire perché continuavi a darmi insufficienze».

Mi sentivo intorpidita. Fredda. Congelata.

«Ti chiederei di uccidermi, ma non lo farai». La mia voce era a malapena udibile. «Vuoi che soffra. Ti piace». Una lacrima sfuggì dalle mie palpebre serrate. «Ti odio, Cedric. Odio che tu mi abbia fatto questo. E odio che, nonostante tutto, io continui a desiderarti».

Il mio cuore si frantumò in mille pezzi, la parte più fragile di me fu schiacciata dal peso di quelle rivelazioni.

Volevo solo raggomitolarmi in un angolo.

E morire.

Ma non me lo avrebbe concesso.

Mi avrebbe costretta a *sentire*. Avrebbe giocato con me finché non si fosse annoiato, e poi mi avrebbe lasciata al mio destino.

«Fai quello che vuoi» mormorai. «Non mi opporrò. Questa doccia non è per me, è per te. Quindi saltiamo la parte in cui alimenti false speranze e passiamo direttamente a ciò che vuoi davvero».

Aprii gli occhi e incontrai il suo sguardo tempestoso.

«Vuoi mettermi di nuovo alla prova? Le mie abilità orali sono migliorate. Vuoi che te lo dimostri?». La mia voce mi sembrò priva di emozioni. Morta. Forse era proprio quello che voleva: *un fiore secco*.

La sua espressione non lasciava trapelare nulla. I suoi occhi scuri danzavano sul mio viso, mentre la sua presa sul mio fianco si strinse. «Vuoi sapere perché non volevo che passassi i miei test?». Il suo tono era gelido.

«Importa?» ribattei. «Mi boccerai sempre e comunque,

a prescindere dalle mie abilità. Potrei essere perfetta, e non cambierebbe niente».

«*Sei* perfetta» sbottò. «È per questo che ho continuato a darti brutti voti, Lily. Per spingerti su una strada diversa. Perché ho capito dove ti avrebbe condotto questa. Ma tu hai continuato a insistere, e adesso finirai alla caccia della luna, dove i licantropi ti faranno a pezzi. Pensi che ne sia felice?».

«Sì» risposi senza bisogno di pensarci. «Mi hai torturata fin dall'inizio. Ti divertirai ad assistere alla conclusione».

Cedric sbuffò. «Hai frainteso tutto quello che ti ho dato».

Inarcai le sopracciglia. «E cos'è che mi hai dato, *mio signore*? Un nome che poi mi hai sottratto? Un barlume di speranza che ha fatto la stessa fine? Giudizi negativi sulle mie abilità nel combattimento? O sulle abilità sessuali che non mi hai mai nemmeno concesso l'opportunità di dimostrare?».

Avevo il respiro affannoso. Il calore mi stava salendo alle guance e il cuore mi martellava nel petto.

«O stai parlando del tuo sangue?» continuai. «Il sangue che hai usato per guarirmi per potermi distruggere di nuovo».

Le sue dita mi afferrarono i capelli, la sua presa sul mio fianco divenne una morsa dolorosa. «Sai dove vanno gli umani abili nel sesso e con uno spirito combattivo dopo il Giorno del sangue?».

«Alla caccia della luna» sibilai; lo sapevo perché me l'aveva appena spiegato lui.

«Allora perché pensi che ti abbia dato dei voti pessimi in entrambi i campi, Lily?». La sua espressione si incupì. «Per dissuaderti dal percorrere quella strada. Eppure ti ci sei buttata a capofitto nel momento in cui me ne sono andato. Perché? Per dimostrarmi che mi sbagliavo?».

«Per rivederti» risposi. «E sì, volevo dimostrarti che ti sbagliavi su di me. Ma tu non c'eri. Così ho frequentato il corso successivo e quello dopo ancora, sperando di avere l'opportunità di mostrarti i miei miglioramenti». Perché ero un'umana triste e patetica con un'infatuazione idiota per il suo insegnante.

Mi fulminò con lo sguardo. «Vuoi mostrarmeli adesso? Vuoi lasciare che ti scopi il culo contro la parete della doccia per vedere se riesci a prendere il cazzo di un vampiro bene quanto prendi quello di un umano?».

«Se è questo che serve, allora sì» sbottai. Ero confusa su come fossimo arrivati a quel punto. Non ricordavo nemmeno cosa mi avesse detto per spingermi a parlare. Ma ero così arrabbiata con lui per i voti che mi aveva affibbiato. Per avermi spinta a tali estremi solo per dimostrargli che aveva torto.

«Sei solo una piccola testarda» borbottò scuotendo la testa. «Volevo rendere la tua inevitabile morte il più pacifica possibile. Non hai i requisiti fisici per diventare una vigilante. Non rispetti i criteri per partecipare al Torneo dell'immortalità. Ed eri sulla corsia preferenziale per entrare in un harem. Così ho cercato di spingerti su una strada diversa, verso la servitù, sperando che finissi in un posto meno violento. Ma ora sei la candidata perfetta per la caccia della luna».

Mi lasciò andare così all'improvviso che per poco non caddi.

«Non ho controllato il tuo fascicolo mentre ero via, perché non c'era niente che potessi fare per aiutarti». Si girò verso la parete e sbatté le mani sulle piastrelle così forte da farmi sobbalzare. «E ora non posso fare niente per risolvere la situazione».

Lo guardai a bocca aperta. Le sue parole mi avevano colpita con la ferocia di una coltellata.

«Potrei ucciderti» continuò. «*Dovrei* ucciderti. Sarebbe il gesto più compassionevole».

Si voltò di nuovo verso di me e si avvicinò. La sua espressione mi fece correre un brivido lungo la schiena, e feci istintivamente un passo indietro. Ma avvolse la mano attorno alla mia nuca e mi tirò verso di lui.

«Solo che non ci riesco» sussurrò, abbassando lo sguardo sulla mia bocca. «Non posso ucciderti, Lily. Il solo pensiero mi fa precipitare in una rabbia cieca. Sei diventata la mia ossessione. Tutto quello che ho fatto negli ultimi mesi è stato per cercare di tornare da te prima del Giorno del sangue. Per vederti un'ultima volta. Per toccarti». Scosse la testa. «Non voglio farti del male, Lily. Voglio darti la vita. Farti fiorire. Regalarti abbastanza ricordi da durare un'eternità».

Smisi di respirare, l'intensità con cui mi aveva parlato mi aveva ammutolita.

Probabilmente si trattava di un'altra manipolazione, un modo per spezzarmi irrimediabilmente.

Ma sembrava così reale.

«Sono troppo egoista per ucciderti, Lily». Mi fece indietreggiare finché la mia schiena non toccò il muro. Poi mi bloccò lì premendo il bacino sul mio, e mi prese il viso tra le mani. «Chiedimi qualsiasi altra cosa e sarà tua. Ma non chiedermi la morte, ti prego».

CEDRIC

Una risata cupa riecheggiò nei miei pensieri, mentre ripetevo mentalmente la mia confessione.

La morte era il mio scopo da millenni.

Eppure era l'unica cosa che non potevo dare a Lily.

Un uomo migliore avrebbe posto fine alle sue sofferenze. Ma io non ero un uomo buono. Volevo Lily, anche se solo per un mese.

Lei sarebbe morta.

Io sarei sopravvissuto.

E i ricordi del tempo trascorso insieme mi avrebbero accompagnato per l'eternità, o finché non avessi trovato un nuovo fiore.

Mh. Le accarezzai le guance, perdendomi nei suoi splendidi occhi. *No. Non ci sarà mai più un'altra Lily.*

Avevo vissuto diverse migliaia di anni e non avevo mai trovato una donna come lei. Mi affascinava al punto da stregarmi, tanto da farmi chiedere se qualche divinità l'avesse mandata lì solo per torturarmi.

Mi aveva accusato di averla tormentata.

E forse in un certo senso era vero.

Ma non per le ragioni che aveva descritto.

Le labbra di Lily sfiorarono le mie, i suoi occhi contenevano una miriade di domande a cui non riusciva a dare voce. Così lo fece con la bocca, baciandomi per la prima volta.

Oh, in passato aveva ricambiato i miei assalti con passione.

Ma quella era la prima volta che si prendeva un bacio per sé.

La prima volta che dimostrava un interesse che andava oltre il suo addestramento.

La lasciai fare, e le mie labbra risposero alle sue con la stessa dolcezza. Le avevo detto che quella doccia era per lei, e parlavo sul serio. Era il mio modo di scusarmi, di ricominciare da capo e di creare il nostro inizio.

Tutte le mie carte erano scoperte.

Tutte le mie verità.

Qualsiasi cosa volesse, gliela avrei data. *Tranne la morte.* Ma avrei ucciso per lei, se me lo avesse chiesto.

Era un'ossessione pericolosa, tossica. Le cose che avrei fatto per lei erano al limite del suicidio.

Sognavo di rapirla prima del Giorno del sangue.

Di dire che era morta e poi tenerla per me.

Sognavo di fuggire con lei.

Ma erano tutte fantasie che non avrebbero mai potuto realizzarsi.

Silvano mi avrebbe trovato. Allora avrebbe sfogato la sua rabbia su di lei invece che su di me, costringendomi a guardare. Non avrei mai potuto condannarla a un simile destino.

Lily si staccò dalle mie labbra, le sue iridi erano più azzurre che verdi. «Non ti capisco».

La sua ammissione mi fece sorridere. «Che ne dici di fare

un gioco?» suggerii, e le mie mani scivolarono dalle sue guance lungo il suo collo. «Puoi chiedermi tutto quello che vuoi mentre ti lavo i capelli. E io risponderò a ogni domanda».

Mi guardò con diffidenza sentendomi parlare di un *gioco*. Un termine che, a posteriori, mi resi conto che non avrei mai dovuto usare. E quella diffidenza si era rapidamente sciolta in sospetto dopo la mia spiegazione.

«In cambio di cosa?» mi domandò, e il sospetto si infiltrò anche nel suo tono.

«Di poterti toccare». Mi strinsi nelle spalle. «Non voglio altro». Le sfiorai i capelli. «Non lo renderò nemmeno sensuale. Mi limiterò a prendermi cura di te mentre tu mi fai delle domande».

Perché era per lei.

Io mi sarei goduto la sua presenza, e quello era più che sufficiente.

La sua espressione mi disse che non mi credeva affatto. Ma il suo addestramento prese il sopravvento e la spinse ad annuire. «Va bene».

Una parte di me desiderava insistere affinché Lily acconsentisse con più decisione. Ma sarebbe stato più prudente dimostrarle che si sbagliava.

La baciai sulla fronte e poi indietreggiai sotto l'acqua. «Resta lì» le dissi, mostrandole con un gesto della mano dove la volevo. Poi mi avvicinai alla piccola mensola posta all'angolo della doccia per prendere lo shampoo, il balsamo e tutto l'occorrente per lavarla.

Lei fece come le avevo chiesto, osservandomi e mordendosi il labbro inferiore.

Non dissi nulla, lasciandola ai suoi pensieri, e tornai per appoggiare spugna e flaconi sul pavimento accanto a lei. In silenzio, mi dedicai ai suoi capelli, assicurandomi che fossero abbastanza bagnati.

Fu solo quando la spinsi leggermente in avanti che si decise a chiedermi: «Te ne sei andato dall'Università?».

Una domanda prudente, pensai. *Visto che era già sottinteso*.

«Sì». Non mi dilungai perché volevo che curiosasse, che uscisse dalla sua zona di comfort e mi chiedesse quello che voleva veramente sapere.

Mi chinai per prendere lo shampoo e me ne versai un po' sulla mano.

«Dove sei andato?» sussurrò.

«Nella regione di Silvano». Cominciai a massaggiarle lo shampoo sulla cute e sui capelli. «E anche in visita al clan Clemente».

«L… licantropi?».

«Sì».

«È lì che andrò?».

Aggrottai la fronte. «Non lo so. Nel tuo fascicolo non è ancora indicata la tua destinazione finale». Ma speravo che non finisse lì. L'alfa Walter era un coglione narcisista innamorato del potere.

Motivo per cui ero stato richiamato a casa.

«Quindi non eri lì per la caccia della luna?» domandò Lily mentre la spingevo sotto l'acqua per sciacquare via lo shampoo.

«Perché avrei dovuto andare lì per la…?» mi bloccai e la feci girare su se stessa per guardarla in faccia. «Pensi che sia andato lì a prendere accordi per assistere al tuo stupro e al tuo omicidio?». Non riuscii a trattenere la furia. Perché… *che cazzo*. «Perché dovrei voler vedere una cosa del genere?».

Lei spalancò gli occhi.

Poi trasalì quando le si riempirono di acqua e shampoo.

La aiutai a lavarsi il viso, rimproverandomi di averla

sottoposta a un trattamento così rude. Avrà pure avuto il mio sangue in corpo, ma ciò non la rendeva invincibile.

Dopo averle sciacquato i capelli con cura, la spostai delicatamente da sotto il getto.

«Silvano aveva bisogno di un favore. Voleva che ricordassi all'alfa Walter qualche regola fondamentale. Che è un modo educato per dire che ho dovuto picchiare a sangue alcuni dei suoi lupi. E ci sono voluti molti lunghi mesi perché il messaggio venisse recapitato in maniera adeguata».

Non avrei dovuto dirle nulla di tutto ciò.

Non avrei nemmeno dovuto dirle cosa volevo realmente da lei.

Ma era bello essere sinceri.

Mi sembrava giusto essere onesto con lei anche sulle mie intenzioni.

Non si fidava di me perché non le avevo dato alcun motivo per farlo. Ma ora era mia per un mese.

Silvano aveva promesso di lasciarmi in pace per due anni, a patto che lo aiutassi a risolvere il suo problema con i lupi.

Avevo accettato.

Per Lily.

Per quell'unico mese in cui avrei potuto semplicemente esistere con lei, senza avere nessun'altra responsabilità.

Certo, non avevo calcolato la presenza del principe Khalid.

Avrei cercato di farmi un'idea delle sue intenzioni a colazione, per determinare se sarebbe stato un problema.

«Va da sé che tutto quello che ti sto dicendo è un segreto» mormorai cingendole la guancia con il palmo. «Quello che ho fatto per Silvano non può essere condiviso. E non aveva niente a che fare con la caccia della luna».

Annuì appena. «Condividono un confine, giusto?».

«Sì. E hanno anche lavorato insieme. Ma Walter è uno stronzo presuntuoso. Così Silvano mi ha chiesto di ricordargli qual è il suo posto». O meglio, me lo aveva ordinato. Ma almeno ero riuscito a ottenere in cambio due anni di libertà.

Al termine dei quali, però, sarei diventato ufficialmente uno dei suoi sovrani.

«Picchiando i suoi lupi» sussurrò Lily.

«Ho una certa attitudine per la violenza» risposi, chinandomi per prendere il balsamo. «Sono anche molto bravo a intrufolarmi dove voglio senza essere scoperto». Come nel territorio del clan Clemente. Le guardie di Walter non avevano avuto nessuna possibilità.

«Sembra pericoloso».

Alzai le spalle e le spalmai il balsamo sulle punte. «È nella mia natura».

Anche se, di solito, affrontavo situazioni del genere senza aver paura di morire. Ma quella volta era stato diverso, perché Lily mi aveva dato qualcosa per cui vivere.

«Sono sempre stato attratto dalla violenza e dal correggere ciò che non va. Per molto tempo, è stato il mio lavoro. Ma quando il mondo è cambiato, sono diventato una specie di luogotenente di Silvano».

Non era il termine ufficiale, ma era un ruolo tipico della gerarchia dei licantropi; avrebbe capito cosa implicava grazie ai suoi studi sulla politica dei lupi.

«Mi chiama quando ha bisogno di me» chiarii. «Anche se mi ha appena concesso due anni, prima che mi debba unire a lui sulla scacchiera politica».

«Come suo sovrano» sussurrò Lily mentre la guidavo di nuovo sotto l'acqua.

«Come suo sovrano» ripetei. «Non è il futuro che desidero, ma è quello che sono costretto ad accettare».

Calò il silenzio.

Finii di sciacquarle i capelli, poi mi dedicai al suo corpo, usando la spugna e il bagnoschiuma che avevo recuperato poco prima.

«Qual è il futuro che desideri?» chiese dopo qualche minuto.

Mi inginocchiai per insaponarle le gambe mentre riflettevo sulla sua domanda. "La pace" mi sembrava una risposta un po' troppo vaga. «Onestamente, non lo so più» dissi infine. «Il nuovo mondo è troppo diverso da quello vecchio perché io possa darti una risposta sensata».

«Cosa intendi con "nuovo mondo"?» domandò. La sua espressione non trasmetteva più il sospetto o la diffidenza di prima. Solo una sana dose di curiosità.

Feci scorrere la spugna sulle sue cosce, sostenendo il suo sguardo. «Il mondo non è sempre stato così. C'è stato un tempo in cui gli umani dominavano e la mia specie viveva tra loro in segreto. Ma poi i licantropi furono scoperti e i governi umani reagirono cercando di renderli delle armi. Non è finita bene per i mortali».

Per usare un eufemismo.

Quasi il novanta per cento del genere umano fu sterminato. Il restante dieci per cento fu ridotto in schiavitù.

E i reali e gli alfa formarono l'Alleanza di sangue.

«Non è parte della storia che viene insegnata agli umani all'Università. Tutto ciò che vogliono farvi sapere è che siamo noi a comandare. Suggerire il contrario è pericoloso, perché potrebbe portare a una rivoluzione». Un'idea ridicola.

Una rivoluzione avrebbe potuto avere successo solo se fosse stata guidata da vampiri e licantropi.

Girai delicatamente Lily per iniziare a insaponarle il retro delle gambe, lasciandola riflettere su tutto ciò che le avevo appena rivelato. Rabbrividì quando mi avvicinai al suo sedere, e le venne la pelle d'oca. L'aria attorno a noi sembrò cambiare di colpo.

Inspirai e sorrisi quando sentii il dolce profumo della sua eccitazione. Era stata lì per tutto il tempo, solo attenuata dalla curiosità suscitata dalla nostra conversazione.

Sarebbe stato così facile sedurla. Mi sarebbe bastato far scivolare la spugna tra le sue cosce e sfiorare la sua carne rosata.

Deglutii e scacciai quel desiderio, ricordando a me stesso che la doccia era per lei.

Era lei a decidere cosa fare.

E se si fosse voltata e avesse guidato la mia faccia verso il suo dolce calore, sarei stato felice di accontentarla.

Purtroppo, però, rimase immobile.

Così mi concentrai sull'insaponare a fondo il suo bel sedere sodo, per poi alzarmi in piedi e occuparmi della sua schiena.

Lei continuò a tremare, ma rimase in silenzio.

Le avevo dato molto su cui riflettere. Se in seguito avesse voluto farmi altre domande, glielo avrei permesso.

La girai di nuovo per dedicarmi al suo torso. La spugna coprì di schiuma il suo seno e il suo ventre, per poi avventurarsi sulle sue braccia.

Nel frattempo, lei non mi tolse gli occhi di dosso, seguendo ogni mio movimento con uno sguardo rapito.

Terminai il nostro momento di intimità con un rapido colpo di spugna sul suo sesso depilato e con una veloce carezza tra le cosce, poi misi per terra la spugna e il flacone di bagnoschiuma. E la sciacquai un'ultima volta.

Alla fine, la guardai e dissi: «Il gioco è finito. Ma se vuoi possiamo farne un altro».

Di nuovo, probabilmente avrei dovuto usare un termine diverso. Ma volevo che comprendesse il significato che aveva quella parola per me. Così forse mi avrebbe capito meglio.

Invece di aspettare la sua risposta, feci un passo indietro.

«Ora metto le mani sulla parete. Se vuoi toccarmi, puoi farlo. Il bagnoschiuma è lì». Indicai con un cenno il punto in cui l'avevo posato sul pavimento di marmo. «Se invece non vuoi giocare, esci dalla doccia e prendi un telo. Mi laverò e ti raggiungerò quando avrò finito».

Lasciando l'offerta sospesa nell'aria, mi girai e appoggiai i palmi sulle piastrelle.

E aspettai.

Sperando che capisse lo scopo del gioco. *Scusarmi*. Non direttamente. Era solo un modo sottile di sottomettermi ai suoi bisogni.

Il modo che avevo di manifestare le mie intenzioni.

Per dimostrarle che volevo che mi scegliesse, non che si piegasse ai miei desideri a causa del suo addestramento.

Se fosse uscita dalla doccia, lo avrei capito. Sarebbe stata una reazione assolutamente meritata.

Ma speravo che non lo facesse.

Chiusi gli occhi.

Cosa succederà, fiorellino?, mi domandai. *Sei pronta per la mia versione del gioco? O vuoi correre a nasconderti?*

LILY

Fissai la schiena di Cedric, godendomi la visuale indisturbata del suo fisico impeccabile.

Era bellissimo.

Alto. Snello. Spalle larghe. Vita affusolata. Fondoschiena scolpito. Gambe lunghe e muscolose.

Un luogotenente.

Conoscevo il termine e sapevo cosa implicava per un licantropo. Ma cosa significava nel mondo dei vampiri?

Di certo aveva un aspetto letale. D'altro canto, quella era una caratteristica comune ai membri della sua specie.

Eppure, aveva assunto una posizione quasi sottomessa contro il muro.

Per me.

Tra quello che mi aveva detto e le sue azioni, mi girava la testa. Non avevo previsto che rispondesse davvero alle mie domande, ma lo fece. E con più informazioni di quante mi aspettassi.

Era stato via per tutto quel tempo.

Aveva cercato di aiutarmi.

Non vuole che partecipi a una caccia della luna o che finisca in un harem.

«Sei stato tu a darmi l'acqua?» chiesi. La curiosità mi aveva strappato quella domanda dalle labbra prima che potessi fermarla.

Aveva detto che il nostro gioco era finito.

Ma ero stata così sopraffatta da tutte le sue risposte che non avevo ripensato alle bottiglie stipate nel mio armadio fino a quel momento.

Finché non mi ero resa conto di quanto avessi frainteso la situazione. *Perché mi ha aiutata, seppure a modo suo. Non ha cercato di danneggiarmi.*

«Sì» rispose senza guardarmi. «Non potevo lasciare un biglietto senza mettere a rischio la tua sicurezza».

«E cosa avrebbe detto il biglietto? Se avessi potuto lasciarne uno».

«Che eri la mia Lily e che sarei tornato per te». Pronunciò quelle parole senza un attimo di esitazione, dimostrandomi che ci aveva pensato prima che glielo chiedessi. E ciò significava che era vero.

«Mi hai portato via il mio nome».

«Per proteggerti». Non si era ancora voltato, le sue mani erano rimaste sulle piastrelle della doccia. «Non puoi essere Lily all'Università. Solo qui, quando sei con me».

Ecco perché l'ultima volta che mi ha morso mi ha ricordato di non urlare, capii. *Mi stava proteggendo.*

L'improvvisa comprensione delle sue azioni mi fece girare la testa. C'erano così tante cose che non avevo interpretato correttamente. E ora avevo mille nuove domande sulle sue intenzioni.

Ma non riuscivo a esprimerle.

Ero ancora troppo impegnata a metabolizzare tutto il resto.

Cedric voleva bocciarmi per impedire che finissi in una caccia della luna o in un harem.

Cedric mi ha dato l'acqua. Non mi ha realmente sottratto il mio nome. È tornato per me.

Tutto cominciò a girare, e lo scrosciare dell'acqua era solo un brusio lontano. Troppe informazioni da elaborare tutte insieme. Troppo da accettare. Troppa *speranza*.

Mi cedettero le gambe, ma Cedric mi prese al volo, sollevandomi in aria. «Non è così che si gioca, Lily» mormorò. I suoi occhi erano un'oscurità pulsante che mi stordì ancora di più.

Si sedette sulla panca di marmo che occupava un lato della doccia, sistemandomi sulle sue gambe.

«Respira» sussurrò. La mia testa ricadde sulla sua spalla. «Inspira, espira e cerca di rilassarti».

Fui investita dal suo tono ipnotico, che mi scaldò dentro. Premette le labbra sulla mia testa, la sua forza mi avvolse in un bozzolo di protezione.

L'adrenalina e l'orrore della serata sembravano avermi finalmente raggiunta. Il mio corpo doleva in modo strano. Mi sentivo più che altro esausta. Mentalmente. Fisicamente. *Emotivamente*.

Un attimo prima ero smarrita, quello dopo sconvolta.

I commenti di Cedric sul vecchio mondo mi riecheggiavano ancora nella mente.

Un tempo gli umani comandavano, mi meravigliai. *I licantropi e i vampiri vivevano nascosti.*

Che strano concetto.

Com'era quel mondo?

Non riuscivo neanche a immaginarlo. Non aveva senso. Perché gli esseri superiori dovevano nascondersi?

Cedric mi baciò la tempia e mi sfregò la schiena, tenendomi stretta a sé. Era una sensazione strana essere abbracciata così, soprattutto da una creatura potente come lui.

Vampiri e licantropi non trasmettevano mai attenzioni o affetto. Sensualità e fame, sì. Ma niente di paragonabile a quello che stava facendo lui.

Faticavo a ricollegare quella versione di Cedric con l'insegnante del corso di combattimento. Con il vampiro che mi bocciava senza rimorso.

Era come se il tempo che aveva trascorso lontano lo avesse cambiato.

Eppure era stato duro come al solito, prima, durante l'esercitazione. Quindi forse no. Forse stavo solo vedendo un altro aspetto della sua personalità.

Mi aveva portata in braccio dopo che ero stata picchiata nella sua classe. Mi aveva anche guarita.

Forse, dopo tutto, lui era davvero così.

O forse era solo un'altra manipolazione per farmi crollare.

Sospirai, stanca di tutti quei ragionamenti. Volevo solo esistere per un attimo senza pensare. Volevo solo fuggire in un oblio in cui potessi semplicemente sentire, senza preoccuparmi di nient'altro.

Cedric mi aveva offerto quella fuga sotto forma di un gioco.

«Voglio giocare» sussurrai, voltandomi per ammirare ancora una volta il suo splendido corpo. «Voglio provare il tuo nuovo gioco».

I muscoli delle sue cosce si tesero sotto di me, e le sue labbra si incurvarono in un sorriso. «Okay».

Non si mosse subito, il suo sguardo oscuro rimase fisso sul mio per un lungo istante. Le sue iridi non rivelavano nulla e la sua espressione era illeggibile, a parte il piccolo sorriso che flirtava con la sua bocca.

Un piccolo sorriso che lo rendeva ancora più bello, in

maniera quasi crudele. La mascella e gli zigomi erano cesellati e simmetrici, e i suoi occhi erano contornati da lunghe ciglia nere.

È così bello.

E mi aveva dato il permesso di toccarlo. Di esplorarlo. Di lavarlo come lui aveva fatto con me.

Voglio farlo, pensai, e sentii ribollire il sangue. *Voglio toccarlo.*

I miei corsi mi avevano preparata.

Ma Sei non aveva nulla a che vedere con Cedric. Un aspetto che non mi intimoriva. Anzi, semmai mi eccitava ancora di più.

Avrei dovuto avere paura.

Avrei dovuto correre via alla ricerca di un asciugamano.

Ma non riuscivo a muovermi. Volevo giocare con lui.

«Ora sei pronta» sussurrò, aiutandomi a rimettermi in piedi.

Vacillai. Più per la mancanza del contatto con lui che per le vertigini di prima. Ma le sue mani mi catturarono i fianchi e mi spinsero lentamente sotto il soffione della doccia.

«La spugna è qui» mi mormorò all'orecchio, indicando l'oggetto in questione. «Shampoo e bagnoschiuma sono lì accanto». E indicò anche i flaconi. «Io sarò lì» aggiunse con un cenno del capo verso la parete coperta di piastrelle. «Il gioco finisce quando esci dalla doccia».

Mi diede un bacio sulla tempia e mi lasciò andare.

Poi si avvicinò alla parete e vi posò di nuovo le mani.

Il mio sguardo seguì ogni movimento del suo corpo perfetto, soffermandosi sul suo sedere muscoloso. *Posso toccarlo.*

Il pensiero mi scaldò il ventre, le mie mani si erano già abbassate verso la spugna. Non era come quelle che usavo nelle lezioni di servizio. Era soffice ed elastica, anziché dura e compatta.

Cedric l'aveva usata con delicatezza, creando della schiuma. Non mi aveva sfregato la pelle con forza, ma dolcemente.

Avrei fatto del mio meglio per imitare i suoi gesti.

Versai un po' di bagnoschiuma sulla spugna, e fui subito assalita dal familiare profumo di menta. Poi mi avvicinai lentamente a Cedric.

Lui non si mosse, il suo corpo era rilassato e in attesa del mio tocco.

Valutai da dove cominciare, ogni parte di lui sembrava chiamarmi.

Soprattutto il suo sedere. Ma l'avrei tenuto per ultimo.

Mi inginocchiai per iniziare con le caviglie e i polpacci. *Così sodi*, mi meravigliai. *E coperti da una leggera peluria.*

L'Università esigeva una rasatura frequente degli arti inferiori e di altre zone del corpo. Almeno per le donne. Anche alcuni maschi dovevano darsi una spuntatina, ma per loro le regole erano un po' diverse. Non ci avevo mai fatto molto caso, concentrandomi invece sulle mie esigenze.

Ma le gambe di Cedric mi piacevano molto. Erano forti e virili, e conducevano a delle parti peccaminose che non vedevo l'ora di esplorare.

Aveva dato un giudizio negativo alle mie abilità in campo sessuale. Ora capivo che lo aveva fatto per allontanarmi da un percorso nefasto, ma sentivo ancora il bisogno di dimostrargli che si sbagliava.

Avevo studiato duramente negli ultimi otto mesi, desiderando un'opportunità per provargli il mio valore. Per mostrargli che meritavo una seconda possibilità.

Era stata la mia ossessione.

E ora ero in ginocchio dietro di lui, a insaponargli

delicatamente la pelle. Le sue cosce si tesero sotto il mio tocco, e tutto il suo corpo sembrò irrigidirsi quando le mie mani scivolarono tra le sue gambe per lavarlo anche davanti. Non toccai il suo inguine, solo i quadricipiti, le ginocchia e gli stinchi.

Non mi fermai finché ogni centimetro delle sue gambe non fu insaponato. Poi mi alzai. «Vuoi sciacquarti la parte inferiore? O preferisci che continui?» domandai con voce strozzata.

«Sei tu che comandi, Lily. La scelta è tua».

Deglutii. «Penso… penso sia meglio che ti risciacqui, mentre io prendo altro bagnoschiuma». Lo avevo usato quasi tutto sulle sue gambe e me ne serviva di più.

Cedric abbassò le mani e si voltò, e la sua erezione mi sfiorò la pancia. Trattenni a stento un mugolio, avvampando davanti alla prova del suo desiderio.

Mi accarezzò il viso e mi posò un bacio sulle labbra. «Stai andando molto bene, fiorellino. Non scappare proprio adesso».

Spalancai gli occhi. «Non voglio scappare» mi uscì in un sussurro.

«Bene» rispose lui, baciandomi ancora una volta. «Allora vado a sciacquarmi le mie gambe accuratamente insaponate». Sembrava divertito, i suoi occhi scuri brillavano.

Mi girò attorno, e io mi bloccai.

Poi mi voltai come se fossi legata a lui da un filo invisibile. Il mio sguardo cadde subito sulla sua erezione. Era così da quando avevamo iniziato la doccia. L'avevo sentita sotto di me, in grembo a Cedric. Ma non me ne ero resa pienamente conto fino a quel momento. *Ora posso godermi anche quella parte di lui.*

Dopotutto, ero io a comandare.

E ce l'aveva duro.

Ciò significava che potevo dargli piacere. Anzi, che gli stavo *già* dando piacere. Forse era quello lo scopo del gioco.

Aveva detto che sarebbe terminato una volta lasciata la doccia.

Ma se lo avessi fatto venire? Anche in quel caso il gioco si sarebbe concluso?

«Il bagnoschiuma, Lily» mormorò senza guardarmi. Aveva la testa piegata all'indietro sotto l'acqua e le mani affondate tra i capelli scuri.

Con ogni movimento, i suoi addominali si tendevano, in un silenzioso invito a toccarli.

Lasciai cadere la spugna, le mie dita avevano bisogno di essere libere per quell'esperienza.

Si bloccò quando il mio palmo incontrò il suo addome. *Solido. Duro. Maschio.*

Sei non era così. Era muscoloso, certo, ma non era Cedric.

Dea, *nessuno* era come Cedric.

Ridefiniva il concetto stesso di bellezza, affascinandomi in un modo che nessuno dei miei precedenti insegnanti aveva mai fatto. Volevo memorizzare ogni centimetro di lui con le dita e con la lingua.

Lavarlo non mi interessava più.

Volevo qualcosa di diverso.

Qualcosa di peccaminoso.

Qualcosa che non avrei dovuto desiderare, ma che mi rifiutavo di ignorare.

La sua approvazione.

Il suo piacere.

I suoi gemiti.

Le mie labbra si avvicinarono al suo petto. Lo baciai timidamente, alzando lo sguardo per leggere la sua espressione. Aveva aperto gli occhi, gli anelli scuri intorno alle pupille erano insondabili.

Le sue braccia erano contratte per tenere le mani tra i capelli.

Sembrava che stesse aspettando di vedere cosa avrei fatto dopo.

Io stessa lo stavo facendo.

Mi leccai le labbra, sfiorando così anche il suo petto. Le gocce d'acqua sulla sua pelle mi fecero desiderare un altro assaggio.

Così assecondai il mio bisogno, schiudendo le labbra per baciare a bocca aperta il suo capezzolo.

Poi iniziai un percorso familiare; non perché l'avessi già fatto su di lui, ma perché ero stata istruita su quale rotta seguire. Solo che ben presto tutto divenne nuovo ed eccitante, il suo addome era un paesaggio di piccoli avvallamenti e linee tese.

Lo adoravo.

Ogni solco rappresentava un'esperienza erotica, la mia bocca era affamata, desiderava ardentemente di conoscere ogni parte di lui.

Quando trovai la peluria che scendeva dal suo ombelico, quasi gemetti.

Serrai le cosce e fui travolta da un'ondata di calore all'idea di esplorarlo intimamente con la lingua.

Mi inginocchiai con un movimento fluido, riuscendo a rimanere in equilibrio senza troppi sforzi. E soprattutto senza aggrapparmi a Cedric.

Stando agli insegnamenti di Peyton, potevamo toccare vampiri e licantropi solo in modo sensuale.

Anche se, a dirla tutta, le mie dita protestarono, perché *volevano* toccarlo. Afferrargli i fianchi e spostarsi sul suo fondoschiena. Stringerlo e godere delle sue forme.

Cedric era così perfetto. Così bello. Così *grosso*.

Quasi sussultai quando la sua virilità fu a pochi centimetri dalla mia bocca. La punta era larga, ma gestibile. Avrei potuto avvolgerci le labbra attorno con facilità.

Tuttavia, la sua lunghezza mi lasciò dubbiosa.

L'avevo sentito premere sul ventre, ma vederlo da vicino forniva molti più dettagli.

È un bene che abbia seguito un corso per addestrare la gola, pensai. Di colpo avevo la bocca secca. *Ma se non fosse abbastanza?*

«Hai intenzione di lavarmi con la bocca?» chiese Cedric. Il suo tono racchiudeva un accenno di irritazione che mi spinse ad alzare lo sguardo.

I suoi occhi tumultuosi mi fissavano con un'espressione che rivaleggiava con la sua voce.

Ci sto mettendo troppo, capii con una stretta al cuore.

Gli umani non dovevano mettere in discussione i loro superiori. Dovevano accettare ogni cosa.

Compreso un grosso cazzo in gola.

Sapevo bene che non dovevo soffermarmi a valutare le sue dimensioni.

Si trattava del *suo* piacere, di qualcosa che chiaramente desiderava.

E intendevo dimostrargli che ero in grado di soddisfarlo adeguatamente.

«Mi dispiace» sussurrai, avvolgendo la mano attorno alla base del suo sesso. «Le tue dimensioni mi hanno colta di sorpresa». Speravo che il complimento avrebbe stemperato la situazione.

La sua espressione tempestosa mi disse che non era così.

Premetti le labbra sulla punta, sperando di fargli dimenticare la mia trasgressione.

Ma in un secondo, mi ritrovai con i capelli avvolti nel suo pugno.

Aprii la bocca, aspettandomi che me lo spingesse in

gola con rabbia.

E invece mi allontanò, piegò le gambe e si unì a me sul pavimento. «Non è questo il gioco a cui stiamo giocando, Lily. Non voglio la tua bocca sul mio cazzo. Voglio le tue mani sul mio corpo. Per esplorare. Toccare. Imparare. E di certo non voglio che me lo succhi secondo gli standard dell'Università».

Il gelo si impossessò delle mie vene, scacciando il calore.

Non… non vuole che gli dia piacere?

«È perché in passato ho fallito?» chiesi confusa. Aveva detto che non era così, ma forse avevo capito male. «Mi sono allenata. Posso fare meglio. So di aver esitato, ma…».

Mi strattonò i capelli, strappandomi una smorfia. «Questa doccia è per te, Lily. Non per me». Allentò la presa, e il suo sguardo cadde per un attimo sulle mie labbra, per poi tornare a specchiarsi nel mio. «Quando ti scoperò la bocca, sarà perché lo vuoi davvero, non perché pensi che sia ciò che desidero».

«Ma non è quello che vuoi?» chiesi. Le mie mani trovarono ancora una volta la sua erezione. «Sei eccitato».

«Certo che sono eccitato, Lily. Sono nudo in una doccia con te».

«Allora lascia che ti dia piacere» sussurrai. «Voglio… voglio soddisfarti». Era vero. E non solo perché lo avevo sognato per mesi. «Voglio assaggiarti. Voglio vederti godere».

Parte della rabbia lasciò la sua espressione. «Quasi ti credo».

«Perché è vero» dissi.

«È il tuo addestramento che parla».

Scossi la testa, poi annuii appena. Perché non aveva torto, ma nemmeno ragione. «Mi hanno insegnato ad agire così, certo. Ma l'ho fatto per te. Voglio la possibilità di mostrarti quello che so e quello che posso fare. Hai detto che non ho fallito davvero. Ma voglio sapere cosa si prova a passare. A essere all'altezza delle tue aspettative. A soddisfarti».

Mi resi conto che suonava ingenuo e al limite dell'ossessione. Ma era la verità.

«Hai detto che il gioco finisce quando esco dalla doccia, ma io sono ancora qui» continuai. «E voglio dimostrarti che posso vincere. Che posso stupirti. Ti prego, Cedric. Mi permetti di darti piacere?».

CEDRIC

«No». Non perché non lo desiderassi, ma perché non era così che volevo vederla implorare.

Lily cercava disperatamente di dimostrarmi il suo valore senza capire che lo aveva già fatto. Per questo ero tornato da lei, per questo l'avevo portata lì.

La volevo già.

Aveva di gran lunga superato qualsiasi test immaginabile.

Ma al mio rifiuto la sua espressione si spense, e le sue spalle si incurvarono in una postura sconfitta simile a quella che avevo visto prima di partire.

Liberai i suoi capelli per afferrarle il mento e ricondussi il suo sguardo sul mio. «Non sei ancora pronta a soddisfarmi» la informai dolcemente. «Ma lo sarai presto».

Perché avevo intenzione di mostrarle cosa significasse la vera estasi.

Avevamo iniziato il nostro viaggio insieme solo pochi mesi prima.

Quella notte avremmo fatto un altro passo avanti.

La tristezza le riempì lo sguardo mentre lasciava

andare il mio cazzo. «Sì, mio signore» disse con un tono così disperato da farmi sospirare. Ecco perché non poteva soddisfarmi appieno. Era stata indottrinata in un mondo selvaggio, la sua mente era stata deformata fino a un punto di non ritorno.

Avrei dovuto scardinare il suo condizionamento perché capisse.

Forse era crudele liberarla dal suo giogo a poche settimane dal Giorno del sangue, ma era l'unico vero regalo che potessi farle: ricordi che le scaldassero il cuore e la mente nel suo viaggio verso la morte.

«Non hai fallito, Lily» la rassicurai. «E non sto dubitando delle tue capacità o della tua preparazione. So quali corsi hai seguito, ma quei corsi non sono stati progettati tenendo conto delle mie preferenze».

Come la sottomissione volontaria, non quella forzata.

«Quando mi chiamerai "padrone" in camera da letto sarà perché me lo sono guadagnato». E sarebbe accaduto non appena si fosse resa conto di cosa significasse davvero. O forse quella particolare perversione non si sarebbe mai realizzata. Per me non c'era problema: nel sesso amavo interpretare qualsiasi ruolo.

Ma non potevo averla così.

Non volevo una bambola.

Volevo un fiore in boccio. Volevo la mia Lily.

«Quando siamo da soli, chiamami Cedric. So di essermelo rimangiato, ma ti ho spiegato perché. E ora che sei mia per un mese, puoi usare liberamente il mio nome».

A meno che qualcuno non mi avesse detto che non potevo averla.

L'unico con l'autorità per farlo, però, era il principe Khalid. Dubitavo che avrebbe respinto la mia richiesta, ma ne avrei avuto la certezza durante la colazione serale.

Due splendidi occhi verde acqua mi studiarono. «Ancora non ti capisco».

Sorrisi. «Prima o poi lo farai». *O forse no.*

Non importava.

Quello che importava era il tempo che ci rimaneva insieme. «Il nostro gioco non è finito, Lily. Le mie gambe sono pulite, ma il resto del mio corpo no».

Le sue narici si dilatarono, la sua espressione si animò di un rinnovato interesse. «Posso… posso ancora toccarti?».

«Certo. Ma stanotte non ti voglio in ginocchio». Mi alzai e sollevai anche lei, afferrandole le spalle. «Ora prendi la spugna e finisci di lavarmi».

Feci un passo indietro per vedere come avrebbe agito.

Mi scrutò da capo a piedi, soffermandosi sulla mia erezione con le pupille dilatate.

Deglutì, le sue guance si arrossarono.

Poi prese il sapone, rinunciando alla spugna.

Inarcai un sopracciglio, curioso di sapere cosa avesse intenzione di fare.

Si versò un bel po' di bagnoschiuma sul palmo, posò il flacone e si strofinò le mani. «Voglio toccarti senza la spugna».

Le mie labbra si incurvarono in un sorriso per il suo tentativo di prendere il controllo della situazione. Anche se il suo tono la fece suonare più come una domanda che un'affermazione.

Ma era un buon inizio per il suo percorso di emancipazione sessuale.

Così le diedi la conferma di cui aveva bisogno per continuare. «Procedi».

Le sue spalle si abbassarono e parte della tensione sembrò abbandonarla. Si avvicinò a me.

Tenni le braccia abbandonate lungo i fianchi,

concentrandomi sulla sua espressione. Lessi una certa determinazione nella ruga che le era comparsa sulla fronte, nelle labbra serrate e nel suo sguardo deciso.

Quasi mi aspettavo che mi afferrasse il sesso ed esigesse che le lasciassi mostrare il suo valore.

Invece premette le mani sul mio addome e cominciò a spalmarmi il bagnoschiuma sulla pelle. Mi pulì con cura sotto l'ombelico per poi avventurarsi più in alto, lungo il torace e fino al petto.

Era precisa e metodica, e si assicurò che nemmeno un centimetro della parte anteriore del mio busto fosse privo di schiuma. Tranne la zona che portava all'inguine. «Sciacquati» disse, tornando a prendere il flacone di bagnoschiuma.

Stavo per dirle di finire il davanti, ma preferii obbedire. Forse non si fidava di se stessa e di quello che avrebbe fatto, se mi avesse toccato di nuovo in quel punto.

O forse pensava che non le fosse permesso, dato che le avevo negato la richiesta di succhiarmelo.

Avrei aspettato di vedere cosa avrebbe fatto, prima di dire qualcosa.

Non appena ebbi finito di sciacquarmi il torace, cominciò a insaponarmi la schiena. Poi si dedicò ai miei fianchi e alle braccia.

Evitando accuratamente di toccare il mio sedere.

O stava cercando di provocarmi, o non aveva capito il senso del gioco. Non mi dispiaceva che esplorasse ogni parte di me, solo non volevo che si concentrasse sul mio piacere.

Mi osservò mentre mi sciacquavo ancora una volta, senza mostrare alcun segno di voler prendere di nuovo il bagnoschiuma.

«Hai finito?» mi decisi infine a chiederle, quando non si mosse né parlò per almeno un minuto.

«Ehm…». Deglutì e aggrottò la fronte. «Mi è permesso…?».

«Dovrai finire la domanda perché possa risponderti» dissi.

Il suo sguardo si abbassò sul mio inguine. «Non vuoi che ti dia piacere».

«Oh, su questo ti sbagli. Lo voglio eccome» la corressi. «Ma ora non si tratta di me, Lily. *Tu* cosa vuoi?».

«Darti piacere» rispose senza esitazioni.

Ovviamente. Era proprio il tipo di affermazione che i suoi precedenti istruttori le avevano insegnato a usare.

«Cosa ne dici di finire quello che hai cominciato?» suggerii. Perché sapevo che voleva toccarmi. Solo che non capiva come dare voce a quel desiderio.

Mi studiò per qualche istante, poi si chinò per prendere la spugna. «Pensavo preferissi usare le mani» mormorai, provocandola. Ma aveva bisogno di una piccola spinta.

Per un attimo rimase immobile, regalandomi una splendida visuale del suo sedere e una sbirciatina al suo sesso. Quanto avrei voluto inginocchiarmi e assaggiarla… Ma avevamo un gioco da finire.

Si alzò lentamente, con delle movenze quasi sensuali, e si diresse verso il flacone del bagnoschiuma. Ammirai il suo corpo quando si piegò di nuovo, adorando i suoi gesti aggraziati. Sembrava che non se ne rendesse affatto conto, la sua mente era troppo occupata a valutare il modo migliore per affrontare me e la nostra situazione.

Se solo mi avesse guardato negli occhi, avrebbe capito esattamente cosa desideravo.

Purtroppo, però, mi girò attorno e si mise dietro di me, dove cominciò a insaponarmi metodicamente il fondoschiena. Niente carezze. Niente tocchi prolungati. Solo Lily che faceva quello che le veniva detto per paura di sbagliare.

Un comportamento che, per sua stessa natura, era un errore.

Allungò la mano per ripetere la stessa operazione anche sul davanti, e le catturai il polso.

Mi stava a malapena toccando, limitandosi a strofinare il bagnoschiuma sulla pelle. Era tutto molto diverso rispetto al modo in cui aveva esplorato le mie gambe e i miei addominali.

«S… scusami» borbottò.

Mi girai verso di lei, tenendole ancora il polso.

Con l'altra mano le afferrai il mento.

«Toccami come vuoi, Lily. Non per compiacere me. Ma per soddisfare te stessa. Esplora. Accarezza. Studiami, Lily. Segui il tuo istinto, non il tuo addestramento».

Riportai la sua mano sul mio fianco e le liberai il polso.

Ma continuai a stringerle il mento; volevo vedere le emozioni rincorrersi nei suoi occhi.

Deglutì ed ebbi l'impressione che volesse dire qualcosa.

Aspettai.

Ma lei restò in silenzio.

Soffocai un sospiro. La consapevolezza di dover mettere fine al gioco mi colpì alla bocca dello stomaco. Volevo solo che vivesse un po'. Ma la sua paura di fallire la teneva prigioniera, facendole dubitare di ogni…

Le sue dita si contrassero, interrompendo i miei pensieri e catturando la mia attenzione.

Cos'hai intenzione di fare?, le domandai con gli occhi.

Trascinò le unghie sul mio ventre fino a sotto l'ombelico, con un tocco leggero e provocante.

Poi si avventurò lentamente verso il basso, seguendo la peluria che conduceva alla base del mio sesso. Le sue pupille si dilatarono, la sua lingua guizzò fuori per inumidirle le labbra. Continuò la sua sensuale carezza, risalendo lungo la mia erezione fino alla punta.

Lasciai che vedesse il desiderio nel mio sguardo, il bisogno che facesse di più. Lasciai che vedesse l'effetto che aveva su di me. Perché capisse quanto la volevo.

Non fu facile trattenermi.

Ma lo feci per lei.

Era un regalo.

Un modo per scusarmi di tutta la confusione. Un modo per mostrarle la mia gratitudine per il suo coraggio. Un modo per manifestare quanto mi incuriosisse.

Ero sempre io a prendere in mano la situazione. Quella notte, però, le avevo ceduto le redini. Almeno fino a un certo punto. Lily aveva bisogno di sperimentare cosa significasse avere il controllo e andare alla ricerca della propria soddisfazione. Aveva bisogno di imparare a *vivere*.

Avvolse le dita attorno al mio sesso, accarezzandolo appena, come a testare i limiti. Glielo concessi solo perché sentivo il profumo della sua eccitazione.

Quando non parlai né la allontanai, si fece più audace, e l'altra mano si unì all'esplorazione. Mi insaponò accuratamente, andando ovunque, avventurandosi anche sul mio sedere.

La costrinsi a mantenere il contatto visivo per tutto il tempo, esigendo che osservasse le mie reazioni.

Le sue guance si tinsero di rosa e il suo respiro si fece più affannoso, mentre il suo cuore palpitava.

Più i secondi passavano, più il suo seducente profumo diventava sempre più intenso, facendomi venire l'acquolina in bocca.

Volevo tuffarmi tra le sue gambe e divorarla. Farle gridare il mio nome. Ascoltare i suoi mugolii mentre la costringevo a venire ancora e ancora sulla mia lingua.

Erano *quelli* i preliminari che desideravo.

Quell'estasi che spingeva uomini e donne a farsi cose indicibili.

«Adesso ti bacio, Lily» sussurrai, abbassando lo sguardo sulle sue labbra. «E poi mi risciacquo».

Avrebbe prolungato l'esperienza, intensificando il desiderio illecito che ci legava, e l'avrebbe condotta allo stato di abbandono mentale necessario per ignorare il suo addestramento.

Non aspettai un'eventuale reazione. Mi limitai a reclamare la sua bocca indietreggiando sotto il soffione. Lei si mosse con me, con una mano ancora avvolta attorno al mio cazzo e l'altra sul mio fondoschiena.

Le liberai il mento per afferrarle la nuca, poi la mia lingua rese il nostro bacio ancora più rovente.

Lei gemette e venne verso di me, premendo i seni sul mio petto. La sua stretta sul mio sesso si accentuò, il suo desiderio era palpabile. L'acqua scrosciava su di noi, ma non ce ne rendevamo nemmeno conto. Le catturai il sedere con la mano libera, costringendola ad avvicinarsi ancora di più.

Non l'avrei scopata.

Non così.

Non quella notte.

Ma presto.

Molto presto.

Non appena le fosse stato chiaro come funzionava il piacere. Almeno tra di noi.

«Nei giochi non è sempre importante vincere, fiorellino» le mormorai sulle labbra. «A volte sono fatti per il piacere reciproco». Ed era la lezione che volevo darle quella notte: le nostre esperienze in campo sessuale avrebbero soddisfatto entrambi, non solo me.

La sua mano scivolò lungo la mia erezione, mentre l'altra si spostò sul mio fianco. «Questo gioco mi piace».

Sorrisi. «Lo so. Piace anche a me».

La baciai di nuovo, stringendo la presa sul suo collo mentre lei faceva lo stesso più in basso.

«È ora di cambiare gioco» le dissi, interrompendo il nostro bacio e afferrandole di nuovo il polso. La strattonai fuori dalla doccia nonostante la protesta che le lampeggiò nello sguardo.

Le avvolsi un asciugamano attorno al corpo, poi andai a chiudere l'acqua.

«Asciugati. Poi vai a stenderti a letto» dissi senza guardarla. «Ti voglio nuda, con le gambe aperte e le mani sopra la testa. Capito?».

«Sì, mio signore». Non c'era un accenno di paura nel suo tono, solo eccitazione.

Ma non fui in grado di trattenere il ringhio che si levò dal mio petto mentre uscivo ancora una volta dalla doccia. «Cedric, Lily. Non "mio signore"».

Si morse il labbro inferiore e mi studiò per un attimo, facendomi temere che volesse mettersi a discutere. E invece annuì. «Sì, Cedric».

Beh, almeno era meno timida.

Mi sembrò un ottimo inizio.

«Se davvero vuoi compiacermi, ricordati di spalancare bene le gambe e di piegare le ginocchia, così potrò ammirarti in tutto il tuo splendore». Feci un passo verso di lei, ancora nudo, bagnato e dolorosamente duro. «Se quello che vedo mi piacerà, ti bacerò come si deve».

Lei rabbrividì. «Sono depilata».

«Lo so. Ma non è la tua pelle che voglio vedere, Lily». Mi sporsi e premetti le labbra sul suo orecchio. «Ti voglio eccitata e implorante. Voglio il tuo clitoride gonfio di desiderio. Ti voglio così fottutamente bagnata da macchiarmi il letto. Voglio che il tuo profumo mi soffochi come un cappio e mi metta in ginocchio».

Quell'ultima parte stava già accadendo. Più parlavo, più la sua smania aumentava.

«Vai a stenderti, Lily. Mostrami come sei fiorita. E saprai quanto ne sarò colpito da quanto vigorosamente ti leccherò».

Tremò con una violenza tale che fui sul punto di afferrarla per evitare che cadesse.

Ma non successe. Gettò via l'asciugamano e mi diede un rapido bacio sulla guancia, poi uscì dal bagno.

Era l'invito più sexy che avessi mai ricevuto: quel dolce tocco di innocenza seguito dalla sua camminata tremante fuori dalla stanza.

Perché non tremava dalla paura, ma dal desiderio.

Sei quasi dove ti voglio, Lily, pensai, raccogliendo l'asciugamano. *Stanotte ti farò sbocciare.*

LILY

OGNI PARTE DI ME BRUCIAVA.

Il viso. I seni. Il ventre. Le cosce.

Combattei l'impulso di contorcermi. Avevo l'impressione che nelle mie vene scorresse fuoco liquido.

Sembravano passate ore da quando Cedric mi aveva mandata a stendermi. Ma, a giudicare dai miei capelli umidi, era trascorso solo qualche minuto.

Eppure, mi sentivo morire.

Le sue parole mi avevano scossa, alimentando il mio desiderio, lasciandomi fradicia tra le cosce.

Volevo sentirmi imbarazzata, ma ciò avrebbe richiesto che provassi qualcosa di diverso dall'eccitazione, e le mie riserve emotive erano esaurite.

Strinsi i cuscini sopra la mia testa, con la schiena che minacciava di inarcarsi, soffocando un gemito.

Dea, dov'è finito? Perché ci sta mettendo così tanto?

Chiusi gli occhi, e un lieve accenno di paura si radicò dentro di me.

E se non stesse arrivando? E se mi stesse solo mettendo alla prova per vedere per quanto tempo sarei rimasta stesa lì ad aspettarlo?

La risposta era *per sempre*.

Perché non volevo essere da nessun'altra parte. Lo desideravo. E se voleva che restassi sdraiata lì, in un mare di eccitata agonia, l'avrei fatto.

Deglutii a fatica. La mia pelle formicolava. Il mio sesso pulsava.

Mi aveva permesso di toccarlo.

Il suo sedere. La sua virilità. Ogni parte di lui. Non avevo mai sperimentato una tale perfezione. E il modo in cui mi aveva concesso di esplorarlo non aveva fatto altro che farmelo desiderare ancora di più.

Aveva rifiutato la mia richiesta di soddisfarlo. Poi aveva insistito perché finissi il gioco.

Non comprendevo del tutto le sue motivazioni, ma aveva messo in chiaro che lo aveva fatto per me. Mi aveva dato l'opportunità di conoscere il suo corpo alle mie condizioni, pur non permettendomi di concentrarmi sul suo piacere.

Un'esperienza diversa da qualsiasi altra.

Un'esperienza che avrei ricordato e rivissuto in sogno per il resto della vita.

La sua pelle liscia. La sua durezza. I suoi muscoli. Era tutto così perfetto che faceva quasi male pensarci. Soprattutto perché immaginarlo me lo faceva desiderare ancora di più, ed ero già così *bagnata*.

«Cedric» ansimai, tormentata dal bisogno che mi pulsava nelle vene. «*Ti prego*».

Non ero sicura di cosa volessi veramente. Che mi toccasse? Che mi leccasse? Che mi mordesse?

Fui sul punto di chiudere le cosce, attraversata dalla necessità di sfregarle insieme.

Serrai la presa sui cuscini, lottando contro l'impulso di toccarmi.

Il mio corpo è in fiamme.

Dov'è Cedric? Perché non mi risponde? Cos'è questo nuovo gioco?

Mi voleva bagnata e pronta per lui. E lo ero, eccome.

L'eccitazione mi stava colando anche lungo il sedere, facendomi venire voglia ancora una volta di contorcermi.

Sussurrai di nuovo il suo nome e gli occhi mi si riempirono di lacrime. Cominciai a piangere silenziosamente, disperata per il bisogno del suo tocco.

Non l'avevo sentito uscire dal bagno. Ma poteva teletrasportarsi. Che mi avesse lasciata lì a soffrire? Era solo un altro modo per distruggermi?

Dopo tutto quello che mi aveva detto… Erano soltanto bugie?

Un attimo… sta succedendo davvero?

Spalancai gli occhi. La necessità di verificare che tutto fosse reale mi colpì dritta al petto.

Trasalii vedendo Cedric ai piedi del letto. *È tutto reale. Lui è reale. Ed è qui!*

Nei suoi occhi scuri ribolliva un'energia violenta, i suoi zigomi erano talmente affilati che avrebbero potuto tagliare il vetro.

Non sembrava compiaciuto.

Sembrava furioso.

Le mie gambe non sono abbastanza spalancate?, mi domandai, e le mie cosce cercarono automaticamente di rimediare. *Forse dovrei tenere i talloni più vicini al sedere?* Tentai di avvicinarli, piegando ulteriormente le ginocchia. In quella posizione, le mie gambe mi ricordavano le ali di una farfalla.

La sua espressione si incupì ancora di più.

Mi resi conto che mi stavano sudando le mani.

La sua rabbia mi innervosiva… e mi eccitava al tempo stesso.

Era pericoloso. Letale. Un predatore. E avevo l'impressione che volesse mangiarmi.

Forse era proprio così.

Forse voleva mordermi.

Oh, Dea, quel pensiero rese il mio desiderio ancora più intenso.

Altre lacrime mi solcarono le guance. Le mie labbra mormorarono il suo nome in una cantilena incessante, e la mia schiena si staccò dal letto, inarcandosi. Averlo così vicino era un'agonia. Volevo gridargli di fare qualcosa, implorarlo di far sparire quel bisogno, esigere che mi toccasse.

Ma non potevo. Soprattutto perché non ero in grado di articolare ciò che provavo.

Nessuno dei miei corsi mi aveva mai insegnato a perseguire il mio piacere, solo a far godere gli uomini. O più precisamente Sei. E le lezioni in cui si era esercitato su di me non avevano niente a che vedere con quello che stavo provando.

Niente calore.

Niente sensualità.

Nessuna sensazione estrema. Per esempio, con Sei non mi era mai capitato di sentirmi sull'orlo della morte più bella che potessi immaginare.

«Cedric» dissi, cercando di esprimere quello che desideravo. «Fa... fa *male*».

«Lo so» sussurrò, avvolgendo la mano attorno alla sua impressionante erezione e accarezzandola. «Sei così bagnata».

Dalla mia bocca sfuggì un rumore impossibile da definire. Sembrava quasi animalesco. E al limite della disperazione.

«Ti sei toccata mentre ero via?» mi chiese a bassa voce, continuando ad accarezzarsi. «Pensando a me?».

Avevo la bocca secca. Tutti i liquidi presenti nel mio

corpo sembravano essersi raccolti tra le mie gambe. «Sì» ammisi. «Ho pensato a te ogni singola volta».

Tra l'altro, quelle erano anche le uniche occasioni in cui ero riuscita a venire.

Sei non era mai stato in grado di portarmi all'orgasmo.

Un paio di volte avevo tentato di aiutarlo fingendo che fosse Cedric. Ma non aveva funzionato. Non era abbastanza violento. Abbastanza forte. Abbastanza *dominante*.

«Metti la mano tra le gambe. Fammi vedere come ti tocchi». La sua voce vibrò con un ringhio sottile che mi strappò un lamento.

O forse era stata la sua richiesta.

Perché non volevo toccarmi. Volevo che *lui* lo facesse.

Strinsi con più forza i cuscini. «Preferirei avere la tua mano tra le gambe».

«Ti rifiuti di obbedirmi?» chiese, e la sua mano si fermò sulla base del suo sesso.

No. Non era quello che intendevo. Era solo che… mi aspettavo… *lui*.

E saprai quanto ne sarò colpito da quanto vigorosamente ti leccherò.

«Non sei colpito?» sussurrai, ripensando alle sue parole. «Hai detto che me lo avresti fatto capire con la lingua…». Ammutolii, incapace di continuare. La mia mente era sopraffatta da una valanga di desiderio. *Ti prego…*

«Hai appena detto che preferiresti avere la mia mano tra le gambe».

«Ed è così». Le caviglie mi facevano male per aver mantenuto quella posizione così a lungo, aggiungendo un pizzico di dolore alla mia voce. Ma se ero riuscita a impressionarlo, allora ne era valsa la pena. «E la tua lingua» confessai. «Voglio che… che mi *lecchi*».

Ero convinta che intendesse tra le gambe.

Ma forse avevo capito male.

Dea, speravo davvero di non aver capito male. Perché non riuscivo a pensare a nient'altro.

«Ma mi farebbe piacere se ti toccassi, Lily» sussurrò. «Mi stai dicendo che non sarebbe abbastanza? Che hai bisogno di qualcosa di più?».

Mi morsi il labbro, travolta dalla necessità di urlare. Perché sì, avevo bisogno di qualcosa di più. Glielo avevo appena detto!

Un'altra lacrima mi sfuggì dalle ciglia, il tormento mi stava confondendo.

«Vuoi di più?» insistette, riformulando la domanda precedente. «Rispondi, Lily. Mi stai dicendo che non vuoi compiacermi facendo quello che ti ho chiesto?».

Ricominciai a piangere. Era tutto così sbagliato. Avrei dovuto fare tutto quello che voleva. Ma mi aveva messo in testa un'idea peccaminosa che non ero in grado di esprimere.

«Voglio la tua lingua» mormorai con voce spezzata. «Ti prego, Cedric. Sono tutta bagnata, proprio come volevi. Mi sento bruciare. Mi sento… mi sento come se stessi per esplodere».

«Ma questo non ha importanza, no? È il mio piacere l'unica cosa che conta. Non è forse quello che ti ha insegnato Peyton?».

Le sue parole erano delle pugnalate al cuore.

Perché aveva ragione.

Si trattava di lui, non di me.

Ma non era quello che aveva detto nella doccia. Mi aveva impedito di inginocchiarmi. Aveva detto che non era così che si giocava.

Quindi il suo scopo era farmi impazzire di lussuria e poi negarmi il piacere?

No. Me lo stava offrendo nella forma della mia stessa mano.

Volevo scoppiare a ridere. Non perché fosse divertente, ma perché era così umiliante, offensivo e *sbagliato*.

«Ti odio» dissi. La mia mano lasciò il cuscino per scivolare lungo il mio corpo e obbedire alla richiesta di Cedric.

Solo che l'incendio di prima era svanito.

Mi sentivo così… fredda.

Ma dovevo farlo per lui. Era quello che mi aveva ordinato, e lui era un essere superiore.

Altre lacrime mi bagnarono il viso mentre trovavo il mio clitoride. L'agonia di quel nuovo gioco si mescolava al desiderio che ancora provavo.

Cedric mi catturò il polso, e in un attimo fu in ginocchio tra le mie cosce.

«È giusto che mi odi» disse. Nelle sue iridi di ossidiana danzava un fuoco oscuro. «Questo è il mondo in cui viviamo. Un mondo crudele. I tuoi desideri non contano niente. La tua eccitazione è destinata a essere un divertimento passeggero, usato e abusato per il piacere di qualcun altro. Mai il tuo».

Serrai la mascella. «Non c'è bisogno che mi ricordi il mio posto. *So* cosa sono per te, *mio signore*». Mi accarezzai il clitoride con il dito per sottolineare il concetto. Lui abbassò lo sguardo. «Lasciami andare. Sono pronta a esibirmi».

Sorrise. «La rabbia che senti in questo momento? È quello che desidero da te».

«Quindi mi hai ingannata, facendomi credere che ci sarebbe stato dell'altro e ricordandomi invece il mio destino, solo per farmi arrabbiare?». Lo odiavo davvero.

«Sì» rispose. «Perché ora sei pronta. E ti piacerà ancora di più».

Aggrottai la fronte. «Pronta per cosa? Cos'è che mi piacerà?». Non avevo capito una sola parola.

Salì sopra di me, e la stretta sul mio polso costrinse la mia mano a muoversi con lui. Poi la sistemò tra i cuscini accanto all'altra.

Mi sfiorò la guancia con le labbra, poi premette la bocca sul mio orecchio. «*La mia lingua*, Lily».

Il suo corpo non toccava completamente il mio, dal momento che si stava tenendo in equilibrio sulle braccia, con le mani appoggiate ai lati della mia testa.

«Il tuo piacere non ha alcun valore per la società» continuò, trascinando il naso sul mio zigomo. «Solo il mio è importante, almeno secondo i tuoi insegnanti. Ma come ti ho detto nella doccia, i corsi che hai seguito non sono stati progettati tenendo conto dei miei desideri e delle mie esigenze».

Il suo strano comportamento mi stava facendo girare la testa.

«Sei così bagnata, fiorellino. Disperata di provare l'estasi di cui hai bisogno». Aveva un tono quasi riverente. «Hai disobbedito alla mia richiesta ed espresso la tua. *Questo* è ciò che voglio. *Questo* è il comportamento che ho tutte le intenzioni di premiare».

Ma aveva appena passato gli ultimi minuti a ricordarmi quale fosse il mio posto.

Non capivo.

Perché l'aveva fatto? Era un altro dei suoi giochetti? Un modo di prendermi in giro?

«Dimmi di leccarti» mormorò poi. «Chiedimelo, e io lo farò».

Rabbrividii. «Mi stai prendendo in giro».

«No, ti sto istruendo» mi corresse. «Ti hanno educata a preoccuparti solo del piacere del tuo futuro padrone. Ma a me importa anche del tuo».

«Non è quello che hai detto…».

«Ho sottolineato ciò che ti hanno insegnato all'Università. Ora ti sto illustrando le *mie* preferenze. Quindi dimmi di leccarti, Lily. Dimmi di leccare quel dolce clitoride finché non piangerai di piacere e mi implorerai di smettere».

Le sue parole attizzarono il fuoco dentro di me, riaccendendo l'inferno che mi devastava le vene.

Lo odiavo.

Odiavo la facilità con cui le sue parole provocavano una tale reazione.

Per lui era tutto un gioco. Voleva vedere se avrei eseguito i suoi ordini solo per potermi umiliare di nuovo.

Ma una parte di me voleva supplicarlo.

Quella parte spezzata di me voleva essere importante, voleva che cercassi il *mio* piacere, voleva che lui mantenesse la parola.

Perché meritavo di meglio. Non volevo essere un pezzo di cibo con cui giocare prima di cena.

Volevo di più.

Volevo le sue promesse perverse e il suo tocco oscuro.

Volevo la versione di Cedric della doccia che avevamo condiviso.

Ma esisteva davvero?

C'era solo un modo per scoprirlo.

Stare al gioco.

Poteva respingermi di nuovo. Ma me lo sarei aspettato. Un nuovo inganno.

E questo mi faceva infuriare.

Mi faceva venire voglia di scuoterlo e di costringerlo a infilare la testa tra le mie gambe, esigendo che per una volta facesse qualcosa per me. Non per lui.

Volevo essere importante.

Volevo *sentire*.

«Leccami, Cedric» lo sfidai. «Fammi venire».

Sorrise e per un attimo mi aspettai il peggio. Invece mi baciò, dominando la mia lingua con la sua per poi iniziare un allucinante percorso verso il basso.

Leccando.

Mordicchiando.

Sfiorandomi con i denti.

Mai con violenza, sempre in modo provocante.

Soprattutto sui miei seni, dove mi lambì i capezzoli senza distogliere lo sguardo dal mio.

Quelle attenzioni da sole mi fecero quasi venire.

Ma poi continuò a percorrere il suo sentiero eccitante superando il mio ombelico e raggiungendo l'umido calore tra le mie cosce.

Lì non si limitò a provocarmi. Mi prese. Mi reclamò. Mi possedette.

La sua lingua era indemoniata, seguiva i contorni del mio sesso e poi vi affondava dentro. Dopo qualche istante risalì verso il mio punto più sensibile, sfiorandolo con le zanne.

Sussultai, e il mio battito accelerò. *Mi vuole mordere proprio lì.*

L'avevo già visto fare in classe, quando Peyton aveva allontanato una studentessa per punirla. Aveva morso la povera ragazza mentre uno dei maschi le scopava la bocca.

Era svenuta dopo diversi minuti di versi soffocati che sembravano urla gorgoglianti.

Il ricordo mi raggelò, strappandomi dal presente.

La bocca di Cedric abbandonò il mio sesso. Le sue dita sostituirono la sua lingua; ne infilò uno dentro di me, accarezzandomi il clitoride con il pollice.

«Non so quale ricordo sia la causa della tua espressione terrorizzata, ma non ha nulla a che vedere con noi e con quello che stiamo facendo» disse dolcemente, penetrandomi in profondità. «Torna da me, Lily».

Un fremito tra le cosce frantumò un po' del ghiaccio che mi avvolgeva.

Poi la sua bocca si sigillò di nuovo intorno al mio capezzolo, il calore della sua lingua fu una sferzata rovente sulla mia pelle gelata.

Continuò a tormentarmi un seno cercando i miei occhi. Poi passò all'altro, e le mie paure si dissolsero. Esistevano soltanto Cedric e la sua bocca.

E le sue dita.

Ne aveva aggiunto un secondo, sempre senza smettere di accarezzarmi il clitoride con il pollice.

Cominciai ad ansimare. Il calore mi bruciava le viscere e mi faceva impazzire.

Avevo bisogno di qualcosa di più. Qualcosa che non riuscivo a esprimere.

E Cedric sembrò capirlo.

Perché scese di nuovo lungo il mio corpo, lasciandosi dietro una scia di baci ardenti.

Catturò il mio clitoride.

Con le labbra, non con i denti.

E aggiunse la lingua, senza che i suoi occhi abbandonassero i miei. Neanche per un istante.

Mi sentivo come se stessi per morire. Tremavo. Ansimavo. *Gemevo*.

Se si fosse fermato, l'avrei ucciso.

Ma sembrava determinato a portare a termine ciò che aveva iniziato.

Mi arresi. Lasciai che facesse tutto quello che voleva. Gli diedi accesso alla mia stessa anima. Mi sentii vulnerabile in un modo che non avevo previsto, ma Cedric non abusò della mia fiducia. La sua lingua sussurrava dolci benedizioni sulla mia parte più intima.

Il vortice che mi turbinava dentro continuò a crescere, a ruggire di bisogno, alimentato dalla lingua di Cedric. Finché non provai una temporanea paralisi, che mi bloccò sul ciglio del baratro. Mi fece rabbrividire nel profondo, il mio spirito bramava qualcosa che non capivo.

Ma poi le zanne di Cedric sfiorarono la mia carne pulsante, facendomi precipitare in un'oscura follia.

Gridai. Il mio addestramento fu incapace di prendere il sopravvento.

Ero persa.

Nuotavo in un oceano di folgorante intensità.

Le mie membra tremavano incontrollabilmente, il cuore mi martellava nelle orecchie.

L'orgasmo era così potente da farmi male.

E Cedric non aveva ancora finito.

Continuò a succhiarmi il clitoride, portandomi a un'altra collisione frontale con l'estasi che mi fece tremare sotto di lui in un delirante stato di beatitudine.

Ansimai il suo nome, dicendogli che avevo bisogno di una pausa.

Ma lui non si fermò. La sua bocca chiedeva *di più*.

Iniziai a piangere, il mio corpo mi stava urlando che non ce la faceva.

Eppure, una nuova tempesta si formò dall'assalto della sua lingua, costringendomi a resistere, portandomi a nuove altezze che minacciarono di accecarmi.

Stavo per implorarlo di fermarsi.

Quando un'esplosione mi fece vedere le stelle, lasciandomi senza fiato e senza energie.

Fu solo allora che Cedric liberò il mio clitoride, senza averlo mai morso come avevo temuto.

Gli diede addirittura un ultimo bacio, per poi mettersi in ginocchio tra le mie cosce.

Per un attimo fui travolta dal terrore. Che volesse

scoparmi proprio in quel momento, quando ero esausta dal piacere?

No, non lo fece.

Premette invece il palmo sul mio sesso, ricoprendo la sua pelle con la mia eccitazione. Poi avvolse la mano attorno alla sua erezione e cominciò ad accarezzarsi, usando il mio piacere come lubrificante.

Era così intenso. Così sexy. Così bello da guardare. Mantenne i suoi occhi sui miei per tutto il tempo, con un'espressione oscura e famelica.

«Ti scoperò» promise. «Non stanotte. Ma avverrà così, dopo che ti avrò fatto provare talmente tanto piacere che penserai di non poter più venire. E ti dimostrerò che ti sbagli».

Rabbrividii. L'immagine dipinta dalle sue parole mi piaceva moltissimo.

«Ti prenderò anche dietro. Forse addirittura nella stessa notte. Ti riempirò con il mio seme e farò mia ogni parte di te». Il ritmo con cui si toccava aumentava man mano che parlava. «Stanotte assaggerai il mio piacere, Lily. Proprio come io ho assaggiato il tuo».

Deglutii, già pregustando il suo sapore.

«Mmm, sembri apprezzare i miei piani» mormorò, stringendo la presa. «Prima volevi darmi piacere. Forse domani te lo lascerò fare. Ma solo dopo che ti avrò divorata di nuovo».

Si chinò a leccarmi tra le cosce, facendomi trasalire e gemere allo stesso tempo.

«Deliziosa» ansimò. La sua espressione divenne sofferente. Appoggiò la mano libera sul letto, accanto a me, e il suo corpo fu subito sul mio. La punta del suo sesso era tra le mie cosce. Senza smettere di toccarsi, disse: «Sto per venirti addosso, Lily. Ti marchierò come mia e ti farò volare di nuovo. Con il mio piacere dentro di te».

Nonostante la stanchezza, mi ritrovai di nuovo terribilmente eccitata.

La sua punta toccò di nuovo il mio calore, facendomi chiedere se avesse intenzione di spingersi dentro. Ma la sua mano si muoveva sempre più velocemente, il suo ritmo mi diceva che era vicino.

«Afferra le mie spalle» mi ordinò.

Obbedii. Le mie dita adorarono la sensazione dei suoi muscoli.

Poi mi baciò come se avesse avuto bisogno della mia bocca per respirare.

Ricambiai con la stessa passione, abbandonandomi alle sensazioni provocate dalla sua presenza. Dal suo tocco. Dalla sua lingua.

Ero molto vicina. La mia mente si catapultò ancora una volta in quello stato delirante.

Una follia travolgente.

Non mi stava nemmeno toccando davvero.

Eppure affondai le unghie nella sua pelle come se fossi io quella che stava per esplodere.

Quando l'orgasmo si impadronì di lui, ringhiò sulla mia bocca, pronunciando il mio nome come una maledizione. Estasi bollente colò sulla mia pelle, reclamandomi.

«Toccati» mi ordinò. «Spalmati il mio seme tra le cosce e vieni di nuovo».

Al contrario di prima, obbedii con gioia: il desiderio di fare esattamente quello che mi aveva chiesto mi aveva colpita in pieno petto.

Perché il solo pensiero che venisse su di me mi aveva condotta sull'orlo del più dolce oblio.

Il mio sesso era impregnato della sua eccitazione e della mia. Trascinai le dita sulla mia carne pulsante, strofinandola proprio come mi aveva ordinato.

Era doloroso nel più piacevole dei modi, il mio corpo era sul punto di frantumarsi per la troppa passione.

Ma mi costrinsi a continuare, accarezzandomi il clitoride e sentendo la sua intima rivendicazione.

Il suo sesso sfiorò ancora una volta il mio, portandomi sempre più in alto. Poi la sua mano sostituì la sua erezione, e le sue dita scivolarono dentro di me, spingendovi anche il frutto dei nostri orgasmi.

«*Ooh*» gemetti. Quel gesto possessivo anniento ogni pensiero coerente.

Lo ripeté ancora una volta.

E un'altra.

Nel frattempo, continuavo a toccarmi.

Finché non riuscii a concentrarmi su nient'altro che le sensazioni che mi faceva provare, sulla sua presenza, sulle sue labbra.

«Vieni per me» sussurrò con uno sguardo intenso. «Adesso, Lily. Ho bisogno di vederti crollare con le mie dita coperte di sperma dentro di te».

Un fremito violento minacciò di distruggermi.

Ma lo seguii.

Lo accolsi.

E urlai quando mi travolse.

Calò l'oscurità. Il mondo tremò, poi si fermò all'improvviso.

Ma poi la bocca di Cedric mi riportò in vita, il suo sangue mi accarezzò la lingua con il suo sapore familiare.

A cui seguirono le sue dita, che mi tinsero le labbra con la nostra eccitazione. Poi mi baciò di nuovo, annegandomi con la nostra passione.

Ero esausta.

Sopraffatta.

Morente.

Eppure, per la prima volta, realmente viva.

Tutto grazie ai suoi giochi oscuri. La sua personalità imprevedibile. I suoi folli desideri.

«Domani giocheremo di nuovo» promise sussurrandomi all'orecchio. A un certo punto, doveva avermi stretta a sé, con la schiena premuta sul suo petto. E il bagnato che sentivo tra le cosce sembrava caldo e recente; probabilmente mi aveva pulita con un panno umido.

Ho perso conoscenza?, mi domandai stordita.

«Dormi, mio dolce fiore» mormorò. «Dormi, che domani ci divertiamo ancora di più».

Chiusi gli occhi.

Tutto diventò nero ancora una volta.

Solo che trovai dei sogni ad attendermi.

Sogni che presto mutarono in incubi ambientati nel Giorno del sangue.

Dove il Magistrato era Cedric. In piedi sul podio, mi spediva alla caccia della luna con un sorriso sadico sul volto.

Corri veloce, fiorellino, sussurrò. *Corri veloce, fino alla morte.*

CEDRIC

Passai le dita tra i capelli di Lily, districandoli delicatamente mentre dormiva. Non li aveva pettinati dopo la doccia ed erano pieni di nodi. Avevo già preso una spazzola che potesse usare al suo risveglio e gliela avevo lasciata sul comodino, insieme a un biglietto riguardo la colazione.

Non avrebbe mangiato con me e Khalid.

Perché temevo che lui avrebbe voluto assaggiarla.

E condividere Lily non era nel menu del giorno.

Nel nuovo mondo era buona norma condividere il "cibo", dal momento che il concetto di esclusività era giudicato una debolezza. Ma io non ero come i miei simili. Quando sceglievo un'amante, la tenevo per me.

Tuttavia, i reali potevano ordinarmi di condividerla, ed era per quel motivo che volevo tenerla nascosta a Silvano.

E ora a Khalid.

Solo che lui sapeva che era lì.

E questo lo rendeva una minaccia.

Baciai Lily sulla fronte, giurando tacitamente di proteggerla da lui e dalle sue passioni oscure. Amava giocare con i coltelli. Lo sapevo perché lo avevo già visto in azione nel corso della nostra lunghissima conoscenza.

Non eravamo amici. Ma non eravamo nemmeno nemici. Ci capivamo. Forse perché da un certo punto di vista eravamo simili.

Sempre a tramare qualcosa.

Sempre in agguato.

Sempre a nascondere le nostre vere intenzioni.

E sapeva muoversi sulla scacchiera politica bene quanto me.

Ma tra di noi c'era una grossa differenza: Khalid aveva dovuto assumere il controllo del suo territorio in qualità di reale, dal momento che la sua linea di sangue e il suo status l'avevano designato come l'unico in grado di governare. Se avesse rifiutato l'incarico, le sue terre sarebbero andate a Sahara o ad Ankit.

Certo, avrebbe potuto acconsentire al passaggio e vivere lontano dalla società, una scelta compiuta fino a quel momento da un solo vampiro reale. Ma ciò avrebbe richiesto che Khalid rinunciasse a tutti i suoi palazzi e ai suoi uomini. Inclusi i suoi adorati assassini.

Piuttosto che combattere il sistema, lo aveva accettato.

Aggirando le regole a modo suo.

Ero a conoscenza dei suoi trucchetti grazie al tempo trascorso all'Università; la sede in cui insegnavo era sul confine tra la regione di Khalid e quella di Sahara.

I due reali si alternavano per mantenere l'ordine all'interno dell'Università, e al momento la gestione di tutto era affidata a Khalid.

Un compito che qualsiasi altro reale avrebbe delegato a un sovrano o a un reggente.

Ma non Khalid.

Aveva in mente qualcosa.

E intendevo sfruttare il nostro appuntamento per

colazione per capire se quel qualcosa avrebbe avuto un impatto su di me.

Speravo proprio di no. Avevo già abbastanza preoccupazioni con Silvano.

Due anni, ricordai a me stesso. *Due anni per risolvere questa faccenda o accettare il mio destino.*

Ammesso che mantenesse la parola.

Mi ero occupato del problema con il clan Clemente ricordando a Walter che era meglio non mettersi contro Silvano. Altrimenti il reale avrebbe ordinato a me di prendere in mano la situazione. E Walter non voleva che accadesse, come dimostrato da due dei suoi uomini migliori, che gli avevo mandato indietro a pezzi.

Ero stato molto efficiente, e avevo chiarito una volta per tutte che i suoi cuccioli non erano neanche lontanamente all'altezza della mia forza e delle mie abilità.

Sospirai e baciai di nuovo Lily. Poi la lasciai a riposare e mi allontanai dal letto.

Mi ero già lavato e vestito, cancellando il profumo di Lily dalla mia pelle. Non volevo condividere quella parte di lei con Khalid, quindi usare un completo come armatura mi era sembrata la scelta più appropriata. Tra l'altro, era probabile che anche lui indossasse qualcosa di elegante.

Optai per la mia solita combinazione di nero su nero.

E non mi sorprese affatto trovarlo in sala da pranzo con addosso gli stessi colori.

I suoi capelli scuri erano ancora umidi per la doccia recente, la barba corta era ben curata. Teneva in mano una tazza di caffè, il cui bordo era appoggiato alle sue labbra.

Una serva umana era inginocchiata al suo fianco, a capo chino, in attesa di ordini.

Lo facevano tutti.

Soprattutto con i reali.

«'Sera» mi salutò.

«Mio principe» risposi formalmente.

Khalid grugnì. «Non farlo, ti prego. Lo sappiamo entrambi che odio i titoli».

«È per questo che fingi di essere un insegnante all'Università?» chiesi prendendo posto accanto a lui. La serva era inginocchiata tra di noi.

«È molto affascinante, in effetti. Quando sono arrivato, un'unica persona mi ha riconosciuto. Così mi sono limitato a cominciare a insegnare. Dopo aver messo a tacere chi conosceva la verità, ovviamente».

Lo osservai. «Non avevo idea che fossi così annoiato».

«Disse il *sovrano* che ha scelto di insegnare invece di assumere il ruolo che gli spetta».

«Tecnicamente non è ancora mio» lo corressi allungando una mano per versarmi una tazza di caffè dalla caraffa. Avrei potuto chiederlo alla donna inginocchiata sul pavimento, ma le sue spalle tremanti mi fecero dubitare della sua capacità di servirmi senza rovesciare tutto.

«Semantica» ribatté Khalid.

Scrollai le spalle. Non aveva tutti i torti. «Probabilmente non ti hanno riconosciuto per via del tuo nuovo taglio di capelli e perché non porti il foulard».

Tutte le fotografie mostrate agli umani nei corsi di politica lo ritraevano con abiti che nascondevano la maggior parte dei suoi tratti distintivi. Sapevo che lo faceva apposta per non essere facilmente riconoscibile.

Anche se non lo avrebbe mai ammesso.

«Si chiama kefiah» mi informò. «E la uso solo perché Lilith la odia».

Un sorriso aleggiò sulle mie labbra, ero divertito dalle sue mezze verità. Sapevamo entrambi perché lo faceva. E il fatto che Lilith lo odiasse non era nient'altro che un valore aggiunto. «Mi sei sempre piaciuto».

«Una bugia, ma il sentimento è reciproco» mormorò, prendendo un altro sorso.

Lo imitai, accorgendomi dell'influenza della sua cultura nel caffè del giorno. Fui felice del cambiamento, perché il caffè in stile mediorientale era sempre stato uno dei miei preferiti. Era più forte e intenso della mia solita miscela europea.

Ormai vivevo in un mondo suddiviso in maniera diversa rispetto al passato, con città e regioni a cui era stato cambiato il nome per rispettare i nostri standard.

Ma quando si trattava di definire qualcosa, preferivo di gran lunga far riferimento alle vecchie culture.

Lilith poteva aver rivoluzionato le mappe, ma non sarebbe mai riuscita a cancellare la storia.

«Allora, com'è andata con il clan Clemente?» chiese Khalid.

«Sempre dritto al punto, eh?» commentai, appoggiando la tazza sul tavolo con un sorriso. «Cosa vuoi sapere davvero, Khalid?».

Ci conoscevamo da troppo tempo, non avevamo bisogno di ricorrere ai giochetti che gran parte della nostra specie amava tanto. Se voleva informazioni che potevo condividere con lui, lo avrei fatto.

Inoltre, sospettavo che la sua domanda fosse in realtà un avvertimento di qualche tipo, un modo per dire: "So cosa stai combinando" senza pronunciarlo ad alta voce. Non gli importava di Silvano. Voleva ricordarmi che non gli sfuggiva niente, e aveva scelto di farlo con una domanda ben precisa.

«Vuoi essere un sovrano?».

«No. Ma Silvano non mi ha dato la possibilità di scegliere». Non lo avrei mai rivelato così apertamente a nessuno, ma Khalid era come una macchina della verità ambulante. Mentire avrebbe dato origine a una lunga discussione sulla politica che altrimenti avremmo potuto concludere in una manciata di frasi.

Annuì. «Come pensavo. È per questo che ti stai nascondendo qui».

«"Nascondersi" è un'esagerazione» risposi, afferrando la tazza per bere un altro sorso di caffè. «Tu cosa ci fai qui?».

Khalid sorrise. «Forse mi sto nascondendo anch'io».

Sbuffai. «Tu ti nascondi sempre in bella vista».

«*Touché*» commentò. Poi finì il suo caffè e accarezzò i capelli della serva inginocchiata tra di noi. «Potresti informarli che siamo pronti per la colazione?».

Una domanda molto educata, un modo insolito per un reale di rivolgersi a un umano.

Ma rappresentava perfettamente Khalid.

Non faceva altro che piegare le regole e stravolgerle per adattarle ai suoi scopi. E si comportava in modo gentile con i servitori solo per ignorare gli ordini di Lilith di essere crudeli con chi era al di sotto di noi.

«Sì, mio signore» rispose la donna alzandosi in piedi.

«Grazie» mormorò lui, seguendola con lo sguardo mentre si allontanava. «Sono dei giocattoli così docili. È molto raro trovarne uno con la spina dorsale, al giorno d'oggi».

«Non era quello lo scopo di annientare il loro spirito?» chiesi.

Alzò le spalle. «Immagino di sì». Fissò la porta per qualche istante, poi riportò la sua attenzione su di me. «L'umana numero quattrocentosette. Hai chiesto di tenerla per un mese».

Non era una domanda, ma annuii lo stesso. «Ha bisogno di fare più pratica».

«Mh». Tamburellò con le dita sul tavolo, e i suoi occhi

turchesi brillarono di comprensione. «Pratica di cosa, esattamente?».

«Deve essere addestrata meglio nelle arti del sesso. E nella servitù. Forse anche nel combattimento, ma solo a scopo sessuale. Come preliminari». Non era una bugia. Avevo intenzione di istruirla su tutti quegli argomenti.

Mi scrutò di nuovo con uno sguardo penetrante. «Ti piace».

«È bella e abile con la bocca». Cercai di sembrare il più indifferente possibile. «Vorrei godermela finché posso».

La porta si aprì di nuovo e apparvero due serve con i vassoi della colazione. Li posarono sul tavolo e cominciarono a inginocchiarsi. Khalid le fermò con un brusco: «Potete andare».

Interessante. La maggior parte dei reali avrebbe ordinato loro di stendersi sulla tavola per variare tra cibo e sangue.

Anzi, Silvano non si sarebbe nemmeno preoccupato di farsi portare del cibo. Avrebbe preso una delle donne, l'avrebbe messa sul tavolo e l'avrebbe scopata mentre la prosciugava.

Ma non Khalid.

Aveva liquidato le donne con una severità che aveva intimato loro di non tornare.

«Sei sorpreso» osservò Khalid senza nemmeno guardarmi. I suoi occhi erano puntati sul cibo. «Se hai bisogno di sangue, puoi chiamarle indietro».

Presi un pezzo di pita da un cestino per il pane ed esaminai le varie salse disponibili. «In camera ho un'umana più che disposta a darmi il suo sangue». Non che me ne servisse poi molto.

«È un altro motivo per cui vuoi tenerla con te? La sua "disponibilità" a donare?». Il suo tono asciutto mi spinse a girarmi verso di lui. Ma ancora non mi stava guardando. Era concentrato sulla shakshuka.

«Può esistere davvero qualcosa del genere, nel nostro nuovo mondo?» ribattei. Le mie parole lo fecero voltare di scatto. «Gli umani sono come il bestiame. Le mucche possono scegliere di non essere macellate?».

Mi studiò per qualche secondo. I suoi occhi racchiudevano migliaia di segreti, nessuno dei quali mi avrebbe mai rivelato.

Invece di rispondere, tornò a concentrarsi sul cibo e immerse una fetta di pita nella shakshuka.

Seguii il suo esempio, con l'unica differenza che iniziai con il fūl, una crema di fave che era sempre stata la mia preferita, e l'hummus. Aggiunsi anche un po' di yogurt. Poi passai alla mia porzione di shakshuka.

«La prima volta che l'ho ordinata, hanno provato ad aggiungerci anche un po' di sangue» disse Khalid con un cenno verso il mio piatto. «Mi sono chiesto se fosse perché la preferisci così».

Guardai il piatto a base di pomodoro con sopra un uovo in camicia. «No. Di solito chiedo soltanto fūl e hummus». E non capitava spesso, perché normalmente non facevo colazione.

«Che pasto noioso».

Mi strinsi nelle spalle. «Di questi tempi, trovo tutto un po' noioso». Una considerazione che probabilmente non avrei dovuto esprimere, ma era la verità. E visto che Khalid era ancora più vecchio di me, avrebbe capito.

«Per questo sei così affascinato dal tuo fiorellino» disse, facendomi irrigidire.

Aveva usato il suo soprannome di proposito, per assicurarsi che sapessi che era a conoscenza della mia infatuazione.

«Non rifiuterò la tua richiesta» continuò, spalmando un po' di yogurt sulla sua pita. *Con un coltello*. «Ma farò qualche modifica». Diede un morso e posò la lama, un gesto che sembrava racchiudere un messaggio.

Come se stesse dicendo che rappresentava una minaccia, ma che non mi stava *attivamente* minacciando.

Mi costrinsi a rimanere calmo e a partecipare al suo gioco pericoloso. «Di quali modifiche si tratta?». La mia voce suonava annoiata, come se le sue parole non avessero alcuna importanza per me.

La mia mente, però, era affollata di domande.

Perché gli interessa Lily?

La vuole per sé?

È solo un gioco di potere? Un modo per ricordarmi che in questa situazione è un mio superiore?

Perché si preoccupa di queste cose frivole? Forse per noia?

Mandò giù il boccone e prese un bicchiere d'acqua, che svuotò prima di rispondere alla domanda che gli avevo rivolto ad alta voce: «Deve finire il corso di servitù e quello sulla politica dei licantropi. Ma può continuare con il suo addestramento sessuale qui, e lo stesso vale per il corso di combattimento. E autorizzerò il cambio di sistemazione, ammesso che tu preferisca averla nel tuo letto, invece che nei dormitori».

Non potevo certo oppormi alla sua decisione. Ma per quanto riguardava le modifiche, erano accettabili.

Tranne che per un punto.

«Che tipo di addestramento sessuale e di corso di combattimento farà qui?». Ero abbastanza sicuro che ci fosse qualcosa sotto.

Non rispose subito, facendomi pesare la sua posizione di potere mangiando lentamente.

Lo imitai, costringendomi a masticare e ingoiare senza sentire il sapore di niente.

«È iscritta a un corso sul piacere femminile» disse, per poi appoggiarsi allo schienale della sedia con la tazza di caffè tra le mani. Ne bevve qualche sorso, e solo allora mi guardò. «Può esercitarsi con l'umana numero centotrentanove mentre noi le istruiamo».

Le mie sopracciglia si inarcarono per la sorpresa. «È ancora viva?».

Sorrise. «Come ti ho detto ieri notte, la morte è uno spreco».

Non erano state esattamente le sue parole, ma riassumeva bene quello che intendeva. «E per quanto riguarda il combattimento?».

«Sempre con l'umana numero centotrentanove, ma mi occuperò io dell'insegnamento». La sua espressione si fece più seria. «Puoi assistere. Ma senza interferire».

Ecco cosa voleva davvero: una compagna di allenamento per la sua umana. Le avevo già viste combattere. Pur possedendo entrambe uno spirito eccezionale, non erano fisicamente in grado di fare molti danni. Mi sembrava strano che volesse allenarle. Ma non avevo intenzione di oppormi.

Alzai le spalle. «Mi sembra ragionevole».

«Ottimo» mormorò, mostrando per un attimo i denti in un sorriso minaccioso. «Cominciamo stanotte. Appena tornano».

Aggrottai la fronte. «Appena tornano? La mia umana è ancora qui».

Lui scosse la testa. «No. Ho fatto in modo che fosse accompagnata in classe, dopo che hai lasciato il tuo alloggio».

Il mio cuore mancò un battito. «Ora è all'Università?».

«Sì, come dovrebbe essere». Mi lanciò un'occhiata eloquente. «È un problema?».

Sì, è un fottuto problema. Non ho potuto avvertirla. «Assolutamente no» riuscii a dire con la massima disinvoltura possibile.

Odio questi giochetti del cazzo.

Tutte quelle manovre politiche e quelle conversazioni ambigue.

Pensavo che le disprezzasse anche Khalid.

A quanto pare no.

«Bene». Appoggiò la tazza. «Ti ho sempre ammirato, Cedric. Sospetto che questa esperienza ci avvicinerà».

Un'altra minaccia. Un modo per dire che aveva intenzione di entrare nella mia testa e divertirsi a farmi impazzire.

E a causa del suo titolo, non potevo fare niente per fermarlo.

«Non vedo l'ora» mentii.

«Anch'io» rispose. Nei suoi occhi turchesi lampeggiò uno sguardo di sfida. «E non vedo l'ora di conoscere meglio la tua Lily».

Mi si gelò il sangue.

Ci ha spiati.

Non avrebbe dovuto sorprendermi; Khalid si muoveva nell'ombra e adorava collezionare segreti. Non mi aspettavo che gli importasse così tanto di me da intromettersi nelle mie faccende private.

«A proposito, è proprio un bel nome» continuò in tono leggero. «Anch'io ne ho scelto uno per il numero centotrentanove. Più tardi te lo dirà». Si spinse indietro, allontanando la sedia dal tavolo, e si alzò in piedi. «Ho organizzato un inseguimento a mezzanotte come riscaldamento per le umane. Ci vediamo lì».

Si teletrasportò fuori dalla stanza, lasciandomi con quello che era rimasto delle nostre colazioni.

Che cazzo sta combinando?, mi chiesi per l'ennesima volta. La sua natura enigmatica lo rendeva impossibile da leggere.

Improvvisamente mi resi conto di capire l'avversione di

Lily nei confronti dei nostri giochi. Perché qualcosa mi diceva che quello che stavamo per intraprendere con Khalid aveva una posta molto alta.

Una posta che avrebbe potuto costare la vita a entrambi.

LILY

I MIEI INCUBI SONO DIVENTATI REALTÀ.

Era stato così fin da quando mi ero svegliata, e un umano mi aveva lanciato dei vestiti, dicendomi: «Hai quindici minuti per prepararti» mi aveva detto.

Avevo obbedito.

Poi ero stata caricata sul retro di un furgone con il numero centotrentanove e riportata senza tante cerimonie all'Università.

Senza una sola parola da parte di Cedric.

Nemmeno un biglietto.

Avevo seguito la lezione del corso sui servizi perché non avevo altre opzioni, domandandomi cosa mi aspettasse. Cedric mi aveva fatto credere che avrei trascorso il mese successivo con lui e solo con lui.

O avevo capito male...

O aveva mentito.

Sospettavo che fosse la seconda.

Il pensiero mi incendiò il sangue, ma non in modo piacevole, come quando mi toccava.

Quando suonò la campanella che segnalava la fine

della lezione, che verteva su come servire i piatti e su come inginocchiarsi in maniera appropriata accanto ai tavoli, ribollivo di rabbia.

Ha mentito. Ma certo che ha mentito. Perché non avrebbe dovuto? Probabilmente mi aveva anche dato un altro brutto voto.

«Umana numero quattrocentosette» disse una voce burbera che mi fece correre un brivido lungo la schiena. *Un licantropo.*

Deglutii a fatica e mi voltai verso l'origine del suono. «Sì, mio signore?».

«Seguimi». Non mi diede la possibilità di rispondere; si limitò a girare i tacchi e iniziò a camminare.

È una specie di scherzo perverso?, pensai seguendolo. *L'ha mandato Cedric per tormentarmi con la minaccia incombente della caccia della luna? Che il licantropo mi stesse conducendo a un'altra prova? Mi avrebbe inseguita lui stesso?*

Le fiamme che prima mi lambivano le viscere diventarono di ghiaccio. Ogni passo era sempre più pesante.

È un nuovo gioco per testare le mie reazioni?

O era tutto un gioco in generale, che avevo perso perché avevo permesso a Cedric di convincermi a esternare i miei desideri?

La notte prima tutto mi era sembrato così autentico, e il piacere era stato un qualcosa di indescrivibile.

Mi ero sentita viva, come se avessi respirato per la prima volta.

Era stato tutto un trucco? Un modo per farmi desiderare la morte?

Il licantropo mi condusse lungo una serie di scale fino a un tunnel dall'aspetto gelido, che mi ricordò la sera prima, quando Cedric ne aveva imboccato uno simile.

È lo stesso? Mi stanno portando di nuovo al campo di addestramento?

Quel giorno non avevo nemmeno ricevuto la colazione.

Né dell'acqua.

Non vedevo l'ora del pranzo di mezzanotte.

A quanto sembrava, però, avrei saltato anche quello.

Forse era meglio così. Qualsiasi cosa avesse in mente il licantropo sarebbe stata sicuramente più difficile da affrontare a stomaco pieno.

Strinsi le cinghie della borsa. Avevo le mani sudate. I libri che c'erano all'interno non erano molto pesanti, eppure in quel momento mi sembravano dei macigni.

Il licantropo continuò a camminare in silenzio.

E non aprì bocca nemmeno salendo un'altra rampa di scale che conduceva a una porta poco appariscente.

La aprì. Dall'altra parte c'erano un cortile brullo e un infinito cielo notturno. *Siamo all'esterno delle mura del campus. Proprio come ieri notte.*

L'uomo massiccio si fermò e si girò verso di me. «Corri».

Merda!

Lasciai cadere la borsa, non volendo il peso aggiuntivo, e scappai in direzione del deserto.

Il panico mi rimbombò nel cuore, gettandolo in un ritmo caotico. Ogni pensiero logico era stato fagocitato dal terrore. Era quello a spingere le mie gambe, nel vano tentativo di seminare il licantropo dietro di me. Non sapevo nemmeno se mi avesse dato un po' di vantaggio.

Anche se in realtà non importava.

Mi avrebbe catturata comunque.

Forse addirittura in forma di lupo.

Oh, Dea…

Avevo visto i licantropi trasformarsi nelle loro splendide bestie. Pellicce candide e setose, occhi penetranti colmi di intelligenza, zampe giganti… Erano magnifici.

Finché non facevano a pezzi un umano.

Rabbrividii, immaginando già la mia morte, quando due mani mi afferrarono intorno alla vita e mi scaraventarono sulla sabbia.

Un urlo mi risalì la gola, bloccato appena in tempo dal mio addestramento. Non che importasse. Ero a faccia in giù sulla sabbia. Un solo respiro mi avrebbe soffocata.

Mi prenderà così? Facendomi strozzare con la sabbia mentre mi scopa fino alla morte?

Volevo lottare.

Divincolarmi.

Fare qualsiasi cosa per ostacolare quel destino.

Ma prima che il mio corpo potesse reagire, mi tornò in mente una cosa che aveva detto Cedric.

Un'umana vergine e con uno spirito combattivo.

I licantropi amavano l'inseguimento *e* la lotta.

Così mi afflosciai come una bambola di stracci.

Non provai nemmeno a ribellarmi.

Chiusi gli occhi mentre il licantropo mi girava. Lo lasciai fare, tenendo gli arti a peso morto. Mi ci volle uno sforzo immenso per non prendere le boccate d'aria di cui i miei polmoni avevano disperatamente bisogno.

Inspirai invece molto delicatamente, procurandomi l'ossigeno necessario per rimanere in vita, assicurandomi che il predatore sopra di me non lo notasse.

Ma poi un sentore di menta mi accarezzò i sensi, e delle labbra morbide risalirono la mia guancia fino all'orecchio. «Una mossa astuta, fiorellino» mormorò Cedric. «Sembri praticamente morta, a parte il battito». E baciò il punto del collo dov'era più percettibile, stuzzicandolo con la lingua.

Afferrai immediatamente le sue spalle, decisa a spingerlo via e a fargli una sfuriata per quel gioco crudele. Ma le sue labbra furono subito sulle mie, e mi zittì con la lingua. Mi catturò i polsi e li bloccò sopra alla mia testa, intrappolandomi sulla sabbia sotto di lui.

Il suo sangue mi colò in bocca, costringendomi a deglutire.

Una quantità irrisoria.

Ma sufficiente a incendiare i miei sensi.

E adesso cosa sta facendo?, mi domandai, stordita dalla corsa e dalla sensazione inebriante di averlo sopra di me.

Succhiai la sua lingua, desiderosa di avere altro sangue. Se non altro per placare il dolore allo stomaco.

La sua essenza mi rinvigoriva, facendomi sentire forte e viva.

Dava assuefazione.

Era dolce.

Era *lui*.

Ringhiò sulla mia bocca, ma mi diede ciò che volevo, saziandomi con il suo sangue e annegandomi nel suo profumo.

Poi tracciò un sentiero di baci fino al mio seno. Stringendomi i polsi con una sola mano, usò l'altra per abbassarmi la scollatura.

Non indossavo il reggiseno, perché non mi era permesso.

E lui ne approfittò, affondando le zanne sulla mia pelle nuda a un centimetro dal capezzolo.

Trasalii e mi inarcai verso di lui. Le endorfine mi inondarono, risvegliando una sensazione deliziosa nel mio ventre. Bruciava, pulsava e implorava di essere liberata. E Cedric me lo concesse, premendo una coscia tra le mie.

L'orgasmo si abbatté su di me, strappandomi un gemito impossibile da trattenere. Non ci stava andando piano, anzi. La sua bocca vorace stava risucchiando la vita dal mio stesso essere.

Ma si fermò quasi subito, lasciandomi intontita e stranamente appagata.

Sorrise e strofinò il naso sul mio, per poi baciarmi di nuovo. Ma lo fece con una tenerezza che mi rubò ogni pensiero.

«Hai finito?» chiese una voce profonda. *Khalid.*

«Mmm» mormorò Cedric in risposta con le labbra che ancora aleggiavano sulle mie. «Hai detto che questo era un riscaldamento. È proprio quello che sto facendo».

«Parlavo di un riscaldamento prima di combattere». Khalid sembrava quasi divertito.

«Il combattimento è comunque parte dei preliminari» rispose Cedric alzando finalmente lo sguardo sull'altro vampiro. «So che sei d'accordo anche tu».

«Non ho alcuna obiezione al riguardo. Ma voglio continuare nel cortile di zaffiro».

«Va bene». Cedric lasciò andare i miei polsi e si rimise in piedi in meno di un secondo. «È ora di andare, fiorellino».

Spalancai gli occhi. Aveva usato il mio soprannome davanti a Khalid!

Ma l'altro vampiro si limitò a sorridere.

Fu in quel momento che mi accorsi della presenza dell'umana numero centotrentanove in piedi accanto a lui. I suoi occhi spaventati incontrarono i miei. Notai una ferita sulla sua gola. Il sangue le colava lungo la scollatura, andando a macchiare la maglietta bianca.

Un'occhiata verso il basso mostrò che anch'io avevo una ferita simile, solo che si trovava sul mio seno.

«Alzati» disse Cedric con un tono vagamente autoritario.

Obbedii, ma vacillai, stordita da tutto quello che stava succedendo. Cedric mi afferrò il fianco per evitare che cadessi.

Vidi con la coda dell'occhio che Khalid reggeva l'altra umana allo stesso modo.

Sta giocando con lei?

Mi domandai se accadesse di frequente, se i vampiri prendessero spesso degli umani per giocare con loro.

Solo che…

Non è quello che fanno sempre?, pensai aggrottando la fronte. *Gli umani sono dei giocattoli da sfruttare per il loro piacere e delle fonti di cibo. Niente di più.*

Dovevo imprimerlo nella mente.

Perché nonostante Cedric dicesse tutte le cose giuste, per lui ero solo un divertimento passeggero.

Mi aveva illustrato in dettaglio quale fosse il mio destino.

Ma mi aveva anche detto che aveva tentato di cambiarlo.

Quindi cosa sono per lui?, mi chiesi. Ero molto confusa.

«Il cortile di zaffiro» ripeté Khalid. «Tra un'ora». Il suo sguardo scivolò sul mio seno, per poi spostarsi su Cedric. «Curala. Nutrila. Assicurati che sia pronta».

Avvolse le braccia attorno al numero centotrentanove e sparì.

Cedric rimase in silenzio per qualche lungo istante.

Poi mi strinse in modo simile.

Il mio stomaco si ribellò all'insensatezza di essere trasportata attraverso il tempo e lo spazio. Il viaggio si protrasse molto più a lungo dei precedenti. Quando finalmente ci fermammo, avevo i sudori freddi e la pelle d'oca. La sensazione di essere stata catapultata in un tunnel mi lasciò frastornata ed esausta, e mi cedettero le gambe.

Ma poi il mio capo si posò su un soffice cuscino; capii che Cedric ci aveva portati nella sua stanza.

Dal campus.

Mi guardai attorno a bocca aperta. «Come…?».

«Posso teletrasportarmi per un chilometro o due alla volta». Alzò le spalle e svanì. Poi riapparve qualche secondo più tardi con un asciugamano umido che mi premette sulla fronte. «Oggi non avevo voglia di guidare, così ho corso».

Ha corso, ripetei tra me e me. *Giusto*.

«Sai chi è Khalid?» mi chiese, passandomi il panno fresco sulle tempie e sulle guance. Mi regalò un sollievo di cui non sapevo nemmeno di aver bisogno.

«Un insegnante come te» risposi.

«Sì. Ma anche no». L'asciugamano scese lungo il mio collo. «Conosci i nomi di tutti i reali?».

Aggrottai le sopracciglia, confusa. «Sì. E anche degli alfa».

Cedric annuii. La sensazione di refrigerio lambì anche il mio petto, dove il vampiro pulì delicatamente la ferita che aveva creato. Poi si chinò per rimarginarla con il sangue che gli sgocciolava da un taglio sulla lingua. Non ero sicura di come funzionasse esattamente, ma era un'esperienza divina. Quando ebbe finito, mi baciò di nuovo, donandomi un'altra dose della sua essenza.

Non mi sentivo più affamata. Né stanca. Solo viva.

E al sicuro, mi meravigliai. *Mi fa sentire al sicuro*.

Era una follia. Non avrei potuto essere più in pericolo di così, e non solo per il potere che esercitava su di me. Il vero pericolo derivava dalle emozioni che aveva risvegliato dentro di me.

«Dimmi i nomi dei reali» mi ordinò.

Cominciai a elencarli. «Jace, Kylan, Claude, la dea Lilith, Silvano, Naomi, Sahara, Kha…». Spalancai gli occhi. «Khalid…».

Cedric aspettò.

«Il principe Khalid». Iniziai a tremare, muovendo la

testa avanti e indietro. «No. Non sembra…». Mi interruppi, pensando alle fotografie che avevo visto di lui. «Indossa sempre un foulard».

«Gli piace nascondersi» rispose Cedric. «Però sì, è proprio il principe Khalid. E per non so quale motivo, ha deciso di addestrare personalmente te e l'umana numero centotrentanove. Nel combattimento e nella gratificazione sessuale».

«Devo… devo dargli piacere?». *Un reale? Un principe? Qualcuno che non è Cedric?* Chiusi istintivamente le gambe. Non volevo. Non volevo fare assolutamente nulla con lui.

«Forse». Nemmeno Cedric sembrava molto entusiasta della prospettiva. Ripose l'asciugamano e continuò: «Per adesso, comunque, ha solo chiesto che il corso sul piacere femminile si concentri esclusivamente su di te e sull'umana numero centotrentanove. E saremo noi a istruirvi, non Peyton».

«Oh». Non era poi così male. «Okay».

Cedric inarcò un sopracciglio. «Vuoi imparare a far godere le donne?».

«Non… non lo so». Ero stata solo con maschi. «Me l'ha consigliato la mia referente».

«Lo so, ma tu *vuoi* scopare con le donne?» insistette.

Deglutii, incerta su come rispondere.

Si chinò su di me, infilando una coscia tra le mie e costringendo le mie gambe ad aprirsi. Le sue labbra mi accarezzarono la guancia mentre si sistemava sopra di me, con le mani appoggiate sul materasso all'altezza della mia testa.

«L'idea della tua lingua tra le cosce di un'altra donna ti fa eccitare, Lily?». Mi leccò l'esterno dell'orecchio. Il calore del suo corpo stava marchiando il mio. «Il pensiero di catturare il capezzolo di un'altra donna tra i denti e morderlo, provocandola e tormentandola con la tua bocca?

Ti fa eccitare l'idea di baciarla? Di leccarla tra le gambe finché non grida il tuo nome?».

Rabbrividii. Le sue parole mi stavano facendo provare delle sensazioni strane.

Mi piaceva sentirlo parlare così.

Ma soprattutto perché volevo che facesse quelle cose a me.

«Mmm, sento il profumo del tuo interesse, mio dolce fiore. Significa che ti piacerebbe fare queste cose a un'altra donna? O stai immaginando che sia io a farle a te?».

«Sto immaginando te» sussurrai, ancora una volta incerta su come esprimere i miei desideri. «La tua lingua mi piace molto».

«Lo so». Mi baciò lungo il collo, scendendo verso il mio seno. Invece di abbassare la maglietta come aveva fatto prima, la sollevò, e mi catturò un capezzolo tra i denti, proprio come aveva descritto.

Gemetti. «Sì. Così».

«Vuoi farlo a una donna? Ti fa eccitare?» mi domandò, leccandomi il capezzolo e guardandomi negli occhi.

Cercai di immaginarlo.

Ma tutto ciò che vedevo era Cedric.

Scossi la testa. «Non lo so». Ed era vero. Era troppo difficile da immaginare. Tutto ciò che volevo era lui. Il suo tocco. La sua lingua. La sua bocca. Le sue mani. Il suo... il suo *cazzo*. «Voglio te».

Sorrise, sfiorando con i denti la mia pelle sensibile. «Se ti dicessi di leccare l'altra umana per me, ti piacerebbe? Sapendo che mi fa eccitare?».

Il pensiero mi fece serrare le cosce attorno alla sua. Se era per lui, allora... «Sì». Sì, mi sarebbe piaciuto molto di più.

Riportò la sua bocca sulla mia. «Buono a sapersi». Mi baciò dolcemente. «Hai bisogno di mangiare qualcosa prima dell'allenamento. Vieni, fiorellino. Ti preparo qualcosa in cucina, poi usciamo a raggiungere gli altri».

Si staccò da me e si alzò. Il suo sguardo oscuro mi invitò a seguirlo.

È così imprevedibile, pensai senza fiato. *Così impossibile da capire.*

E ora non c'era solo lui.

Ma anche il principe Khalid.

La situazione non prometteva niente di buono.

D'altro canto, lo sapevo già.

Il piccolo inseguimento di poco prima non aveva fatto altro che consolidare il mio destino.

Era tutto un gioco oscuro, destinato a prepararmi al Giorno del sangue e alla ferocia che ne sarebbe seguita.

Manca meno di un mese.

Poi correrò verso la mia morte.

Proprio come mi aveva detto Cedric in sogno.

CEDRIC

La muscolatura di Lily era migliorata durante la mia assenza, così come la sua resistenza.

Khalid si muoveva in cerchio intorno a lei e all'altra donna con un'espressione letale. Esaminava ogni calcio e pugno, correggendo entrambe per poi farglieli ripetere.

Ancora.

E ancora.

Si stavano allenando da quasi tre ore, un lasso di tempo molto più lungo del solito. Lo si vedeva dal modo in cui entrambe stavano iniziando a perdere colpi.

Lily inciampò, quasi cadde, ma Khalid la prese per un braccio e la raddrizzò. Il contatto mi fece venire voglia di ringhiare, ma lui la lasciò subito andare e indietreggiò di un passo.

«Ancora» disse.

Entrambe le donne trasalirono visibilmente. Poi fecero come aveva chiesto, eseguendo i movimenti con una sincronia quasi perfetta.

«Ancora».

Il numero centotrentanove si alzò e lo guardò dritto negli occhi. «No, Khalid. Ho bisogno di acqua. E di cibo».

Le mie sopracciglia schizzarono in alto. Dal momento in cui avevamo messo piede là fuori, era stata perfettamente obbediente, facendo tutto quello che lui le aveva chiesto. Eppure ora gli parlava con un'autorità che pochi si sarebbero sognati di usare in sua presenza.

Khalid rimase in silenzio per un attimo, poi piegò la testa di lato. E sorrise. «Va bene, *habibi*. Ti darò un po' di nutrimento».

Lei lo fulminò con lo sguardo. «Cibo, Khalid. E acqua».

«Ingoierai qualsiasi cosa decida di darti».

La donna incrociò le braccia. «Non sono un burattino».

«Sbagliato, tesoro». La afferrò per la nuca e la strattonò verso di sé. «Sei il *mio* burattino, mio dolce miraggio. E ti stai comportando male».

«Non mi interessa. Ho fame».

«Allora forse ti costringerò a metterti in ginocchio e divorare Lily» rispose. «Soddisferebbe il tuo bisogno di nutrimento?».

«Quello non è cibo, Khalid».

«Qualcuno direbbe che dà vita e gioia» ribatté lui.

Centotrentanove sospirò. «Sono stanca. Sono umana. E ho bisogno di una pausa. Ti prego».

Le accarezzò il collo, indugiando con il pollice dove il suo battito pulsava. «Solo perché hai detto le paroline magiche, mio bel miraggio». La fece girare tra le sue braccia e mi guardò negli occhi. «Colazione domani sera. Alle otto in punto. Porta Lily».

Sparirono prima che potessi acconsentire o rispondere in qualsiasi modo.

Non che sapessi cosa dire.

Perché era stato tutto *molto* inaspettato.

«L'hai mai sentita parlare così?» chiesi a Lily.

Lei mi fissò con gli occhi sgranati, scuotendo la testa. «Le farà del male?».

«Può darsi. Ma penso che si assicurerà che le piaccia». Perché non sembrava affatto arrabbiato con lei, solo divertito.

Una reazione scioccante, considerando che si era comportata così davanti a me.

Però lui conosceva il nome che avevo scelto per il mio fiorellino, quindi probabilmente sapeva che le avevo concesso anche altre libertà. *Come bere il mio sangue*, pensai, ricordando quando mi aveva detto di curarla.

Stava trattando il suo "miraggio" allo stesso modo?

L'umana non mi aveva detto il suo nome. Forse gliel'avrei chiesto a colazione, per vedere cosa sarebbe successo.

«Beh, sembra proprio che la tua lezione sul piacere femminile sia stata rimandata» dissi allegramente, sentendomi sollevato per il cambio di programma. «Potrei testare le tue abilità orali su di me».

Le labbra di Lily si schiusero come se fosse già pronta a esibirsi, e le sue guance assunsero un'adorabile tonalità di rosa.

«Ma prima è meglio se ceniamo» suggerii, prendendola per mano e conducendola fuori dal cortile di zaffiro, che non era nient'altro che un'enorme lastra di marmo delimitata da statue incastonate di zaffiri.

Passammo accanto alla fontana e, attraverso un arco, entrammo in un altro cortile decorato da pilastri impreziositi con stelle di opale.

Avrei potuto riportarci al mio alloggio teletrasportandoci, ma Lily non sembrava apprezzare quel potere. E a me piaceva guardarla camminare ammirando ciò che la circondava.

«Ti sei comportata bene con Khalid» mi complimentai. «Non ti sei rivolta a lui in modo formale neanche una volta».

«Mi hai detto di non farlo» rispose. I suoi occhi verde acqua cercarono i miei. «Hai detto che non ama essere chiamato con il suo titolo».

Aveva ragione. Glielo avevo detto durante il pranzo di mezzanotte. *D'altro canto*… «Temevo non fossi in grado di ignorare il tuo addestramento».

La sua attenzione si spostò sulla piscina esterna, mentre percorrevamo il lungo sentiero che la costeggiava. «Lo vedevo più come un insegnante che come reale. E questo mi ha aiutata».

«E invece come vedi me?» le chiesi, seguendo il suo sguardo verso la cascata al centro della piscina. Ne sembrava incantata.

«Come il mio insegnante» sussurrò.

«E se volessi essere solo Cedric?».

Arricciò il naso. «Non sarai mai solo Cedric».

«Perché?» le domandai, bloccandomi e costringendola a voltarsi verso di me. «Perché non riesci a pensare a me in un altro ruolo?».

«Forse perché ti ho conosciuto così». Deglutì e mi guardò negli occhi. «Mi… mi piace pensare a te così».

«Perché?».

Alzò le spalle. «Non lo so. È…». Una piccola ruga le comparve sulla fronte. «È confortante in un modo che non so spiegare».

«È perché ti hanno insegnato a considerare tutti i vampiri come superiori».

«*Siete* superiori» rispose. «Però no, non è quello. Forse è una questione di rispetto?». Sembrava faticare a trovare le parole giuste. «Non ti piace che pensi a te come al mio insegnante?».

«Vorrei che pensassi a me come al tuo Cedric». Una richiesta pericolosa, che in seguito avrebbe potuto causare confusione e danni. Ma era la verità. «Non voglio che mi chiami "mio signore" o che pensi a me come al tuo padrone. O a qualsiasi altra cosa. Sono solo Cedric».

«Quando siamo soli» puntualizzò.

«Quando siamo qui». Le accarezzai il viso. «Qui puoi chiamarmi Cedric in qualsiasi momento, anche davanti a Khalid». Visto che mi aveva appena fatto capire di voler abbandonare ogni formalità. «Se c'è qualcuno in visita, allora è un altro discorso. Ma per adesso, voglio che siamo solo Lily e Cedric».

Non era neanche lontanamente giusto nei suoi confronti, considerando quello che sarebbe successo nel giro di poche settimane.

Ma era la vita stessa a non essere giusta.

A volte bisognava vivere nel presente e assaporare ogni momento.

Come in quel caso.

«Hai fame?» le chiesi dolcemente.

Ci pensò su un attimo, poi scosse il capo. «Ho più sete che fame».

Annuii e usai la mano libera per far apparire uno schermo premendo un tasto sul mio orologio. Digitai un breve messaggio per il personale sotto lo sguardo esterrefatto di Lily.

«Faremo uno spuntino e berremo qualcosa qui fuori» dissi, indicando con un cenno i tavoli e le sedie a sdraio nelle vicinanze. «È un peccato avere tutte queste cose a disposizione e non usarle». Lanciai un'occhiata alla piscina. «E ti ho promesso una lezione di nuoto».

Mi fissò con un'espressione intimorita. «A… adesso?».

Con una reazione del genere? «Sì. Spogliati».

Un tenero rossore le partì dal collo e salì verso le guance. Il mio caro fiorellino apprezzava il mio lato autoritario. Era un bene, dato che non avevo intenzione di cambiare per lei né per chiunque altro.

La sua dolce lingua uscì rapidamente per inumidirle le labbra, poi si sfilò la maglietta, mettendo in mostra i suoi splendidi seni. Sotto la luce della luna la sua carnagione pallida sembrava ancora più eterea, e la faceva assomigliare a una dea della notte.

Un'immagine che si rafforzò quando si tolse anche le scarpe e i pantaloni, restando gloriosamente nuda davanti a me.

«Che meraviglia» sussurrai. Non importava che il suo corpo mi fosse squisitamente familiare; ogni volta che lo vedevo mi sembrava la prima. «Ora spoglia anche me».

Lily fece un passo avanti e le sue mani andarono subito sulla mia cintura. La osservai mettersi all'opera, apprezzando il modo in cui il rossore le si diffuse sulla pelle mentre mi sbottonava i pantaloni.

Si inginocchiò per togliermi le scarpe e io la aiutai, sollevando leggermente prima un piede e poi l'altro; me le sfilò insieme ai calzini. Poi rimase lì per abbassarmi i pantaloni.

Non appena mi ebbe tolto anche quelli, si alzò in piedi e li ripose su una sedia piegati con cura. Fece lo stesso anche con la mia camicia, che aggiunse alla pila. Sistemò le mie scarpe sotto alla sedia, dove mise anche le sue. Infine raccolse i suoi vestiti e li impilò accanto ai miei.

Un lavoro meticoloso e ben fatto.

Che concluse inginocchiandosi davanti a me a capo chino.

«Non ci dedicheremo ora alla lezione di sesso orale, Lily» dissi. Nonostante fossi già pronto a sentire le sue labbra vellutate chiudersi attorno alla mia erezione. «Prima voglio nuotare un po'».

Le porsi la mano, il mio desiderio era chiaro.

Lei la afferrò e mi permise di aiutarla ad alzarsi.

Sarebbe stato un buon esercizio di fiducia.

La condussi alla piccola scalinata vicino al centro della piscina e iniziai a scendere con lei al mio fianco.

La sua presa si strinse quando raggiungemmo il fondo, l'acqua le arrivava già alla gola.

«Questo è il punto dove l'acqua è più bassa» la avvertii. «Ma c'è una panchina su cui sedersi accanto alla cascata. Nuoteremo fino a lì».

Beh, io avrei nuotato.

E l'avrei portata con me.

Scivolai nell'acqua e mi posizionai di fronte a lei. Le lasciai andare le mani e le afferrai i fianchi.

«Non... non so nuotare, Cedric» balbettò, aggrappandosi alle mie spalle.

«Lo so». La baciai sul collo, sul suo battito tonante, e inspirai profondamente, adorando il profumo di terrore che la circondava. «La tua paura è inebriante, Lily». Ne volevo di più. Il mio lato da predatore ringhiava di eccitazione.

E lei non mi deluse. Quando la trascinai verso il centro della piscina, lontano da dove toccava, il suo sussulto riecheggiò nella notte quieta come il più bello dei suoni.

Mi gettò le braccia al collo, il suo cuore scalpitava.

«Sei così affascinante» sussurrai con la bocca che ancora aleggiava sulla sua gola. «Se in questo momento ti spingessi via, ti metteresti a gridare. Tutto il lavaggio del cervello a cui sei stata sottoposta verrebbe spazzato via dal tuo istinto di sopravvivenza. È questo che brama davvero la mia specie: il momento finale in cui un essere umano si rende conto che sta per morire, e la sua naturale reazione. Nessun addestramento può annientare quell'istinto, Lily».

Gli umani erano educati a non reagire.

Ma non importava.

Di fronte a una morte terribile, imploravano sempre.

«Il motivo per cui alcuni rimangono in silenzio è che semplicemente non riescono a parlare». Le mie zanne le accarezzarono la gola. «Il loro spirito li ha abbandonati da tempo, oppure sono troppo ubriachi di piacere. In ogni caso, però, dentro stanno comunque urlando, supplicando di essere salvati».

Nuotai verso un punto in cui l'acqua era più profonda e non riuscivo più a toccare. Lily rabbrividì violentemente. «Cedric...».

«Sarebbe così facile» sussurrai. «Una sola spinta. Urleresti, riempiendoti d'acqua i polmoni, cercando inutilmente di farti strada verso la superficie, ma senza riuscirci. Il mio sangue ancora presente nel tuo organismo prolungherebbe il tormento. Una morte crudele. Una morte che non augurerei a nessuno».

Spostai la presa sui suoi fianchi e lei serrò la sua attorno a me. Le era venuta la pelle d'oca, l'orrore le attanagliava il cuore.

Inalai di nuovo il suo dolce profumo, che me l'aveva fatto venire duro come il marmo. «Non c'è niente di più invitante di una preda terrorizzata, fiorellino». Le baciai il collo, esplorando delicatamente il suo corpo con le mani, continuando a torturarla.

«Ti prego» sussurrò, fremendo in un modo che mi fece venire voglia di scoparla proprio lì, in quel momento. Avrebbe pianto. Avrebbe gridato. Avrebbe finito per venire su di me in una deliziosa dimostrazione di passione indotta dalla paura. Poi l'avrei tirata sott'acqua, solo per alimentare ancora di più quella sensazione.

Ma non era quello di cui aveva bisogno per la sua prima volta.

E non era nemmeno quello che meritava.

Era una lezione più avanzata, da provare quando si fosse fidata di più di me.

Le strinsi i capelli ancora asciutti nel pugno, staccandola appena da me. «Fa' un respiro profondo».

«Cedric...».

«Fa' un respiro profondo, Lily» ripetei.

Aveva gli occhi pieni di lacrime, ma obbedì.

Allora trascinai entrambi sott'acqua per bagnarci i capelli.

Lei si irrigidì, stritolandomi il collo.

Aspettai un attimo, poi ci feci risalire in superficie con una spinta dei piedi e usai lo slancio per portarci verso la cascata.

Un singhiozzo le uscì dalla bocca quando cercò di inspirare.

Era un suono bellissimo, che non avrebbe dovuto piacermi così tanto. Ma era talmente pieno di vita e di aspettative che non potevo fare a meno di godermelo.

Mi faceva *sentire*.

E se da una parta rimpiangevo di averle strappato quel suono, dall'altra mi sentivo euforico per aver provato qualcosa.

Il mio fiorellino mi stava regalando una sana dose di umanità, ricordandomi cosa significasse vivere davvero.

Proseguii verso la cascata e la baciai, sostenendola con un braccio attorno alla vita, mentre la mia lingua le trasmetteva la mia gratitudine.

Era così perfetta.

Così *straordinaria*.

Mi faceva venire voglia di credere in qualcosa di più, di esplorare emozioni che prima non avevo mai considerato.

«Fa' un altro respiro profondo» le dissi, concedendole solo qualche secondo per obbedire. E immersi entrambi sotto la cascata.

Poi andai verso la panchina situata dietro ai flutti, che offriva un'ottima visuale dell'acqua che cadeva dall'alto.

Mi sedetti e lasciai che Lily mi si rannicchiasse in grembo, mentre i suoi singhiozzi risuonavano in quel piccolo spazio privato.

«Ti odio» sussurrò.

«Lo so». Strusciai il viso sul suo collo, assaporando il modo in cui il suo battito cantava ancora di terrore. «Ma mi vuoi».

Insinuai la mano tra le sue gambe, sentendo il suo lubrificante naturale, un liquido così diverso dall'acqua che ci circondava.

Lei strinse la presa su di me e seppellì il viso sul mio petto. «Ti odio» ripeté con voce roca.

Le posai un bacio sulla testa mentre facevo scivolare due dita dentro di lei, cercando il suo clitoride con il pollice.

«Ti odio» disse una terza volta, serrandosi attorno alle mie dita ed esigendo di più. «Ti odio. Ti odio. Ti odio».

«Mettiti a cavalcioni su di me, Lily» mormorai. «Mostrami quanto mi odi».

Lei rabbrividì e si mosse sulla mia mano, inarcandosi verso di me. Piegai le dita in un modo che sapevo l'avrebbe fatta impazzire.

Con l'altra mano le afferrai i capelli, costringendola a mostrarmi il suo volto espressivo.

Le lacrime le solcavano le guance arrossate, le labbra erano socchiuse in un gemito strozzato, gli occhi velati di odio e passione.

«Mettiti a cavalcioni su di me» ripetei.

Mi scoccò un'occhiata omicida, un'occhiata che diceva: "Vaffanculo". Ma il suo corpo obbedì.

Allontanai la mano dalle sue gambe e lei si mosse su di me, spalancando le cosce snelle in un meraviglioso invito.

Affondò le unghie nelle mie spalle come se avesse avuto paura di cadere all'indietro sotto la cascata. Facendomi venire voglia di spingerla proprio in quella direzione.

Le catturai i polsi. «Lasciami andare».

Si costrinse ad accontentarmi, ma il suo labbro inferiore tremava.

Poi le guidai le mani dietro la schiena, facendo sì che incrociasse le braccia dietro di sé, stringendosi i gomiti.

Aveva le pupille dilatate per un miscuglio di terrore ed eccitazione, regalandomi uno spettacolo indimenticabile.

«Non lasciar andare i gomiti» le ordinai. Appoggiai la mano sul suo petto, tenendo l'altra libera lungo il fianco.

Il suo battito accelerò di nuovo, il suo respiro si era fatto ansimante.

«Inspira» le dissi.

Lo fece.

«Ora espira».

Rabbrividì, ma eseguì il mio comando.

«Brava. Inspira di nuovo».

I suoi capezzoli si indurirono, il suo petto si mosse per obbedire. Poi la spinsi lentamente all'indietro.

Si irrigidì immediatamente.

«Trattieni il respiro, Lily. E chiudi gli occhi».

La sua paura impregnava lo spazio tra di noi. La guidai all'indietro, verso la cascata. Lasciai che l'acqua le scorresse solo sui capelli e sugli occhi chiusi, assicurandomi che non raggiungesse il suo naso. Non sapeva ancora come espirare sott'acqua, e non volevo rovinare il momento rischiando che annegasse.

Tenni la mano libera a pochi centimetri da lei, pronto

ad afferrarla se avesse vacillato. Ma lei rimase perfettamente inarcata sul mio grembo, permettendomi di controllare ogni suo movimento.

«Sei così bella» sussurrai, ammirando la sua obbedienza. Non aveva capito cosa significasse, come quel momento rappresentasse la fiducia che ci legava. Ma un giorno avrebbe compreso il dono che ci era toccato in sorte, le fragili fondamenta che avevano dato alla nostra relazione le ali per spiccare il volo.

Il mio palmo risalì verso la sua gola, poi attorno alla sua nuca. La tirai verso di me.

Sembrava una sirena, con i lunghi capelli biondi scuriti dall'acqua, con gli occhi che brillavano di un'inebriante combinazione di eccitazione e lacrime di paura.

La baciai. Il mio bisogno di farla mia si impossessò della mia concentrazione, spingendo la mia lingua nella sua bocca.

Mi morse, arrabbiata e spaventata, implorando silenziosamente di averne ancora.

Le strinsi il collo in segno di rimprovero, mentre con l'altro braccio la avvicinai ancora di più a me.

«Ho intenzione di scoparti, Lily» la avvertii. La lingua mi pulsava per il suo piccolo morso feroce. «Voglio scoparti qui e ora. Perché non posso vivere un altro secondo senza sapere cosa significa essere dentro di te».

Non le stavo chiedendo il permesso.

Ma volevo il suo consenso.

Un dilemma che mi lasciò senza fiato mentre aspettavo che dicesse qualcosa.

Le sue ciglia folte si aprirono su un oceano di desiderio, la sua paura si era sciolta in una rovente cascata di bisogno.

«Ti odio» disse per la milionesima volta.

Poi premette il suo sesso sul mio.

«Vuoi che faccia sparire tutto quell'odio a furia di sesso?» le domandai, spingendomi verso di lei e trovando il suo clitoride con la punta.

«Sì» mormorò. La sua testa ricadde all'indietro in un chiaro invito. «Voglio che sia tu». Non mi stava guardando, e la sua voce era un suono roco e quasi impercettibile, sovrastata dallo scorrere dell'acqua dietro di lei. Ma quando i suoi splendidi occhi tornarono sui miei, vi lessi la risposta che desideravo prima ancora che la pronunciasse. «Scopami, Cedric. Fa' sì che ti odi un po' meno».

«O un po' di più» mormorai, baciandola senza darle il tempo di riflettere sulle mie parole.

Poi la sistemai nella posizione in cui la volevo.

E mi spinsi verso l'alto, reclamando ciò che era sempre stato destinato a essere mio.

LILY

Urlai. Il dolore inaspettato mi trafisse la mente e mi riportò alla realtà.

Una realtà pericolosa.

Colma di terrore.

E acqua scrosciante.

Morirò qui. Sentivo fin nel profondo del mio essere che quel vampiro mi avrebbe cambiata irrimediabilmente. Lo aveva già fatto. Ma quell'unione, *quel momento*, mi sembravano cruciali. Come se il resto della mia vita dipendesse da ciò che sarebbe successo dopo.

Ed era molto probabile che non sarei sopravvissuta.

Serrò la presa sul mio collo, e un basso ringhio vibrò dentro di lui. Riecheggiò sul mio petto, facendomi rabbrividire.

Non fece altri movimenti. I nostri corpi erano uniti, i suoi occhi sui miei. Una miriade di emozioni divampava nel suo sguardo, rendendo le sue iridi ancora più oscure.

L'illuminazione scarseggiava, e la luna sopra di noi riusciva a offrire soltanto un bagliore inquietante che rendeva l'atmosfera ancora più minacciosa.

Trattenni il respiro. L'espressione di Cedric era una promessa di violenza.

Conficcai le unghie nei gomiti, lottando contro l'impulso di aggrapparmi a lui, di stringerlo come se ne andasse della mia vita.

Non era il mio salvatore né il mio eroe. Nel mio mondo lui era il cattivo, quello che esigeva che mi inchinassi a lui e gli dessi tutto, per poi gettarmi letteralmente in pasto ai lupi.

Eppure non riuscivo a ignorare il legame che si stava creando tra di noi, il bisogno di doverlo reclamare, la strana necessità di assicurarmi che non mi dimenticasse mai.

Lo desideravo più dell'aria.

Un desiderio pericoloso, una dipendenza che mi avrebbe sicuramente uccisa.

Ma non volevo negarmi il piacere di sceglierlo. Aveva formulato il desiderio di scoparmi come se fosse stata una minaccia. L'avevo accettato, ribaltando la situazione e dicendogli che era quello che volevo.

E ora il suo cazzo era così a fondo dentro di me che ne sentivo ogni centimetro come un marchio rovente sulla mia stessa anima.

La sensazione era molto più intensa di una semplice intrusione. Era come se avesse chiuso il mio cuore in gabbia, rubando la chiave che avrebbe permesso alle mie emozioni di essere libere.

Ero sua.

Mi possedeva.

Mi sentivo vittima di un sortilegio.

Il suo nome era l'unico che conoscevo, il mondo intorno a noi era stato ridefinito da un nuovo significato dell'esistenza.

Non capivo cosa stesse succedendo. Non si era

nemmeno mosso se non per spingersi un'unica volta dentro di me, rubando la mia innocenza e rivendicandola come sua.

I suoi lineamenti letali erano rimasti immutati, le sue iridi buie bruciavano di una furia che non capivo.

Ho fatto qualcosa di sbagliato? Mi scoperà fino a farmi annegare?

Il mio cuore batteva così forte da darmi le vertigini.

Il suo pollice mi sfiorò la gola, dicendomi che sentiva la mia reazione.

L'altra mano mi strinse il fianco, scostandomi da lui solo per spingersi di nuovo dentro.

Ansimai. Fu ancora più intenso di prima. Ma in un modo più ardente, che mi fece tendere i muscoli attorno a lui in una muta richiesta di averne di più.

Cedric scivolò in avanti sulla panchina, trascinandomi con sé, e improvvisamente vidi l'immagine di lui che mi spingeva di nuovo sotto la cascata, scopandomi mentre annegavo.

Era uno strano miscuglio di eccitazione e terrore, che stava scatenando dentro di me un bisogno pulsante che non riuscivo a capire.

Adoravo il potere che aveva su di me.

E trovavo allettante il pensiero che potesse uccidermi così facilmente.

Perché, sotto sotto, sapevo che non l'avrebbe fatto. Confidavo nel fatto che mi avrebbe sorretta, che mi avrebbe garantito l'aria necessaria per sopravvivere, che mi avrebbe dato una vita degna di essere vissuta.

Era una consapevolezza inebriante, che mi fece ansimare di più.

Mi aveva aperto un mondo completamente nuovo, in cui il mio piacere era importante.

Ecco perché ha smesso di muoversi.

Voleva che mi abituassi alla sua presenza dentro di me.

Non ero sicura di come lo sapessi. Ma nel momento in cui ci pensai, diventò ancora più reale.

Tutto quello che faceva Cedric aveva lo scopo di aiutarmi in qualche modo, di guidarmi verso un'esistenza più serena.

Era una cosa temporanea.

Lo sapevamo entrambi.

Ma voleva regalarmi dei ricordi che restassero con me per sempre.

Come faccio a saperlo?, mi meravigliai. Tutto d'un tratto, Cedric mi apparve sotto una luce completamente diversa. *Da dove nascono queste intuizioni?*

Aveva ancora la stessa espressione sul viso, un'espressione che mi fece correre un brivido lungo la schiena. Ma un movimento del suo bacino scacciò il gelo, rimpiazzandolo con una sensazione rovente.

Il mio stomaco si strinse, le mie cosce si serrarono attorno alle sue gambe. Avevo bisogno di qualcosa di più, qualcosa che non riuscivo a definire.

Le sue zanne?

I suoi baci?

Il suo potere?

I gomiti mi facevano male a forza di stringerli. Volevo abbracciarlo, toccarlo, venerarlo con le mani.

Ma non volevo rischiare di rovinare il momento, muovendomi senza permesso.

Le sue narici si dilatarono, nelle sue pupille scorsi il predatore in agguato. Stava osservando la sua preda per decidere cosa fare.

Giocare ancora un po'?

Massacrarla?

Divorarla?

Adorarla?

Non erano i miei pensieri. Era la sua voce profonda a sussurrare le domande nella mia mente.

Rabbrividii ancora una volta. «Cedric». Non sapevo perché avessi pronunciato il suo nome, ma solo che avevo bisogno di parlare. L'intensità del suo silenzio mi aveva sopraffatta. Mi aveva lasciata incerta e a disagio.

Facendomi bruciare ancora di più, ovviamente.

Perché non sapevo cosa avesse intenzione di fare. Quella miscela appassionata di paura e lussuria scatenò dentro di me un inferno di desiderio.

Mi inarcai verso di lui e quasi persi l'equilibrio, dal momento che stavo ancora tenendo le braccia dietro la schiena.

La sua presa si allentò, suggerendo che mi avrebbe lasciata cadere.

Eppure, nel profondo, sapevo che mi avrebbe sollevata di nuovo.

Stavo per lasciare che accadesse solo per dimostrare che avevo ragione.

Ma il suo palmo si strinse di nuovo attorno al mio fianco, tenendomi saldamente a lui.

E catturò la mia bocca con la sua.

Fui attraversata da una scarica di adrenalina quando mi spinse ancora una volta all'indietro, mentre la sua lingua inseguiva la mia fin sotto l'acqua.

Mi lacerai la pelle con le unghie, l'istinto di aggrapparmi a lui era sempre più difficile da ignorare.

Ma lui si fermò, tenendomi con il naso appena fuori dall'acqua e permettendomi così di respirare. Senza mai smettere di dominare la mia bocca.

Era un abbraccio irresistibile che mi lasciava completamente alla sua mercé, costringendomi a fidarmi di lui.

E così feci.

Rilassai le spalle e le braccia, senza smettere di tenerle incrociate dietro la schiena, e usai i miei muscoli interni per stringermi attorno al suo sesso.

Espresse la sua gratitudine con la lingua, accarezzandomi delicatamente la gola con il pollice. Poi mi sollevò.

Mi sentivo ancora più vicina a lui, connessa in un modo che non riuscivo a determinare. Non solo per la sua presenza dentro di me. C'era qualcosa di più.

Non voleva farmi del male. Spaventarmi, quello sì. Ma non avrebbe mai fatto nulla che mi danneggiasse realmente. Voleva solo che vivessi. Che fossi chi volevo essere. Che esprimessi le mie emozioni e i miei desideri, e distruggessi il condizionamento mentale inflitto dall'Università.

Era un'altra di quelle esplosioni di comprensione che non capivo, proveniente da un luogo che stava germogliando tra di noi.

Dimmi quello che vuoi, Lily, mi sussurrò nella mente. La voce sembrava realmente la sua. Era strano, eppure al tempo stesso aveva senso. *Dimmelo e te lo darò.*

Me lo sto immaginando?, pensai. Forse stavo sognando.

Cedric non rispose. Le sue labbra abbandonarono le mie, e mi trapassò con un'altra delle sue occhiate sinistre.

Non sapevo se mi avesse parlato davvero o se me lo fossi inventato.

Forse avevo creato quella frase, cercando di indovinare le sue intenzioni. La notte prima mi aveva detto di dar voce ai miei desideri. Così lo feci di nuovo.

«Voglio che mi scopi, Cedric» dissi. «Fammi vedere com'è essere tua».

Sorrise. «Una richiesta pericolosa».

«Non c'è alternativa». Sarebbe sempre stato un pericolo per me. Eppure, qualcosa mi diceva che avrebbe fatto di tutto per proteggermi. Per *proteggerci*. Stava prendendo delle decisioni che mettevano a rischio anche lui, e avrebbe raso al suolo il mondo intero pur di salvarci entrambi.

La ferocia di quella consapevolezza mi scaldò nel profondo, dipingendo intorno a noi una nuova realtà.

Una realtà che lui accolse dicendo: «Avvolgi le gambe intorno a me e aggrappati alle mie spalle».

Non persi tempo a valutare le mie possibilità. Obbedii e basta. E il gesto di avvolgere il mio corpo attorno al suo accentuò la nostra connessione, sia fisica che spirituale.

E poi Cedric cominciò a muoversi.

A muoversi davvero.

Fino a farmi male.

Un dolore delizioso e beato.

Mi afferrò i fianchi con entrambe le mani, sistemandomi nel modo migliore per subire il suo assalto. Non potevo far altro che accogliere le sue spinte violente e stringermi a lui.

Ma era così bello. Intenso. *Strano*. Mi faceva male nel modo migliore. La sua lussuria mi consumò e mi annegò in un mare di Cedric. Dominandomi. Completandomi. Assicurandosi che avrei ricordato la mia prima volta in eterno, imprimendo a fuoco il suo nome sulla mia anima.

Cercai di assecondare i suoi movimenti, ma l'acqua mi rallentava.

Per lui non era un problema; la sua velocità, la sua agilità e il suo potere gli permettevano di penetrarmi senza troppa resistenza.

Le sue labbra si avvicinarono al mio collo, la sua lingua mi sfiorò la pelle.

«Mordimi» lo implorai, desiderosa di quell'ultima intrusione, quella che mi avrebbe reclamata con la stessa ferocia che stava riservando al mio sesso.

Invece disegnò un cerchio con la lingua sul mio battito impetuoso, prolungando il momento, godendosi le suppliche del mio corpo.

Era tutto così travolgente. La mia visione andava e veniva, mentre lui mi prendeva con una forza tale da uccidermi.

Ma non mi avrebbe lasciata morire.

Voleva che fiorissi.

Che *vivessi*.

Percepii quella verità nel mio spirito. La connessione che ci legava era aperta e pulsava con rinnovata energia.

Fu allora che mi conficcò le zanne nel collo, riportandomi alla realtà, rammentandomi del suo potere e della sua virilità.

Gridai, e il mondo si dissolse tra i flutti di un'insensata beatitudine.

L'aria non aveva più importanza.

L'acqua che ci circondava non era più una minaccia.

Sentivo solo l'orgasmo che mi lacerava l'anima e mi distruggeva completamente.

Cedric.

Cedric.

Cedric.

Il suo nome mi vorticò nella mente, mi sfuggì dalle labbra e riecheggiò tutto attorno a noi.

Lui non smise di bere il mio sangue.

Non smise nemmeno di scoparmi.

Mi trascinò in un oblio ancora più oscuro, esigendo da me altro piacere, lasciandomi piagnucolante tra le sue braccia.

Non ce la facevo più. Non sarei riuscita a sopportarne neanche un altro secondo.

Ma lui mi strappò un terzo orgasmo, che affrontai emettendo dei suoni che di umano avevano ben poco.

Solo allora mi seguì oltre il limite, venendo con un ringhio profondo che avrebbe allietato i miei sogni in eterno.

Così intenso e appassionato.

Mostruoso e selvaggio.

Oh, Dea…

Stava disintegrando ogni parte di me, smantellando la mia visione del mondo e costringendomi a entrare in una nuova realtà.

Un'esistenza in cui le nostre anime danzavano. Dove i nostri cuori battevano all'unisono. Dove il suo unico scopo nella vita sarebbe stato quello di proteggermi.

Un futuro impossibile.

Un futuro che sapevo essere più una fantasia che una realtà.

In quel momento, però, decisi di credere che sarebbe stato davvero il nostro destino.

Assorbii il suo piacere e lasciai che mi alimentasse. Adorando il modo in cui i nostri corpi erano uniti, godendo della sensazione della sua calda eccitazione dentro di me.

E non avevamo ancora finito.

Lo dimostrò teletrasportandoci nell'ambiente familiare della sua doccia.

La sensazione delle piastrelle fredde sulla schiena mi strappò un sibilo.

Seguì un fiotto di acqua gelida, da cui mi protesse con la sua schiena.

Poi la temperatura cambiò, scaldandosi pian piano, e Cedric ricominciò a muoversi dentro di me.

Lentamente.

Con calma.

Con gesti precisi.

Non c'era niente di più *giusto*.

Mi baciò, facendomi assaggiare il mio sangue che ancora gli tingeva la lingua. Poi aggiunse anche la sua essenza, donandomi il suo potere.

Mi rinvigorì in modo inatteso, come non avevo mai provato.

Perché quel bacio sembrava una promessa. Un giuramento proibito. Un'antica rivendicazione che non comprendevo appieno.

Eppure la verità mi raggiunse in un mormorio che riecheggiò tra di noi. Un termine che non avevo mai sentito. *Erosita*.

Rabbrividii, la potenza di quella singola parola mi accarezzò l'anima.

Ora sei mia, sussurrò Cedric. La sua voce era di nuovo nella mia testa. *La tua vita è legata alla mia immortalità*.

«Come?» ansimai sulla sua bocca.

«Sangue e sesso». La sua lingua mi accarezzò il labbro inferiore. Ricominciò a muoversi lentamente dentro di me, sfiorando un punto che scatenò un altro orgasmo. «Abbiamo condiviso il nostro sangue troppe volte, ed eri vergine».

Sembrava divertito.

E allo stesso tempo profondamente turbato.

«Non capisco» mormorai, inarcandomi verso di lui.

«È un rituale poco praticato». Trascinò il naso sulla mia guancia, le sue labbra trovarono il mio orecchio. «Permette ai vampiri di reclamare dei compagni umani».

Spalancai gli occhi. Non avevo mai sentito parlare di una cosa del genere.

«L'unico modo di spezzare il legame è permettere a un altro di prendere la propria compagna» continuò. Nelle sue parole c'era un gelo che raffreddò anche me. «Questo significa che sarai mia finché qualcun altro non ti scoperà».

Trasalii e affondai le unghie nella sua pelle. «Lascerai che accada?».

Non rispose. La sua bocca tornò sulla ferita aperta che mi marchiava il collo. Tracciò un percorso sensuale con la lingua, mugolando di soddisfazione.

Eppure un sussurro gli attraversò la mente. La risposta che non voleva pronunciare, e che mi fece serrare attorno a lui.

Non avrò scelta.

Ciò significava che mi avrebbe condivisa, permettendo che un altro uomo spezzasse il nostro legame. Non necessariamente perché era quello che voleva, ma perché sarebbe stato costretto a farlo.

Mi si strinse il cuore, e la mia mente smise per un attimo di funzionare.

Finché Cedric non ricominciò a muoversi, ricordandomi la sua rivendicazione.

La nostra connessione si stava rafforzando, obbligando il mio corpo a reagire positivamente alla sua intrusione.

Sentii crescere un altro orgasmo, che mi attraversò con la sua piacevole agonia.

Ma che si era lasciato alle spalle un cuore che si stava indebolendo.

Un cuore che aveva appena iniziato a battere per la prima volta.

Per poi vacillare di fronte alla consapevolezza che Cedric non poteva essere mio per sempre.

Le nostre vite erano destinate a incrociarsi solo per un attimo.

Il nostro legame sarebbe stato spazzato via.

Cedric sarebbe sopravvissuto.

Mentre io avrei subìto un destino peggiore della morte.

Tutto perché aveva scelto di accoppiarsi con me per

una fugace esperienza, sapendo che non avrei mai potuto essere veramente sua.

Mi baciò. La sua lingua espresse delle scuse che non volevo sentire. Ma non mi stava lasciando altra scelta: il suo corpo si stava ancora impossessando del mio, la sua eccitazione era un marchio rovente che esigeva uno sfogo.

Quando venne, sussurrò il mio nome. Ma non era un suono piacevole.

Era un gemito sofferente che capivo molto bene, perché rivaleggiava con il dolore che provavo dentro di me.

Quello era il gioco più crudele di tutti: un assaggio della vita che avremmo potuto avere, sapendo bene che sarebbe morta con la stessa rapidità con cui era iniziata.

CEDRIC

Lascerai che accada?

Le parole di Lily mi perseguitavano, impedendomi di seguirla nel sonno. Era fisicamente soddisfatta ed emotivamente esausta, e la sua mente l'aveva trascinata nel buio per un po' di necessario riposo.

Ma la mia no.

La mia mente si rifiutava di fare qualsiasi cosa che non fosse ripetere quella frase all'infinito, insieme alle sensazioni che ne erano seguite.

Non ero stato in grado di risponderle. Non ad alta voce, almeno. Perché la risposta non mi piaceva. *Non avrò scelta.*

Silvano mi avrebbe costretto a spezzare il legame. Non ammetteva complicazioni di questo tipo e, dal momento che era il mio creatore, non avrei avuto altra scelta che obbedire.

Avrebbe preso il mio dolce fiore e l'avrebbe distrutto.

A meno che non la uccidessi prima che potesse farlo.

Trascinai le dita tra i suoi capelli, ammirando la loro consistenza setosa. La sua anima aveva sposato la mia, diventando immortale. La sua vita si sarebbe protratta per l'eternità. Un dono intimo che i vampiri concedevano raramente a un compagno umano.

Lily sarebbe stata molto più difficile da uccidere.

E se le fosse successo qualcosa, il suo spirito avrebbe assorbito energia dal mio e l'avrebbe riportata in vita.

Almeno finché il legame fosse rimasto integro.

Si sarebbe rotto solo in due casi: alla mia morte, oppure se lei avesse condiviso l'intimità con un altro uomo.

E solo due forme di rapporto avrebbero ottenuto lo scopo. Avrei potuto condividerla con un amico e lasciare che lui le scopasse la bocca, e lei sarebbe comunque rimasta mia. Erano i rapporti anali e vaginali a non essere ammessi; solo io potevo penetrarla così intimamente.

Poiché non avevo mai avuto intenzione di prendere una compagna, non conoscevo molti aspetti di quel fragile legame, se non le nozioni di base. Ad esempio, la storia di come era nato. Si diceva che Nyx, la dea suprema, avesse concesso ai vampiri che aveva creato la possibilità di avere dei compagni, perché i primi Benedetti erano disperati per essere sopravvissuti ai loro amati umani.

Ma la magia che legava umani e vampiri prevedeva delle regole da rispettare.

Tra cui la fedeltà.

Come in tutto ciò che riguardava la mia specie, quei primi vampiri avevano testato i limiti del legame. I vampiri potevano infatti avere più di un'*erosìta*, una libertà di cui molti avevano approfittato, tanti secoli prima, e potevano condividerla. Anche se solo fino a un certo punto.

Se l'umano parte del legame era un maschio, non poteva ricevere sesso anale, a differenza di ciò che accadeva per le femmine. Una distinzione che un tempo costò a un vampiro la sua relazione.

O almeno così si raccontava.

Non c'erano molte certezze su quel particolare legame. Un tempo era così venerato che solo in pochi ne parlavano, perché i vampiri consideravano quei dettagli troppo intimi da condividere.

E avendolo appena sperimentato anch'io, capivo il desiderio di tacere.

Mi sembrava troppo speciale per parlarne con qualcuno che non fosse Lily. Ma di certo Silvano mi avrebbe ordinato di dirgli tutto.

E si sarebbe infuriato per quel nuovo sviluppo.

Se un tempo il legame *erosita* era ambito e apprezzato, ora le cose erano cambiate. Gli umani erano ritenuti troppo deboli per essere degni di una tale connessione.

Eppure, ero convinto che Lily fosse la più degna di tutti.

Una parte oscura di me aveva capito a cosa avrebbero portato i nostri frequenti scambi di sangue. Erano bastati tre scambi completi per avviare il processo; tre occasioni in cui avevo bevuto il suo sangue, e tre in cui lei aveva bevuto il mio. E ovviamente il fatto che fosse vergine.

Alla fine non avevo dovuto fare altro che scopare con lei.

Se lo avesse fatto qualcun altro prima di me, anche un umano, la magia avrebbe perso il suo potere.

Ma lei era ancora inviolata dove contava, permettendomi così di reclamarla.

Forse era stato lo scambio di sangue il motivo per cui mi ero sentito così spinto a prenderla, a tenerla, a farla mia. Solo che la mia infatuazione era nata nel momento in cui avevo posato gli occhi su di lei per la prima volta.

Quei capelli setosi.

Le gambe lunghe e snelle.

La sua aria di beata innocenza.

Uno spirito che si rifiutava di morire.

Poi mi aveva folgorato con quegli occhi mozzafiato, implorandomi di aiutarla a superare il mio corso.

Da allora, ero completamente pazzo di lei.

E con gli ultimi sviluppi la situazione non era certo migliorata. Lily schiuse le ciglia folte, rivelando i suoi occhi stupendi. Praticamente scintillavano nel buio, attirandomi ancora di più verso di lei.

Era sveglia già da qualche minuto, intenta ad ascoltare i miei ragionamenti. Non mi ero preoccupato di tagliarla fuori. Avevo lasciato che sentisse tutto, dalle origini del legame *erosita* a quei pochi dettagli che conoscevo, incluso come veniva considerato nel nuovo mondo. Arrivai perfino a condividere con lei un po' del vecchio mondo, mostrandole i ricordi dell'epoca in cui i vampiri e i licantropi vivevano in segreto.

La sua mente assorbì le informazioni come una spugna, affascinata dal mondo che un tempo conoscevo.

Le fornii anche uno spaccato dei giochi politici in corso e le spiegai che qualsiasi tipo di relazione con un mortale era considerata un segno di debolezza.

Solo due umani all'anno potevano essere trasformati in creature soprannaturali, una regola che tecnicamente non avevo violato; instaurare un legame *erosita* era ancora permesso, anche se disprezzato.

Avrei potuto lottare per tenerla. Sì, avrei potuto provarci. La politica non era mai stata in cima ai miei interessi. E nella regione di Jace c'era un sovrano che si era appena preso un'*erosita*. La differenza, ovviamente, era che io rispondevo a un sadico, mentre l'altro a una specie di santo.

Oh, Jace non era perfetto. Aveva anche lui i suoi gusti particolari. Ma non avrebbe mai tentato di distruggere il nuovo giocattolo del suo sovrano, come Silvano avrebbe fatto con Lily.

Aiutava che Darius, il sovrano in questione, si fosse accoppiato con una rara vergine di sangue. Il suo sapore irresistibile l'avrebbe protetta, sempre che lui l'avesse condivisa con Jace. Stando alle voci che giravano, era esattamente quello che faceva. E spesso.

Lily possedeva una dolcezza che trovavo affascinante. Ma era una dolcezza che Silvano avrebbe immediatamente inasprito.

Avrei preferito ucciderla io stesso piuttosto che metterla sulla sua strada.

Lei lo sentì e rabbrividì.

Ma invece di allontanarsi da me, mi si avvicinò ancora di più e premette le labbra sulla mia guancia. Era un bacio di tacito perdono. Che non meritavo.

Avrei dovuto ucciderla mesi prima e risparmiare a entrambi tutta la sofferenza che ci aspettava. Ma ero stato troppo consumato da lei per porre fine a quella malsana infatuazione.

L'unica cosa a cui ero riuscito a pensare mentre ero lontano da lei era quando sarei potuto tornare.

Anche se solo per un mese.

In cui però sarebbe stata mia.

Le accarezzai teneramente il viso. «Buonasera» sussurrai. Nonostante non avessi dormito, avevo comunque la voce roca, probabilmente a causa del lungo silenzio.

«Ehi». Mi diede un altro bacio sulla guancia, poi si avvicinò alle mie labbra.

Non parlai né le diedi ordini. Mi limitai ad aspettare che facesse ciò che desiderava. Glielo dovevo, dopo tutto quello che le avevo fatto passare. Per non parlare di tutto quello che le *avrei* fatto passare.

Aveva sentito ogni pensiero. Ogni intenzione. Ogni rimpianto. Non le avevo nascosto nulla, compresa la possibilità di tenerla all'oscuro. Pertanto sapeva che le avevo dato libero accesso alla mia mente. Se ne era meravigliata, stupendosi della facilità con cui l'avevo lasciata entrare nella mia testa.

Ma quando si era resa conto della portata dei miei sentimenti, aveva capito.

Era sorpresa. Avevo udito lo shock riecheggiare nei suoi pensieri, mentre tentava di analizzare le sue reazioni a tutto quello che avevo condiviso.

Poi aveva ignorato tutto e mi aveva baciato.

Non voleva pensare. Preferiva sentire.

E io ero assolutamente d'accordo.

La tirai sopra di me, adorando il modo in cui le sue gambe si aprirono naturalmente per mettersi a cavalcioni su di me.

Sei già bagnata, commentai nella sua mente. *Il mio splendido fiore coperto di rugiada.*

Rispose con un mugolio, insinuando la lingua tra le mie labbra e premendo il sesso sulla mia erezione.

Wow. Mi inarcai verso di lei. *Sei così perfetta, Lily.*

Forse dopotutto era davvero il mio punto debole, una dipendenza di cui non volevo liberarmi.

Affondai le dita tra i suoi capelli e resi il nostro bacio ancora più intenso, divorandola. Volevo di più. Lei acconsentì, dandomi tutto il controllo.

Il mio nome risuonava tra i suoi pensieri, il calore del suo tono aveva uno strano effetto su di me. Un effetto pericoloso.

Mi faceva venire voglia di sentire quella voce ogni giorno, per il resto della mia vita. Quella carezza morbida e sussurrata, piena di desiderio e di fiducia.

Le afferrai il fianco, spostandola in un modo che mi permettesse di scivolare dentro di lei. Non ci fu alcuna resistenza, solo una stretta sottile che implorava per averne di più.

Lily, mormorai. *Dolce, bellissima Lily*.

La maggior parte degli umani sarebbe stata esausta e dolorante dopo tutto quello che avevamo fatto, ma lei non era più una semplice mortale. Era legata a una stirpe antica. Alla mia linea di sangue.

E questo la faceva sentire molto viva. Forte. E incredibilmente vogliosa.

Tentò una timida rotazione dei fianchi che mi portò più a fondo dentro di lei. Un gemito lasciò la sua bocca, e poi cominciò a muoversi.

La lasciai fare, appoggiando il palmo della mano sulla sua coscia e spostando l'altra sulla sua nuca.

Era il mio modo di dirle di giocare e lei non mi deluse. Mi baciò, mi cavalcò e mi accarezzò sensualmente l'addome con la punta delle dita.

Mi piaceva sentirla godere e assecondare i suoi bisogni.

Alla fine raddrizzò la schiena, restando seduta su di me. La nuova posizione la spinse a lasciar cadere indietro la testa con un suono affascinante che mi fece pensare ancora una volta a una sirena. I suoi seni ondeggiavano a ogni movimento, un bel rossore danzava sulla sua pelle.

Il mio palmo si spostò dalla sua coscia verso l'interno, cercando con il pollice il suo punto più sensibile. Sussultò in risposta. I suoi capezzoli si indurirono in piccoli picchi invitanti, il rossore si diffuse sempre di più sulla sua pelle, diventando più intenso man mano che la sua eccitazione cresceva.

«Ci sei vicina, fiorellino?» domandai catturando il suo sguardo.

Lo sapevo già, ma mi piacque comunque sentirla gemere: «Sì».

«Mmm». Applicai un po' più di pressione. «Voglio sentirti contrarre intorno a me, Lily». La accarezzai più velocemente. «Voglio ascoltare i tuoi pensieri sciogliersi nell'estasi».

I suoi movimenti erano diventati affannosi e irregolari, i suoi occhi erano velati di passione.

«Puoi farlo?» le domandai dolcemente. «Per me?».

Dei suoni incomprensibili le sfuggirono dalle labbra, parole strozzate che somigliavano a un consenso.

«Adesso» aggiunsi con un accenno di comando. «Vieni per me, Lily».

I suoi muscoli si tesero e inarcò la schiena, poi si sciolse su di me con un'intensità fremente che riverberò in ogni fibra del mio essere. Era così eccitante che quasi la seguii oltre il limite.

Ma si spostò, rubandomi il suo dolce calore.

E sostituendolo con la sua bocca.

«Oh!» esclamai, sciccato e affascinato da quello sviluppo inatteso. Stava ancora venendo, e i suoi gemiti mi accarezzavano il sesso mentre lo prendeva in gola, in profondità.

Niente riflessi né conati.

Nessuna esitazione.

Mi dispiacque dover ammettere quanto fosse stata addestrata bene.

Ma non potevo negarlo.

Mi aveva accolto con una tale perfezione che non riuscii a soffocare il ringhio che mi rimbombava nel petto. «*Lily*».

La sua gola si contrasse, ricordandomi di quello che stava provando più in basso, e il suo piacere turbinò nella mia mente.

Si stava toccando.

Si stava toccando il clitoride con le dita.

Prolungando l'orgasmo mentre me lo succhiava.

Fu il momento più erotico della mia vita. A parte la

notte prima. O forse lo erano entrambi. Non lo sapevo, e non mi importava. Mi importava solo di lei e della sua lingua. Dei suoi dolci mugolii. Del profumo della nostra eccitazione. Dei suoi occhi affascinanti.

Mi stava fissando.

Mentre mi prendeva in profondità.

Succhiandomi la punta.

Osservando i miei segnali e dandosi piacere.

Intrecciai di nuovo le dita tra i suoi capelli, applicando una pressione appena sufficiente per indicarle il ritmo che preferivo, ma non ne aveva bisogno. Lo sapeva. Perché era fatta per essere mia.

«Così, Lily» dissi, spingendomi tra le sue labbra e ammirando come mi prendeva. «*Oh*, mi stai uccidendo». Ero così vicino a esplodere, e percepii che lo era anche lei. «Continua così, tesoro. Voglio sentirti gemere intorno a me mentre ti vengo in gola».

Mi rispose con un piccolo gemito, offrendomi un'anteprima di quello che le avevo chiesto. Poi mi accolse ancora più a fondo, dimostrando che i suoi punteggi in quella materia erano più che meritati. E raggiunse l'orgasmo.

Il potere del suo piacere mi avvolse attraverso il nostro legame, la sua bocca fremette e si contrasse attorno alla mia reazione con i suoni della sua estasi.

Era una straordinaria combinazione di sensazioni, che mi fece esplodere nella sua gola quasi con violenza. Ma lei lo accettò, ingoiando me e la mia essenza e succhiandomi a fondo. Il tutto mentre assaporava il culmine del suo orgasmo.

Nell'istante in cui l'ultima goccia le cadde sulla lingua, la afferrai per i capelli e la tirai sopra di me. Poi rivendicai la sua bocca con un bacio selvaggio pieno di sangue. Il mio. Il suo. *Il nostro*. Non era un bacio umano. Era animalesco. Proprio come me.

Quella donna mi faceva impazzire. Non riuscivo a pensare ad altro che a prenderla. A venerarla. A ringraziarla con la lingua.

La sentii rabbrividire, il suo cuore scalpitava.

La spinsi sulla schiena, sistemandomi tra le sue cosce spalancate. Ma non la scopai. Continuai invece a baciarla, condividendo con lei attraverso i pensieri quanto la adorassi. Quanto volessi tenerla con me.

Odiavo quel mondo.

Odiavo tutte quelle regole.

Odiavo quello che sapevo di dover fare.

La colazione di quella sera era una prova sufficiente di quanto poco controllo avessi nel nuovo mondo. Erano i reali a dettar legge.

D'altro canto, ero sempre stato un ribelle. Non mi era mai importato molto dell'autorità.

E questo mi metteva in una posizione pericolosa.

Perché avrei ucciso chiunque per quella donna. Volevo che fosse mia per sempre, non solo per un mese.

Un desiderio letale, considerato il prezzo che avremmo dovuto pagare.

Ma forse per lei ne sarebbe valsa la pena.

Forse *per noi* ne sarebbe valsa la pena.

Non dovevo decidere subito. Avevamo ancora qualche settimana.

Ammesso che Khalid non andasse fuori di testa per quel nuovo sviluppo. Perché l'avrebbe capito nel momento stesso in cui fossimo arrivati a colazione. Una certezza che condivisi con Lily e che la fece irrigidire.

Aveva seguito i miei pensieri, culminati nella preoccupazione fin troppo concreta che Khalid potesse sfruttare il suo potere su di me... e rompere lui stesso il legame.

In quel caso, tutto sarebbe finito prima ancora di iniziare.

C'erano molti vampiri al mondo che avrei potuto uccidere con facilità.

Purtroppo, però, Khalid non era tra loro.

Se avesse voluto Lily, l'avrebbe presa. E il mio legame con lei l'aveva resa ancora più preziosa.

I vampiri adoravano i giochi di potere.

E io stavo per consegnare a Khalid una mano vincente.

La domanda era: l'avrebbe giocata? O avrebbe rimandato tutto a un altro giorno?

CEDRIC

C'ERANO DUE MODI PER AFFRONTARE LA SITUAZIONE: fingere che non me ne fregasse niente di Lily e mostrarmi imperturbabile, oppure scoprire tutte le mie carte.

Un'occhiata a Khalid mi fece decidere per la seconda. Non che avessi realmente intenzione di far finta di nulla. Forse l'avrei fatto con Silvano. Ma nel momento in cui avesse toccato Lily, sarei stato tutto tranne che imperturbabile.

E questo era un problema.

L'intera situazione era un problema.

Eppure non riuscivo a sentirmi in colpa. Nemmeno quando pensavo a cosa avrebbe comportato per Lily.

Perché mi sembrava tutto troppo giusto per negarci l'intimo piacere del nostro legame.

Una valutazione assurda, per la quale avrei dovuto, appunto, sentirmi in colpa. Ma avevo vissuto troppo a lungo per voltare le spalle a una delle rare occasioni in cui avevo realmente *sentito* qualcosa.

Appoggiai il palmo sulla schiena di Lily, manifestando la mia rivendicazione, e sostenni lo sguardo penetrante di

Khalid. Le sue iridi, normalmente turchesi, avevano assunto una sfumatura più scura, suggerendo che nella sua tazza non c'era caffè. O non c'era *soltanto* caffè. La sua umana era seduta accanto a lui con la testa bionda abbassata, il fuoco del giorno prima era totalmente assente.

«Mmm» mormorò il principe. «Sembra che tu abbia avuto una giornata piuttosto movimentata».

Scostai dal tavolo una sedia per Lily, poi presi posto tra lei e Khalid. «Sono stati dei mesi piuttosto movimentati».

«Già». Khalid lanciò un'occhiata alla sua umana e appoggiò la tazza sul tavolo. «Beh, mia cara, sembra proprio che non farai colazione tra le gambe di Lily». Il suo sguardo sinistro tornò su di me. «A meno che tu non voglia condividerla».

Le sue parole erano un test che non potevo superare.

Se avessi accettato di condividere Lily, avrei rischiato una reazione possessiva che avrebbe potuto causare danni fisici a qualcuno dei presenti.

Se avessi rifiutato, avrei ammesso la mia debolezza.

Ma udire i pensieri sussurrati di Lily, tutti focalizzati sul mio piacere e non il suo, mi spinse a rispondere: «No. Non voglio condividerla».

«Un atteggiamento che Silvano adorerà, ne sono certo» commentò Khalid. Poi si chinò in avanti e intrecciò le dita sul tavolo di legno scuro. Osservò me e Lily con un'espressione improvvisamente seria.

Non dissi nulla. Perché non c'era nulla da dire. Sapevo quanto fossero pericolose le mie azioni. Come sapevo quale sarebbe stata la reazione dei miei simili.

Khalid aveva l'autorità per portarmi via Lily anche in quel momento. Avrebbe potuto sbatterla sul tavolo e distruggere il nostro legame.

Certo, avrei potuto reagire. Avrei potuto tentare di

salvarla. Ma sarebbe stato a costo della sua vita, e potenzialmente anche della mia.

Eppure non ero sicuro che ciò mi avrebbe fermato. Sentivo già una profonda irritazione nei confronti di Khalid solo perché era nella stessa stanza con lei. L'idea che lui la toccasse mi faceva venire voglia di ucciderlo senza pensarci due volte.

Doveva averlo percepito anche lui, perché mi scoccò un'occhiata di avvertimento. *Non finirà bene per te*, sembrò dirmi con il suo sguardo tenebroso.

Vuoi scommettere?, risposi allo stesso modo. Khalid era un assassino, ma lo ero anch'io. E al momento avevo molto di più da perdere, un aspetto che mi rendeva più pericoloso del solito.

La mano di Lily trovò la mia coscia e il suo tocco mi fece stringere il cuore. Cercava conforto in mezzo alla tempesta di violenza che si stava scatenando intorno a lei. Ma mi stava anche fornendo il suo sostegno.

Mi confermò con un sussurro mentale che avrebbe fatto qualsiasi cosa per garantire la nostra sopravvivenza. Compreso lasciare che Khalid la prendesse.

Una conferma a cui subito obiettai, dicendole: *Non accadrà.*

Non l'avrei mai permesso. Ne ebbi la certezza proprio in quel momento, durante la mia sfida di sguardi con Khalid.

Avrebbe dovuto combattere contro di me per poterla toccare. E io non mi sarei arreso facilmente.

Khalid continuò a studiarmi per qualche altro secondo con un'espressione calcolatrice. «Silvano la distruggerà».

«Lo so».

Inarcò un sopracciglio nero. «E tu l'hai messa volontariamente davanti a un pericolo del genere?».

«Non userei il termine "volontariamente"». Non avevo

pianificato di legarmi a Lily. Anche se di certo non ne ero pentito.

«Mi piaci, Cedric». Khalid pronunciò quelle parole con una sfumatura minacciosa, come se volesse farmi capire che la sua simpatia per me non era una cosa del tutto positiva. «Se vuoi che spezzi il vostro legame in modo umano, lo farò».

Era un'offerta per liberare me e Lily dal legame di accoppiamento, un'offerta che poche persone della sua statura e della sua età avrebbero espresso in quel modo. Un dono amichevole, seppure oscuro. Un dono che avrei dovuto accettare, perché avrebbe salvato Lily da Silvano.

Solo che non riuscivo a trovare la volontà di lasciare che accadesse.

«Apprezzo l'offerta» risposi. E dicevo sul serio. «Ma non posso». La mia anima non me lo avrebbe permesso. Se Khalid avesse provato a toccare Lily, avrei reagito in modo violento. La possessività mi stava già offuscando la mente.

Lily era mia.

Forse temporaneamente.

Ma avrei lottato con tutte le mie forze per tenerla con me il più a lungo possibile.

«L'offerta è valida fino al Giorno del sangue». Khalid prese la tazza per concedersi un altro sorso. Nei suoi occhi tremolarono di nuovo braci oscure. «Da quel momento in poi, dovrai arrangiarti da solo».

«Capito. E grazie». Era un'offerta generosa. E non mi aspettavo una simile reazione da lui. La maggior parte dei reali nella sua posizione si sarebbe limitata a prendere Lily. Lui, invece, stava rispettando i miei desideri e si era offerto di aiutarmi a modo suo. E io lo apprezzavo davvero.

«Ovviamente, ora dovremo cambiare il suo programma di studi» aggiunse.

«Già». Chiunque conoscesse il suo odore, avrebbe capito che era diventata un'*erosita*. Era un cambiamento sottile, che pochi avrebbero colto. Ma chiunque ci fosse riuscito avrebbe rappresentato un problema.

Non sarebbe stato appropriato permettere a un'*erosita* di frequentare le lezioni con gli altri umani. Non solo il mio legame con Lily elevava il suo status marchiandola come la proprietà di un vampiro, ma la rendeva anche temporaneamente immortale. E le permetteva di accedere a uno dei segreti più preziosi della mia specie.

L'insieme di questi elementi la rendeva inadatta a frequentare l'Università del sangue.

«Abbiamo due possibilità» disse Khalid dopo aver svuotato la tazza. «O segnaliamo il suo cambio di status nel sistema, oppure posso approvare la tua richiesta iniziale di farla vivere qui e addestrarla personalmente. La seconda ipotesi avrebbe potuto suscitare l'interesse di Silvano, cosa che volevo evitare. Ma la prima lo farà di sicuro, e non ho voglia di ricevere una visita del tuo creatore. Pertanto, opteremo per il cambio di programma».

Cercai di non lasciar trasparire la sorpresa. Avevo dato per scontato che le modifiche alla mia richiesta fossero state una dimostrazione di forza. Invece aveva cercato di evitare di attirare l'attenzione di Silvano.

Un atteggiamento che condividevo, visto che nemmeno io volevo il mio creatore nelle vicinanze di Lily.

Se Khalid avesse inserito il suo nuovo status nel sistema, Silvano sarebbe salito sul suo jet e si sarebbe precipitato lì. Si sarebbe incazzato e io sarei stato costretto a subire qualsiasi punizione avesse voluto infliggermi.

Che sicuramente sarebbe stata a spese di Lily.

Per questo Khalid si era offerto di rompere il nostro legame e salvarla.

Ora la stava proteggendo in modo diverso, almeno temporaneamente.

«Dovrà comunque partecipare al Giorno del sangue» continuò Khalid. «Come hai detto, non sei ancora un sovrano. Non hai il potere né l'autorità per reclamarla. E se qualcuno vi vedrà insieme, capirà subito cos'è per te».

Serrai la mascella su quell'ultimo commento. Non stava insinuando che la mia natura possessiva sarebbe stata evidente, anche se sospettavo lo fosse, ma che i nostri odori ci avrebbero traditi.

Il dolce profumo di Lily conteneva un pizzico della mia fragranza vampiresca, che chi mi conosceva bene avrebbe notato. Tutti gli altri avrebbero pensato che fosse il suo odore naturale. O forse che un vampiro l'aveva toccata intimamente prima di partecipare alla cerimonia.

A meno che non mi trovassi lì.

In quel caso, il mio odore avrebbe permeato entrambi, rivendicandola apertamente come mia. Proprio come stava succedendo in quel momento. Era una sorta di scudo naturale, che si attivava quando ero nelle vicinanze.

Se invece mi fossi tenuto a distanza, sarebbe stato quasi impercettibile.

A meno che qualcuno non la mordesse.

In quel caso, il suo sangue l'avrebbe tradita.

Non avevo mai morso l'*erosita* di un altro, ma da quello che avevo capito, nel loro sangue c'era qualcosa che accendeva la competizione tra i miei simili.

I vampiri amavano i giochi di potere.

Trovare una compagna incustodita si sarebbe rivelato molto fruttuoso. Poteva diventare una merce di scambio o semplicemente un giocattolo da tormentare, sapendo che il vampiro a cui era legata avrebbe sentito tutto il suo dolore.

Un tempo, gli umani che facevano parte di un legame di accoppiamento erano venerati, anche se non da tutti.

Ma ora, tra i miei simili, erano visti come fardelli emotivi, quindi come una debolezza.

Khalid probabilmente non condivideva quell'opinione, dal momento che sembrava stesse cercando di aiutarmi.

Almeno per qualche settimana.

Doveva essere per quello che la sua offerta era valida fino al Giorno del sangue. Perché poi Lily sarebbe stata spedita altrove, e la nostra connessione mi avrebbe inevitabilmente fatto soffrire. Visto che avrebbe sofferto anche lei.

La mossa più intelligente sarebbe stata accettare l'offerta di Khalid e lasciare che mettesse fine a tutto il prima possibile.

Prima che i nostri sentimenti diventassero ancora più forti.

Ma non potevo. Volevo assaporare quell'esperienza. Volevo conoscere Lily. E volevo che lei conoscesse me.

Sono un pessimo compagno, riconobbi. *Ma mi rifiuto di lasciarti andare, Lily. Sei mia. Anche se solo per poco.*

Tenne la mano sulla mia coscia nonostante una miriade di pensieri contrastanti si agitasse nella sua mente.

Anche lei voleva sperimentare quelle emozioni.

Ma, al tempo stesso, mi odiava per aver distrutto la sua visione della realtà.

E odiava il fatto che avessimo creato qualcosa di così speciale che nessuno dei due avrebbe potuto mantenere.

Però era grata per l'esperienza vissuta e soprattutto mi era grata per averle fatto provare qualcosa di così intenso. Di così *piacevole*.

Appoggiai la mano sulla sua e la strinsi, un'azione che Khalid seguì con gli occhi come se potesse vedere attraverso il massiccio tavolo di legno.

«Lily dovrà continuare a studiare qui con Emine». Lo sguardo di Khalid tornò sul mio. «Dovrà includere una sorta di addestramento sessuale e corsi di combattimento. Hanno una corporatura simile, ed Emine ha bisogno di esercitarsi».

Immaginai che "Emine" fosse il nome che aveva scelto per la sua umana. «Capisco. Ma mi occuperò io dell'addestramento sessuale di Lily».

«Ce ne occuperemo *insieme* durante delle sessioni di gruppo» mi corresse. «Emine ha bisogno di imparare a comportarsi correttamente in certe situazioni, e le informazioni saranno utili anche a Lily».

Lo osservai per qualche istante. «La mia risposta dipende da cosa hai in mente».

Khalid sorrise. «Prima facciamo colazione. Poi ti farò dare una dimostrazione da Emine».

L'umana rabbrividì, e i suoi occhi grigioazzurri saettarono verso il vampiro. Notai che era arrossita. Qualsiasi cosa intendesse con "dare una dimostrazione", aveva suscitato il suo interesse.

Lui le accarezzò affettuosamente il viso, poi afferrò il campanello che si trovava sul tavolo per chiamare i servitori.

Quindi il suo era stato un ordine, non un suggerimento.

Non ne fui sorpreso.

Era stato fin troppo generoso.

Era giunto il momento di uscire allo scoperto, di mostrare le carte. E lo avrebbe fatto con delle "sessioni di gruppo".

Lily mi affondò le unghie nella coscia. La sua mente traboccava di preoccupazione. Ma esternamente non reagì, a parte la stretta sulla mia gamba.

Le accarezzai il dorso della mano.

Qualsiasi cosa avesse in mente Khalid, saremmo sopravvissuti.

Forse ci saremmo anche divertiti.

Assicurati di mangiare tutto quello che ti metto nel piatto, fiorellino. Penso che avrai bisogno di tutte le tue forze.

Soprattutto perché Khalid aveva una passione per il sangue e amava testare i limiti.

Proprio come me.

Solo con un po' più di violenza.

E giocattoli letali.

Come i coltelli.

LILY

«Spogliatevi».

La parola colpì i miei sensi con la forza di una frustata, facendomi mancare un battito.

Il mio sguardo si spostò automaticamente su Cedric. Lui abbassò il mento in segno di conferma, dicendomi di fare quello che aveva ordinato Khalid.

L'umana numero centotrentanove, che durante la colazione Khalid aveva chiamato Emine, si era tolta i vestiti senza esitazioni. Tutta l'audacia dimostrata il giorno prima sembrava scomparsa.

Deglutii, poi feci come mi era stato indicato e chinai la testa assumendo la stessa posizione di Emine.

Che era quello che avrei dovuto fare fin dall'inizio.

«Prima lezione» cominciò Khalid in tono gentile. «Sono un reale, Lily. Devi obbedire a me, non al tuo compagno. Quando ti chiedo di fare una cosa, la devi fare e basta».

Tremai. «S… sì, mio signore. Volevo dire, mio principe». Trasalii. Cedric mi aveva detto di non chiamarlo così. Ma come potevo non farlo, dopo quell'ultima osservazione?

«No» intervenne Cedric con un tono d'acciaio. «Le hai appena detto che sei un reale. Si sta rivolgendo a te in modo appropriato».

«Ti rendi conto che difenderla rivela ciò che provi per lei, vero?».

«È la mia *erosita*. Il mio giocattolo. La mia compagna. Chiamala come vuoi. Ma è *mia*. E non permetterò che una piccola infrazione ponga fine al nostro legame».

Khalid sospirò. «Non stavo per morderla, Cedric. Volevo solo correggerla severamente e dirle di chiamarmi "mio signore"».

«Se vuoi che venga corretta *severamente*, me lo dici e me ne occupo io».

«Parleresti così a Silvano?».

«Preferirei uccidere Lily con le mie stesse mani che metterla in una stanza con Silvano» rispose Cedric. Le sue parole mi gelarono il sangue. «Mi sto dimostrando molto paziente, Khalid. È nuda. Si sta inchinando. Non insistere».

Calò il silenzio, la tensione era palpabile.

Mi venne la pelle d'oca. *Cedric?*, sussurrai.

Ma lui non rispose. La sua rabbia, d'altro canto, mi incendiò la mente. I suoi pensieri erano caotici, la sua sete di violenza mi faceva girare la testa.

«Così non va bene, Cedric» disse infine Khalid. «Questa possessività innata è esattamente il motivo per cui la società disapprova questo tipo di unione».

«Un tempo era venerata. Era considerata addirittura sacra». Cedric abbassò la voce, ma le sue parole erano intrise di potere.

Seguì un altro momento di silenzio. «Stai dicendo che ti mancano i vecchi tempi?».

Cedric rifletté su come rispondere lasciandomi assistere a tutto il suo processo mentale. Non mi stava nascondendo niente. Fu così che capii lo scopo della lezione.

L'esercizio non aveva nulla a che vedere con l'addestramento.

E tutto a che vedere con Cedric. Khalid lo stava testando.

Oh, potrebbe esserci anche un altro scopo, ma sono io il soggetto principale della lezione di oggi, spiegò Cedric. La sua voce mentale era stranamente leggera. Come se la situazione lo divertisse.

«I vecchi tempi» ripeté come se ne stesse contemplando il significato. Ma i suoi pensieri mi rivelarono che sapeva già cosa intendeva Khalid. «Alcuni aspetti della nostra vita sono fatti per essere valorizzati. E trovare un compagno dovrebbe essere uno di questi. Eppure ci dicono che è una debolezza. Forse lo è, ma forse una debolezza è ciò che rende la vita interessante».

«Interessante» gli fece eco Khalid. «Curiosa scelta di parole. In che senso *interessante*?».

Cedric si mise davanti a me. Le sue dita mi strinsero il mento e lo alzarono, portando il mio sguardo sul suo. «Mi sento vivo come non mi succedeva da molto tempo».

Le sue parole sembrarono rivolte più a me che a Khalid, e mi fecero stringere il cuore.

«La mia Lily ha infuso nuova vita dentro di me. Mi ha fatto provare l'eccitazione di cui ho sentito la mancanza fin da quando ci hanno tolto il piacere della caccia».

Mi sistemò una ciocca di capelli dietro l'orecchio, poi lanciò un'occhiata a Khalid, che era in piedi al mio fianco.

«Mi chiedi se mi mancano i vecchi tempi? Sì. Perché mi manca sentirmi vivo. Il nuovo mondo sarà anche più facile da gestire, e ci ha posto nel ruolo che ci spetta, in cima alla catena alimentare. Ma è così banale. È troppo prevedibile. È… è troppo semplice».

Lasciò cadere la mano dal mio viso, rivolgendo di nuovo tutta la sua attenzione a Khalid.

«Lei è mia. Come reale, puoi portarmela via. Ma sappi che non ti renderò le cose facili».

«Potrei denunciarti».

Cedric sorrise. Me ne accorsi perché non avevo riabbassato il capo come avrei dovuto. «Dovresti ammettere di essere qui. E sappiamo entrambi che non mi denuncerai. Se ritenessi il mio comportamento problematico, te ne occuperesti da solo».

«È quello che sto cercando di fare, ma non mi permetti di correggerlo».

«Stronzate. Volevi testare la mia reazione. Eccola qui. E adesso?». Cedric aveva abbandonato ogni pretesa di formalità. Ne ero affascinata. Mi aveva sempre dato l'impressione di avere tutto sotto controllo, incluso se stesso. In quel momento, però, si stava comportando in modo istintivo e imprudente.

Khalid gli scoccò un'occhiata di avvertimento. «La tua mancanza di rispetto sta iniziando a farmi incazzare».

«Anche la tua» replicò Cedric. «Potrai essere un diretto discendente dei Benedetti, ma anch'io ho un certo status grazie alla mia età e alle mie abilità. E nonostante sia felice di piegarmi al tuo volere su molte cose, la mia *erosita* non è una di queste. Ora smettila di fare giochetti, Khalid, e dimmi cos'è che vuoi davvero».

Il sangue mi si gelò nelle vene per la letalità del tono di Cedric.

Le sue parole vorticavano nei miei pensieri, la precisione delle sue affermazioni era affilata come una lama.

Ora smettila di fare giochetti, Khalid, e dimmi cos'è che vuoi davvero.

Anche l'aria sembrò gelarsi mentre i due potenti vampiri si fronteggiavano. Avevo sperimentato la forza e le aure soprannaturali della loro specie nel corso degli anni, ma mai così.

Khalid era un reale.

Cedric un vampiro molto antico.

Sebbene Khalid avrebbe probabilmente vinto un potenziale incontro, ero sicura che Cedric gli avrebbe tenuto testa e gli avrebbe anche inflitto qualche danno.

D'altro canto, io ed Emine saremmo sicuramente morte.

Strinsi le mani davanti a me e intrecciai le dita, mentre la tensione continuava a crescere.

Le mie gambe tremarono per l'improvviso bisogno di inginocchiarmi, il potere presente nella stanza stava soffocando la mia abilità di pensare a qualsiasi cosa che non fosse la necessità di sottomettermi.

«Sembra che tu non sia l'unico insoddisfatto della nostra attuale situazione, Cedric» disse Khalid sorprendendomi. Non erano le parole che mi aspettavo.

Lo shock di Cedric rivaleggiava con il mio; la sua mente mi confermò che nemmeno lui si aspettava qualcosa del genere. «Davvero?».

Il principe lo fissò con i suoi penetranti occhi turchesi. «C'è una rivoluzione in arrivo. Non so quando. E non ho intenzione di discuterne. Ma mi sto preparando per quando accadrà, e dovresti farlo anche tu».

«Prepararmi in che modo?».

«Decidendo da che parte stare» rispose il reale.

«È difficile stabilirlo senza sapere quali sono le parti in gioco». La mente di Cedric stava già catalogando tutti i reali e gli alfa, valutando ogni potenziale alleanza. Lo udii anche mettere in dubbio la veridicità delle affermazioni del principe.

Potrebbe essere solo l'ennesimo giochetto, pensò. *Una mossa politica per mettere alla prova la mia fedeltà.*

Mi stancai solo sentendolo esaminare tutte le possibili angolazioni.

Ogni aspetto della vita dei vampiri era carico di implicazioni politiche. Nulla era come sembrava. E quello che stava succedendo non faceva eccezione.

«Sì, è vero» concordò Khalid. «Detto ciò, avevi ragione: volevo solo vedere quanto fosse profonda la tua ossessione per Lily».

«Perché?».

«Perché è un peso. Un peso che ti farà ammazzare durante il Giorno del sangue, se non ti dai una regolata». Il reale fece una pausa per lasciar sedimentare le sue parole. «E personalmente ritengo che la tua morte sarebbe uno spreco di talento».

«Capisco». La mente di Cedric si animò di nuove strategie, chiedendosi anche cosa intendesse il principe.

«Presto le tue abilità potrebbero rivelarsi molto utili. Soprattutto se plasmate in modo appropriato».

«Cosa vuoi dire?».

«Voglio tenerti in vita. E se questo significa che dovrò rimuovere ogni distrazione, lo farò». Il reale alzò una mano prima che Cedric potesse parlare. «Ma sto iniziando a rendermi conto che rimuovere *questa* distrazione potrebbe avere delle conseguenze. Quindi, sto rivalutando le mie opzioni».

Un muscolo si contrasse nella mascella di Cedric, la sua mente stava elaborando ogni parola lasciandomi libero accesso. «La *distrazione* di cui parli mi ha fornito un nuovo entusiasmo in un'esistenza altrimenti monotona. Di conseguenza, sarebbe poco saggio *rimuoverla*. Soprattutto se ritieni che le mie abilità possano tornarti utili in futuro».

«Sì, è quello che ho capito dalla lezione di oggi».

«Bene». Cedric incrociò le braccia sul petto. «E ora?».

«Ora? Ora iniziamo un'altra lezione». Lo sguardo intenso del principe si posò su Emine. «Ho ancora bisogno di addestrarla. Ma tengo alla sua vita e non voglio rischiare che tu la uccida per aver toccato la tua *erosita*».

Lo faresti davvero?, chiesi, sorpresa dal commento di Khalid.

Sì, rispose Cedric senza esitazioni.

Perché?

Perché sei mia, Lily. E non voglio condividerti con nessuno.

Ma…

Non ho intenzione di discutere, mio dolce fiore.

«Cosa suggerisci?» chiese ad alta voce all'altro vampiro.

«Suggerisco di cambiare rotta e insegnare a Emine e Lily come comportarsi in presenza dei vampiri. Se vuoi che il tuo fiore rimanga la tua *erosita*, un desiderio che posso aiutarti a realizzare se sceglierai di lavorare con me, dovremo trovare un'intesa».

Eccoci qua, commentò Cedric. *La vera richiesta*. «Lavorare con te» ripeté. «Cosa significa?».

Il reale sorrise. «Significa che potrei avere bisogno di un nuovo sovrano. E forse mi piacerebbe che quel sovrano fossi tu».

«È di questo che si tratta? Vuoi che mi unisca alla tua regione e abbandoni Silvano?».

Khalid alzò le spalle. «Come ho detto, c'è aria di cambiamento. Voglio avere i giocatori giusti dalla mia parte».

«Un *cambiamento* di cui non vuoi parlarmi».

«Non finché non mi fiderò di te».

«Quindi è questo il vero motivo per cui sei qui? Per reclutarmi?» chiese Cedric.

Il reale ridacchiò. «No, sono anni che ti osservo. Per quale altro motivo pensi che ti abbia permesso di insegnare all'Università?». Inarcò un sopracciglio. «Un vampiro potente come te, vicino ai confini del mio territorio? Suvvia. Sai che ci vuole un permesso speciale».

«Ah, allora cos'è, ho finalmente passato il test?».

«Non esattamente» rispose il principe. «Quando ho saputo della tua partenza, sono venuto a occuparmi dei tuoi corsi. È così che ho conosciuto Emine. È lei il motivo per cui sono rimasto. Ma si è rivelata un'ottima scelta anche per te, perché mi ha dato l'opportunità di valutarti adeguatamente».

«Valutarmi… per una posizione di sovrano».

«Sì. So che non la vuoi. In effetti, è proprio ciò che ti rende perfetto per il ruolo».

«Silvano non lo permetterà mai».

«Non temo Silvano. Può fare tutti i capricci che vuole, ma non c'è nulla che ti leghi a lui se non la tua lealtà. Che, ironicamente, ammiro. Ma preferirei di gran lunga che fosse diretta a qualcuno che se la merita».

«Qualcuno come te?» ipotizzò Cedric.

Le labbra del principe si incurvarono di nuovo in un sorriso. «Come ho detto, posso aiutarti a risolvere il tuo problema. Se accetti di aiutarmi. Ma non devi farlo oggi stesso, prenditi del tempo per riflettere. Forse i miei metodi di addestramento ti convinceranno». Si avvicinò a Emine e le fece scorrere il pollice lungo la mascella, alzandole il mento finché gli occhi di lei non incontrarono i suoi.

Lo guardò senza mostrare alcuna emozione, e il vampiro ne sembrò molto soddisfatto.

«È una magnifica attrice, non è vero, Cedric?». Khalid le accarezzò il collo, scendendo verso il suo petto. «Il suo corpo reagisce al mio tocco, ma il suo viso non lascia trasparire nulla. Anche se so che muore dalla voglia che la lecchi tra le cosce. Non è così, principessa?».

«Sì, mio signore» rispose con un tono che rispecchiava l'impassibilità del suo viso.

«Rispondimi come faresti in privato e forse sarai ricompensata» disse il reale, e l'espressione di lei mutò in qualcosa che riconobbi immediatamente.

Era il tipo di occhiata che rivolgevo spesso a Cedric.

«Sono bagnata fradicia per te, Khalid» lo informò quasi ansimando. «Scopami, ti prego».

«Sei proprio un bravo piccolo miraggio» rispose lui, dandole un rapido bacio sulle labbra. «Sta imparando come comportarsi in pubblico e in privato». Le diede un altro bacio, stavolta sulla guancia, poi le girò attorno e si mise dietro di lei. Le afferrò i fianchi e si chinò per mordicchiarle il collo.

I miei capezzoli si indurirono, soprattutto perché pensai alla bocca di Cedric sulla mia gola. La sua mente fu invasa da immagini simili, e in un attimo i suoi pensieri furono offuscati dall'eccitazione.

Ma mantenne comunque le distanze, la parte più strategica di lui stava ancora valutando ogni parola pronunciata dal principe.

«Questo è l'addestramento che desidero continuare, Cedric» mormorò il reale. La sua mano scese lungo il torso di Emine fino a posarsi sul suo ventre. «Credo che gioverebbe anche alla tua Lily».

Emine si inarcò all'indietro verso il vampiro, che le affondò le zanne nella gola. Il suo palmo rimase sul ventre della donna, mentre l'altra mano le afferrò un seno.

Lei gemette e chiuse gli occhi, abbandonandosi completamente a lui.

Deglutii e avvampai. Un'immagine vivida di Cedric

che mi teneva nello stesso modo mi attraversò la mente, facendomi tremare le gambe.

Ma lui non si mosse. Si limitò a guardare con un'espressione impenetrabile.

Se non avessi udito i suoi pensieri tormentati, avrei pensato che tutto ciò non significasse niente per lui.

Solo che sentivo il suo desiderio gridare forte quanto il mio, il suo bisogno di rivendicarmi in un modo simile gli rendeva difficoltoso restare immobile.

«So che hai già iniziato ad addestrare Lily» disse il principe dopo un lungo sorso. «Ma credo che sarebbe vantaggioso per entrambi combinare le nostre lezioni per un obiettivo comune. Potremmo mostrare loro come essere sensuali l'una con l'altra senza condividere realmente l'intimità». Alzò lo sguardo su Cedric. «Dopotutto, la nostra società si basa sui giochi di potere. Perché non giocare nella stessa squadra?».

CEDRIC

Sì, è decisamente un gioco pericoloso.

Khalid non mi stava chiedendo soltanto di addestrare i nostri animaletti. Mi stava chiedendo di scegliere tra lui e Silvano.

«Potrei avere bisogno di un nuovo sovrano» aveva detto.

Non un'offerta, ma una potenziale posizione all'interno del suo territorio. E, a quanto sembrava, mi stava valutando da anni come possibile candidato.

Quando ero stato assunto come insegnante, non mi era neanche passato per la mente che ci fosse qualcosa sotto. Avevo dato per scontato che fossero a corto di personale e che un vampiro anziano avrebbe fatto comodo all'Università.

Sia Sahara che Khalid avrebbero dovuto approvare la mia richiesta.

Non ero un reale.

Ma ero anziano. Potente. E la progenie di un reale. Se mai fosse successo qualcosa a Silvano, sarei stato preso in considerazione per assumere il controllo del suo territorio.

E se avessi scelto di lavorare con Khalid, lo stesso discorso sarebbe valso anche per il suo.

Il principe riportò la bocca sul collo di Emine. Le sue zanne affondarono ancora una volta nella sua carne, mentre la mano che prima era sul ventre dell'umana scese verso il suo sesso depilato.

Lily si dimenò, lo spettacolo erotico le fece stringere le cosce. Sentivo la sua eccitazione. Il suo profumo inebriante mi stordì, una sensazione accentuata dall'aroma del sangue di Emine che permeava l'aria.

Khalid mi stava invitando a unirmi a lui in quella danza letale. E gli odori stavano rendendo sempre più difficile rifiutare.

Prima aveva sfidato il mio lato possessivo facendo un passo verso Lily. Nella mia mente, la sua nudità l'aveva resa ancora più vulnerabile, istigandomi a reagire di istinto e intimargli di non toccarla. Perché l'avrei difesa. Fino a quel momento, non ero del tutto sicuro che l'avrei fatto. Ma ormai ne avevo la certezza.

Quando si era mosso, avevo deciso il mio destino.

Mia.

Quella parola mi risuonava nella mente anche ora. Sentivo la necessità di nascondere il corpo di Lily alla sua vista, un bisogno che richiedeva uno sforzo immenso per essere ignorato.

Niente aveva mai messo alla prova la mia pazienza come quella situazione.

Considerando quanto a lungo avevo vissuto, ne fui sconvolto.

Dopotutto, però, non avevo mai avuto un'*erosita*.

Non sapevo se la mia ossessione fosse dettata dal legame o dalla personalità e dalla bellezza di Lily. Probabilmente era frutto della combinazione di entrambi.

«*Khalid*» gemette Emine. Il tocco e il morso del

vampiro la spinsero oltre il limite, verso un orgasmo che la fece gridare di piacere.

Le guance di Lily assunsero la sfumatura del crepuscolo, le sue pupille erano dilatate. Sembrava pronta a inginocchiarsi e ad assaggiare il piacere di Emine. Forse perché voleva che un po' della sua estasi si riversasse su di lei.

Ma quel bagliore affamato nel suo sguardo mi fece venire un'idea.

Il gioco riguardava l'autocontrollo e la percezione altrui.

C'erano modi per essere sensuali e comportarci come vampiri, pur restando fedeli alle nostre compagne.

Perché il legame mi permetteva di accedere liberamente ai pensieri di Lily, di individuare i suoi bisogni e di valutare i suoi limiti.

E ora mi stava dicendo che l'idea di giocare con Emine non la disturbava affatto. Anzi, era interessata e si chiedeva come sarebbe stato.

Sei così giovane, mia dolce Lily, le sussurrai nella mente. *Hai ancora così tante esperienze da fare… e mi ritrovo a volerti dare ogni opportunità di allargare i tuoi orizzonti, almeno finché posso. Vuoi assaggiarla?*

Non… non lo so.

Vuoi che ti ordini di farlo, così non avrai altra scelta? Non avrei avuto problemi a farlo. Non tanto perché volessi vederle insieme, ma perché volevo udire i pensieri di Lily mentre assaporava Emine, osservare le sue tecniche, *sentire* quali emozioni le suscitava dare piacere a un'altra donna.

Viverlo di nuovo.

Era quello il regalo che mi aveva fatto Lily: mi aveva dato la possibilità di sperimentare tutto come se fosse la prima volta. Ricordandomi cosa si provasse a essere umani.

Sì, sussurrò. *Sì, Cedric*.

Se in qualsiasi momento diventasse… troppo, dimmelo, la avvertii. Non potevo prometterle che avrei interrotto tutto, perché a volte un'amante ha bisogno di una piccola spinta per uscire dalla sua zona di comfort e sperimentare il piacere più totalizzante. Ma mi sarei preso cura di lei, e avrei ascoltato con attenzione i suoi pensieri. Per un milione di motivi.

Sì, Cedric, ripeté.

Che dolce fiorellino, mormorai mettendomi dietro di lei, in una posizione simile a quella assunta da Khalid. Solo che non le afferrai la gola. Strinsi invece i suoi morbidi capelli biondi nel pugno e premetti le labbra sul suo orecchio.

«Inginocchiati» le ordinai.

Pur rabbrividendo, obbedì, e cadde in ginocchio davanti a Emine.

Khalid incontrò il mio sguardo, abbandonando il collo della sua umana. Inarcò un sopracciglio e mi domandò: «Hai in mente qualcosa?».

«Sì. Lily vuole assaggiare la tua Emine». Senza allentare la presa sui suoi capelli, le diedi una piccola stretta alla spalla con la mano libera. «Lily?».

«Sì, mio signore?» rispose puntualmente. Di certo aveva sentito i miei pensieri su quel gioco di formalità, cogliendo la necessità di comportarsi in modo appropriato.

«Chiedi il permesso al principe Khalid di leccare il suo animaletto». Usai il suo titolo di proposito per fargli capire che accettavo la sua richiesta sulle sessioni di gruppo. Almeno per il momento.

Mentre beveva il sangue di Emine, le sue iridi avevano assunto i toni del cielo di notte. Il cambiamento di colore era una caratteristica insolita per i membri della nostra specie, e in qualche modo lo faceva apparire ancora più letale. Il luccichio nei suoi occhi contribuiva ad accentuare il suo aspetto pericoloso, ma il lieve movimento delle labbra mi rivelò che non vedeva l'ora di giocare.

«Principe Khalid» disse Lily quasi dolcemente. «Posso… posso leccare il… il vostro animaletto?».

Sei stata quasi perfetta, le comunicai mentalmente. La mia mano si spostò lungo la sua spalla, risalendo verso il collo, dove tracciai con il pollice una linea minacciosa verso l'alto.

«Chiediglielo di nuovo senza essere così incerta, Lily. Il principe Khalid deve pensare che tu faccia sul serio».

Se si fosse trattato di qualsiasi altro studente, avrei usato un tono severo. Ma con lei non ero in grado di farlo. Non più, almeno.

Avvolsi la mano attorno alla sua gola e la sentii deglutire a fatica.

Passò qualche istante, durante il quale si preparò mentalmente ripetendo tre volte la frase. Non la interruppi, ma era un difetto che avremmo dovuto correggere, e in fretta. Perché quel tipo di esitazione davanti ad altri vampiri l'avrebbe fatta uccidere. Lo sapeva anche lei, come dimostravano i rimproveri che le affollavano la mente.

Dillo e basta, si impose. Udii la sua voce forte e chiara nella mia mente. Ma poi percepii la paura insinuarsi nei suoi pensieri, dopo avermi sentito riflettere su tutti i modi in cui sarebbe stata punita se fossimo stati altrove.

Ma i ricchi broccati drappeggiati davanti alle finestre ci nascondevano alla vista. Il salottino era stato preparato appositamente per la nostra *lezione*, e si trovava accanto alla sala da pranzo, in un angolo con un unico ingresso.

Un'area riservata.

Molto diversa dai saloni che i miei fratelli prediligevano quando era ora di giocare. Ma Khalid stava dimostrando di voler sfidare tutte le norme.

Solo che non sapevo se fosse un test per verificare le

mie reali preferenze o una rappresentazione della realtà che desiderava.

Siamo davvero così simili? O il famigerato assassino si sta prendendo gioco di me?

«Posso leccare il vostro animaletto, principe Khalid?» chiese Lily. L'audacia e la sicurezza di cui era intriso il suo tono mi strapparono ai miei pensieri. Nella sua voce c'era anche una lieve sensualità che mi fece sorridere.

Molto bene, la lodai.

«Come posso rifiutare una richiesta formulata con una tale dolcezza?» disse Khalid con un sorriso, allontanando la mano dalle cosce di Emine e portandogliela alla bocca. «Apri, mio bel miraggio. Voglio sentirti ansimare sulle mie dita mentre Lily ti lecca».

Emine schiuse le labbra e accolse avidamente le sue dita, succhiando il suo stesso piacere dalla pelle del vampiro.

«Puoi assaggiare il mio animaletto, Lily» disse Khalid. «Ma mi aspetto che tu la faccia venire. Capito?».

«Sì, mio principe» rispose lei con voce affannosa.

Khalid annuì. «Procedi».

Lasciai andare il collo di Lily tornando a stringerle la spalla. «Chiedi al principe Khalid se puoi anche toccarla con le mani».

«Principe Khalid, posso usare anche le mani?» domandò subito, obbediente.

«Puoi accarezzarle le gambe, il ventre e il seno, ma sul suo sesso puoi usare soltanto la lingua e la bocca» rispose Khalid.

«Grazie, mio principe». Lily appoggiò i palmi sulle cosce di Emine e risalì verso l'alto in una sensuale carezza, facendo venire la pelle d'oca all'altra umana.

Brava, sussurrai nella mente di Lily. *Pensa a come ti piace che ti tocchi. A come ti senti quando ti succhio il clitoride e ti lecco in profondità. Cerca di riprodurre queste azioni con Emine.*

Sì, mio signore.

Chiamami solo Cedric quando parliamo mentalmente, fiorellino, dissi. *Soprattutto quando stiamo facendo qualcosa di così intimo.*

Sì, Cedric, rispose, sporgendosi in avanti per baciare il sesso depilato di Emine.

Accentuai la stretta sulla spalla di Lily. Vederla toccare intimamente qualcun altro mi faceva uno strano effetto.

Una parte di me voleva strattonarla via e reclamare apertamente la mia *erosita* infilandoglielo in gola

Ma un'altra parte di me... bruciava di curiosità.

Che cosa farà? Le piacerà? Vorrà farlo di nuovo?

Così tante domande.

Così tante *sensazioni*.

Avevo avuto un'infinità di esperienze in ambito sessuale nel corso della mia lunga vita, ma quello... quello era completamente diverso.

Perché ne percepivo la novità attraverso la mente di Lily.

La sua volontà di obbedire.

Il suo desiderio di compiacermi.

Il suo bisogno di fare le cose per bene.

Mi piace quando mi mordi delicatamente, disse Lily, mettendolo in pratica tra le gambe di Emine. *E quando mi scopi con la lingua.*

I suoi palmi si spostarono verso l'interno delle cosce dell'umana e le allargarono, in modo da avere pieno accesso e poter dimostrare quello che aveva appena detto.

Uno spettacolo che, unito alle parole volgari pronunciate mentalmente dal mio dolce fiore, mi riempì di calore. Era riuscita a coinvolgermi nel modo più intimo, dicendomi cosa le piaceva e mostrandomelo sull'altra donna.

Stai immaginando che lo stia facendo a te?, le domandai, pur sapendo che era proprio così.

Sì, boccheggiò. *Sto... sto pensando a quello che fai a me... e... e lo applico su di lei... ma... ma mi sta facendo...*

Cosa? Raggiunsi di nuovo il suo collo con una sensuale carezza, trascinando le nocche sul punto in cui il suo battito scalpitava. *Ti sta facendo bruciare, fiorellino?*

Sì. Avvicinò la lingua al bocciolo sensibile di Emine, facendola sussultare e gemere attorno alle dita di Khalid. Ma me ne accorsi appena. La mia concentrazione era tutta rivolta a Lily, ai suoi pensieri, al modo in cui eseguiva ogni movimento immaginandomi tra le sue cosce.

Oh, Lily, ansimai.

Lei mugolò in risposta, facendo sì che Emine fosse attraversata da un fremito incontrollabile.

Lily se ne accorse e lo fece di nuovo.

«Comincio a pensare che non ci sia bisogno di molto addestramento in questo ambito» osservò Khalid con le labbra sulla tempia di Emine, mentre continuava a spingere le dita dentro e fuori la sua bocca. «È come se voi due foste nate per giocare insieme».

«O come se noi quattro fossimo destinati a padroneggiare questo gioco» dissi, incontrando ancora una volta il suo sguardo intenso.

Stavamo formando una sorta di relazione perversa, guidata dalla bocca di Lily sul clitoride di Emine. Come se il mio dolce fiore stesse sigillando con la lingua una promessa che ci legava tutti e quattro insieme.

Cedric, sussurrò. *Mi piace quando mi succhi qui. Fa un po' male, ma è stupendo.*

Lo stai facendo a Emine? Conoscevo già la risposta, ma non era quello il punto. Comunicare in quel modo stava rendendo il momento ancora più intenso, ci avvicinava e incendiava il sangue a entrambi.

Sì, rispose Lily. *Le sto succhiando il clitoride. E ora lo mordo appena. Poi lo lecco.*

La stai facendo contorcere.

Credo stia per venire, mi informò lei.

Sì, confermai, notando come le guance di Emine stessero avvampando. *Khalid ha detto che puoi toccarle il seno. Accarezzane uno e strizzale il capezzolo.*

Lily fremette sotto la mia morsa, la sua mente le aveva regalato lo scenario in cui ero io a farlo a lei. «Quanto sei bagnata, fiorellino?» le chiesi ad alta voce, abbassando lo sguardo sul punto in cui stava dando piacere a Emine.

«Le mie cosce sono fradicie» rispose sulla carne altrettanto bagnata dell'altra. «Voglio… voglio sentir venire l'animaletto del principe Khalid. Voglio assaporarla».

«Verrai per Lily, piccolo miraggio?» le domandò Khalid, trascinando la bocca sulla sua gola. «Le darai quello che vuole?».

La mano di Lily si avventurò verso l'alto, andando ad afferrare il seno di Emine. La donna gemette, esalando una risposta incoerente sulle dita di Khalid.

Lui ridacchiò. «Hai bisogno del mio morso». Le sfiorò il collo con le zanne. «Lo *brami*».

Seguì un'altra risposta confusa.

«Piccola degenerata» sussurrò il reale. «Mi costringerai a condividerti con tutti i vampiri della mia corte, a lasciare che banchettino con te, solo per crogiolarti nel piacere».

Lei tremò, scuotendo furiosamente la testa.

«No? Allora vuoi solo il mio morso?» le chiese. «Dimostralo». Mi guardò negli occhi e disse: «Mordi Emine».

Sentii Lily irrigidirsi. Era evidente che l'idea non le piaceva.

Ma era una lezione di cui avevamo bisogno entrambi,

perché era così che avremmo vinto il gioco, che avremmo fatto credere agli altri di essere pronti a condividere senza farlo davvero.

Si può mordere qualcuno senza bere il suo sangue, mormorai nella mente di Lily. *E Khalid è stato chiaro, mi ha detto solo di morderla.*

Sembra… sembra…

Un tradimento?, finii per lei, ascoltando la perplessità che le aveva invaso i pensieri. *Come condividere contro la propria volontà*, chiarii. *È il nostro legame, mio dolce fiore. Siamo legati l'uno all'altra finché non verrà spezzato. Siamo istintivamente protettivi. È per questo che prima ho reagito in quel modo con Khalid.*

Che ora mi stava lanciando un'altra sfida.

Solo che non era rivolta soltanto a me.

Ma anche a Lily.

Lo guardai ancora una volta negli occhi, confermandogli con lo sguardo che avevo capito. *Se reagisci, ti punirà, Lily. Devi continuare a far godere Emine. Ti dirà che quello che ti ha concesso di fare è un dono, e se non la fai venire come ti ha chiesto, gli mancherai di rispetto.*

Non rispose subito, i suoi pensieri erano divisi tra il tentativo di discernere la mia strategia, capire quello che le avevo detto e ricordare cosa fare con la mano e la lingua.

«C'è qualcosa che non va?» insistette Khalid.

«No, sto solo decidendo dove mordere il tuo animaletto» dissi.

«Sul polso andrà bene» rispose. «Alza la mano, Emine». Le sue labbra tornarono sull'orecchio di lei e aggiunse: «Se ti farà venire, sapremo che stai mentendo sul fatto che vuoi solo il mio morso».

Un test a più livelli, pensai. Ero quasi colpito.

O meglio, lo sarei stato se avessi avuto un qualche interesse nell'esperimento. Ma non era così.

Se Lily avesse reagito, Khalid l'avrebbe punita.

Se io avessi reagito, allora avrebbe punito me

E se Emine fosse venuta, avrebbe punito lei.

Ho capito, mi rassicurò Lily. *Mordila*. *Non reagirò*.

Le accarezzai il collo mentre Emine mi porgeva una mano tremante. «Grazie dell'offerta, Khalid» dissi, mantenendo un tono formale e recitando il mio ruolo in quella piccola farsa.

Strinsi la presa sui capelli di Lily, tenendola ferma dov'era, e con l'altra mano afferrai il braccio di Emine.

Mi avvicinai alla bocca il polso dell'umana, ma invece di guardare lei, fissai Khalid.

Fu così che colsi il sottile dilatarsi delle sue narici.

Un segnale che mi rivelò il suo fastidio nel vedere la mia bocca così vicina alla pelle della sua femmina.

Un segnale che mi spinse ad affondare le zanne nella pelle delicata della donna, facendo in modo che fossi *io* a testare *lui*.

Come ci si sente?, avrei voluto chiedergli. *Vuoi ancora giocare?*

Non le succhiai il sangue. Non ingoiai nemmeno quello uscito a causa del morso.

Mi limitai a fissare Khalid e aspettare.

Lui strinse i denti.

Ed Emine gemette, contorcendosi nel tentativo di soffocare un orgasmo.

Sembrava che stesse per perdere l'equilibrio, e si accasciò sul corpo di Khalid.

Ma non esplose. Nemmeno con la bocca di Lily che tentava di spingerla oltre il limite.

«Mmm» mormorò Khalid. Un suono profondo, pervaso da un ringhio. «Stai per venire di nuovo, vero?».

Emine aveva un'espressione sofferente. Il mio morso le aveva inondato il sangue di endorfine, ma l'umana stava dimostrando un autocontrollo ammirevole. O forse diceva sul serio: bramava soltanto le zanne di Khalid.

Udii Lily condividere quel sentimento, solo che era la mia bocca quella che desiderava. *Mio*, sembrò dire.

E capii che si trattava di una reazione a quello che stava accadendo.

Lily non voleva condividermi.

Né voleva essere condivisa.

Ma la situazione con Emine le sembrava diversa. Ciò che sentiva, inginocchiata davanti all'altra umana, era un'estensione di noi. E aveva deciso che le mie zanne erano solo un altro modo per operare come un'unità.

Come un *noi*.

Una *coppia*.

Perché eravamo insieme.

Legati.

In una relazione che trascendeva il tempo e lo spazio e ridefiniva le formalità dell'esistenza.

Quegli atti significavano tutto e niente allo stesso tempo. Ci vedeva partecipare al gioco come lo stesso giocatore. Non due entità separate, ma una coppia di anime fuse in una.

O forse era solo la mia mente che decifrava i suoi pensieri e li metteva insieme come poteva.

Lily aveva ragione.

Eravamo connessi a un livello che pochi avrebbero compreso.

Questo ci rendeva una coppia molto potente.

Una coppia che avrebbe potuto sopravvivere a tutto ciò che la vita le metteva davanti. Incluso quello che stava succedendo.

E non solo, potevamo anche *divertirci*.

Perché a Lily piaceva la sensazione di far godere

qualcun altro obbedendo ai miei ordini. Era un'esperienza condivisa che eccitava entrambi.

E a me piaceva sperimentare ciò che provava lei, la sua visione degli eventi. E vivere le sue emozioni come se fossero le mie.

Era una situazione incasinata, certo.

Eppure aveva senso nell'oscurità del mondo in cui eravamo costretti a vivere. Era adatta a noi. Rendeva possibile un futuro insieme.

La mia attenzione tornò su Khalid e sul suo sguardo complice. «Ora capisci il gioco» disse. Chiaramente, mi aveva letto in faccia il susseguirsi di tutti quei pensieri.

O forse poteva udirli.

Non sapevo con esattezza quanto fosse potente, percepivo solo l'energia che irradiava in ondate arginate a stento.

Non era come gli altri vampiri.

Non mi avrebbe sorpreso scoprire che aveva sangue di licantropo.

O forse qualcos'altro.

Qualcosa di più oscuro.

«Lascia andare il mio animaletto» sussurrò con un tono vellutato, abbassando gli occhi sul polso di lei ancora nella mia bocca.

Obbedii immediatamente, rilasciando la mano di Emine.

Lui la catturò prima che le ricadesse al fianco, portandosi la ferita alla bocca e avventandosi sul polso della donna come una pantera che vuole annientare la sua preda.

Solo che Emine non urlò di dolore.

Anzi, fu un grido di piacere quello che riecheggiò nella stanza; il suo morso l'aveva gettata istantaneamente nell'oblio, e la donna venne sulla bocca di Lily.

Continuai a tenere ferma la mia compagna, ricordandole mentalmente di non fermarsi finché Khalid non le avesse dato il permesso di farlo. Ma Lily non sembrava intenzionata a terminare l'esperienza, i suoi pensieri erano orientati verso la sua stessa estasi e la sensazione di avere la mia lingua sul suo dolce calore.

Pensò alle mie zanne, a com'era averle sul clitoride, a quanto un tempo l'avessero terrorizzata. Mi addentrai in quel flusso di pensieri, curioso di scoprire le origini della sua paura. Le trovai nei ricordi delle lezioni con Peyton.

Quella stronza sadica usava il piacere come un'arma, trasformandolo in dolore e punendo di conseguenza gli umani sotto di lei.

Come facevano troppi membri della mia specie.

Ma Khalid mi aveva appena dimostrato che non erano tutti così.

Aveva attinto al piacere di Emine senza farla soffrire. La sua bocca si spostò sul collo della donna e la morse di nuovo, ma dolcemente. Lei venne una terza volta, il suo orgasmo fu più simile a quello che lui le aveva procurato prima che Lily si inginocchiasse.

Quando ebbe finito, Emine faticava ad aprire gli occhi ed era completamente abbandonata a lui. «Basta così, Lily» disse Khalid prendendo Emine tra le braccia. «Riprenderemo l'addestramento domani».

Non ci diede la possibilità di rispondere, teletrasportandosi via con Emine e lasciandomi lì con una Lily ancora in ginocchio.

LILY

Il palmo di Cedric era come un marchio infuocato sulla mia schiena. Eravamo in piscina, e mi stava aiutando a restare a galla.

Dopo che Khalid ci aveva congedati, Cedric mi aveva proposto di andare a fare una nuotata.

Avevo accettato.

Perché dopo l'*allenamento* con Emine avevo bisogno di calmarmi. Ma l'acqua fredda non ebbe alcun effetto sull'incendio che mi divampava nelle vene.

Nemmeno la paura di annegare mi tornò utile, perché i pensieri di Cedric l'avevano praticamente dissipata; la mia sicurezza era la sua priorità.

Non mi avrebbe mai fatto del male.

Gli piaceva giocare con me, magari anche spaventandomi un po', ma la bestia sadica che viveva dentro di lui mi aveva reclamata in un modo che nemmeno Cedric stesso sembrava aver compreso.

Invece di combatterla, la stava accogliendo.

E stava tentando di insegnarmi a nuotare.

«Allarga le braccia» disse. «Devi trovare il tuo

equilibrio».

Mi mostrò nella mente cosa intendeva, ma non potevo trasferire magicamente la sua abilità nel mio corpo.

Capire un concetto e metterlo in pratica erano due cose completamente diverse.

Lo dimostrò la rapidità con cui affondai appena Cedric tolse la mano.

Agitai furiosamente le braccia lottando per tornare in superficie, e l'acqua mi entrò nel naso.

Cedric mi afferrò e mi strinse a sé.

Poi mi sistemò di nuovo sulla schiena per riprovare.

Non era così che mi ero aspettata di trascorrere la serata, ma non mi lamentavo. Non con le stelle e la luna che brillavano sopra di noi.

Se quelli erano i miei ultimi giorni di vita, me li sarei goduti e li avrei ricordati nel momento della fine.

«Ssh» mi zittì Cedric. «Non pensare a queste cose».

Udivo nella sua mente come volesse trascorrere le settimane successive in pace, fingendo che il Giorno del sangue non incombesse sul nostro futuro.

Non era sicuro di quale fosse realmente lo scopo di Khalid o di quale fosse il nostro ruolo nei piani del principe, ma Cedric non avrebbe permesso a nessun gioco di potere di rovinare il nostro tempo insieme.

Una parte di me avrebbe voluto sbraitare e protestare per quanto la situazione fosse ingiusta. Ma sapevo che non sarebbe servito a niente.

Era un mondo crudele.

Dovevamo accontentarci del poco sollievo che ci era concesso.

E se Cedric voleva donarmi quelle esperienze, non mi sarei opposta.

«Mio dolce fiore» mormorò, facendomi scivolare

sull'acqua e avvicinandomi al suo corpo nudo. «Non credo di meritarti».

Lo guardai confusa. «Perché?».

Sorrise. «Nel tuo mondo io sono il mostro, Lily. Un mostro che gioca con il cibo e dà false speranze. Eppure, non riesco a trasformare il tuo sogno in un incubo».

Le sue parole mi fecero correre un brivido lungo la schiena. «Allora non farlo» sussurrai. «Lascia che continui a sognare».

«Mi sento crudele ed egoista ad accettare» ammise, e la sua mente confermò che lo pensava sul serio. «Un uomo migliore porrebbe fine alle tue sofferenze, uccidendoti rapidamente e risparmiandoti chissà quante torture».

«Ma allora non avrei mai sperimentato la vita vera» risposi. «Non avrei mai vissuto realmente». Come avevo sentito nei suoi pensieri, aveva rivissuto le sue prime volte attraverso di me ed era stato affascinato dalle mie reazioni. «Se mi uccidi, perdiamo entrambi».

Sospirò. «Dovrei bandirti dalla mia mente».

«Non farlo, ti prego». Mi piaceva ascoltare i suoi ragionamenti criptici e le sue analisi oscure, nonostante preferissi ignorare le sue previsioni di un futuro violento.

Mi afferrò un fianco e avvolse l'altra mano attorno alla mia gola. La sua ginnastica mentale era terrificante e ipnotica al tempo stesso.

Sarebbe così facile spezzarle il collo.

Affogarla.

Ma a quale prezzo?

E se riuscissimo a trovare un modo per stare insieme?

Se potessi tenerla?

E se la perdessi? Sarebbe più corretto ucciderla ora.

Ma non mi perdonerei mai per non averci provato…

La sua voce profonda era come una trapunta che mi scaldava i pensieri.

La sua mente era in lotta con il suo spirito, e nel frattempo il suo sesso era sempre più duro. Sentii la sua erezione crescere per effetto del mio corpo stretto al suo, delle mie gambe avvolte attorno alla sua vita.

«Non riesco a resistere a quei lunghi steli» disse con un sospiro. «O alla tua pelle morbida. Il mio delicato, bellissimo fiore. Voglio farti a pezzi fino a vederti appassire davanti ai miei occhi».

Le sue labbra si posarono sulle mie, le sue parole erano inquietanti e piene di promesse violente.

Ma i suoi pensieri scacciarono la ferocia, e la sua mente immaginò come sarebbe stato vedermi sbocciare di nuovo per lui.

«Perché un fiore?» domandai. «Perché "Lily"?».

«Perché sei fragile e ti spezzi facilmente». Serrò la presa, impedendomi per un attimo di respirare. Poi la allentò di nuovo. «Ma sei anche splendida e affascinante». Si sporse e annusò il mio collo, dove il mio battito scalpitava. «Il tuo profumo è rinfrescante, come quello di un fiore di giglio in una giornata estiva».

Rabbrividii, percependo attraverso il legame la veridicità di ogni affermazione.

«I tuoi capelli mi ricordano la luce del sole» continuò, spostando la mano dalla mia gola e affondando le dita tra le mie ciocche bagnate. «E i tuoi occhi mi ricordano il mare, ma con una sfumatura di quel verde tipico delle foglie dei fiori».

Mi baciò il collo e trascinò la bocca verso il mio orecchio.

«Sei il mio fiore. La mia più grande tentazione. Il dono di una nuova vita». Scostò il viso da me per guardarmi negli occhi. «Sei una dose di vitale fragilità. Sei il mio giglio. La mia Lily».

Ogni parola sembrava una promessa di qualcosa di

più, anche se la sua mente era tormentata da tanti buoni motivi per distruggermi.

Nessuno di essi era di natura malvagia. Erano solo ragioni pratiche. Una serie di considerazioni sul mio destino e su quanto fosse sbagliato tenermi in vita per un suo vantaggio personale.

Ma non era solo lui a trarne beneficio.

Giovava anche a *me*. Mi dava la possibilità di *vivere*.

Avrei comunque preferito anche solo qualche secondo in più con Cedric che una morte rapida, e glielo dissi mentalmente.

«Ti sbagli» sussurrò. «Non sai davvero cosa sia meglio. Ma io sì. Eppure, mi ritrovo ad aggrapparmi al tuo desiderio con una quantità malsana di speranza. Non voglio perderti, fiorellino».

«E allora non farlo». Premetti l'inguine sulla sua erezione e lottai contro l'impulso di prenderlo dentro di me.

«Ogni giorno non farà che accrescere la mia voglia di tenerti con me».

«Lo dici come se fosse sbagliato».

«Lo dico per avvertirti» mi corresse. «Oggi ero sul punto di aggredire un reale. Ancora qualche settimana con te e potrei ritrovarmi a combattere contro un'intera corte».

Riprodusse mentalmente quello scenario, rendendomi partecipe di ogni mossa.

I vampiri non morivano facilmente.

Ma Cedric si era praticamente rassegnato a un simile destino pur di proteggermi.

Il mio cuore si librò per la gioia e si schiantò per il dolore. Rendermi conto di quanto tenesse a me mi scaldò lo spirito, ma il pensiero di cosa significasse per lui mi raggelò.

«Non voglio condividerti» ammise. «Voglio che tu sia soltanto mia».

Altre idee vorticarono nella sua testa, progetti di prendermi, fuggire e nascondersi per l'eternità. Nella sua mente brillante si formò un piano dopo l'altro, ognuno ideato e abbandonato dopo pochi secondi.

Perché non riusciva a creare un piano perfetto che garantisse la mia sicurezza.

«Allora restiamo» gli dissi. *E vediamo cosa ha in serbo per noi il principe Khalid.*

Cedric sostenne il mio sguardo con un'espressione meravigliata. «Il tuo coraggio è ingenuo e ammirevole al tempo stesso».

«Non è coraggio. È lotta per la sopravvivenza».

Le sue pupille si dilatarono, rendendo i suoi occhi ancora più neri. «Già. E tu sei una maestra nel sopravvivere, Lily. Devo ammetterlo».

Mosse il bacino e scivolò dentro di me con una spinta che mi fece inarcare istintivamente. Niente preliminari. Nessun tentativo di abituarmi alle sue dimensioni. Solo un'unione improvvisa, mentre ancora mi guardava negli occhi.

«Ho vissuto molto a lungo». Strinse i miei capelli nel pugno, sfruttando la presa per guidare le mie labbra verso le sue. «E nessuno mi ha mai provocato in questo modo prima d'ora, lasciandomi senza una strada precisa da seguire. Mi fai desiderare il paradiso e l'inferno, Lily. È quasi come se la tua esistenza mi avesse stregato».

Rabbia e ammirazione si contendevano le sue affermazioni.

Ma fu la seconda a trionfare quando la sua bocca reclamò la mia.

Non fu un bacio violento.

Solo dolce.

E permeato di intenzioni pericolose.

Perché la sua mente continuava a progettare modi per uccidermi, rendendolo sempre più desideroso di scoparmi.

Lo scenario si appannò. Cedric ci teletrasportò fuori dalla piscina su qualcosa di morbido nelle vicinanze.

Siamo in un bungalow, capii dai suoi pensieri.

C'erano delle tende leggere che ci nascondevano, pur lasciando intravedere le nostre sagome.

Chiunque fosse passato di lì avrebbe visto Cedric che mi scopava sul letto di vimini.

Ma a lui non importava che venissimo scoperti.

E nemmeno a me.

Mi interessava solo il lento scivolare della sua erezione che usciva fin quasi alla punta per poi affondare di nuovo dentro di me.

Regalandomi un meraviglioso dolore.

Come se mi stesse pugnalando con il piacere.

«Se aspetto ancora, non credo che riuscirò a ucciderti» mi confidò. «Non sono nemmeno sicuro di poterlo fare ora. Sono troppo egoista».

«È egoista desiderare la vita?» gli chiesi. «Desiderare questa intensità e volerne sperimentare di più?».

«Sì».

«Allora anch'io sono un'egoista» ansimai, inarcandomi verso di lui mentre si spingeva fino in fondo dentro di me. «Non voglio che tutto questo finisca».

Mi baciò di nuovo, questa volta con più passione, il suo cuore sembrava battere sulle mie labbra.

Ogni parte di lui era aperta a me.

La sua mente. La sua anima. Il nucleo stesso del suo essere.

Voleva che lo prendessi, lo dominassi e lo facessi mio.

Perché aveva tutte le intenzioni di fare lo stesso con me.

I pensieri di morte si allontanarono, sostituiti da nuovi

progetti. Immagini del presente. Fantasie che desiderava realizzare.

Scoparmi nel deserto.

Prendermi addosso a uno dei pilastri.

Rivendicare il mio sedere nella doccia.

Costringermi a succhiarglielo a colazione e poi avermi per dessert.

Tutte le idee più sordide che riusciva a concepire attraversarono il nostro legame, e io le accettai.

Con Cedric non avevo limiti.

Volevo lui e ogni esperienza che poteva offrirmi.

Un desiderio letale, osservò. *Ma non lascerò che questo mi impedisca di approfittarne.*

Fui percorsa da un fremito. *Voglio tutto quello che puoi darmi, Cedric. Questo mi rende avida?*

Ti rende perfetta, mi corresse aumentando il ritmo. *Ti rende mia.*

Tua, gli feci eco, muovendo i fianchi a tempo con le sue spinte. Con le gambe avvolte attorno a lui, come a cullarlo; era una posizione molto intima.

Perché non mi stava solo scopando. Stava facendo l'amore con me.

Le emozioni scaldavano l'aria tra di noi, la sua mente e il suo cuore mi trasmettevano le sue intenzioni.

Stavamo creando una sorta di promessa oscura.

La promessa di qualcosa di più.

Il sussurro di un potenziale futuro.

Voleva tenermi con sé. Lo volevo anch'io.

Trovare un modo per farlo sarebbe stato quasi impossibile. Ma forse insieme ci saremmo riusciti.

Perché ogni spinta consolidava il suo desiderio di rendere tutto permanente.

Niente più sogni. Solo una fantasia che avrebbe preso vita.

Per l'eternità.

Come una coppia.

Non ho mai capito l'amore, sussurrò. Appoggiò la fronte sulla mia e mi afferrò un fianco, accarezzandomi il seno con l'altra mano.

Ho sempre pensato di esserne immune, continuò. *Ma con te… credo di averlo sperimentato. Questa ossessione, il bisogno di possederti, la leggerezza che sento quando ci tocchiamo e il dolore che provo al solo pensiero che qualcosa possa farti soffrire, incluso me.*

Rallentò di nuovo e mi accarezzò il capezzolo con il pollice, prolungando il piacere che stava crescendo tra di noi.

Non so se si tratta del nostro legame, di noi o di una combinazione di entrambi, ma non riesco nemmeno a immaginare di farti del male, Lily. Non posso… non posso più negarlo. C'è qualcosa in te che distrugge il mio autocontrollo. Tutto ciò che voglio è farti mia per sempre.

E allora tienimi con te, sussurrai. *Perché sono già tua.*

Mi guardò con un'espressione colma di affetto, pur senza interrompere il suo assalto appassionato. «Ora ti mordo, Lily. E rilascerò così tanto piacere nel tuo sangue da farti svenire sul mio cazzo. E poi ti scoperò finché non tornerai in te e ricominceremo da capo».

«Mi stai punendo?» gli domandai. Il suo tono era al tempo stesso rabbioso e agonizzante.

«Sì. No. Non ne sono sicuro. Ma voglio farti venire fino all'alba. Voglio farti provare una vita di orgasmi».

Un fremito si agitò dentro di me a quel pensiero. «Sì».

Sorrise. Non era né crudele né malvagio, era un vero sorriso. Uno che mi diceva che mi vedeva come un dono.

Voleva che sapessi cosa significavo per lui.

Uccidendomi di passione.

Non puoi morire davvero, mi ricordò. *Però sì, potresti ritrovarti temporaneamente dall'altra parte. Ma ti giuro che ti farà provare un'estasi diversa da qualsiasi altra.*

Non c'era molto altro che potessi dire. L'avrebbe fatto a prescindere dalla mia risposta.

Ma non mi sarei mai opposta a provare un'esperienza del genere.

Perché la volevo quanto lui. Forse anche di più.

«Mordimi» sussurrai. «Mordimi, Cedric».

In quel momento era solo e soltanto Cedric.

Il *mio* Cedric.

«La tua fiducia sarà la nostra rovina» rispose. La sua bocca scese sulla mia gola. Si spinse fino in fondo dentro di me, accarezzando quel dolce punto all'interno.

Quello che mi faceva bruciare dalla voglia di averne ancora.

E lui mi accontentò con il suo morso.

Il piacere si diffuse lentamente, scorrendo nel mio sangue come una colata di lava, incendiando ogni terminazione nervosa.

Si insinuò in ogni parte di me.

Pulsando a tempo con il battito del mio cuore.

Urlai quando la prima ondata mi investì, trascinandomi in un oblio che minacciava di riscrivere la mia stessa esistenza.

Mi contorsi sotto di lui, premendo contro il suo inguine nel tentativo di averne di più.

Di più.

Di più.

L'estasi mi travolse, annegandomi in una pozza rovente di intensità che mi bruciò le viscere.

Mi stava marchiando.

Possedendo.

Ammazzando.

No. Non stavo morendo. Cedric non mi stava

prosciugando, bensì riempiendo con il suo veleno di vampiro, costringendomi ad assumerne più di quanto un essere umano fosse in grado di sopportare.

Se aveva intenzione di rubarmi la vita, quello sarebbe stato il momento perfetto per farlo. Ne udii la conferma attraverso il nostro legame, un'idea oscura che vorticava negli angoli più bui della sua mente.

Cedric, ansimai. *Non farlo. Non uccidermi.*

Non rispose, ma lo sentii sempre più convinto.

Quando si ama qualcuno, si cerca di fare ciò che è meglio per la persona amata, si stava ripetendo. *Questo è ciò che è meglio per lei.*

No!, gridai, nonostante il mio corpo stesse dicendo di sì. Aveva preso il sopravvento sui miei sensi. Sulla mia mente.

Mi scopò più forte mentre continuavo a venire, le mie membra tremavano prive di energia.

Mi stava distruggendo.

Contemplando la mia morte.

Spingendomi in un pericoloso oblio.

È troppo, ansimai. *Cedric, è… Non posso… Cedric!*

Ce la fai, rispose.

No! Non posso!

Puoi, ringhiò, travolgendomi con un altro turbine di endorfine e continuando a scoparmi selvaggiamente. Portandomi in un'oscura follia dove tutto ciò che riuscivo a fare era sentire.

Ma poi la sua mente ammutolì.

No… no, la *mia* mente si era ammutolita.

Cedric?, mugolai.

Nessuna risposta.

Solo altre sferzate di estasi, che mi trascinavano sempre più in profondità in un vortice di sensazioni inebrianti.

Dove non riuscivo a respirare.

Anche se non ero nemmeno sicura di averne bisogno.

Era un ambiente paradisiaco. Un bacio colmo di beatitudine orgasmica.

Mi sciolsi. Permisi che mi risucchiasse. Smisi di capire la vita e il desiderio di sopravvivere. Esistevo in uno stato di purezza, grazia e intensità.

Presto il calore sfumò in un mare gelido.

Ma continuavo a contorcermi in preda all'estasi.

Non sentivo altro che la bellezza del momento.

I miei polmoni bruciavano nonostante il ghiaccio che si stava formando nelle mie vene.

Il mio cuore non emetteva più alcun suono.

Ma quel caldo bacio di beatitudine orgasmica rimase, assorbendo tutta la mia attenzione.

Finché una ventata d'aria nuova non mi riempì i polmoni, e aprii gli occhi. Trovando Cedric sopra di me, che mi osservava con un'espressione appassionata.

Sussultai.

E poi lui mi baciò, continuando a scivolare dentro e fuori.

Non ero sicura di cosa fosse appena successo. Eppure lo sentii chiaramente nei suoi pensieri.

Aveva mantenuto la sua promessa.

Facendomi svenire sul suo cazzo.

E ora avrebbe ricominciato.

Ecco come scopava un vampiro. In modo intenso. Crudele. Ma così appassionato da lasciarsi dietro solo sensazioni infuocate.

Non riuscivo a muovermi, ero appagata ed esausta.

Eppure le mie viscere si agitavano.

E in pochi secondi venni di nuovo, stavolta con un pizzico di dolore.

Troppo. Troppo. Troppo.

Stai andando benissimo, mi lodò Cedric baciandomi. *Sei perfetta.*

Cedric...

Solo un altro, mi esortò. *Fa' il bravo fiorellino e vieni un'altra volta.*

Affondò i denti nel mio labbro, facendomi precipitare di nuovo in quella spirale pericolosa.

Non potevo far altro che lasciarmi andare.

Giù.

Giù.

Sempre più giù.

In un'euforia di oscura bellezza.

E mi seguì con un ruggito che suonò come il mio nome.

I suoi pensieri mi circondarono di amore. Di lodi. Di promesse. In un giuramento che diceva che sarei stata sua per l'eternità.

A qualsiasi costo.

CEDRIC

Il sangue di Lily mi colava sulla lingua, il suo sapore era il mio nuovo piatto preferito.

Si dimenò sotto di me, socchiudendo le labbra in un gemito mentre la portavo oltre il limite per la terza volta.

Ci eravamo svegliati così quasi ogni giorno, nelle ultime quattro settimane.

E non avevo ancora soddisfatto la mia voglia di lei. Anzi, la desideravo sempre di più.

«*Cedric*» ansimò mentre la tenevo bloccata premendo il palmo sul suo ventre.

Non muoverti, le dissi. *L'arteria femorale è molto delicata.*

Rabbrividì in risposta e il suo sesso si serrò attorno alle mie dita. Stava lottando contro le sensazioni che si erano impossessate del suo corpo.

Avevamo deciso di lavorare sui suoi limiti.

Poteva sopportare molto più di quanto credesse. Ma tenevo sempre sotto controllo le sue reazioni, ascoltando le sue paure.

Per questo mi ero astenuto dal morderle il clitoride o

qualsiasi altro punto troppo sensibile. Quella stronza di Peyton aveva rovinato tutto con le sue lezioni crudeli.

Forse un giorno Lily si sarebbe decisa a provare, ma non sarebbe accaduto a breve.

Mi sarebbe piaciuto dire che avevamo tutto il tempo.

Ma non era così.

Avevamo solo qualche giorno.

Una parte selvaggia di me voleva prendere Lily e fuggire. Ma Silvano mi avrebbe trovato. E si sarebbe vendicato su di lei.

Lily strinse la presa sui miei capelli, una sorta di strattone che mi riportò alla realtà e alla mia colazione, che in quel momento era intenta a gemere sotto di me.

Oh, Lily, ansimai nella sua mente. La sua eccitazione mi offuscava i sensi, stimolando l'istinto del predatore che si annidava dentro di me.

Risalii lungo il suo corpo e rivendicai la sua bocca con la lingua, entrando nel frattempo nel suo umido calore con una spinta brutale.

Sei così perfetta, le dissi. *E così fottutamente mia.*

Le sue unghie mi graffiarono la schiena, era come se stesse cercando di reclamarmi anche lei. Avvolse il corpo attorno al mio in un abbraccio bollente, accettando e accogliendo il mio assalto.

Volevo svegliarmi così ogni giorno per il resto della vita.

Ero stato un idiota a pensare che un mese mi sarebbe bastato.

Un idiota a pensare di ucciderla e perdere quei momenti preziosi.

Sono stato un idiota a innamorarmi di lei.

Ma non avevo potuto evitarlo.

E non... non riuscivo a fermarmi. Ero dipendente da

quella splendida donna, la cui esistenza mi infondeva di vita. Una nuova vita.

Erano così tante le esperienze che non avevamo condiviso. Ed erano così tante le opportunità che non potevamo sfruttare a causa delle regole crudeli imposte nel nuovo mondo.

Le sessioni di addestramento di Khalid avevano occupato la maggior parte del nostro tempo insieme.

Combattimenti.

Finzioni erotiche.

Condivisione.

Le lezioni non erano state solo per Lily ed Emine, ma anche per me. Per *noi*. Un modo per allenarmi a non reagire quando qualcuno toccava la mia *erosita*. Un modo per testare i limiti della pazienza di Khalid. Ovviamente, era riuscito a padroneggiare in fretta una facciata impassibile. Quando si trattava del benessere di Emine, sembrava completamente indifferente. L'unico segnale che c'era qualcosa che non andava erano i suoi occhi. E probabilmente li avrebbe nascosti dietro un paio di occhiali da sole.

O le sue fottute sciarpe.

Lo odiavo.

Odiavo quel mondo.

Odiavo tutto, tranne il mio dolce fiore.

La mia Lily.

E il suo sesso bollente.

«Cazzo» gridai, seppellendo la testa sulla sua spalla. «Continua a farlo». Era stretta attorno al mio cazzo e pulsava, esigendo che venissi dentro di lei.

Volevo riempirla.

Volevo che fosse mia.

Volevo possederne ogni fottuto centimetro, così nessun altro l'avrebbe mai toccata.

Era *mia*. La mia compagna. La mia *erosita*. La mia vita.

E quegli stronzi volevano portarmela via.

Non l'avrei mai permesso. Solo… non sapevo come fermarli.

«Cedric» sussurrò inarcandosi verso di me, pretendendo la mia attenzione.

Quei momenti non dovevano essere sprecati con pensieri cupi sul futuro.

No, dovevo concentrarmi a scoparla.

Reclamarla.

Godermi il nostro splendido legame.

Le catturai di nuovo la bocca e la mia lingua danzò con la sua. Rallentai il ritmo per prolungare il momento. Ma lei serrò le cosce attorno a me e prese il sopravvento, trascinandomi oltre il limite in un delirante vortice di piacere.

Ringhiai, irritato ed estatico al tempo stesso.

Aveva imparato molto nelle ultime settimane.

«Adesso me lo devi succhiare» la avvertii con voce roca, continuando a venire dentro di lei. «Non ero pronto».

Mi mordicchiò il labbro inferiore.

E poi vi affondò i denti abbastanza forte da farmi sanguinare.

Il gesto non fece che accentuare il mio piacere. *Lily*, gemetti, morendo un po' mentre succhiava la mia essenza.

Rispose mugolando qualcosa di inarticolato e ingoiò il mio sangue.

Come una piccola vampira.

Solo che i suoi denti non erano zanne affilate, e il loro morso era molto più doloroso. Nonostante questo, li affondò di nuovo nel mio labbro.

Stai provocando la mia bestia interiore, le dissi.

Mi sto solo godendo la colazione, ribatté.

Ah sì? Sei affamata, fiorellino?, le domandai. La mia mano trovò il suo fianco, mentre l'altra le avvolse la nuca.

Sì.

Con un movimento rapido, la feci salire a cavalcioni sopra di me. *Allora abbassati e bevi a sazietà.*

Le sue labbra si arricciarono in un sorriso, i suoi occhi brillarono con rinnovato vigore grazie al mio sangue. *Sì, mio signore.*

Lo disse in tono provocante, consapevole che avrebbe alimentato l'incendio che ancora bruciava dentro di me.

Ti annegherò nel mio seme, mormorai. *Ti soffocherò e ti riporterò in vita con il mio sangue.*

Una punizione che non mi dispiacerebbe affatto, rispose. Quel tono era una novità molto gradita. Stava cominciando a fidarsi di me. O forse l'aveva sempre fatto.

Eravamo legati da un vincolo soprannaturale che forse esisteva anche prima che lo suggellassimo.

Mi rendeva combattuto e confuso sul nostro futuro. Il nostro passato. Il nostro presente. Non riuscivo a ragionare con lei che mi offuscava la mente. La sua presenza mi rendeva schiavo in un modo che forse non avrei mai compreso.

Ero letteralmente pazzo di lei.

Soprattutto in quel momento, con la sua bocca che disegnava un sentiero di baci verso il mio cazzo. «Succhiamelo e basta, Lily» le dissi. «Non tormentarmi».

Rispose avvolgendo le sue belle labbra intorno alla punta e scivolando verso il basso. La mia mano cercò di nuovo i suoi capelli, stringendoli nel pugno ed esortandola a prendermi più a fondo.

Incolpavo l'Università di molte cose e odiavo la struttura dei corsi imposti agli umani. Ma non potevo lamentarmi della preparazione di Lily sul sesso orale.

Era fenomenale.

Una volta avevo detto che non era stata addestrata per gestire le creature soprannaturali.

Mi ero sbagliato.

Decisamente sbagliato.

«Così» la incoraggiai. «Fino in fondo». Non importava che fossi appena venuto dentro di lei; sentivo già crescere un altro orgasmo.

Perché era quello l'effetto che aveva su di me.

Il mio fiorellino ammaliatore. Tenero e dolce, ma subdolo tra le lenzuola.

Ti terrò con me, giurai. *Per sempre.*

Non sapevo come. Forse l'avrei presa e sarei scappato, proprio come continuavo a sognare. Forse Khalid avrebbe trovato un modo per farla entrare nel suo harem, come sembrava suggerire il suo comportamento.

Era quello lo scopo dell'addestramento: preparare Lily ed Emine per un futuro nella sua corte.

Un futuro al quale mi sarei unito come nuovo sovrano.

Sempre che tutto andasse secondo i piani.

Piani di cui dovevo discutere più a fondo con Khalid.

E più tardi l'avrei fatto.

Dopo aver finito di…

Oh.

Lily deglutì attorno alla punta del mio sesso, osservandomi con i suoi splendidi occhi verde acqua. Sapeva che adoravo vederla così.

Le mie vene erano fuoco liquido, le mie viscere pronte a eruttare.

Forse l'avrei affogata davvero, proprio come avevo minacciato di fare.

«Fa' un respiro profondo» dissi, allontanandola dal mio sesso abbastanza a lungo da permetterle di inspirare.

Lei obbedì, seguendo un istinto radicato nella dinamica che ci legava.

C'erano momenti in cui si spingeva oltre i limiti, mettendoci entrambi alla prova, momenti in cui sentivo che la vera Lily stava per emergere. Ma alla fine la sua tendenza alla sottomissione aveva sempre la meglio.

Ci avremmo lavorato su.

L'avrei aiutata a trovare se stessa.

Con il tempo, pensai. *Tempo. Tempo. Tempo.*

I denti di Lily sfiorarono la mia pelle sensibile. Stava per soffocare, aveva le lacrime agli occhi.

Che spettacolo meraviglioso.

Provocante.

Era assolutamente perfetta.

La feci respirare un'altra volta, poi mi spinsi fino in fondo alla sua gola e venni con un ringhio che riverberò sulle pareti che ci circondavano.

Bevve il mio seme con un'abilità che mi fece venire voglia di ricominciare, ma mi aveva prosciugato.

Ero talmente estatico che notai a malapena il ronzio sul polso.

Quando me ne resi conto, la chiamata era già terminata.

Grugnii e tirai Lily verso di me per baciarla, senza preoccuparmi di vedere chi avesse tentato di interrompere il nostro momento di intimità.

Solo che non appena la mia bocca sfiorò le sue labbra gonfie, la vibrazione ricominciò.

La ignorai, preferendo venerare la mia compagna con la lingua.

Ma una terza telefonata mi costrinse a staccarmi da lei e leggere le notifiche apparse sullo schermo del mio orologio.

Silvano.

Ovviamente.

Lily si irrigidì e spalancò gli occhi. «Merda. Devo rispondere» le dissi.

La spostai di lato e mi misi a sedere, poi la esortai mentalmente ad andare sotto le coperte e abbracciarmi una gamba. Lei obbedì senza parlare e si raggomitolò accanto a me.

Mi schiarii la voce e premetti il pulsante per accettare la chiamata mentre il mio polso ricominciava a vibrare per la *quarta* volta. «Buonasera, mio principe» esordii. Lo schermo apparve davanti a me, e questo significava che Silvano poteva vedere il mio petto nudo e i miei capelli in disordine.

Avrebbe spiegato il mio ritardo nel rispondere.

Il reale inarcò un sopracciglio. «Serata impegnativa?».

«Piacevole, più che altro» risposi. *Almeno finché non mi hai interrotto.* «Come posso aiutarvi?».

Il suo sguardo danzò intorno allo schermo come se cercasse il mio spuntino. Non lasciai trasparire nulla, limitandomi ad adagiarmi sulla testiera del letto e fingere di essere annoiato.

Non fiatare, Lily, la avvertii. *Sta cercando una prova della tua presenza.*

Capisco.

Dopo qualche secondo, Silvano perse interesse. «La situazione con Walter sta diventando insostenibile» disse alla fine. «Dobbiamo incontrarci per discutere le prossime mosse».

«Ha ricominciato a comportarsi male?».

«Pensa che sia uno stupido» disse Silvano a denti stretti. «E la tua partenza lo ha spinto a credere di poter continuare a fare quello che vuole».

«Capisco». Quindi voleva costringermi a tornare a casa a tempo indeterminato per fare da babysitter all'alfa della porta accanto.

Fantastico.

«Comunque, sono già in viaggio e tra poco sarò lì. Dovrei arrivare all'alba. Assicurati che il mio alloggio sia pronto».

Ah, quindi non mi aveva chiamato solo per informarmi che il nostro accordo sui due anni di libertà stava per essere annullato a causa dei suoi battibecchi con Walter. La telefonata era per sincerarsi che gli facessi trovare la stanza pronta per il suo arrivo inaspettato.

Dovevamo incontrarci in Romania, sede del rituale del Giorno del sangue.

Non lì.

Avrebbe potuto telefonare ad Adrienne per prendere accordi. Ma aveva scelto di chiamare me, in una dimostrazione di potere che aveva lo scopo di ricordarmi quale fosse il mio posto.

«Farò in modo che sia tutto pronto per il vostro arrivo» lo informai, sforzandomi di non reagire alla sua richiesta umiliante o alla palese intenzione di rinnegare il nostro accordo.

Avevo quasi l'impressione che Silvano volesse gettarmi tra le braccia di Khalid.

O forse lo scopo era proprio quello: testare la mia lealtà.

Che Khalid stesse informando Silvano su me e Lily?

Era per quello che Khalid era a conoscenza delle mie visite al clan Clemente? Glielo aveva detto Silvano?

Avevo dato per scontato che Khalid mi seguisse o usasse le sue spie per raccogliere informazioni. Non avevo mai preso in considerazione l'ipotesi che lo stesse facendo per Silvano.

«Bene. A presto» mi congedò il reale con una nota di avvertimento nel tono.

Strinsi i denti. *A che gioco stiamo realmente giocando qui?*

Da che parte sta Khalid?

Le sue offerte sono genuine? O si tratta di una trappola?

Mi passai una mano sul viso, ragionando sulla situazione e cercando di districarmi in quel labirinto di politica, verità e bugie.

Solo una cosa mi era chiara: Lily doveva tornare al dormitorio. *Stanotte.* Perché, a prescindere dalle vere intenzioni di Silvano e Khalid, Silvano l'avrebbe uccisa all'istante.

Almeno all'Università sarebbe stata in qualche modo protetta.

Anche se temporaneamente.

«Cedric» sussurrò.

«Non c'è altra scelta» mormorai. «Nella remota possibilità che la proposta di Khalid sia reale, Silvano non deve sapere nulla di te. Se resti, sentirà l'odore del nostro legame non appena metterà piede nel palazzo».

«Non lo sentirà comunque?».

«Potrebbe accorgersi che c'è un nuovo profumo attorno a me, ma non saprà di cosa si tratta finché non ti vedrà» spiegai. «Le *erosita* sono molto rare, e lui non ha mai tollerato legami di questo tipo nella sua corte. Quindi non lo riconoscerà subito. Ma nel momento in cui ti incontrerà, lo capirà immediatamente. Perché hai il mio stesso odore. E lui è il mio creatore».

Sbucò da sotto le coperte. «E se andasse in visita al campus?».

«Non lo farà. Lo considererebbe troppo al di sotto di lui. E ai reali non importa degli umani che frequentano l'Università. Non si avvicineranno a te nemmeno nel Giorno del sangue, a meno che tu non venga scelta per gli harem o per il Torneo dell'immortalità».

Aggrottò la fronte. «Khalid non ha detto che mi vuole nel suo harem?».

«Sì, l'ha lasciato intendere» mormorai, ripensando alla cena di due settimane prima. Ne aveva parlato come un ottimo modo per assicurarsi che Lily ed Emine finissero nel suo territorio. «Ma dovrò discuterne ancora con lui».

«Perché se venissi mandata al campo preparatorio per i futuri membri degli harem, Silvano potrebbe accorgersi del nostro legame» rispose.

Mi accigliai. «Può darsi». *Cazzo*. «Beh, in ogni caso, devo riportarti al dormitorio. Adesso». Ci sarebbero volute ore per cercare di rimuovere il suo odore dalle mie stanze. Dal palazzo. Da *me*.

Silvano avrebbe colto qualche traccia del suo profumo, ma gli avrei fatto credere che si trattava di uno spuntino recente. Il reale non aveva un cuore. Non avrebbe nemmeno considerato la possibilità dell'esistenza di Lily.

A meno che Khalid non gli abbia rivelato tutto, pensai ancora una volta.

Ma anche in quel caso, avere Lily fuori dalla sua portata le avrebbe garantito un minimo di sicurezza.

Seppur temporanea.

Dandomi il tempo di valutare la situazione.

La sua lontananza mi avrebbe anche offerto un po' di lucidità.

«Okay» disse Lily dopo aver ascoltato il caos che mi affollava la mente. «Riportami al dormitorio. Aspetterò lì ulteriori istruzioni».

La fiducia nella sua voce era la stessa che le brillava negli occhi.

E mi fece esitare.

Mi resi conto di quanto eravamo legati. Non ero solo io a sentirmi dipendente da lei, anche Lily era altrettanto affascinata da me. Forse addirittura di più, data la sua innocenza e la sua giovane età.

Volevo essere all'altezza della speranza che le era sbocciata nella mente.

Volevo essere l'eroe che si aspettava che fossi.

Non il cattivo. Non il mostro. Il suo fottuto cavaliere senza macchia e senza paura.

Ma il nostro mondo non permetteva alle fiabe di esistere.

Volevo darle il lieto fine che si meritava.

Solo che non sapevo come.

Così la baciai e lasciai che la mia lingua le sussurrasse tutti i miei sogni, in una tacita promessa di desiderio e fantasia.

Se avessi potuto salvarla, l'avrei fatto.

Ma non le avrei promesso nient'altro.

Non volevo mentire.

Non a lei. *Mai*.

La mia Lily.

La mia nuova vita.

Il mio futuro.

CEDRIC

L'idea di riportare Lily all'Università mi fece accapponare la pelle.

Qualcosa stava per cambiare.

Silvano. Il Giorno del sangue. Khalid.

Non riuscivo a individuare la causa precisa di quella sensazione oscura, ma avevo vissuto abbastanza a lungo da fidarmi del mio istinto.

La stanza di Lily non era cambiata.

Il letto era fatto. L'armadio conteneva gli abiti regolamentari degli studenti. E l'aria stantia era pervasa da un'umidità fastidiosa che la fece subito sudare.

Ma Lily non mi chiese aiuto, né acqua, né niente. Rimase lì a fissarmi con gli occhi che le brillavano.

Uno sguardo pericoloso, per cui avrei dovuto rimproverarla. Ma non potevo. Perché quello sguardo mi faceva sentire eroico, quasi come se non fossi un mostro o una violenta creatura della notte.

Così la baciai.

No, la *divorai*.

Impressi il mio ricordo dentro di lei nello stesso modo

in cui il suo viveva dentro di me. Riversai tutto quello che avevo nel nostro abbraccio, lasciando sulla sua lingua tutte le promesse che avrebbe custodito nel cuore.

Probabilmente non mi vedrai per qualche giorno, la avvertii. *E temo che dovrò interrompere la nostra connessione.*

Non potevo permettermi che Silvano sospettasse qualcosa. E rimanere legato a Lily mi rendeva vulnerabile.

Dovresti comunque riuscire a percepire la mia presenza, continuai, parlandole nella mente e baciandola fino allo sfinimento. *Ma non riuscirai a sentirmi. E probabilmente io non riuscirò a sentire te.*

Era l'ultima cosa che volevo. Ma non potevo rischiare di essere distratto dai suoi pensieri in presenza di Silvano.

Se qualcosa va storto, troverò un modo per contattarti, le promisi. *Troverò il modo di avvertirti. Ma devi essere pronta. Se Silvano ti viene a cercare…*

Deglutii e il mio cuore lottò con la mia mente, rifiutandosi di lasciare che concludesse la frase.

Il solo pensiero di ciò che avevo bisogno che facesse mi rendeva furioso. Omicida. Disperato. Distrutto.

Ma dovevo dirglielo.

Doveva capire.

Lily. Le posai la mano sulla guancia e la fronte sulla sua. *È meglio morire che avere a che fare con Silvano.*

Capisco, sussurrò. I suoi occhi stupendi incontrarono di nuovo i miei, ancora una volta colmi di speranza e adorazione.

Non lasciare che nessuno ti veda guardarmi così, la avvertii.

Lo so. Non accadrà.

La osservai per un lungo istante, memorizzando i suoi lineamenti e sentendo già la sua mancanza. *Non ho mai conosciuto l'amore, Lily. Non ho mai creduto che una tale emozione potesse esistere. Ma tu mi fai battere il cuore con l'entusiasmo di una nuova vita. Sei l'esistenza che non sapevo di desiderare.*

E tu sei il sogno che non mi sarei mai aspettata di vivere, rispose. *Il sogno su cui non mi sono mai concessa di fantasticare.*

Non smettere di sognare. Non ancora, le dissi. *La nostra storia è solo all'inizio.*

Senza dubbio poteva percepire la mia incertezza, quel piccolo mormorio fastidioso che si chiedeva se quello che avevo appena detto fosse una bugia.

Ma non reagì.

Si limitò a baciarmi di nuovo.

Duellò con la mia lingua in quello che sembrò un po' come un addio.

Non ancora, pensai. *Non è così che finirà tra di noi.*

La lasciai andare e mi teletrasportai in cucina per prenderle dell'acqua e dell'altro cibo.

Nessuno si accorse della mia presenza.

E sapere dove fossero le telecamere aiutava.

Quando tornai, qualche secondo più tardi, Lily era ancora dove l'avevo lasciata. Fissò con gli occhi spalancati quella che doveva sembrarle la razione d'acqua di un mese; in realtà, era solo una cassa di ventiquattro bottiglie.

Le avevo portato anche un sacchetto di mele e banane che non si sarebbero guastate ancora per qualche giorno.

Nel caso in cui qualcuno ti faccia problemi in mensa, mormorai. *Dovrò informare Livia di questo cambiamento. Sarà il caso che la chiami.*

Odiavo i vampiri come lei, che fingevano di preoccuparsi del benessere degli studenti. Così come odiavo tutte quelle stronzate.

Per prima cosa avrei incontrato Khalid per farmi un'idea della situazione. Poi avrei deciso cosa fare con Silvano.

Nella peggiore delle ipotesi, avrei rapito Lily e ci saremmo dati alla fuga.

Nella migliore… Okay, dubitavo ci sarebbe stata una

"migliore delle ipotesi". Un mondo nuovo? La possibilità di avere un'*erosita* che non ero obbligato a condividere?

Sembrava tutto poco realistico.

E per quanto potessi concedermi un pizzico di speranza per il bene di Lily, ero troppo pratico per abbandonarmi a fantasie impossibili.

Sistemai la frutta e l'acqua nell'armadio.

Poi afferrai di nuovo Lily.

E affondai le zanne nel suo collo.

Volevo lasciarle il mio marchio perché tutti lo vedessero. Era quello che si aspettavano i miei simili, dopo che l'avevo tenuta come compagna di giochi per un mese. Anche Livia sarebbe stata contenta, se in serata le avesse telefonato. Ed ero abbastanza sicuro che lo avrebbe fatto.

Lily si avvinghiò a me mentre mi concedevo una lunga sorsata della sua essenza.

Poi accettò ancora una volta il mio bacio. Ma non le diedi il mio sangue; ne aveva già molto dentro di sé. E poi c'era il nostro legame. Sarebbe guarita in fretta, forse anche troppo. Ma non potevo farci niente.

Cerca di non lavarti molto. Gli altri sentiranno il mio odore su di te, e voglio che pensino che sia dovuto al tempo passato insieme. Non al nostro legame.

Non ero sicuro che sarebbe stato sufficiente.

Non aveva l'odore di un vampiro, ma nemmeno di un essere umano.

Cerca di non avvicinarti ai membri della mia specie, okay?

Lei annuì.

Mi assicurerò che Livia non ti iscriva a nessun corso all'ultimo minuto. In questo modo, potrai rimanere in camera tua il più possibile.

Okay. Seguì i contorni del mio viso con la punta delle dita, studiandomi. *Ti penserò.*

Anch'io, giurai. *E ci rivedremo presto.*

Sì, mio signore.

Mi costrinsi a non sorridere e le posai un ultimo bacio sulle labbra. *Fa' la brava, fiorellino.*

Senza aspettare una risposta, mi teletrasportai nella mia auto ed entrai prima di cambiare idea.

Sarebbe stato così facile caricarla sul sedile del passeggero e partire.

Ma non saremmo andati lontano.

A est si estendeva la regione di Khalid e a ovest quella di Sahara. Andare a nord ci avrebbe condotti nel mar Mediterraneo e poi nella regione di Ayaz o in quella di Hazel.

Non c'erano alternative praticabili.

Quindi non mi restava altra scelta che risolvere la situazione sfruttando la politica, partecipando ai giochetti di Silvano e Khalid.

Tornai al palazzo cullato dalla calma di Lily. Interrompere la connessione sarebbe stato molto doloroso. Ma avevo bisogno di tutta la mia concentrazione in presenza di Silvano.

Nel frattempo, comunque, decisi di lasciare il collegamento aperto mentre riflettevo su Khalid.

Quali sono le sue vere intenzioni?

Perché ha insistito per addestrare Emine e Lily insieme?

Era tutto uno stratagemma per indurmi a fidarmi di lui? Un modo per assicurarsi che lavorassimo insieme?

O vuole davvero che diventiamo partner?

Avevo diverse possibilità. Potevo aspettare l'arrivo di Silvano ed essere onesto con lui sull'offerta di Khalid, spiegandogli che ero stato al gioco per scoprire quali fossero realmente i suoi piani.

Potevo avvertire Khalid dell'arrivo di Silvano e vedere cosa aveva in mente. Poi avrei potuto aiutarlo a portare a termine i suoi piani, nella speranza che la sua offerta fosse reale. Oppure avrei potuto sfruttare le informazioni raccolte contro di lui, alleandomi con Silvano.

O, più semplicemente, potevo chiedere a Khalid senza mezzi termini cosa stesse tramando, valutando la sua sincerità.

Potevo anche giocare a carte scoperte ed essere onesto. Ma quell'opzione richiedeva che sapessi cosa volevo.

E non era così.

A parte Lily, non ero sicuro di quali fossero i miei desideri.

L'idea di diventare un sovrano non mi aveva mai attirato. Ma se significava che potevo tenere Lily, l'avrei presa in considerazione.

Una posizione di potere mi avrebbe concesso molta autorità. Ed essere un sovrano mi avrebbe posto appena al di sotto di un reale, rendendomi superiore a chiunque altro.

La domanda era: quale reale volevo servire? Khalid o Silvano?

Non mi fidavo di nessuno dei due.

Ma Silvano era il mio creatore. Lavorare per lui sarebbe stato più appropriato. Solo che non mi avrebbe mai permesso di tenere Lily. L'avrebbe usata come pedina per controllarmi. O l'avrebbe uccisa solo per eliminare una potenziale distrazione.

E per quanto riguardava Khalid… Non ero certo di riuscire a inchinarmi completamente a lui. Ma, in diverse occasioni, aveva lasciato intendere che mi avrebbe aiutato.

Diceva sul serio?, mi domandai, parcheggiando l'auto all'esterno del palazzo. *O si sta prendendo gioco di me?*

Strinsi i denti. *C'è solo un modo per scoprirlo.*

Se si era trattato solo di un elaborato stratagemma, allora con l'arrivo di Silvano il gioco sarebbe finito.

Ciò significava che non ci avrei rimesso molto,

andando da Khalid. Perché se stava lavorando con il mio creatore, gli aveva già rivelato praticamente tutto.

Ma nella remota possibilità che non fosse in combutta con Silvano, dovevo sfruttare la nostra nuova amicizia a mio vantaggio.

Collaborare non rientrava nelle mie strategie abituali. Ma mi resi conto che, nella situazione in cui mi trovavo, avevo bisogno di aiuto.

Mi teletrasportai fuori dall'auto, senza preoccuparmi di lasciare le chiavi vicino alla porta o di altre formalità, e andai dritto negli alloggi di Khalid.

Colsi il profumo del sangue fresco; probabilmente stavo per interrompere un pasto con Emine. D'altro canto, se teneva a lei, e di questo ne ero abbastanza sicuro, avrebbe voluto portarla al sicuro il prima possibile.

Silvano poteva anche non essere in grado di sottrarre un giocattolo a un altro reale, ma ciò non gli avrebbe impedito di provarci.

Alzai la mano per bussare alla porta, che però si aprì prima che il mio pugno si scontrasse con il legno.

Gli occhi di inchiostro di Khalid mi fissarono, confermando che si era appena nutrito. Lo dimostravano anche le tracce rossastre sulla camicia bianca, oltre a uno strappo nel tessuto all'altezza del petto.

Emine deve averlo graffiato, pensai divertito.

«Oh, bene, sei qui» disse Khalid, appoggiandosi allo stipite. «Mi risparmi una telefonata».

Inarcai un sopracciglio. «Una telefonata?».

Annuì e lasciò che la porta si aprisse un po' di più, rivelando il disastro che c'era sul pavimento.

«Ho bisogno di aiuto per pulire». Lanciò un'occhiata alle sue spalle, alla donna senza vita sul tappeto. «Puoi occuparti delle pratiche mentre io mi libero del corpo?». Quando riportò lo sguardo su di me, parte del turchese si era insinuato di nuovo nel nero. «Vorrei che fosse tutto a posto prima dell'arrivo di Silvano».

Merda.

Cosa c'è?, mi domandò Lily, percependo il mio shock.

Interruppi la comunicazione mentale prima che potesse vedere qualcosa. Forse non era esattamente amica di Emine, ma teneva a lei.

E l'ultima cosa che volevo era che Lily venisse a sapere della sua morte attraverso la nostra connessione.

Inoltre, avevo un problema molto più grosso da affrontare.

Perché Khalid aveva appena messo in chiaro che aveva lavorato con Silvano fin dall'inizio.

Emine è morta.

È stato tutto uno stratagemma. Un modo per guadagnarsi la mia fiducia. E io ci sono cascato come uno stupido, perché pensavo che condividessimo lo stesso desiderio: mantenere in vita le nostre umane.

Merda.

Sul viso di Khalid comparve l'accenno di un sorriso, come se potesse vedere la comprensione farsi strada nella mia mente e tutti i pezzi del puzzle andare al loro posto. «Non pensavi davvero che l'arrivo del tuo creatore fosse un segreto?».

«Non sapevo che ti avesse chiamato».

«Ah, quindi sei venuto ad avvertirmi?». Non risposi, e il suo sorriso si allargò. «Come sei leale».

Le mie mani si chiusero a pugno e la mia mente cominciò ad arrovellarsi su come procedere.

Uccidere Khalid?

Scappare?

Cercare di raggiungere Lily e sparire?

Potevo teletrasportarmi e...

«Non farlo» mi mise in guardia Khalid. Da cosa, non ne ero sicuro.

Ma odiavo come riuscisse a leggermi così facilmente. Mi rendeva diffidente e ancora più incerto su come agire.

Forse stare al gioco era la scelta migliore.

Almeno per il momento.

«Compila tutti i documenti del caso» disse. «E includi qualsiasi cosa tu debba inserire per Lily, visto che presumo sia già tornata al campus». Mi lanciò un'occhiata che la diceva lunga sulla sua straordinaria capacità di anticipare le mosse degli altri. «Appena hai finito, dobbiamo parlare».

LILY

CEDRIC?, sussurrai. *VA TUTTO BENE?*

Mi concentrai sul soffitto, in attesa di una risposta che sapevo già che non sarebbe arrivata.

Cedric mi aveva chiusa fuori dalla sua mente poco dopo avermi lasciata al dormitorio. Sapevo che lo avrebbe fatto, lo aveva già messo in chiaro: non voleva distrazioni all'arrivo del suo creatore. Ma mi ero aspettata che a un certo punto si sarebbe fatto sentire, o che mi avrebbe fatto sapere in qualche modo che andava tutto bene.

Doveva essere successo qualcosa.

E ritrovandomi di nuovo da sola, con la mia mente come unica compagnia, immaginai un migliaio di scenari orribili, amplificati dal freddo lasciato dall'assenza della nostra connessione.

Avevo provato a parlargli più volte, ma senza mai ricevere una risposta. Mi sentivo tagliata fuori. *Persa.*

Respira, mi dissi. *È… è tutto okay.*

Ma non era vero.

Proprio per nulla.

Il Giorno del sangue è domani.

Il pensiero fu come una secchiata di acqua gelida, e nel frattempo una serie di bip cominciò a trillare nella stanza.

Una telefonata in arrivo. Raddrizzai la schiena e mi sforzai di assumere un'espressione distaccata.

Livia, la mia referente, comparve sulla parete bianca accanto al mio letto, sullo schermo che si illuminava durante i nostri incontri.

«Umana» mi salutò. Aveva lo sguardo rivolto leggermente a destra, come se stesse leggendo da un altro monitor. «Partirai dal cancello principale tra un'ora, con l'autobus sette. Il posto che ti è stato assegnato è il numero quattordici. Non sarà possibile parlare né socializzare in alcun modo, nemmeno durante la cerimonia di domani».

I suoi occhi si spostarono sui miei. La sua espressione annoiata andava di pari passo con il suo tono di voce.

«Ci sono domande?» chiese, lasciando intendere che non avrei dovuto averne e che sarebbe stato poco saggio farle perdere tempo con più chiacchiere del necessario.

«No, mia signora».

«Bene. Ricorda la tua tunica bianca per la cerimonia. E non fare tardi». Lo schermo si spense, e il mio cuore mancò un battito.

Cedric, sussurrai. *La mia referente ha detto che sarò sull'autobus numero sette. Parto tra un'ora.*

Niente.

Solo silenzio.

Mi si rivoltò lo stomaco. *Non verrà.* Lo sentivo in ogni fibra del mio essere. *È successo qualcosa di brutto.*

Oppure…

Oppure non gli è mai davvero importato di me.

No. No, non è vero. Ci tiene a me, ripetei a me stessa. *Ci… ci tiene, ne sono sicura.*

Ma se gli fosse successo qualcosa, sarebbe stato irrilevante.

Forse era morto. O ferito. Non sapevo nemmeno dove fosse. E tutta quell'incertezza si manifestò sotto forma di immagini violente che mi fecero impazzire.

Cedric. Cercai di imprimere un po' di forza nel mio richiamo.

Nessuna risposta.

Di nuovo.

Un brivido corse lungo la mia spina dorsale. *C'è qualcosa che non va*. Mi aveva avvisata che avrebbe dovuto tagliarmi fuori, ma quel muro gelido sembrava... permanente.

Come facevamo a comunicare? Come potevo tenerlo aggiornato?

Come gli dico dove sto andando?

Lo sapeva già? E in quel caso, perché non mi aveva avvertita? Perché non mi aveva detto cosa aspettarmi?

Dove sei?

Nell'ultimo mese ero stata nella sua testa. Ero stata *dentro di lui*. Gli importava di me. Mi amava. Almeno a modo suo.

Non voleva che morissi.

Eppure...

Una parte di lui continuava a fantasticare su come uccidermi, ricordai. *Una parte oscura. La parte più ragionevole.*

Mi aveva esclusa dai suoi pensieri per poter dare ascolto a quella voce?

Rabbrividii. *Cedric...*

Mi aveva abbandonata al mio destino? Era molto più vecchio di me, aveva visto così tanto. Forse si era finalmente reso conto che non c'era alcuna speranza e se n'era andato.

Lasciandomi sola.

Scappando via.

No, pensai. *No. Non l'avrebbe mai fatto. Il suo cuore perverso prova qualcosa. Mi... mi ama.*

No?

Non capivo l'amore. Non sapevo esattamente cosa significasse. Sapevo solo che mi faceva sentire viva. Cedric mi aveva insegnato a *respirare*.

Senza di lui stavo affogando, persa in un mare di confusione.

Autobus sette.

Tunica bianca.

Un'ora.

Le parole di Livia si rincorsero nella mia mente per una buona mezz'ora, mescolandosi alle mie suppliche rivolte a Cedric e alla preoccupazione che forse non sarebbe venuto.

Quando mancavano solo dieci minuti alla partenza e ancora non era arrivato, mi rassegnai alla consapevolezza che mi aveva abbandonata.

Non sapevo se l'avesse fatto per scelta o meno.

Ma io dovevo seguire le regole.

O avrei rischiato la vita.

Sarebbe poi così male?, mi domandai, dirigendomi come un automa verso l'armadio. *Forse la morte sarebbe stata meglio di tutto questo dolore.*

Una lacrima minacciò di sfuggirmi dall'occhio.

La cancellai con un brusco gesto della mano.

Forse verrà direttamente all'autobus. Forse vedrò Emine e potrò chiederle cosa sta succedendo.

Non la vedevo dall'ultima sessione a palazzo. Certo, non avevo mai lasciato la mia stanza, convinta che fosse quello che voleva Cedric.

Ma non è più tornato.

Mi ha tagliata fuori.

Sono completamente sola.

Perché faceva così male? Ero stata sola per tutta la vita. Ed ero sopravvissuta. Avevo partecipato a tutti quei giochi perversi, avevo passato i loro test e avevo fatto ogni cosa per essere degna di una posizione decente nella loro società.

Poi Cedric mi aveva risvegliata dal torpore dell'addestramento. Mi aveva insegnato che la vita aveva molto di più da offrire.

Per poi strapparmi via tutto ed escludermi dalla sua mente.

L'ha fatto di proposito, mi ripetei per l'ennesima volta. *Mi aveva detto che sarebbe successo. Verrà a salvarmi.*

E se invece non lo facesse?, chiese un'altra parte di me mentre uscivo dal dormitorio. I miei occhi si misero subito a cercare il suo viso. *E se avesse chiuso con me? Se questo era il suo piano fin dall'inizio?*

Ma allora perché non l'ho sentito nei suoi pensieri?, mi domandai. *Se aveva intenzione di abbandonarmi, me ne sarei accorta.*

O forse no.

Era molto più esperto di me. Un esperto di inganni e manipolazioni mentali. Gli sarebbe stato facile tenermi all'oscuro.

Ero caduta nella sua trappola? Mi si seccò la bocca. *Voleva soltanto giocare con qualcosa di nuovo? Divertirsi e poi farmi a pezzi?*

Quante volte aveva ripetuto che voleva vedermi appassire? L'aveva detto ad alta voce o nella sua mente? Ormai era tutto mescolato, non ero più sicura di niente.

Ma aveva pensato spesso che ero un fiore e che voleva distruggermi. Quello lo ricordavo bene.

Forse… forse era davvero la fine.

Deglutii a fatica, avvicinandomi al cancello principale del campus. Riconobbi gli altri umani presenti, ma Emine non era tra loro.

Mi misi vicino a Sei. Le sue nocche sfiorarono le mie, ma non osò fare nient'altro. Provai un certo sollievo nel trovarmi accanto a qualcuno che conoscevo. Più o meno. Sembrava irradiare un senso di calma.

Davanti al cancello, apparve un licantropo con una cartellina in mano.

«Quando pronuncio il vostro nome, attraversate il cancello» annunciò in tono burbero.

Non fece alcuna pausa per eventuali domande e iniziò a chiamare gli umani.

«Numero ventidue».

«Numero centotredici».

«Numero centodiciannove».

«Numero centotrentadue».

«Numero centocinquantasette».

Mi si strinse il cuore quando saltò il numero di Emine. Certo, me lo aspettavo, visto che lei non era lì.

Continuò a chiamare un numero dopo l'altro, e gli umani corrispondenti attraversarono il cancello obbedendo agli ordini ricevuti.

Sei mi sfiorò ancora le nocche quando il suo numero riecheggiò nella notte.

Poi lo seguii, dopo che il licantropo aveva annunciato il mio. *Il mio numero*, pensai. *Non il mio nome. Io sono Lily. La Lily di Cedric.*

Che non si era ancora fatto vedere.

Non arrivò nemmeno dopo che avevo preso posto sull'autobus.

E rimase del tutto assente anche quando il motore prese vita.

Eravamo circa un centinaio sul veicolo. Mi ero messa a calcolarlo dopo essermi seduta; avevo bisogno di qualcosa per tenere la mente occupata.

Sei era seduto accanto a me e occupava il posto numero tredici.

Dal suo lato c'era un finestrino oscurato, che nascondeva alla vista le mura dell'Università.

Io ero dal lato del corridoio.

Un licantropo salì per ultimo, scrutando le varie file di sedili. «Se restate in silenzio, vi lascerò vivere. Altrimenti vi ucciderò. Capito?».

Nessuno rispose né si mosse, eravamo tutti abituati a quel tipo di esercizio.

Il licantropo sorrise. «Peccato». Si sedette dietro l'autista, anche lui un licantropo, e l'autobus cominciò a muoversi.

Senza alcun segno da parte di Cedric.

Me ne sto andando, gli dissi. *Non che tu possa sentirmi…*

Altro silenzio.

C'eravamo solo io, Sei e un autobus pieno di umani con una tunica bianca in grembo, diretti al nostro destino.

Il Giorno del sangue.

Il viaggio durò un paio d'ore al massimo.

L'autobus ci scaricò in un campo sabbioso, dove ci fu ordinato di metterci in fila in silenzio.

Io ero dietro a Sei e avevo il cuore in gola. Ogni minuto che passava stavo sempre peggio, perché ormai era palese che Cedric non sarebbe venuto.

Lo sapevo già, ma viverlo faceva molto più male.

La mia gola bruciava, la mia mente era pervasa dalla tristezza, dalla rabbia e da una miriade di altre emozioni diverse. *Paura.* Paura di quello che era successo a Cedric. Paura di ciò che stava per accadere a me.

Una sensazione che non fece che peggiorare quando la

mia fila ricominciò a muoversi, stavolta guidata da un vampiro.

Marciare.

Marciare.

Marciare.

Nessuno parlò. Non ricevemmo alcuna spiegazione. Solo un gesto della mano a indicare una scaletta che conduceva su una specie di aereo. Era gigantesco e al suo interno vi erano delle gabbie.

Per noi.

Seguii Sei in una delle gabbie. Ci mettemmo in fondo, con le spalle che si toccavano, e pian piano altri umani riempirono lo spazio davanti a noi.

«Sedetevi» abbaiò uno dei licantropi.

Tutti quelli che erano all'interno della gabbia obbedirono all'istante. Poi le porte si chiusero con un tonfo e gli umani vennero rinchiusi in una seconda gabbia.

Poi una terza.

E infine una quarta.

Circa venticinque persone per gabbia, forse qualcuna in più. Perché sull'aereo erano presenti tutti quelli che avevano viaggiato sul mio stesso autobus.

E gli altri?, mi domandai. Nel mio anno eravamo più di un migliaio. Ma Cedric aveva accennato al fatto che non tutti avrebbero partecipato al Giorno del sangue.

«Nel mondo ci sono dieci sedi dell'Università del sangue» mi aveva spiegato qualche settimana prima. «E il campo dove si svolge il Giorno del sangue può contenere un migliaio di persone al massimo. Quindi solo una piccola percentuale dei tuoi compagni si qualificherà. Gli altri andranno direttamente incontro al loro destino».

«E io?» gli avevo domandato. «Parteciperò al Giorno del sangue?».

«Molto probabilmente sì» mi aveva risposto. «I tuoi

punteggi sono tra i più alti del tuo anno. Come minimo, ti vorranno per creare un effetto drammatico».

Non avevo capito cosa intendesse, ma la sua mente me lo aveva rivelato.

Temeva che mi avrebbero usata per fare di me un esempio, un'umana che sperava di ottenere qualcosa di più, ritrovandosi invece con un oscuro verdetto che avrebbe provocato lacrime e urla.

Alcuni ricordi delle cerimonie precedenti erano filtrati attraverso i suoi pensieri. Umani che perdevano la testa e venivano distrutti sul palco per le loro reazioni inappropriate. Tutto ciò era inteso come una sorta di divertimento malato per gli esseri superiori che assistevano allo spettacolo.

Mi rifiutavo di finire così.

Il motore si accese con un ruggito.

Cedric riuscirà a percepirmi anche da molto distante?, mi chiesi.

Poi aggrottai la fronte.

Un attimo, è per questo che non riesco a sentirlo? Forse inizialmente mi aveva tagliata fuori, poi se ne era andato e ora non poteva più contattarmi. *È già lì? In attesa del mio arrivo?*

Il mio battito accelerò al solo pensiero.

Sì, forse è così.

«Non parlate» ringhiò uno dei licantropi fissando un'altra gabbia. «Non emettete un suono».

Sei si appoggiò leggermente a me.

Reagii accettando il suo peso e il conforto della sua familiare presenza.

Dov'è diretto? Che destino hanno scelto per lui?

Il motore si fece più rumoroso e l'aereo iniziò a muoversi. Chiusi gli occhi, il rombo mi fece annodare le viscere.

Nodi sempre più stretti man mano che l'aereo prendeva velocità.

Più veloce. Più veloce. Più veloce.

Oh, Dea… Aprii gli occhi di scatto quando l'aria intorno a noi mutò. La sensazione di essere sott'acqua mi tappò le orecchie e mi rubò il respiro.

Il licantropo ringhiò, e il rumore di una gabbia che si apriva riecheggiò nell'aereo.

Seguì un grido che mi fece rivoltare lo stomaco. Sei mi afferrò la mano e la strinse, con un movimento abbastanza rapido da poter essere scambiato per un incidente.

Per fortuna, le guardie erano troppo impegnate a seguire gli eventi che si stavano svolgendo nell'altra gabbia. Le loro risate rimbombavano tra le lamiere. Un licantropo trascinò fuori un'umana dai capelli biondi.

La riconobbi; sapevo che aveva un numero inferiore al mio, ma non ricordavo esattamente quale fosse.

Aveva le guance rigate di lacrime e il respiro affannoso. L'aria continuava a cambiare.

Stiamo volando, mi resi conto.

La donna doveva essersi spaventata provando tutte quelle strane sensazioni.

E ora il licantropo le avrebbe dato una lezione.

Che probabilmente sarebbe terminata con le gabbie coperte di schizzi di sangue.

Mi sforzai di distogliere lo sguardo e mi misi a pensare a Cedric, mentre in sottofondo risuonavano i rumori orrendi del massacro.

Mi manchi, pensai rivolgendomi a lui. *Mi manca il nostro piccolo mondo. La nostra utopia. Anche se non ti rivedrò mai più, ricorderò per sempre con gioia il tempo trascorso insieme. Grazie per avermi donato la vita.*

Continuai a parlare con lui.

A pensare a lui.

A fantasticare su di lui.

Anche dopo che le urla si erano spente e i resti erano stati rimossi.

Anche quando atterrammo, alcune ore più tardi.

Non facevo altro che pensare a Cedric. Ai suoi occhi neri. Al suo bellissimo sorriso, di cui avevo colto solo qualche sprazzo nel nostro breve tempo insieme.

Mi sarebbe piaciuto vederti sorridere di più, gli dissi. *Forse lo farò*.

Ma quando uscimmo dall'aereo, non riuscivo ancora a sentirlo.

E non lo vidi né percepii la sua presenza lungo il tragitto verso la nostra nuova destinazione.

Un altro autobus, lo informai. *Senza numero*.

Ma Sei era ancora seduto accanto a me.

Un breve viaggio ci portò in un altro complesso. Era circondato da alberi e da quella che mi sembrò della terra verde.

Erba, capii, riconoscendola dalle foto.

Ma non c'era tempo per esplorare o toccare.

Ci fecero scendere dall'autobus e ci condussero in un edificio.

Dove scendemmo una rampa di scale.

Diretti in una stanza con degli armadietti di metallo.

«Lasciate qui le vostre tuniche» disse un vampiro indicando la fila di armadietti. «Poi spogliatevi e mettetevi in fila lì» concluse con un gesto rivolto a una porta in fondo alla stanza.

Io e Sei scegliemmo di condividere un armadietto, dato che sembrava che la maggior parte fosse già piena.

Riponemmo i vestiti e le tuniche e ci mettemmo in fila.

La porta conduceva a uno stanzone con delle docce. Era pieno di umani che non avevo mai visto prima. *Provengono da altre sedi dell'Università*, pensai.

Nessuno parlò.

Nessuno diede segno di aver notato i vampiri e i licantropi che ci osservavano.

Ma sentivo i loro sguardi famelici scrutarci con interesse, in attesa che qualcuno infrangesse una regola. In attesa di un motivo per punirci. Di un'occasione per colpire.

Andai sotto il getto di acqua gelida e feci del mio meglio per non sussultare. *Oh, Cedric, mi manca la tua vasca da bagno. E mi manca anche la tua doccia.*

Ma smisi quasi subito di pensarci, perché l'immagine di Cedric sotto l'acqua mi riportava alla mente troppi ricordi roventi.

E l'ultima cosa che volevo fare era eccitarmi per sbaglio, circondata da quelle creature malvagie.

Se mi avessero scopata, avrebbero distrutto il mio legame con Cedric.

Sradicando e annientando la mia connessione con lui.

Il mio ultimo petalo di speranza.

Deglutii.

Cedric... Il suo nome riecheggiava negli anfratti solitari della mia mente. *Ti prego, non lasciarmi così.*

Ma man mano che la notte si avvicinava, mi fu sempre più chiaro che non avrebbe rimosso il muro che ci separava. Cercai di scalfirlo, di trovare un varco, ma Cedric era troppo forte. Troppo antico.

I vampiri ci condussero nell'alloggio che avremmo occupato per la giornata, uno stanzone pieno di letti a castello. A me fu assegnato un letto di sopra, a Sei quello sotto il mio.

Poi le luci si spensero, immergendo la stanza nell'oscurità.

«Dormite» fu l'unico ordine.

Non obbedii. Dubitavo che qualcuno l'avrebbe fatto.

Non con quell'atmosfera estranea e la minaccia che aleggiava al di là della soglia.

Una volta usciti dalla porta, saremmo stati condotti al luogo dove si teneva il Giorno del sangue.

La cerimonia finale che segnava il passaggio dall'inferno dei corsi a una vita di schiavitù.

Finirò alla caccia della luna? In un harem? Khalid e Cedric hanno davvero un piano?

Volevo chiederlo a Emine. Ma non l'avevo vista né nelle docce, né negli spogliatoi. Non l'avevo vista da nessuna parte.

E cominciai a domandarmi se fosse riuscita ad arrivare fino a lì.

O se fosse successo qualcosa.

Qualcosa che aveva spinto Cedric a tagliarmi fuori per sempre.

Vorrei che mi parlassi, pensai, intontita dalla mancanza di sonno e dalla lunga giornata di viaggio senza cibo. Non si erano preoccupati di darci da mangiare. E l'unica acqua che ci avevano fornito era quella gelida dei soffioni. L'avevo sorseggiata con cautela, incerta sulla fonte.

Domani è un nuovo giorno.

Un giorno mortale.

Ci sarai, Cedric?

O mi hai lasciata a percorrere questo cammino da sola?

LILY

TUM, TUM.

Il battito del cuore mi martellava nelle orecchie.

Tum, tum.

Un ritmo costante.

Tum, tum.

Che faticavo a tenere sotto controllo.

Ci avevano dato un sacchetto con la colazione serale. Il mio conteneva una bottiglia d'acqua, una specie di barretta energetica e una banana.

Avevo mangiato tutto.

E ora me ne stavo pentendo.

Tum, tum.

L'aria portava con sé un profumo suggestivo, non c'era l'umidità del deserto. *Alberi.* Non sapevo di che tipo fossero, solo che erano cresciuti a dismisura.

Così come l'erba che costeggiava il sentiero che stavo percorrendo.

La tunica bianca flirtava con i miei polpacci nudi. Non mi ricordava affatto un abito cerimoniale. Non lasciava nulla all'immaginazione, ma probabilmente lo scopo era proprio quello.

Sei indossava qualcosa di simile, anche se la sua tunica gli arrivava alle caviglie.

Strano, dato che era molto più alto di me. Ma sembrava che molti dei maschi fossero avvolti in abiti della stessa lunghezza.

Ci avevano messi in ordine numerico.

Eravamo esattamente mille, eppure riconobbi soltanto il cinque per cento delle persone in fila.

Il maschio dietro di me, l'umano numero quattrocentootto, anno centodiciassette, proveniva da un'altra sede dell'Università.

Mi guardò con un'espressione sorpresa. Ma la sua confusione durò circa mezzo secondo. Era severamente vietato mostrare emozioni.

Non fui sorpresa di incontrare umani che non conoscevo; Cedric mi aveva detto che esistevano altre sedi dell'Università, ma non era un'informazione nota.

C'erano così tante cose che non ci erano state comunicate.

Come il fatto che la maggior parte dei nostri compagni di classe aveva già affrontato il proprio destino.

La processione iniziò, e il suono dei piedi che marciavano lungo il sentiero riecheggiò intorno a noi.

Cedric, sussurrai. Non riuscivo ancora a percepire la sua presenza. *Dove sei?*

Non potevo alzare lo sguardo né cercarlo tra la folla, altrimenti avrei infranto il protocollo.

Resta in silenzio.

Obbedisci.

Non urlare.

Non reagire.

Inchinati.

Abbassa gli occhi.

Tutte le regole che mi erano state inculcate negli ultimi ventun anni.

Le ripetei tra me e me mentre seguivo Sei, passando accanto a file e file di sedie vuote.

Cedric è seduto con i reali?, mi domandai. *È qui con il principe Silvano? O con Khalid?*

Da quello che avevo capito, solo i vampiri e i licantropi più potenti partecipavano alla Giornata del sangue. I sovrani erano appena al di sotto dei reali, il che garantiva loro l'accesso alla cerimonia.

Se Cedric avesse accettato la carica, avrebbe potuto essere lì.

È per questo che mi hai tagliata fuori dalla tua mente?, gli chiesi. *Stai recitando il ruolo del sovrano con Silvano?*

Avrei voluto che si facesse vivo e mi dicesse cosa stava succedendo. Mi preoccupava il fatto che non potesse; forse era successo qualcosa di terribile.

Ma se così fosse, non dovrei sentirlo? Non dovrei provare un distacco ancora maggiore?

Anche se non riuscivo a immaginare di essere più sconnessa da lui di quanto non fossi in quel momento. Era come se una parte di me fosse… fosse *morta*.

Oh, Dea…

Per poco non inciampai, ma per un qualche miracolo rimasi in piedi e continuai a camminare nella direzione giusta. Perché sarebbe bastato un passo falso a richiamare l'attenzione. E per me sarebbe finita molto male.

Concentrati, Lily, intimai a me stessa.

Se Cedric era morto, non c'era più nulla che potessi fare.

Se non accettare il mio destino.

Sei girò verso una fila di sedie vuote, seguendo gli umani davanti a lui. Feci lo stesso. Quelli che ci avevano preceduto erano già stati sistemati nella fila davanti alla nostra. Ognuno era in piedi davanti alla sua sedia, con il capo chino.

Devono essere rivolti in direzione del palco, pensai, sforzandomi di non sbirciare.

Quando Sei si fermò, mi fermai anch'io.

Poi ci voltammo in modo da avere le sedie alle nostre spalle. Abbassai la testa, imitando gli altri.

E aspettai.

Ebbi l'impressione di restare così per ore. L'unico suono che si sentiva era lo scalpiccio di piedi sul sentiero.

Sei mi sfiorò le nocche con le sue, un gesto che sembrava essere diventato la norma nelle ultime ventiquattro ore.

Ricambiai allo stesso modo.

Cedric, pensai. *Se sei qui, questo è il momento giusto per dirmelo.*

Non sapevo perché continuassi a insistere. Il nostro legame era interrotto, lo sentivo nel profondo dell'anima. *Mi ha completamente bandita dalla sua mente.*

Il mio cuore pianse, ma poi cominciò a battere forte: un silenzio inquietante era calato sulla folla.

Niente più passi.

Eppure sentivo l'energia mistica aumentare, e la mia pelle era percorsa da un potere che mi fece rizzare i peli sulle braccia.

Gli esseri superiori sono qui.

La cerimonia sta per iniziare.

È ora di conoscere il mio destino.

L'elettricità mi ronzava nelle vene. La mia consapevolezza sembrò aumentare man mano che quel potere assoluto e totalizzante si avvicinava.

Mi sento così a causa di Cedric?, mi chiesi. *Significa che siamo ancora legati?*

Oppure era semplicemente la presenza oscura di quelle creature?

Erano gli esseri soprannaturali più antichi e potenti ancora in vita. E sentire le loro impronte energetiche non fece che confermarne il motivo.

Autorità.

Supremazia.

Età.

Riuscivo quasi a sentire il sapore di ogni attributo sulla lingua.

Mi ricordava Cedric, solo più *pesante*.

Spero che questa cascata di sensazioni sia dovuta a te, gli dissi mentalmente. *Spero significhi che sei vivo.*

Forse mi ero preoccupata inutilmente.

Devi concentrarti, mi rimproverai. *Concentrati su questo momento.*

Era il giorno che aspettavo da sempre. Ciò per cui avevo lavorato duramente per tutta la vita.

Solo che il fascino della cerimonia era stato cancellato dalle verità di Cedric. Non sarei mai diventata una vigilante. Non mi sarei mai qualificata per il Torneo dell'immortalità. Dove sarei finita?

«Benvenuti al Giorno del sangue» esordì una voce femminile che conoscevo fin troppo bene.

La dea Lilith.

«Questo è un giorno di gloriosa celebrazione, che illuminerà il futuro di molti» continuò. «Chi di voi è stato selezionato per il Torneo dell'immortalità? Ci sono solo dodici ambitissimi posti. Siete tra i pochi che lavorano sodo? Ve lo dirà il nostro meraviglioso Magistrato».

«Già» confermò una voce profonda. «Ho le assegnazioni proprio qui».

«Oh, che emozione» esultò la dea. «Allora, senza

ulteriori indugi, vi presento i mille studenti migliori dell'anno centodiciassette».

Si udirono alcuni mormorii in lontananza, ma niente di più.

Nessuna standing ovation.

Nessun commento concitato.

Solo qualche parola sommessa destinata esclusivamente alle orecchie degli immortali.

Cedric è tra loro? Che stia sussurrando qualcosa a Khalid? Che mi stia osservando?

Il Magistrato si schiarì la voce; la profondità di quel suono lasciò trasparire la sua appartenenza alla schiera dei licantropi.

«Come sempre, inizieremo con le statistiche» annunciò. «La classe dell'anno centodiciassette ha iniziato con ventunmilatrecentosette candidati. Il tasso di successo della classe nel suo complesso è stato del settantatré per cento, con un calo del due virgola nove per cento rispetto all'anno precedente».

Aggrottai la fronte.

La percentuale di successo corrisponde a quelli di noi che sono ancora vivi?

E se è così, significa che più di cinquemila umani della mia classe sono morti nell'ultimo anno? O quel numero è stato calcolato nel tempo? Cioè il ventisette per cento della mia classe è morto negli ultimi ventun anni di addestramento?

La seconda ipotesi mi sembrava più accurata, in base a ciò che avevo osservato.

Gli studenti sparivano in continuazione, ma non cinquemila in un anno. Al massimo qualche centinaio.

Tuttavia, spesso venivano sostituiti da nuovi candidati.

E c'erano dieci sedi dell'Università.

Quindi era più probabile che solo negli ultimi dodici

mesi fossero morti in cinquemila. *Quasi seimila*, corresse la mia mente, abile nei calcoli. *Dea… così tante vite…*

Il Magistrato si schiarì ancora una volta la voce. «Rimane un totale di quindicimilacinquecentocinquantaquattro umani da smistare, che sono stati divisi equamente tra le specie soprannaturali e le varie regioni».

«Grazie, Magistrato» rispose la dea. «Apprezziamo il tuo impegno e la tua dedizione».

Il licantropo grugnì. «Allora possiamo iniziare con la spartizione formale dei mille rimasti».

Emise un altro verso, che mi ricordò un ringhio.

L'ostilità del suono mi fece rizzare i peli sulle braccia. Sospettavo che fosse proprio quello lo scopo, perché le parole successive erano per noi.

«Sedetevi dritti. Alzate lo sguardo. Potete seguire la cerimonia» ci informò. «Consideratelo un regalo per tutto il vostro duro lavoro».

Deglutii a stento. *Non sembra un regalo, ma piuttosto una minaccia.*

Alzai comunque gli occhi; volevo assistere e soprattutto volevo cercare Cedric.

Il palco davanti a noi era enorme. I reali e gli alfa erano seduti ai lati, sopra ad alcune piattaforme su cui erano posizionati i loro troni. Ogni postazione era decorata con drappi di velluto dall'aspetto sontuoso.

Al buio non riuscivo a vederli bene, ma probabilmente sarei riuscita a farlo non appena fossi salita sul palco.

C'erano delle scalinate su entrambi i lati. Indicandole, il Magistrato ci disse di salire sul palco usando quella sulla destra, per poi incontrarlo sul podio. Una volta annunciata la nostra assegnazione, dovevamo uscire da quella sulla sinistra.

«Dove vi aspetterà un vigilante per accompagnarvi nella zona corretta» concluse. Le sue parole mi fecero correre un brivido lungo la schiena. «Cominciamo. Numero uno, anno centodiciassette».

Una donna con i capelli biondi si alzò dalla prima fila e si diresse verso le scale.

Non guardò i reali o gli alfa; passando accanto a loro, abbassò invece gli occhi in segno di rispetto.

La dea Lilith sedeva in disparte, il suo trono era ancora più regale degli altri. Osservò l'umana con interesse, e le sue labbra si incurvarono in un dolce sorriso.

Ma non mi lasciai ingannare.

Quella donna era l'incarnazione del male.

Avevo scoperto abbastanza su di lei attraverso i pensieri di Cedric da sapere che non era affatto una dea. Non era nient'altro che una vecchia vampira assetata di potere. Si credeva un essere supremo, ma solo gli umani la veneravano.

I vampiri come Cedric si limitavano a tollerare la sua esistenza.

Anche se mi aveva detto che alcuni dei suoi simili la rispettavano.

Vampiri come Silvano.

Perché a loro piaceva la nuova società che aveva creato.

La stessa che stava costringendo l'umana ad attraversare il palco in attesa di udire il suo destino.

Lanciai un'occhiata ai reali e agli alfa, ma i loro volti continuavano a essere celati dalle ombre. Non riuscivo nemmeno a capire se la stessero guardando o se fossero impegnati in altre attività. Erano come una minacciosa nuvola scura, nascosta alla vista eppure presente.

L'umana numero uno si fermò accanto al podio, chinando ancora di più il capo mentre si inginocchiava. Il Magistrato non ce l'aveva ordinato, ma per noi era istintivo inginocchiarci.

Inchinarsi. Inginocchiarsi. Supplicare. Sopravvivere.

Il Magistrato rimase concentrato sulla lunga pergamena srotolata davanti a sé. Con un'espressione impassibile, lesse: «Campi per la riproduzione».

La donna sembrò irrigidirsi, e il licantropo la guardò. «Prosegui lungo il palco fino alle scale. *Adesso*». Il sottile ringhio presente nel suo tono riecheggiò nel microfono, facendomi mancare un battito.

L'umana fece subito un passo avanti e obbedì con movimenti molto più nervosi di prima.

Lui la ignorò, la sua attenzione era nuovamente rivolta alla pergamena. Chiamò il candidato successivo.

Nient'altro. Una semplice cerimonia in cui venivano annunciati i nostri numeri, seguiti dal percorso a cui eravamo stati assegnati, per poi scendere dalle scale e andare incontro al nostro destino.

Cedric aveva detto che tutto ciò era inteso come un intrattenimento per gli alfa e i reali. Ma a me sembrava solo un metodo per tenere in riga gli umani.

Eravamo tutti in fila, obbedienti, e andavamo dal Magistrato mostrandoci rispettosi verso i nostri superiori. Poi dovevamo accettare…

Un urlo stridulo si levò nella notte quando una delle donne reagì alla sua assegnazione. *La caccia della luna*. Solo a sentirla nominare mi si gelò il sangue, e la reazione dell'umana non fece che peggiorare il mio terrore.

Ma fu subito messa a tacere.

Da un licantropo che le squarciò la gola.

Poi le staccò la testa e la depose sulle scale che dovevamo usare per salire sul palco come una macabra decorazione. *Per farci comportare bene*.

Il Magistrato lanciò un'occhiata ai resti e scrollò le spalle, poi chiamò il candidato successivo.

Mentre la processione avanzava, fissai la testa della donna per diversi minuti. Avevo il cuore in gola. L'avevano lasciata lì come se la sua vita non contasse nulla, solo perché aveva reagito.

Violando una delle regole principali.

Forse l'aveva fatto di proposito. Almeno la sua morte era stata rapida.

A differenza di quello che succedeva durante la caccia della luna.

Dovrei fare lo stesso?, mi domandai.

Ma scartai subito l'idea.

Perché non potevo. Non quando c'era ancora la possibilità che Cedric venisse a salvarmi. *Dove sei?*, gli chiesi per la milionesima volta.

Ma prima che potessi precipitare di nuovo in quel gorgo di pensieri, il Magistrato cominciò a chiamare i numeri dopo il quattrocento.

Di già?, pensai. Le mie mani cominciarono a sudare.

Sei mi sfiorò le nocche per l'ultima volta.

Trattenni il respiro mentre si dirigeva verso il palco.

Alla luce della luna i suoi capelli ramati mi ricordavano il sangue, un'immagine che mi diede la nausea. *Ti prego, non morire. Non morire. Non morire.*

Non era il tipo che reagiva. Era rimasto in silenzio perfino quando Peyton lo aveva torturato. Lassù sul palco, con le sue spalle larghe e le gambe snelle e muscolose, sembrava pronto ad affrontare qualsiasi cosa.

Mi sarebbe mancato.

Non era un amico. Eppure una parte di me lo considerava quasi un fratello. Eravamo cresciuti fianco a fianco, con i nostri numeri che ci avevano trascinati insieme lungo quel sentiero oscuro.

Ma ora eravamo giunti a un bivio.

Dove andrai?, pensai mentre si inginocchiava accanto al podio.

Il Magistrato alzò lo sguardo ed esaminò Sei con

un'espressione incuriosita. Poi annuì. «Mmm… una scelta interessante».

Trattenni il respiro. *Cosa significa?*

«L'umano numero quattrocentosei, anno centodiciassette, è il terzo partecipante al Torneo dell'immortalità».

Il Torneo dell'immortalità? Sta andando al Torneo dell'immortalità?

Sei si alzò senza mostrare alcuna reazione. Si limitò ad abbassare il mento per indicare che aveva capito e si diresse verso il vigilante che lo aspettava in cima alle scale. L'umano lo condusse dove si trovavano gli altri due contendenti, seduti accanto al palco.

«Numero quattrocentosette» disse il Magistrato, facendomi balzare il cuore in gola. Ero così concentrata su Sei che avevo quasi dimenticato di essere la prossima.

Oh, non avrei avuto la sua stessa sorte. I nostri punteggi erano simili, ma Cedric mi aveva già detto che non mi sarei mai qualificata.

Perché niente di tutto ciò si basava veramente sul punteggio.

Mi avviai verso il palco con le gambe che tremavano, cercando di concentrarmi sui miei passi.

Giunta sul palco, tentai di scorgere Cedric, ma i reali e gli alfa erano in ombra anche lì. Riuscii a vedere soltanto Lilith, seduta sul suo trono, con i capelli dorati che brillavano nel chiarore lunare.

Abbassai rapidamente lo sguardo; non volevo attirare l'attenzione.

Certo, mi stava già fissando, visto che ero la prossima.

Speravo che non si fosse accorta della mia curiosità.

Speravo che non venisse usata contro di me.

Spero di sopravvivere a tutto questo.

Il Magistrato non mi osservò come aveva fatto con Sei,

limitandosi a guardare la pergamena. *Non è un buon segno*, pensai inginocchiandomi.

Il licantropo si schiarì la voce e scrollò la pergamena, prolungando il momento, mentre il mio battito mi rimbombava selvaggiamente nelle orecchie.

«Caccia della luna» annunciò.

Caccia della luna, ripetei. Ebbi l'impressione che il mio cuore si fermasse. *Andrò... andrò alla caccia della luna.*

CEDRIC

«Caccia della luna». La dichiarazione del Magistrato mi rimbombò nella mente.

Ma. Che. Cazzo?!

Lanciai un'occhiata a Khalid, ma era nascosto nelle sue vesti scure, intento a fissare il palco. O almeno così sembrava. Forse stava dormendo.

Traditore.

Mi ci volle uno sforzo immenso per non reagire al suo inganno. *Avevamo un accordo*, pensai. Lily avrebbe dovuto essere spedita in uno dei campi di addestramento per entrare a far parte di un harem, dove lui l'avrebbe scelta per il suo. A quel punto, li avrei seguiti nella sua regione e gli avrei giurato fedeltà.

Non avrei mai dovuto fidarmi di lui.

Ma dopo averlo aiutato a occuparsi di Emine, ero convinto che avessimo un accordo. A quanto sembrava, mi sbagliavo di grosso. Stava ancora giocando con me. Spingendomi a dimostrare il mio valore in modi che non comprendevo.

Forse, però, era giunto il momento che *lui* mi dimostrasse il suo valore.

Silvano, che era seduto accanto a me, grugnì. La sua attenzione era rivolta al suo tablet, non a Lily. *Cazzo*, sembrava sconvolta. Distrutta. *Sola*.

Ma non potevo comunicare con lei. Non potevo rischiare che qualcuno si accorgesse del nostro legame. Soprattutto Silvano.

«Forse questa?». Indicò la foto di un'umana nuda che campeggiava sullo schermo. Aveva i capelli rosso scuro e la carnagione pallida. Numero settecentotré. Era destinata al Torneo, ma era anche stata contrassegnata come materiale da harem.

Tutta quella maledetta giornata era solo una farsa. Prima dell'inizio del Torneo, ai reali e agli alfa sarebbe stata data l'opportunità di scegliere un nuovo giocattolo da scopare dalla rosa dei candidati.

Solo pochi erano dichiarati off-limits.

E la femmina sullo schermo non era tra loro.

Alzai le spalle. Perché non mi importava chi avrebbe scelto, non con la mia *erosita* che veniva scortata via dal palco da un vigilante.

Diretta al luogo dove sarebbe stata preparata per la caccia della luna.

Merda.

Era un incubo. Non potevo prenderla e portarla via, altrimenti gli alfa e i reali avrebbero capito cosa ci legava.

L'impulso di entrare in contatto con lei, di sussurrare nella sua mente e di pronunciare un giuramento che non ero sicuro di poter mantenere, mi tormentava il cuore. Ma Khalid mi aveva avvertito che anche la più piccola comunicazione avrebbe potuto allertare Silvano. Era tutta una questione di odori, e la creazione del muro che separava me e Lily aveva in qualche modo minimizzato il cambiamento del mio.

Anche se, a dirla tutta, Silvano aveva notato la differenza, e me lo aveva fatto presente al suo arrivo.

Stavo per ammettere di essermi portato a casa una studentessa, quando Khalid aveva detto: «Ah, dev'essere l'odore di Emine. Sì, io e Cedric ci siamo divertiti un po' con il mio animaletto. Ti sarebbe piaciuta. Ma purtroppo è morta».

E la conversazione era finita lì.

L'odore persisteva, ma non sembrava che a Silvano importasse. Il tempo funzionava in modo diverso per gli immortali. Per lui, alcuni giorni non erano nient'altro che una manciata di secondi. La fragranza sospetta avrebbe potuto rimanermi addosso per settimane, prima che lui ricominciasse a fare domande.

Ma se avesse colto il mio odore su Lily, avrebbe capito subito la verità.

Il fatto che lei si stesse allontanando dal palco era un bene. Così come l'ossessione del reale verso le candidate che stava esaminando sul suo tablet. Ne era stato talmente assorbito da ignorare la sfilata di umani che gli era passata davanti.

Aveva ancora la rossa sullo schermo. «Allora?» mi esortò.

Non sapevo perché gli interessasse la mia opinione. Poteva prendere qualsiasi umano desiderasse. Ma chiaramente voleva una risposta.

«È carina» risposi in tono annoiato. Non mi interessava aiutarlo a scegliere un nuovo giocattolo. Non con Lily che veniva condotta nella zona del campo riservata ai candidati alla caccia della luna. Da lì, al termine della cerimonia, sarebbero stati scortati verso i rispettivi autobus e, se ce ne fosse stato bisogno, agli aerei.

Cosa farò?

I capelli biondi di Lily scintillavano sotto la luce della luna. Un vigilante le indicò dove unirsi agli altri candidati con cui condivideva la sorte.

Teneva la testa bassa, impedendomi di vedere la sua espressione.

Non odiarmi, fiorellino, pensai rivolto a lei. *Ti parlerei, se potessi. Ma ti giuro che non ti ho abbandonata.*

Sentii una fitta al petto.

È solo che non so come salvarti.

Odiavo doverlo ammettere. Odiavo tutta quella situazione.

Silvano passò a un'altra candidata, chiedendomi cosa ne pensassi delle sue tette. Gli diedi un'altra risposta indifferente. *Se apri il profilo di Lily, ti darò una risposta sincera.*

Avevo seguito alcune cerimonie del Giorno del sangue, visto che venivano trasmesse in televisione, e avevo partecipato un paio di volte a causa del mio ruolo all'Università.

Ma non ero mai stato seduto con Silvano.

Di solito partecipava da solo. Sebbene i sovrani fossero tecnicamente autorizzati ad andarci, in genere presenziavano agli eventi solo su richiesta di un reale.

Alcuni reali invitavano tutti i loro sovrani come segno di apprezzamento.

Altri invitavano solo quelli che volevano omaggiare, come probabilmente aveva fatto Silvano, dal momento che stavo per entrare a far parte della sua corte.

E poi c'era chi, come Khalid e solitamente Silvano, sceglieva di presentarsi da solo.

Era tutto un gioco di potere.

Partecipare da soli implicava una certa fiducia nella propria capacità di difendersi.

D'altro canto, avere con sé anche i propri sovrani

mostrava un livello di lealtà e rispetto che diceva: «Attaccami, e i miei sottoposti lavoreranno insieme per distruggerti».

Era una gara di superiorità alla quale non avevo alcun interesse a partecipare.

Eppure, durante tutta la cerimonia, gli alfa e i reali non fecero altro che discutere dei candidati valutando al tempo stesso le risposte dei loro pari.

Puro intrattenimento, pensai, grato che fosse stato annunciato anche il decimo partecipante al Torneo. Era un maschio biondo dall'atteggiamento risoluto che faceva parte della lista degli intoccabili, ossia non poteva essere scelto per entrare in un harem. Vederlo significava che avevamo quasi finito.

Perché l'undicesimo partecipante fu annunciato subito dopo di lui.

Anche se quella era soltanto l'umana numero settecentotré, la donna con i capelli rossi che aveva suscitato l'interesse di Silvano.

Quindi rimanevano ancora quasi trecento umani da smistare.

Questa notte non finirà mai.

Non riuscivo più a vedere la mia Lily. I suoi capelli biondi erano da qualche parte in mezzo alla folla. Gli umani selezionati per la caccia della luna si erano mescolati a quelli destinati ai campi per la riproduzione, perché sarebbero stati condotti tutti insieme alle loro destinazioni finali.

Perché alcune partecipanti alla caccia avrebbero finito per restare incinta.

Se fossero sopravvissute.

Mi si rivoltò lo stomaco. *Ti avevo avvertito*, pensai rivolto a Lily. *Ti avevo detto come sarebbe andata a finire.*

Ma non potevo biasimarla. Era colpa mia. Ero

convinto che Khalid mi avrebbe aiutato, cosa che chiaramente non aveva intenzione di fare. Me ne sarei occupato più tardi.

Perché in quel momento dovevo capire come salvare la mia *erosita*.

Se riuscissi a svignarmela durante il primo turno del Torneo, forse farei in tempo a raggiungere l'autobus di Lily.

E poi?

Come insegnante, avrei potuto mentire e dire che avevo bisogno di Lily per un compito urgente. Qualunque licantropo fosse stato assegnato al suo trasporto sarebbe stato al di sotto di me, in termini di rango.

Tutti i reali e gli alfa, che sono gli unici con un'autorità superiore alla mia, saranno impegnati con i candidati al Torneo per almeno un'ora. Forse anche di più.

Perché ciascuno di loro avrebbe esaminato i candidati per decidere chi si sarebbe unito al suo harem. E se non avessero trovato nessuno di valido, cosa che capitava molto raramente, avrebbero potuto scegliere tra gli umani destinati agli harem.

Lo scopo di quella tradizione era demoralizzare i partecipanti al Torneo. Erano entusiasti di essere stati scelti per provare a guadagnarsi l'immortalità.

Solo per sentirsi dire, appena qualche minuto più tardi, che non contavano nulla e che sarebbero potuti finire come schiavi del sesso.

Era la parte della cerimonia che i reali come Silvano aspettavano con più trepidazione; per questo aveva controllato e ricontrollato la lista di candidati.

Ma ciò significava solo che lui e gli altri come lui sarebbero stati distratti.

Quindi forse…

«Numero mille» chiamò il Magistrato.

Mi accorsi a malapena del mortale che si avvicinava al palco.

Volevo solo che fosse finita. Volevo un motivo per andarmene. Per fuggire. *Per salvare Lily*.

Ma non avevo un piano. Se anche fossi riuscito a prenderla, non sapevo dove saremmo potuti andare. I reali e gli alfa sarebbero stati distratti, ma solo momentaneamente, e alla fine qualcuno avrebbe notato la sua assenza.

Proprio come Silvano avrebbe notato la mia.

E poi?

«Settore dei servizi del clan Clemente» annunciò il Magistrato.

Il mio cuore mancò un battito.

«Hai visto qualcuno che ti piace?» mi chiese Silvano.

Lo guardai con un'espressione confusa. «Cosa?».

Mi lanciò un'occhiata che diceva che mi considerava un idiota. «Qualcuno da scopare».

Aggrottai le sopracciglia. «È questo il piano per la serata?». Speravo davvero che non fosse così. Avrei preferito morire che toccare qualcuno che non fosse la mia Lily.

Il reale sorrise. «Beh, voglio che sia il *tuo* piano per la serata. Voglio regalarti il mio nuovo animaletto».

La mia bocca minacciò di spalancarsi per lo stupore. Silvano doveva essersene accorto, perché il suo sorriso si allargò.

«Sei sorpreso». Non era una domanda. «Bene. Ero convinto che ne saresti stato contento dopo esserti divertito con uno dei giocattoli di Khalid. Quindi, me ne sto procurando uno per...».

«Con questo si conclude il nostro annuale Giorno del sangue» annunciò Lilith, interrompendo Silvano. «Vigilanti, accompagnate i vostri gruppi all'uscita. I candidati per gli harem e i partecipanti al Torneo dell'immortalità resteranno qui».

Silvano non la guardò nemmeno, continuando invece a sorridermi. «Da' un'occhiata e dimmi quali ti interessano di più. Quando sarà il mio turno, ne sceglierò una e te la darò».

Cazzo.

Tra tutti i momenti in cui Silvano poteva cercare di essere gentile, doveva scegliere proprio quello.

Andarmene senza che se ne accorgesse sarebbe stato impossibile.

E salvare Lily…

Pure.

Non appena avesse messo piede sull'autobus, non sarei più riuscito a trovarla.

Tutti i dati sugli umani e le loro rispettive assegnazioni erano registrati nel sistema, ma ciò non significava che sarebbe sopravvissuta abbastanza a lungo da raggiungere la sua destinazione finale. O che non ci sarebbe stato qualche imprevisto durante il tragitto.

E se uno dei licantropi la scopasse sull'autobus?

Distruggerebbe il nostro legame.

Potrebbe… potrebbe ucciderla.

Silvano mi diede una pacca sulla spalla e ridacchiò. «Sei troppo scioccato per sceglierne una? Proverò a farmi dare la rossa, allora? O magari la numero novecentouno? Tette sode?».

Non voglio un'altra donna. Ho già la mia.

Volevo teletrasportarmi, prendere Lily e scappare via.

Volevo uccidere Silvano.

Volevo sparire.

Volevo tornare indietro nel tempo e oppormi a tutte quelle maledette procedure.

Volevo…

«Ti suggerisco di dare un'occhiata alla numero quattrocentonove» disse Khalid da sotto i suoi strati di tessuto, con la sua voce soave che si insinuava tra i miei pensieri.

Come non detto. Voglio uccidere te, pensai guardandolo. *Voglio ammazzarti per avermi fatto credere che potessi fidarmi di te.*

«Ti piacciono le cosine delicate, non è vero?» continuò Khalid, come se non fossi sul punto di saltargli addosso e strangolarlo. «Questa mi ricorda un fiore. Facile da rompere, quasi come quella che abbiamo seppellito all'inizio della settimana».

Fiore. Quell'unica parola, un termine che mi colpì dritto al cuore, mi fece esitare e mi trattenne dal mettere in pratica il mio desiderio di annientarlo. *E adesso a che gioco stai giocando?*

Khalid alzò il suo tablet, che non mi ero nemmeno accorto avesse in mano, e il mio cuore si fermò alla vista del corpo nudo di Lily sullo schermo.

Sotto il suo nome, c'era scritto "Candidata alla caccia della luna".

E sotto c'erano i dettagli relativi al suo trasporto.

«Quella non è destinata agli harem» intervenne Silvano.

Khalid girò il tablet per controllare. «Oh, scusate, devo aver premuto qualcosa per sbaglio. Un attimo…». Sfiorò lo schermo con la mano avvolta nei drappi neri, e in qualche modo riuscì a cambiare immagine. «Eccola qui».

Mi mostrò l'immagine di una donna con i capelli castani, la numero quattrocentonove.

Ma non la vidi nemmeno.

Avevo ancora davanti agli occhi le informazioni su Lily che aveva appena condiviso con me.

La sua nuova designazione come candidata per la caccia della luna.

E, ancora più importante, la sua destinazione.

Silvano fece qualche commento di circostanza sull'umana sullo schermo, dicendomi che non approvava la scelta.

Finsi di essere d'accordo, ma i miei pensieri erano tutti rivolti al nuovo piano che stava prendendo forma nella mia mente.

Khalid aveva promesso di aiutarmi.

E in un certo senso l'aveva fatto.

Perché, in qualche modo, Lily era destinata all'unico territorio di lupi che conoscevo come le mie tasche, quello del clan Clemente.

Dovevo solo sopravvivere alla visita di Silvano e tornare a casa.

Poi sarei potuto andare alla ricerca della mia *erosita*.

Non appassire, mia dolce Lily.

Verrò a prenderti.

Te lo prometto.

LILY

Non sono più il numero quattrocentosette. Abbassai lo sguardo sul tesserino che tenevo in mano. *Ora sono l'esemplare numero diciassette destinato alla caccia della luna presso il clan Clemente.*

La donna bionda accanto a me ne aveva uno simile, solo che il suo diceva: "Femmina da riproduzione numero dodici presso il clan Clemente". Sopra, invece, c'era scritto: "Università del sangue III, umana numero settecentouno, anno centodiciassette". Quella dicitura era stata barrata, proprio come la mia.

Solo che la mia diceva: "Università del sangue VII, umana numero quattrocentosette, anno centodiciassette".

Immaginai che il numero indicato dopo l'Università specificasse quale avessimo frequentato. Mi sembrò un'ipotesi ragionevole, considerando che non avevo mai visto quella donna.

Un licantropo ringhiò dalla parte anteriore dell'autobus, con lo sguardo rivolto a un'umana che singhiozzava silenziosamente qualche posto davanti a me. Stava facendo del suo meglio per non emettere un suono, come tutti noi, d'altro canto, ma evidentemente il mutaforma riteneva che dovesse sforzarsi di più.

Ignorai lo scambio e abbassai di nuovo lo sguardo sul bigliettino. *Ora sono l'esemplare numero diciassette destinato alla caccia della luna.* Continuai a ripeterlo mentalmente, sperando che Cedric mi sentisse e mi dicesse qualcosa.

La delusione minacciava di affogarmi ogni volta che non ricevevo una risposta.

Ma continuai a provare.

Anche quando ci fecero scendere dall'autobus e salire su un aereo.

Anche dopo aver trovato il mio posto in una gabbia.

Anche quando mi dissero di sdraiarmi e dormire.

Anche mentre sognavo e di nuovo quando mi svegliai.

Niente. Non una parola.

Perché mi sta lasciando andare. O si è arreso, o è morto.

Ma ero abbastanza sicura che avrei percepito la sua morte. O forse no. Non lo sentivo più dentro di me. Ero solo Lily. Sola con i miei pensieri. Aggrappata a un pezzo di carta come se portasse con sé il senso della vita. Seduta accanto a una femmina destinata ai campi per la riproduzione. Cercando di non mostrare un briciolo di emozione.

La donna che piangeva sull'autobus non era più con noi da ore. Non era riuscita a trattenere i singhiozzi e il licantropo le aveva dato una lezione. O, più precisamente, aveva usato l'umana per dimostrare cosa sarebbe successo a tutti noi se non fossimo rimasti in silenzio.

Me ne ero a malapena accorta, troppo impegnata a invocare Cedric per temere davvero la violenza che si stava manifestando davanti a me.

C'erano stati altri incidenti sull'aereo.

Ma ora l'autobus era molto più tranquillo. Eravamo

tutti rassegnati al nostro destino, o forse avevamo semplicemente perso la voglia di vivere.

Tuttavia, la bionda accanto a me, quella con cui avevo condiviso il viaggio fin dalla cerimonia, non sembrava sconfitta. Aveva un'espressione annoiata e il suo sguardo continuava a saettare fuori dal finestrino.

C'era qualcosa di calcolatore in lei. Speravo che non cercasse di fuggire o di fare una scenata. I licantropi l'avrebbero rincorsa e annientata.

Come faranno con me durante la prossima caccia della luna, pensai. *Sono finita esattamente dove avevi detto, Cedric. E comincio a chiedermi se non fosse stato il tuo piano fin dall'inizio.*

Un'affermazione ingiusta dopo tutto quello che avevamo passato insieme, ma non riuscivo a trattenere la rabbia che si faceva strada nel mio cuore e nella mia mente.

Mi ha lasciata.

Mi ha abbandonata.

E ora sarò cibo per lupi.

L'autobus attraversò un cancello imponente, affiancato da mura altrettanto massicce. La luce della luna scintillava sul filo spinato. La donna seduta vicino a me fissò quella barriera apparentemente insormontabile e strinse i denti. Ma in un batter d'occhio si dipinse di nuovo sul viso la sua espressione annoiata.

Per poi lanciarmi un'occhiata quando si rese conto che la stavo guardando.

Inarcò un sopracciglio biondo in segno di sfida, confermando che non era affatto rassegnata, bensì decisa a opporsi al destino che era stato scelto per lei.

La ignorai e tornai a guardare avanti. Non volevo partecipare a qualsiasi cosa avesse in mente di fare.

Il metallo scricchiolava intorno a noi e le ruote protestavano per il percorso apparentemente dissestato, costringendo l'autobus a procedere con una lentezza esasperante lungo una strada buia che sembrava non finire mai.

La mia vicina di sedile riportò lo sguardo sul finestrino e feci lo stesso anch'io, attirata da una serie di luci intense che illuminavano il terreno incolto.

In lontananza apparve un edificio di cemento senza finestre, una struttura a tre piani che assomigliava più a una fortezza che a un luogo abitabile.

È qui che gli umani sono costretti a riprodursi?, mi domandai. *O è dove vengono tenuti quelli destinati alla caccia della luna?*

Mi si gelò il sangue quando l'autobus parcheggiò accanto alla lugubre struttura.

Ci diranno di scendere e scappare?

O prima ci saranno delle sessioni di riscaldamento?

Forse ci imporranno degli allenamenti notturni, simili alle esercitazioni nel deserto.

Anche lì c'era solo sabbia. Niente alberi.

Non sapevo se facesse caldo, perché sull'autobus c'era l'aria condizionata accesa per garantire il comfort dei licantropi.

Ovviamente, l'avevano spenta non appena erano scesi. La mancanza di ordini era molto eloquente. Le loro azioni indicavano che dovevamo restare lì.

Deglutii a stento, avevo il cuore in gola. *La mia vicina ne approfitterà per agire? O aspetterà che scendiamo dall'autobus?*

Essendo seduta dal lato del corridoio, le bloccavo la strada.

Ma non mi chiese di spostarmi. Non disse né fece nulla se non guardare fuori dal finestrino.

Molti si mossero appena sui sedili, ma nessuno parlò. Nessuno cercò di fuggire. Eravamo tutti in attesa di ricevere ordini, come cagnolini ben addestrati.

Ora capisco perché gli umani ti annoiano, pensai rivolta a Cedric. *Ci hanno portato via il senso del libero arbitrio.*

Cedric, però, mi aveva restituito il mio. Mi aveva mostrato come avrebbe potuto essere vivere al suo fianco.

Solo che era stata tutta una bugia. Una fiaba effimera. Un sogno che non avrei mai dovuto coltivare.

Avevi ragione, continuai. *Uccidermi sarebbe stato più compassionevole.*

Eppure, se avessi potuto scegliere, avrei fatto tutto allo stesso modo.

Un pensiero ingenuo, visto che non avevo ancora affrontato la parte peggiore, ma la gioia di aver conosciuto Cedric valeva la pena di sopportare tutto il dolore che mi aspettava.

Non era il mostro che credeva di essere. Era semplicemente vecchio. Un antico vampiro con un diverso concetto di umanità.

Mi hai regalato la possibilità di sperimentare, mormorai. *Forse mi perseguiterà fino alla tomba, ma mi concederà la pace.*

Mi avrebbe anche fornito uno scopo.

Una sfida.

La volontà di sopravvivere.

Sta venendo a salvarmi, decisi. Dovevo crederlo, o la mancanza di speranza mi avrebbe distrutta.

La donna accanto a me si irrigidì, attirando la mia attenzione sul tetto dell'edificio, dove i licantropi si aggiravano in forma di lupo. Gli splendidi mantelli bianchi scintillavano sotto la luna, donando loro un fascino inquietante.

Appropriato, pensai. *Questo posto è lo scenario ideale per il peggiore degli incubi.*

Spalancai la bocca per lo shock quando uno di loro saltò giù dal tetto, atterrando sull'autobus con un tonfo.

Due umani strillarono.

Mi morsi il labbro per non emettere alcun suono, mentre la donna bionda inspirava rumorosamente.

La porta si aprì di scatto e un altro licantropo salì sull'autobus. Aveva addosso solo un paio di jeans. Si mise a osservarci con le sue iridi dorate che mi ricordavano una torcia tremolante nel buio.

Arricciò le labbra, il suo disgusto era palpabile.

Poi afferrò l'umano più vicino a lui e gli chiese di mostrargli il suo biglietto.

«Caccia della luna» biascicò il licantropo. «Meglio iniziare a correre, allora». Spinse l'uomo fuori dall'autobus, scatenando un coro di ringhi.

Abbassai lo sguardo sul pezzo di carta che stringevo tra le mani, desiderando con tutta me stessa di essere invisibile.

Ringhi e ululati continuarono a riecheggiare nella notte, un canto bestiale, famelico e crudele.

Scandito dalle urla dell'umano.

Respira, intimai a me stessa. *Sottomettiti e sopravvivi.*

Per ora.

Il licantropo in testa all'autobus grugnì. «Beh, se sono tutti come quello lì, ci aspetta un anno molto noioso».

Le sue parole erano rivolte ai lupi che si trovavano all'esterno dell'autobus.

Ma quelle che seguirono erano decisamente per noi. «Alzatevi e mettetevi in fila fuori dall'autobus per l'ispezione». Quando nessuno si mosse, aggiunse: «*Ora*».

Tutti si alzarono in piedi di scatto. Il licantropo grugnì di nuovo e scese dal veicolo.

Io ero seduta nella dodicesima fila, quindi mi ritrovai più o meno a metà della coda che si era formata. La donna bionda era dietro di me e camminava a passo felpato. Feci del mio meglio per ignorarla; non volevo avere nulla a che fare con qualsiasi cosa stesse tramando.

Ma tutto ciò che fece fu fermarsi all'esterno dell'autobus a capo chino, esattamente come me.

«Alzate i cartellini» ordinò uno dei licantropi.

Sbirciai alla mia sinistra per vedere come gli altri tenevano i loro e li imitai. Ma poi sollevai il mio un po' più in alto, dopo che il primo umano fu rimproverato per aver costretto il licantropo a chinarsi per leggere.

Erano molto più grossi di noi, la loro mole era una delle caratteristiche tipiche della loro specie.

O forse mi sentivo così piccola perché i licantropi che ci circondavano erano tutti maschi.

Alcuni umani avevano una statura simile, ma la loro muscolatura impallidiva in confronto a quella dei licantropi. Li osservai di sottecchi, tenendo il capo chino, e non riuscii ad andare più in là dei loro torsi nudi e massicci.

La maggior parte di loro indossava soltanto un paio di jeans, nient'altro, nemmeno le scarpe.

Quando il licantropo mi raggiunse, rimase a osservarmi per un po'. «Caccia della luna. Interessante». Mi afferrò il mento e mi costrinse ad alzare gli occhi; i suoi avevano uno sguardo calcolatore e brillavano con un palese interesse.

Ventun anni di addestramento tennero a freno qualsiasi reazione esteriore, un aspetto che non fece che aumentare la curiosità del lupo.

Si chinò in avanti e avvicinò il naso al mio collo, inspirando profondamente. «Mmm» mormorò con fare pensoso. «Forse dovrai essere riassegnata». Si raddrizzò, e i suoi occhi color ghiaccio incontrarono i miei. «Ammesso che tu sopravviva alla caccia». Mi lasciò andare facendomi l'occhiolino, poi passò alla donna bionda.

Abbassai immediatamente lo sguardo sul terreno, lottando per ignorare le sensazioni che il suo tocco mi aveva lasciato sulla pelle. *Troppo caldo. Troppo vicino. È tutto sbagliato.*

Fortunatamente, non sembrava interessato soltanto a me. I suoi commenti sulle *riassegnazioni* riecheggiarono nel buio man mano che esaminava il resto degli umani.

Non era l'alfa del clan Clemente; lo sapevo perché non l'avevo riconosciuto. Eravamo stati costretti a memorizzare i volti dei nostri superiori tanti anni prima, durante un corso di politica. Ma anche se non mi fossi ricordata dei tratti dell'alfa, avrei capito subito che si trattava di un lupo di basso rango dalla sua impronta energetica.

Il fatto che potessi percepirla confermava che ero ancora legata a Cedric, perché ero certa che fosse a causa della nostra connessione.

Questo significa che sei ancora vivo, pensai. E poi il gelo si impadronì di me. *E mi stai ignorando.*

La mia mente fu sul punto di precipitare di nuovo nel vortice dei "se", ma cercai di restare ancorata al presente, concentrandomi sui licantropi. Non potevo distrarmi proprio in quel momento.

«Da questa parte» disse uno dei mutaforma con voce burbera, conducendoci nell'edificio senza finestre attraverso una discreta porta laterale.

Una ventata di aria fredda mi fece venire la pelle d'oca, la mia tunica poteva fare ben poco per proteggermi dal brusco cambio di temperatura. Non mi ero nemmeno resa conto di quanto fosse umido all'esterno. Mi sembrava di essere entrata in un congelatore.

Seguii gli altri con le gambe che mi tremavano. Non solo per il freddo, ma anche per i suoni che raggiungevano le mie orecchie.

Grugniti.

Urla.

Pianti.

Evitai di sbirciare nelle stanze da cui provenivano quei suoni. Non avevo bisogno di avere quelle immagini impresse nella memoria.

Il corridoio sfociò in un'ampia sala circondata di gabbie. *Una prigione*, pensai, ricordando il termine che indicava le celle con le sbarre come quelle.

Ognuna conteneva due letti.

Ma non fu lì che ci mandarono.

Il licantropo ci guidò verso uno spogliatoio e ci ordinò di spogliarci e lavarci, proprio come era successo prima della cerimonia del Giorno del sangue. Solo che stavolta eravamo tutti in balia dei loro sguardi famelici.

Cercai di non pensare a cosa sarebbe successo se avessi suscitato l'interesse di qualcuno di loro, a come avrebbe spezzato il mio legame con Cedric e probabilmente causato la mia morte.

Non sarebbero stati gentili. Non che Cedric fosse poi così gentile, ma almeno mi dava piacere. Quelle bestie non l'avrebbero mai fatto.

Dove sei?, gli chiesi per l'ennesima volta, quasi delirante per via dell'acqua gelida che mi sferzava la pelle.

Un ringhio squarciò l'aria quando uno dei licantropi reagì a una femmina lì vicino. Non mi voltai. Chiusi gli occhi e finii di lavarmi. *Rimani invisibile. Obbedisci. Sopravvivi.*

Divenne il mio mantra mentre uscivo dalla doccia e andavo ad asciugarmi. Lo ripetei anche mentre indossavo gli abiti regolamentari trovati nello spogliatoio: pantaloni blu e camicia bianca.

Mi riecheggiò nella testa quando ci accompagnarono alla mensa per un pasto a base di pollo alla griglia, riso e piselli.

E continuai a sussurrarlo mentalmente quando mi condussero al mio letto per la notte.

Non fui sorpresa di scoprire che condividevo la cella con la donna bionda.

Sembrava che i nostri numeri fossero collegati. E da quello che avevo notato, in ogni cella c'erano un umano destinato alla riproduzione e uno alla caccia.

«Luci spente» gridò il licantropo.

La stanza piombò nell'oscurità prima che potessimo scegliere un letto, lasciandomi in piedi accanto all'altra donna in un teatrino dell'orrore popolato dalle urla degli umani in lontananza.

Fu sufficiente per farmi sperare di non venire riassegnata.

Forse lascerò che mi prendano.

O forse troverò un posto dove nascondermi.

Improbabile, ma che scelta avevo?

La mia fantasia con Cedric era giunta al termine. Era ora di affrontare la realtà. E la realtà significava sopravvivere.

A che scopo?, mi domandai. *Per finire nella sezione della struttura dedicata alla riproduzione? Per scappare e nascondermi chissà dove?* Non sapevo nulla del territorio del clan Clemente, a parte la breve camminata all'esterno.

Dove sarei andata?

Dove mi sarei nascosta?

Come farò a sopravvivere?

CEDRIC

Tre. Fottuti. Giorni.

Quello era il tempo che mi ci era voluto per avere l'opportunità di lasciare la regione di Silvano. A quanto sembrava, il regalo di Silvano avrebbe dovuto convincermi a rinunciare ai miei due anni di libertà.

Sapevo che c'era qualcosa sotto. Silvano non faceva mai niente senza secondi fini.

Non potevo rifiutare il suo regalo. Così ero stato al gioco e avevo assistito al "rodaggio" del mio nuovo giocattolo durante il volo di ritorno a Silvano City. Poi avevo portato ciò che era rimasto della donna nella mia stanza a Silvano Tower.

E avevo messo fine alle sue sofferenze.

Non avrebbe mai potuto riprendersi da quello che le aveva fatto.

Aspettai un giorno, poi lo informai che l'avevo persa. Mi offrì un membro del suo harem, ma gli dissi che mi aveva già dato abbastanza e che avevo un'idea migliore.

«Andrò a prendere un'umana dai lupi» dissi. «Mi darà l'opportunità di controllare come vanno le cose nel clan e mi permetterà di riaffermare il mio dominio laggiù, prima di assumere il ruolo di sovrano vicino al confine con il Texas».

Silvano aveva sorriso. «Sapevo che saresti stato perfetto per questo lavoro. In pratica lo stai già facendo, ma senza goderti i vantaggi della tua posizione. Rimedieremo quando tornerai».

«Non vedo l'ora» mentii.

Non se n'era accorto. E perché avrebbe dovuto? Per la maggior parte della gente, ottenere la posizione di sovrano era un onore. Avrei dovuto essere estatico.

Aveva scambiato la mia ritrosia ad assumere l'incarico per il bisogno di dimostrargli di esserne degno.

L'avevo usato a mio vantaggio per trovare una scusa per far visita al clan Clemente. Sapevo pensare come un sovrano, quello non era mai stato un problema. Solo che non volevo diventarlo, cosa che Silvano non riusciva nemmeno a concepire.

L'ennesima negligenza da sfruttare per i miei scopi.

Non aveva motivo di pensare che non sarei tornato da lui. Dove altro sarei potuto andare?

Per quanto lo riguardava, la regione di Silvano era la mia casa. E lo era... per il momento.

Mi appoggiai al muro di un edificio abbandonato vicino al confine tra la regione di Silvano e il territorio del clan Clemente. Era un luogo che conoscevo bene grazie alle mie visite precedenti.

Solo che quella volta ero lì per me, non per Silvano.

E questo mi rendeva ancora più pericoloso del solito, un aspetto che la maggior parte dei mutaforma avrebbe colto dal mio odore.

Ma il lupo anziano che stava camminando verso di me non parve curarsene. Si muoveva con pigra disinvoltura, passi sicuri e un'espressione annoiata.

«Cedric» mi salutò.

«Jolene» ricambiai.

«Mio figlio non ha dato retta all'avvertimento di Silvano?».

Sorrisi. «Sono sicuro di no. Sono entrambi troppo arroganti per usare la testa».

Anche Jolene sorrise. «Vero. È un bene che io abbia contribuito a crescere Edon».

Edon. Il futuro alfa del clan Clemente. Ammesso che quello attuale, Walter, permettesse al figlio di prendere il suo posto.

«Se non è stato Silvano a mandarti qui, perché mi hai chiesto un incontro?» continuò Jolene, perspicace come sempre. La sua età non era un ostacolo, ma un punto di forza. Un aspetto che il figlio non avrebbe dovuto sottovalutare.

Ma non ero lì per discutere delle gerarchie dei lupi o della politica in generale.

Ero lì per chiedere un favore a una vecchia conoscenza.

«Ho bisogno di informazioni sul campo per la riproduzione qui vicino». Era dove venivano tenuti anche i candidati per la caccia della luna, quindi Lily avrebbe dovuto essere lì. Ammesso che i dettagli che Khalid aveva condiviso con me fossero accurati.

Jolene inarcò un sopracciglio argenteo. «C'è un motivo particolare per cui vuoi saperlo?».

A chiunque altro avrei risposto di farsi gli affari suoi.

Ma Jolene era diverso dagli altri. Per lui l'onestà era importante, e rispettava la morale dei vecchi tempi. Era per questo che andavo spesso da lui, quando dovevo recapitare all'alfa Walter uno dei famigerati messaggi di Silvano.

Jolene non approvava il nuovo ordine mondiale né il

modo in cui i licantropi avevano svilito i loro rapporti familiari. Ciò lo rendeva un ottimo alleato.

E in quel momento avevo bisogno del suo aiuto, perché erano pochi i membri del suo clan di cui potevo fidarmi.

«Devo recuperare qualcosa che mi appartiene» dissi.

«Qualcosa o qualcuno?».

«Qualcuno» ammisi, sostenendo il suo sguardo. «La mia *erosita*».

Le sue spesse sopracciglia arrivarono quasi a sfiorare l'attaccatura dei capelli argentei. «Capisco» mormorò.

Non fece domande né altri commenti. Si limitò a studiarmi per un lungo istante e alla fine annuì.

«Non avrai bisogno soltanto di informazioni, avrai bisogno di aiuto. E in fretta, perché immagino tu sia qui per assicurarti che il legame resti intatto».

«Sì» risposi in una volta sola a tutto quello che aveva sottolineato. «È stata assegnata alla caccia della luna». A meno che uno dei licantropi all'interno della struttura non decidesse altrimenti.

Potevano prendere chi volevano. Scopare, uccidere e mutilare. Ma conoscendo Lily, stava facendo del suo meglio per mantenere un basso profilo.

Volevo distruggere il muro mentale che ci impediva di comunicare, lo desideravo con tutte le mie forze. Ma non potevo rischiare che qualcuno scoprisse il nostro legame.

Doveva stare tranquilla.

Essere obbediente.

Mia.

«La prima caccia della luna è prevista per la prossima settimana» mi informò Jolene. «Ma non ci saranno molti partecipanti. Walter preferisce usarne pochi per volta, sai, per prolungare il divertimento. La caccia più grossa avrà luogo dopo l'incoronazione di Edon».

«Non posso aspettare così tanto» gli dissi. «Ogni

minuto che trascorre lì dentro è un minuto in cui è in pericolo».

«Allora forse non avresti dovuto permettere che fosse portata lì».

«Silvano non mi ha lasciato altra scelta». Avrebbe ucciso Lily molto più velocemente di quanto avrebbero fatto i licantropi. Starle lontano era l'unico modo per assicurarmi che sopravvivesse abbastanza a lungo da poterla salvare realmente.

Cosa che era giunto il momento di fare.

Con o senza l'aiuto di Jolene.

C'erano sempre altri licantropi da poter corrompere. Mi ero rivolto a lui per primo a causa dei nostri trascorsi.

E perché sospettavo che avesse un occhio di riguardo per i legami di accoppiamento. Un tempo era coinvolto in una rara triade con altre due licantrope. Solo una di loro era ancora viva. E per quanto non risiedesse nel territorio del clan Clemente, sapevo che erano in contatto.

Perché nel corso degli anni le avevo recapitato molti messaggi da parte sua.

Era parte del nostro accordo: ripagavo i suoi favori mandando messaggi in codice a Claudette. Non avevo mai capito a che gioco stessero giocando, né mi interessava scoprirlo.

Ciò che mi importava era la sua disponibilità.

E il suo rispetto per i legami.

«Allora, Jolene?». Mi allontanai dal muro. «Mi aiuterai o no?».

LILY

LE URLA INFESTAVANO I MIEI SOGNI, FACENDOMI PRECIPITARE nell'oscura voragine del dubbio.

Ero lì da quasi una settimana, e ormai la verità era lampante.

Non verrà a salvarmi.

Non riuscivo nemmeno più a pensare al suo nome. Faceva troppo male.

Mi ha abbandonata.

Potrebbe anche essere morto.

Non avevo modo di saperlo con certezza. Mi aveva tagliata fuori completamente, lasciandomi sola in quell'incubo di urla e grugniti.

La notte prima avevano portato via la mia compagna di cella. Non ci eravamo dette molto, ma tra di noi si era formato una sorta di rapporto basato sulla solidarietà.

Mi aveva detto di chiamarla Willow, ma non mi aveva mai spiegato come le fosse stato dato quel nome. Nemmeno io le raccontai le origini del mio.

Entrambe condividevamo lo stesso desiderio: sopravvivere.

Solo che poi erano arrivati i licantropi.

Mi ero rannicchiata in un angolo, terrorizzata che mi scambiassero per una candidata alla riproduzione.

Ma a loro importava solo di Willow.

Alzai lo sguardo sul soffitto grigio. Non riuscivo a dormire. Nella mia mente si agitavano una miriade di domande e preoccupazioni. *Sono le urla di Willow quelle che sento? Che sia ancora viva? Che voglia ancora sopravvivere?*

E io?, mi domandai. *È possibile che lui significhi così tanto per me da non voler vivere se non al suo fianco?*

Che vita triste conducevo, se un vampiro era la mia unica ragione di esistere.

Ma dopotutto, cos'altro aveva da offrire la vita?

Non c'erano più lezioni. Niente più competizioni per ottenere una posizione. Solo un destino peggiore della morte: la caccia della luna. E se fossi riuscita a sopravvivere, sarei stata ricompensata venendo scopata da quegli animali.

Un brivido mi percorse da capo a piedi.

Non voglio. Non voglio niente di tutto questo.

Anche se fossi riuscita a scappare, dove sarei potuta andare? Come avrei fatto a sopravvivere?

Le mie mani si chiusero a pugno, la disperazione strangolò il mio cuore e i miei polmoni.

Non sapevo nemmeno per cosa avrei dovuto sopravvivere. Non c'erano più obiettivi, speranze, potenziali strade da percorrere.

Non sarei mai stata una vigilante.

Non sarei mai diventata immortale.

Sono destinata a essere inseguita e scopata da creature selvagge che mi vedono come un giocattolo, non una persona.

Mi si rivoltò lo stomaco e mi girai sul fianco, ignorando il soffitto, una lastra vuota. Il nulla.

Come il mio scopo nella vita.

Strinsi le ginocchia al petto e lottai contro l'impulso di gridare.

Lui mi aveva rovinata. Mi aveva mostrato un mondo per cui valeva la pena vivere, una relazione significativa e il *piacere*.

Era stato solo un gioco crudele? Un modo per farmi conoscere qualcosa che sapeva essere temporaneo?

Lo odio.

Odio gli esseri superiori.

Odio questo mondo.

Odio tutto.

Ma soprattutto odiavo i gelidi artigli che mi graffiavano le viscere. Una sensazione che mi ricordava la morte, come se il mio corpo si stesse già decomponendo. Come se mi fossi già ridotta a un cadavere.

Non sono ancora morta, ricordai a me stessa. *Posso sopravvivere a tutto questo.*

Un pensiero che mi riportò ancora una volta alle stesse domande. *Sopravvivere per fare cosa? Diventare la schiava sessuale di un licantropo?*

Forse mi verrà a salvare, sussurrò una parte moribonda di me.

Ignorai quella voce speranzosa, quella che mi aveva condotta al mio attuale tormento. Era la parte di me che aveva imparato ad amare, a vivere. Ma la mia realtà non aveva più spazio per quel sogno.

La mia realtà era un incubo.

Stivali pesanti sottolinearono quella nuova consapevolezza, e il suono riecheggiò lungo il corridoio mentre si avvicinavano sempre di più. *Continua ad andare avanti, ti prego. Ignorami. Ti prego, non…*

Una chiave scattò nella serratura della cella, facendomi venire la pelle d'oca. Fingere di dormire era impossibile.

Non avrei mai potuto nascondere le reazioni del mio corpo al mostro che si stava avvicinando.

Aprii gli occhi, determinata ad affrontare il mio destino a testa alta, ma il licantropo mi ignorò, limitandosi a lasciar cadere Willow sul pavimento.

Nessuna attenzione. Nessuna compassione. Nessuna preoccupazione.

Solo un grugnito mentre girava sui tacchi e si chiudeva la porta alle spalle.

Fissai il corpo immobile della donna. *Merda*. Non pensai, agii e basta. Scesi dal letto e mi unii a lei sul pavimento per controllare il suo battito.

È stabile.

E respira.

Il gonfiore lungo la mascella indicava che era stata colpita almeno una volta in quel punto. Le controllai la testa e trovai un bernoccolo, probabilmente ciò che l'aveva messa al tappeto.

A parte quello, aveva alcuni graffi e sangue sotto le unghie, segno che aveva lottato, e dei lividi sui fianchi. *Impronte di mani*, riconobbi con un brivido. *Del licantropo che...*

Non volevo finire quel pensiero.

Così mi concentrai sul metterla a suo agio.

Arrotolai un asciugamano e glielo sistemai sotto la testa, come un cuscino, facendo attenzione a non muoverle troppo il collo. Temevo che le violenze subite le avessero danneggiato la colonna vertebrale. Ma sembrava che fosse incosciente a causa della botta sulla testa.

Invece di tornare nel mio letto, mi sedetti sul pavimento accanto a lei. Mi sembrava giusto, come se potessi offrirle conforto mentre si riprendeva.

Un'idea ridicola.

Forse ero io che avevo bisogno di conforto.

Mi portai le ginocchia al petto e avvolsi le braccia intorno agli stinchi.

Il pavimento di cemento era così freddo che, avvolta nella mia veste sottile, era come essere seduta su una lastra di ghiaccio. Lanciai un'occhiata a Willow. Era nuda.

Arricciai le labbra. *Così congelerà.*

Mi allungai all'indietro per afferrare la mia coperta e la stesi su di lei, poi presi quella del suo letto e feci lo stesso.

Alla fine tornai alla mia posizione originaria, con le ginocchia al petto e le braccia attorno alle gambe.

I minuti scorrevano lentamente.

O forse in fretta.

Avevo perso la concezione del tempo. La mia esistenza ruotava intorno agli ordini impartiti dai licantropi.

Svegliarsi. Fare la doccia. Mangiare. Tornare nella gabbia. Più tardi mangiare di nuovo. Tornare a letto. Dormire. Ripetere.

La mancanza di illuminazione mi disse che eravamo ancora nella fase dedicata al riposo. Ma presto le luci fluorescenti si sarebbero accese, accecandomi.

E sarebbe iniziato un nuovo giorno.

O notte.

Quello che era.

Mi sembrava che fosse passato almeno un mese dall'ultima volta che avevo visto il sole o la luna. Un'esagerazione, certo. Eppure mi pareva di aver trascorso un'eternità imprigionata là dentro.

Un'eternità senza il mio compagno.

Mi aveva donato l'immortalità attraverso il nostro legame.

Significa che potrei morire durante la caccia della luna, per poi rinascere?, mi domandai. *E se mi facessi uccidere? Mi lasceranno fuori a marcire?*

Avrebbe potuto essere l'opportunità perfetta per scappare.

A meno che un licantropo non mi scopasse.

Osservai di nuovo Willow, soffermandomi sulle sue mani.

La mia mente era tormentata da pensieri funesti.

Adorano le prede che non si sottomettono. E una preda abile in campo sessuale è ancora meglio. Perché più l'umano si impegna, più eccitato diventa il licantropo.

La voce era quella che desideravo sentire, ma l'avvertimento mi fece correre un brivido lungo la schiena.

Anche ai licantropi piaceva giocare con le prede, non solo ai vampiri.

Se avessi reagito come aveva fatto Willow, avrei spinto la bestia, o le bestie, a scoparmi.

Quindi dovevo lasciarmi catturare.

E... *morire.*

Dopo cosa fanno con i corpi?, mi chiesi.

Ma le luci si accesero prima che potessi riflettere ulteriormente sulla questione.

«Alzatevi» abbaiò un licantropo all'altoparlante.

Presto le porte si sarebbero aperte, poi ci saremmo dovuti sottoporre al rituale della doccia.

Willow non si mosse.

Le diedi un colpetto. «Willow?».

Niente.

Forse i licantropi l'avrebbero lasciata in pace, visto che erano stati loro a ridurla così?

Non ebbi il tempo di pensarci su, perché le porte si aprirono un attimo dopo. Mi alzai e mi diressi verso l'uscita, limitandomi ad attenermi alla routine.

Mi misi in fila con gli altri e andai a lavarmi.

Tenni la testa bassa come al solito, e indossai la veste pulita che mi era stata fornita. Ne afferrai un'altra per Willow, poi mi affrettai a tornare di nascosto nella nostra cella.

Tecnicamente, era contro le regole. Ma c'era ancora gente sotto la doccia, quindi riuscii a non farmi notare.

Willow non si era mossa.

Appoggiai il vestito sul letto e tornai di corsa nella zona dei bagni, appena in tempo per unirmi alla fila diretta alla mensa.

Uova. Spinaci. Banana. Bottiglia d'acqua.

Un pasto standard, anche se a volte al mattino ci davano pollo e broccoli. Dopo aver trascorso un mese con *lui*, mi ero resa conto di quanto il nostro cibo fosse privo di sapore.

Un'altra conseguenza del nostro gioco proibito: il mio palato si era affinato.

Masticai e deglutii, ignorando la mancanza di gusto e la fitta al petto. Piuttosto che pensare a *lui* e a tutto quello che mi aveva mostrato, pensai a Willow.

Ha bisogno di cibo.

Sarei riuscita a portarle qualcosa di nascosto? Magari una banana e un po' d'acqua?

La maggior parte dei licantropi presenti nella stanza non stava prestando attenzione a noi. Negli ultimi giorni l'interesse iniziale verso le prede era scemato, la nostra presenza non era più una novità. Avevano già scelto quelli con cui volevano giocare; il resto di noi attendeva la caccia.

Lanciai un'occhiata al cibo, poi di nuovo ai licantropi. *Potrei prendere qualcosa mentre torno nella mia cella.*

Sarebbe stato un rischio.

Avrei potuto attirare l'attenzione.

O forse mi sarei guadagnata una morte rapida. *Da cui mi risveglierò. Forse.*

Non conoscevo bene Willow. Valeva la pena morire per lei?

Ha ancora importanza?

Digrignai i denti, la disperazione mi attanagliava lo

spirito. *Perché non ribellarsi un po'? Perché non prendere del cibo e dell'acqua in più per Willow?*

Avevo seguito ogni dannata regola, superato ogni fottuto test, e mi ero ritrovata lì, in un vero e proprio inferno. Perché? Perché sapevo combattere. Perché sapevo correre. Perché avevo dei buoni punteggi in campo sessuale.

Che *lui* avesse lasciato delle note? Che avesse detto all'Alleanza e agli altri quanto fossi stata brava a scoparlo?

Strinsi le mani a pugno. *Ti odio*, pensai. *Ti odio più di quanto credessi possibile. Sei un mostro. Era tutto un gioco per te? Mi hai lasciata qui a morire per divertimento?*

Non aspettai nemmeno che rispondesse.

Perché sapevo che non lo avrebbe fatto.

Non poteva sentirmi. Mi aveva estromessa dai suoi pensieri. Mi aveva abbandonata al mio destino. Forse era addirittura il motivo per cui ero lì.

No, non è vero, si intromise una vocina. *Lo conosci. Conosci la sua mente. Sai che...*

Sbattei la porta in faccia a quei pensieri, stanca di girare in tondo. Se gli fosse davvero importato di me, avrebbe trovato un modo per contattarmi.

A meno che non sia ferito.

Strinsi i denti e fui quasi sul punto di scuotere la testa. Che fosse realmente ferito? Forse. E se era così, potevo comunque contare solo su me stessa. Quindi, a prescindere dal motivo, non sarebbe venuto a salvarmi.

Perciò avevo bisogno di un piano.

Uno scopo.

Qualcosa.

Perché quell'oceano infinito di depressione avrebbe finito per uccidermi.

Sei più forte di così, mi dissi. *Smettila di commiserarti e trova il modo di sopravvivere.*

Come? Facendomi mettere incinta dai lupi?

Volevo gridare dalla frustrazione. Non era la vita che volevo. La vita che volevo era con *lui*.

Forse riuscirò a sopravvivere e andrò a cercarlo, pensai. *Non sarebbe una bella sorpresa?*

Cominciai a immaginare il suo shock nel vedermi sulla soglia di casa. Non che sapessi dove trovarlo, d'altro canto...

Il trillo di una campanella interruppe il mio sogno a occhi aperti.

Beh, ho tutto il tempo per rifletterci sopra, pensai, alzandomi in piedi e osservando di nuovo il tavolo con il cibo. *Ma non ne ho molto per prendere questa decisione.*

Diedi un'occhiata alla stanza. Gli umani si stavano mettendo in fila come avevano fatto negli ultimi giorni. *O è già passata una settimana?*, mi chiesi, avviandomi verso di loro.

In ogni caso, ormai era una seconda natura.

Mettersi in fila.

Tornare nelle gabbie.

Sedersi.

Rimanere lì.

La fila passava proprio accanto al cibo avanzato.

E da quello che potevo vedere, non c'erano licantropi a controllare.

È troppo rischioso, pensai a pochi passi dalle banane. *Potrei attirare l'attenzione su di me, cosa che non voglio. Non sono ancora pronta. Prima mi serve un piano.*

Ma non ero sicura di riuscire a idearne uno.

Però...

Chiusi gli occhi per un attimo.

No.

Superai le banane e le bottiglie d'acqua. Per quanto volessi aiutare Willow, avevo imparato da tempo che l'unica persona di cui potevo veramente prendermi cura ero io.

Mi dispiace, pensai rivolta a lei. I miei passi si fecero più pesanti mentre mi avvicinavo alla nostra cella. Forse era ancora incosciente, ma questo non impediva al senso di colpa di divorarmi. La notte prima aveva sofferto. Era chiaro. E ora avrebbe continuato a soffrire senza poter mangiare finché…

Un licantropo si mise sulla mia strada. Vidi con la coda dell'occhio che aveva le narici dilatate. Abbassai rapidamente lo sguardo sul pavimento e rimasi perfettamente immobile.

«Mmm» mormorò. Il suono mi fece correre un brivido lungo la schiena.

Interessato. Feroce. Sbagliato.

«Hai un odore diverso». Si sporse verso di me e mi annusò il collo. Il suo calore si diffuse sulla mia pelle gelida. «Molto diverso». Mi afferrò per la vita e mi strappò dalla fila, poi ordinò agli altri di procedere.

Oh, no. Avevo il cuore in gola. *No. No. No.*

Stai calma, mi sussurrò una voce che non mi apparteneva.

Fui quasi sul punto di aggrottare la fronte. *Ora immagino che* lui *mi parli?*

«Qual è il tuo numero?» chiese il licantropo risalendo la mia schiena con la punta delle dita, fino alla nuca.

«Esemplare diciassette destinato alla caccia della luna, mio signore». Le parole mi uscirono con un tono innaturale, ma almeno erano prive del tremore che minacciava di travolgere il mio essere. La considerai una vittoria.

Finché il licantropo non mi strinse la nuca. «Caccia della luna». L'interesse rese la sua voce più profonda e sinistra. «Mi sembra uno spreco di potenziale».

«O una prova di resistenza» commentò un altro, unendosi al nostro piccolo gruppetto nel corridoio che collegava la mensa alle celle. «Hai ragione. Ha un odore diverso». Si chinò per annusarmi il collo come aveva fatto l'altro. «Interessante».

«Vogliamo assaggiarla?» chiese il primo licantropo. Il suo palmo era come un cappio attorno al mio collo.

«Forse» rispose il secondo licantropo. «Portala nella stanza nera, poi vieni nel mio ufficio. Dobbiamo controllare il suo file».

Il primo licantropo emise un ringhio soddisfatto e mi trascinò di nuovo verso la mensa. «Hai sentito, bellezza? Ti vuole nella stanza nera. Un bell'onore, considerando i giocattoli che ci aspettano lì».

In qualche modo, dubitavo che la sua definizione di *onore* corrispondesse alla mia.

La bile mi salì in gola, lasciandomi un sapore amaro e un bruciore in bocca, mentre il licantropo mi conduceva al mio destino.

Il dibattito sulla banana non aveva più importanza, visto che ero riuscita comunque ad attirare l'attenzione di quella bestia.

Hai un odore diverso.

Perché? A causa *sua*? Del nostro legame?

Mi stava ancora perseguitando? Trascinandomi verso un nuovo scopo, un destino più oscuro, solo perché gli avevo dato il mio cuore?

Lo odio, pensai per la milionesima volta. *Lo odio così tanto.*

Ma al tempo stesso mi ami, mi rispose la sua voce, confermando che ero completamente impazzita. Perché sapevo che non era lì. Mi aveva abbandonata. Mi aveva lasciata lì a soffrire.

E ora mi stavano portando nella *stanza nera*.

Dove il mio legame con *lui* sarebbe stato distrutto per sempre.

Non era quello che volevo. Non mi avevano nemmeno dato la possibilità di scappare o di lottare. Eppure non ero sicura di desiderarlo davvero.

No, quello che volevo era un vampiro alto e imponente, con folti capelli scuri, una mascella crudele coperta da un velo di barba e malvagi occhi neri. *Labbra carnose. Fisico atletico. Portamento elegante. Una passione per i giochi più terrificanti.*

Rabbrividii. La sua immagine era apparsa nella mia mente per un breve, meraviglioso momento.

Poi la visione si frantumò nella realtà della *stanza nera*, che capii subito essere stata chiamata così per le pareti color ossidiana.

È più facile nascondere le macchie di sangue, pensai con il cuore che scalpitava. Il licantropo mi spinse dentro.

«Non uscire da qui» ringhiò, poi sbatté la porta dietro di sé e mi lasciò al buio.

Niente finestre.

Niente lampade.

Solo un freddo isolamento sottolineato da un lieve odore ferroso.

Sangue, capii. *Sento l'odore del sangue.*

Ha chiuso la porta a chiave?, chiese la voce, facendomi aggrottare la fronte. Perché, di nuovo, non era la mia. Eppure doveva provenire da qualche angolo della mia mente, perché *lui* mi aveva lasciata lì a morire.

Smettila di pensare e controlla la porta, mi ordinò la voce. *Puoi odiarmi dopo.*

Ce... Cedric?

Controlla. La. Porta.

Sbattei le palpebre più e più volte. *Sei... sei davvero tu?*, balbettai. *No, è impossibile. Mi ha lasciata qui a...*

Smettila di perdere tempo e controlla la porta, Lily. Ti ho addestrata meglio di così.

Feci un passo avanti e obbedii. L'istinto aveva preso il sopravvento.

La maniglia si abbassò con facilità. *È aperta.*

Bene, rispose la voce profonda che non sentivo da troppo tempo. *Ora ascoltami e fai esattamente quello che ti dico. Così forse riuscirai a sopravvivere.*

CEDRIC

Ti odio. Ti odio più di quanto credessi possibile. Sei un mostro. Era tutto un gioco per te? Mi hai lasciata qui a morire per divertimento?

Erano state quelle le prime parole a farsi strada nella mia mente quando avevo rimosso il blocco tra me e Lily. Ero rimasto troppo sconvolto dalla sua rabbia per rispondere. La sua furia era stata come un'inaspettata frustata ai miei sensi.

Impotenza.

Paura.

Tristezza.

Avevo previsto tutto.

Ma non l'odio.

Certo, avrei dovuto saperlo che era solo questione di tempo. Prima o poi si sarebbe resa conto che ero il mostro che le aveva rovinato la vita. L'avevo avvertita fin dall'inizio. Volevo vederla distrutta. Disperata. *Morta.*

Tutto nel tentativo di liberarla da quella vita.

Ma non potevo liberarla. Non più. Avevo bisogno di lei. Era il mio cuore. L'aria che mi serviva per *respirare.*

Sarei stato completamente perso senza di lei. Vittima dei miei desideri più oscuri. Della noia. Avrei smarrito i miei ultimi brandelli di umanità, diventando una bestia crudele.

Come Silvano.

No.

Non lo avrei mai permesso. Avevo bisogno del mio fiore. Della mia dolce Lily. La mia metà. *La mia anima.*

Forse era egoista da parte mia costringerla a rimanere in un mondo così crudele, ma avrei fatto tutto il possibile per garantirle sicurezza e benessere. L'avrei tenuta nascosta per l'eternità. Il mio unico segreto. La mia ragione di vita. L'unico motivo per fare qualsiasi cosa mi chiedesse Silvano.

Purché non la trovasse.

Ormai avevo pianificato tutto. Sapevo esattamente dove avrei portato il mio fiore per farlo sbocciare. Sarebbe successo senza di me, ma sarebbe stata al sicuro. Sarebbe sopravvissuta. E le avrei fatto visita ogni volta che potevo.

Dev'essere abbastanza, pensai, concentrandomi sulla sua mente.

Come avevo sospettato, lo sblocco della nostra connessione aveva cambiato il suo odore, e un licantropo se n'era accorto immediatamente.

Ecco perché non l'avevo contattata fino a quel momento.

E ora avevo bisogno che mi ascoltasse.

Che si fidasse di me.

Che sopravvivesse.

Sei pronta, Lily?, le domandai. *Sei pronta a seguire i miei comandi?*

Non aveva ancora accettato. Era immobile dove l'avevano lasciata i licantropi. Lo vedevo nei filmati della sicurezza; la visione notturna la dipingeva in sfumature di bianco e nero.

Non sono nemmeno sicura che tu sia reale, sussurrò.

Lo sono, giurai. *E sarò anche veramente incazzato se non mi ascolterai.* Perché avevamo solo quella possibilità.

Se i licantropi fossero tornati prima che potessi aiutarla a fuggire, avrebbero distrutto il nostro legame.

Non volevo che accadesse.

Esci in corridoio e gira a sinistra, Lily.

Non si mosse.

Adesso, le ordinai. *Non abbiamo tempo da perdere. I licantropi torneranno in fretta dopo aver visto il mio nome sul tuo file. Quindi muovi il culo!*

Non avevo molti amici nel clan Clemente, per ovvie ragioni. I pochi che avevo mi stavano aiutando con la missione.

Lily rabbrividì visibilmente. *Perché dovrei fidarmi di te?*

Invece di rispondere a parole, aprii completamente la mente per mostrarle il motivo. Per mostrarle gli ultimi giorni. La mia agonia quando era stata assegnata alla caccia della luna. La mia determinazione a trovarla. E la mia paura per quello che le sarebbe successo se non mi avesse dato ascolto.

Mille emozioni diverse che le venivano trasmesse nel giro di pochi secondi.

Un assalto che le fece cedere le gambe. Collassò sul pavimento con un grido sofferente.

Mi si strinse il cuore.

Ma la mia mente antica prevalse sulle emozioni e il mio istinto da stratega entrò in gioco.

Non era così che doveva andare.

Il mio alleato all'interno avrebbe dovuto farla uscire. Ma mentre la osservavo, in mensa, avevo colto una sorta di indecisione nei suoi lineamenti. Sembrava che stesse valutando se esplorare un potenziale percorso. Ero entrato nella sua mente per dirle di avere pazienza, solo per essere travolto dal suo odio.

Tutto a causa di una banana per una donna di nome Willow.

Era stato quello il suo dubbio, se correre il rischio e prendere del cibo di nascosto oppure no.

Alla fine era stata abbastanza intelligente da non farlo. Ma a quel punto era già troppo tardi. Perché sfiorandole la mente avevo alterato il suo odore.

Quindi ero dovuto passare al piano B.

Esci nel corridoio e gira a sinistra, le dissi ancora una volta. *Non mi ripeterò più, Lily. È la nostra unica possibilità, o quei licantropi distruggeranno il nostro legame.*

E non sarei riuscito a raggiungerla in tempo.

Okay, sussurrò. La sua mente mi rivelò che era in guerra con se stessa. Si chiese se fosse stata lei ad architettare quella fantasia, ma alla fine concluse che non aveva niente da perdere.

Tanto vale che ci provi, pensò. *Sono comunque cibo per lupi.*

Non se posso evitarlo, le dissi. *Ma devi correre.* Perché vidi sui monitor che i licantropi erano già di ritorno.

Quello che era andato nel suo ufficio aveva trovato il fascicolo di Lily e aveva visto che ero stato io a occuparmi personalmente del suo ultimo mese di addestramento all'Università.

Più in fretta, Lily.

Lei prese velocità, dirigendosi verso il lungo corridoio costellato di stanze dell'orrore. Avevo controllato anche quei filmati solo per tenere d'occhio i licantropi all'interno. Ma la maggior parte di loro era troppo occupata con i propri "compiti" per preoccuparsi di un'umana che fuggiva lungo il corridoio. Avrebbero dato per scontato che la sicurezza avesse tutto sotto controllo.

Sbagliando, perché il mio alleato aveva manomesso i filmati per coprire la fuga di Lily, mostrando sempre le stesse immagini in loop.

E nella remota possibilità che uno di quei licantropi avesse sentito l'odore di Lily, nessuno si sarebbe aspettato che cercasse di scappare. La maggior parte dei mortali era troppo terrorizzata per provarci.

Ma la maggior parte dei mortali non aveva nemmeno me ad aspettare.

Dai, Lily. Mostrami cosa sai fare. Controllai tutti i monitor alla ricerca di potenziali minacce. *Gira a sinistra alla fine del corridoio*. Il mio sguardo tornò sui licantropi diretti alla stanza colorata di nero. *Verrai vista tra cinque, quattro, tre…*

Svoltò a sinistra.

Brava. Ovviamente, non appena si fossero accorti che non era lì, avrebbero iniziato a seguire il suo odore. Avevamo circa quindici secondi prima che si mettessero a caccia.

E quei lupi sarebbero stati molto più veloci di Lily.

C'è una porta davanti a te. Continua a correre anche se è chiusa. Quando la raggiungerai, la troverai aperta.

Un accenno di esitazione attraversò il nostro legame. La sua mente si stava chiedendo ancora una volta se fossi reale, o se stesse per farsi del male andando a sbattere contro la porta.

Smettila di pensare, le ordinai. *Ora sono io a comandare. Fidati di me, ti guiderò in salvo.*

Guidarmi, ripeté con un tono più sfrontato del solito. *Non hai mai fatto altro, e guarda dove sono.*

Ti avevo avvertito di cosa ti aspettava, Lily. E tu ci sei letteralmente corsa incontro. Ora ti dico di correre verso un nuovo destino: me.

Ammesso che tu sia reale, borbottò.

Stai per vedere quanto sono reale, mio dolce fiore, la avvertii. *Poi ti farò* sentire *quanto sono reale*.

«Ora» dissi, rivolgendomi a Damien.

Il vampiro viveva vicino al confine tra il territorio del clan Clemente e la regione di Silvano. Il suo creatore, Ryder, era un recluso che risiedeva nella terra di nessuno, proprio tra le due zone.

Questo rendeva Damien un ottimo alleato, quando avevo bisogno di intrufolarmi nel territorio del clan Clemente per recapitare uno dei famigerati messaggi di Silvano. Soprattutto quando volevo entrare nella tana del lupo senza essere scoperto, perché Damien era un mago della tecnologia. Me lo dimostrò anche in quel momento, digitando un codice che avrebbe fatto aprire la porta in fondo al corridoio. Ed era stato sempre lui a far sì che potessi vedere i filmati della sorveglianza e a manometterli.

«Spero proprio che il tuo contatto licantropo sia pronto, perché questo farà scattare più di qualche allarme» disse Damien. Il suo accento texano enfatizzava la sua voce profonda.

«Se non lo è, me ne occuperò io stesso» risposi, seguendo con lo sguardo la corsa di Lily. *La porta si aprirà tra tre, due…*

Dallo schermo, risuonarono dei ringhi violenti quando i licantropi si accorsero che il loro giocattolo non era più nella stanza. Dovettero riecheggiare anche nel corridoio, perché Lily trasalì, rischiando di inciampare.

Non pensare. Agisci, le dissi. *Attraversa quella porta.* Era spalancata. *Ora chiuditela alle spalle.* Lo fece, e Damien premette un pulsante per far sì che scattasse la serratura. Non che avesse importanza, visto che i licantropi avevano accesso a ogni sezione dell'edificio. Ma almeno li avrebbe rallentati.

E adesso?, mi domandò. La sua voce racchiudeva note di paura e irritazione.

«È ora di passare alla prossima fase» dissi a Damien. Ma non fu necessario, perché le sue dita stavano già volando sulla tastiera.

«Spero che questa donna ne valga la pena» mormorò. Nella scarsa illuminazione che filtrava dai finestrini del furgone, i tatuaggi sul suo avambraccio mi ricordarono delle piante rampicanti.

«Non sai quanto» risposi, controllando di nuovo che la mia pistola fosse carica. *Lily, gira a destra. Le porte continueranno ad aprirsi man mano che le raggiungi. Qualsiasi cosa accada, non voltarti.*

Un'altra esplosione di ringhi. I licantropi la stavano già inseguendo.

O Lily non riusciva a sentirli attraverso la porta chiusa, o era concentrata sulla fuga, perché continuò a muoversi con la grazia che le avevo inculcato durante le nostre lezioni.

Frenai l'impulso di lodarla, consapevole che quello era solo l'inizio. Avevo dovuto modificare la mia tabella di marcia quando il licantropo l'aveva fiutata. E questo significava che il piano che stavo seguendo non era la mia prima scelta.

Ma avrebbe funzionato.

Perché non avrei mai accettato l'alternativa.

Un coro di ululati squarciò la notte. Gli allarmi menzionati da Damien erano scattati nel momento in cui i lupi avevano capito che c'era qualcosa che non andava nei loro sistemi di sorveglianza.

Damien aveva stimato che avrebbero impiegato meno di un minuto per accorgersi della violazione.

Purtroppo aveva avuto ragione.

Osservai i monitor alla ricerca del mio contatto all'interno.

Doveva trovarsi vicino alle porte esterne, pronto a recuperare Lily. Gli ululati erano il suo segnale. Eppure non lo vedevo da nessuna parte.

Aggrottai la fronte. *Dove sei?* Era l'unica parte della missione che mi aveva messo a disagio fin dall'inizio. Non avevo mai lavorato con quel licantropo.

Ma Jolene non poteva partecipare attivamente alla missione. Essendo l'ex alfa del branco, lo conoscevano tutti. E la voce del suo coinvolgimento avrebbe sicuramente raggiunto suo figlio, sollevando fin troppe domande.

E Walter avrebbe finito per uccidere o esiliare Jolene.

Così mi aveva presentato un licantropo di nome Viper. Non mi ero fidato del nuovo arrivato, un istinto frutto di secoli di esperienza. E sembrava che avessi ragione.

Più tardi avrei dovuto inviare a Jolene un feedback sul suo suggerimento.

O forse gli avrei semplicemente mandato la testa del licantropo.

«Lupi in arrivo» mi avvertì Damien, notando tre licantropi in forma di lupo che si aggiravano all'esterno del perimetro. Erano lontani dalla nostra posizione, ma sul percorso che avrebbe dovuto seguire Lily.

Fermati, le dissi, scandagliando gli schermi per trovare una strada alternativa. Il mio contatto non si vedeva ancora da nessuna parte. E non mi piaceva che quei tre licantropi avessero scelto proprio la via di fuga di Lily per il loro giro di ricognizione. Non poteva essere una coincidenza.

Indicai l'immagine in alto a sinistra. «Puoi aprire una delle porte in quel corridoio?».

Cedric?

Dammi un secondo, risposi.

Un altro accenno di sfiducia si propagò dalla sua mente alla mia, ma lo ignorai.

«Quella che dà sull'obitorio?» chiese.

«Sì». Avrebbe aiutato a mascherare un po' l'odore di Lily. Ovviamente, i licantropi sarebbero stati in grado di seguirla fino a quella porta. Ma mi era venuta un'idea.

Damien premette alcuni tasti e una delle porte si aprì, rispondendo alla mia domanda.

Lily, torna indietro da dove sei appena arrivata. E sbrigati.

Non mi dilungai sul motivo; doveva sapere che aveva i licantropi alle calcagna.

La vidi bloccarsi per un attimo, ma poi obbedì.

Quando raggiungi il corridoio da cui sei arrivata, continua ad andare dritta. Poi gira a destra e apri la terza porta a sinistra.

Non rispose, continuando a correre con lo scetticismo che le adombrava la mente. Si chiedeva se fosse tutto solo nella sua testa, se fosse solo un trucco che l'avrebbe condotta a una fine cruenta.

Fino a poche settimane prima, quel pensiero le avrebbe fatto venire voglia di combattere.

Ma ora…

Ora sembrava che al mio dolce fiore non importasse più di sopravvivere. Aveva cominciato a morire in quella prigione, la sua mente era stata avvelenata dalla società, che l'aveva ingannata facendole desiderare una vita migliore solo per gettarla letteralmente in pasto ai lupi.

L'avrei fatta tornare in sé, le avrei dato la vitalità che la sua mente e il suo corpo desideravano e l'avrei portata in un luogo dove avrebbe potuto crescere e fiorire.

Ci sei quasi, Lily, le sussurrai.

Damien stava armeggiando con le porte, impedendo ai licantropi di aprire quella che si era chiusa alle spalle nel primo corridoio.

«È come guardare dei topi che cercano di trovare il formaggio» mormorò. Le sue labbra si incurvarono in un sorriso ferino. «Idioti».

Non risposi, perché la mia Lily era il *formaggio* in quello scenario. E perché presto quegli *idioti* avrebbero usato la forza per…

«Eccoli» commentò Damien mentre i licantropi aprivano la porta a calci.

Continua, dissi subito a Lily, che doveva aver udito il sopraggiungere dei suoi assalitori. *Terza porta, tesoro. Aprila e non urlare.*

Cosa?

Fidati di me.

Fidarmi di te, ripeté con un tono acido.

Lily, sbottai. Doveva rimanere concentrata. *Risparmia la tua rabbia. Ne avrai bisogno. Ora apri quella porta e chiuditela silenziosamente alle spalle.*

Vidi sullo schermo che fece esattamente ciò che le avevo detto.

Poi rimase a bocca aperta davanti al cumulo di carne umana che la attendeva all'interno dello stanzone.

Non…

Si premette le mani sulla bocca e spalancò gli occhi, ma non emise alcun suono. *Ti odio!*

Non ho ucciso io quegli umani, fiorellino.

No. Mi hai solo addestrata per diventare una di loro. È una specie di scherzo perverso? Un modo per condurmi davvero al mio destino?

Calmati.

Calmarmi?, ripeté. *Calmarmi?!*

Cazzo, dov'era questo fuoco in tutti i mesi di allenamento?

Cosa pensi che mi abbia spinta a sopravvivere alle tue lezioni?, gridò di rimando. Lasciò cadere le mani lungo i fianchi e le strinse a pugno.

Sospirai. *Lily…*

No. Dimmi qual è il tuo piano. Adesso. Voglio…

Devi andare in fondo alla stanza, rimuovere la presa d'aria e strisciarci dentro, la interruppi. *Poi verrò a prenderti.*

Verrai a prendermi?

Sì. Ora vai verso il condotto di aerazione e vedi se riesci a rimuovere la protezione, dissi. «Puoi chiudere…» mi interruppi, udendo lo scatto della serratura dell'obitorio. «Grazie».

«Non servirà a molto». Damien indicò i due licantropi che si erano separati per seguire l'odore di Lily, dal momento che andava in due direzioni diverse. «La troverà in pochi secondi».

Annuii, fissando Lily che correva verso la presa d'aria. *Quando sei dentro, rimetti tutto com'era e inizia a strisciare.*

«Vuoi che faccia scattare l'impianto antincendio?» chiese Damien.

«Quando sarà all'interno del condotto» risposi accendendo l'auricolare. «A quel punto, entrerò nella struttura».

Damien premette un pulsante per attivare il contatto radio. «Resterò qui il più a lungo possibile»

Annuii di nuovo. Avevo capito cosa intendeva: se i licantropi avessero trovato il furgone, se ne sarebbe andato. E io e Lily avremmo dovuto cavarcela da soli.

«Grazie dell'aiuto» gli dissi. «I soldi ti aspettano al solito posto, quindi se non dovessi farcela…».

«Verrò pagato lo stesso» concluse, guardandomi con i suoi occhi ambrati. «Ma sappiamo entrambi quanto sei difficile da uccidere».

Sorrisi. «È vero».

«Allora non ti augurerò buona fortuna».

«Meglio così. Potresti ottenere l'effetto contrario».

«A volte mi ricordi Ryder».

«A volte vorrei essere Ryder» ammisi.

Sarebbe stato bello vivere in isolamento, lontano da tutti i giochi politici.

Ma purtroppo ero stato creato da Silvano, e quel tipo di futuro non sarebbe mai stato mio.

Almeno avrò il mio fiore, pensai, con lo sguardo rivolto all'angolo dell'obitorio dove Lily aveva appena finito di infilarsi nel condotto di ventilazione. Non ci fu bisogno che le ricordassi di fissare nuovamente la grata; lo stava già facendo.

«È ora di far piovere» dissi a Damien.

«Una pioggia di sangue». Il vampiro sembrava divertito. «Come amo queste cose».

«È per questo che ti ho invitato» risposi aprendo la portiera del furgone. «Alla prossima».

«Alla prossima» mi fece eco.

Cedric?, sussurrò Lily.

Inizia a strisciare, fiorellino. Presto sarò lì.

LILY

Cosa sto facendo?, mi domandai. Il metallo era tiepido sotto le mie mani.

Stai strisciando lungo un condotto di aerazione, rispose Cedric. La sua voce mi giunse forte e chiara nella mente.

Non era quello che intendevo, ma preferii lasciar perdere. Perché non ero nemmeno sicura che fosse realmente lì.

No, non era vero.

Non volevo credere che fosse lì. Perché altrimenti avrei sperato, e non potevo permettermi di farlo. Non lì. Non in quel posto.

Quanta oscurità, sussurrò Cedric. *Troverò il modo di riportarti alla luce, mio dolce fiore.*

Lo ignorai e continuai a strisciare. Verso dove, non lo sapevo. Forse era tutto un incubo, o una fuga mentale, o una missione suicida. Dopotutto, ero all'inferno, come testimoniato dai cadaveri mutilati che mi ero lasciata alle spalle.

La puzza... il sangue... Un'ottima rappresentazione del mio destino. A pensarci mi venne da vomitare. Era stata un'esperienza che mi avrebbe perseguitata per il resto della vita, per quanto breve potesse essere.

Sentivo ancora la morte incombere su di me, minacciando di soffocarmi in un mondo di...

Lily. La voce profonda di Cedric si insinuò nei miei pensieri, attirando la mia attenzione sulla sua esistenza dentro di me. *Quello non è il tuo futuro. Io sono il tuo futuro.*

Non ti credo. Parole fiacche, che somigliavano più a una protesta che a un'affermazione plausibile. *Non voglio crederti.*

Lo so. Ma devi provarci. La speranza è la tua forza. Non perderla proprio adesso.

La speranza è una debolezza.

Sì, concordò. *Ma non per te.*

Proseguii con la gola che mi si stringeva, mentre l'aria intorno a me diventava più calda, ricordandomi il deserto. *È così calda e secca.* Cercai di deglutire, ma non feci altro che peggiorare la situazione.

Continua, mi esortò Cedric. La sua voce era come un incantesimo che mi lambiva i pensieri. *Resisti e ti darò ciò di cui hai bisogno.*

Cosa significa?, mi domandai. Più andavo avanti, più si faceva buio.

Quando raggiunsi lo strato successivo, capii perché: il passaggio si stava restringendo.

Mi bloccai. La realtà sembrò rimpicciolirsi e soffocare ogni aspetto del mio essere. *Non... non ce la faccio.*

E invece sì.

Cominciai a scuotere il capo. *È... è...*

Alle mie spalle si levarono dei ringhi.

Dai, Lily. Ce la farai.

Non so come facesse a esserne così sicuro. Lo spazio davanti a me sembrava restringersi sempre di più, almeno da quello che riuscivo a vedere nella penombra. *Resterò incastrata...*

No, giurò Cedric. *Fidati di me.*

Fidarmi di te. Continuava a ripeterlo. E a cosa era servito fidarmi di lui? Ero bloccata in quel cunicolo rovente ed ero sul punto di sciogliermi. *Dea, forse è anche peggio di essere fatta a pezzi dai lupi.*

No, non lo è, rispose subito Cedric. *Continua a procedere.*

Chiusi gli occhi e feci un respiro profondo, mentre il fetore della morte perseguitava le mie narici e i miei sensi. O continuavo ad avanzare, o tornavo indietro verso i ringhi. *Sono nel condotto di ventilazione?*

No, rispose lui. *L'acqua li ha distratti.*

Acqua?, ripetei. Sbattei le palpebre un paio di volte e mi concentrai sull'oscurità davanti a me. *Dove?*

Lo vedrai presto, Lily. Continua.

Ovviamente non aveva nessuna intenzione di chiarire cosa intendesse. Tipico di Cedric. Si aspettava che obbedissi e basta.

È l'impianto antincendio, Lily. L'ho fatto attivare da Damien. Ora smettila di pensare e vai avanti. Il comando sotteso a quelle ultime parole mi fece rabbrividire. Il mio corpo si mosse immediatamente come se mi avesse spinta lui stesso lungo il condotto.

E forse, in un certo senso, era così.

Perché di sicuro non ero io a voler proseguire lungo il tunnel di metallo. Ogni progresso mi faceva bruciare sempre di più, l'aria sembrava assottigliarsi insieme allo spazio che mi circondava.

Chiusi di nuovo gli occhi e proseguii con il cuore che mi martellava nel petto. *Oh, Dea. Oh, Dea. Oh, Dea.*

Sapevo che pregare era inutile, ma non riuscivo a fermarmi. Le pareti si stavano restringendo ulteriormente. Ormai mi sfioravano la pelle. Trasalii quando qualcosa di affilato squarciò la mia veste e si trascinò sulla mia pelle, lasciandosi dietro un taglio che mi ricordò l'effetto degli artigli dei licantropi.

Sono solo delle viti, mi rassicurò Cedric. *Manca poco, tesoro. Stai andando alla grande.*

Lo ignorai. Non volevo credere alle sue parole. Perché suggerivano che c'era qualcosa di buono ad aspettarmi alla fine di quell'incubo, qualcosa di *desiderabile*.

Non cadrò ancora nella stessa trappola, sussurrai a me stessa. *Non c'è niente di buono in questo mondo. Niente per cui valga la pena sperare. Niente di cui gioire.*

Nove mesi fa, sarei stato d'accordo con te. Ma poi mi hai chiesto di aiutarti. E il mio mondo non è stato più lo stesso.

Fissai l'oscurità, con i polmoni strozzati dall'aria densa e calda, e il cuore che batteva all'impazzata.

Mi hai insegnato a vivere, Lily, continuò Cedric. *Mi hai insegnato a* sentire.

Qualcosa mi ferì le ginocchia. Il condotto era diventato talmente stretto che riuscivo a malapena a procedere. Ed era troppo buio per vedere se rimaneva così... o se si restringeva ancora di più.

Mi bruciavano gli occhi per il calore. Le mie mani continuavano ad avanzare sul metallo, la temperatura aumentava costantemente. *Non... non so se... non so se riesco a...*

Un'altra vite si trascinò sulla mia coscia.

Cedric, non... Quasi strillai quando due oggetti affilati mi tagliarono i palmi. *Non... non riesco...*

E invece sì, Lily. Sei così vicina.

Così vicina a cosa?, domandai. Le lacrime mi stavano offuscando la vista. Lottai contro il calore ormai quasi insopportabile, lo spazio minuscolo e l'impulso di tornare indietro.

Ma non sarei mai riuscita a girarmi. Non più. Ero

incastrata… ero… *Non posso tornare indietro…* Spalancai gli occhi. *Cedric, non posso tornare indietro!*

Se lo spazio si fosse ristretto ulteriormente, sarei rimasta bloccata. *Qui. In un tunnel bollente. Morirò…*

E poi il mio legame con lui mi avrebbe riportata indietro.

Più e più volte.

Disidratazione. Claustrofobia. Vivere. Morire. Rinascere. Solo per ripetere tutto da capo.

Ogni parte di me si irrigidì, il mio corpo non riuscì più ad avanzare, le mie mani si incollarono al metallo.

Cedric mi parlò nella mente, ma non riuscii a sentirlo. Non sopra i miei stessi pensieri deliranti, in cui l'incubo che stavo vivendo continuava a ripetersi, mentre mi rendevo conto di quello che avevo fatto.

Avevo seguito una voce nella testa, avevo inseguito un filo di speranza, mettendomi in una posizione ben peggiore di quella in cui mi trovavo prima. *O non è davvero peggiore?*, mi domandai stordita. *I licantropi stavano per farmi a pezzi.*

Tuttavia, a quel punto sarei morta. Avrei abbandonato quel mondo. Quella vita.

Cedric.

Beh, mi ha lasciata comunque qui a morire, pensai. *No?*

Però avevo sentito la sua voce nella mente. O forse l'avevo sognata. No, probabilmente mi ero inventata tutto, strisciando in quello spazio stretto e caldo, solo perché speravo che lui mi aspettasse dall'altro lato.

Ma il tunnel non sembrava finire mai.

Rabbrividii nonostante il calore. Le mie unghie graffiarono il metallo, un urlo mi si strozzò in gola. Era una tortura. *Dev'esserci una via di uscita*, pensai, sentendomi totalmente impotente. *Dev'esserci un'altra strada!*

Le mie dita gridarono di dolore quando mi trascinai in avanti, determinata, terrorizzata, *disperata*.

Respiravo a stento, lo spazio continuava a chiudersi attorno a me, schiacciandomi in un abbraccio di metallo. *Dea. Dea. Dea.*

Ma non mi avrebbe aiutata. No, era lei l'artefice di quel mondo, la vampira crudele che costringeva tutti gli esseri umani a vivere all'inferno.

La odiavo.

Detestavo tutto ciò che aveva creato.

Non volevo darle la soddisfazione di pregarla.

Ma non riuscivo a trovare qualcos'altro da ripetere per darmi coraggio.

Cazzo, pensai. *Sì. Quello. Cazzo. Cazzo!* Volevo urlarlo in faccia a tutti quei mostri che mi avevano detto che non potevo dire parolacce, che mi avevano obbligata a inchinarmi, obbedire e implorare.

Voglio radere al suolo questo fottuto edificio.

Ecco cosa volevo. Scatenare tutta quell'aria infuocata sui mostri all'interno della struttura e farli fuori. Squartarli con le viti. Vederli *sanguinare*.

Lacrime e sudore mi pizzicavano la pelle, l'abito era ormai ridotto a brandelli. Ma continuai a farmi strada, cercando un'uscita. Supplicando il destino di liberarmi, uccidendomi o facendomi trovare la luce.

È così buio.

Così caldo.

Così stretto.

Altre viti. Altra aria rovente. Altro metallo.

Soffocai un singhiozzo disperato. Il cuore mi martellava talmente forte nel petto che ero certa che sarei morta per lo sforzo. La voce nella mia testa continuava a parlare, Cedric minacciava di darmi speranza. Ma non potevo, non *volevo* ascoltarlo.

Perché avrei dovuto?

Non era reale. Non gli importava. Mi aveva

abbandonata. Mi aveva avvertita della caccia della luna e non aveva fatto niente per cambiare le cose.

Ero un divertimento passeggero.

Non ero mai stata davvero sua.

Mi aveva detto che sarebbe stato gentile da parte sua uccidermi. Ora gli credevo. Credevo a tutto ciò che aveva detto, a ogni parola oscura e malvagia.

Avrei dovuto esortarlo a farlo, dargli il coltello e porgergli la gola.

Sarebbe stato come il metallo che mi sta lacerando la pelle?, mi domandai. *L'oscurità mi avrebbe reclamata così?*

Non riuscivo più a vedere, consumata dal sudore, dalle lacrime e da quell'infinito abisso di inchiostro.

Nessuna via d'uscita.

Nessuna possibilità di fuga.

Solo un'agonia senza fine.

Presi a singhiozzare incontrollabilmente, arrancando lungo il tunnel e lasciandomi dietro una scia di sangue. *Perché l'ho fatto? Perché ho seguito quella voce? Perché…*

Le mie mani artigliarono l'aria.

Mi bloccai. *Cosa…?*

Avanzai di qualche centimetro, cercando con i palmi la superficie di metallo che non esisteva più. Sui lati c'era ancora, e anche il soffitto era solido e presente. Ma sotto non c'era più nulla. E allungando la mano, mi resi conto che circa un metro più in là il condotto terminava.

La mia unica opzione era scendere.

A testa in giù.

Verso l'ignoto.

Allungai la mano anche verso il basso per cercare di capire quanto fosse profonda l'apertura, ma non riuscii a toccare il fondo.

E l'aria era ancora più calda.

Tentai istintivamente di indietreggiare, ma senza

riuscirci. Seguì una specie di suono strozzato che capii a malapena. *Sono io?*, mi domandai, travolta di nuovo da un senso di vertigine. *Sono… Com'è possibile…?*

Quello strano verso riecheggiò di nuovo nel cunicolo.

Sì, sono proprio io, pensai, con il mondo che mi vorticava attorno.

Premetti la fronte sul metallo caldo, incapace di continuare a muovermi. *Questa è la fine. Sono finita. Non esisterò più.*

Solo che non era così.

Il legame con Cedric mi aveva condannata a un'eternità di agonia.

A meno che lui non muoia.

Fui sul punto di scoppiare a ridere. Era invincibile. Un antico vampiro con una forza e un'abilità superiori quasi a chiunque altro. Ci sarebbe voluto…

Il metallo sotto di me tremò. *I licantropi*, capii. *Mi hanno trovata.*

Sentivo i loro artigli graffiare le pareti del condotto, cercando di farsi strada.

Un singhiozzo mi sfuggì dalla gola, provocato da un miscuglio di gratitudine e terrore. Che combinazione bizzarra. Ma volevo essere liberata da quell'inferno.

Eppure, dall'altra parte mi aspettava un destino ancora peggiore.

Beh, ero già a pezzi. Cos'altro avrebbero potuto fare?

Molto, molto di più, pensai. E allungai di nuovo la mano verso l'apertura. *Forse sarebbe meglio cadere di testa. Potrei rompermi il collo. Mi troveranno, penseranno che sono morta e mi getteranno via.*

Quella prospettiva divenne improvvisamente più allettante che restare lì in attesa dei licantropi. Sì, era meglio morire.

Finirò su quella pila di cadaveri, pensai. *Forse riuscirò a trovare un'altra via di fuga.*

Aggrottai la fronte, infastidita da un dettaglio che continuava a tormentarmi. Qualcosa sulla mia fuga. Il fatto che le porte continuassero ad aprirsi. Forse era stata una coincidenza? O si era trattato davvero di Cedric?

Dea, non mi fidavo più nemmeno della mia mente. *Cos'è vero? Cos'è falso?*

Quest'aria è reale, mi dissi. *E anche il suono.*

Artigli furibondi.

Che si trascinavano sul metallo.

O il vuoto.

In caduta libera in un bollente oblio. Forse mi brucerà viva. O forse sarò abbastanza fortunata da rompermi il collo prima di sentire altro calore.

Sì.

Era l'unica via.

Mi aggrappai al bordo, consapevole che con un po' di forza sarei riuscita a precipitare nell'oscurità.

La voce di Cedric mi gridò qualcosa nella testa, ma fu sovrastata dal flusso di sangue nelle mie orecchie. *Tre*, sussurrai tra me e me. *Due. Uno.*

Mi trascinai in avanti con tutte le mie forze, e chiusi gli occhi quando mi sentii scivolare oltre il bordo.

Ma una mano mi arpionò la caviglia e mi strattonò all'indietro.

Un urlo privo di suono abbandonò la mia gola riarsa. Il mondo si mosse rapidamente attorno a me, mentre uno dei licantropi mi afferrava la gamba. Le mie unghie sfregarono il metallo in un vano tentativo di mantenere la posizione, di trascinarmi di nuovo in avanti, verso il destino che desideravo.

Ma la mia forza non era nulla contro quella di un licantropo. Il suo ringhio vibrò attraverso di me come un tuono. Mi condusse attraverso l'apertura creata dai suoi artigli, fino a una stanza scura che mi ricordò la famigerata *stanza nera*.

No! Non lo avrei mai permesso. Non sarei diventata il suo giocattolo da scopare. Scalciai all'indietro, cercando di lottare, di spingerlo via, di salvarmi in qualche modo.

Non sfruttai il mio addestramento, non sfruttai nessuna abilità nel combattimento. Non ci pensai nemmeno. I miei movimenti erano dettati soltanto da un potente desiderio di fuggire, di essere libera, di morire come volevo io.

Gli graffiai la guancia, gli tirai una ginocchiata nella coscia, mi avventai sulla sua testa con una pioggia di schiaffi. Mi sentivo una bestia feroce. Un miscuglio di sudore, lacrime e *sangue*.

Inspirai. Avevo bisogno di aria per scacciare il calore dai miei polmoni.

Ma le mie narici furono invase da un familiare sentore di menta. *Cedric*, pensai. La sua essenza mi pervase con una deliziosa ondata di desiderio.

Ma non era reale.

Era una bugia.

Quel licantropo voleva scoparmi. Farmi del male. Tormentarmi.

Solo che non mi stava aggredendo con i suoi artigli o cercando di impormi una posizione di sottomissione. Si stava lasciando colpire. Non aveva risposto a un solo attacco; il suo viso aveva subito le sferzate dei miei palmi e delle mie unghie, e le sue cosce avevano accettato le mie ginocchia.

Iniziai lentamente a fermarmi, confusa dalla sua mancata reazione.

Non mi stava esattamente permettendo di fargli del male, dal momento che si era messo in una posizione in cui accogliere la mia brutalità senza subire alcun danno. Ma non aveva provato a bloccarmi o a rimettermi al mio posto.

Mi aveva semplicemente permesso di sfogare tutta la mia rabbia su di lui, il suo corpo duro e caldo era come uno scudo che assorbiva la mia furia in palpabili ondate di pazienza.

Feci un altro respiro profondo, e la sua fragranza di menta si infiltrò in ogni poro, immergendomi nella sua rivendicazione.

Cedric, ansimai, cercando di distinguere i suoi lineamenti nel buio. *È un sogno o un incubo?*

Nessuno dei due, rispose, e le sue labbra sfiorarono le mie nella più dolce delle carezze.

Per un attimo, rimasi di sasso.

Poi lo attaccai con la bocca. Doveva dimostrarmi che era vero, lasciare che lo assaggiassi, farmi vedere chi era per me. *Il mio compagno. Il mio vampiro. Il mio Cedric.*

Gli afferrai le spalle. Le mie unghie insanguinate gli strapparono la camicia, la mia energia furibonda stava diventando qualcosa di ancora più bollente. Non ero sicura di cosa stesse succedendo, non ero nemmeno sicura che stesse succedendo davvero, ma non mi importava più.

Ne avevo bisogno. Avevo bisogno di *lui*.

E lui mi diede esattamente ciò che desideravo con una carezza della sua lingua insanguinata.

Gemetti. La sua essenza fu un sollievo per la mia gola, e lui rese il nostro bacio ancora più appassionato con un'abilità che solo Cedric possedeva. La sua mente sfiorò la mia, confermando che era tutto reale, che era davvero lì. Con me. A baciarmi.

La sua mente mi rivelò il terrore che aveva provato quando stavo per precipitare per tre piani, perché lo avevo ignorato e avevo scelto la strada più pericolosa per uscire dal condotto. A quanto sembrava, la struttura era stata costruita su una collina. E io l'avevo appena attraversata tutta.

Ti ho quasi persa, mi sussurrò la sua mente. *E non potevo teletrasportarmi qui per tirarti fuori. Il condotto è troppo stretto. E ho bisogno di conoscere un luogo per potermici materializzare.*

Era furioso.

Era euforico.

Era orgoglioso.

Una combinazione di emozioni simili alle mie, solo che io mi sentivo terrorizzata, sollevata e confusa da morire.

Era stato costretto a farsi strada nel condotto per creare un'uscita per me, perché apparentemente non avevo notato una grata che mi avrebbe condotta alla libertà.

Ma non importava, perché era riuscito comunque a salvarmi.

Una miriade di piani gli attraversò la mente. Mi mise sotto di lui sul pavimento e mi diede altro sangue, annegandomi nella sua essenza guaritrice e ricordandomi chi eravamo l'uno per l'altra.

Non avevamo molto tempo, ma sapeva che il mio corpo ne aveva bisogno.

Così come la mia mente necessitava della consapevolezza fornita dal suo tocco. *Tutto questo è reale. Cedric è reale. È venuto a salvarmi. E ora mi aiuterà a fuggire.*

Mi sei mancata, Lily, mi mormorò nella testa, prendendomi il viso tra le mani. *Mi sei mancata così tanto.*

Anche tu mi sei mancato, sussurrai. *Pensavo mi avessi abbandonata.*

Lo so, rispose. *Ti spiegherò tutto non appena saremo usciti da qui. Ma ora ho bisogno che ti fidi di me. Puoi farlo, mio dolce fiore? Puoi fidarti di nuovo di me?*

LILY

FIDARMI, PENSAI, ASSAGGIANDO QUELLA PAROLA NELLA mia mente. Un senso di disagio si posò sul mio spirito. *Posso davvero fidarmi di qualcuno? Posso fidarmi di tutto questo?*

È davvero qui?

O il mio cervello mi sta facendo uno scherzo crudele?

Per quanto volessi credere che fosse reale, non... non ci riuscivo.

Forse stavo morendo. O sognando. Forse ero effettivamente caduta da quella trappola di metallo ed ero morta. Forse quello era l'aldilà. Forse tutto stava accadendo nella mia testa.

Lily, mormorò Cedric, e la sua preoccupazione si riversò su di me. Ma colsi il bagliore di un'intenzione dietro i suoi pensieri, la conferma che solo qualche mese prima quello era stato il suo scopo. Liberarmi dalla programmazione dell'Università.

Distruggermi.

Voleva vedermi appassire e svanire nel nulla.

Morire.

Perché secondo lui era meglio di una vita in schiavitù.

Una vita con i campi per la riproduzione e la caccia della luna.

Aveva cercato di limitare e reindirizzare la mia istruzione per aiutarmi a evitare quel destino. Eppure, sotto sotto, aveva sempre desiderato che fallissi. Perché distruggere il mio spirito mi avrebbe salvata dal futuro dolore fisico.

Nuotai nell'oscurità della sua mente, seguendo i suoi ragionamenti e udendo i suoi vecchi piani per annientarmi. Per togliermi ogni speranza e ridurmi a un niente.

Ma a un certo punto aveva cambiato rotta.

Ora sembrava pentito di ciò che aveva desiderato, perché nonostante l'avessimo finalmente ottenuto, non gli piaceva per nulla.

Fiducia, che buffo concetto. Non potevo affermare di fidarmi di lui in quel momento. A dirla tutta, non mi fidavo di niente, inclusa la mia mente. Per quanto ne sapessi, stavo precipitando in un pozzo di nulla, inventandomi i pensieri di Cedric. I suoi sentimenti. La sua presenza sopra di me.

Ma il suo sangue…

Aveva sicuramente un sapore reale, e mi stava trascinando in un pericoloso oceano di speranza. Mi affannai per raggiungere la superficie, rifiutando di crederci. Il mio cervello stava cercando disperatamente una via di fuga, e questo lo rendeva inaffidabile.

Cedric sospirò il mio nome, mentre la sua lingua danzava con la mia. *Non abbiamo tempo per queste cose, fiorellino*, sospirò. *Ma non so cos'altro fare. Devi sapere che sono qui.*

Non riuscii a rispondere perché non sapevo cosa dire. La sua presenza mi aveva rinvigorita, aveva rallegrato la mia anima e mi aveva fatto battere forte il cuore.

Eppure una parte della mia psiche rimaneva ancorata

all'orrore che avevo vissuto, i ricordi degli ultimi giorni si accavallavano nei miei pensieri.

Willow… Mi vidi davanti il suo corpo martoriato, poi il tocco pericoloso del licantropo che mi aveva condotta nella stanza nera. *Sono fuggita davvero? O me lo sono immaginato?*

Sei qui, mi giurò Cedric. *Ascolta la mia mente, Lily.*

Ci provai, ma conteneva tutte le risposte che desideravo… costringendomi a spingerlo via. Non volevo essere lì. Non volevo credere in lui o in noi o che ci potesse essere una vita di fuga, *un futuro.*

Era… era troppo.

Non… non posso, sussurrai a me stessa. *Non… non ce la faccio.*

Cercai di allontanare la bocca da quella di Cedric, di respirare l'aria che mi circondava, di tornare alla realtà, di *svegliarmi.*

Ma lui mi baciò ancora più intensamente. La sua lingua esigeva la mia attenzione, le sue mani mi accarezzavano i fianchi.

Sei mia, fiorellino, mi disse. *La mia Lily. La mia erosita. La mia compagna. Sono venuto a prenderti.*

Mi hai lasciata.

Non avevo altra scelta, ma ora sono qui.

Mi hai tagliata fuori dalla tua mente, continuai. *Non sei reale.*

Lo sono, giurò, sfiorandomi il labbro con le zanne. *Sono molto reale.* Premette la parte inferiore del corpo sul mio, e l'abito sottile che indossavo non poté nulla contro il suo calore e le sue dimensioni.

Mi inarcai verso di lui senza nemmeno pensarci. Il mio corpo reagì istintivamente alla sua chiamata, desiderando le sensazioni provocate dal mio compagno. Lui ringhiò nella mia mente, e il suo spirito analitico prese a valutare il luogo e le tempistiche, sviluppando una strategia talmente in fretta che riuscii a stento a seguire il filo dei suoi pensieri.

E poi mi baciò di nuovo con così tanta passione che dimenticai il mio nome. Il mio scopo. La mia stessa esistenza.

L'unica cosa che importava era il sogno che si intrecciava con il mio essere.

Se devo morire, tanto vale morire così, pensai. O forse era un pensiero di Cedric. Non riuscivo più a distinguere la realtà dalla finzione, il suo tocco aveva mandato la mia mente in cortocircuito e mi aveva costretta a essere sua. A respirarlo. A crogiolarmi nella sua presenza. A sentire soltanto le sue mani su di me, le sue labbra, i suoi *denti*.

Fremetti quando le sue zanne trovarono il mio collo, e il suo morso fu così potente che mi persi completamente nel suo bacio vampiresco.

L'abito mi frusciò sulla pelle e sparì, mentre le mani di Cedric continuavano a esplorare ogni centimetro del mio corpo. *È sicuramente un sogno*, conclusi, inarcandomi ancora una volta verso di lui, che invece mi spinse di nuovo sul pavimento. *O forse un incubo*.

Perché eravamo in una stanza rivestita di morte, nascosti in una parte della struttura destinata a ospitare i cadaveri in attesa della cremazione.

Un'informazione che conoscevo solo grazie ai pensieri di Cedric.

Una danza macabra, pensai sentendo il suo bacino premuto sul mio. *Un destino oscuro e perverso*.

Fui travolta dalle vertigini mentre si concedeva lunghe sorsate del mio sangue, tenendomi bloccata sotto di lui, costringendomi a sentire la rivendicazione in attesa che giaceva tra le mie gambe.

A un certo punto si era sbottonato i pantaloni.

E ora…

Ora era dentro di me. A farmi sentire completa. A farmi sentire sua.

Nel frattempo, percepivo la sua consapevolezza allargarsi intorno a noi alla ricerca di intrusi, ma anche godere di quel senso di lussuria proibita.

Stavamo correndo un rischio.

E quel rischio sembrava incoraggiarlo ad andare avanti, imponendogli di muoversi. Perché era l'unico modo per sentirci vivi, per dimostrarmi che era tutto vero.

Eppure sembrava anche una fantasia.

Una fantasia da incubo. Avvolta nel sangue, nella morte, nel terrore. Riuscivo praticamente a sentirlo sulla lingua. Ma poi la bocca di Cedric scacciò tutto quanto, annegandomi nella sua essenza mescolata alla mia, nella sua *rivendicazione*.

Avvolsi le cosce attorno alla sua vita e lui si spinse ancora più in profondità, facendomi dolere, contorcere e rabbrividire sotto di lui. *È tutto così intenso. Così tipico di Cedric*.

La sua rivendicazione era dolorosa, mi fece venire le lacrime agli occhi. Ma la sua insistenza mi costrinse a *sentire*. Mi costrinse a concentrarmi. Ad *ascoltare*.

Capii perché mi aveva esclusa dalla sua mente e udii quanto fosse stato difficile per lui. Non sapeva se stessi bene, ma non voleva rischiare che qualcuno sentisse il suo odore su di me.

Che era esattamente quello che era successo quando il licantropo mi aveva trascinata via dalla fila in mensa: Cedric era entrato in contatto con la mia mente.

Il suo piano iniziale prevedeva di mandare un licantropo a recuperarmi. Ma poi era stato costretto ad agire prima del previsto.

E ora stavamo scopando dove non avremmo dovuto.

Un luogo in cui potevamo essere scoperti.

Un luogo in cui sarebbe stato costretto a uccidere chiunque ci avesse visti.

Ma non gli interessava. Voleva rivendicare il mio corpo, cancellare ogni traccia dei licantropi, assicurarsi che tutti capissero a chi appartenevo. E anche ricordarmi il nostro legame. Convincermi a fidarmi di lui.

Altre lacrime mi sfuggirono dalle ciglia. Il mio cuore, la mia mente e il mio spirito erano in lotta. Sperare era troppo pericoloso. Ma Cedric… Cedric mi stimolava continuamente a farlo. Mi aveva insegnato un nuovo modo di vivere. Mi aveva mostrato cosa esisteva oltre a quel destino funesto.

Ma sentivo anche quello che sarebbe stato l'inevitabile epilogo della nostra relazione, il fatto che avrebbe dovuto tornare da Silvano.

Ora non pensarci, sussurrò. *Pensa soltanto a noi. Al mio cazzo dentro di te. Alla mia lingua che ti divora.*

E sottolineò tutto con una spinta decisa che mi fece gemere nella sua bocca. Avvolse la mano attorno alla mia gola, stringendola e togliendomi il respiro prima che il suono potesse riecheggiare nella stanza. Sussultai e mi serrai intorno a lui. La minaccia di quel predatore che mi stava scopando così… proprio lì… era troppo.

È Cedric, pensai, perdendo i sensi e ritornando in me, più e più volte, mentre i ricordi dei momenti passati insieme mi coprirono di un velo di sudore, lasciandomi tremante sotto di lui. Non mi permise di respirare. Mi tenne così, in quello stato, spingendomi a proseguire, ad abbandonarmi a un'estasi travolgente che non avevo nemmeno sentito crescere.

E quando mi svegliai, lo trovai che mi fissava con i suoi intensi occhi neri.

Sbattei le palpebre, confusa. Mi sentivo come se mi fossi persa in un sogno, per poi risvegliarmi con un incubo sopra di me. *Un meraviglioso incubo con uno sguardo ardente e una bocca crudele.*

Le mie viscere bruciavano, le mie narici inspiravano affannosamente l'ossigeno tanto necessario.

Ma poi serrò di nuovo la presa sulla mia gola, avventandosi con la sua bocca sulla mia. Gridai il suo nome nei pensieri, ordinandogli di lasciarmi andare, ma si limitò a ricominciare a scoparmi.

Cosa sta succedendo?, pensai. La mia mente vorticava, la mia visuale era infestata di macchie nere. *Sono…? Un licantropo mi sta stuprando?*

Un ringhio mi rieccheggiò nella testa e mi proiettò in una fantasia oscura piena di zanne.

Cedric, ansimai, scorgendolo di nuovo. La sua espressione mi riportò al presente, facendomi capire quale fosse la realtà. *Mi stai scopando.*

Ti sto possedendo, chiarì. Il suo tono lugubre mi fece correre un brivido lungo la schiena. *E ora svegliati.*

Lo guardai con sospetto. *Sono sveglia.*

Stai mettendo in dubbio dove ti trovi e la mia stessa esistenza. Mi scopò con forza, stringendo di nuovo la presa sulla mia gola. *Pensi ancora che sia un sogno?*

Più che altro un incubo, risposi, tentando di respirare.

Sono il tuo incubo, disse. *Ma anche il tuo sogno.*

Stavo per ribattere che non era possibile essere entrambe le cose, ma ero troppo impegnata a vedere ancora una volta le stelle per formulare una risposta coerente. Mi stava distruggendo in un modo che non riuscivo a definire, demolendo ogni dubbio e dimostrandomi che eravamo lì.

A scopare sul pavimento.

In un edificio piena di licantropi.

Cedric… Cercai di afferrarlo con le braccia che tremavano, il mio corpo era troppo debole dalla devastazione che aveva scatenato su di me. La mia mente si stava frantumando sotto il peso delle sue verità, unite agli ultimi giorni, *settimane?*, di follia. *Io… non…*

Sentimi, sussurrò, accarezzandomi la gola mentre la sua essenza mi bagnava la lingua. *Assaggiami, Lily. Riconoscimi. Fidati di me.*

Le mie vene bruciavano per l'oscurità che aveva sprigionato su di me, salvo poi placarsi man mano che i suoi movimenti diventavano sempre più lenti. I suoi fianchi si sposarono con i miei in una danza di accoppiamento che mi lasciò senza fiato e che mi fece piagnucolare di nuovo.

Non c'è più tempo, mi disse. *Torna da me, fiorellino. Credi ancora in me. Affidati a me. Ti prego, Lily. Ho bisogno della tua fiducia. Solo un'altra volta.*

Le sue labbra sussurrarono sulle mie, pronunciando le stesse parole che mi stava dicendo con la mente.

Ti porterò via da qui, ti porterò dove nessuno potrà mai toccarti. Ti trasformerò. Farò tutto ciò di cui hai bisogno. Basta che tu creda in me abbastanza a lungo per permetterci di fuggire da qui. Ho bisogno della tua fiducia e del tuo desiderio di sopravvivere.

Altro sangue mi colò in gola, guarendomi ancora una volta, ravvivando il mio senso dell'esistenza. *Sopravvivere*, pensai. Una parola su cui mi ero arrovellata per tutta la vita. Una parola che portavo nel cuore. Una parola in cui, a un certo punto, avevo smesso di credere.

Avevo perso la volontà di sopravvivere. Non avevo più uno scopo…

Ma Cedric mi stava ricordando come sentire, mostrandomi con la sua forza e il suo bacio di vampiro che c'era ancora molto da sperimentare.

Solo che lo farò da sola, non è vero?, pensai, frugando nella sua mente per avere una risposta. *Mi escluderai di nuovo…* Lo lessi nelle sue previsioni per il futuro. Voleva bloccare la nostra connessione per tenermi al sicuro. *Non voglio vivere così.*

Allora troveremo un altro modo, mi promise. *Ti trasformerò. Ti darò la forza di cui hai bisogno per sopravvivere. Farò tutto quello che vuoi. Ma fidati di me, Lily. Dammi la tua fiducia così che possa liberarti da questo inferno. Ti prego.*

Il suo bacio divenne disperato, il suo bacino si muoveva sul mio mentre le emozioni si riversarono dentro di me attraverso il nostro legame. Aprii la bocca, avevo bisogno di respirare, ma tutto ciò che inalai furono Cedric e il suo aroma di menta. E il suo sangue.

Mi sentii soffocare. Mi stava costringendo ad ascoltarlo, a credere in lui, a *vivere* con lui.

Aumentò di nuovo il ritmo, spingendomi oltre il limite in una valanga di sensazioni che si impossessarono di ogni centimetro del mio essere.

E in un attimo non era più su di me. Era in piedi e ringhiava, emettendo un suono che mi fece rizzare i peli sulle braccia.

Rimasi a bocca aperta davanti al suo sedere, ansante e stesa sul pavimento con il suo seme che mi colava tra le cosce.

«Guardala e ti ammazzo» disse con un tono basso e pieno di promesse letali.

Afferrai quello che era rimasto del mio abito, sentendomi troppo esposta, ma era tutto inutile. Il tessuto era sporco e strappato. Non solo a causa di Cedric, ma anche in seguito alla mia avventura nel condotto di ventilazione.

«Non è quello che avevamo pianificato» rispose una voce burbera.

«Non lo era nemmeno il branco di lupi che pattugliava il nostro punto di ritrovo» ribatté Cedric. I suoi pensieri mi dissero chi c'era sulla soglia.

Un licantropo di nome Viper.

Cedric l'aveva ingaggiato per recuperarmi, ma era sparito non appena le cose non erano andate secondo i piani.

«No, immagino di no» concordò Viper. «Quindi la tua soluzione è stata prendere la tua donna da solo e scoparla nell'obitorio?».

«Tipico di Cedric» mormorò una voce elegante che mi gelò il sangue nelle vene e fece irrigidire Cedric. «Anche se… sì, immagino che se si fosse trattato del mio piccolo miraggio, avrei fatto lo stesso».

Cedric fece un passo indietro e lasciò cadere la mano lungo il fianco. Fu allora che mi accorsi che aveva avuto una pistola puntata contro il licantropo.

Ma non si preoccupò di puntarla contro il nuovo arrivato.

Si sarebbe mosso troppo velocemente perché un proiettile potesse colpirlo.

«Hai intenzione di rivolgere la stessa minaccia a me?» chiese Khalid, per poi cercare i miei occhi. «Ciao, Lily».

CEDRIC

Strinsi la presa attorno all'impugnatura della pistola.

«Khalid». Il suo nome uscì dalla mia bocca con la giusta dose di noncuranza, ma lui avrebbe colto la minaccia che accompagnava quel saluto.

Damien era riuscito ad avvertirmi in tempo per non essere colto alla sprovvista. Le sue parole sul fatto che tutti i monitor erano diventati neri fu sufficiente a farmi capire che stavo per avere compagnia. Mi ero riabbottonato in fretta i pantaloni e un attimo dopo avevo la pistola puntata verso l'ingresso. O, più precisamente, verso la testa di Viper.

La sua presenza non mi aveva sorpreso. Avevo sospettato che ci fosse qualcosa di strano in lui fin dal primo momento.

Ma non mi ero aspettato di vedere Khalid comparire alle spalle del licantropo.

«C... Cedri... ic?» la voce di Damien era un crepitio spezzato. La comunicazione era compromessa.

«Puoi toglierti l'auricolare» disse Khalid, riportando lo sguardo su di me. «Non è più attivo».

«E Damien?» chiesi, senza preoccuparmi di tenere nascosta la sua identità. Era chiaro che Khalid sapeva già di lui.

Khalid infilò le mani nelle tasche dei pantaloni neri. «Non ho nessuna intenzione di far infuriare Ryder. Quindi, per quanto mi riguarda, Damien è off-limits».

Inarcai un sopracciglio mentre con la mano libera mi toglievo l'auricolare; l'elettricità statica aveva iniziato a ronzarmi nel cranio. «Hai paura di Ryder?». Era un sadico con la tendenza a sparare prima e a fare domande dopo, ma quello era un atteggiamento che mi suscitava più simpatia che timore.

«Io non ho paura di nessuno. Ma so quando qualcuno è degno del mio rispetto». L'ombra di un sorriso fece capolino sulle sue labbra. «Ti sei infiltrato in una struttura popolata dai licantropi per recuperare la tua umana».

«La mia *erosita*» lo corressi. «Perché non hai rispettato il nostro accordo».

«Di quale accordo si trattava, esattamente?». I suoi occhi turchesi si posarono ancora una volta su Lily. «Mi sembra sana e incolume. È in tua custodia e il vostro legame è intatto. Non è forse quello che ti ho promesso?».

«Nulla di tutto ciò è stato merito tuo».

«È vero» confermò. «È stato tutto merito tuo». Mi guardò. «Ed ero certo che avresti garantito la sua sicurezza da solo, senza il mio aiuto».

Giochi di parole, pensai, reprimendo un ringhio. Aveva promesso di tenere al sicuro Lily... perché sapeva che me ne sarei occupato io.

E, in cambio, lo avevo aiutato a seppellire Emine.

Ha... ha ucciso Emine?, sussurrò Lily, la cui mente era

ancora connessa alla mia. *Ecco perché inizialmente mi hai tagliata fuori*, capì l'attimo dopo. *Oh, Dea…*

Lily…

«E questo mi riporta al mio commento sul rispetto» continuò Khalid, interrompendo quello che volevo dire a Lily. «Ti sei guadagnato il mio».

«Interessante». Accarezzai il grilletto osservando il reale. «Tu invece non ti sei guadagnato il mio».

Un lampo di sfida gli attraversò lo sguardo, rabbuiando le sue iridi turchesi fino a farle assomigliare a due gorghi di pericolo. «No, infatti» ammise. «Ma sto per farlo».

Lo fissai. «Ti ascolto».

«Non qui». Lanciò un'occhiata al licantropo. «Viper ha liberato un percorso per permetterci di andarcene. Poi potremo parlare». Il suo tono non lasciava spazio a trattative. Il reale stava affermando la sua autorità.

Solo che non era il *mio* reale. «Ho accettato la tua offerta di unirmi alla regione di Khalid a condizione che mi aiutassi a proteggere Lily. Poiché al momento sono l'unico a rispettare l'accordo, credo che rivaluterò la mia decisione. A meno che tu non abbia qualcosa di utile da dire che possa farmi cambiare idea».

Mi guardò per un lungo momento, poi disse: «Un ululato di Viper e i licantropi saranno qui. Visto che lavora per me, non mi ci vorrà molto a convincerlo. O preferisci *accettare* la via di fuga che ha preparato per noi?».

«Capisco».

«Non ho dubbi». Indicò il corridoio. «Andiamo?».

«Forse ho voglia di un bagno di sangue» gli dissi, irritato dalla sua sicurezza di sé.

No. Fanculo. Ero irritato dalla sua stessa esistenza.

E perché sapevo che aveva ragione.

«Non ho dubbi che tu abbia sete di sangue, Cedric. Ma hai una compagna di cui tenere conto». Guardò Lily per la terza fottuta volta. «Una compagna molto nuda e leggermente furiosa».

Cedetti all'impulso di seguire il suo sguardo verso la mia *erosita*. Stava squadrando Khalid con una rabbia contenuta a stento, con la mente ancora sconvolta dalla rivelazione dell'omicidio di Emine. Sembrava che il mio fiorellino avesse messo radici emotive, su cui ora faceva affidamento per ancorarsi alla realtà.

«È piuttosto turbata per Emine» lo informai facendo scivolare la pistola nella fondina. Non c'era motivo di continuare a tenere in mano la pistola. Se Khalid avesse voluto combattere, l'avremmo fatto a mani nude. Ma dubitavo che si sarebbe arrivati a questo; gli sarebbe bastato far ululare il suo lupo.

«Mmh» mormorò Khalid senza aggiungere altro.

Mi sfilai la camicia e la passai a Lily. *Mettitela addosso, fiorellino*.

Non obbedì immediatamente. La sua mente accarezzò la mia mentre ascoltava i miei ragionamenti sulle nostre opzioni. *Ha ucciso Emine*.

Sì, risposi. *L'ha trasformata in un vampiro*. L'avevo aiutato a tenere nascosto tutto a Silvano. L'avevo seppellita, poi avevo distratto il mio creatore quando Khalid si era allontanato per occuparsi del suo *piccolo miraggio*.

In cambio, aveva promesso di tenere al sicuro Lily. Avevo pensato che intendesse sceglierla per il suo harem.

E invece no.

Si era preso gioco di me.

«Ti farebbe sentire meglio se ti permettessi di colpirmi?» suggerì Khalid. Ma le sue parole erano rivolte a Lily, che ora lo stava fissando a bocca aperta, non a me. «Di solito questo migliora l'umore di Emine. Pensi che funzionerà anche con te?».

Mettiti la mia camicia, Lily, sbottai, poi guardai il reale. «Smettila di parlare con lei».

Le sue sopracciglia si sollevarono. «Diresti una cosa del genere a Silvano?».

«Tu non sei Silvano».

«No, infatti». Si sistemò la cravatta e aggiunse: «Ed è una cosa che dovresti valutare molto attentamente, Cedric. Perché la mia offerta sta per scadere. E senza di me, sarai costretto a tornare dal tuo creatore. Che scoprirà dell'esistenza di Lily».

Una minaccia.

Una minaccia riflessa anche nell'espressione di Viper.

Non devo fare altro che ululare, prometteva il suo sguardo cupo.

Annuii. Avevano vinto quel round. Ma nel prossimo non sarebbero stati così fortunati, come feci notare a Khalid con un'occhiata.

Guadagnandomi un sorrisetto divertito.

Sottovalutarmi sarebbe stata la sua rovina.

Per mesi ero rimasto invischiato in quei giochetti con lui perché ero convinto di non avere niente da perdere. Ma ora ero più pericoloso che mai, perché avevo finalmente capito la portata dei miei sentimenti per Lily.

Mi ero appena introdotto illegalmente nel territorio del clan Clemente e avevo fatto irruzione in un complesso di licantropi per salvarla. Già quello diceva tutto. Sei mesi prima, mi sarei rassegnato al suo destino senza voltarmi indietro.

E sarei stato costretto a un'eternità priva di emozioni. Senza *vivere* davvero. Tutto questo perché non avevo mai dato importanza all'amore e alla devozione. Non sapevo quanto potessero essere potenti e illuminanti.

Ma dopo aver conosciuto l'intensità della nostra passione, avrei fatto qualsiasi cosa in mio potere per proteggere la fonte della mia nuova esistenza. Lily mi faceva sentire vivo.

Avrei ucciso per lei.

E sarei morto per lei.

Non c'erano limiti, ripensamenti, esitazioni o eccezioni. Perché Lily era il mio cuore. Il mio tutto.

E ciò mi rendeva ancora più letale.

Selvaggio.

Perché finalmente avevo qualcuno per cui vivere. Qualcuno che per me significava molto di più di qualsiasi altra cosa al mondo, compreso il rispetto delle regole e delle tradizioni.

Se Khalid mi avesse provocato, avrei reagito.

Ero venuto lì con l'intenzione di salvare il mio cuore e di portarla in un posto sicuro, dove Silvano e gli altri non potessero trovarla, un luogo che forse non sarei nemmeno riuscito a localizzare.

Nessuno avrebbe compromesso la mia missione. Nemmeno Khalid.

Lily era l'unica cosa importante. L'avrei protetta. *Avrei protetto il mio amore.*

Sentii il suo calore al mio fianco. Mi voltai e mi accorsi che mi stava fissando come se non mi avesse mai visto prima, con i suoi occhi verde acqua spalancati dalla meraviglia.

Amore, ripeté con una voce dolce e colma di stupore. *Mi… mi ami.* Non una domanda, ma un'affermazione piena di ricordi del mese trascorso insieme, delle cose che le avevo detto, incluso come mi sentissi *vivo* quando ero con lei.

Ma non era soltanto amore.

Era molto di più.

Una nuova esistenza, un diverso stato dell'essere, un evento cosmico impossibile da descrivere a parole.

Le posai una mano sulla guancia, accarezzandole il labbro inferiore con il pollice. *Amore è un termine troppo debole per descrivere i miei sentimenti per te, Lily. Sfiora a malapena la superficie del mio bisogno profondo di venerarti e adorarti per il resto della vita.*

Mi avvicinai ulteriormente a lei e le presi il viso tra le mani. Aveva il mio odore. Non solo per il mio seme che le colava tra le cosce, ma anche per la mia camicia che le ricadeva sul corpo minuto.

E non riuscivo a immaginare un profumo più perfetto. Un momento più perfetto. Una *compagna* più perfetta.

Respiro per te, Lily. E solo per te. Era quello che mi aveva dimostrato la nostra separazione. Non ero riuscito a pensare ad altro che a come raggiungere Lily e garantire la sua sicurezza. Nell'ultima settimana era stata la mia unica ragione di esistere. E avrebbe continuato a essere il mio obiettivo principale per il resto della mia vita.

Quel fiore dolce e innocente aveva affondato le sue radici dentro di me.

E io l'avrei nutrito come meglio potevo. Sarei diventato l'aria di cui aveva bisogno per sopravvivere. L'anima di cui aveva bisogno per vivere una vita lunga e felice. La persona su cui poteva contare quando aveva bisogno di protezione.

Premetti la fronte sulla sua e chiusi gli occhi. *Troveremo un modo per sopravvivere, Lily. Qualunque cosa tu voglia, qualunque cosa ti serva, te la darò.*

Anche la morte?, sussurrò.

Anche la morte, promisi, nonostante il solo pensiero mi provocasse una fitta al petto. Avevo preso in considerazione l'idea di farlo così tante volte, riconoscendo che era la scelta più altruista, eppure non ero stato abbastanza forte da portarla a termine.

Ma se fosse stato necessario... se fosse stato l'unico modo per tenerla al sicuro... ci avrei uccisi entrambi.

Khalid si schiarì la voce, costringendomi a reprimere un ringhio di irritazione. «La finestra di opportunità di Viper si sta chiudendo» disse il reale. «Devi decidere, Cedric».

In realtà avevo già scelto, solo che non lo avevo espresso ad alta voce. *Lo seguiremo finché non si presenterà un'occasione migliore*, dissi a Lily.

Mi fido di te, rispose lei. Quattro parole che mi trafissero il cuore. *E anch'io respiro solo per te.*

Premetti le labbra sulle sue. Volevo ringraziarla con la lingua, ma mi assicurai che avesse anche una buona dose del mio sangue insieme alla mia gratitudine. Perché Khalid aveva ragione: non c'era più tempo. Sentivo i licantropi aggirarsi lì attorno.

È interessante che non abbia avvertito anche l'arrivo di Viper, pensai, staccandomi da Lily e osservando il licantropo. Sostenne il mio sguardo con un'arroganza che mi ricordò quella di Khalid. Forse era per questo che non mi era piaciuto fin dall'inizio.

Comunque fosse, era la nostra scorta. «Facci strada».

CEDRIC

LA VIA DI FUGA DI VIPER CI CONDUSSE IN UN TUNNEL sotterraneo, rendendo la rampa di scale la parte più difficile del percorso. Ma usò un dispositivo per far scattare un allarme sul lato opposto della struttura, assicurandosi che tutti i licantropi ci lasciassero in pace.

Fu un viaggio piuttosto tranquillo. Ma ne fui grato, considerando che Lily era mezza nuda.

«Puoi dire a Damien che siete riusciti a scappare, se vuoi alleggerirgli la coscienza» disse Khalid quando raggiungemmo l'uscita del tunnel. «Il tuo auricolare funzionerà di nuovo non appena saremo all'esterno, ma solo per trenta secondi. Fa' il mio nome e te ne pentirai».

La minaccia non era necessaria. *In più...* «Dubito fortemente che Damien abbia scrupoli di coscienza, almeno per quanto riguarda me». Ma dato che avevo ancora l'auricolare, visto che me lo ero infilato in tasca, sarebbe stato giusto informare Damien della buona riuscita della missione.

Lo risistemai nell'orecchio mentre raggiungevamo un cancello.

Il complesso era stato costruito su un cumulo di rifiuti in decomposizione che doveva avere almeno centocinquant'anni, dato che risaliva a un'epoca in cui ancora regnavano gli umani. Non conoscevo lo scopo del tunnel, ma evidentemente faceva parte della struttura costruita dai licantropi, perché Viper ebbe bisogno di un codice per aprire il cancello.

Una volta digitato, uscimmo nel sole della sera e ci trovammo di fronte a una jeep.

Una rapida occhiata in giro mi mostrò che eravamo completamente soli, quindi avrei potuto prendere Lily e scappare. Ma un ululato di Viper avrebbe comunque attirato l'attenzione, e i lupi, correndo a quattro zampe, ci avrebbero sicuramente raggiunti.

Se quella zona mi fosse stata più familiare, avrei potuto teletrasportarmi.

Purtroppo, però, non la conoscevo bene. E non volevo rischiare di ritrovarmi nel bel mezzo di un branco di licantropi in ricognizione.

E poi, Khalid mi avrebbe seguito.

«Venticinque secondi, Cedric» mormorò il reale.

Annuii e premetti sull'auricolare. «Damien?».

Nessuna risposta.

«Volevo solo farti sapere che sono fuori e che ho recuperato il pacco».

«Ricevuto» rispose. «Perdite?».

«Nessuna».

«Che delusione» commentò.

«Magari la prossima volta» dissi.

«Magari la prossima volta» ripeté.

«Trasferirò il resto del pagamento in giornata» aggiunsi guardando negli occhi Khalid, un modo per dirgli che se non gli avessi mandato i soldi, Damien sarebbe venuto a cercarmi. Non perché gli importasse di me, ma perché non avrebbe apprezzato di essere stato raggirato.

«Ottimo. Ci vediamo».

Cadde la linea prima che potessi dire qualcosa. Non sapevo se fosse stato Damien a interrompere la comunicazione o se il tempo a disposizione fosse terminato. In ogni caso, non importava, perché Khalid stava già camminando verso il veicolo in attesa.

«Viper ci porterà al mio jet. Poi parleremo» disse a mo' di spiegazione.

«Sul tuo jet?» ipotizzai.

«Sul mio jet» confermò.

Lo osservai per qualche istante, riflettendo sulle nostre opzioni.

Poi mi avvicinai alla portiera posteriore della jeep e la aprii per Lily. Lei salì, e con il movimento la mia camicia le scoprì le cosce. In qualsiasi altro momento, mi sarei goduto la visuale. Ma ero troppo impegnato ad analizzare il comportamento di Khalid per ammirare la mia *erosita*.

Lily scivolò sul sedile di pelle per farmi spazio. Khalid salì dal lato del passeggero e Viper si sistemò dietro al volante.

Il silenzio calò nell'abitacolo mentre ci allontanavamo dalla struttura. Guardai fuori dal finestrino alla ricerca di qualche elemento familiare. Conoscevo le terre di Ryder, dal momento che spesso mi recavo lì attorno per incontrare Damien, ma non stavamo andando in quella direzione.

E nemmeno verso il quartier generale del clan Clemente.

No, ci stavamo addentrando nel Texas. Verso la regione di Silvano.

Serrai la mascella, cercando di elaborare un piano per uscire dall'auto prima di raggiungere il confine.

«Mi aspettavo che il futuro sovrano di questa zona sarebbe stato più rilassato» commentò Khalid senza neanche guardarmi. «È questo il territorio che vuole darti Silvano, giusto? Tutto questo nulla coperto di sabbia?».

«Una parte, sì» risposi, mantenendo un tono pacato nonostante i miei pensieri fossero in tumulto.

«Allora presumo che tutto il tempo passato all'Università ti sarà utile. Ormai sei abituato a vivere in un clima arido e privo di ogni attrattiva». Il suo sguardo turchese incontrò il mio nello specchietto retrovisore. «Oppure puoi ascoltare la mia offerta».

Lanciai un'occhiata fuori dal finestrino, poi riportai la mia attenzione su di lui. «Visto dove siamo diretti, non credo di avere altra scelta».

«Hai ragione» confermò. «Ma ti ho promesso di tenere la tua Lily al sicuro, e manterrò la mia promessa. È per questo che andremo nella regione di Khalid. E puoi decidere di unirti a noi».

Mentre parlava, il fuoristrada svoltò su un sentiero sterrato, spingendomi ancora una volta a guardare fuori dal finestrino. Eravamo proprio al confine tra i territori, un'area che non conoscevo abbastanza per teletrasportarmi.

Merda.

«Non sono una persona crudele» continuò Khalid. «Ma sono molto pragmatico. È per questo che non aggiungerò altro finché non saremo in volo. Voglio essere sicuro di avere tutta la tua attenzione e che tu voglia davvero venire con me. Altrimenti, non possiamo procedere».

In lontananza apparve un jet.

In sostanza, mi stava dando la possibilità di accettare la sua offerta di salire a bordo del jet e ascoltarlo, oppure di lasciarmi lì. Se fossi rimasto a terra, in teoria avrebbe portato Lily al sicuro da solo, cosa di cui non mi fidavo. E la mente di Lily mi disse che la pensava allo stesso modo.

Una volta in volo, saremo in trappola, le dissi. *E presumo che il jet sia diretto nella regione di Khalid, da cui sarà ancora più difficile fuggire.*

E l'unica alternativa è lasciare che vada da sola con lui, rispose lei, palesemente a disagio.

Certo, avrei potuto affrontarlo.

Ma avrei messo in pericolo Lily.

«Come hai già sottolineato, io non sono Silvano». Lo sguardo di Khalid catturò di nuovo il mio nello specchietto. «Dammi la possibilità di dimostrarti il mio valore, Cedric. Ti sei guadagnato il mio rispetto. Ora intendo guadagnarmi il tuo».

Il veicolo si fermò vicino al jet. Nell'aria immobile c'era un minaccioso senso di attesa.

«Se decidi di restare, Viper ti lascerà vicino alla proprietà di Ryder, mentre torna al complesso». Il reale lanciò un'occhiata al licantropo. «Mi aspetto un altro aggiornamento tra un mese».

Viper annuì. Il filo di barba scura che gli copriva la mascella sembrò brillare nella luce del tramonto. «Stesso protocollo di sempre».

«Sì. Questo viaggio è stato un'eccezione». Khalid mi guardò. «Per uno scopo molto speciale».

«Okay, boss». Viper si rilassò sul sedile. I suoi occhi quasi neri si sollevarono sullo specchietto. «Allora, Cedric? Devo tornare in fretta, o qualcuno si accorgerà della mia assenza».

Khalid aprì la portiera e uscì dal veicolo prima che potessi rispondere, i suoi movimenti furono rapidi ed efficienti. Ma invece di andare da Lily, si avvicinò al jet e fischiò. Il suono si propagò attraverso i finestrini fino ai miei sensi soprannaturali.

«Non sono un cane, Khalid» rispose una voce femminile. Un attimo più tardi, una donna apparve in cima alla scaletta del jet.

«Emine» boccheggiò Lily. La sua mano scattò verso la maniglia, ma le posai la mia sull'avambraccio, bloccandola. La misi mentalmente in guardia; poteva essere una trappola.

Ma tutto ciò che accadde fu che Emine scese la scaletta con l'eleganza tipica della mia specie e si avvicinò all'antico vampiro che l'aveva creata.

Le labbra di lui si incurvarono in un sorriso. Le posò il palmo sulla nuca e la tirò verso di sé. «Forse no, ma sei ancora il mio piccolo miraggio, non è vero?».

Non le diede la possibilità di rispondere. La sua bocca si sigillò su quella di lei in un bacio possessivo che chiarì quali fossero le sue intenzioni. La considerava sua.

Ma dal modo in cui lo spinse via, Emine non sembrava d'accordo. Eppure, gli conficcò le unghie nella camicia. Quindi forse accettava la sua rivendicazione. O forse era indecisa.

Un'emozione che capivo benissimo, perché Khalid mi metteva sempre più a disagio.

Non potevo fidarmi di lui, di quello ero certo.

Ma mi ritrovai a volerlo seguire sul jet solo per ascoltare la sua offerta, per scoprire cosa aveva in mente, per riuscire finalmente a scorgere uno spiraglio della sua follia.

Non credo che abbiamo una scelta migliore, sussurrò Lily. *A meno che tu non voglia provare a scappare con me… Ma anche se ci riuscissimo, il tuo piano è di tenermi nascosta a Silvano. E questo significa escludermi di nuovo dai tuoi pensieri.* Mi guardò negli occhi. *Non voglio che accada.*

Preferisci che ti trasformi?, suggerii.

Non lo so, ammise. *Non… non so cosa fare. So solo che non voglio che interrompi la nostra connessione mentale. Ma capisco anche che è necessario per tenermi al sicuro. Vorrei…*

Aspettai che terminasse la frase, ma non sembrò in grado di trovare le parole.

Così lo feci io per lei. «Vuoi sapere cos'ha da offrire Khalid». Lo dissi ad alta voce, consapevole che anche il reale avrebbe sentito. Proprio come io ero in grado di sentire lui, che invitava Emine a portare pazienza. La donna voleva vedere Lily, e lui la stava facendo aspettare.

«Penso…». Lily deglutì. «Sì, penso che dovremmo ascoltarlo». *Non mi fido di lui*, aggiunse in un sussurro mentale. *Ma non mi piace nessuno dei tuoi piani. Trasformarmi sarebbe una soluzione temporanea che mi renderebbe più forte, ma quando mi scopriranno… mi daranno la caccia*. Lanciò un'occhiata a Emine. *Proprio come daranno la caccia a lei*.

Aveva ragione. Trasformare un umano in un vampiro o in un licantropo senza permesso era espressamente proibito dall'Alleanza di sangue. Per questo avevo accettato di aiutare Khalid a nascondere Emine. Avevo pensato che sarebbe stato sufficiente per convincerlo ad aiutarmi con Lily. E forse avevo avuto ragione. Solo che il suo aiuto non era arrivato nel modo che mi aspettavo.

Anzi, stava ancora giocando.

Come dimostrato dall'occhiata che mi scoccò in quel momento. *Corri il rischio*, diceva la sua espressione. *Cedi alla tentazione della mia offerta. Vieni a giocare nel mio mondo*.

Parole che non udii, ma che colsi lo stesso.

Quell'uomo si destreggiava sullo scacchiere politico da prima che fossi nato. Era un esperto nel manipolare il destino per ottenere il risultato migliore. E questo, a pensarci bene, lo rendeva un potente alleato.

«Va bene» decisi ad alta voce, afferrando la maniglia. «Saliamo sul jet».

«Ottima scelta» commentò Viper.

Lo ignorai e aiutai Lily a scendere dalla jeep. «Immagino che sarai tu a pagare il licantropo, visto che ha finito per aiutare più te che me» dissi, avvicinandomi a Khalid.

Il reale sorrise. «Non accetta soldi da me. Ma credimi, sarà ben ricompensato».

Non ero sicuro di cosa intendesse, ma diedi per scontato che non fosse necessario che inviassi a Viper il resto del suo onorario. Soprattutto visto che non aveva completato il lavoro. Gli avevo chiesto di portare Lily al sicuro, e invece ci aveva consegnati entrambi nelle mani di un reale dalle intenzioni ignote.

«Andiamo?» suggerì Khalid indicando la scaletta con un cenno della mano.

Ma Emine e Lily non stavano ascoltando. Erano troppo impegnate a fissarsi. Lily con un'espressione sconvolta e meravigliata, Emine con una un po' più predatoria.

Attenta, Lily, la avvertii. *È una novellina.* Non tutti i vampiri appena trasformati erano in grado di controllare la loro sete di sangue.

«Sono contenta che tu stia bene» sussurrò Lily a Emine, avvicinandosi a me.

«Anch'io sono contenta che tu stia bene» rispose la vampira. Squadrò Lily da capo a piedi e arricciò le labbra di lato. «C'è… c'è una doccia…». Si interruppe e il suo sguardo si spostò su Khalid. «Può usare…?».

Khalid si girò verso di me. «Credo che il mio piccolo miraggio stia cercando di suggerire che Lily faccia una doccia sul jet. Lascio la decisione a voi. Ci aspetta un lungo volo».

«Voglio conoscere i dettagli della tua offerta prima di accettare la tua ospitalità» dissi senza doverci riflettere sopra neanche un secondo. Essere nudo in una doccia con

Lily ci avrebbe messi in una posizione di svantaggio. Non lo avrei mai permesso, non finché Khalid non avesse cominciato a giocare a carte scoperte.

«Come vuoi». Posò la mano sulla schiena di Emine e la condusse verso la scaletta. «Quando avremo finito di parlare, le darà una ripulita, così vedrai che sta bene».

«C'è del sangue...».

«Non è tutto suo» la interruppe Khalid spingendola delicatamente sul jet. «Lo puoi distinguere dall'odore». Cominciò a spiegarle le differenze, lasciandomi solo con Lily ai piedi della scaletta.

Avrei potuto prenderla in braccio e fuggire.

Ma ero abbastanza sicuro che fosse l'ennesimo test di Khalid.

Voleva che passassi dalla sua parte volontariamente.

Ecco cosa intendeva. Furbo, pensai, prendendo Lily per mano e guardandola. *È un rischio.*

Tutto quello che abbiamo passato finora è stato rischioso.

Annuii. *Sì.* Una danza proibita sul confine tra giusto e sbagliato, sfidando il destino a inghiottirci.

Anche in quel caso sarebbe stato lo stesso.

Ma forse su quell'aereo ci aspettava un'alternativa migliore.

Non lo avremmo saputo finché non avessimo accettato il suo invito. *Andiamo.*

CEDRIC

Non appena salimmo sull'aereo, Emine offrì a Lily un maglione e un paio di jeans. Lei li accettò e andò in bagno a cambiarsi.

Dato che per un bel po' non saremmo andati da nessuna parte, non protestai. Inoltre, preferivo che stesse comoda. Ci aspettavano ore di volo.

Mi sedetti su un sedile e aspettai che Khalid preparasse un bourbon corretto al sangue per noi due e una bevanda chiara e gassata, sempre corretta al sangue, per Emine. Poi prese anche una bottiglia d'acqua per Lily, che lei accettò con gioia quando tornò dal bagno.

Si era legata i capelli biondi in una coda di cavallo e si era lavata il viso. Intuii dal suo profumo che doveva essersi data una rinfrescata anche altrove, ma aveva ancora bisogno di una doccia.

Se la conversazione con Khalid fosse andata bene, avrei accettato la sua offerta di prendere in prestito il bagno.

Inviò un messaggio al pilota, dicendogli che eravamo pronti a partire, poi si sedette di fronte a me e sorseggiò il suo drink in silenzio. Non stava scherzando: voleva davvero aspettare che fossimo in volo per iniziare a parlare.

Mi misi comodo anch'io e presi la mano di Lily. Il suo nervosismo mi aveva lambito i sensi. Aveva volato una volta soltanto, e i suoi ricordi mi rivelarono che non era stato un viaggio piacevole. Non la rassicurai dicendole che quello sarebbe andato meglio, perché era ancora tutto da vedere. Ma le offrii la mia forza e le suggerii in un sussurro di guardare fuori dal finestrino.

Lei obbedì, e la sua meraviglia nell'osservare il mondo rimpicciolirsi sotto di noi mi scaldò il cuore.

Un'altra prima esperienza, mormorai. Non era esattamente vero, dato che era la seconda volta che viaggiava in aereo. Ma era la prima volta in cui poteva godersi la bellezza del volo, e quella sì che era un'esperienza memorabile.

«Sai, in passato gli umani che facevano parte di un legame *erosita* erano molto rispettati» disse Khalid con il bicchiere accostato alle labbra e un'espressione pensosa. «Lilith ha cambiato tutto. Non perché non rispetti il legame, dal momento che anche lei ne ha uno, ma perché le relazioni personali minacciano il suo sistema».

Aveva, pensai. *Anche lei ne* aveva *uno*. Ma non mi preoccupai di correggerlo, era irrilevante ai fini del discorso.

E poi non aveva ancora finito.

«Quello che la nostra cara Lilith non riesce a capire è che esistono molte relazioni instaurate ben prima della sua stessa creazione. Certo, alcuni legami sono nati nel corso della sua vita, ma quello che voglio dire è che certe amicizie sono intoccabili». Il suo sguardo accarezzò per un attimo Emine. «E lo stesso vale per il rapporto che si crea tra un Sire e la sua progenie».

«Non tutti quei legami hanno dei risvolti positivi»

risposi. Non volevo contestare le sue parole, anzi, ero d'accordo con lui: sembrava che la società del nuovo mondo fosse stata fondata sulla mancanza di impegno verso gli altri. Ma ero sempre stato un lupo solitario, quindi non me ne ero mai curato.

Fino a quel momento.

Fino a quando non ho conosciuto Lily.

«Ed è proprio per questo che ho dovuto metterti alla prova, Cedric». Appoggiò il bicchiere sul tavolino che ci separava. La sua espressione si rabbuiò. «Dovevo sapere se possedevi ancora un briciolo della tua umanità. Perché molti della nostra specie l'hanno persa completamente, e Lilith ha passato l'ultimo secolo a coltivare questa mentalità e a esaltarla».

«Da come ne parli, sembra che Lilith abbia architettato un qualche grosso progetto in cui siamo tutti coinvolti» osservai, più curioso di quanto non lo fossi solo pochi minuti prima.

«Il suo progetto è del tutto irrilevante; sarà morta prima di riuscire a portarlo a termine. Quello che mi preoccupa di più è la guerra che sta per scoppiare».

Inarcai un sopracciglio. «La guerra?».

«Mmm» mormorò rilassandosi sul sedile. «Cam è sempre stato un uomo intelligente. Ed è proprio da lui sacrificarsi per un bene superiore. O, in questo caso, per soddisfare temporaneamente le fissazioni di Lilith».

Chi è Cam?, mi sussurrò Lily nella mente.

Invece di rispondere, le mostrai un po' della sua storia, ovvero il giorno in cui Lilith lo aveva pubblicamente annientato per essersi ribellato ai suoi piani.

«Vuoi forse dire che è morto per una buona causa?» tradussi ad alta voce.

«Oh, no. Non è morto» ribatté Khalid con una risatina. «Lilith lo tiene imprigionato da qualche parte. Ma vuole che tutti pensino che è morto. Ciò ha funzionato a suo vantaggio, o almeno così crede. Perché spera di aver eliminato la vera minaccia: i ribelli che si è lasciato dietro. E questo mi riporta al legame tra un Sire e la sua progenie».

Recuperò il suo drink per bere un sorso, lasciandomi il tempo di assimilare tutto quello che aveva appena detto. Era chiaro che non era ancora arrivato al punto che gli premeva di più.

Quindi, per il momento, sarei stato al gioco.

«Darius» dissi. «È a lui che ti riferisci, vero?». Era l'unico vampiro che Cam avesse mai trasformato. E dato che Khalid aveva riportato il discorso sul legame tra un vampiro e il suo creatore, Darius doveva essere rilevante ai fini della discussione. «Ha appena ottenuto il ruolo di sovrano nella regione di Jace, dopo aver trascorso l'ultimo secolo nell'ombra».

«Già» confermò Khalid. «Ha recitato la sua parte alla perfezione: ha scelto una vergine di sangue, l'ha resa la sua *erosita* e poi l'ha usata per dimostrare quanto poco rispetti questi legami. È tutto falso, ovviamente. Ma nessuno si è preso il disturbo di scavare più a fondo».

Aggrottai la fronte. «Si dice che la condivida con Jace».

«Ah, sì, Jace. E chi è stato il suo migliore amico per migliaia di anni, prima di morire?». Khalid piegò la testa di lato. «Oh, guarda un po': Cam. Una coincidenza? Non credo proprio».

«Cosa stai suggerendo, esattamente? Che vogliono portare a termine la rivoluzione iniziata da Cam?».

«Non sto suggerendo niente, Cedric. *So* che stanno pianificando una rivolta. E so anche che non sono soli». Svuotò il bicchiere e si alzò per riempirlo di nuovo.

Visto che avevo a malapena toccato il mio, non si

preoccupò di rabboccarlo. Ma preparò un altro drink per Emine.

E portò una seconda bottiglia d'acqua a Lily.

«Viper è una delle mie tante risorse, tiene d'occhio i pezzi della scacchiera per me. All'inizio volevo proporti di fare lo stesso, ma il fatto che tu abbia un'*erosita* ha complicato le cose. Quindi sto improvvisando un po'».

Si sedette di nuovo.

«In ogni caso, non avrà importanza. Strapparti dalle grinfie di Silvano farà sì che imploda nel giro di qualche anno, forse addirittura di qualche mese». Mi scoccò un'occhiata eloquente. «Quell'imbecille non ha nessuna speranza senza di te. Ed è troppo ingordo per ragionare con lucidità».

Non posso dargli torto, pensai.

«Insomma, non ho bisogno che tu viva nella sua regione per passarmi informazioni. Sarai molto più utile nel mio territorio, dove potrai aiutarci a sopravvivere a quello che ci attende. Ed è per questo che voglio che diventi un sovrano della regione di Khalid».

L'aveva già accennato diverse volte, quindi non fui sorpreso dalla sua offerta.

Ma dai suoi ragionamenti sì. «Allora è a questo che ti riferivi, dicendo che c'è una guerra in arrivo. I seguaci di Cam contro quelli che supportano le idee di Lilith».

Khalid annuì. «Sì. Anche gli ultimi pezzi sono stati disposti sulla scacchiera, come dimostrato dal ritorno di Darius nell'arena politica. Ormai siamo vicini alla resa dei conti. Voglio mettere in sicurezza i miei confini il più rapidamente possibile. E per essere sicuro che venga svolto tutto in maniera efficiente, ho bisogno di uomini abili e potenti».

Khalid premette un pulsante sul tavolino, facendo comparire tra di noi uno schermo traslucido.

«Ho trascorso l'ultimo secolo a creare la mia personale utopia». Cominciò a caricare i filmati che ritraevano diverse aree della sua regione. «È per questo che ammetto raramente visitatori». Comparve una serie di immagini di umani, la maggior parte dei quali si muoveva in gruppo. Alcuni sorridevano, altri avevano un'espressione impassibile. E qualcuno sembrava completamente sperduto.

«Questi fanno parte dell'ultima spedizione del Giorno del sangue» spiegò Khalid, mostrandomi il filmato di due donne che camminavano con le spalle ingobbite. «Sembra che uno dei miei umani d'élite le stia aiutando ad ambientarsi». Premette un altro pulsante per attivare l'audio.

«Dormirete qui» stava dicendo l'uomo, indicando una stanza con due letti. «Condividiamo la cucina e la zona giorno al piano di sotto, ma di là avete il vostro bagno privato» aggiunse con un cenno in direzione di un punto esterno all'inquadratura.

«Le telecamere sono solo nei corridoi» spiegò Khalid prima che potessi chiedergli chiarimenti. «E, onestamente, le usiamo più per proteggere gli umani che per spiarli. Ho scelto questo feed solo per darti un'idea di ciò che sto cercando di preservare».

«Di… di là?» chiese la più minuta tra le due donne.

L'uomo annuì. «Sul comò c'è una chiave per chiudere la porta dopo che siete uscite. E nel vostro armadio troverete una settimana di cambi d'abito per aiutarvi ad ambientarvi».

Le donne si scambiarono un'occhiata, poi guardarono l'umano. «Non… non capisco» sussurrò una di loro. «Dobbiamo restare qui finché non è ora di prepararci per servire la cena?».

L'uomo premette un pulsante sul suo orologio, facendo

comparire uno schermo simile a quello che fluttuava sul tavolino tra me e Khalid.

«Ah, il servizio di ristorazione» mormorò. «Capisco. Questo spiega la vostra confusione».

«Sta controllando gli incarichi dei mortali?» chiesi. Avevo riconosciuto il file apparso sullo schermo.

«La mia squadra carica ogni giorno delle copie dei registri di Lilith e le condivide sul nostro database privato» spiegò Khalid.

«E permetti agli umani di accedervi?». Non che per me fosse un problema, ero solo sorpreso.

«Solo a quelli che ricoprono certe posizioni». Lo sguardo di Khalid era fisso sull'umano. Lo osservò addolcire l'espressione e il tono.

«Il ruolo che vi è stato imposto durante il Giorno del sangue non è più valido» spiegò l'uomo. «Verrete addestrate di nuovo e frequenterete un'altra scuola. Quando avrete completato gli studi, vi verrà assegnato un nuovo ruolo, scelto da voi. E l'unico pagamento di cui dovrete preoccuparvi sarà una donazione di sangue a cadenza mensile».

Le donne lo fissarono di nuovo, ricordandomi due cerbiatti colti dai fari di un'auto. «Un'altra... un'altra università?» chiese quella con i capelli più scuri. Era leggermente più robusta dell'altra, ma non di molto.

«Sì, ma non come quella che avete appena lasciato» rispose l'umano. «Questa è un'università più tradizionale, con vere e proprie lezioni. Troverete altre informazioni nella vostra stanza. Basta che premiate il pulsante con scritto "Riproduci" e un tutorial vi spiegherà tutto quello che c'è da sapere».

Khalid caricò un altro filmato e disse: «Questo è ciò che guarderanno». I suoi occhi si spostarono su Lily. «Penso che lo troverai più interessante di quanto possa farlo il tuo compagno. So che è stato così per Emine, quando gliel'ho mostrato, sei mesi fa».

Non feci commenti, aspettando di vedere il filmato.

«Salve e benvenuti nel mio mondo». La voce profonda e soave di Khalid risuonò nella cabina. Il suo volto, che ci guardava dallo schermo, era illeggibile come al solito.

Eppure, nelle sue iridi turchesi c'era un bagliore che tradiva un segreto. Uno scopo nascosto. Un obiettivo non ancora realizzato.

Ma che ovviamente intendeva condividere.

Finalmente.

LILY

Sentivo che Khalid mi osservava. I suoi occhi penetranti perseguitavano ogni angolo della mia esistenza.

Ma c'era qualcosa di intrigante in lui, qualcosa che mi spinse a continuare a guardare il filmato. Quasi come se il reale stesse controllando la mia mente e le mie azioni, costringendomi a restare calma e ad *ascoltare*.

«Tutto quello che avete vissuto fino a questo momento è una farsa, e mi dispiace. Per quanto ritenga che vampiri e licantropi siano in cima alla catena alimentare, credo anche nel rispetto delle proprie origini. Che, nel mio caso, sono umane».

La versione di Khalid presente sullo schermo congiunse le dita sulla scrivania di metallo davanti a sé.

«So che pensate che questo sia un trucco, una specie di esperimento, o forse un gioco oscuro concepito per il mio piacere. Ma con il tempo vi renderete conto che nella regione di Khalid faccio le cose in modo diverso. Preferisco che gli umani siano adeguatamente informati, assistiti e soprattutto *rispettati*».

Pronunciò l'ultima parola con una determinazione che mi fece venire la pelle d'oca.

«Scoprirete che i vampiri che vivono qui la pensano come me, e quelli che vi ho assegnato come professori comprendono la vostra fragilità. Non ci saranno più corsi sul piacere e il divertimento dei membri della mia specie, ma vi chiederò di imparare».

Seguì una pausa carica di aspettativa. *Imparare cosa?*

«La mia società prospera perché tutti contribuiamo a proteggerla, ed è qui che entra in gioco la vostra istruzione. Una volta ambientati nella mia regione, sarete valutati e sottoposti a una serie di test per determinare le vostre preferenze. A quel punto, verrà creato il vostro profilo accademico».

Sullo schermo apparve il file di un'umana di nome Jane Doe. Il viso era sfocato di proposito, ma le spalle e il petto erano nitidi; sulla sua giacca c'era uno stemma dorato che recitava: "Università del sangue".

Sotto alla foto c'erano parametri molto diversi da quelli a cui ero abituata. Punteggi in matematica e scrittura, oltre ad alcune note sulle preferenze professionali, che nel caso dell'umana erano orientate verso la contabilità e altre mansioni in ambito commerciale.

Quando ebbi finito di leggere, comparve un altro file, quello di un umano di nome John Smith. La foto era simile alla precedente, con il viso sfocato e una giacca con lo stemma della scuola, ed era presente anche una lista di attributi. Sembrava che avesse un'attitudine alle lingue e alle arti marziali. In fondo alla sua scheda c'era scritto: "Candidato alla posizione di guardia – Interessato alla transizione in vampiro".

«Transizione in vampiro?» lessi ad alta voce, aggrottando la fronte.

«Significa che gli piacerebbe essere trasformato. Al

termine del percorso di studi, chiediamo a tutti gli umani se sono interessati o meno a essere trasformati. Non significa che concederemo loro l'immortalità, dal momento che non possiamo accontentare tutti. Ma è utile per restringere il campo» spiegò Khalid.

«Oh. Ma… non… non è proibito?».

«Tutto quello che sta facendo è proibito» mormorò Cedric. «Infrange ogni regola imposta dall'Alleanza di sangue. Ma penso sia quello il punto».

«Non è tanto una questione di infrangere le regole, quanto di essere autosufficienti». Khalid mise in pausa il video e caricò una serie di grafici. «Osserva le linee di tendenza, Cedric. Dimmi cosa vedi».

Guardai anch'io i grafici e udii la risposta nei suoi pensieri. *Carenza di sangue. A livello globale o solo in alcune regioni?* Allungò la mano e trascinò il dito sullo schermo per far scorrere le immagini. Man mano che sfogliava i grafici, una ruga profonda gli si disegnò sulla fronte. *Nella maggior parte delle regioni. Tranne qualcuna.* Quando arrivò ai dati sulla regione di Khalid, inarcò le sopracciglia. «Qui dice che anche da te c'è scarsità di sangue».

«Sì» confermò il reale. «Ma fa riferimento ai dati presenti nel database di Lilith». Premette un pulsante. «Questa è la vera tendenza, in cui sono inclusi anche i dati sulla mia banca del sangue».

Le labbra di Cedric si schiusero per la sorpresa mentre esaminava il grafico, e la sua mente mi spiegò il motivo di tale reazione.

Stando a questi dati, ha creato più di una decina di vampiri all'anno. Eppure, le sue scorte di sangue sono… «Come?» chiese Cedric in tono meravigliato. «Come fai ad avere così tanto sangue?».

«Si tratta delle tasse pagate dai miei umani» rispose il reale con una scrollata di spalle. «Le donazioni garantiscono un passaggio sicuro nel mio territorio. Preferiscono il mio stile di vita al futuro promesso dall'Alleanza di sangue. Non è proprio un'utopia, ma funziona. E l'equilibrio rimane intatto».

Cedric continuò a sfogliare i documenti, il suo shock era palpabile. «Hai tenuto tutto nascosto...?». La sua frase rimase sospesa su una domanda incompiuta, ma capivo, e condividevo, la sua confusione e il suo stupore. Perché era tutto così... *irreale*.

«Sì» confermò Khalid. «Attraverso una serie di miraggi».

«Miraggi?» ripeté Cedric.

«Questo mi riporta al discorso iniziale: Lilith fallirà perché nei suoi progetti futuri ha tralasciato il passato. Amicizie storiche. Legami storici. Unioni storiche. La *storia* in generale». Finì di nuovo il suo drink, ma non si rialzò per riempire il bicchiere.

Sostenne invece lo sguardo di Cedric per qualche lungo istante. I due uomini si stavano studiando a vicenda come i predatori che erano.

Un brivido mi corse lungo la schiena, ed Emine si mosse sul sedile, a disagio, con gli occhi che saettavano tra i due vampiri.

Poi Khalid avviò un altro video, che mostrava una città avvolta da una nebbiolina simile a quella del deserto. «Lilith ha telecamere in tutto il mondo. È così che monitora i territori. Ha anche delle spie che raccolgono informazioni sui vari leader. Ma ho scoperto tutto fin dall'inizio, e ho eluso la sua sorveglianza».

Premette un altro pulsante che schiarì l'immagine, rivelando una città fervente di attività. Era uno dei filmati che ci aveva mostrato in precedenza, e ritraeva una strada affollata, piena di umani che camminavano con determinazione.

«Questo è reale» disse. «Ma non è quello che vede Lilith».

Premette lo stesso pulsante di prima e sullo schermo tornò la città deserta.

«Ho messo dei filtri alle sue telecamere per mostrarle ciò che voglio che veda: miraggi distopici che suggeriscono che il mio mondo è depravato e oscuro, e totalmente in linea con i suoi desideri. E la spia che ha mandato nel mio territorio è una *mia* spia, che riferisce a Lilith quello che le dico».

«Come nel caso di Viper?» intuì Cedric.

«In un certo senso, sì. Solo che il compito di Viper è molto diverso: sta tenendo d'occhio la resistenza».

Cedric aggrottò la fronte. «Sta spiando Darius e Jace?».

«No, Jolene». Sorrise. «L'ennesima svista di Lilith, che anche in quel caso non ha pensato al passato».

Cedric ci rifletté sopra, e la sua mente mi rivelò tutto quello che sapeva su Jolene. Era stato l'alfa del clan Clemente, una posizione coperta insieme alle sue due compagne. Questo in un'epoca in cui i lupi tenevano in grande considerazione i legami di accoppiamento. Sotto il dominio di Lilith le cose erano cambiate radicalmente. Perché aveva fatto tutto quello che poteva per svilire ogni tipo di relazione.

Esattamente come ha detto Khalid, pensò Cedric. *Questo mondo incoraggia l'egoismo. Spinge tutti a pensare a se stessi e non agli altri. Degrada le amicizie personali e i rapporti di coppia. Va ben oltre il lavaggio del cervello degli umani, estendendosi anche a tutti noi...*

Ma quelli che hanno un passato in comune, un legame, non possono cancellare i loro sentimenti da un giorno all'altro, concluse.

Quelli come Jolene e... «La sua triade» terminò Cedric ad alta voce.

«La sua triade» confermò Khalid con gli occhi che gli

brillavano di rispetto. «Jolene non ha mai apprezzato il nuovo mondo. E non è l'unico. È per questo che ho detto che c'è una guerra in arrivo. Non so chi vincerà, l'unica cosa che mi importa è che la mia regione resti al sicuro».

La veemenza del suo tono riverberò in tutto l'aereo.

«E non ho nessuna intenzione di cedere le risorse che ho addestrato e protetto con tanta fatica solo per risolvere i casini degli altri» aggiunse. «Se non sono stati in grado di prevedere cosa sarebbe successo, è un problema loro. Non mio».

Cedric rimase in silenzio per alcuni secondi, poi disse «Ti sei impegnato molto per tenere il resto del mondo all'oscuro di tutto».

«Sì, è così» confermò Khalid. «E mi impegnerò ancora di più per proteggere il mio territorio, costi quel che costi».

Una minaccia, riconobbe Cedric. «Il fatto che tu abbia condiviso tutto questo con me significa che o accetto la tua offerta o muoio».

«Sì» rispose schiettamente, senza esitazioni.

«E cosa dovrò fare esattamente come tuo sovrano?» insistette Cedric. «Perché è chiaro che la società che hai creato è molto diversa da quella che conosco io».

«Mi aiuterai a mantenere il miraggio» rispose Khalid. «E quando sarà il momento, mi aiuterai a tenere al sicuro il mio territorio».

«Quindi non ti unirai alla resistenza?» lo provocò Cedric. «Voglio dire, è chiaro che condividete la stessa visione del mondo. Allora perché non combattere al loro fianco?».

«Forse lo farò» disse il reale. «Ma solo quando avrò deciso che sono degni del mio aiuto. Fino a quel momento, il mio unico obiettivo è proteggere la mia gente. E lo prendo molto seriamente».

«Tanto seriamente da lavorare all'Università per sei mesi solo per osservarmi» commentò Cedric.

«Beh, non è del tutto vero. Ti ho osservato per anni. Sono andato all'Università per conoscere Lily, perché avevo notato che eri attratto da lei. Ma poi mi sono imbattuto in Emine. Un così dolce piccolo miraggio». Scambiò un'occhiata con la vampira, ed ebbi l'impressione che condividessero un segreto.

Un segreto che probabilmente riguardava il soprannome di lei. *Miraggio. Come i miraggi che usa per ingannare Lilith?*, mi domandai.

Anche Cedric aveva colto quegli sguardi, notando l'intensità che c'era tra loro. Ma non fece domande, preferendo riflettere su tutto quello che ci aveva appena detto Khalid.

Sembra quasi troppo bello per essere vero, mi comunicò mentalmente. *Ma se sta dicendo la verità…*

Non terminò la frase, ma avevo già capito.

Eravamo diretti alla regione di Khalid, quindi presto avremmo potuto constatare di persona la veridicità delle sue informazioni. E se tutto quello che ci aveva mostrato era reale, allora o saremmo rimasti…

O saremmo morti.

«Suppongo che entrambi vogliate avere un po' di tempo per digerire tutto quello che vi ho raccontato. C'è molto di più, come ad esempio i giochi attualmente in corso all'interno dell'Alleanza di sangue. Ma potremo parlarne a tempo debito, quando avrete preso la vostra decisione».

Si allontanò dal tavolino, portando con sé sia il suo bicchiere che quello di Emine, entrambi vuoti, e riponendoli nella zona bar.

«Come ho già detto, siete liberi di usare la doccia nella camera da letto sul retro del jet». Lanciò un'occhiata a

Cedric. «Non ti disturberò finché non saremo atterrati, quindi sentiti libero di usare anche il letto. Immagino che il tuo animaletto sia esausto».

Deglutii. Anche se non aveva tutti i torti… non ero convinta di riuscire a dormire dopo tutto quello che avevo appena sentito.

«Vi suggerisco di chiudervi dentro. I divani qui fuori si trasformano in un letto e ho intenzione di usarlo per intrattenere il mio piccolo miraggio».

Emine non cambiò espressione, ma chinò quasi impercettibilmente il capo. Non ero sicura di cosa significasse. Accettazione? Paura? Un semplice segno di sottomissione?

Khalid aveva rivelato molte cose. Ma, sebbene volessi credere alla versione del mondo che aveva rappresentato nei suoi video, era molto probabile che si trattasse di una menzogna.

Solo che Cedric sembrava credergli.

Non ha motivo di mentire, mormorò. *Anzi, ha tutto da perdere a raccontarmi queste cose.*

Mentre il reale parlava, Cedric aveva analizzato diverse strategie, ricordando anche tutte le conversazioni che aveva avuto con lui, ogni potenziale gioco di parole. E aveva concluso che lo scopo era sempre stato lo stesso, ed era quello che Khalid aveva appena espresso: capire se in lui c'era ancora un po' di umanità.

E tu eri la chiave, concluse Cedric. *Voleva mettere alla prova la mia determinazione a tenerti con me. Venendoti a salvare dai licantropi, ho fatto esattamente il suo gioco. Stava aspettando che rinunciassi a ogni facciata, a ogni obbligo che la società impone a un vampiro, che andassi contro i principi del mio stesso creatore e che prendessi qualcosa per me. Che recuperassi il mio cuore e fossi disposto a rinunciare a tutto per lei… per* te. Mi guardò. *Sei il motivo per cui siamo qui. Tu e la mia decisione di rischiare la vita per tenerti con me.*

Allungò la mano per accarezzarmi la guancia e il suo sguardo frugò nel mio.

«La doccia è abbastanza grande per due?» chiese.

«Ci si sta anche in quattro, ma immagino che non sia un modo di invitare anche me ed Emine a unirci a voi» rispose Khalid.

«Già» tagliò corto Cedric, alzandosi in piedi. «Parleremo ancora una volta atterrati». Il suo sguardo si spostò per un attimo sul reale. «Quanto dura il volo?».

«Abbastanza a lungo da permetterti di prenderti cura della tua *erosita*» disse Khalid. «Oh, a proposito, la camera da letto è insonorizzata. Se avete bisogno di qualcosa, dovete usare l'interfono».

«Non avremo bisogno di nulla» gli assicurò Cedric, tendendomi la mano.

«No, penso proprio di no». Khalid sorrise. «Godetevi la doccia».

CEDRIC

UNA SOCIETÀ CHE INSEGNA AGLI UMANI IL SENSO DELLA VITA.

Sembrava quasi troppo bello per essere vero.

Ma il concetto mi ricordava il vecchio mondo, e non lo trovavo poi così inverosimile.

Lily, al contrario, era piena di dubbi. Li ascoltai mentre la conducevo sul retro del jet. Faticava a concepire un'esistenza del genere. La sua mentalità, vittima del lavaggio del cervello dell'Università, era incapace di accettare quella possibilità.

La inondai di informazioni e di esperienze, descrivendole il passato con sprazzi di ricordi che la spingevano continuamente a sbirciare verso di me con gli occhi spalancati.

Entrammo nella camera da letto, sempre in silenzio. Lily non mi fece alcuna domanda, limitandosi ad ascoltare le mie opinioni e i miei pensieri, tutti volti a farle comprendere realmente le idee di Khalid.

Mi domandavo ancora se fossero tutte bugie? Certo. Ma non riuscivo a immaginare perché avrebbe dovuto mentire.

Tutto quello che aveva detto era sensato.

Per non parlare del fatto che ero d'accordo con lui.

Il nuovo mondo mi annoiava. Non c'erano sfide né emozioni. Solo degli umani schiavizzati che si inchinavano al loro macabro destino.

Lily era stata l'unica a suscitare il mio interesse. Era diventata la mia nuova ragione di vita. E Khalid mi stava offrendo l'opportunità di stare con lei sul serio.

Se fosse stata tutta una bugia, avremmo affrontato le conseguenze delle nostre speranze mal riposte.

Per il momento, però, scelsi di credere nel nostro futuro. Di pensare a un'esistenza in cui avrei potuto stare liberamente con Lily. Forse anche trasformarla, se avesse voluto.

Volevo solo stare insieme a lei.

Amarla.

Venerarla.

Godermi la sua presenza.

Non ti merito, fiorellino, le confidai con un sussurro mentale. *Ma passerò tutto il volo a cercare di dimostrarti il contrario.*

L'avrei aiutata a dimenticare gli orrori delle ultime settimane.

Solo che… no, non era abbastanza.

Avrei fatto sì che si lasciasse alle spalle gli orrori di una vita. Perché volevo portarla su un nuovo piano dell'essere, presentare alla sua anima il futuro a cui anelavo, e assicurarmi che fosse pronta ad affrontare qualsiasi cosa ci aspettasse nella regione di Khalid.

Avrebbero potuto essere le nostre ultime ore insieme.

O forse l'inizio del nostro vero destino.

Rifiutai di considerare la prima ipotesi e mi concentrai sulla seconda. Perché Lily suscitava in me una speranza mai provata, che sentivo affievolirsi nel suo cuore.

Il Giorno del sangue l'aveva cambiata.

Il tempo trascorso con i licantropi aveva creato una realtà oscura che aveva distrutto lo spirito del mio dolce fiore.

Avrei alimentato la fiammella rimasta dentro di lei e mi sarei assicurato che, al termine del volo, divampasse come un incendio.

Le avvolsi una mano attorno alla nuca e la strattonai verso di me, catturando il suo sguardo con il mio. *Ti ricorderò che sei mia, amore. La mia Lily. Il mio fiore. Ti farò sbocciare di nuovo.*

Lei rabbrividì, e il suo profumo mi accarezzò i sensi.

Era eccitata, spaventata e sopraffatta, un cocktail inebriante per il predatore che era in me. Volevo divorarla. Reclamarla. Distruggerla, per poi vederla crescere di nuovo. E darle radici più forti su cui innalzarsi.

Dimmi cosa vuoi, Lily, dissi, tenendola tra le braccia. Avevamo appena raggiunto il bagno. Khalid aveva ragione sulla doccia: era enorme. *Vuoi che iniziamo qui, amore? Con me che ti spoglio e lavo ogni centimetro del tuo corpo?*

Sì, ansimò. *Sento ancora la loro presenza sulla pelle. Come se i loro artigli continuassero ad affondare nella mia anima, ricordandomi dove dovrei essere in questo momento.*

Dovresti essere qui con me, la corressi. «Perché sei mia».

«Dimostralo» mi sfidò. Una lingua di fuoco tremolò nelle sue iridi verde acqua. «Rendimi di nuovo tua».

«Sei sempre stata mia» affermai. «Ormai mi è chiaro».

E io ero suo. Lo ero stato fin dal primo momento.

Aveva cambiato tutto solo respirando. Il suo respiro era diventato il mio e viceversa. Le nostre anime si erano unite prima ancora che i nostri cuori potessero terminare un battito.

Le feci provare la ferocia delle mie emozioni, avventandomi sulla sua bocca. La mia lingua cercò immediatamente di entrare, trovandola più che disposta ad accogliermi.

Perché eravamo perfetti insieme.

Ardenti.

Appassionati.

Intoccabili.

Le tolsi i jeans e il maglione coprendola di carezze, e lei fece lo stesso. In pochi minuti, eravamo entrambi nudi e stretti l'uno all'altra. Una danza di membra e dita, incoraggiata dal desiderio che ci travolgeva.

Ma non si trattava solo di sesso.

Volevamo toccarci. Ricordarci la sensazione dell'altro. Goderci la nostra unione. Memorizzarci e reclamarci l'un l'altra in superficie, mentre le nostre anime si congiungevano intimamente su un altro livello.

L'elettricità sfrigolava tra di noi. Resi il nostro bacio ancora più appassionato, sentendomi finalmente *vivo*.

Lei gemette in risposta. La sua mente si accendeva di voglie e desideri, e di un bisogno di stare semplicemente con me, di crogiolarsi nel nostro legame.

Niente più Giorno del sangue. Niente più licantropi. Niente più caccia della luna. L'avevo salvata, e ora le sue radici erano fermamente ancorate alla realtà, nonostante le sembrasse tutto un sogno.

Le afferrai i fianchi e la feci camminare all'indietro, spingendola all'interno della doccia. Il soffione si attivò automaticamente, sferzando la mia schiena con un fiotto di acqua gelida. Ma non mi importava. Anzi, mi dava l'opportunità di avvolgermi attorno a Lily e tenerla al riparo.

Lei si sciolse su di me, assorbendo il mio calore e la mia forza, beandosi di quel momento insieme.

Sei semplicemente perfetta, le dissi. *Sei così bella e paziente. Dicevo sul serio, fiorellino: non ti merito.*

Ma avrei fatto del mio meglio per essere degno di lei.

E avrei cominciato lì, prendendomi cura di lei.

La sua pelle era incrostata di sangue secco, dimostrando che una doccia era assolutamente necessaria. Non volevo che nessuna parte di lei fosse contaminata dalle esperienze passate.

Non apparteneva ai licantropi. Apparteneva a me. *La mia erosita. La mia compagna. Il mio fiore da nutrire e far crescere.*

Mi avvolse le braccia attorno al collo. Le sue ciglia bionde e folte rivelarono il suo sguardo affascinante. «Anche tu sei mio».

«Sì» dissi. «Lo sono stato dalla prima volta che ti ho vista». Lo avevo già ammesso, almeno a me stesso. Ma era bello pronunciare quelle parole ad alta voce. «Ti amo, Lily».

«Ti amo anch'io» mi sussurrò sulle labbra. La sua mente, nel frattempo, si meravigliava di come fossero cambiate le cose, di quanta strada avessimo fatto. Il suo stupore confermava che dovevo farmi perdonare. Che avevo così tanto da farmi perdonare.

Non avevo mai amato qualcuno in quel modo, e non avevo mai nemmeno desiderato quel tipo di legame. Ora, però, sentivo che era necessario dimostrarle il mio valore. Dimostrarle che ero degno di lei. Dimostrarle che ero l'uomo su cui avrebbe potuto fare affidamento... per l'eternità.

L'acqua cominciò a scaldarsi, così lasciai che bagnasse anche Lily. Ma lei non sembrò accorgersene. La sua concentrazione era tutta rivolta a me e alla mia bocca, il suo sguardo affamato ammirava ciò che sapeva essere suo.

«Dimmi quello che vuoi e te lo darò» promisi. «Dimmi come soddisfarti».

«Voglio che tu mi faccia sentire viva» mormorò. «Che

mi possieda. Fammi sentire al sicuro. Fammi... fammi sentire tua».

«Sei mia» le dissi, risalendo il suo corpo con una lunga carezza che terminò sulla sua gola. «E sei al sicuro con me». Le strinsi il collo. Un gesto in contraddizione con le mie parole, ma era proprio quello il punto.

La fiducia. Quella era la nostra forza, le fondamenta su cui ci reggevamo entrambi.

Si fidava che non le avrei mai fatto del male, sebbene potessi.

Perché nel profondo sapeva che era così. Era sempre stato così tra di noi.

E lo sarebbe stato anche quella notte.

Le impedii di respirare per qualche secondo ancora, poi alleviai il dolore con un bacio, respirando nella sua bocca. Gemette, inarcandosi verso di me, incurante del sangue ancora appiccicato alla pelle.

Voleva di più.

Voleva *me*.

E non avevo nessuna intenzione di privarla di ciò che desiderava.

Spostai la presa verso la nuca, mentre con l'altra mano le afferrai un fianco. «Apri un po' di più la bocca, tesoro. Voglio reclamarti come si deve».

Obbedì, la sua lingua incontrò avidamente la mia. Il mio dolce fiore voleva sentirsi posseduto, e io ero schiavo dei suoi desideri.

L'acqua continuava a scorrere attorno a noi, scaldando la nostra pelle e facendomi ripensare alla nostra prima doccia insieme. Quando le avevo insegnato l'importanza di prendere quello che voleva.

Doveva ricordarla bene anche lei, perché si mise a esplorare il mio corpo con le mani, accarezzandomi l'addome, risalendo la mia schiena.

Non ci fu alcuna esitazione. Mi rivendicò con la stessa intensità con cui io rivendicavo lei.

La mia Lily, ansimai nella sua mente, ringhiando quando il suo palmo trovò il mio sesso. Lo accarezzò, seguendone la lunghezza fino alla punta.

Scopami, mi ordinò, strappandomi un sorriso. *Mi hai detto di dirti come soddisfarmi, Cedric. È questo che voglio.*

Come sei audace, le sussurrai in risposta. *Un'allieva diligente, che ha imparato come sedurre e compiacere il suo insegnante.*

La spinsi delicatamente verso la parete.

La mia allieva modello, continuai. *Non ti sei mai arresa, nonostante tutte le difficoltà. Ho sempre ammirato questo aspetto di te.* Anche quando mi aveva fatto infuriare. Perché tutto ciò che avevo sempre voluto era rendere la sua esistenza più sopportabile. E invece sembrava decisa ad assicurarsi la sua rovina.

Tutto per un desiderio irrealizzabile di unirsi ai vigilanti.

Eppure, se avesse potuto raggiungere quell'obiettivo con la sola forza di volontà, ci sarebbe riuscita.

Preferisco la mia vita con te, disse mentre le stringevo i fianchi e la sollevavo. *Per quanto fugace possa essere.*

Si era resa conto che forse all'atterraggio non avremmo trovato l'utopia descritta da Khalid. Ma, come me, aveva deciso di non preoccuparsi inutilmente, perché non c'era nulla che potessimo fare.

L'unica certezza erano quelle poche ore preziose da trascorrere insieme.

E volevo approfittarne appieno.

Scivolai nel calore di Lily, pienamente consapevole che era già bagnata per me. Non c'era bisogno di preparativi, le nostre menti avevano fatto tutto il lavoro per noi.

Avvolse le gambe intorno alla mia vita, aggrappandosi a me, mentre io mi spingevo fino in fondo.

Sei perfetta. Era come se fosse stata creata apposta per me, il suo sesso era una droga pensata per tentare il mio predatore e farlo precipitare in un oblio senza fine.

Non avrei mai desiderato un'altra.

Solo Lily.

La sua mente mi disse che si sentiva allo stesso modo, che il nostro legame era così straordinariamente profondo che non avrebbe mai potuto mettere radici con nessun altro.

E quello era un bene.

Perché avrei ucciso chiunque avesse provato a toccarla.

Non ti condividerò mai con nessuno, giurai con una spinta. *E passerò l'eternità ad assicurarmi che tu non voglia che lo faccia.*

Sarei stato abbastanza per lei. No, più che abbastanza. Sarei stato *tutto*. L'avrei adorata. Amata. Protetta.

Anche se solo per qualche ora.

Non aveva importanza.

Niente di tutto ciò aveva importanza.

Perché avevo la mia Lily. La mia boccata d'aria fresca. La mia gioia. Il percorso che avrebbe potuto condurci entrambi alla morte. Ma sarebbe stata una morte bellissima. E avremmo trascorso l'eternità insieme nell'aldilà.

Mordimi, implorò. *Ho bisogno del tuo…*

Non le diedi l'opportunità di completare la frase. Le mie zanne stavano già affondando nel suo collo mentre continuavo a scoparla, trascinandoci entrambi verso un'esistenza beata che nessuno avrebbe mai potuto intaccare.

La mia Lily. Il mio fiore. La mia vita.

Tua, mormorò lei, più e più volte. Le sue labbra si schiusero in un grido di piacere, mentre più in basso si serrava attorno a me. *Cedric…*

Il mio nome assomigliava a una preghiera, che

ricambiai allo stesso modo, solo che era il suo nome che veneravo, la sua presenza che osannavo, il suo corpo che adoravo.

Lei rabbrividì, esplodendo attorno a me, contorcendosi nell'estasi.

Ma non smisi di scoparla.

Non smisi di morderla.

Non smisi di prenderla, ancora e ancora e ancora.

Lei voleva esistere, sapere che era tutto vero, sentirsi protetta, posseduta e reclamata, e io glielo diedi. Le diedi tutto me stesso. Senza mai trattenermi.

Venimmo insieme, in un ciclone di energia.

Poi scopammo di nuovo, stavolta contro l'altra parete.

Non era abbastanza.

Ma avevo promesso di prendermi cura di lei, di pulirla, e lo feci sia con le mani che con la bocca, possedendo il suo sesso con la lingua finché non mi implorò di smettere.

Per poi esortarmi a prenderla di nuovo non appena raggiungemmo il letto.

A un certo punto, Lily fu a cavalcioni su di me. A ogni movimento, i suoi seni ondeggiavano regalandomi uno spettacolo ipnotico. Inseguì il suo piacere e mi trascinò con sé.

Era come se non ne avessimo mai abbastanza l'uno dell'altra, cambiando posizione, scopando come se fossero i nostri ultimi momenti sulla Terra, senza mai preoccuparci della nostra destinazione.

Perché eravamo lì.

Lei aveva me. Io avevo lei. Eravamo tutto ciò di cui avevamo bisogno.

Amore.

Affetto.

Le promesse che si stavano scambiando le nostre anime.

Era un'unione diversa da tutte le altre. Un'unione che somigliava a un sogno. Un'unione che diede origine a una nuova definizione di energia.

La baciai durante l'ultimo orgasmo. Il mio sangue le lambiva la lingua per aiutarla a sopravvivere, per mantenerla integra, per guarire il dolore che le stava crescendo nel profondo. Ma la mia piccola guerriera lo affrontò a testa alta. Voleva di più, voleva *me*, voleva dimenticare tutto e tutti.

«Cedric» ansimò con un filo di voce, quel poco che le era rimasto dopo ore di urla.

«Ssh» la zittii, dandole altro sangue. «Bevi».

La sua mente si mise a pensare come sarebbe stato diventare un vampiro, domandandosi come funzionava, e soprattutto se era qualcosa che effettivamente desiderava. Ascoltai e risposi con tutte le informazioni possibili, dicendole senza parlare che l'avrei trasformata, se me lo avesse chiesto.

Le spiegai anche che il nostro legame avrebbe cessato di esistere, perché la sua immortalità avrebbe prevalso.

Quel dettaglio non le interessava. Non interessava nemmeno a me, ma riconobbi che la scelta spettava solo e soltanto a lei. E io avrei rispettato qualsiasi decisione avesse preso.

Non voglio decidere ora, mi disse.

Non devi farlo, la rassicurai. *Sappi solo che è una possibilità. Ti chiedo soltanto di essere io a trasformarti, nel caso scegliessi di farlo.*

Non vorrei nessun altro, rispose.

Bene. Le sfiorai il naso con il mio. *Perché penso che altrimenti ucciderei il tuo creatore.*

La sentii sorridere sulle mie labbra. *Anche Khalid?*

Anche Khalid, confermai. *Certo, probabilmente morirei provandoci… quindi è meglio che lasci che sia io a trasformarti.*

Penso che sarebbe una lotta abbastanza equilibrata. Non c'era la minima traccia di ironia nel suo tono. *Ti vuole nella sua regione perché riconosce i tuoi punti di forza. Tienilo a mente.*

Mi allontanai appena per fissare l'enigma sotto di me. *Da quando sei diventata così saggia?*

Ho avuto un ottimo insegnante, rispose.

Hai avuto il miglior *insegnante,* ribattei.

Lei annuì. *Sì, mio signore. È così.*

Il mio sesso si indurì di nuovo, il suo tono fintamente remissivo mi aveva incendiato il sangue. *Lo so che ti ho detto di chiamarmi Cedric, ma ci sono momenti in cui adoro essere il tuo signore, Lily.*

Momenti come questi?, domandò.

Momenti come questi, confermai.

Allora dominami, mio signore. Si inarcò verso di me. *Sono pronta.*

Sorrisi e la guardai negli occhi. *Bene. Perché ci sono ancora così tante cose che voglio fare con te, mio dolce fiore. Così tante posizioni da provare.* Lasciai che sentisse il mio desiderio di possederla da dietro, la resi partecipe del mio bisogno di reclamare anche quella parte di lei.

Ma non era ancora pronta per quello.

Così la sistemai in una nuova posizione, che mi permise di penetrarla in profondità, facendole ansimare il mio nome finché non fu più in grado di parlare. Di nuovo.

Solo allora le concessi un attimo di riposo, avvolgendola tra le braccia in un bozzolo di forza. Presto saremmo atterrati.

Avremmo scoperto la verità sul nostro futuro.

E forse avrei assunto il ruolo di sovrano. *Volontariamente.*

CEDRIC

Lily prese in prestito un vestito e dei sandali dal guardaroba del jet e aspettò che mi mettessi uno dei completi di Khalid.

Non mi ero preoccupato di chiedergli il permesso. Mi aveva offerto la stanza e io avevo approfittato della sua ospitalità. Khalid sembrò trovarlo divertente, o almeno fu quella l'impressione che ebbi quando io e Lily lo raggiungemmo nella zona giorno. L'aereo era atterrato da un paio di minuti.

«Il nero ti dona, Cedric» fu il suo saluto.

«Lo so» risposi dando un'occhiata al suo abbigliamento, molto simile al mio. Doveva avere un armadio anche lì, e di certo da qualche parte c'era una doccia, perché aveva i capelli umidi. Non gli avevo chiesto di fare un giro del jet, ma sicuramente gli avrei chiesto di visitare la sua regione.

«Pronti?» domandò, indicando con un cenno della mano il portellone già spalancato. Poiché Emine non si vedeva da nessuna parte, immaginai che fosse già scesa dall'aereo.

Posai il palmo sulla schiena di Lily. «Sì». Ed era vero. Perché ora eravamo insieme. E saremmo andati fino in fondo, insieme, a prescindere da tutto.

Khalid si accorse del gesto, e il suo sguardo cadde sul punto in cui Lily era appoggiata a me. Poi si voltò per farci strada. L'umidità mi fece pentire all'istante di aver indossato un completo, ma sapevo che la situazione sarebbe migliorata al calar del sole. Durante il volo, avevamo scacciato la notte e metà del giorno; da quel lato del mondo era pomeriggio inoltrato.

Di conseguenza, era presto per muoversi, ma non avevo idea di che tipo di orario mantenesse Khalid nella sua regione. Un orario notturno? O era come ai vecchi tempi, quando gli esseri umani dormivano di notte e lavoravano di giorno? Presto avrei avuto una risposta, perché era chiaro che ci aveva portati a Khalid City, che in passato era conosciuta come Dubai.

Dubai?, ripeté Lily.

Sì. Una capitale nota per i suoi edifici massicci e il suo panorama unico. Centocinquant'anni fa era uno spettacolo magnifico e imponente. Ma non so come sia ora. Non l'ho più visitata dopo l'inizio della nuova era.

La maggior parte dei vampiri non viaggiava al di fuori delle regioni di appartenenza. E pur essendo stato vicino al territorio di Khalid, mentre insegnavo all'Università, non avevo mai pensato di chiedere il permesso di visitarlo. Non era un'abitudine tipica della mia specie. E nemmeno dei licantropi.

L'unica regione che riceveva costantemente visitatori era quella di Lilith, ma solo perché Lilith City era considerata la capitale del mondo.

Non avevo la più pallida idea del motivo per cui Lilith avesse scelto proprio Chicago per quello scopo. Per quanto mi piacesse, la mia preferenza sarebbe ricaduta su Londra, oppure Parigi. Probabilmente anche Dubai sarebbe stata sulla mia lista.

A parte il caldo soffocante.

Fortunatamente Khalid aveva un'auto ad aspettarci. Era un fuoristrada nero, simile a quello che avevamo usato per raggiungere il suo jet. Solo che stavolta fu Khalid a sedersi al posto di guida. «Vieni davanti, Cedric» disse.

Dal momento che Emine era già seduta dietro, non avevo motivo per disobbedire. Aiutai Lily a sistemarsi accanto a lei e poi presi posto sul sedile del passeggero.

Khalid mise in moto il veicolo senza dire nulla, immerso in un silenzio minaccioso. Ma era un comportamento tipico della mia specie, a cui ero abituato. Lo sfruttai per concentrarmi sul paesaggio che scorreva fuori dal finestrino, invece che sulla presenza letale al mio fianco.

Lily fece lo stesso, e la sua mente si riempì di meraviglia. Lì eravamo molto più vicini all'oceano, per cui era possibile scorgere anche un po' di verde. Le piante sembravano essere ciò che la attraeva di più; non c'era da sorprendersi, visto che aveva trascorso l'esistenza confinata in mezzo al deserto.

Ci riflettei sopra per qualche istante, poi chiesi: «Possiamo viaggiare lungo la costa?». Se Khalid ci stava conducendo in una trappola, forse ci avrebbe concesso un ultimo desiderio.

«Farò di meglio» rispose. «Vi porterò alla residenza che vi ho fatto preparare sulla costa».

«Una residenza già pronta per noi?» domandai, incapace di nascondere la sorpresa. «Senza sapere cosa avrei deciso?».

«So già che accetterai, Cedric. Tanto vale che metta te e Lily a vostro agio mentre arrivi alla stessa conclusione».

«E poi?». Lo guardai. «Verremo trasferiti?». Aveva

detto che voleva che diventassi il suo sovrano, ma non aveva ancora specificato di quale area.

«La maggior parte dei miei uomini di fiducia risiede nella capitale, perché è lì che si trova la mia nuova versione dell'Università del sangue. Le altre città sono mantenute principalmente come facciata per soddisfare le aspettative di Lilith. Quando arriverà la guerra, ci impegneremo tutti a proteggere Dubai».

«Non l'intera regione?». Possedeva parte di quello che un tempo era noto come Medio Oriente: Israele, Giordania, Arabia Saudita, Yemen, Oman, Qatar, Kuwait, Iraq, Siria, Libano ed Emirati Arabi Uniti. Un territorio non da poco.

«Ci sono delle aree che vorrei tenere, ma molto tempo fa ho imparato che è meglio concentrarsi su una zona centrale per salvaguardare le risorse. E poi, qui abbiamo tutto quello che ci serve». Mentre parlava, svoltò su una strada che si dirigeva verso la città e la sua vasta distesa di grattacieli. Anche se alcuni edifici erano stati ristrutturati, l'aspetto generale corrispondeva alla Dubai dei miei ricordi.

Con qualche caratteristica più moderna, per restare al passo con i tempi.

E un notevole utilizzo della tecnologia.

«Cosa succede quando Lilith viene in visita?» gli domandai, curioso di sapere come gestisse i controlli. Un conto era manipolare dei filmati, un altro alterare la realtà.

«Abbiamo un protocollo per queste occasioni» mormorò il reale. «Ma lo abbiamo messo in pratica solo due volte. Di solito mi lascia in pace, perché le ho sempre mostrato esattamente ciò che vuole». Mi lanciò un'occhiata. «Come ben sai, il segreto è stare al gioco».

Grugnii e riportai lo sguardo sul panorama. «L'intera società si regge sulle stronzate della politica».

«È costruita sull'avidità e sull'ingordigia. Alla fine moriranno tutti di fame. Ecco perché la maggior parte dei mortali della regione di Khalid vive qui. Sono protetti da un esercito di vampiri, non di vigilanti umani, e da una manciata di licantropi».

«Licantropi?» ripetei.

Lui annuì. «Ho dato rifugio a diverse famiglie nel corso degli anni e ho intenzione di accoglierne altre, quando inizierà la rivoluzione».

«Licantropi come Viper».

«Sì, Viper sarà uno di loro».

«Ed è per questo che non hai bisogno di pagarlo. Ecco cosa intendevi, quando hai detto che sarà ben ricompensato».

«In un certo senso...» fu la sua risposta vaga. «È uno dei miei dragoni».

Aggrottai la fronte. «Dragoni?».

«Te lo spiegherò un'altra volta. Ora non è importante. Quello che conta è questo». Indicò la città. «La dimostrazione del mio valore».

A ogni chilometro che percorrevamo diventava sempre più evidente che Khalid non aveva affatto mentito.

Perché non appena varcammo i confini della città, vidi che c'erano molti umani in giro, proprio come ci aveva mostrato nei filmati. La maggior parte sorrideva. Alcuni no, probabilmente erano ancora diffidenti. E altri stavano semplicemente trascorrendo la loro giornata come si faceva ai vecchi tempi.

Una città normale.

Piena di vita e di propositi.

In cui si respirava un'atmosfera serena.

Non c'erano molti vampiri, probabilmente perché il sole non era ancora tramontato, ma mi resi conto che avevo appena avuto una risposta alla mia domanda sull'organizzazione delle giornate. «I mortali possiedono il giorno, i vampiri la notte» conclusi meravigliato.

«No. Ma diamo loro molte opzioni. Alcuni umani preferiscono il sole, altri sono talmente abituati alla luna che hanno mantenuto i vecchi ritmi. Le lezioni si tengono solo di notte, perché tutti gli insegnanti sono vampiri. Dubai, o meglio, *Khalid City*, è diventata la città che letteralmente non dorme mai».

«Preferisci chiamarla Dubai?». Non era la prima volta che gliela sentivo nominare così.

«Preferisco chiamarla casa» rispose. «Nonostante non sia nato qui, l'ho resa mia nel corso dei secoli, e ho tutte le intenzioni di tenerla».

«Come la chiamano gli altri?».

«Di solito, Khalid City» disse. «Ma i vampiri hanno un passato; ne abbiamo già discusso a lungo. Quindi non obbligo nessuno a chiamarla così. Questo posto può essere quello che vogliamo, purché lo proteggiamo».

Svoltò in una strada che ci condusse davanti ad alcuni degli edifici più imponenti, scatenando nella mente di Lily un vortice di shock e meraviglia.

E quando ci avvicinammo alla costa, praticamente svenne. «Oh, Dea» boccheggiò, incapace di trattenere l'entusiasmo alla vista dell'oceano. «È…?».

«Il Golfo Persico, sì» rispose Khalid.

Stavo per dire "l'oceano", pensò, ma non lo disse ad alta voce. *È bellissimo.*

Se vuoi più tardi possiamo farci una nuotata, suggerii. *Se non temi che cerchi di annegarti.*

Mi fido di te, disse, e il suo sguardo incontrò il mio nello specchietto retrovisore. *Tanto finirai comunque per scoparmi.*

È vero, confermai, e l'ombra di un sorriso si fece strada sulle mie labbra. «C'è una spiaggia vicino alla nostra nuova residenza?».

«Sì, proprio lì accanto. Se il posto vi piace, potete stabilirvi definitivamente lì. Altrimenti, possiamo discutere delle vostre preferenze e decidere di conseguenza».

«Ci stai promettendo molto» commentai, girandomi di nuovo verso di lui. «E Silvano non sarà contento del mio trasferimento. Potrebbe esigere una visita».

«Se lo farà, lo intratterrò in uno dei nostri quartieri fasulli. E tu ti unirai a me. Come mio sovrano».

«È il mio creatore. Può fare delle richieste».

Khalid mi lanciò un'occhiata e svoltò su una strada costiera. «Non ho paura di Silvano. E può fare tutte le richieste che vuole, non significa che dobbiamo ascoltarlo».

«Se fa abbastanza rumore, Lilith potrebbe intervenire» lo avvertii.

«E fare cosa? Pretendere che ti restituisca a lui?». Ridacchiò. «Sei abbastanza vecchio da poter essere preso in considerazione per diventare un reale, se la regione giusta si rendesse disponibile. Lilith la vedrà come una mossa di scacchi: io che mi approprio di un vampiro potente e lo plasmo a mio piacimento».

Si infilò in un viale che terminava in un parcheggio e spense il motore. Poi si voltò verso di me.

«Il Giorno del sangue, quando ho scoperto che stavi finalmente considerando di entrare in politica, ho deciso di farti un'offerta. Un'offerta che era anni luce migliore di quella di Silvano. Ovviamente hai accettato, preferendo allearti con me». Alzò le spalle. «È semplice, Cedric».

«Cioè, questo è quello che dirai a tutti».

«Solo a chi me lo chiede. E se sei saggio, farai lo stesso. Non sarà una sorpresa. Ci conosciamo da molto tempo. Lilith non si sofferma a riflettere sul passato, quando è ora di prendere una decisione. Ma non è detto che gli altri non si siano accorti che abbiamo un'età simile e che le nostre vite si sono incrociate, nel corso degli anni».

Riflettei sulle sue parole e annuii lentamente. «Un'antica frequentazione ravvivata durante la tua visita all'Università».

«Esatto. Abbiamo condiviso qualche umana e recuperato la nostra vecchia amicizia, che mi ha confermato quanto potresti essermi utile nel mio territorio. Abbiamo discusso di politica tra un drink corretto al sangue e un altro, ed eccoci qui» mormorò.

«Ed eccoci qui» ripetei, guardando il palazzo davanti a noi e le tende scure alle finestre. «Questa è una residenza per vampiri».

«Anche per umani» chiarì. «Ma non preoccuparti. Tu e Lily avete l'attico, cioè tutto l'ultimo piano. Gli unici che possono accedere a quell'area siete voi due. Nemmeno io posso entrare senza invito». Le sue sopracciglia si sollevarono. «Come nelle vecchie leggende, eh?».

Alzai gli occhi al cielo. «Quella è una leggenda ridicola». I vampiri non avevano bisogno di essere invitati da nessuna parte, soprattutto quelli in grado di teletrasportarsi. Ciò significava che Khalid poteva entrare quando voleva, ma stava scegliendo di concederci la nostra privacy. «Tu dove vivi?».

«Dalla parte opposta della città, nel palazzo principale». Il modo in cui lo disse mi fece domandare se fosse una bugia. Era una di quelle frasi che sembravano fin troppo naturali.

No, uno come Khalid non avrebbe mai vissuto nel posto più ovvio.

Sicuramente aveva una dimora segreta.

Dove poteva nascondere tutto ciò che considerava prezioso.

Come ad esempio Emine, pensai, osservando l'espressione impassibile della donna. Nemmeno i suoi occhi lasciarono trasparire qualcosa.

Ma sapevo che Khalid stava mentendo.

«L'hai addestrata bene» mi complimentai con un sorriso.

«È molto brava a mantenere i segreti» affermò, consapevole che avevo capito tutto.

Tuttavia, ciò dimostrava che il resto era vero. Dimostrava che era stato sincero sul trattamento degli umani nella sua regione e sul suo desiderio di trovare un modo per coesistere.

«Qui i vampiri vanno a caccia?» chiesi, curioso di sapere come funzionasse il suo sistema di tassazione basato sul sangue. Perché non volevo che qualcuno toccasse Lily. *Dovrà donare anche lei?*

«Sì» rispose Khalid. «Ma preferisco usare il termine "sedurre"».

«Quindi è un po' come ai vecchi tempi, quando dovevamo convincere il nostro cibo a concederci un morso» mormorai.

«Esatto. Ma per chi preferisce non faticare, ci sono le banche del sangue. Inoltre, la maggior parte del cibo per i vampiri contiene sangue, così come le bevande. E ci sono dei locali dove gli umani si offrono volontariamente come cibo. Sono ben pagati e ci prendiamo cura di loro. E ucciderli è assolutamente vietato».

«Capisco. Anche Lily dovrà donare il sangue?» domandai, esprimendo il mio dubbio ad alta voce.

«Solo a te, Cedric. Come sovrano, hai il diritto di reclamarla. L'unico requisito è che lei sia consenziente».

Lo sono, pensò lei, facendomi sorridere.

«Quello non sarà un problema» dissi a Khalid.

«No, immagino di no». Si rilassò sul sedile. «Ma possiamo discutere del resto più tardi. Nel frattempo, perché non esplori con Lily la tua nuova casa? Oppure puoi portarla a fare quella nuotata che tanto desidera».

Lo scintillio nel suo sguardo turchese mi rivelò che in qualche modo aveva sentito la mia conversazione con Lily, facendomi domandare ancora una volta se fosse capace di leggere il pensiero. Khalid era un'entità sconosciuta, che emanava un potere quasi palpabile. E non avevo la più pallida idea di cosa fosse realmente in grado di fare.

Alcuni vampiri possedevano dei talenti unici, come quello di smaterializzarsi.

E qualcosa mi diceva che Khalid padroneggiava i più rari di tutti.

Era necessario un enorme potere per realizzare quello che aveva fatto nella sua regione.

Eppure lo faceva sembrare semplice e lineare. E forse per lui lo era.

«Si entra da lì» indicò con un cenno. «Le vostre retine vi garantiranno l'accesso».

Le mie sopracciglia schizzarono verso l'alto. «Hai le impronte dei miei occhi in archivio?».

«Ho tutto in archivio, Cedric» rispose. «E forse un giorno lo condividerò con te».

«Mh» mormorai. Sapevo che quel giorno non sarebbe arrivato molto presto. Ma non era un problema. Percepivo l'impazienza di Lily di giocare tra le onde, un'emozione che aveva il sopravvento sul mio bisogno di informazioni.

Volevo far conoscere l'oceano al mio fiorellino.

«Grazie, Khalid» dissi con un tono vagamente innaturale. Non ero abituato a esprimere la mia gratitudine.

«Mi ringrazierai proteggendo la nostra casa» rispose. «Fino ad allora, il tuo primo compito è far toccare l'oceano a Lily. Poi devi ricordarti di pagare Damien, perché non voglio che cerchi di rintracciarti. Per quanto mi piacerebbe reclutarlo, Ryder ne ha più bisogno di me. Infine, dovremo fissare una telefonata con Silvano. Voglio esserci anch'io, quindi assicurati di invitarmi».

«Oh, hai già cominciato a darmi ordini» commentai, avvolgendo le dita attorno alla maniglia della portiera.

«Ad assegnarti dei compiti» mi corresse. «Compiti necessari».

Annuii. Aveva ragione. Tutti quei *compiti* erano necessari. Tranne forse partecipare alla mia telefonata con Silvano, ma avevo il sospetto che fosse più per divertimento che per altro.

Lo capivo.

Dire a Silvano di andare a farsi fottere sarebbe stato molto divertente.

«Come faccio ad avvisarti?» gli domandai.

«Nell'appartamento, troverai dei nuovi telefoni e qualsiasi altra cosa possa servirti». Mi squadrò da capo a piedi. «Ho fatto mandare anche dei completi su misura. Penso sia un bene che abbiamo una taglia simile».

Sorrisi. «Penso che anche il tuo buon gusto sia un bene».

Il suo sguardo si spostò sullo specchietto, dov'era riflessa Emine. «Già, è proprio un bene». Inclinò la testa di lato. «Vieni a sederti davanti con me, piccolo miraggio?».

«No. Penso che farò un pisolino qui dietro».

«Oh, fai la difficile» rispose lui. «Sai quanto adoro quel gioco».

Emine alzò gli occhi al cielo e non rispose, spingendomi a interrogarmi per l'ennesima volta sulle loro dinamiche. Ma non era il momento di insistere sui dettagli. Con il tempo mi avrebbe raccontato la loro storia.

O forse no.

In ogni caso, avevo una compagna che voleva vedere l'oceano. Quello aveva la precedenza su tutto il resto. Così scesi dal fuoristrada e aprii la portiera dal lato di Lily. «Mi farò sentire, Khalid».

«Lo so» disse, ancora concentrato su Emine. «Godetevi la vostra nuotata».

Lily lasciò che la tirassi fuori dal veicolo e mi avvolse le braccia attorno al collo. La sua felicità era incantevole, la sua vicinanza mi scaldò il cuore. «Sei pronta a esplorare, fiorellino?» le chiesi dopo aver chiuso la portiera.

«Sì».

«Allora andiamo a esplorare la nostra nuova casa». Incrociai lo sguardo di Khalid attraverso il finestrino, le mie parole erano un modo per fargli capire che avevo accettato la sua offerta. Non che fosse necessario.

Perché aveva ragione.

Il mio era sempre stato un sì.

Non si trattava tanto della sua regione o della posizione di sovrano, quanto di Lily e del mondo che mi aveva fatto conoscere il nostro legame. Ora avrei fatto di tutto per proteggerla, per salvarla, per darle una vita, per assicurarmi che non dovesse mai tornare nell'oscurità della società di Lilith, per garantirle sicurezza e felicità.

E lui mi aveva dato l'opportunità di riuscirci.

Per lui continuava a essere un gioco mentale, un modo per controllarmi e approfittare della mia età e del mio potere. Aveva bisogno di vampiri capaci che fungessero da guardiani per il suo mondo.

Quale modo migliore per assicurarsi la mia fedeltà se non quello di offrire al mio cuore un posto dove fiorire?

Khalid aveva detto che le relazioni erano la chiave del fallimento di Lilith, e aveva ragione.

Amare qualcuno spingeva a combattere in maniera diversa. Quando l'unico scopo di un vampiro era nutrirsi, non aveva la stessa motivazione.

Ma quando qualcun altro, qualcuno come Lily, si

affidava a quel vampiro per avere forza, scopo e sicurezza, improvvisamente c'era molto di più per cui lottare.

Ora lo capivo. Era la più grande lezione che potessi imparare, una lezione che avevo avuto la fortuna di sperimentare prima che la morte consumasse completamente la mia mente.

Perché ora avevo una ragione di vita.

Probabilmente Khalid stava usando quella ragione per manipolarmi e costringermi a lavorare per lui. Ma non mi importava. Perché avrei fatto qualsiasi cosa per Lily.

Compresa una nuotata nell'oceano.

Cosa che feci.

Spogliai entrambi e la tirai in acqua, obbligandola a fare affidamento su di me per restare a galla.

E lasciai che la sua fiducia si riversasse su di me.

Era un faro di speranza. Una scoperta di cui volevo fare tesoro. Un'esperienza che mi avrebbe sempre fatto sentire vivo.

Il mio fiore proibito.

Il mio futuro.

Il mio per sempre.

EPILOGO

KHALID

Adesso hai intenzione di venire davanti con me, piccolo miraggio?, sussurrai nella mente di Emine.

I suoi occhi grigioazzurri incontrarono i miei nello specchietto. *Immagino di sì.*

Invece di scendere dal veicolo e salire davanti, si teletrasportò sul sedile del passeggero. La dimostrazione di potere me lo fece venire duro. Quando mi trovavo in sua presenza era un problema costante, e lei si rifiutava di aiutarmi a risolverlo, nonostante tutti i nostri giochetti.

Volevo che mi supplicasse.

Ma non lo faceva mai.

Ecco perché non l'avevo ancora scopata.

Oh, tutti erano convinti che lo avessi fatto. Ed ero contento che lo facessero, perché mi aiutava a proteggere sia lei che i segreti che condividevamo.

Perché il mio caro miraggio era qualcosa di veramente unico.

Me ne ero reso conto la sera in cui ci eravamo conosciuti, quando aveva tentato di inginocchiarsi dopo avermi visto nell'infermeria. Non ci sarebbe stato nulla di strano, dato che gli umani erano tenuti a farlo.

Solo che nessun altro si era accorto della mia presenza; ero avvolto nelle ombre.

Non solo, ma mi aveva riconosciuto.

«Mio principe» aveva ansimato, per poi rischiare di ammazzarsi da sola rotolando giù dal letto d'ospedale per mettersi in ginocchio.

L'infermiera l'aveva rimproverata, minacciandola di farla fuori per essere solo "una stupida che vedeva cose che non c'erano".

Ma io c'ero eccome.

Come scoprì anche l'infermiera dopo qualche secondo, quando la uccisi. Poi diedi il mio sangue al piccolo miraggio per ricompensarla della sua straordinaria abilità.

Si era spaventata a morte, soprattutto perché il mio sangue aveva amplificato le sue doti.

Fu così che iniziò la mia ossessione per la piccola ammaliatrice seduta accanto a me.

Un'ossessione che non si era ancora placata. Forse perché avevo deciso di fare le cose con calma.

Ma era divertente. Eccitante. Un corteggiamento degno di un re e della sua futura regina.

Un giorno sarebbe stata mia.

Fino ad allora, avrei continuato ad addestrarla. *La mia piccola dragonessa.*

Non sono un drago, puntualizzò.

No, non ancora, concordai. *Ma un giorno lo sarai.* Quando avessi deciso che era pronta a conoscere il cuore della mia magia nera. *Hai fame, piccolo miraggio?*

Sì.

Annuii. *Preferisci che andiamo in un locale, o vuoi del cibo corretto con il sangue?* Sapevo già quale sarebbe stata la sua risposta, ma le offrii comunque la possibilità di scegliere.

Cibo, quasi ringhiò. Perché non voleva bere dalle vene di nessuno.

Beh, nessuno a parte me.

Si nutriva spesso con il mio sangue perché la rinvigoriva e le permetteva di resistere più a lungo, senza bisogno di mangiare.

La mia essenza continuava anche ad accentuare i suoi poteri, come la capacità di teletrasportarsi. Era una rarità per un vampiro appena trasformato. Ma nulla della mia Emine era normale. Era stato chiaro fin dal primo momento.

Hai preferenze sul tipo di cibo?

Colazione, per favore, rispose, consapevole che chiedermelo "per favore" le avrebbe garantito di ottenerlo. Anche se, a dire il vero, le avrei dato comunque tutto quello che voleva. Emine aveva intrappolato la mia anima. E un giorno mi avrebbe permesso di intrappolare la sua.

E che colazione sia, dissi, continuando a guidare verso casa.

Sapeva che avrei cucinato per lei. Negli ultimi mesi, aveva imparato le mie abitudini, aveva capito cosa mi piaceva e cosa no, e spesso anticipava le mie mosse.

Per esempio, sapeva benissimo che avremmo trascorso la notte ad allenarci, soprattutto perché avevamo dormito per la maggior parte del viaggio in aereo.

Avevo avvolto entrambi nelle lenzuola, nel caso in cui Cedric avesse deciso di uscire dalla camera da letto. Sarebbe sembrato che stessimo riposando dopo aver scopato. Ma la verità era che prima di andare a dormire avevamo semplicemente parlato. Per lo più nella nostra mente, cosa che facevamo da mesi, anche prima che lei diventasse un vampiro.

Non era la mia *erosita*, ma ci eravamo scambiati il sangue abbastanza spesso che le nostre anime erano legate in qualche modo insondabile. O forse era a causa delle sue abilità.

Un giorno avremmo determinato il motivo.

Allora sarebbe diventata mia.

Per il momento, però, decisi di placare il mio desiderio portandola a casa. Cucinando per lei. E addestrandola.

Avevamo tutto il tempo per continuare con la nostra danza.

Una danza che si sarebbe conclusa solo quando Emine avesse accettato di diventare la mia dragonessa.

La mia regina.

Il mio ultimo pezzo sulla scacchiera.

Solo allora sarebbe iniziata la partita finale.

Benvenuti nel futuro, amici miei. Dove niente è come sembra…

Se ti è piaciuta la storia di Cedric e Lily, considera di leggere *La Vergine di sangue, un romanzo dell'Alleanza di Sangue*.

La vergine di sangue

Un tempo, il genere umano governava il mondo, mentre vampiri e licantropi vivevano nell'ombra. Ma ora non è più così.

Juliet

È mio dovere obbedire. Offrire al mio padrone il mio corpo e il mio sangue, finché non si stancherà di me.
Non c'è modo di sfuggire a tutto questo.
Nessuna via di fuga.
Devo seguire le regole, o morirò.
Non voglio morire.

Darius

Ventidue anni di addestramento hanno creato il veleno

perfetto. L'arma che i miei nemici non si aspettano. La spezzerò, la istruirò e la userò per annientare chiunque si metta sulla mia strada.

È affascinante.
È perfetta.
Ed è mia.

Benvenuti nel futuro, in cui a dettar legge sono le stirpi superiori. Procedete a vostro rischio e pericolo.

La scrittrice di Bestseller per *USA Today* Lexi C. Foss è un'autrice persa nel mondo della tecnologia. Vive ad Chapel Hill, in Carolina del Nord, con suo marito e i loro figli pelosi. Quando non scrive è impegnata a mettere crocette sulla lista dei posti che vuole visitare. Nella sua scrittura si ritrovano molti dei luoghi in cui è stata, tra cui il mitico mondo di Hydria, basata su Hydra, nelle isole greche. È eccentrica, consuma troppo caffè e ama nuotare.

www.LexiCFoss.com

I Libri di Lexi C. Foss

Alleanza di Sangue

Desiderami - Nyx/Vesperus

La Vergine di Sangue

Sangue Reale

Il Morso dell'Alfa

Anime Ribelli

Il re vampiro

Un morso crudele

L'Università del Sangue

Ambientato nel mondo dell'Alleanza di Sangue

Il Giorno del Sangue

Dark Provenance

La figlia della morte

Il figlio del Caos

L'amante del peccato

Reject Island

Carnage Island: Artigli Crudeli & Morsi Proibiti

Serie della Maledizione degli Immortali

Le Leggi del Sangue

Legami Proibiti

Cuore di Sangue

Legami di Sangue

Legami Angelici

Cercatore di Sangue

Fardello di Sangue

Legami Malvagi

Re di Sangue

Serie X-Clan

Le origini

Il settore Andorra

L'esperimento

La freccia di Winter

Il settore Bariloche